2015年度浙江省哲学社会科学规划立项课题（课题编号：15NDJC097YB）
19世纪欧美现实主义文学影像阐释研究

19 SHIJI OUMEI XIANSHI ZHUYI
WENXUE DE YINGXIANG CHANSHI

19世纪欧美现实主义文学的影像阐释

王　欣　著

浙江工商大学出版社
ZHEJIANG GONGSHANG UNIVERSITY PRESS

·杭州·

图书在版编目(CIP)数据

19世纪欧美现实主义文学的影像阐释 / 王欣著. —
杭州：浙江工商大学出版社，2021.8
ISBN 978-7-5178-3962-0

Ⅰ. ①1… Ⅱ. ①王… Ⅲ. ①电影改编－研究－欧洲
②电影改编－研究－美洲 Ⅳ. ①I106.35

中国版本图书馆 CIP 数据核字(2020)第 126323 号

19世纪欧美现实主义文学的影像阐释

19 SHIJI OUMEI XIANSHI ZHUYI WENXUE DE YINGXIANG CHANSHI

王　欣　著

责任编辑	张晶晶
封面设计	林朦朦
责任印制	包建辉
出版发行	浙江工商大学出版社
	（杭州市教工路 198 号　邮政编码 310012）
	（E-mail：zjgsupress@163.com）
	（网址：http://www.zjgsupress.com）
	电话：0571－88904980，88831806（传真）
排　　版	杭州朝曦图文设计有限公司
印　　刷	杭州高腾印务有限公司
开　　本	710mm×1000mm　1/16
印　　张	26.5
字　　数	360 千
版 印 次	2021 年 8 月第 1 版　2021 年 8 月第 1 次印刷
书　　号	ISBN 978-7-5178-3962-0
定　　价	89.00 元

目　录

导　言

第一节　19世纪欧美现实主义文学传统的形成

如今已经成为经典的19世纪欧美现实主义文学是文学史留给世界的一份最美妙的遗产，这一文学思潮在传承的过程中吸引了一代又一代读者，而它的表现领域也不再局限于文学作品，而是延伸到了其他艺术领域，形成了具有深远影响的19世纪现实主义文学或文化传统。对这一文学思潮与文化传统进行整理，我们能看到的不仅仅是流派思潮和文学家文本发展的典型历程，还包括与文本相关联的社会生活文化传承的各个方面。

一

伴随着法国大革命和之后拿破仑在法国的崛起，欧洲进入19世纪。法国大革命宣告了封建君主专制的结束，传播了自由民主的进步思想，对整个欧洲产生了巨大的影响。在大革命的云烟中，欧洲人原先平静单纯的生活秩序逐渐被打破，取而代之的是复杂而喧闹的时代。拿破仑登基、波旁王朝复辟、"七月王朝"统治、工人起义、1848年革命、巴黎公社，阶级矛盾异常尖锐和激烈，斗争频繁，这是一个全新的、人类未曾经历过的时代。欧洲资本主义全面兴盛和发展，在持续的疯狂资本积累和剥削工人的过程中，资产阶级真正在政治经济上强大起来，成为这个动乱的革命年代的主角。

1830年，当"欧那尼之战"的号角被吹响时，司汤达写出了不被人们看好的《红与黑》，巴尔扎克出版了小说《朱安党人》。当巴黎文坛正在轰轰烈烈地庆祝浪漫主义对古典主义的胜利时，现实主义文学思潮已悄然登场，一场文学革命正在法国乃至全欧洲兴起。19世纪风行于欧洲的现实主义文学思潮，最为关注的就是这个时代的发展喧嚣和动荡不安。30岁之后的巴尔扎克不再回避社会和历史的真实面貌，在巴黎雷努瓦尔街的寓所里，书写他那熟悉且对之充满眷恋的欲望与生活；司汤达一如既往地游移于浪漫主义与现实主义之间，在对意大利的往事追忆中表达对自由和民主的向往。不仅是欧洲那些渐渐现代化的都市，慢慢地，连城镇乡村也变得不再像以往那么宁静；远在大洋彼岸的美国，这片土地上的萌动既透出新生的气息，也不乏无奈与顽固的叹息，这一切都为熟悉其状态的小说家们所钟情，狄更斯、哈代、列夫·托尔斯泰、马克·吐温，他们先后书写了这个变革时代对这里一草一木的影响。

现实主义的产生有其自身发展的规律和线索，它在发展过程中扬弃了传统文学理念，也不同于浪漫主义文学的激情和自由夸张，而是以它的真实、进步性和时代气息否定了浪漫主义的极端和个性。如果说浪漫主义呈现出革命的那种摧枯拉朽的气势，那么现实主义则似乎正表达了革命所追求的理想——自由和民主。

19世纪的现实主义作家们把眼光投向现实生活，把时代作为唯一的创作对象和题材，真实是其最基本的原则。他们关注社会现实，把视野放在随处可见的事物上，分析其中的历史寓意和深层内涵。现实主义作家们创作的每一个片段，从他们发现的每一个视角和焦点，通过历史的线索组成了作品的整体面貌。现实主义小说家们以生活中的所见所闻串联起动荡的19世纪。当然，某一种创作风格或文学流派的产生，除了有其广阔的社会历史背景，还有着它深厚的本体原因。欧洲文学史自古希腊以来就有一条以现实主义理念和手法进行创作的主线，始终在追求描摹现实。现实主义作家的笔下，刻画出广阔的社会画面，既有贵族地主，也有劳作的工人和农民。此外，现实主义作家们把目光投向平凡的生活，投向底层，这也是19世纪西方国家推崇科学的结果。科学理性的发展，使人们用对科学的崇拜摆脱了对神、对基督的信仰，人们相信以人类经验为基础的实证科学的能力。科学崇尚"真"，追求真实是科学的本质。19世纪科学理性的精神同样是现实主义文学的本质，他们把眼睛对准了身边琐碎生活的场景。

这个"真"，不是粉饰太平的"真"，不是高高在上的"真"，而是平凡、卑微、肮脏和让人不适的底层生活，这是现实主义文学最有特色的创作倾向。现实主义文学创作把笔触伸向鲜为人知的贫民窟、庄园农村，并且以此向逝去的封建阶级挑战，这同样是自由和民主的产物。巴尔扎克曾经这样说过：

> 在我们的社会里，种种罪恶、情欲和不道德，以怎样的面貌表现出来呢？您认为每两个人当中就有一个是正人君了吗？您相信存在着美德吗？①
>
> ……………
>
> 提高时代的德性，每个作家都应引为己任，否则他不过是个逗乐的人罢了；但是，评论界是不是给被它指责为不道德的作家们提出了什么新方法呢？过去的老方法总是揭露伤痕。②

现实主义文学家们不但对现实生活进行了探究，而且在寻求解决问题的方法，这种寻求是率直而坦诚的。无论是狄更斯还是列夫·托尔斯泰，他们的作品中随处可见的贫穷现象让人心酸，但那种渴求改造社会的想法、对习俗成见的批判，则令人激动和钦佩。19世纪欧美现实主义文学这

---

① 蔡鸿滨译. 致《星期报》编辑伊波利特·卡斯蒂耶先生书（1846）[A]. 巴尔扎克著；艾珉，黄晋凯，选编；袁树仁，等，译. 巴尔扎克论文艺 [C]. 北京：人民文学出版社，2003：186.

② 同上，2003：188-189.

种面向生活、面向现实、面向时代的创作风格代表了一个彻底而全面的新文学时代的来临。它改变了 19 世纪之后几乎所有文学思潮和创作对于现实、对于生活的感受，而这一切，是 19 世纪欧美现实主义文学家们开创的。

19 世纪现实主义文学在 20 世纪到来时，随着人类轰轰烈烈地迈入现代社会而渐渐隐退，但代表着 20 世纪的新的现实主义文学创作同样风起云涌。因此，19 世纪现实主义文学的开创性意义使它能在世界文学的发展中占有举足轻重的地位。现代文学与艺术是在 19 世纪后期文学艺术的大变革中开启的，以前，我们喜欢把这个变革的起始分为两个阶段，因为文学的觉醒较早，而艺术，尤其是电影的开启因其自身的技术原因而晚了半个世纪。但实际上，两者之间有着千丝万缕的联系。

今天，文学发展进入多元化时代，但人们会永远关注文学对于当下的启示，毕竟经历过现实主义的洗礼，人们更加明白，只有深谙脚下的土地、身边的生活，文学对于人类社会才会更有意义。

二

什么是经典？这是每一个时代都会提出的问题，因此也会有不同的解释。意大利作家卡尔维诺在《为什么读经典》一书中对经典做了十四个定义：

一、经典是那些你经常听人家说"我正在重读……"而不是"我正在读……"的书；

二、经典作品是这样一些书，它们对读过并喜爱它们的人构成一种宝贵的经验，但是对那些保留这个机会，等到享受它们的最佳状态来临时才阅读它们的人，它们也仍然是一种丰富的经验；

三、经典作品是一些产生某种特殊影响的书，它们要么本身以难忘的方式给我们的想象力打下印记，要么乔装成个人或集体的无意识隐藏在深层记忆中；

四、一部经典作品是一本每次重读都好像初读那样带来发现的书；

五、一部经典作品是一本即使我们初读也好像是在重温的书；

六、……①

法国文学评论家查尔斯·奥古斯汀·圣伯夫则认为：

真正的典范就像我想听到的定义一样，是这样一个作家：他丰富了人类思想，增加了人类思想的宝库，将人类的思想向前推进一步；他发现了某种道德和无可置疑的真理，或者揭示了某种内心深处似乎明白并找到的永恒感情；他表达了自己的思想、意见或发明，只要它们无论以什么方式都具有其广泛性和重要性，精练而明智，本质上健全而绝妙；他对大家做过的演讲有其独特的风格，一种人们发觉也是整个世界的风格，一种新而不含新语、新中有旧、既有丰富的现代感又有一切时代特色的风格。②

很明显，经典基于一种宝贵的经验，是旧与新的结合，兼具审美意味和道德价值，是永恒性和丰富性的体现。文学经典的形成尤其是一个不断建构的过程，19世纪现实主义文学从产生发展到今天，同样经历了形成经

①　伊塔洛·卡尔维诺. 为什么读经典 [M]. 黄灿然，李桂蜜，译. 南京：译林出版社，2015：1-4.

②　查尔斯·奥古斯汀·圣伯夫. 什么是经典 [M]. 艾治琼，译. 文学和哲学名家随笔（哈佛百年经典）. 北京：北京理工大学出版社，2014：101.

典的过程。由于与现代工业文明同步，19世纪现实主义文学的经典化过程与社会发展、科技进步紧密地联系在一起。19世纪现实主义文学的作家作品之所以被认为是文学经典，主要在于作品本身以真切的体验写出了那个时代西方人共通的心理特征和社会发展的问题，即那个时代属于西方社会的共同社会情感，甚至这些情感不论是在当时还是在今天，不论是在西方还是在东方，都会引起读者们的共鸣。

以19世纪现实主义文学家狄更斯为例。从18世纪60年代开始到19世纪中期的英国工业革命带来的是巨大的社会变革：蒸汽机为工业提供动力，创造了空前的财富，并引领了铁路及海上运输的繁荣，"火箭号"机车、宪章运动、世界博览会都是这个时代最显著的标志。而伦敦——当时欧洲最大的城市——伴随着农民的急剧涌入，城市人口激增至230万。在日益扩大的中产阶级当中，受过良好教育的城市居民逐渐奠定了社会生活的基本模式，随着收入的增加、定期出版物的风靡和照明措施的改善，阅读变得越来越容易，读书读报之风盛行；在经济飞速发展的英国，人们的阅读品位发生了变化，越来越多的中产阶级和普通百姓开始阅读经典和杂志；而从事写作活动的作家范围也愈来愈广，包括大学教授、医生、公务员，甚至是记者。这一时期，是读者们也是小说家们最幸运的时期。19世纪30年代，一名年轻的英国人——查尔斯·狄更斯开始在报章崭露头角，他更为读者们熟知的名字是"博兹"。在伦敦的早年生活中，贫困和屈辱缠绕着他，但他也因此获得了对文学创作最有益的人生经历。对于狄更斯来说，他熟悉这个蒸蒸日上而又动荡不安的时代，对伦敦生活尤其是贫穷和苦难的区域了如指掌。在一些当时广泛发行的杂志中，狄更斯凭借自己的生花妙笔，以连载小说的形式向广大的阅读公众描述了这个时代，于是，他很快就在小说想象的领域取得了统治地位。斯蒂芬·茨威格在其笔下，真实记录了忠实的狄更斯迷，即"老狄更斯分子"们的阅读热情：

当时，每逢邮件日，他们都从来不忘记在家里等候邮差。最后邮差终于把博兹的蓝色新期刊邮包送来了。他们盼望了整整一个月了。他们等候，期待，还争论科波菲尔是会和多拉结婚呢，还是会和埃格尼斯成为伉俪。他们都为密考伯的境遇出现危机感到高兴。——他们倒也知道，密考伯会用烫热的潘趣酒和良好的心情英勇地克服危机的！……老老少少所有的人年复一年在到期的邮件日都迎着邮差步行五六里地，为的是早一点儿拿到自己的书。他们在走回家的路上就已经开始读起书来了，甚至一个人从另一个人的肩膀旁边看刊物，还有个人在高声朗诵。①

无论是最初的《匹克威克外传》《奥利弗·特威斯特》，还是后来的《大卫·科波菲尔》《双城记》和《远大前程》，当时的阅读状况正是如此。如今一本本在抽屉和书橱里已经放得发黄的薄薄的期刊，如《本特利杂录》《家常话》《一年四季》等封存了一代人对于狄更斯小说阅读的真实记忆：每隔一个月或是一周，他们都会在那几本期刊上读到狄更斯的最新作品，虽然只是部分章节，但那种等待和阅读的感觉却让他们难以忘怀。后来，狄更斯那一批销路不错的连载小说都以单行本的形式刊印并且一版再版，狄更斯去世之后，他的作品集陆续出现。随着小说载体的变化和阅读形式的转换，维多利亚时代独特的阅读风潮从此一去不复返了。

从价格低廉的期刊到装帧精美、卷册厚重的单行本或是作品集，狄更斯完成了从畅销小说家到经典文学家的转变。当然，期刊具有普及性，单行本和作品集的销路比较有限，总印数不过几百几千册，而登载狄更斯连载小说的期刊在当时行销至几万册，则是很常见的。但这些只有几十页厚度的期刊毕竟只是短期读物，它们不能像书籍一样永久保存下去。而正是因为单行本

---

① 斯蒂芬·茨威格. 精神世界的缔造者：九作家评传 [M]. 申文林，高中甫，等，译. 北京：新星出版社，2017：30-31.

和作品集的出现，狄更斯的作品最终引起了广大读者持久的阅读趣味。狄更斯作品的单行本和作品集版本数量惊人，各种版本在完整程度、风格装帧方面各有千秋，比较有名的如 1937 年至 1938 年间由英国无比出版社出版的 23 卷本《狄更斯作品集》、1947 年至 1958 年间牛津大学出版社出版的 21 卷本《牛津插图版狄更斯作品集》、企鹅出版社出版的"企鹅经典"单行本以及《狄更斯代表作品集》等，无论哪一种版本，比起当年的期刊，都会给人以厚重的感觉。这种由轻到重的跨越，正是狄更斯作品逐渐深入人心成为经典的过程。

三

针对文学传统这一概念，美国社会学家 E. 希尔斯认为：

> 文学传统是带有某种内容和风格的文学作品的连续体。这些内容和风格体现了沉淀在作者的想象力和风格中的那些作品的特征。文学传统也是整个文学作品的精华存积，它们以不同的方式在某个时刻为一个时代中具有文化素养的读者和作者所接触。①

从希尔斯对文学传统的定义里可以看出：文学传统首先是文学思潮流派或作家作品发展到一定阶段的产物，它往往经过历史的检验和文学发展的积累而能够保存至今，是一种文学经验的积累。文学经典在形成过程中，常常会偏离文学的轨道，被改编为其他各种形式，经历更多的读者或观众的检验和筛选，如舞台演出、音乐作品、影视、漫画、游戏等。其中有的形式没有发生本质性变化，并为大多数人所接受，还属于经典规范的范围；也有的渐渐在经历发展变异之后，积累积淀起新的文学或文化经

---

① 爱德华·希尔斯. 论传统 [M]. 傅铿，吕乐，译. 上海：上海人民出版社，2014：199.

验，也就是可以称之为文学传统的东西。例如，列夫·托尔斯泰的《安娜·卡列尼娜》就是这样一个典型的文学传统。100 多年以来，《安娜·卡列尼娜》一直是最受欢迎、流传最广的托尔斯泰小说作品，其小说内容在传播和改编的过程中不断被改动或翻新，新版本的来源当然是老版本，但是新版本往往会有意识或者无意识地让小说最初的含义发生偏差，留下的是围绕着《安娜·卡列尼娜》小说的文学与文化传统。相比之下，司汤达和他的《红与黑》却在 19 世纪的大部分时间遭受了冷遇，直到 20 世纪早期才延续了这一文学传统，这部经过历史检验的小说在之后的发展传播中最终幸运地与电影电视结合，诞生出一批伟大的影像阐释文本。这些根据文学作品改编的电影电视在改编过程中往往或多或少地保留作品的内容情节或人物结构，这就成为电影电视与文学作品之间联系的纽带。影像阐释文本可视为文学传统以不同方式在电影电视时代为观众所接受，尤其是被阅读过名著、具有文化素养的读者（观众）所接受的过程。作为电影或电视导演，不可能真正地将一部作品本身搬上银幕，只能把他自己对这部作品的理解搬上银幕，但这已经足够了。

如果仅仅是一部文学作品和一部改编电影，实际上很难形成文学或文化传统。但电影改编无疑是"互文对话"的典范①，因此，影像阐释本身具有互文性，互文性是一种术语，用来表明文本参考或引用了其他作品。因为一个影像阐释文本往往会参照之前的文学作品或影视文本，因此，影像阐释的文本往往会与其他作品有额外的关系，这就形成了一种文学或文化传统。文学传统往往是文学经典发展的历史连续性所带来的一种更为丰富多样的表现形态。在影像阐释的过程中，文学传统原有的延续性与特定时代氛围、社会生活以及科技手段紧密联结，形成了更为广阔的代表着一系列审美历史活动的文化传统。

---

① Anne-Marie Scholz. *From Fidelity to History： Film Adaptations as Cultural Events in the Twentieth Century* [M]. New York & Oxford：Berghahn Books，2003：3.

第二节　19 世纪欧美现实主义文学与影像的关系

自从电影发明以来，文学作品对世界各地的电影制作者来说，"已被证明是一种不可替代的、几乎万无一失的资源"①。19 世纪欧美现实主义文学对于新兴的电影制作者来说更是信手拈来的好素材。有意思的是，在对这些作家作品进行影像阐释的过程中，人们发现 19 世纪的很多作家已经在各自的技法创新过程中预示了"电影的文法"，这就使得文学与影像之间的关系变得更加微妙。

一

在小说与电影发展史上，格里菲斯曾宣称他从狄更斯那里学到了交叉剪接技巧；爱森斯坦在《狄更斯、格里菲斯和我们》一文中也证实说，维多利亚时代的小说家的作品中含有特写蒙太奇和镜头构图的对等物。

在方法和风格上，在观察与叙述的特点上，狄更斯与电影特性的接近确实是惊人的。

也许正是在这些特性的实质中，正是在这些特性同样适用于狄更斯与电影这一点上，隐藏着这种叙述手法与写法的特点（还有主题与情节）过去以至现在所以能给他们带来家喻户晓的成就的一部分秘密。

狄更斯的小说对于他那个时代具有什么意义呢？

①　Anne-Marie Scholz. *From Fidelity to History：Film Adaptations as Cultural Eventsin the Twentieth Century* [M]. New York & Oxford：Berghahn Books，2003：1.

这些小说对于狄更斯的读者具有什么意义呢？

答案只有一个：

——这些小说对于当时各阶层读者的意义，正如今天……电影对于这些阶层的观众的意义。①

此外，在哈代、屠格涅夫和契诃夫的小说中也能找到类似的"电影的文法"。应该说，欧美现实主义文学在 19 世纪有了长足的发展，从最初自浪漫主义之中的脱胎换骨到世纪之交的全新蜕变，无论在内容上还是形式上都极大地满足了读者对阅读的好奇。但当文学家们遭遇来自电影的挑战时，他们首先表现出来的是一种欣喜与"有意思"。

1908 年 8 月，在列夫·托尔斯泰 80 岁寿辰时，伊·铁涅罗莫在波良纳庄园采访并录制了托尔斯泰有关电影的一段谈话：

你们将会看到，这个带着旋转轴的咔嚓响的小玩意儿给我们的生活——作家的生活，带来一场革命。这是对旧有的文学创作方法的直接进攻。我们需要使自己适应这个影影绰绰的屏幕和冰冷的机器。需要一种写作的新形式。我已考虑到这一点，而且能感到它的来临。

尽管如此，但我还颇为喜爱它。无论是场景的瞬息变幻，或是感情与经验的融合，都大大超过了我们所习惯的那种沉重、冗长、拖沓的写作方式的文学作品。它更接近于生活。因为在生活中，一切事物也这样在我们眼前瞬息万变，一闪即逝，内心深处的情感变化也如飓风一般。电影识破了运动的奥秘。而这正是它

---

① 爱森斯坦. 狄更斯、格里菲斯和我们 [M]. 魏边实，伍菡卿，黄定语，译. 爱森斯坦论文选集. 北京：中国电影出版社，1962：220.

的伟大之处。①

　　在这段谈话中，托尔斯泰谈到了早期电影给他留下的印象。在小说家看来，电影"更接近于生活"的特质能使观众们相信自己看到的是真实的活生生的自然与社会，相比之下，写作与文学作品恐怕很难同这一新兴事物竞争。也许小说家只有设法给观众提供和电影同等令人满意的视觉享受，才能适应这个全新机器时代的挑战。与列夫·托尔斯泰同时代的美国现实主义小说家马克·吐温在自己创作生涯的晚期目睹了美国电影的发展，市场需要大量的故事影片，电影制片人被迫转向舞台和文学作品寻求完整的材料。每一个可能探寻的源泉都找到了：短篇小说、诗歌、话剧、歌剧、大众喜爱的畅销书和古典作品都被加以缩写，被改成拍一卷胶片的电影剧本。1907年，马克·吐温的作品《奇异的梦境》还附有如下一则广告——也许是这类影片要有的证件之一。

　　　　先生们，我授权美国维太格拉夫影片公司将我的作品《奇异的梦境》改编成电影。我持有他们的一张剧照，约翰·巴特在审视他的墓碑，我觉得怪有意思，十分幽默。②

　　不仅如此，马克·吐温在这部《奇异的梦境》和1909年的《王子与贫儿》中还分别出镜，扮演了作者自己。保留至今的由爱迪生制造公司(Edison Manufacturing Company)拍摄的关于马克·吐温生活的短片，可以给今天的人们一个更直观的马克·吐温的形象。

----

① 电影艺术译丛编辑部. 高尔基、托尔斯泰谈早期电影（电影史料）[J]. 陈梅，译. 电影艺术译丛，1978（1）：138-145.

② 刘易斯·雅各布斯. 美国电影的兴起 [M]. 刘宗锟，王华，邢祖文，等，译. 北京：中国电影出版社，1991：83.

二

20世纪初的电影水准很难与成名已久的伟大作家作品相提并论，但电影特有的艺术手段和技巧却开始潜移默化地影响文学创作。这些艺术手段有一部分内容来自戏剧舞台，这为观众们迎接电影的到来做了前期铺垫，如渐隐渐显、化出化入、追逐场面与平行剪辑、加强爱情场面气氛的音乐等。随着电影在20世纪成为最流行的艺术形式之一，19世纪的许多小说里即已有的十分明显的偏重视觉效果的倾向，在当代小说里猛然增长了。蒙太奇、平行剪辑、快速剪接、快速场景变化、声音过渡、特写、化入化出、叠印——这一切都开始被小说家在纸面上进行模仿。尽管电影很吸引人，但实际上它并不足以真正同小说一争高低。像托尔斯泰这样的小说家善于对人物的思想做出深刻的分析，而电影导演则仅限于在画面灯光上构思和创新而已。经过20世纪伟大作家如詹姆斯·乔伊斯、弗吉尼亚·伍尔夫等的指引，一代新成长起来的小说作家很快就试图去找出文学创作的艺术在多大程度上能够既吸收电影的技巧，而又不牺牲它自己的独特力量。根据19世纪现实主义文学改编的电影，也是对小说进行电影化想象的产物。这些经过重新阐释的电影作品，常常让读者们怀着既爱又恨的心情努力去欣赏文学经典与20世纪"最生动的艺术"的相结合。

电影在20世纪初的不断创新在这个逐渐崇尚科技的社会里引起了一场革命，当然这场革命是循序渐进的。难能可贵的是，这场循序渐进的革命在它的每一个阶段都出现了伟大的作品，从最初的无声短片到今天的数字电影。在电影还没有成为艺术的时代，它就以一种反传统的方式表现出对于视觉艺术的关注，而语言的缺失恰好强化了这种倾向。自浪漫主义产生以来，文学发展史就是一部与传统的、约定俗成的语言形式进行斗争的历史。从某种意义上讲，19世纪的欧美文学史就是一部语言革新的历史，不过，19世纪只是寻求保持新与旧、传统形式与个体自发性的平衡，电影则因为科技条件的限制而消灭了流行的和陈旧的表达手段。在追求视觉效果的过程中，为了获得可靠的剧本，电影工作者们去经典的、有着固定读者群的作家作品中寻求灵感，并且在一个崭新而又丰富多彩的世界中，让文学与生活、虚幻与梦想得以还原。在这里，电影表现出一种特征，构成电影基础的技术只有在高度发达的资本主义土壤上才能形成，这也像每一种其他艺术那样，技术的发展对艺术的影响也必然出现阻碍、冲突和危机。①

当然，还不止于此，当电视在 20 世纪 40 年代开始兴起并且一度威胁到电影的生存地位时，电影也丝毫没有放弃对上述特点的追求。如今电影依然如此流行，伟大的先驱者如乔治·梅里爱、格里菲斯在《灰姑娘》(1899)、《月球旅行记》(1902)、《炉边蟋蟀》(1909)、《复活》(1909)等影片里开创的艺术传统至今绵延不绝。

三

之所以把对根据文学作品改编的影视等作品的分析研究称为阐释研究，是因为围绕着文学文本进行的一系列全新的活动具有多重"阐释"的意味。阐释就是把实有之物视为对实有之物的表现或表达，或者视为实有之物的相关或对实有之物做出的回应，或者视为对某种传统的隶属或某些形式特征的表露，等等。② 文学作品改编影视文本不仅对原有的文学文本进行了阐释，而当它以影像范畴的视觉艺术形式呈现在人们面前的时候，还需要对它进行"阐释的阐释"，也就是将它真实的含义通过分析讲述出来。

对文学作品进行改编实际上是一种古老且一直很流行的做法。作为一

---

① 格奥尔格·卢卡奇. 论电影 (1963)［M］. 徐恒醇，译. 电影的透明性：欧洲思想家论电影. 开封：河南大学出版社，2017：13.

② Paul Thorn. *Making Sense：A Theory of Interpretation*［M］. New York：Roman&Littlefield，2000：64.

种文化现象，对于19世纪现实主义文学的改编最初只局限在戏剧舞台或是绘画等艺术形态，随着电影的兴起，慢慢开始萌发用影像对文学作品进行改编阐释的想法。究其原因，有时是由于我们认为这些作品的故事很"电影化"，有时是想利用它们在群众中的影响为影片增加收入。① 从文学文本到各种类型的影像，都需要通过阐释才能被充分地认识和欣赏理解，也就是"对实有之物的表现或表达"，它们需要被认可为对原有文学作品的某种"真实"写照，其目的在于达到某种交流与表现。对于19世纪欧美现实主义文学家来说，他们大多数人在有生之年没能接触电影，或者生活在电影还没有成为艺术的时代，即使像马克·吐温、托马斯·哈代这样在20世纪度过了自己人生晚年的文学家，也很难找到资料来证明他们与电影制作，尤其是与根据自己的文学作品改编的电影制作之间有较多的接触与交流。因此，无论是早期的叶甫盖尼·鲍艾尔、J. 塞尔·道利还是后来像大卫·里恩或雅克·里维特的影像作品都同样会带来阐释研究的问题及思索。在这些作品中，导演或改编者从一个特定的角度处理了文学原著，对原著进行了新的阐释以表达一个新的和富有含义的陈述，这个陈述往往以某种方式涉及我们当前这个世界②。无论是忠实性改编③的影像还是现代主义风格的影像文本都需要进行阐释研究，即使它是由一位一丝不苟的、注重客观真实的导演和他的团队摄制而成的。布鲁斯东曾在《从小说到电影》中强调：

---

① 贝拉·巴拉兹. 电影美学 [M]. 北京：中国电影出版社，2003：274.
② 克莱·派克. 电影和文学 [M]. 陈犀禾，译. 电影改编理论问题. 北京：中国电影出版社，1988：165.
③ 忠实性改编（faithful adaptation）的提法源于美国学者路易斯·贾内梯（Louis Giannetti）在《认识电影》（*Understanding Movie*）一书中的分类，他将文学作品的电影改编分成三种类型，即随意性改编、忠实性改编和原封不动改编。其中忠实性改编的定义是按电影的条件重新创作文学原著，尽可能接近原著的精神；随意性改编的定义是从文学原著中摘取一种观念、一种情景或一个人物，然后不受约束地展开。（路易斯·贾内梯. 认识电影 [M]. 北京：中国电影出版社，1997：252.）

它们都没有理会到，当人们从一套多变的、然而在一定条件下是性质相同的程式过渡到另一套程式的那一分钟起，变动就开始了；从人们抛弃了语言手段而采用视觉手段的那一分钟起，变化就是不可避免的。最后，人们还没有充分地认识到，小说的最终产品和电影的最终产品代表着两种不同的美学种类，就像芭蕾舞不能和建筑艺术相同一样。①

普多夫金说过，正是实际发生的事件与它在银幕上的表现两者之间的显著区别"使电影成为一门艺术"，这句话将我们带到了电影创作过程的核心。由于它虽然受制于对具体现实的尊重，却不受制于任何一位观者的视野，摄影机镜头便成为一种理想的、非现实的眼睛；由于它不受制于自然的观察方式，观众的眼睛便能无所不见。② 当然，没有什么比个性化阐释离原著更遥远的了，因为影像文本始终是带有偏见和个性特征的。人们的阅读、理念、宗教信仰、价值观和社会态度均受自身文化的深刻影响，这些都会在他们制作的影像文本中得到反映。每一部根据文学名著改编的影像本身就体现着一种观察和展示世界的独特方式。关于这一点，哲学家加达默尔认为：

> 必须承认，艺术传统的世界——我们在如此多的人类世界中通过艺术获得的显著的同时性——远不只是我们自由地接受或拒斥的一种对象。
>
> ……
>
> 艺术的意识——审美意识——总是附属于从艺术品本身引出

---

① 乔治·布鲁斯东. 从小说到电影 [M]. 高骏千，译. 北京：中国电影出版社，1981：5-6.

② 同上，1981：18.

的直接的真实性要求。在这个意义上，当我们根据一件艺术品的美学特性对它进行审美判断时，一些实际上与我们更为亲近的东西与我们疏远了。当我们离开抓住我们的直接的真实性要求、不再追求这种要求时，总是会发生这种向审美判断的异化。①

由此可见，所有的影像，哪怕是最接近于原著内容或真实生活的影像，也都需要进行阐释研究。虽然误解和陌生并不是首要因素，但不能把避免误解看作解释学的特殊任务。实际上，只有熟悉而普遍的理解的支持才使进入异己世界的冒险成为可能，才使从异己世界中找出一些东西成为可能，从而才可能扩大、丰富我们自己关于世界的经验。② 所以在与 19 世纪欧美现实主义文学有关的影像文本中看到的画面与镜头并非那么简单，它们都是由影视导演、编剧、摄影师们根据伟大的文学作品进行再创作和演绎的，因而值得去梳理和进行阐释研究。

文学与电影批评家在进行描述的时候，会说出他在影像中可能见到或思考到的一切并对此进行说明，当说明的内容超出影像本身显而易见的信息展示而涉及象征隐喻等问题的时候，阐释都会悄然出现，影像阐释的情况也不例外。

如果有人反对我说，一部音乐艺术作品的再现是一种不同意义的解释——不同于例如阅读一首诗或观看一幅画的理解行为，在我看来这并不能令人信服。所有的再现首先都是解释，而且要

---

① 汉斯-格奥尔格·加达默尔. 哲学解释学 [M]. 夏镇平，宋建平，译. 上海：上海译文出版社，2004.4-5.
② 同上，2004：15.

作为这样的解释，再现才是正确的。在这个意义上，再现也就是
"理解"。①

　　因此，影像阐释就是要交代一部影像类作品被描述出的所有层面，并
假设各个层面之间存在意味深长的关系。在充当批评家的时候，阐释影像
就是以口头或书面的形式告诉别人：你对影像是如何理解的，特别是你对
一部电影或电视所表达的内容的看法。阐释就是交代影像的要旨、含义、
意向、基调或意境。在阐释作为艺术的影像时，评论家会设法探明并告诉
别人他们认为一部电影或电视剧中什么是最重要的，其表现形式是如何与
作品内容整合的，其主题的转换又是如何影响其素材的。批评家的阐释建
立在作品展示的内容、作品以外的相关信息或影像产生的各种环境基础之
上。在很多时候，阐释超越了描述本身来构建其真正的含义，阐释研究实
际上成了如何理解一个影像文本的较为完整的表述。

　　在视觉欣赏的过程中，光看表面的故事情节，而不抓住内在的意蕴，
就会对影像文本所表现的那个世界产生误解。阐释研究另外要做的一件重
要事情就是把影像文本的整体或局部看成需要进行特殊说明的隐喻或象
征。影像文本的隐喻或象征使得某些内容得到了展示，而某些内容则被含
蓄地表达。某位电影导演在向我们展示某部根据文学名著改编的电影时，
他展示的实际上是他对这部名著的某个方面的理解。这些复杂而多重的各
个方面就是这一类影像文本需要进行阐释研究的核心。

第三节　19 世纪欧美现实主义文学与 21 世纪

从统计数据来看，进入 21 世纪之后，根据文学名著改编的电影（包括电视电影）的创作数量每年在 40 部左右。当然，因为存在对文学名著定义的偏差和部分未能进入院线的影片，这个数据有着相当的模糊性。电视的情况没有电影那么可观，根据文学名著改编的电视剧年均在 50 部（集）左右。从票房角度来看，文学名著改编电影的作品数量本就有限，能够获得票房成功的影片则更加少见，如《悲惨世界》（*Les Misérables*，2012）收获 4.4 亿美元票房、《傲慢与偏见》（*Pride & Prejudice*，2005）收获 1.2 亿美元票房仅为个案，更多的是像阵容庞大的《安娜·卡列尼娜》（*Anna Karenina*，2012）收获 6892 万美元票房、被导演波兰斯基（Roman Polanski）寄予厚望的《雾都孤儿》（*Oliver Twist*，2005）收获 4050 万美元票房、口碑不错的《简爱》（*Jane Eyre*，2011）收获 3471 万美元这样的亏本局面。当然，通过《悲惨世界》、《神探夏洛克》（*Sherlock*）这类影视作品，对文学名著改编电影电视的市场和产业的未来发展，我们仍然可以有更多期望。

根据文学名著改编的影视作品，虽然在全球影视发展中未能扮演重要角色，但由这类影视产品所承载的文化内涵，在过去十几年时间里却在不断增长。从文化批评的角度来审视，这一类影视作品不仅在传承经典、传播文化方面做出了贡献，其内容的丰富度和影响力也举足轻重：除传达各个民族国家主流价值观外，还能满足人们的审美娱乐需求，起到在精神世界进行适度调节的功能和作用。此外，越来越多的国家依托文学名著改编电影来讲述国家民族文化故事、塑造国家民族形象，传播民族地域特色文化。

在文学名著当代影像阐释的发展中，一些影视工业比较发达的国家如美国、法国、英国、印度起到了比较突出的促进作用，21 世纪之后根据文学名著改编的影视作品也多与这些国家相关。此外，第三世界国家电影的崛起意味着 21 世纪世界影视发展格局的新变化。在全球化进程中，世界范围内争取民族影视发展的呼声也越来越强大。在当前这样的形势下，第三世界的民族影视业开始了新的崛起，越来越多的第三世界国家影视导演在文学名著改编电影的过程中显现出强劲的生命力。

鉴于文学名著改编影视本身是一个极为宽泛的概念，它所涉及的名著、影片比较庞杂，而影视在世界各国发展又极不均衡，因此，以在世界电影史上具有突出影响力、对 19 世纪现实主义文学进行影视改编数量较多的俄国为例，以其 19 世纪现实主义文学作品影视改编作为研究对象，同时整理和分析 21 世纪以来根据俄国 19 世纪现实主义作家作品改编的影视作品作为影像阐释的主要来源，可以感受到文化批评视野下 19 世纪欧美现实主义文学当代影像阐释的经典传播意义及文化内涵。

一

对 19 世纪欧洲文学来说，俄国作家的成就令人惊讶地达到前所未有的高度。在俄国这一令人难以置信的由普希金、莱蒙托夫、果戈理、屠格涅夫、陀思妥耶夫斯基、列夫·托尔斯泰、契诃夫等小说家、戏剧家构成的庞大作家群中，他们用独具俄罗斯文化特征的描述提供了那个时代沙皇俄国社会的全景。《叶甫盖尼·奥涅金》《当代英雄》《钦差大臣》《死魂灵》《父与子》《罗亭》《装在套子里的人》《海鸥》《樱桃园》，加上大量的中短篇小说、戏剧等，构成了 19 世纪俄国作家创作的全部，也给 20 世纪影视改编提供了丰富的素材。据不完全统计，从 1909 年（也许更早）出现根据俄国作家作品改编的电影短片像《鲍里斯·戈都诺夫》《复活》等开始到今天，出现了将近 1300 部（集）电影电视作品，其中绝大部分集中在以上几位代表性作家身上，部分俄国经典作家的近一半作品拥有自己的影视改编文本。其中改编数量比较集中的像契诃夫（523 部，其中 21 世纪 93 部）①、陀思妥耶夫斯基（265 部，其中 21 世纪 60 部）、果戈理（189 部，其中 21 世纪 27 部）、列夫·托尔斯泰（208 部，其中 21 世纪 22 部）、普希金（167 部，其中 21 世纪 21 部）、屠格涅夫（123 部，其中 21 世纪 8 部），这在一定程度上显示出人们对 19 世纪俄国作家作品的某种偏好。

在 21 世纪最初几年的俄国经典作家作品改编的电影作品中，契诃夫所占数量依然是最多的，这首先跟契诃夫作品（中短篇小说）众多有关。但实际上，由契诃夫作品改编的电影作品中有很大一部分为短片和电视电影，真正进入院线和公映的数量远低于统计数据，比较具有代表性的包括《小莉莉》（法国，2003）、《关于爱》（俄国，2004）、《三姐妹》（美国，2005）、《午后》（德国，2007）、《六号病房》（俄国，2009）、《决斗》（美国，2009）、《冬眠》（土耳其，2012）、《陷阱》（印度，2014）、《海湾别墅》（法国，2017）等。陀思妥耶夫斯基的经典作品改编在 21 世纪的受欢迎程度丝毫不亚于 20 世纪，包括不少来自第三世界的电影导演用自己的作品表达了对这位文学大师的敬意，比较具有影响力的作品有以色列导演米纳罕·戈兰的《罪与罚》（2002）、巴西导演埃托尔·达利亚改编自《罪与罚》的《黑眼圈》（2004）、乌里·巴尔巴什导演的改编自《卡拉马佐夫兄弟》的以色列影片《四兄弟》（2006）、达赫让·奥米尔巴耶夫拍摄的哈萨克斯坦影片《罪与罚》（2012）等，其中最受关注的影片当数 2013 年英国导演理查德·阿尤阿德执导、根据同名小说改编的电影《双重人格》。由果戈理小说改编的电影作品主要跟他早期浪漫主义特色作品相关，如《女巫》（俄国，2006）、《俄罗斯游戏》（俄国，2007）、《塔拉斯·布尔巴》

---

① 作家作品改编成电影电视的时间和次数统计以互联网电影资料库（Internet Movie Database，简称 IMDb）网站数据为主，可参看该网站相关条目，数据时间截至 2019 年 12 月 31 日。

（俄国，2009）等。由列夫·托尔斯泰的小说改编的电影作品在进入 21 世纪之后数量有所减少，曾执导《安娜·卡列尼娜》（美国，1997）的英国导演伯纳德·罗斯先后拍摄了《伊万的生活》（英国/美国，2000）、《克鲁采奏鸣曲》（美国，2008）、《杰克父子》（美国，2012）、《节礼日》（英国，2012）等一系列作品，其他比较具有影响的作品还包括《复活》（意大利/德国/法国，2001）、《冰冻之地》（芬兰，2005）、《安娜·卡列尼娜》（英国，2012）、《离开的女人》（菲律宾，2016）等。普希金的经典作品改编电影在《上尉的女儿》（2000）之后似乎仅仅局限于《鲍里斯·戈都诺夫》（美国，2013）、《杜布罗夫斯基》（俄国，2014）、《黑桃皇后》（俄国，2016）等几部作品。屠格涅夫受人关注的依然是他的经典作品中篇小说《初恋》，这则故事中那种令人神往的内容吸引了诸多导演将这部作品改编成同名的影视文本，21 世纪的电影版本包括雷文吉·安塞莫以《初恋》为主要故事情节，并且加入契诃夫短篇小说《村妇》的部分内容的影片《恶意的诱惑》（美国/英国，2001）、鹤冈慧子的《初恋》（日本，2013）和纪尧姆·西尔维斯特的《初恋》（法国，2013）等。在上述俄国经典作家改编的电影中，由俄国电影制作公司出品的只占其中很少一部分，而且那些在电影史上出现过经典版本的作品，如《钦差大臣》（1952）、《战争与和平》（1966）、《卡拉马佐夫兄弟》（1969）等均未出现重拍版本，在某种程度上反映出俄国导演对 20 世纪经典文本的推崇，以及超越经典的难度之大。

近 20 年来，虽然根据俄国经典作家作品改编的电影数量有限，但电视剧作品却层出不穷。从英国拍摄的 4 集电视连续剧《安娜·卡列尼娜》（2000）开始，英法德俄波兰五国联合拍摄的 4 集电视连续剧《战争与和平》（2007）、英国天空电视台第二艺术频道为纪念契诃夫 150 周年诞辰拍摄的 4 集电视系列片《契诃夫独幕剧》（第一季，2010）、意法西立陶宛四国联合拍摄的 2 集电视连续剧《安娜·卡列尼娜》（2013）、日本富士电视台的 11 集电视连续剧《卡拉马佐夫兄弟》(2013) 都给观众留下了深刻印象。但真正在电视剧改编方面独领风骚的依然是由俄国各大电视集团出品的各类经典电视剧，如 10 集电视连续剧《白痴》(2003)、6 集电视连续剧《当代英雄》(2006)、共分 4 部分的电视连续剧《父与子》(2008)、4 集电视连续剧《安娜·卡列尼娜》(2009)、12 集电视连续剧《卡拉马佐夫兄弟》(2009)、6 集电视连续剧《战争与和平》(2016) 等。即使是像帕威尔·龙金工作室出品的 8 集电视连续剧《"死魂灵"疑案》(2005) 这样的松散式改编作品也都收获了好评。

俄国电影对文学作品的依赖由来已久，正如许多俄国电影评论家所指出的那样，使用 19 世纪俄国文学经典作为电影情节来源是十月革命前俄国导演的常见手段，他们常常以此来寻求增加他们在新的艺术类型中的文化性和社会"声望"。[①] 一直到 20 世纪 20 年代，许多改编影片的作者照例都或多或少局限于为古典作品做富有表现力的电影图解，而不是力求对它做出独创一格的阐述。只有像影片《母亲》(1926) 才对文学原著进行了深刻的、真正富于电影性的阐释。[②] 20 世纪 30 年代的改编工作，取得了一些创造性的胜利，尤其是在 1934 年苏联全国作家代表大会之后，随着社会主义现实主义成为苏联文学与艺术的准则，对 19 世纪俄国现实主义文学作品的影视改编，成为接下来很长一段时期苏联电影发展的重要方向。"(20 世纪) 30 年代末在电影改编工作中已取得重大的创作胜利……它们在发展社会主义现实主义艺术道路上，在塑造真正深刻的、有个性的，同时又是概括性的形象的道路上是光荣的里程碑，这些形象通过个别的和局部的事物

---

① Stephen Hutchings, Anat Vernitski. *Russian and Soviet Film Adaptations of Literature*, 1900—2001 [M]. Screening the word. Abingdon: RoutledgeCurzon, 2005: 3.

② Л. 波高热娃. 论改编的艺术 (一) ——陀思妥耶夫斯基小说的改编 [J]. 俞虹, 译. 世界电影. 1983 (1): 100-126.

反映社会生活极其重要的方面。"① 苏联电影对 19 世纪现实主义文学作品进行改编这一现象在 20 世纪五六十年代达到高潮。从 1955 年到 1970 年，可以称为改编的 "黄金时代"。电影艺术仿佛可以认为自己真正广泛而大胆地处理了世界的和苏联的文学杰作。② 其中，20 世纪 50 年代根据现实主义作家作品改编的电影在苏联各制片厂出品的影片中占据重要位置。观众在银幕上可以看到普希金、莱蒙托夫、赫尔岑、屠格涅夫、奥斯特洛夫斯基、陀思妥耶夫斯基、萨尔蒂科夫-谢德林、契诃夫等作家的作品。但是，"很遗憾，这一时期改编的大量影片中（约 100 部），只有很少的一部分不仅表达了古典作品的情节内容，而且表达了原作的思想、形象体系的丰富性和风格的特征。大部分改编影片都离原著很远"③。相比之下，20 世纪 60 年代初因苏联电影业在选题和艺术手法上相对比较宽松，随之而来的是不确定性和犹豫。那些想在社会主义现实主义之前重振苏联电影伟大传统，同时又想与来自西方和社会主义国家的新电影相抗衡的导演，必须在不断变化的框架内工作。④ 但 20 世纪 60 年代的改编电影无论数量还是质量都有所提升，"不谈改编电影，对 60 年代苏联电影艺术状况的评价是不会全面的。……60 年代非常显著的特点是电影工作者多次把列夫·托尔斯泰的作品改编成电影"⑤。在这些年代里出现的优秀改编作品的突出特征是，将文学作品转化为电影语言时的细腻性和形象准确性。⑥除了电影，俄国（包括苏联）多家国有电视台在 20

　　① 苏联科学院艺术史研究所. 苏联电影史纲（第 3 卷）[M]. 张开，等，译. 北京：中国电影出版社，1992：307.

　　②⑥ Л. 波高热娃. 论改编的艺术（一）——陀思妥耶夫斯基小说的改编 [J]. 俞虹，译. 世界电影. 1983（1）：100-126.

　　③ 苏联科学院艺术史研究所. 苏联电影史纲（第 3 卷）[M]. 张开，等，译. 北京：中国电影出版社，1992：597-598.

　　④ N. M. Lary. *Dostoevsky and Soviet Film：visions of demonic realisn* [M]. Ithaca & London：Cornell University Press，1986：155.

　　⑤ 苏联科学院艺术史研究所. 苏联电影史纲（第 3 卷）[M]. 张开，等，译. 北京：中国电影出版社，1992：652-653.

世纪改编拍摄了多部 19 世纪现实主义文学名著，有关俄国经典作家作品的电视剧更是首屈一指。

二

苏联解体至今已经将近 30 年，其间，俄罗斯电影经历了几番沉浮。20 世纪 90 年代开始，由于国家对电影业拨款骤减，电影人才流失严重，许多电影制片厂名存实亡，有的仅靠出租场地、拍摄电视剧和广告维持生存。作为俄罗斯电影业旗舰的莫斯科电影制片厂，每年也只拍摄 4 至 5 部故事片。俄罗斯电影数量已从苏联时期的每年 150 部下降到 20 世纪 90 年代中期的 20 部左右。此外，由于俄罗斯对影片进口不再限制，外国影片尤其是美国好莱坞影片充斥市场。与蜂拥而至的进口影片相比，俄罗斯电影无论从数量还是质量上都难以赢得竞争。同时，俄罗斯大多数影院已经私有化，为追求经济效益，影院只愿放映卖座的进口片，本国影片所占市场份额一度跌落至 3%。

进入 21 世纪后，在普京领导下，俄罗斯的经济、社会、文化出现复苏和上升的势头。普京在执政之初提出"新俄罗斯思想"，并将其确定为国家意识形态重建和文化外交政策的核心理念。"新俄罗斯思想"是普京在反思西方所谓普世价值和自由主义后，提出的凝聚了"全人类共同的价值观与经过时间考验的俄罗斯传统价值观，尤其是与经过 20 世纪波澜壮阔一百年考验的价值观有机地结合在一起"[①] 的思想。这一思想在 2014 年底的《俄罗斯国家文化政策基础》中成为今天俄罗斯文化建设发展遵循的基本准则，意在珍视俄罗斯文化在世界文化中的宝贵地位和价值，塑造良好的国家形象，确保俄罗斯在当今世界的文化大国地位。为重振电影业，俄罗斯政府先后采取了一系列措施：如在 2001 年实施的《俄罗斯文化五年发展纲要》中就包括

---

① 普京. 普京文集（2000—2002）[M]. 北京：中国社会科学出版社，2002：10.

了发展电影业的计划，并在资金方面给予大力支持；从 2001 年开始将电影
制片厂改造成由国家全部控股的股份制企业，条件成熟后再进行私有化；成
立由国家全部控股的"俄罗斯发行股份公司"，以解决影片发行不畅的问题，
同时改造和修建以放映俄罗斯电影为主的现代化电影院网络，扩大俄罗斯电
影所占的市场份额。不到数年，这些新举措已经产生了明显的积极效果，俄
罗斯电影作品在数量上出现了快速增加的趋势，在质量上有了大幅度的
提升。

　　国家控制的电视台不断进行俄罗斯民族认同项目（the Russian
national identity project），"改编"再次成为一种重要的文化形式。只要是
涉及传统文本的经典化（或再经典化），就可以获得大量资金。① 在这样的
社会文化环境中，俄国经典作家作品改编影视逐渐大行其道，并且颇受欢
迎。究其原因，这些改编影视作品能引发部分观众强烈的文化情感：既要
考虑（忠实于）原著这一问题，又试图以电影和电视为媒介，借助经典文
本来重新讲述民族历史，从而表达当下的欲望和焦虑。以陀思妥耶夫斯基
的经典作品为例，在 2000 年前后出现了两部根据小说《白痴》进行随意性
改编的作品。一部是 1999 年由捷克和德国合拍的电影《愚人的回归》。《白
痴》中复杂的情节和人物性格在编剧兼导演萨沙·戈迪昂的电影中被处理
得极为简洁，《愚人的回归》虽没有娜斯塔西娅这样的悲剧人物，但影片
整齐地勾画出主人公法兰特斯基毫不掩饰的正派和一系列并不明智的行为
和言辞，并通过爱情纠纷唤起他生活的痛苦。之后的俄国电影《道恩豪
斯》（又译作《倾覆的房子》，2001）则是"对于陀思妥耶夫斯基的《白痴》
主题流氓式的喜剧改写"。这种对于经典充满不敬的改写更像是普京政权
初期的电影风格②，这部喜剧电影将故事安排在 20 世纪末的现代莫斯科。

---

　　① Stephen Hutchings. Anat Vernitski. *Russian and Soviet Film Adaptations of Literature*,
1900—2001 [M]. RoutledgeCurzon: Screening the word, Abingdon. 2005. xxxii.

　　② 凯瑟琳·塞尔莫·涅波姆尼亚奇. 当代世界文学 中国版（第五辑）[M]. 北京：中国社
会科学出版社，2014：138-144.

导演罗曼·加查诺夫将摄影机指向 20 世纪 90 年代的"新俄罗斯人",影片中出现的悍马 H1 吉普车、贿赂、暴力、嫁妆等,无一不是对俄罗斯社会现实的讽刺批判。但也正是如此,它渐渐偏离了《白痴》的原意,成为"后苏联时代"充斥着混乱的社会生活的闹剧化展现。两年之后,对陀思妥耶夫斯基作品进行随意性改编的局面随着电视连续剧《白痴》(2003)的意外走红戛然而止。由名著改编电视连续剧或电影大片,在苏联时期早有先例,《俄罗斯文化五年发展纲要》为重振俄罗斯传统文化落实了发展步骤并提供了政策支持,在某种程度上促进了俄罗斯电视剧的繁荣发展。俄罗斯电视台拍摄的电视连续剧《白痴》是这部小说改编史上第一个完整的影视版本。电视连续剧《白痴》在剧情上基本遵循原著,但它没有严格遵照陀思妥耶夫斯基的意愿,"把非故事所能容纳的人的精神生活事件,塞进受矛盾律和因果律保护的'故事'中去"①,而是通过改编,使原著故事更符合一般小说的特点,也就是以烦琐的日常生活和尖锐的情感冲突为主,对原著的故事情节部分则改动很少,尽可能多地保留了原著中的人物对白,使观众们在听到这些对白时产生对文学经典的亲切感。更重要的是,这些经典名著和文本作为文化资本仍然具有顽强的"名牌价值",因此它们成了一种可以吸引人们眼球的渠道,人们试图利用它们重塑"后苏联"时代的国家叙述②。《白痴》播出后获得了观众和评论家的一致赞誉,标志着俄罗斯电视剧制作全新的起步,对电视上播出的外国电视连续剧也形成了竞争力,并且带动了俄罗斯电视剧的繁荣和名著改编电影的热潮。

---

① 列夫·舍斯托夫. 在约伯的天平上:灵魂中漫游 [M]. 北京:生活·读书·新知三联书店,1989:66.

② 凯瑟琳·塞尔莫·涅波姆尼亚奇. 当代世界文学中国版(第五辑)[M]. 北京:中国社会科学出版社,2014:138-144.

三

文化认同（cultural identity，也被译为文化身份）本意是一种群体文化认同的感觉，又或者是指一种个体被群体的文化影响的感觉，譬如人受其所属的群体或文化影响，而对该群体或文化产生的认同感。文化认同与身份政治相似并有重叠，但两者意义并不相同。文化认同是身份构成的过程，构成身份的元素就是文化符号，例如地方、性别、种族、历史、国籍、性倾向、宗教信仰和族群等。在世界文化交流和经典传播的过程中，每个国家都必然是国际社会的一个组成部分，同时提供人们一个基础以及一种方式去识别其他人，也让人们识别自己。表现在文学艺术作品中，文化认同具有更强的宽泛的理解可能。今天，全球化进程的不断加剧打破了原先的统一的文化认同的模式，给统一的文化认同带来压力。与此同时，文化认同在全球化语境中强化了对认同的差异化的认识和反思，为新的认同的产生提供了新的可能性。在这种发展状态中，文化认同呈现出异常的复杂性。可以看到，当下全球化的进程是不可逆转的，文化认同和当下社会、文化情境紧密相连，呈现出的是一个建构的过程。同时，在这两者的张力中，"全球化和本土化两种看似对立的倾向所以会相生相伴同时出现，乃是因为两者关联围绕着双重轴心：一是空间轴，它体现为本土与外部世界之间的关联性；另一是时间轴，它呈现为本土的当下（现代）与过去（传统）的相关性。如果说差异是认同的核心，那么差异必然在两个轴心的交错运转中呈现出来。……在空间轴上，我们与外部世界之间的差异导致了我们对自我的确认。在时间轴上，当下的变化催生了我们对自己过去的体认和怀旧，对传统流失的忧患和反思"①。

弗雷德里克·詹姆森在《处于跨国资本主义时代中的第三世界文学》

---

① 周宪，主编. 中国文学与文化的认同 [M]. 北京：北京大学出版社，2008：23.

中谈到地域性文学时说："让我做出一个总的假设，指出所有第三世界文化生产的相同之处和它们与第一世界类似的文化形式的十分不同之处。所有第三世界的本文均带有寓言性和特殊性：……甚至那些看起来好像是关于个人和力比多驱力的文本，总是以民族寓言的形式来投射一种政治：关于个人命运的故事包含着第三世界的大众文化和社会受到冲击的寓言。"①事实上，如何更好地通过文学名著改编电影来凸显文化身份，也是某种基于文化认同的尝试和努力。朴赞郁的《蝙蝠》（韩国，2009），不仅通过改编左拉小说《黛莱丝·拉甘》的故事情节，更借助吸血鬼、基督教等明显带有西方文化特征的元素来获得认同或进行契合，而这同样是在历史与文化的话语之内进行的。相比之下，《离开的女人》（菲律宾，2016）的改编处理就简洁明快许多，不但准确把握了托尔斯泰原著小说中的思想观念，还达到了具有文化认同意义的极佳艺术效果。这部由菲律宾导演拉夫·达兹执导的黑白电影故事的灵感来自 1872 年发表的短篇小说《上帝了解真相，但在等待》，是托尔斯泰短篇小说集《二十三个故事》中的一篇，也就是《战争与和平》第四部中智者卡拉塔耶夫对皮埃尔·别祖霍夫讲述的那则故事。表面上看来，短篇小说《上帝了解真相，但在等待》与影片《离开的女人》之间的关联并不明显，短篇小说的故事内容在影片中只占了不到十分之一的篇幅。而且，列夫·托尔斯泰的作品表现出 19 世纪七八十年代小说家思想的重要变化：反映俄国农民对地主贵族的憎恨，但却找不到解决问题的正确途径，因此只是流泪、祈祷、请愿、默默地死去；主张道德的自我完成，勿以恶报恶，向上帝呼吁，饶恕一切人等。短篇小说《上帝了解真相，但在等待》中的主人公伊万·德米特里奇·阿克萧诺夫就是种种思想变化的产物。与托尔斯泰小说背景不同的是，电影导演拉夫·达兹将故事设定在 1997 年，影片多次通过广播将社会的重大事件——加

---

① 弗雷德里克·詹姆森. 新历史主义与文学批评［M］. 北京：北京大学出版社，1993：234-235.

以展示：中国香港回归、菲律宾国内绑架成风、黛安娜惨死、修女特蕾莎
去世等。拉夫·达兹的本意在于"写一个故事，讲述有关痛苦、折磨，有
关幸存者的随机性的故事"①。影片《离开的女人》的主题是一个女人的遭
遇，但在展示主人公奥拉西奥的复仇之路时，观众们通过镜头看到了广阔
的菲律宾社会和那种人人自危的生活状态：富有阶层面对绑架威胁频发的
危机感，底层平民的贫穷和为了生存的无奈挣扎。与列夫·托尔斯泰小说
一样的是，导演拉夫·达兹选择了一个好人来作为这一不幸故事的主人
公，让她无端遭受冤狱和痛苦。不幸的奥拉西奥既是温柔的母亲，又是受
过良好教育的教师，对世界和周围的人们充满爱心，然而正是在这样的好
人身上，却被赋予了悲剧的遭遇、充满复仇的怒火。拉夫·达兹借影片中
奥拉西奥和赫兰达两个人物隐喻了菲律宾这个国家曾经遭受过的种种苦难
和挣扎，"菲律宾经历过美国的占领，战争，独裁……伤痕累累，赫兰达
的角色正是这样的隐喻，你可以体会到这一点，因为同样的情况在中国也
发生过，这种与过去经历的苦难斗争的过程。这是这部影片的隐喻，讲述
制度的恶性循环"②。和列夫·托尔斯泰小说的出发点一样，这也是一个寻
找内心救赎的故事。奥拉西奥在复仇过程中所遭遇的所有人，鸭蛋小贩、
露宿街头的流浪女玛明、同性恋赫兰达，还有在社会最底层流浪的人，每
一个人都有自己难忘的过去和心中的梦魇，但他们每一个人都会为了生
计，忘掉自己的痛苦，表达对美好生活的憧憬。与原著小说中阿克萧诺夫
的宽恕不同的是，影片中的栽赃者佩特拉选择了自杀，幕后指使者罗德里
格则被赫兰达枪杀，主人公奥拉西奥依然处于绝望和迷失中，一遍又一遍
散发儿子的寻人启事。

　　文化认同作为一种人的文化存在方式，其核心是文化主体间的价值选
择与体认，反映着个体的一种文化价值观和归属倾向。文化认同不应仅是

①②　《离开的女人》导演：7.5万美金拍出4小时［EB/OL］．http：//ent．sina．com．
cn/m/f/2016-09-11/doc-ifxvukhx4832322．shtml．

对本群体、本民族文化的认同，它应超越于群体文化，将视角扩展至各民族文化，重视多样文化的理解、诠释和相互尊重，更希望从跨文化的理解中，开阔视野，以具有豁达的胸怀及多元的问题解决方式。2014 年由努里·比格·锡兰执导，哈鲁克·比尔吉奈尔、梅丽莎·索岑、戴美特·阿克拜格主演的土耳其电影《冬眠》不仅对主人公艾登及其家人的性格缺陷进行了无情的剖析，同时还将对文化认同的理解从电影中延伸到电影外，为文学名著改编电影提供了一个精彩的范例。《冬眠》这部长达 196 分钟的电影"令人不禁想到萨特笔下的禁闭空间"①，情节以退休演员艾登的生活为主线，他在土耳其安纳托利亚中部地区经营着一家小旅馆，他的年轻妻子尼哈尔跟他生活在一起，但两人的感情已不复当初。艾登的妹妹也来到此地，她沉浸在离婚之后的痛苦中。艾登每周为当地报纸撰写专栏文章，同时一直在创作一本叫《土耳其剧场史》的专著，但他始终没有完成。作为小镇中的名人，他受到尊重，也在暗地里被穷人憎恨，他闲来无事喜欢在旅店外四处走走，或与住客聊天。随着冬季来临，白雪覆盖大地，艾登与妹妹、妻子在世界观、价值观和情感观上的矛盾不断爆发，与贫穷租户一家的矛盾则穿插其间。艾登最终决定离开此地去伊斯坦布尔生活一段时间。但他又临时改变了主意，回到了妻子的身边。《冬眠》剧本中的人物、情节、对白，为导演与其妻子埃布鲁·锡兰历时 6 年，分头写作，然后探讨、磨合创作而成。影片有明显的"契诃夫元素"②，比较具有代表性的为短篇小说《妻子》和《出色的人》。"15 年前，我读了他的几部短篇小说后非常喜欢，想改编成剧本，但当时不够自信。到了五六年前，我和妻子才觉得有自信了，可以写了。突然有一天，我们就启动了，而一写就停不下来。当然，剧本的故事和原作相去甚远，可以说是另外一个故事了。但希

---

① Film of the week: Winter Sleep [EB/OL]. http://www.bfi.org.uk/news-opinion/sight-sound-magazine/reviews-recommendations/film-week-winter-sleep.

② Nuri Bilge Ceylan: World cinema Guardian interviews at the BFI [EB/OL]. https://www.theguardian.com/film/2009/feb/06/nuri-bilge-ceylan-interview-transcript.

望电影里能有一丝契诃夫的灵魂。"① 除了短篇小说,《冬眠》的一些台词
与契诃夫的戏剧《樱桃园》也有异曲同工之妙,剧中那些崇尚空谈而不务
实际、好幻想又无实践能力的旧式贵族,在艾登身上也能找到一些影子。
除了契诃夫,锡兰对陀思妥耶夫斯基与塔可夫斯基也十分痴迷,电影的手
绘海报的设计元素来自陀思妥耶夫斯基的第一部小说《涅朵奇卡·涅茨瓦
诺娃》的封面,这幅画还出现在影片中尼哈尔的卧室里。电影《冬眠》着
力探讨人的复杂性及彼此沟通的艰难,这一点在契诃夫小说中经常可以读
到。导演锡兰说,试图理解人的灵魂是他拍电影的动力,也是了解自己的
过程。探讨情感与思想的广度与深度,也令观者有共鸣。"在每种文化中
都有某类人,面对生活有同样的疑问……这些人形成另一个国家。通过电
影,你找到你的灵魂旅伴,他们与你是同一国的。"② 《冬眠》里中产阶级
思考者的精神困境与契诃夫笔下的 19 世纪末俄国人的困境有诸多相似之
处。主人公艾登(Aydin)的名字在土耳其语中意为"知识分子",他以自
我为中心,傲慢而又自私,不近人情地批评一切,面对穷人则冷漠而小
气,但他口中、笔下都在使用"诚实""良知"等词语,表现出一种伪善。
用他妻子尼哈尔的话来说,总把仁义道德挂在嘴边,只为显示道德优越感
的人最可疑。这个总是梦想扮演上帝的人物看似成功,实际上难以与亲人
进行情感交流,妻子无法忍受他的控制欲,妹妹无法忍受他的攻击性,都
想远离他,他只能陷入孤独苦闷之中。"影片对艾登那样的知识分子的批
判,也可看作是我的自省,是我在探寻自己灵魂的阴暗面。"③ 在影片中,
无论是艾登、他的年轻妻子尼哈尔,还是他的妹妹,都是有缺陷的人,
《冬眠》通过塑造这样的人物来让观众思考自己所做过的决定,自己给予
这个世界的形象,自己选择赋予社会弱势群体的怜悯和同情是否正确。②

---

　　①②③　《冬眠》导演锡兰专访:拍一部契诃夫式的电影 [EB/OL]. http: //edu. 1905.
com/archives/view/907/.

　　②　《冬眠》导演锡兰专访:拍一部契诃夫式的电影 [EB/OL]. http: //edu. 1905. com/
archives/view/907/ .

电影《冬眠》还通过泥泞的道路、原生态的旅店、冬日里充满暖意的房间展现了一个极具特色的土耳其"小城"。"小城"虽小，却是一个微缩的阶级社会，锡兰在这样的"社会"中始终关注和探讨的都是"人的状态"，他说过，"我不会回避当下的社会事件或政治环境。但我相信社会上发生的所有事情，都可以用'人性'来解释"。从深层主题上说，《冬眠》揭示了乡村与城市、底层劳动者与知识分子、伊斯兰教与世俗化、道德与伪善的种种矛盾。

四

误读（misreading）一词最初由美国文学理论家哈罗德·布鲁姆提出，指的是一种创造性的修正。德·曼认为，批评家要最终获得对文本的洞见，必须经过对历史、文本的盲视，即阅读的"偏离"。布鲁姆在《影响的焦虑》里吸收发挥了德·曼的思想，提出"影响即误读"的理论。在《误读图示》中，布鲁姆从解构理论视角指出，阅读是一种延迟的行为，一种误读。"影响意味着压根儿不存在文本，而只存在文本之间的关系，这些关系则取决于一种批评行为，即取决于误读或误解——一位诗人对另一位诗人所做的批评、误读和误解。"① "误读"概念突出了文学研究中长期不受重视的修正、创造、革新的方面，但也有把"误读"现象绝对化、极端化的理论弊端。相比之下，有关"文化误读"的提法显然要宽泛许多。乐黛云认为误读是"按照自身的文化传统，思维方式，自己所熟悉的一切去解读另一种文化……他原有的视域决定了他的'不见'与'洞见'"②；也有的学者如孟华则认为误读是"文化过滤的一种形式……改造

---

① 哈罗德·布鲁姆. 误读图示［M］. 天津：天津人民出版社，2008：1.
② 乐黛云. 独角兽与龙——在寻找中西文化普遍性中的误读. 北京：北京大学出版社，1995：110－111.

异文化中的某些因素；吸收异文化中有用且能与自身传统相结合的部分"①。或者认为误读"在实践意义上是主体对于对象的有目的的选择，是以'他者的'存有来补充自己的匮乏，是借助一个未必可靠的镜中影像来肯定和确立自身"②。从文化主体意识的角度来看，误读可分为无意识误读和有意识误读。无意识误读与乐黛云所定义的内容相似，即人们自动根据他们的本土文化传统和其文化所固有的思维模式去解释异文化，这将不可避免地导致误读"他者"文化中富有文化特性的具体问题和概念。只要文化间的异质因素胜过其同质因素，这种误读的不可避免性将会存在。有意识误读则可以对应孟华等人的观点，即人们有意地"误解"他者文化，有意地忽视其所不理解的或不需要的，只吸取迎合其本土文化传统的东西。从"他者"的视角来看，这也是一种帮助建构自身文化的方式。由此可见，文化误读是由客观和主观因素造成的。在21世纪对19世纪现实主义作品进行影像阐释的文本中，因为文化差异性的存在，文化误读的现象十分普遍。

当一位导演或编剧去诠释一部在时间或空间上存在明显差异的作品，而这样一部作品又要去面对形形色色的观众和读者时，理解和知识储备上的不对称就会自然而然地导致"误读"现象的出现。在世界电影改编史上，这样的例子比比皆是。当法国导演克罗德·奥当-拉哈拍摄《红与黑》(1954) 时，他的创作目的在于他认为1954年的法国在很多方面与查理十世时期的法国相类似。因此，克罗德·奥当-拉哈对长篇小说进行了大量删减，意在把握司汤达原著的基本主题，即暴露一个阶层，甚至是整个社会面临着一个疯狂野心家迫不及待地与之反抗的情景。今天的观众却很难按照这样的思路去理解，只能感觉电影节奏太快，某些被删掉的重要部分却被一些次要或无用的

①   孟华. 中法文学关系研究 [M]. 上海：复旦大学出版社，2011：21.
②   陈跃红：环太平洋地区文化与文学交流学术研讨会论文集 (1994) [M]. 天津：天津古籍出版社，1996：26.

情节代替了，类似的情况还出现在托尼·理查德森的《汤姆·琼斯》(1963)、波兰斯基的《雾都孤儿》(2005)和乔·怀特的《安娜·卡列尼娜》(2012)等影片中。以《安娜·卡列尼娜》为例，列夫·托尔斯泰的这部经典小说改编成的影视作品，自1911年以来已经有超过20个风格各异的版本，著名影星如葛丽泰·嘉宝、费雯·丽、苏菲·玛索等都曾演绎过安娜·卡列尼娜一角。遗憾的是，这些电影均未能获得很高的评价，其原因在很大程度上跟小说读者的偏爱、多线索结构、改编的长度有关。2012年重拍的这部影片以1874年俄国社会为背景，讲述的是贵妇安娜无法忍受丈夫卡列宁的伪善和冷漠而离开，勇敢地追求爱情与沃伦斯基陷入爱河，最终被逼入绝境，愤然自杀的悲剧故事。导演乔·怀特在电影《安娜·卡列尼娜》中首先推陈出新，大胆借用了戏剧舞台的风格设计，整个电影以舞台剧风格的故事形式，被放置在一个华丽而逐渐衰败的俄罗斯风格剧院中呈现，这与小说中腐化的莫斯科上流社会相得益彰。戏剧形式的　幕幕呈现，也让舞台上的故事和绚烂的外景相得益彰。舞台上，是社交舞会、赛马、田园中的鲜花，后台和椽子间则发生着争论、阴谋和性爱。① 安娜的悲剧似乎被浓缩在小剧场中，又似乎发生在遥远的19世纪末的俄国。此外，乔·怀特团队在舞美及服装设计等方面依然得心应手：贵族舞会上的长镜头，将主人公的身段姿态处理得美妙绝伦；赛马场的舞台处理和布局，将空间与人物情绪巧妙结合在一起。汤姆·斯托帕德的剧本最值得称道的是在延续经典爱情主题的同时，记录了安娜为爱痴狂的心路历程，还适时加强了奥布朗斯基和列文的平行故事。因此，从社会的角度来看，戏剧就像一个恰当的比喻。但从安娜的故事来看，这本书是关于寻找一种真实的生活形式的。② 但问题是，观众在关注《安娜·卡列尼娜》的绚丽之余还是会品味安娜苦涩的悲剧。而在乔·怀特的电影里，形式化的舞台效果非但不能增添原著中对那个时代的深入刻画与

①② Movie Interviews Director Joe Wright On Tolstoy's Iconic Adultress [EB/OL]. https：//www. npr. org/2012/11/16/165049660/director-joe-wright-on-tolstoys-iconic-adultress.

深刻反思，而且在故事的讲述上出现了不必要的改动和误解。在影片中，安娜和沃伦斯基成了不道德的偷情者，安娜被刻画成沙俄时代敢爱敢恨、充满叛逆精神的女性，因而失去了原著托尔斯泰赋予安娜的怜悯与同情。影片首先将安娜与沃伦斯基之间的故事弱化为安娜对生活激情的憧憬。影片中，安娜刚登场便散发着母性光环，是大众喜欢的对象。但从18岁开始与卡列宁结为夫妻，以及之后烦琐沉重的家庭生活让她对人生已经没有太多的渴望。她与卡列宁的府邸豪华但却空旷，生活让人窒息。身居高位的卡列宁对工作十分投入，并不耽于享乐，但他的刻板世故却让安娜厌倦，甚至当安娜因与沃伦斯基的感情而惴惴不安时，卡列宁根本没有察觉出她的忧郁。应该说，正是与卡列宁生活的枯燥乏味、呆板无趣，英俊潇洒的军官沃伦斯基的出现，让安娜对生活中的激情重新产生憧憬，并在后来甘愿为这段感情付出一切。安娜的出轨，很大程度上是由夫妻关系的不协调导致的。卡列宁对安娜的关怀更多的是出于责任，因此，安娜实际上从未真正经历过爱情，更从未真正满足过心灵和肉体的欲望，因此容易被激情冲昏头脑。她想要的其实是一个广阔的新天地，沃伦斯基虚无缥缈的爱情便成为她唯一拥有的东西。而安娜最后的悲剧，归根结底是安全感的缺失，她被笼罩在耻与罪的巨大阴影中。电影在改编过程中受限于媒介表现的形式，很难展现出安娜内心深处的所思所想。与沃伦斯基形成鲜明对比的是，沉默寡言的列文虽然没有俊朗的外表，性格优柔寡断，但他却幸运地与凯蒂走到一起，组建了一个平静的家庭。曾因沃伦斯基而痛苦的凯蒂，走上了与安娜完全相反的道路。爱情的失败不仅使她成长，更令她在稍纵即逝的男女欢愉与日久天长的母性责任间，义无反顾地选择了后者。可以注意到，在电影中，安娜和列文的两条线虽然有交叉，但始终被明显分割在两个不同的空间。安娜的贵族社会局限在狭小压抑的舞台上，而舞台之外的俄罗斯景色宜人，农夫们辛勤劳作，并为家庭付出一切，与贵族沉湎享乐的空虚生活形成鲜明对比。导演似乎在以托尔斯泰本人的价值观来评判这两段感情：与安娜和沃伦斯基一见钟情后迸发的肉欲之爱不同，列文与凯蒂这对历经挫折走到一起的夫妇更能抵抗生活中的种种痛苦与挫折，是一种平淡而理性的爱。影片以列文的线索来映衬安娜的悲剧，也表现了电影制作者对理性爱情婚姻的思考，"不够纯洁的爱情对我来说不是爱情……这种圣洁让我们在满足人性时选择正确的人"①。列文最终与凯蒂走到了一起，但他仍然在追求"有道的生活"，也就是说，他不仅要生存，而且要过圣洁、道德的生活。在影片结尾处，列文似乎明白了婚姻与恋爱的不同，列文与凯蒂这段理性婚姻当然是托尔斯泰所赞赏的，但真正在"激情"与"理性"间达成平衡的反倒是多丽与奥布朗斯基。小说开篇处托尔斯泰的名句"幸福的家庭家家相似，不幸的家庭各有不同"，或许可以得到这样的回应——执意追求真实的安娜下了地狱，而无数相互欺骗的夫妻却能和平共处。

　　欧洲由于历史、地域和社会的复杂，各个国家文化上的差异性并不明显，当欧洲内部两种文化相互对话交流时，不同的文化主体会依照自己的文化传统和思维模式去进行解读，但很少会产生认识上的错位或文化误读的现象。但是西欧国家在解读俄国经典作家作品时依然会出现文化误读。实际上，这是一种极其特殊的"误读"现象。1999 年，当普希金的诗体小说《叶甫盖尼·奥涅金》被英美两国合作改编成电影《奥涅金》时，虽然作品中有俄国贵族彬彬有礼的优雅、汹涌的情感和旖旎的俄罗斯自然风光，但奥涅金身上的俄国贵族青年的特质似乎被忽视了。同样，2009 年由以色列导演杜瓦·科萨史维利执导的美国影片《决斗》以其全新的拍摄手法和两位主角安德鲁·斯科特、菲奥娜·格拉斯科特的出色表演获得了一定的好评，但这部全名为《安东·契诃夫的决斗》的影片，其欣赏的价值来自杜瓦·科萨史维利对契诃夫原著进行的一系列改动，在不忠于原著的基础上展现了契诃夫小说的风貌。《决斗》是契诃夫篇幅最长的小说，最

---

　　① Keira Knightley Talks ANNA KARENINA [EB/OL]. http://collider.com/keira-knightley-anna-karenina-interview/.

早连载于 1891 年 10 月至 11 月的刊物《新时报》上。契诃夫在这部作品中既延续了他惯用的一些小说创作手法，也有意识地拓展出更为新颖独特的风格。小说以高加索的自然为背景，以私奔来到避暑胜地的财政部官吏伊凡·安德烈伊奇·拉耶甫斯基及其情人娜杰日达·费多罗芙娜为主人公，通过决斗的奇异事件，刻画了 19 世纪 90 年代俄国知识分子无限黑暗的生活图景和当时俄国的社会风尚。契诃夫对故事中人物的庸俗、麻木、堕落行为的同情、规劝和讥讽是现实主义手法的极好体现。契诃夫特别注重通过人物的自省来揭示其性格和内心世界，他们的行为、对话及相互间的冲突戏剧化地展示了他们各自的性格和思想。这可能是这部作品区别于契诃夫同类小说而引人入胜的一大特色。在导演杜瓦·科萨史维利看来，电影作为一种视觉媒介，应当尽可能在视觉上告诉观众关于契诃夫小说更多的故事。从影片序幕部分开始，科萨史维利的拍摄重点就在于对高加索、黑海地区的生活进行再现，摄影风格也试图接近俄罗斯作品惯有的色彩和明暗效果。例如添加了一系列表现拉耶甫斯基生活处境的画面，这些慵懒内容的补充展现了拉耶甫斯基的困境，也映照出契诃夫作品中亚历山大三世统治时期俄国人生活的呆滞和黯淡。影片通过契诃夫原著中的几个场景，借助视觉效果建构起两个截然不同的世界，即阴云笼罩的拉耶甫斯基和费多罗芙娜的内心世界，而在他们所生活的狭隘空间之外，则是清爽怡人的黑海海滨生活，那里阳光浪漫，充满田园风光。人们提到，"忧郁的人"才是契诃夫笔下的主要人物。忧郁的人是受过教育的人士里才有，而且大都属于知识分子，契诃夫对他们大肆挞伐。他的作品里，懒散颓废的主人公是很常见的，他们听凭环境抹杀他们的灵性。他们若不沦为鄙俗则至少也成为怪诞①，《决斗》里的拉耶甫斯基就可归入这个范畴。由此可以看出，契诃夫作品的基本主题——反对庸俗事物——开始表现得越来越有力。当然，生活里庸俗习气的表现是五花八门的。作家没有必要长期停留

---

①　马克·斯洛宁. 现代俄国文学史 [M]. 北京：人民文学出版社，2001：61.

在其中的每一种表现上面。重要的是给它们定出名称，加以诊断和注意。契诃夫受过医学教育，他正是这样做的：诊断一个现象，然后转到第二、第三个上去。他的作品是他那时代的一大堆病历，是社会生活中可悲的事实统计表。①影片通过发生在两个不同世界里的交叉故事，以及结尾的一场并不被付诸实施的决斗来表达人生的感悟。但影片只表现了俄国的生活，却未能真实地揭露它的阴暗面。因为俄国现实主义文学除了单纯与朴实，还有讽刺与无情的揭露，揭露的对象正是生活中的庸俗事物和不能自拔的可怕的猥琐的泥潭。在小说《决斗》的末尾处，拉耶甫斯基在黄昏目送着冯·柯连坐船远去，契诃夫笔下那个充满了视觉效果的结尾在影片中仅仅出现了微不足道的一段时间，风平浪静的海面与书中的"大雨""东北风""大股的浪头"完全没有相对应的地方。正是在拉耶甫斯基的思绪中，契诃夫写出了他的想法和主题：

　　"……海浪把船打回来了，"他想，"它往前走两步，又往后退一步，可是划船人是固执的，他们不知疲劳地划动船桨，不怕高耸的海浪。木船不住地往前走，往前走，瞧，现在已经看不见它了。再过半个钟头，划船人就会清楚地看见轮船上的灯火。不出一个钟头，他们就会靠拢轮船的舷梯。生活里也是这样。……寻求真理的时候，人也总是进两步，退一步。痛苦、错误、生活的烦闷把他们抛回来，然而渴求真理的心情和顽强的意志却又促使他们不断前进。谁知道呢？也许他们终于会找到真正的真理。……"

我们正处在一个视觉的世纪、图像的时代，一切都来到眼前：电影、

---

　　①　波斯彼洛夫，沙布略夫斯基. 俄国文学史（下卷）[M]. 蒋路，孙玮，译. 北京：作家出版社，1962：1162.

电视、手机、互联网……在我们的眼睛还没有感觉到疲惫的时候，不妨好好享受视觉给生活带来的变化。视觉时代的特征之一就是视觉产品与传统文字产品的并行，当然两者之间还可以互相转化。对 19 世纪欧美现实主义文学进行阐释，在文学与艺术两方面都已经持续了一个多世纪，而且两者似乎都具有顽强的生命力。但生活在视觉时代的我们似乎更喜欢选择后者。托马斯·哈代曾经说过："艺术，是一个如何运用一个虚假的事物创作出真实效果的秘密。"① 这句话用到影像阐释上恰到好处。出色的阐释应该是悄无声息的，它并不轻易为观众所察觉，而当它真的控制了他们对原著的理解的时候，实际上它似乎什么也没有做，而只是重复了大卫·格里菲斯在 1913 年与罗伯特·格劳乌交谈时提到的那一句话："我千方百计想要做的工作，首先就是要让你看得满意。"②

---

① 迈克尔·拉毕格. 导演创作完全手册（第 5 版）[M]. 唐培林，译. 北京：北京联合出版公司，2016：93.
② 刘易斯·雅各布斯. 美国电影的兴起 [M]. 刘宗锟，王华，邢祖文，等，译. 北京：中国电影出版社，1991：126.

第一章　司汤达文学作品的影像阐释

第一节　司汤达文学作品影像改编史综述

与司汤达的小说在 19 世纪所遭到的冷遇相似的是，根据他的作品改编的电影作品也在 20 世纪姗姗来迟。据现有资料来看，最早根据司汤达文学作品改编的电影是 1920 年由意大利塞里奥电影公司（Celio Film）和意大利联合电影公司（Unione Cinematografica Italiana，UCI）合作拍摄的《红与黑》（*Il rosso e il nero*），这也是这部司汤达经典小说第一次以电影的形式呈现在世人面前。之后，司汤达的一系列代表性作品陆续被搬上银幕，如 1922 年由德国 PAGU 电影集团（Projektions-AG Union）出品的《瓦妮娜》（*Vanina*）和 1928 年由德国格林鲍姆电影公司（Greenbaum-Film）出品的，根据《红与黑》改编的《秘密信使》（*Der geheime Kurier*）等。其中，由导演安图尔·冯·格拉赫（Arthur von Gerlach）执导的电影《瓦妮娜》根据司汤达最具影响力的中篇小说《瓦妮娜·瓦尼尼》改编而成，影片编剧为卡尔·梅育（Carl Mayer）。在改编过程中，影片的故事情节只选取了瓦妮娜与烧炭党首领彼耶特卢（影片中为叛军领袖奥克塔维奥）之间的传奇爱情来展开，以瓦妮娜与她的父亲都灵总督之间围绕奥克塔维奥的矛盾冲突来进行重新设计。影片分五幕来展开故事情节，部分内容的场景有明显的舞台表演痕迹。一方面，影片削弱了男主人公所经受的巨大的矛盾的考验，即爱情与革命的冲突，奥克塔维奥经过短暂的犹豫，就毅然走进了令人心醉的温柔乡；另一方面，影片中的父亲不再像小说中那样出于善意藏匿革命者，而是仇视革命的暴君形象。奥克塔维奥在与瓦妮娜的婚礼上被总督送进了监狱，瓦妮娜为了营救奥克塔维奥，不惜与父亲翻脸，并且伪造了释放证明，企图将奥克塔维奥救出，却被随后赶来的父亲阻拦。奥克塔维奥被绞死，瓦妮娜则在悲痛中离开了人世。至此，司汤达笔下男女主人公从偶遇相爱到热恋矛盾再到最终决裂的极不平凡的爱情故事，在电影中被彻底转化为控诉专制独裁的悲剧情节。在都灵总督身上，我们看到的不是一位父亲，而是一种不可改变的意志和不容置疑的威权。电影给人印象最深的是瓦妮娜与奥克塔维奥在家中举行盛大婚礼的场景，与婚礼热闹场景交相辉映的是当时都灵街头的革命与巷战，虽然是无声电影，但室内的音乐声、喧闹声似乎不绝于耳，与之形成对应的是街头军队镇压革命的炮声、枪声以及军队的行进声，影片没来得及用足够多的篇幅来表露奥克塔维奥的内心世界，但室内街头不断重叠的画面似乎能让观众体会到其中的奥秘。在影片的最后一幕，当瓦妮娜带着伪造的文件准备把她的恋人从死牢中救出来时，无论是她进入监狱甬道的时候还是两人一起逃出的时候，甬道给人的感觉似乎没有尽头。尤其这对情人虽然内心抱着不可能实现的希望，还在甬道中拼命地奔跑以摆脱追逐他们的死神，但他们已经没有逃生之路，这种逃生场面持续的时间越长，紧张气氛就会变得越使人无法承受，直至精神崩溃。①

　　20世纪40年代之后出现的根据司汤达作品改编的电影作品有1940年意大利伟大历史电影公司（Grandi Film Storici）根据中篇小说《瓦妮娜·瓦尼尼》改编，由卡尔米内·加洛内（Carmine Gallone）执导，著名影星阿莉达·瓦利（Alida Valli）与阿梅德奥·纳扎里（Amedeo Nazzari）主演的《超越爱情》（Oltre l'amore）；有1947年意大利多姆斯电影公司（Domus Film）根据小说《红与黑》改编的《国王信使》（Il corriere del re），以及1948年由法国安德

---

① （匈）巴拉兹·贝拉. 可见的人：电影精神［M］. 安利，译. 北京：中国电影出版社，2003：103-104.

烈·保尔韦电影公司（Les Films André Paulvé）与意大利埃塞卡电影公司（Excelsa Film）合拍的《帕尔马修道院》等。由法国导演克里斯蒂昂-雅克（Christian-Jaque）执导的《帕尔马修道院》虽然不是这部小说第一次被搬上银幕，像对待所有根据小说改编的影片一样，某些过于正统的司汤达研究家对于《帕尔马修道院》一直持保留态度①，但总的来说这部电影还是赢得了相当不错的评价。这部影片的剧本是由克里斯蒂昂-雅克和皮埃尔·维里（Pierre Véry）、皮埃尔·雅里（Pierre Jarry）共同改编而成，影星杰拉·菲利普在影片中扮演了男主角法布里斯。在改编过程中，影片比较侧重表现司汤达对雅各宾党人的同情，突出了革命的烧炭党人弗朗特·帕拉，把帕尔马的国王描写成像于比王那样既可笑而又可恶的暴君。② 影片的拍摄与上映还有其时代因素，即是对"二战"后法国社会政治状态的某种写照。

由于影片《帕尔马修道院》获得的成功，20 世纪 50 年代之后的法国逐渐热衷于拍摄根据司汤达小说改编的电影，这一时期问世的代表性作品有 1953 年法国、意大利、西班牙三国联合拍摄的《托莱多的情人》（El tirano de Toledo，或译为《托莱多的暴君》《箱笼与鬼魂》），1953 年根据同名短篇小说改编的电影短片《米娜·德·旺盖尔》（Mina de Vanghel），以及 1954 年由克洛德·奥当-拉哈（Claude Autant-Lara）执导的最具影响力的《红与黑》（Le Rouge et le Noir）。其中，由法国导演亨利·德库安（Henri Decoin）和西班牙导演费尔南多·巴拉西奥（Fernando Palacios）联合执导的《托莱多的情人》根据司汤达 1829 年底创作的最具特色的短篇小说《箱子和鬼》改编而成。小说家在这一时期创作的短篇小说还有《瓦妮娜·瓦尼尼》《米娜·德·旺格尔》《媚药》等，都各具特色。小说《箱子和鬼》的副标题为"西班牙传奇"，讲述的是 19 世纪 20 年代斐迪南七世封建专制统治时期，残忍而可怕的格拉纳达警察局长唐布拉斯利用权势诬陷青年贵族唐费尔南多，使其入狱并强占其未婚妻贵族小姐伊内

---

① （法）萨杜尔. 杰拉·菲利普传［M］. 朱延生，译. 北京：中国电影出版社，1985：27.

② 同上，1985：29.

斯的悲剧故事，向读者揭露了西班牙复辟势力的凶残与暴虐，赞美了这对恋人的纯洁和善良，以及为了爱情不惜献出生命的伟大力量。小说中有关箱子以及公墓闹鬼的情节给故事带上西班牙民间文学色彩，但在电影中，除箱子这个重要的道具以外，其他相关内容几乎被全部删除，包括脚夫赞加这一形象。影片在改编的过程中尽力再现了 19 世纪早期西班牙社会生活的面貌，故事发生地从格拉纳达搬到了西班牙名城托莱多。与《瓦妮娜·瓦尼尼》的同名主人公一样，小说《箱子和鬼》中，女主人公伊内斯是个受到资产阶级新思潮影响的贵族女性，司汤达刻画这一类充满浪漫想象的人物形象具有连续性，她们往往具有不同寻常的毅力。在电影结尾处，编剧与导演用准备与情人出逃的伊内斯被丈夫唐布拉斯发现后被刺死的情节替代了伊内斯躲入修道院后遭到暗杀的结局，但故事的悲剧意蕴与原文一致，在小说中定位并不清晰的青年贵族唐费尔南多则被刻画为同情革命的自由派贵族形象。影片未能像司汤达的小说那样以冷静的观察者身份用最少的文字去交代情节发展与时代氛围，但在情节安排和细节处理上同样具有深刻的思想性。

20 世纪 60 年代根据司汤达作品改编的电影有 1961 年由意大利导演罗伯特·罗西里尼（Roberto Rossellini）执导的《瓦妮娜·瓦尼尼》、法国导演皮埃尔·卡迪纳尔（Pierre Cardinal）执导的电视电影《红与黑》、由出生于罗马尼亚的法国导演让·奥雷尔（Jean Aurel）执导的《论爱情》（De l'amour，1964）和《拉米艾尔》（Lamiel，1967）等。

曾获得金狮奖提名的《瓦妮娜·瓦尼尼》是罗西里尼晚期电影创作中容易被人忽视的一部作品。自电影《印度》（India：Matri Bhumi）之后，罗西里尼出于经济考虑转向了被称为"历史四部曲"的电影拍摄，除《瓦妮娜·瓦尼尼》之外还包括《罗维雷将军》（Il generale della Rovere）《夜色朦胧逃脱时》（Era Notte a Roma）和《意大利万岁》（Viva l'Italia！）等。这一时期也因此被称为罗西里尼的"商业"时期。电影《瓦妮娜·瓦尼尼》的基本故事、人物，甚至大部分对话都来自司汤达的原著小说，以 19 世纪早期罗马为背景。

男主角彼耶特卢在影片开头有惊无险地躲过了一次检查。之后，这名以自由意大利的名义一心想推翻教皇世俗权力的革命者在罗马刺杀了一名间谍，在躲避追捕和疗伤的过程中偶遇年轻公主瓦妮娜·瓦尼尼，并与之相恋。他们的热恋很大程度上跟瓦尼尼对彼耶特卢所从事的革命事业的钦佩有关，但不久之后，他们两人都为宗教上的顾忌所困扰，感情因此变得很消沉，最终导致悲剧性结局。在罗西里尼看来，电影的一个重要的功能是它会使人们置身于事物和现实的本来状态之中，使人们认识其他的问题。[①] 不幸的是，目前发行的电影版本在重要方面并没有体现出罗西里尼的真实意图。制片人在影片后期制作过程中的过度参与让这部电影在故事逻辑、情节等诸多方面凌乱不堪，并最终导致票房惨败。尽管如此，罗西里尼还是在影片中进行了不少有益的尝试：还原这一时期的历史和习俗，讲述在革命与宗教之间的犹豫彷徨，尤其是影片中还专门谈到了"自由"的话题，并视之为与性、与历史复杂关系中的重要一环。难怪让·安德烈·菲希称赞这部电影为"一部被肢解的杰作，就像《萨莫色雷斯的胜利女神》一样"[②]。

　　由编剧转为导演的让·奥雷尔是新浪潮文化中自然涌现的一代人物[③]，在司汤达作品电影改编史上非常值得一提，虽然他不像克洛德·奥当-拉哈那样把目光投向了司汤达的名作《红与黑》或是《吕西安·娄凡》。但正是因为他在20世纪60年代的慧眼独具，将极少被人关注的司汤达的两部作品，即《论爱情》以及那部未完成的小说《拉米艾尔》搬上了银幕。

　　电影《论爱情》由雅克·洛朗与让·奥雷尔联手编剧，巧妙地选用了司汤达随笔性质的作品《论爱情》中的部分章节内容，通过牙科医生同时

---

　　①　电影艺术译丛编辑部. 罗西里尼论电影 [M]. 电影艺术译丛. 胡承伟，译. 北京: 中国电影出版社，1979: 294.

　　②　Peter Brunette. Roberto Rossellini [M]. Berkeley · Los Angeles · Oxford: Uuniversity of California press, 1996: 233.

　　③　(法) 罗杰·瓦迪姆我的三个明星妻子 [M]. 杨钟，郭建华，译. 南京: 译林出版社，1990: 159.

也是情场高手的拉乌尔与索菲、马蒂尔德等女子的恋爱故事，再增加和穿插拉乌尔前女友伊莲娜与塞尔日，及索菲与前夫安托万之间的故事，给观众阐释了司汤达作品中有关爱的萌生、爱情与结晶、一见钟情、眉目传情、嫉妒等话题，并试图对爱情这一涉及心理学内容的令人困惑的现象进行了电影化的呈现。在电影的第一部分，也就是伊莲娜与塞尔日交往的经历中，导演和编剧显然把这场爱情的追逐当成了竞技场上的角力，每当塞尔日在与姑娘交往中经历挫折或前进一步赢得姑娘的欢心时，影片都会以画外音的形式进行评论或给予热烈的掌声。由米歇尔·皮科利（Michel Piccoli）饰演的牙医拉乌尔被安排成为一位现代的唐璜，作为女性的征服者，他喜欢向自己的新女友展现自己拍摄的有关前女友们的生活录像并乐此不疲，但他似乎在自己的下一名女友马蒂尔德身上尝试到了第一次失败。马蒂尔德，这位与剧中人物同名的意大利女性，曾经是司汤达迷恋的对象，也是他创作《论爱情》这部作品的目的所在，后人曾经评论道：这本为了她而写的书里，运用了奇妙的方法论论文和爱情分析的措辞，将他对梅蒂妲·维斯孔蒂尼的感情具体化了。① 司汤达的一系列恋情以及他在诸多作品中对自己的爱恋故事或是钟爱的女子的描述，在影片中成了拉乌尔手中的摄像机收藏的影像片段。影片在改编手段和改编理念方面独树一帜，在 20 世纪 60 年代的法国电影风潮中如流星一般划过。影片虽然集结了安娜·卡里娜（Anna Karina）、爱尔莎·玛蒂妮利（Elsa Martinelli）、米歇尔·皮科利、让·索雷尔（Jean Sorel）等一批知名演员，但很遗憾的是，《论爱情》这部作品在电影史上始终没有获得足够的关注。

相比之下，三年之后的影片《拉米艾尔》就要幸运得多了。小说《拉米艾尔》是司汤达未完成的作品之一，今天读者视野中的这部小说由半部未经修改过的小说、残篇，以及一些暗示故事结局的笔记构成。在司汤达创作的晚期，他似乎受到了当时某些时兴的小说创作方法的影响，但他最

① （美）马修·约瑟夫森. 司汤达传 [M]. 包承吉，译. 南昌：江西人民出版社，1989：294.

终留下来的这部作品充满了阴郁的情绪，这本书的调子与《帕尔马修道院》温和的讽刺笔调截然不同。① 小说的女主人公拉米艾尔是个反庸俗和虚伪世界的自由人，可视作与于连·索黑尔相对应的女性，女主人公的原型很有可能来自司汤达多年前的朋友梅拉妮·吉贝尔。在小说中，拉米艾尔本是个被捡来的孩子，长大后成为一个长着椭圆脸蛋，有着金色头发、深蓝色眼睛、尖尖的下巴的美丽女子，她因不满足于原有的生活而努力在上流社会之中创造出一片属于自己的天空，当然，她的美貌让她在乡间及巴黎均如鱼得水。作为一名被赋予独立命运的女性和具有"自我意志的臣民"，拉米艾尔成为司汤达所塑造的最成功的人物之一。在小说中，司汤达有意刻画了一个丑陋驼背的、使人不感兴趣的人的触目惊心的肖像，此人名叫桑斯芬医生，他的才智表明他很可能是作者的一幅自嘲画像。有句伤心话反映了司汤达当时的情绪，那句话是"世界只是一出由一些无情的恶棍和不名誉的说谎者无耻地串演的丑恶喜剧"。在小说中，桑斯芬医生给拉米艾尔提供了很多帮助，也有意成为她人生的导师。有人说，桑斯芬医生几乎是用一种我们认为司汤达也会用的同样措辞来劝说和教导拉米艾尔。但是在巴黎，拉米艾尔的所作所为越来越不受桑斯芬医生的控制，甚至在很多时候，拉米艾尔已经不再相信桑斯芬医生。在影片中，由影星米歇尔·布凯（Michel Bouquet）饰演的桑斯芬医生没有小说中所刻意塑造的丑陋外貌，他与拉米艾尔的一次偶遇让他产生了帮助这位美丽女子的念头，之后他向米奥桑公爵夫人推荐了她。在影片中，导演和编剧给拉米艾尔设置了和小说中几乎一样的障碍：她大多数情况下是一个穷苦无知的农民，由浸透了偏见的人们粗鲁地带大。但是，一旦她觉悟自己的处境，明白了"这多蠢啊！"这句话的含意，她就消除了她人生道路上有关道德问题的障碍。心灵的新的自由，使她能够依着好奇、抱负和快乐的冲动，以自己的方式行事。在这样坚强的意志面前，一切物质的障碍都无法阻挡她

---

① 〔美〕马修·约瑟夫森. 司汤达传［M］. 包承吉，译. 南昌：江西人民出版社，1989：540.

的步伐。而后这唯一的问题，就是在平庸的世界里想象出一个值得她一试
的人生。她最终在犯罪和死亡中寻求满足，在这一点上，她与于连有相似
的地方。

在新浪潮的历史上，让·奥雷尔对电影的贡献很少被后人提到。自
1950 年开始，让·奥雷尔拍摄了十几部故事片、纪录片，并担任过二十多
部影片的编剧，这一系列工作使他深刻参与了新浪潮电影，同时受到了其
中代表性人物如特吕弗、戈达尔等人的影响。他与雅克·洛朗之间的合
作，虽然只是"短暂的接触"①，但在 20 世纪 60 年代留下来的六部作品都
具有重要价值。安娜·卡里娜在他的影片中两次出现，众所周知，她与戈
达尔的婚姻从 1960 年维持到 1965 年，其间他们合作了七部影片，卡里娜
的表演风格带有强烈的戈达尔特征。和戈达尔一样，让·奥雷尔希望在电
影和文学改编中运用类型形式来分析法国社会、政治和文化，其中也包括
对女性的剖析，借助《拉米艾尔》及其后的《情妇玛侬》(*Manon* 70，
1968)、《女人群像》(*Les femmes*，1969) 等，成为如电影评论家一样的
带着摄影机的社会评论家。很显然，这种社会批评的成分在影片《拉米艾
尔》中最具有代表性。

20 世纪 70 年代之后，根据司汤达作品改编的电影数量逐渐减少，比
较具有代表性的有 1976 年苏联谢尔盖·格拉西莫夫改编拍摄的《红与黑》、
1978 年波兰导演瓦莱利安·博罗夫奇克 (Walerian Borowczyk) 根据司汤
达随笔《罗马漫步》与《意大利遗事》中的一篇小说《昵之适以杀之》
(或译为《宠爱过度反害人》《血染风情——1589 年的故事》) 改编拍摄的
影片《修道院的故事》、1980 年法国导演罗杰·哈宁 (Roger Hanin) 执导
的电视电影《箱子和鬼》(*Le roman du samedi*：*Le coffre et le revenant*)、
2012 年意大利女导演钦齐亚·特瑞尼 (Cinzia Th. Torrini) 拍摄的电视电

---

① 福特. 法国当代电影史 (1945—1977) [M]. 朱延生，译. 北京：中国电影出版社，
1991：259.

影《帕尔马修道院》等。

博罗夫奇克的电影《修道院的故事》因其情色内容与涉及宗教的主题在当时曾引起轩然大波，这部混合了幽默、色情和荒诞的影片最初的灵感来自司汤达《罗马漫步》中的某些片段。部分故事情节则来自小说《昵之适以杀之》，小说本身以 16 世纪晚期的意大利为背景，旨在揭露封建制度下的无情以及贵族修道院的黑幕。很多贵族家庭为了保证家庭的财产不致分散，把女儿们送进专门的贵族修女院。这些女子进了修女院之后就几乎断绝了与外界的一切联系，正如小说中修女说的："父母把我们送进修道院，家庭财产都被兄弟霸占，我们被关在这座活人的坟墓里，别无选择。"司汤达笔下的那些修女不甘心牺牲自己的青春、爱情、幸福，千方百计与外面的情人幽会。博罗夫奇克的电影同样描绘贵族修女们的生活，对修女们离经叛道的行为以及展现天性的爱情的萌发寄予了深切的同情。在电影中，修道院院长弗拉维亚·奥西尼令人压抑的管理和她所指定的道德行为准则不但没能让她们循规蹈矩，反而激发了这些年轻女性对自由和爱情的向往。影片重点在于讲述这一群淳朴而富于感情的人对命运的抗争，这种抗争最终以克拉拉修女的醒悟和奥西尼院长被毒死为结尾。博罗夫奇克的这部电影虽然拥有与司汤达原著小说几乎同样的初衷，但他最终以一种戏谑和挑衅的手段，通过修道院里所呈现的一系列歇斯底里的状态强调了这一封闭空间里的荒谬感。影片摄影卢西亚诺·都沃里（Luciano Tovoli）在影片中对自然光的使用和手持式摄影的方式给影片提供了一种现实主义的质感，起到了渲染气氛的绝佳效果。

根据司汤达作品改编的电视作品始于 1965 年的法国 5 集电视连续剧《红与黑》，之后还有法国电视系列片《一百磅的男人》（*Les cent livres des hommes*）中的一集《帕尔马修道院》（1971）、阿根廷电视系列片《经典小说》（*Las grandes novelas*）中的《站着的女人》（1970）和《红与黑》（1971）、西班牙电视系列片《11 小时》（*Hora once*）中的《瓦妮娜·瓦尼尼》（1972）、阿根廷电视系列片《崇高的喜剧》（*Alta comedia*）中的《瓦妮娜·瓦尼尼》（1972）和《红与黑》（1973）。1973—1974 年，曾经执导电影《红与黑》的法国导演克洛德·奥当-拉哈将《吕西安·娄凡》拍摄成 4 集电视连续剧。1982 年，意大利、法国和联邦德国联合将《帕尔马修道院》以 6 集电视连续剧的形式呈现在电视观众面前。到了 1993 年，英国 BBC 公司再次将《红与黑》改编成 3 集电视连续剧。2009 年意大利 6 集电视连续剧《鹰和鸽子》（*Il falco e la colomba*）根据司汤达小说集《意大利遗事》中的《卡司特卢的女修道院院长》改编拍摄而成。

其他与司汤达文学创作有联系的影视作品还包括 1964 年由意大利导演贝纳尔乌·贝托鲁奇执导的《革命前夕》（*Prima della rivoluzione*）和 1989 年由法国导演帕斯卡尔·托马斯（Pascal Thomas）执导的《丈夫们，女人们，情人们》（*Les Maris，les femmes，les amants*）。

在 19 世纪的现实主义作家中，司汤达的作品影视改编数量是相当少的（30 部），但这丝毫不影响司汤达作品在人们心目中的地位。当然，对司汤达作品的影视改编比较多地集中在像《红与黑》《帕尔马修道院》《瓦妮娜·瓦尼尼》等作品上，而他那些同样重要的作品如长篇小说《阿尔芒丝》《红与绿》则无人问津。在司汤达研究逐渐深入的 21 世纪，期待会有精彩的影视改编版本出现。

第二节 《红与黑》：反映司汤达精神的第一部影片

1830 年春天，在法国七月革命的前夜，司汤达完成了他的小说《红与黑》。"红与黑"的标题暗示着小说家的基本观点和思想，概括了这部小说中所反映的那个时代，副标题"1830 年纪事"则清楚地表明了司汤达写作这本书的用意。由这部小说改编成的影视作品，自 1920 年以来已经出现了8 个不同版本，其中包括 4 部电影。其中影响最大的莫过于 1954 年法国导演克罗德·奥当-拉哈执导的同名电影，这部《红与黑》因影星杰拉·菲利普（Gérard Philipe）饰演的于连一角而被视为《红与黑》的最佳改编电影，也是 20 世纪 50 年代法国名著改编电影的代表性作品。电影《红与黑》由法国法兰西-伦敦影片公司（Franco London Films）与意大利记录新闻影片公司（Documento Film）联合拍摄，编剧除了克罗德·奥当-拉哈本人，还包括让·奥朗希（Jean Aurenche）和皮埃尔·波斯特（Pierre Bost）。

一

小说《红与黑》的故事来自社会生活中的杂闻及案例，包括 1827 年12 月在格勒诺布尔巡回法庭上审理的贝尔泰案件和 1829 年的刑事案例拉法尔格事件。安托万·贝尔泰是布朗格斯一位马蹄铁匠的儿子，因聪颖而得到神父赏识，被推荐到格勒诺布尔神学院，其间他曾成为富有的米舒律师家中的家庭教师，但贝尔泰因为与女主人发生了一段私情而被解雇。之后，他在格勒诺布尔另一个名叫德·卡通的贵族家中找到了一份家庭教师的工作，但他再次因与主人的女儿有染而被辞退，神学院也因此开除了他。贝尔泰把自己后来的遭遇全都归罪于米舒夫妇，为此他回到布朗格斯，在教堂里向米舒夫人开枪并企图自杀。贝尔泰案件和于连·索雷尔故事之间的关联是显而易见的①，其中的主要人物和故事情节几乎可以一一对应，只是个别场景进行了转移和调整。司汤达认为这是他所谓"高尚犯罪"最好的实例。在司汤达看来，还有一件与贝尔泰事件类似的刑事案例：有个名叫拉法尔格的巴黎木匠因为妒忌杀死了他的情人而导致犯罪。在这起因妒生恨而最终犯罪的拉法尔格案件中，司汤达被这种谋杀中体现的深思熟虑的残酷、面面俱到的条理性及精确性所深深震撼。② 在司汤达看来，拉法尔格和贝尔泰一样，都是在贫富阶层间努力抗争者的化身，他们都为自己幻想了一个充满希望的将来，而他们的才华使他们相信自己的幻想终将实现。在小说《红与黑》中，司汤达就是扩展了这种社会野心的强烈性。应当注意的是，以传闻为基础来书写骇人听闻的犯罪行径在浪漫主义时代并不罕见，但司汤达却以出乎意料的冷静叙述着这些案例，并且和那些他在下层阶级中所观察到的不满、骚动和野心联系起来。从社会杂闻到小说，再到电影改编，《红与黑》的故事在传承过程中经历了多次加工和改造。在司汤达的笔下，于连及其故事被赋予了一个新的意义和高度，一个在刑事案件中的平凡人被作家进行了变形与提升，甚至被看成具有智慧和意志力的平民英雄形象。影片中的于连形象延续了司汤达的这一创作思路，突出表现于连·索雷尔在动荡社会背景之下、特定阶段政治环境之中的处境，着力刻画主人公的野心勃勃以及他在这个特殊时期的悲剧命运，同时有意削弱了于连·索雷尔身上多情但不负责任的特点。

为了刻画作品中的情感和人物，小说《红与黑》以一条爱情主线贯穿始终。三位最核心的人物形象——于连、德·雷纳尔夫人、马蒂尔德，在司汤达的笔下，是以不同层次的观察视角逐步展现的。其中，德·雷纳尔夫人与马蒂尔德先后两段与于连的恋情，还带有强烈的对立性。其中，韦

---

① 弗兰克·埃夫拉尔. 杂闻与文学 [M]. 谈佳，译. 天津：天津人民出版社，2003：63.
② 同上，2003：64.

里埃城和德·雷纳尔夫人是主人公天真单纯初入世的世界，是其青春敏感的世界。① 雷纳尔夫人是个有着温柔性格的女子，对生活毫无经验，她与市长之间从来没有什么痴情，但她欣赏于连的才能和容貌，于连对她充满热情的爱让她找到了幸福的感觉。而马蒂尔德是一名漂亮高傲的贵族小姐形象，"荣华、财富、青春，唉！除了幸福，一切我都有了!"她让人着迷，但她看不起那些围绕在身边的贵族青年，对他们的态度是冷漠的。她之所以关注于连，正是因他有意维护自尊，又有才识胆略，对她带着一种恭敬而又骄傲和不满的态度。马蒂尔德小姐爱上于连之后的一系列表现都与于连自我的野心、征服的狂热联系在一起。而在电影中，两段恋情都没有小说中所描写的那么细致，而成为关于于连爱情经历的两个选段。克罗德·奥当-拉哈的技巧在于能够把许许多多的"选段"揉成一体，通过色彩、图像、音响、音乐的效果，使影片仿佛用对照的方式来叙述司汤达的小说。②

二

作为司汤达"无可争辩的杰作"③，小说《红与黑》在社会生活状况描写和细节真实方面都具有无与伦比的高度。《红与黑》的故事发生在 1825 年的法国外省小城韦里埃，市长德·雷纳尔决心要请锯木厂老板的儿子于连·索雷尔（或译为朱利安·索雷尔）到家里做家庭教师。这个愚昧贪婪的农民的后代十分聪明，他的才华胜任家庭教师的职位，并因此获得德·雷纳尔夫人的好感，天真幼稚的德·雷纳尔夫人逐渐爱上了于连，并最终成了他的情人。他们之间的关系被发觉后，于连只得离开韦里埃，在谢朗神

---

① 皮埃尔·布吕奈尔，等. 19 世纪法国文学史 [M]. 郑克鲁，等，译. 上海：上海人民出版社，1997：170.

② 莫里斯·佩里塞. 钱拉·菲立浦传 [M]. 戴明沛，译. 北京：中国戏剧出版社，1984：199.

③ 皮埃尔·布吕奈尔，等. 19 世纪法国文学史 [M]. 郑克鲁，等，译. 上海：上海人民出版社，1997：168.

父的安排下来到贝桑松的神学院，成了一名修士，同时得到院长比拉尔神父的信任。之后，比拉尔神父推荐于连到巴黎担任德·拉莫尔侯爵的私人秘书。于连凭借其才干和学识受到德·拉莫尔侯爵的重用，他的傲慢和不同凡俗的特点引起了侯爵女儿马蒂尔德的关注。在与马蒂尔德的交往过程中，他设法让她堕入情网并向侯爵坦白一切。在得知女儿已经怀孕之后，德·拉莫尔侯爵为了遮掩丑闻，给了于连委任状、足够的金钱，并答应了他和女儿的婚事。这时，德·雷纳尔夫人在教士的强迫下写信给侯爵揭露于连"贫穷而贪婪，十足的伪善"。得知婚事告吹之后的于连在愤怒的状态中回到韦里埃，在教堂里向德·雷纳尔夫人开枪。被捕入狱后，于连得知了德·雷纳尔夫人伤势并不致命。这一情节浪漫的案件最终在贝桑松开庭审判，在法庭上，于连的辩论让在场的妇女泪如雨下，但陪审团的结论是判处死刑。三天之后，于连被推上了断头台，深爱着于连的两个女人马蒂尔德和雷纳尔夫人，一位效仿先人亲手埋葬了她情人的头颅，另一位则在悲痛中于三天之后离开了人世。《红与黑》的结构相当严谨，在作品的前半部分，于连的生活轨迹先是在唯利是图的韦里埃，然后是阴森可怖的贝桑松神学院。后半部分，于连则来到巴黎，先是处于以德·拉莫尔侯爵府为中心的巴黎上流社会，后因枪击事件而被投入贝桑松的监狱和法庭的审判。结构上的巧妙安排与《红与黑》书名的含义有着某种联系，因为"红"既是法兰西共和国和帝国时期士兵们军服的颜色，可能象征着革命和对拿破仑时代的向往，也是作品开头于连在韦里埃华丽的教堂里，看到那张写有"路易·让雷尔在贝桑松的处决及临刑前的详情"的极具预示性的纸时教堂帷幔的颜色；而"黑"则象征着牧师的长袍，可能在暗示教会以及王政复辟时期，他们在滑铁卢之后统治着法国社会。于连的人生就是在这两者之间进行选择，为了获得一个锦绣前程，他谨慎地选择了牧师穿的黑色长袍，而在以前，他会毫不犹豫地选择红色军服。小说的象征暗示意义或许也正在于此，既表明了于连的矛盾性，又暗示着他与上流社会之

间的战斗，这是在一个复辟倒退年代里的一名高尚者的必然命运。但作为
影片导演，克罗德·奥当-拉哈对拍摄《红与黑》有他自己的想法，因为在
他看来，1954 年的法国在很多方面与查理十世时期的法国相类似。在电影
改编理念上，克罗德·奥当-拉哈"坚决拒绝搞成文摘的形式"①，但《红
与黑》的内容实在是太长了。杰拉·菲利普认为，尽管电影已经太长了，
还应该再延长四个小时，才能把所有的细节都表现出来②，因此删减是不
可避免的。小说中的第一部分内容在影片中只留下于连与德·雷纳尔夫人
的恋情主线，至于次要人物及情节如贫民收容所所长瓦勒诺、德·雷纳尔
夫人的表亲德尔维尔夫人，还有于连的家庭、老军医、富凯则被全部删
去。剧本改编者为了避免流水账式改写的俗套，特意选择"倒叙"的手
法③，影片一开头就是于连在贝桑松法庭上接受审判的情景，虽然突兀，
但强化了"由杰拉·菲利普扮演的于连·索雷尔的性格"，尤其是对于司
汤达原著的读者来说，影片提供了一种用不同方式来展示于连生平的可
能性。

在小说结局中，突受嘲弄的抱负和毅力在复仇中得到宣泄。④ 于连感
叹道，"我没有荣幸属于你们那个阶级，你们可以从我身上看见的，不过
是一个乡下人，他不甘心处于卑微的地位而起来反抗罢了"，"我不向你们
乞求任何恩惠"。在小说中，他因为出身卑微，即使面对德·雷纳尔夫人
时充满的也是"战斗的勇气"。于连是一名来自平民阶层的代表，他在地
方的肮脏的政治倾轧中学到了手段与伎俩，在修道院的暗斗与上流贵族的
权力纷争中得到了足够的启示，虽然看到了前途和希望，但始终处于一种
不稳定的状态，成功与失败仿佛就在一念之间。而在电影中，他在法庭上

---

① 乔治·萨杜尔. 杰拉·菲利普传 [M]. 朱延生，译. 北京：中国电影出版社，1985：55.
② 同上，1985：132.
③ 莫里斯·佩里塞. 钱拉·菲立浦传 [M]. 戴明沛，译. 北京：中国戏剧出版社，1984：198.
④ 皮埃尔·布吕奈尔，等. 19 世纪法国文学史 [M]. 郑克鲁，等，译. 上海：上海人民出
版社，1997：171.

面对法官和陪审团的讲话则成了："我不要求宽恕，更谈不上请求。我的罪行是惊人的，而且是有预谋的"，"我是该死的，但是你们判我刑的理由并不在此。不！这个你们都很清楚，我真正的罪在你们看来，因为我是一个下等人，竟敢同你们这些上等人讲平等！你们要砍我的头，是想警戒那些出身贫寒的青年，就是那些幸运的或是不幸的，受到良好教育，从而敢于踏进这个，被那些高傲的财主称作上等社会的青年"。这番话将于连的不幸和时代的特征展现在观众面前，也让人们不再像看小说那样去体验于连成长的每一个脚步，而是以回忆的方式，让观众体会于连话中的意味。到了电影的第二部分，与小说相比删减更为明显，而且"某些被砍掉的重要部分却被一些次要或无用的情节代替了"[①]，影片对于连刚到贝桑松时在咖啡馆与阿芒达邂逅的内容讲述得极为详尽，但于连进入神学院之后，除了比拉尔神父，其余所有的神父和修士以及神学院中的钩心斗角的描述都极为模糊，这一部分似乎在银幕上一闪而过。在比拉尔神父主持完最后一次弥撒后，情节旋即进入第三部分，于连在巴黎德·拉莫尔侯爵府上的经历，与马蒂尔德交往的主线，以及定制与身份相符的服装、与德·博瓦西骑士的决斗及交往、被授予勋章、舞会上关于丹东的交谈等构成第三部分的全部内容。司汤达原著中的许多细节并没有得到展示，但原著内容却在电影中无处不在，包括那柄被拔出的古剑。当意味着成功的与马蒂尔德的婚事告吹、情势急转直下时，电影用于连试军服和马蒂尔德送来信两个细节来巧妙表达，在发生教堂的枪击事件之后，电影将观众再一次带回法庭的审判之中，甚至还展现了德·雷纳尔夫人坐在马车中在法庭外等待审判结果的焦灼。总的来说，影片《红与黑》把握住了司汤达原著的基本主题，当时被认为是"反映出司汤达精神的第一部影片"[②]。

---

①　莫里斯·佩里塞. 钱拉·菲立浦传 [M]. 戴明沛，译. 北京：中国戏剧出版社，1984：198.
②　乔治·萨杜尔. 杰拉·菲利普传 [M]. 朱延生，译. 北京：中国电影出版社，1985：56.

三

　　小说的主人公于连是 19 世纪前期法国社会中具有反抗精神的个人奋斗者的典型。表面上看起来，他只是带着一种有幸获得良好教育但又很穷的年轻人独特的冷酷感情，想在社会上尤其是在上流社会获得成功的野心家。但司汤达通过他的经历表现了平民意识的觉醒，在小说中，于连把自己的所作所为看作对遭受市长蔑视的报复，把自己追求雷纳尔夫人的成功看成"把这个骄傲的绅士的狂妄心理彻底打垮"的一个胜仗。在与马蒂尔德交往的过程中，于连不仅通过追求马蒂尔德向那些青年贵族挑战，同时希望借此实现通过马蒂尔德向上爬的愿望。"他在一个家庭取得成功的方法之一，就是诱惑最有支配力量的女人"，雷纳尔夫人言不由衷的告发信，揭露了于连野心的本质。小说《红与黑》的时代意义说明它具有更重要的现实性和政治性，就像司汤达所说："社会好像一根竹竿，分成若干节。一个人的伟大事业，就是爬上比他自己的阶级更高的阶级去，而上面那个阶级则利用一切力量阻止他爬上去。"① 在小说中，于连为了让自己在动荡的社会中获得生存空间，选择了一种危险的、战斗的、有野心的生活，正是这种行动的状态让小说充满了时代感。

　　影片《红与黑》的成功，很大程度上也要归功于杰拉·菲利普的表演。小说《红与黑》的主人公实际上就是作者司汤达本人，这个曾经追随拿破仑的退伍军人把所知道的一切生活经验都汇聚在了小说中于连的身上。于连意志坚定，行为大胆，充满活力，他懂得如何获得力量，如何使用力量，截然不同于很多浪漫主义作家笔下的主人公形象。出演《红与黑》中的于连这个人物时，杰拉·菲利普已经 31 岁。他之前出演过的作品包括《白痴》(1946)、《帕尔马修道院》(1948)、《魔鬼的美》(根据《浮

---

　　①　北京大学西语系资料组. 从文艺复兴到十九世纪资产阶级文学家艺术家有关人道主义人性论言论选辑 [M]. 北京大学西语系资料组，译. 北京：商务印书馆，1971：348.

士德》改编，1950)、《轮舞》（根据施尼茨勒同名作品改编，1950)、《奇异的爱情》（根据萨特作品《伤寒》改编，1953）等根据名著改编的电影和一些戏剧作品。所以，杰拉·菲利普在主演《红与黑》之前就被人们寄予厚望。杰拉·菲利普在诠释这一人物形象时，让观众觉得他就是于连，"把一个富有才干的、受折磨的主人公的成熟气质带给了这个角色"①。于连是一个头脑清醒的人，他凭借坚强的意志来挑战这个时代，他的野心来自他的欲望、仇恨以及强烈的自尊心。在杰拉·菲利普的演绎中，于连是为了反抗卑贱的社会地位奋力往上爬，最终落得粉身碎骨的人物，他身上让人同情的内容应该占据着重要位置。在影片中，他初到德·雷纳尔市长家和巴黎时的天真，面对德·雷纳尔夫人和马蒂尔德，甚至在面对阿芒达时的多情，在市长家和在德·拉莫尔侯爵府时的敏感，再加上大量的画外音展现的他更为隐秘的内心世界，凸显出他的贪婪、虚伪和野心。显然，选择杰拉·菲利普出演于连这个角色是成功的。当初要是选择一个不知名的演员来扮演这个角色的话，于连便是于连，绝不会留下于连就是菲利普这个后遗症。

---

①　乔治·萨杜尔. 杰拉·菲利普传 [M]. 朱延生，译. 北京：中国电影出版社，1985：56.

第三节　《革命前夕》：成长故事与生活的甜蜜

　　和《意大利遗事》一样，《帕尔马修道院》的部分故事来源于司汤达所拥有的一些记录着 16 世纪法尔耐斯家族历史的意大利文手抄本。其中有关保罗三世的历史材料加上有关其他统治意大利的家族的某些传说，构成了小说《帕尔马修道院》最主要的故事来源。在司汤达看来，法尔耐斯家族的故事是旧时意大利生活艺术的一个完备的例证，那时的孩子们似乎像欣欣向荣的、美丽的花草那样生长着，充满了生命力，充满了力量。[①] 但在小说中，司汤达用公爵领地帕尔马代替了罗马，法尔耐斯家族中的那些传奇人物统统在小说中以另一副面孔再现。手抄本中那些 16 世纪的人和事发生在 19 世纪，展现的是 19 世纪初意大利北部地区反抗"神圣同盟"、争取民族独立和自由的时代背景。司汤达在年老之时有个习惯，喜欢在幻想中重温旧梦。他梦见了在意大利时的青春年华，并充分发挥了想象，把他熟知的这些场景搬到他所渴求生活于其间的 16 世纪。[②]

　　《革命前夕》（*Prima della rivoluzione*，1964）是意大利导演贝纳尔多·贝尔托鲁奇（Bernardo Bertolucci）24 岁时的才华横溢之作，讲述的同样是关于年轻人梦想逐渐破灭的经过。电影在某种程度上可以说更像一部诗集，"这部自传性的教育片被卡在了热情与意识形态之间"[③]。它的标题来自法国政治家塔列朗的名言——"没有在 1789 年之前生活过的人，哪知道生活的甜蜜"。影片中半自传体的基调使这部电影带有一定的私人色彩，这一创作是向他灵感的启迪者、法国导演让-吕克·戈达尔致敬。帕尔

---

①　约瑟夫森. 司汤达传［M］. 包承吉，译. 南昌：江西人民出版社，1989：509.

②　同上，1989：510.

③　杰弗里·诺维尔-史密斯. 世界电影史（第 3 卷）［M］. 上海：复旦大学出版社，2015：276.

马城是影片的主要背景，事实上，影片中的人物是以当时贝尔托鲁奇最喜欢的一部司汤达的小说《帕尔马修道院》中的人物命名的，如法布里齐奥、吉娜、克莱利亚等，都在暗示它与司汤达长篇小说之间的联系。司汤达作品中发生在主人公法布里斯身上的一段畸恋给了他充分的想象空间，并让他以此为背景来讲述政治意识对个人的影响，从而奠定了他的事业基础。

一

小说《帕尔马修道院》以18世纪末19世纪初期，也就是从1796年拿破仑进军意大利开始，到1814年拿破仑战败后，奥地利恢复对意大利的统治之后封建复辟时期的意大利生活为题材。此时，以烧炭党人为代表的意大利民族解放运动开始了，并先后爆发了1820年至1821年的起义，形成意大利民族解放运动的第一次高潮。《帕尔马修道院》所反映的就是意大利这一阶段的历史进程。小说第一章以"一七九六年的米兰"为标题，描写了当年拿破仑进入意大利的场面，代表共和的法军在拿破仑带领下给落后的意大利带来了觉醒和新的秩序、思想及生活理念，法军的进入因此受到意大利人民的欢迎。司汤达以热情歌颂的笔调，描写了在经历了这一历史性事件之后，意大利"整个民族发现历来受人尊敬的一切事物，原来都极端可笑"。依附于封建王朝的贵族们面对这些变化，站在了与法军敌对的立场上，而下层人民则对法军表示了欢迎的态度。但是随着拿破仑的成败兴衰，资产阶级自由主义思潮与封建贵族的保守反动在意大利进行了拉锯式的反复斗争。司汤达以一个贵族家庭为缩影，把这种斗争加以展现。

小说主人公青年法布里斯对封建君主制的复辟和奥地利的统治极为不满，决心当一名军人，为祖国的自由和解放贡献自己的力量。因此，他一听到拿破仑卷土重来的消息，就立即奔向滑铁卢战场。拿破仑失败后，主人公不得不逃到帕尔马公国，得到姑妈吉娜（后来成为桑塞维利纳公爵夫人）和她的情人帕尔马首相莫斯卡伯爵的保护。不久，法布里斯因卷入宫廷政治旋涡而被关进帕尔马要塞。在监狱里，法布利斯和要塞司令康梯将军的女儿克莱利娅产生了爱情，但几经周折，他们始终无法结合在一起。几年后，在失去了他们的孩子后，克莱利娅因病去世，法布里斯因此退隐帕尔马修道院抑郁而终。《帕尔马修道院》反映了作者所生活的时代风貌，对公国朝廷中的政治黑幕进行了淋漓尽致的刻画，绝妙地讽刺了复辟时期的欧洲封建君主政治，热情歌颂意大利人民的反抗和斗争，对拿破仑和他的事业表示了深切的追念，具有鲜明的政治倾向性和强烈的现实色彩。

《革命前夕》的意大利导演贝纳尔多·贝尔托鲁奇出生于帕尔马，并在这座城市度过了大部分青春时光，他的父亲阿蒂利奥是意大利著名诗人，贝尔托鲁奇年轻时在诗歌创作方面也颇有成就。像皮埃尔·保罗·帕索里尼一样，他开始创作电影剧本。1962 年，贝尔托鲁奇把帕索里尼的小说《死神》改编成剧本，并以导演身份完成了这部电影，同年，他还发表了他的第一本诗集《探寻神秘》（*In cerca del mistero*）。《革命前夕》这部影片精彩绝伦地描绘了一名帕尔马年轻人的歧路彷徨：青年法布里齐奥是资产者的儿子，家境殷实，但他想脱离他生活的环境，摆脱他的贵族血统。影片中特别提到，他同小学教师共产党员切萨雷的友谊对他的思想变化起到了重要作用，他相信自己是一名马克思主义者，但他在思考自己未来发展方向的时候始终找不到问题的答案。面对越来越困扰他的社会结构，他觉得当初的反叛精神似乎毫无出路，法布里齐奥因此处于资产阶级家庭背景与他的马克思主义思想的冲突之中，无法摆正自己的身份。这种情绪在他的朋友阿戈斯蒂尼死后变得愈加浓烈，内疚、不安、无所适从，身为共产党员的他似乎停留于一种"革命前夕"的状态。最终，这个曾经受到革命震撼的年轻人慢慢意识到自己并不是一个马克思主义者，于是安全起见，回头拥抱自己出身所属的资产阶级。故事的结局是法布里齐奥决心回到现实中来，同富家小姐克莱利亚顺理成章地结婚，过他的资产阶级奢侈而平庸的生活。贝尔托鲁奇在电影语言方面借鉴了克劳德·勒鲁什、戈达尔、帕索里尼等导演的过人之处，用镜头去捕捉年轻人激昂过后的两难处境。看到《革命前夕》，人们一定会意识到贝尔托鲁奇作品中与司汤达小说相似的讽刺意味。如果说当年这位法国作家在意大利找到了"燃烧的想象力"的源泉，那么这位意大利电影人，面对 20 世纪中期意大利社会的文化困境，则从法国的源头获得了灵感。[①] 在司汤达那部"枝叶浓密的浪漫小说"中，读者可以看到各种形式有关宗教的言语。而在电影中，思想和主义在法布里齐奥的头脑中占据了重要地位。

二

如果关注《帕尔马修道院》的最末一句英文"献给最幸福的人"（TO THE HAPPY FEW），会觉得司汤达是一位热爱生活、乐观而思路敏捷的小说家，他的"幸福"具有挑战性，他时常会向社会秩序进行勇敢的挑战，或者借助敏锐的、有节制的感情变化使个人生活变得丰富多彩。与《红与黑》相比，《帕尔马修道院》是一曲生活的颂歌，表达了一位小说家对他自己年轻时所热爱、年老时依然憧憬的意大利的挚爱之情。七月革命之后所发生的一系列变化，让司汤达的社会地位发生了变化，意大利题材在他这一时期的创作中占据了重要地位，同时，他有意识地从过去时代提取创作素材，这就是他创作了一些以 16 世纪意大利逸事为题材的中短篇小说（后来结集为《意大利遗事》）的原因。1838 年 11 月，司汤达担任法国驻罗马教皇管辖的港口城市契维塔韦基亚领事。他在回到巴黎度假期间，用了 52 天时间，以不可思议的速度完成了 40 万字的长篇小说《帕尔马修道院》。巴尔扎克称之为法国"近五十年来一部最好的书"，列夫·托尔斯泰后来承认他的《战争与和平》中描写波罗金诺之役的内容大大受益于此："关于战争描写，我的第一位老师是司汤达。"这是因为司汤达在这部

---

① Kline, T. Jefferson. *Bertolucci's Dream Loom : A Psychoanalytic Study of Cinema* [M]. Amherst: University of Massachusetts Press, 1987: 22.

小说的前几章里以主人公法布里斯——一名初上战场的战士的视角来看待这场战役，以一种看似忽隐忽现、断断续续的真实再现了1815年滑铁卢战役惊心动魄的场面。作为一名拿破仑的崇拜者，他既没有美化战争，也没有渲染战争的恐怖，而只是忠实地再现战场上的真实所见，以及拿破仑及其手下将领们的本来形象。

20世纪60年代的意大利社会与19世纪前期的有很多类似之处，尤其是当涌动的社会思潮冲击年轻人的内心世界时。通过电影，贝尔托鲁奇在政治信仰问题上严酷地责问起自己和同时代的人们……就像戈达尔不止一次所做的那样。① 影片中的法布里齐奥内心的压抑苦闷无法排解，朋友阿戈斯蒂尼的死让法布里齐奥倍感恐惧和内疚，在他最黑暗的怀疑时期，吉娜——他的姨妈来到帕尔马，法布里齐奥感到自己无可挽回地被这个年长女人的母性吸引住了，但他也越加认识到其中的危险和荒唐。他并不承认自己对姨妈的眷恋是他所追求的那种伟大的爱，一种20世纪60年代所有的青年都想追求的爱。我们自然会把塔列朗名言中的"生活的甜蜜"理解为女人的甜蜜。在任何一种享乐文化中，女人都是最受欢迎的消遣对象。爱情不仅失去了"健康"的本能冲动，而且失去了充满戏剧性的狂热；爱情变得精巧、风趣，易于调教，从一种激情变成一种习惯。② 在爱情方面，法布里齐奥表现出和人生思考一样的模棱两可，当两人之间的友谊很快成了一段恋情时，他开始纠结于吉娜与未婚妻克莱利亚之间的选择取舍，始终处于一个大男孩与成熟男人之间的过渡期。他在城市中寻找和徘徊，与吉娜一起四处出行，最后在绝望中暗下决心，"抛弃"，并决不重提他对吉娜的罪恶情欲。但在剧场相会那一幕中，他们依旧感叹自己是否懂得爱，是否有能力得到真正的爱情，这也暗示了法布里齐奥所代表的年轻人本质

---

① 彼得·考伊. 革命！1960年代世界电影大爆炸 [M]. 赵祥龄，金振达，译. 桂林：广西师范大学出版社，2006：3.

② 阿诺尔德·豪泽尔. 艺术社会史 [M]. 黄燎宇，译. 北京：商务印书馆，2015：295.

上的虚弱与无能。影片中有很多场景表现了法布里齐奥沉思默想中怀疑自己的人生道路，如他对吉娜既爱又恨的情绪，对个人前途的迷茫，对长大成人的自我怀疑，对社会的不公正，对自己特权地位的理解等。最终，他做出了某种大胆的决定。在司汤达的小说中，法布里斯解决问题的方式是"意大利式的"——因为我的出身使我有权利用这些社会弊病，因此，不去捞取我的一份东西是极端愚蠢的。电影在刻画法布里齐奥形象的同时，也在讲述弗洛伊德的分析理论与共产主义、马克思主义之间存在的别扭感，这直接导致法布里齐奥在面对破产者的困境时突然停止思索并承认了现实，而且不再为种族主义而感到良心的责备。

三

　　理解《革命前夕》，就是理解 20 世纪 60 年代青年心中的一切梦想、恐惧和欲望。电影《革命前夕》是导演贝尔托鲁奇关于成长、欲望、幻想所构建的精妙建筑，也是一位年轻人力图战胜生活中各种困难和艰险的尝试。小说《帕尔马修道院》成了司汤达寄托自己在意大利能够得到幸福这一最美妙论题的浪漫文学产物，司汤达的梦想、事业，以及无意识的情欲，让这类主题在小说中重复出现。电影中的故事发生在司汤达所认为的意大利这片幸运的土地上，那种肉体和精神上的和谐，似乎只有在这里才能获得。表现在影片中，是法布里奇奥努力调和其"对现在的怀念"与其共产主义思想之间的矛盾，以及理想主义与其所处阶级之间的矛盾，在政治信仰问题上对自身及同时代人们的拷问。但是影片给人印象深刻的反倒是日常生活中的欢愉和某些感人的定格画面：某天吉娜和法布里齐奥的出门购物或去拜访一名即将失去土地的悲伤的破产贵族，甚至还包括一些短暂的场面，比如阿戈斯蒂诺与法布里齐奥之间的争执，或是用公园里两个面对面坐着的人物形象来强调主人公在革命理想和舒适的资产阶级现状之间的矛盾心理。因此，在结尾处，法布里齐奥在犹豫了一段时间后最终心安理得地接受了他周围的环境和他的阶级，同他的女友克莱利亚结了婚。婚礼这场戏之前，导演又穿插了法布里齐奥的精神导师——教师切萨雷授课的场面——他正给孩子们朗读《白鲸》一书中描写白鲸追踪阿赫布的片段。还有婚礼进行过程中祭坛侍者一个开心、一个不开心的样子，婚礼结束之后吉娜与众人洒泪吻别的场景，均令人难忘。

在司汤达的小说中，主人公法布里斯和他的姑妈吉娜及恋人克莱利亚生活在一段特殊的历史时期，为争取自由而进行的不断反抗铸就了他们全部的命运。小说中的吉娜美丽、骄傲而充满热情，发生在她身上的故事带有明显的浪漫主义色彩。而电影中的吉娜，也就是主人公的姨妈则是个精神病患者，她同主人公有过一段乱伦的关系。在描述这段关系的过程中，影片对社会的无力抗议是通过疾病这一现象来暗喻的。她的抑郁、恐惧与歇斯底里，很明显地表现了对被神圣化了的资产阶级家庭的抗议，而这一抗议是通过自我毁灭和乱伦表现出来的。与《帕尔马修道院》中的监狱不同的是，法布里齐奥的监狱在他的心中，而对吉娜来说，一个狭窄的、陌生的房间就是她的牢笼。

贝尔托鲁奇认为《革命前夕》不仅仅是自传体的："这是消除我自身恐惧的一个途径。因为像这个角色那样子，是所有欧洲年轻有产者的必然命运。"①《革命前夕》宣告了一种新电影的诞生，虽然它的身上有着强烈的贝尔托鲁奇的个人印记。这部关于"模棱两可和不安的历史片"以1962年这一年或者20世纪60年代意大利的青年思想状况为背景，就像司汤达所说，经历过革命前夕岁月的人才会真正懂得幸福的意义和价值。影片中大量文学性的暗示和哲学性的探讨给观众留下了深刻的印象，除了片名和人物，电影中法布里齐奥思索苦闷，最后在歌剧《麦克白》演出期间法布里齐奥与吉娜再度会面的那场戏都使人回想起司汤达《帕尔马修道院》中

① 彼得·考伊. 革命! 1960年代世界电影大爆炸 [M]. 赵祥龄，金振达，译. 桂林：广西师范大学出版社，2006：166.

的类似情节。贝尔托鲁奇拍电影并不喜欢参照剧本，他曾经说过："我更喜欢跟随我所记忆的内容，而不是拍出一篇文字来。所有电影对我来说都是'cinema verite'，意思是在没有预演、没有准备的情况下，去捕捉镜头前两个演员之间自然发生的事情。"① 但是在《革命前夕》这部影片中，很多带有模仿性和实验性的内容都能使观众觉得恰到好处：跳剪、360度全景摇拍、可变光阑、推拉变焦等②。在这部电影中，死亡、成长、乱伦、政治这样的关键词异常明显，富有家庭气息的浪漫情节和无处不在的政治元素成为表现的核心内容，影片还充分利用时代背景、镜头移动和节奏性剪辑，同时通过人物对话和独白，结合文学哲学的思考来表现主题。从某种程度上来说，贝尔托鲁奇在这部电影中感受到了一百多年前司汤达的青春回忆与苦涩经历，并以此逐渐形成了将情感与政治风暴结合在一起探索当代意大利问题的一条创作纽带。在贝尔托鲁奇看来，电影首先适用于表现思想、意识的内在部分，这不一定非要通过画面，可以更多地通过那些不可衡量的东西，即从原来的材料中恢复的那些东西，不需要媒介和表现手段。以这部影片中的音乐而言，各种不同风格的音乐在影片中都有所呈现，如流行音乐、爵士乐和古典音乐。最后的高潮部分则用了意大利作曲家威尔第的歌剧《麦克白》（*Macbeth*）的演出，但实际上演出的画面并没有在镜头中出现太多，观众们更多是通过声音来感受，尤其是男主人公法布里齐奥和吉娜最后的私人交谈。

---

① 史蒂夫·斯皮格内西. 意大利100人：历史上最具影响力的文化、科学、政治人物排行榜［M］. 穆玉苹，译. 北京：当代世界出版社，2007：266.

② 彼得·考伊. 革命！1960年代世界电影大爆炸［M］. 赵祥龄，金振达，译. 桂林：广西师范大学出版社，2006：166.

第二章　巴尔扎克文学作品的影像阐释

第一节　巴尔扎克文学作品影像改编史综述

在被恩格斯誉为"比过去、现在和未来的一切左拉都要伟大得多的现实主义大师"① 的巴尔扎克看来，法国社会是一个特别需要研究的领域。正因为如此，巴尔扎克在《人间喜剧》里提供了一部包罗万象的现实主义历史，他的作品视野开阔，人物庞杂众多，充满了斗争或较量：新与旧之间、男与女之间、贫与富之间、巴黎与外省之间、金钱与门第之间。雨果评价道：

> 他的全部作品只是一部作品，这部作品生动，辉煌，深刻，我们全部的当代文明在书中带着真实性，又带着我说不出来的可怕和可畏，在书中去去来来，在书中走动，在书中运动；这部精彩的书，诗人称之为戏剧，其实应该称之为历史，这部书形式多样，风格各异，超越塔西陀，直逼苏埃托尼乌斯，这部书穿越博马舍，直逼拉伯雷；这部书是观察，又是想象；这部书充塞真实、亲密、庸俗、粗俗、具体的内容，而有时候却通过冷不防口

---

① 恩格斯. 致玛·哈克奈斯 [M]. 中共中央马克思、恩格斯、列宁、斯大林著作编译局编译. 马克思恩格斯选集（第四卷）. 北京：人民出版社，1972：462.

子大大地撕裂的现实，突然令人依稀看到最阴沉、最凄惨的理想。①

1830 年，当巴尔扎克刚刚开始自己的现实主义风格创作之路时，他已经断言：

实际上，一位艺术家总是某一真理的传播者，是上帝的使者。上帝利用他、通过他，使我们每个人都在盲目地去完成的大业中得到新的发展。纵观人类思想史新的发现、对人类命运影响最大的真理与原则，总是引起强烈的反感和愤怒，一向如此。②

今天，巴尔扎克的创作深深地影响了人们对 19 世纪前半个世纪法国社会的看法，而他的小说创作，也给 20 世纪以来的影视改编提供了丰富的素材，其影响力绵延至今。小说集《人间喜剧》中的一半作品拥有自己的影视改编文本，出现了 200 多部（集）电影电视作品。

现存最早的根据巴尔扎克作品改编的电影是在 1909 年拍摄的 5 部短片，包括阿图罗·安布罗休（Arturo Ambrosio）和路易吉·麦基（Luigi Maggi）共同执导的受巴尔扎克小说《妇女再研究》影响的意大利影片《伪证》（Spergiura!）、艾伯特·卡佩拉尼（Albert Capellani）根据同名小说改编拍摄的法国影片《驴皮记》（La peau de chagrin）、导演安德烈·卡尔梅（André Calmettes）改编拍摄的《妇女再研究》（La grande bretèche），以及导演查尔斯·德克鲁瓦（Charles Decroix）的作品《农民》（Les paysans）和大卫·格里菲斯（D. W. Griffitn）于 1909 年 9 月推出的《封闭的房间》

①　雨果. 在巴尔扎克先生葬礼上发表的演讲［M］. 程曾厚，译. 雨果文集（十一）散文. 北京：人民文学出版社，2002：287-288.
②　巴尔扎克. 论艺术家（1830）［M］. 袁树仁，译. 巴尔扎克论文艺. 北京：人民文学出版社，2003：13-14.

（*The Sealed Room*）。

在决定向经典作品寻求题材之后，大卫·格里菲斯在比奥格拉夫电影公司（Biograph Company）的第二年拍摄了很多改编自文学名著的短片，11 分钟长度的《封闭的房间》就是其中之一。编剧弗兰克·E. 伍兹（Frank E. Woods）在题材上借用了爱伦·坡短篇故事《一桶蒙托亚白葡萄酒》和巴尔扎克短篇小说《妇女再研究》中的情节思路。在影片中，16世纪的某位国王为王后在王宫中专门建造了一个舒适的房间，房间没有窗户和门，只有一个出口，在这里他可以和王后享受独处的时间。没想到国王发现王后和宫廷乐师在这个房间里幽会，愤怒的国王趁两人不注意的时候让手下用石块将房间密封，这对情人最终绝望地死在了里面。在这部影片里，格里菲斯采用了他首先倡导的最独特有效的手法——交叉剪辑（或叫"穿插剪辑"）。在故事最后国王发现奸情后的报复中，格里菲斯利用交叉剪辑技巧来拍摄这个私密房间，使房间内外出现两组镜头。格里菲斯通过反复交代房间内外的场景情节，把悬念拉得很长，让观众体验房间内幽会男女即将面临的恐惧和房间外国王报复的残暴，观众心里也会越来越紧张。这部影片因此被看成 20 世纪最初十年里具有代表性的恐怖电影之一。

随着电影的发展和艺术风格的形成，根据巴尔扎克小说改编的电影数量也开始大量增加，从 1910 年至 1920 年，有据可查的相关电影数量将近50 部，读者们比较熟悉的一系列代表性作品相继出现了银幕改编版本，如1910 年由法国导演艾米尔·克劳塔德（Emile Chautard）和维克多兰·雅塞（Victorin-Hippolyte Jasset）合拍的 10 分钟短片《欧也妮·葛朗台》、安德烈·卡尔梅特（André Calmettes）导演的法国电影《朗热公爵夫人》和《费拉居斯》、阿曼德·努梅斯（Armand Numès）导演的《高老头》、卡米尔·德·莫尔洪导演的《红色旅店》、1911 年安德烈·卡尔梅特与亨利·普克塔尔（Henri Pouctal）合作导演的《夏倍上校》、1914 年特拉韦尔·瓦利（Travers Vale）导演的美国电影《邦斯舅舅》、1918 年的意大利电影《欧也妮·葛朗台》和 1920 年法国导演马塞尔·莱皮埃（Marcel L'Herbier）的电影《海男》（*L'homme du large*）等。

尽管这一时期根据经典作品改编的电影极为丰富，但最有影响力的法国电影《海男》却来自巴尔扎克并不为人所熟知的《海滨惨剧》——《人间喜剧》"哲学研究"部分的一篇短篇小说。由莱皮埃执导的《海男》是法国高蒙电影公司"帕克斯系列"（Série Pax）影片之一，作为这一时代的"现实主义"通俗剧和保持确定的"法国性"的电影作品，《海男》在布列塔尼海岸地区取景，不但强调地区文化，还富有怀旧的气息①。巴尔扎克 1834 年出版的小说《海滨惨剧》关注的是社会底层的渔民，描写了渔民康伯勒迈为了尊严与荣誉，不愿意让游手好闲、惹是生非的儿子雅克继续堕落下去，而亲手将其沉入海底的故事。在小说的开头和结尾处，巴尔扎克还描写了康伯勒迈在处死儿子之后的疯癫状态，强调了亲情与罪恶之间的痛苦。1919 年以后，由于受到瑞典电影的影响，路易·德卢克（Louis Delluc）开始敦促电影制作者使用真实的地点，开发自然成长的真实生活故事。他认为剧本和电影对于使用特定景观作为故事和主题的基本元素具有重要意义，并且取得了不同程度的成功。人们甚至可以说，在某个时候，作为"印象派"电影的主要人物之一，莱皮埃接受了这一原则，《海男》创作灵感就来源于德吕克的想法，被看成是对布里塔尼海岸一种准纪录片风格的拍摄②。影片从大海、海边悬崖等象征性事物，以及海边那个与世隔绝的老人诺夫开始讲起，在一个简短的开场白之后，开始了对过往生活的回忆，既有主人公与妻子迎来儿子米歇尔出生的喜悦，也有儿子在成长过程中的慵懒与恶行。与小说不同的是，儿子米歇尔死里逃生，他改邪归正之后送来的一封信让这个破碎的家庭重新充满了生机。除了讲

①　杰弗里·诺维尔-史密斯. 世界电影史（第 1 卷）[M]. 杨击，译. 上海：复旦大学出版社，2015：249.

②　Richard Abel. *Louis delluc：The critic as cineaste*. Quarterly Review of Film Studies. 1976 / 05 Vol. 1；Iss. 2：205-244.

述带有自然主义风格的现实社会状态和人在其中的奋斗，莱皮埃作为具有前卫思想的电影导演，他在电影中努力尝试电影语言在故事讲述和情感表达中所具有的某种力量，在某些画面的处理上也采用了一些特殊的手法：米歇尔流连忘返的城市被刻画为一个充满罪恶和欲望的地方，在母亲生病的过程中，躺在床上痛苦的画面与狂欢及混乱的酒馆画面交替出现；影片刻意区分了不同场景的色彩，偏蓝、红和黄色的各种处理不仅用于区分场景或时间，也被作为对气氛、情绪和感觉的暗示。

　　20 世纪 20 年代，美国电影《爱的力量》（*The Conquering Power*）的上映开启了巴尔扎克小说电影改编的新面貌。1921 年由米特罗电影公司（Metro Pictures Corporation）拍摄的《爱的力量》是导演雷克斯·英格拉姆（Rex Ingram）与演员鲁道夫·瓦伦蒂诺（Rudolph Valentino）继《启示录四骑士》（*The Four Horsemen of the Apocalypse*，1921）大获成功之后的再次合作。在影片中，瓦伦蒂诺继续保持了他在电影情节中所具有的带有情欲特征的意义与价值。为此，《欧也妮·葛朗台》的故事情节重心由贪婪转向了爱情，欧也妮与查理之间的激情遇到了贪婪吝啬的父亲葛朗台的阻挠，但在影片结尾时，查理的回归让这段爱情故事最终成为喜剧。为了表现瓦伦蒂诺银幕形象支配着他的女人和周围的一切这一特点，电影《爱的力量》不惜偏离了巴尔扎克小说《欧也妮·葛朗台》的基本主题。

　　与此同时，小说《高老头》在 1921 年也出现了由雅克·德·巴隆塞利（Jacques de Baroncelli）改编的同名电影，让·爱普斯坦（Jean Epstein）在 1923 年改编了短篇小说《红房子旅店》（*L'auberge rouge*），1926 年由马森·霍普（E. Mason Hopper）执导的影片《午夜的巴黎》（*Paris at Midnight*）同样取材于《高老头》。但这些作品都乏善可陈，既未能表现出小说中那幅伟大感情的图画，也没有意识到高老头作为一位"殉道者般的父亲"形象，与巴尔扎克的原著保持了距离。

　　20 世纪 30 年代的巴尔扎克小说电影改编作品不仅数量少，影响力也大不如前。值得一提的作品包括 1931 年根据《邦斯舅舅》改编的美国影片《家庭的荣誉》（*Honor of the Family*）、1932 年德国导演古斯塔夫·乌西基（Gustav Ucicky）对小说《夏倍上校》进行现代改编的影片《没有名字的人》（*Mensch ohne Namen*）、1937 年苏联导演康斯坦丁·弗拉基米洛维奇·埃格特（Константин Владимирович Эггерт）导演的电影《高布赛克》、1939 年德国导演海因茨·希尔伯特（Heinz Hilpert）根据《驴皮记》改编的《恐怖的欲望》（*Die unheimlichen Wünsche*）等。

　　在"二战"及战后时期，出现了一次巴尔扎克小说改编电影的高潮。法国电影公司在这段时间对制作根据巴尔扎克作品改编影片的热情虽然有逃避纳粹检查的目的，但不禁让人怀疑也许还存在一种逃避现实的想法，即使作品影射了德占时期社会生活状态。20 世纪 40 年代具有代表性的法国电影作品包括 1941 年雅克-德·巴隆塞利（Jacques de Baroncelli）执导、让·吉罗杜（Jean Giraudoux）编剧的《朗热公爵夫人》，1942 年安德烈·卡耶特（André Cayatte）导演的《假情妇》，1943 年由法国电影商业公司（Compagnie Commerciale Française Cinématographique，CCFC）出品、勒内·勒埃纳夫（René Le Hénaff）导演、朱尔·雷姆（Jules Raimu）主演的影片《夏倍上校》（*Le Colonel Chabert*），1943 年的《伏脱冷》（*Vautrin*），1944 年费尔南·里弗斯（Fernand Rivers）的《搅水女人》（*La Rabouilleuse*），1945 年法国女王电影公司（Regina Productions）出品、罗伯特·韦尔奈（Robert Vernay）执导的电影《高老头》，1947 年亨利·卡尔夫（Henri Calef）导演的《朱安党人》（*Les chouans*）等。在像勒埃纳夫的《夏倍上校》或韦尔奈的《高老头》这一类作品中，有关战争、葬礼、被捕、密探的因素不但呼应了电影制作的社会政治背景，也谴责了当局的某些做法或活动。但总的来说，这种改编仍然在艺术上受到限制，因为它们将电影限制在叙述性描述的话语领域，限制在一种视觉框架上，这种视觉框架有可能使电影成为一种二维动画插图[①]。

在法国之外出现了诸如 1946 年意大利导演马里奥·索尔达蒂（Mario Soldati）拍摄的、被评论家们认为"老调重弹"[②]的《欧也妮·葛朗台》（*Eugenia Grandet*），1949 年理查德·奥斯瓦尔德（Richard Oswald）导演的《可爱的欺骗》（*The Lovable Cheat*，根据巴尔扎克戏剧《梅尔卡台》改编），1949 年美国导演西德尼·彼得森（Sidney Peterson）根据《未知的杰作》拍摄的短片《弗伦费尔先生和弥诺陶洛斯》（*Mr. Frenhofer and the Minotaur*）等电影作品。

20 世纪 50 年代初，根据巴尔扎克作品改编的电视剧版本开始出现。比较早的有来自美国广播公司（ABC）系列剧集"时钟"（The Clock，1949—1952）第二季中的《复仇》（*Vengeance*）和美国陈列柜制作公司（Showcase Productions）系列剧集"飞歌电视剧场"（The Philco Television Playhouse，1948—1956）第三季中的《神秘岛》（*A Secret Island*，1951）。稍晚还出现美国齐夫电视节目制作公司（Ziv Television Programs）推出的电视系列剧集《你最爱的故事》（*Your Favorite Story*，1953—1954）中跟巴尔扎克作品有关的 6 部电视剧和 1956 年美国全国广播公司（National Broadcasting Company，NBC）"午后剧场"（Matinee Theatre）中第二季的电视剧《欧也妮·葛朗台》，这也是最早的彩色电视剧版本。相比电视剧的逐渐繁荣和电视电影的大量拍摄，20 世纪 50 年代根据巴尔扎克作品改编的电影数量十分有限，1953 年埃米利奥·戈麦斯·穆里尔（Emilio Gómez Muriel）导演的、对巴尔扎克原著小说进行现代改编的墨西哥影片《欧也妮·葛朗台》是其中比较有影响力的一部。

与 20 世纪 50 年代类似的是，20 世纪 60 年代依然是电视剧和电视电

---

① Elisabeth Gerwin. *Adapting Balzac：Realism and Memory on Screen*. Romance Studies. 2017 / 10 Vol. 35；Iss. 4：226-237.

② Stephen Gundle. *Alida Valli in Hollywood：From Star of Fascist Cinema to 'Selznick Siren'Historical Journal of Film*，Radio and Television. Vol. 32，No. 4，December 2012：559-587.

影层出不穷的阶段。以《欧也妮·葛朗台》为例，先后出现了英国广播公司 1965 年出品的 3 集电视连续剧、联邦德国电视二台（Zweites Deutsches Fernsehen，ZDF）1965 年拍摄的长达 115 分钟的电视电影《我们亲爱的葛朗台小姐》（*Unser liebes Fräulein Grandet*）、法国 1968 年由阿兰·布岱（Alain Boudet）执导的电视电影以及西班牙电视系列片《连续剧》（*Novela*）中的同名电视剧（1969）等一系列作品。相比之下，电影作品虽然数量不多，但仍有像 1960 年由苏联导演谢尔盖·阿列克谢耶夫（Сергей Алексеев）执导的忠实于原著的影片《欧也妮·葛朗台》、1960 年法国导演路易斯·达更（Louis Daquin）根据《搅水女人》改编的《野心家》（*Les arrivistes*）、1961 年法国导演让-加布瑞·艾比柯寇（Jean-Gabriel Albicocco）执导的《金黄色眼睛的女孩》（*La fille aux yeux d'or*）、1967 年美国导演格雷戈里·马科普洛斯（Gregory J. Markopoulos）根据《塞拉菲塔》改编的电影《他自己作为她自己》（*Himself as Herself*）这样的佳作。此外，在 1967 年瑞典多位导演合作拍摄的短片集《刺激》（*Stimulantia*）中包含了根据巴尔扎克作品改编的一部短片。其中，1961 年法国玛德琳电影公司（Madeleine Films）拍摄的《金黄色眼睛的女孩》以巴尔扎克略带颓废风格的小说《金眼女郎》为素材来源，讲述的是某位风流俊美的男人与某位神秘女郎的一段爱情历险。故事男主角亨利·玛赛是巴尔扎克小说中时常出现的人物角色，也是那个时代养尊处优、懒散悠闲的生活状态的代名词。尽管电影将故事设置在了今天的巴黎，但这座城市堕落于金钱和享乐的本质依然没有任何改变。

在经历了 20 世纪 60 年代根据巴尔扎克改编电影作品相对减少、电视电影与电视剧占据主流的风潮之后，70 年代在相对沉寂的电影电视改编方面，似乎酝酿着一种新的改编尝试：先是出现 1970 年马塞尔·克雷文（Marcel Cravenne）执导的电视电影《幽谷百合》（*Le lys dans la vallée*）、1970 年意大利广播电视公司（Radiotelevisione Italiana，RAI）出品的电视电影《高老头》、1971 年英国广播公司（BBC）拍摄的 5 集电视连续剧《贝姨》(*Cousin Bette*)、1972 年法国导演雅克·里维特（Jacques Rivette）的电影《出局：禁止接触》(*Out 1, noli me tangere*)、1972 年法国导演居伊·若雷（Guy Jorré）的电视电影《高老头》、1973 年意大利导演克劳迪奥·拉卡（Claudio Racca）的喜剧《我的荣幸是你的荣幸》(*Il tuo piacere è il mio*) 等不同风格与形式的作品，后来陆续出现了 1976 年中国香港新联影业公司在故事情节和人物设计上借用《欧也妮·葛朗台》诸多内容的影片《至爱亲朋》、1977 年西班牙女导演皮拉尔·米罗（Pilar Miró）执导的电视系列剧《图书》(Los libros) 中的《欧也妮·葛朗台》和 1976 年西班牙电视系列片《连续剧》(*Novela*) 中的《高老头》等各种不同的电影电视版本。其中，这一时期对巴尔扎克情有独钟的是法国新浪潮运动的导演、制片人和编剧们。对他们来说，巴尔扎克模式经常注重对现代社会的批判性描写，强调构成心理和社会对抗的矛盾。[①] 新浪潮导演埃里克·侯麦（Eric Rohmer）后来回忆道：我们有着共同的兴趣，奇怪的是我们都是巴尔扎克作品的忠实读者。戈达尔在他的口袋里总是有一本巴尔扎克的书，特吕弗在《四百下》里谈论巴尔扎克。而我呢，我很喜爱这个作家，里维特还让我在他的片子里演出一幕巴尔扎克的戏。[②] 新浪潮电影中与巴尔扎克有关的包括里维特的电影《出局：禁止接触》《不羁的美女》(*La belle noiseuse*, 1991)。特吕弗（François Truffaut）不仅喜欢巴尔扎克，还在电影《四百下》(*Les quatre cents coups*, 1959) 中通过安托万表明了他的态度。夏布洛尔（Claude Chabrol）则在《表兄弟》(*Les cousins*, 1959) 中借人物和情节来暗示这部作品从巴尔扎克小说中受到的启示。作为法国新浪潮的代表人物之一，雅克·里维特的早期电影带有很强的实验

---

① 米歇尔·玛丽. 新浪潮（第 3 版）[M]. 王梅，译. 北京：中国电影出版社，2014：89.

② 杨远婴. 多维视野：当代欧美电影研究 [M]. 梁京勇，译. 北京：中国电影出版社，2007：72.

性，拍摄方法比较接近纪实（尽管他拍故事片），接近"真实电影"。他偏爱不间断连续拍摄的长镜头，即所谓"段落镜头"。① 里维特在导演生涯中，先后在三部作品《出局：禁止接触》《不羁的美女》和《别碰斧子》（*Ne touchez pas la hache*）中把自己与巴尔扎克的小说联系在一起。

《出局：禁止接触》是里维特早期最重要的电影，也是电影史上最长的实验电影作品之一，剪辑后的影片放映时间长达 12 小时 40 分钟。1972年，里维特剪辑了一个与原片有出入的 255 分钟浓缩版本《出局 1：幽灵》（*Out 1: Spectre*），并在巴黎公映。准确地说，《出局 1：幽灵》不仅是那个完整版本的概要，同时还按照完全改变的前提沿着一条全新的线索进行重组：它是另一个电影，是从原电影中分离出的影像②。这种异乎寻常的片长，使得里维特能够慢慢地展现日常生活的节奏，在它们背后，观众感到复杂的、半遮半掩的阴谋潜藏在那里。③ 电影独特的片名在某种程度上是里维特兴趣的反映，它的灵感来自乔托的绘画《耶稣复活》中的古代场景。④ 在阐释巴尔扎克《十三人故事》这部作品的过程中，里维特希望能"通过电影展现一个集团，一个组织，虽然到底是什么样的形式我并不是很清楚"⑤。虽然受到《十三人故事》的影响，但里维特在整体构思上把两个前卫剧团排演悲剧《被缚的普罗米修斯》与《七将攻忒拜》的场景作为电影的主要表现形式。在影片中，一个剧团的戏剧排练场景和另一个剧团的集体表演交替出现，还穿插了科林和弗里德里克这两位"局外人"的生

---

① 乌利希·格雷戈尔. 世界电影史（1960 年以来）（上）[M]. 郑再新，译. 北京：中国电影出版社，1987：74.

② JonathanRosenbaum. *Rivette: Textsandinterviews* [M]. London: British Film Institute. 1977：39.

③ 大卫·波德维尔，克里斯汀·汤普森，世界电影史（第 2 版）[M]. 范倍，译. 北京：北京大学出版社，2014：581.

④ Mary M. *Wiles: Jacques Rivette* [M]. Urbana, Chicago, and Springfield: University of Illinois Press, 2012：53.

⑤ Jonathan Rosenbaum. *Rivette: Texts and Interviews* [M]. London: British Film Institute, 1977：40.

存之旅。虽然这两位边缘人物的行程几乎从未重合，但他们似乎有着相同的使命。在影片中，不同的情节线起初是平行发展的，后来逐渐交叉联结在一起，最后又分开，朝各自的方向向前发展。① 在摄影技术方面，这部电影通过非常有限的移动镜头和长镜头，赋予了画面创意，并保持了观众和场景之间的一定距离。② 影片《出局：禁止接触》的尝试最终以失败告终，尽管里维特的电影在 20 世纪 60 年代后期具有反资产阶级和实验性的一面，但巴尔扎克作为其电影美学发展的研究基础的重要性是毋庸置疑的。③

　　20 世纪 80 年代依然是电视电影的天下，但除 1981 年马塞尔·克雷文导演的《两个新嫁娘》（*Le roman du samedi：Mémoires de deux jeunes mariées*）之外，没有出现有影响力的作品。在电影领域，也只出现了 1983 年克洛德·米洛（Claude Mulot）导演的《欲拒还迎》（*Black Venus*）和 1987 年苏联与法国合拍的《高布赛克》（*Гобсек*）两部作品。1983 年由克劳德·缪洛（Claude Mulot）执导的《欲拒还迎》是一部失败之作。而由亚历山大·奥尔洛夫（Александр Орлов）导演的《高布赛克》是苏联继 1936 年同名影片之后的又一次改编尝试，显示出苏联电影导演对这部作品的情有独钟。1988 年由菲利普·德·普劳加（Philippe de Broca）执导的《雪琳娘》（*Chouans*!）除了标题来自《人间喜剧》的第一部《朱安党人》和情节上同样反映法国大革命之外，与巴尔扎克那篇第一次用真实姓名发表的长篇小说几乎没有任何关联。

　　20 世纪的最后十年，展现在观众面前的首先是雅克·里维特时隔 20 年后再次取材于巴尔扎克小说的电影《不羁的美女》（*La belle noiseuse*，

---

　　① 乌利希·格雷戈尔. 世界电影史（1960 年以来）（上）[M]. 郑再新，译. 北京：中国电影出版社，1987：76.

　　② Zahra Tavassoli Zea. *Balzac Reframed：The Classical and Modern Faces of Éric Rohmer and Jacques Rivette* [M]. Allschwil：Palgrave Macmillan，2019：147.

　　③ 同上，2019：23.

1991）。之后，亚历山大·阿斯楚克（Alexandre Astruc）的电视电影《亚尔培·萨伐龙》（*Albert Savarus*）、让-丹尼尔·维哈吉（Jean-Daniel Verhaeghe）的电视电影《禁治产》（*L'interdiction*，1993）和《欧也妮·葛朗台》（*Eugénie Grandet*，1994）、伊夫·安杰洛（Yves Angelo）的电影《夏倍上校》（*Le colonel Chabert*，1994）、拉维尼亚·克利尔（Lavinia Currier）的《沙漠豹人》（*Passion in the Desert*，1998）等法国导演的作品让这一时期的巴尔扎克小说几乎成为导演编剧们改编名著的首选，再加上由英美合拍的电影《贝姨》（*Cousin Bette*，1998），迎来了巴尔扎克小说改编电影的新高潮。

里维特对巴尔扎克的忠诚，与其说是跟《人间喜剧》中怀旧的和自我指涉的典故有关，不如说是对小说家文学目标的现代主义可能性与造物主性质的关注，即记录大众对现代生活经验的变更和改观。[1] 电影《不羁的美女》时长 238 分钟，在保留冗长风格的同时，里维特通过电影来研究绘画的性质与目的，这是他电影生涯中最罕见的主题和最伟大的成就之一。在故事情节上，《不羁的美女》借用的是巴尔扎克《玄妙的杰作》的情节，又使他不自觉地与这一时期法国"后遗产"电影的特点靠近，即通过改编经典作品和对过去杰出事件的"小说化"来复兴和批判法国历史[2]。里维特与克里斯汀·劳伦特（Christine Laurent）、巴斯可·波尼茨（Pascal Bonitzer）合写的剧本改写了小说《玄妙的杰作》的部分情节，故事也从17 世纪初转换到了今天，但讲述的"未完成的杰作"的主题和关于艺术使命的内容并没有变动。在影片中，那位居住在巴黎的青年画家尼古拉就像小说中初出茅庐的普桑一样，带着艾曼纽·贝阿（Emmanuelle Béart）饰演的情人玛丽安在艺术品经销商的陪同下来到艺术家弗朗霍费与妻子利斯生活的僻静庄园参观访问，艺术家见到年轻美貌的玛丽安之后，重新被激

①②　Zahra Tavassoli Zea. *Balzac Reframed: The Classical and Modern Faces of Éric Rohmer and Jacques Rivette* [M]. Allschwil: Palgrave Macmillan, 2019: 23.

发出尘封已久的创作激情，并决定以她为模特，重执画笔完成杰作。"艺术的使命不是复制绘画的对象，而是表达它！你不应当是蹩脚的复制者，而应当是诗人！"① 弗朗霍费对画家波比尔斯所说的这一段话实际上表达了巴尔扎克对于艺术的哲思，巴尔扎克、弗朗霍费和里维特都用隐喻的意象和抒情的语气来表达他们的哲学箴言，这种方法为他们对各自艺术媒介的看法提供了一种仪式感。② 在巴尔扎克笔下，弗朗霍费身上的这种矛盾首先被描述为艺术家与自然之间的较量，小说家通过将艺术创作过程描述为道德冲突的形式，让小说情节暴露在含蓄的社会因素之中。最终，普桑冒着失去情妇之爱的可能获得了他梦想的认可与荣耀。但在电影中，巴尔扎克小说里的诸多思想被里维特更具时代感的表现形式所取代，这里既有关于艺术品交易、古典主义与浪漫主义的冲突，也有女主角屈从于缪斯女神的道德问题探讨、被误解与孤独的艺术家神话等内容，里维特用他的电影作品捕捉到了 20 世纪 90 年代的社会与经典小说之间微妙的关系。《不羁的美女》最终拿到了包括戛纳电影节评委会大奖在内的诸多荣誉，里维特也通过这部影片证明了他在通过影像对巴尔扎克小说进行阐释方面的过人之处。

1994 年的《夏倍上校》由法国 Canal＋电视台等多家公司联合出品，这部时长为 110 分钟的电影由伊夫·安杰洛执导。在改编理念上，伊夫·安杰洛并不注重忠实于原著，他认为改编作品的欲望已经包含了对作者思想的忠实关注③。但实际上，除了在情节上遵循巴尔扎克的小说，如何将小说家的现实主义文学与美学思想通过电影展现出来，是《夏倍上校》电

① 巴尔扎克. 玄妙的杰作 [M]. 张裕禾，译. 人间喜剧（第二十卷）. 北京：人民文学出版社，1994：418.

② Zahra Tavassoli Zea. *Balzac Reframed: The Classical and Modern Faces of Éric Rohmer and Jacques Rivette* [M]. Allschwil: Palgrave Macmillan, 2019：166.

③ Elisabeth Gerwin. *Adapting Balzac: Realism and Memory on Screen* [J]. Romance Studies, 2017 / 10 Vol. 35；Iss. 4. P226-237.

影改编的核心主题。毫无疑问，这部电影的改编运用了视觉细节，达到了极大的现实主义的效果，部分是为了创造历史真实感，即通过服装和布景的细节表明"我们是真的"法国复辟时期①。在影片中，伊夫·安杰洛增加了多处小说中没有详细说明的战争场面，他通过把观众和主人公的记忆结合在一起，以小心翼翼地避免（让电影成为对小说的）图解②。这些画面与夏倍上校回家后和平生活的处境形成鲜明对比：在开头部分，伴随着哀伤的音乐，画面有三分钟时间呈现大战结束之后尸横遍野的惨状，通过视觉片段交代了接下来所发生故事的背景；在影片中这一场景与战斗场面的再现让观众们时不时伴随着夏倍上校的思绪回到战火纷飞的经历之中；而片尾画面的再次出现则让观众能够理解夏倍上校最后做出选择时的内心所想。法国影星热拉尔·德帕迪约（Gérard Depardieu）出色地在影片中演绎了夏倍上校这一经典角色，《夏倍上校》被视为近年来对这部巴尔扎克小说最成功的改编版本。

　　进入 21 世纪之后，根据巴尔扎克小说改编的影视作品数量明显减少。2001 年由法国电视二台（France 2，FR2）摄制的 8 集电视连续剧《拉斯蒂涅或野心家》（*Rastignac ou les ambitieux*）是对巴尔扎克小说的现代化改编尝试。拉斯蒂涅——一位贫穷、有野心的外省学生来到巴黎生活、学习、打拼。这部由阿兰·塔斯马（Alain Tasma）导演的电视连续剧不仅串联起巴尔扎克《人间喜剧》中不断"人物再现"的男主角的生活轨迹，而且增添了许多有趣的情节。

　　2007 年，雅克·里维特在等待了 15 年之后再一次回归到巴尔扎克，他决定用另一种方法来处理这位小说家的作品《朗热公爵夫人》。与他在《出局：禁止接触》和《不羁的美女》中将原著进行现代化处理不同的是，他保留了《朗热公爵夫人》中时代的原貌，以对原著的一丝不苟作为拍摄

---

　　①② Elisabeth Gerwin. *Adapting Balzac：Realism and Memory on Screen* [J]. Romance Studies，2017 / 10 Vol. 35；Iss. 4. P226-237.

的指导原则①。影片《别碰斧子》（*Ne touchez pas la hache*）取材于巴尔扎克的《十三人故事》，表现了一段爱情的角逐以及带有传奇色彩的法国贵族生活往事。此外，与巴尔扎克有关的作品还包括 2007 年的《红房旅馆》（*L'Auberge rouge*）、2008 年的《纽沁根之屋》（*La maison Nucingen*）、2018 年对《驴皮记》进行现代阐释的希腊电影《魔法皮肤》（*To Magiko Derma*）等电影和 2004 年由法国、罗马尼亚、比利时三国合拍的由让-丹尼尔·维哈吉（Jean-Daniel Verhaeghe）执导的电视电影《高老头》、2014 年亚兰·贝利内（Alain Berliner）导演拍摄的法国电视电影《驴皮记》（*La peau de chagrin*）等。其中，《红房旅馆》根据法国 1951 年克劳特·乌当-拉哈（Claude Autant-Lara）执导的同名电影翻拍改编而成，而根据相同故事改编的电影可以追溯到 1923 年让·爱泼斯坦（Jean Epstein）拍摄的同名无声电影，但除了标题，电影改编版本与巴尔扎克的原著相去甚远，类似的情况还出现在 2008 年由法国籍智利导演拉乌·鲁兹（Raoul Ruiz）导演的《纽沁根之屋》中，电影与中篇小说《纽沁根银行》之间的差距也相当明显。

巴尔扎克在影视改编史上对法国的影响，如同列夫·托尔斯泰对于俄国。100 多年来，在根据巴尔扎克作品改编的众多影视作品中，大多数都来自法国本土。法国电影人对巴尔扎克作品始终保持着一种浓厚的兴趣，并且不断推陈出新，在影像阐释的过程中重新理解和融合，从中获得更为丰富的对生活的思考。巴尔扎克曾经就文学的发展说过这样一段话：

> 二十五年来，文学历经变迁，诗学原理也随之改写。戏剧化的形式、强烈的色彩和科学知识渗透进各种文学体裁，连最严肃

① Andrew Watts. *Adapting Balzac in Jacques Rivette's Ne Touchez pas la hache（Don't Touch the Axe）: Violence and the Post-Heritage Aesthetic. Screening European Heritage: Creating and Consuming History on Film* [M]. London: Macmillan Publishers Ltd, 2016: 149.

的作品也不得不顺应这个潮流，创作变得引人入胜了。但是，倘若由于这变化，在法兰西的土地上，作家把必不可少的修养以及攻无不克的思维逻辑——它远胜于句法逻辑，是法兰西语言之美得以构成的关键——都丢失的话，那么乐趣得到多少，理智就失去多少。我认为，过去两个文学世纪的成果应该融合到现代作品中来。如果说部分现代作品受到了普遍好评，那么成功的原因就在于它们能够融汇历史的精华，而新的形式又给这些成果增添了光彩。①

如果把影像阐释文本看成现代潮流之下文学发展变迁的产物，那么这些作品同样能够"融汇历史的精华"，给巴尔扎克的小说"增添了光彩"。

---

① 巴尔扎克. 关于文学、戏剧和艺术的信（1840）[M]. 罗芃，译. 巴尔扎克论文学. 北京：人民文学出版社，2003：20

第二节　《欧也妮·葛朗台》：用电影艺术手段再现
最出色的画幅

巴黎这座城市作为善与恶的化身，是巴尔扎克世界观和创作观的核心，但小说家并不觉得巴黎美丽，相反，他觉得巴黎丑陋、肮脏而且恶臭。巴黎如此，外省的情况也让他反感。"某些外省城市里面，有些屋子看上去像最阴沉的修道院，最荒凉的旷野，最凄凉的废墟，令人悒郁不欢。修道院的静寂，旷野的单调，和废墟的衰败零落，也许这类屋子都有一点。"① 作为《人间喜剧》"最出色的画幅之一"②，创作于 1833 年的长篇小说《欧也妮·葛朗台》关注的是人的贪欲。这部属于《人间喜剧》"风俗研究·外省生活场景"的小说"完全不同于我以前所写的作品"③，巴尔扎克用恰到好处的艺术手法塑造了令人生厌的守财奴形象。葛朗台的贪婪和占有欲是本书嘲讽的主要目标，这一特点扭曲了他的灵魂，使他的妻子、女儿的一生也陷入悲惨的境地。小说共分七章，故事发生在外省社会之中一个名不见经传的小城市索漠，巴尔扎克在小说中用活灵活现的细节描写让这座城市和那些看上去很普通的人吸引了一代又一代的读者。应该说，巴尔扎克比 19 世纪任何作家都更了解金钱，破产、暴富、冒险、敛财，所有这一切在每个时代都会发生，但巴尔扎克所描述的这个时代最大的罪恶不是言而无信、见利忘义，而是家庭破产。小说中，葛朗台无论怎样欺骗和玩弄生意伙伴、合作者甚至是普通的市民、农民，大家在咒骂几句之后会因为他的口是心非的谎言而再次被骗得团团转。巴尔扎克的小说

① 巴尔扎克. 欧也妮·葛朗台 [M]. 傅雷，译. 人间喜剧（第六卷）. 北京：人民文学出版社，1994：3.

②③ 丽列叶娃. 巴尔扎克年谱（生平与创作）[M]. 王梁之，译. 北京：作家出版社，1962：32.

也是一部法国经济发展史。不仅如此，他在人物性格塑造方面同样具有极高的真实度，而在情节展现过程中不忘种种具体细微的生动描写，给读者以恰到好处的感觉。

　　自 1910 年以来，《欧也妮·葛朗台》这部小说多次被改编成影视作品，被这部作品吸引的导演无一例外会尊重巴尔扎克的原著，但在刻画主题上却容易出现偏差。这并不是因为寻找合适主题的艰难，而是故事本身在改编过程中很难在不扭曲原著精神的前提下出现新意。虽然出现了现代改编、截取、改变结局等各种尝试，但结果却都令人失望。1960 年由苏联著名导演谢尔盖·阿列克谢耶夫执导、莫斯科电影制片厂出品的《欧也妮·葛朗台》，可被视为最贴近巴尔扎克原著的，也是最具有忠实性改编特点的影像文本。影片延续了小说那种全知叙事风格和嘲讽手法，反映出对 19 世纪前期法国社会阶级意识的犀利见解，因而备受尊崇。

一

　　在《欧也妮·葛朗台》这部小说创作之前的很长一段时间里，巴尔扎克一直沉迷于挣大钱的欲望之中，就像他笔下的许多人物，他渴望有钱有势，以满足他对奢侈生活的欲望。因此，他显然赞同葛朗台先生"金钱就是一切"的观点，认同不断增长的财富是生活中唯一重要的因素。但是与巴尔扎克不同的是，他笔下的葛朗台想方设法赚钱仅仅是为了占有这些钱，并从自我克制中得到快乐。他过着简朴的、苦行僧般的日子，连同他的家人们。虽然这部小说的标题为《欧也妮·葛朗台》，但葛朗台始终以核心人物（家长）的地位主宰着家庭的权力，并决定了他妻子和女儿的命运，妻子最终被他的吝啬折磨致死，女儿欧也妮也因被他灌输的吝啬思想变得心理扭曲。这部"家长"小说的真正悲剧性就在于在葛朗台先生的影响下，欧也妮注定要过孤独的、没有爱的生活。与父亲彻头彻尾的贪婪吝啬不同的是，欧也妮在整个故事发展过程中由天真变得世故，虽然一开始欧也妮对父亲的所作所为几乎一无所知，但父亲的思想最终影响到了她。葛朗台临死前嘱咐她管理好钱财："把一切照顾得好好的！到那边来向我交账！"① 于是，欧也妮真正的痛苦由此开始，"对她，财富既不是一种势力，也不是一种安慰；她只能依靠爱情，依靠宗教，依靠对前途的信心而生活"②。欧也妮沿袭了她父亲吝啬守财的生活习惯，尽管她对仆人很好，也乐善好施，但她从没尝过生活的乐趣，她父亲把她教育得很成功。这样一来，当爱情唯一的希望破灭之后，欧也妮就已经和她父亲没什么两样了，她成了她父亲的化身——小说中真正的主角。

《欧也妮·葛朗台》虽然不是鸿篇巨制，但也枝叶繁茂，单是小说第一部分"资产者的面貌"中有关索漠城的描写和葛朗台先生的介绍就会让改编者很难处理，更不用说在故事情节中无处不在的投机事业，如期票、公债、地租、黄金等内容。整部作品在讲述葛朗台一家人生活的同时，也展现了法国大革命之后 30 年资产阶级的发家史。小说《欧也妮·葛朗台》的故事情节并不复杂，但电影很难整体照搬巴尔扎克的小说，尤其是其中的一些细节。因此，长期担任戏剧导演的阿列克谢耶夫有意参照戏剧舞台，将影片分解为一系列场景，这些场景都是从小说中提炼而来。同时，影片通过细节将角色，尤其是葛朗台刻画得栩栩如生。与克罗旭父子关于处理破产事务的谈判场景贴切地描绘了一名为了省钱不择手段的吝啬鬼形象。巴尔扎克通过一些夸张描写来向读者表明葛朗台那些行为到底有多贪婪，而阿列克谢耶夫也巧妙地通过电影手法达到了同样目的。与此同时，阿列克谢耶夫找到了与文学作品微妙之处相匹配的电影语言。他通过熟练运用对白与行动，生动地描述了以遗产继承为核心而展开的外省风俗，甚至让葛朗台对着镜头说话，以对故事情节做出说明。另外，他在影片中也

---

① 巴尔扎克. 欧也妮·葛朗台 [M]. 傅雷，译. 人间喜剧（第六卷）. 北京：人民文学出版社，1994：182.

② 同上，1994：185.

表现出了与巴尔扎克同样的嘲讽。例如，在最终场景中，当傲慢的查理得知欧也妮财富的真实数目时，脸上的复杂神情一闪而过，令人倍感讽刺。像《欧也妮·葛朗台》这样一部感人至深的作品，观众难免会同情欧也妮而憎恨她父亲，但小说也好，电影也好，欧也妮对她父亲始终并无恶意。在小说阅读过程中，读者不会因为欧也妮单独继承财产而妒忌她，巴尔扎克引导着读者，让我们忘了自己的看法而接受了小说的观点；而在电影中，阿列克谢耶夫让观众接受了电影的观点而忘记了小说的原貌。细节拿捏得当，现实主义的风格特色也掌握得颇有分寸，演员表演相当到位，令人印象深刻。这部电影表明，改编的成功，取决于改编者对文学作品内在艺术形象的正确理解和领会，取决于自如地掌握电影艺术特有的一切形象化手段与艺术形象的正确处理方式。①

这部影片对原著小说进行的忠实性改编首先体现在对典型环境的描摹上。在影片的开头，一开场观众们就能感受到索漠这座城市的特色：狭窄而曲折的街道、宁静清洁的路面、教堂一角、匆匆而过的修女，还有教堂门口做完祈祷的人：贵族、官吏、神父、商人，包括教堂门口乞讨的流浪汉。在这个片段里，观众已经感受到了这座小城阴暗荒凉的气氛。影片一开始，除了演员的画外音，还出现第三者的画外音，也就是"旁白"。依靠这种手段，影片有效整合了全片的思路，最大限度地利用画外音交代人物关系以及故事情节发展。如一开头影片就用旁白形式念出巴尔扎克原著小说中对几位重要人物——克罗旭一家（神父、法院院长、公证人）、格拉桑一家（银行资本家）和葛朗台一家（夫妇、女儿、女仆）的描写，在较短的时间内介绍核心人物的出场。影片中除了用画外音进行叙述和解释，还穿插了部分议论。画外音的引入对影片故事情节发展起到了推波助澜的作用，但不会影响电影的整体性和视觉效果。接下来，就是故事的核

①　苏联科学院艺术史研究所. 苏联电影史纲（第2卷）[M]. 龚逸霄，译. 北京：中国电影出版社，1983：471.

心人物——葛朗台的出场。在教堂门口的画面中，葛朗台并没有出现，导演和编剧增加了一段葛朗台的仆人科努瓦耶来向小姐祝贺生日并提醒葛朗台太太没有拿到工钱的困境，这一细节同样来自原著小说，影片把它安排在葛朗台出场之前，显然是想让观众对葛朗台有个初步印象。接下来镜头中出现的葛朗台老宅子反映了主人的社会地位与性格特点。镜头将重点放在了那扇厚重的铁门上：这是楼上一间密室的门，是葛朗台秘密藏东西的地方，葛朗台出场时先是非常谨慎地将这道门上了两道锁，转过头来，好像听到或看到了观众们（的议论），有点不放心的他径直来到镜头前，说了一句："您在这里将会听人说我葛朗台很有钱。哼，让他说去吧！这样的议论丝毫也损害不了我什么。我是一文钱也没有！"非常简洁的镜头与电影技法反映了主人公葛朗台悭吝顽固、唯利是图的本性。等到晚上克罗旭一家和格拉桑一家"两拨人马"以生日祝贺为名来到葛朗台家里聚会时，有限的几根蜡烛更映衬出葛朗台的悭吝。影片开头还通过葛朗台来到楼下与母女见面，筹划生日晚餐以及把生日礼物，也就是那枚金币交给欧也妮并且照例欣赏欧也妮的"藏品"的过程，让观众看见葛朗台家中楼下客厅的模样，因为楼上楼下几乎都是空的，没有任何陈设，家具也少得可怜，楼梯则是破破烂烂和摇晃着的，以至于兴高采烈的女仆拿侬去拿酒时在楼梯上摔了一跤。这样的真实场景让葛朗台的吝啬、家中的寒酸样、家人生活的简陋困苦通过画面得以显现。此外，非常重要的一点是：在小说中，葛朗台的房子简直就是监狱，尤其是当他真的监禁欧也妮的时候。其主要的象征意味就是修道院的生活。[①] 这一特点也在影片中通过几个场景逐步呈现出来。

　　有关环境描摹的重点还包括葛朗台家的庭园，虽然在电影中有关庭园的场景不多，但都出现在情节突转之处，无论是葛朗台在庭园中告诉查理

---

　　① 　Tim Farrant. *Balzac's Shorter Fictions: Genesis and Genre* [M]. New York: Oxford University Press, 2002: 172.

他父亲的死讯，还是欧也妮与查理在长凳上的深情一吻，或者是公证人为解决一家人的死结而告知葛朗台可能面对的难题，庭园中简陋的花草树木和一条长凳，仿佛是葛朗台家中生活场景的延续。这一切和厚重铁门后贮藏的金银财富形成了鲜明对比，生动地反映了葛朗台这个人物的性格特点。对欧也妮而言，这个庭园因为查理而成为她人生中为数不多的美丽记忆。很多年后，当查理回到法国，给欧也妮寄来盼望已久的那封信时，欧也妮也是坐在庭园中得知堂弟在经商致富之后的移情别恋。万念俱灰的欧也妮在了解事情的全部真相后，最后一次来到庭园，独自扑在那条长凳上痛哭，秋风无情地刮在她的脸上。显然，这座庭园以悲剧见证人的形式替欧也妮道出了她人生的不幸，也亲历了她的喜怒哀乐。

二

影片对原著小说进行忠实性改编还体现在对人物的刻画上。在故事中，葛朗台是索漠这座城市的中心人物，是真正的权威。这不仅是因为他的财富和他曾经担任过这座城市的市长，更重要的是他对这座城市的掌控力，以及他利用他女儿欧也妮·葛朗台的婚事而设下的圈套，电影忠实地揭示了这一点。饰演葛朗台的演员是曾获苏联人民艺术家称号的谢苗·梅任斯基（Семен Межинский），他出色地演绎了这个手段高明的投机商人。银幕上的葛朗台擅长以极小代价让人们奔忙效劳并获取最大利益，甚至利用自己独生女儿的优势让克罗旭和格拉桑为他尽心尽力地奔走和服务，他抓住了他们心中的贪婪之心，满足了自己的贪婪之心，其实他根本无意把女儿嫁给任何一方。影片中，葛朗台和他的朋友们之间的关系，和妻女、女仆的关系，对待自己的弟弟和侄子的态度等无不围绕着金钱这一中心来展开。电影保留了小说中很多表现葛朗台贪婪聚财的手段与方法：他为了高利润连夜偷运黄金去别处高价抛售牟利并因此而洋洋得意、在妻子临死前企图用金币来挽回妻子的生命、妻子去世后诱骗女儿放弃继承母亲遗产的权利等，所有细节都围绕着人物性格的特点展开，每一个情节都丰富了人物的典型性。即使是女仆拿侬，影片也没有多费笔墨去书写拿侬与葛朗台的结识过程，银幕上呈现出的就是一名与书中别无二致的"丑婆娘"，她身形高大、体格魁梧且精力无穷，她的淳朴使她不仅成为葛朗台忠诚的奴仆，也成为葛朗台太太和欧也妮最好的陪伴者。电影关于人物的某些细节描写同样忠实于原著，葛朗台每天如监工一般安排这一家中的生活必需品：面粉、奶油、方糖、水果，甚至是蜡烛以及必要的冬日火炉。生日那天的聚会中，葛朗台破例在客厅多点了一根蜡烛，于是拿侬被要求到客厅来纺纱以便共用客厅里的烛光。影片中，葛朗台在涉及关键问题时总是支支吾吾、装聋作哑、口吃连连，他凭借这些手段，在一次又一次的交易中占了上风。至于他在得知金币被欧也妮挪作他用时的暴怒、对担惊受怕的妻子连哄带骗的手段，都将葛朗台的本质刻画得入木三分。

　　电影还通过查理的经历讲述了欧也妮唯一的爱情经历。查理和欧也妮相爱时依然保留着青年人的纯真，这也是他第一次真正感受到甜美爱情，尤其是在父亲破产自杀走投无路的时候。但在之后的冒险经历中，他为了聚敛钱财，干尽了肮脏的勾当，也彻底地将欧也妮以及爱情抛在了脑后。在这场不幸爱情之中受害最深的是欧也妮，如同她也是这个可怕家庭中受害最深的人一样，她自始至终过着节俭孤独的生活，查理的到来让她第一次对爱情、对生活有了最天真的渴望。但查理的到来打乱了葛朗台家的生活节奏一样，她此后的生活开始变得不再顺畅，查理出门后，父亲因为发现她送掉了金币而严厉地惩罚她，苦命的母亲受尽了葛朗台的严苛而咽气，父亲在瘫痪后最终死去，等待多年的查理在回国后因贪恋金钱和社会地位而抛弃了欧也妮。最终，欧也妮以一种独特的报复方式表现了一个女子的悲痛与尊严，在代替查理偿还他父亲的所有债务，帮助他扫除了结婚前的最后一个障碍后，她答应嫁给贪财的法院院长克罗旭，但以她不会成为他事实上的妻子为条件。电影最后通过旁白提醒观众：这个不属于人世而又生存于人世的女人，她生来可以做妻子、做母亲，但是她却没有丈夫、没有孩子、没有家庭。金钱观念和这个贪婪的社会夺去了她作为一个普通女性最基本的权利和愿望，这就是影片揭露、谴责和控诉的目的所在。小说中并没有去讲欧也妮在父亲死后的生活细节，只提到"她的生活仍和过去的欧也妮·葛朗台没什么两样，她的卧室一定要到从前她父亲允许生火的时候才生火，灭火也按照青年时代的规矩。她的衣着也总和过去她母亲一样"。但在影片中，欧也妮·葛朗台的生活不仅简朴孤僻，冬天房内不生火而且手上挂着家中的钥匙，俨然是葛朗台的形象，难怪格拉桑夫人感叹道："你很像你死去的父亲啊！"

改编的作品要在现实的土壤上成长，电影剧本和影片的作者要深入考虑作品本身的形象结构，然后用另一种艺术手段——电影艺术手段去揭示和体现这种结构。① 阿列克谢耶夫导演的《欧也妮·葛朗台》虽然是黑白电影，但影片非常注重色彩与光线在刻画人物表情时的作用。查理来到欧也妮家中时，光线集中在他的脸上，呈现出年轻俊美的容貌，即使在他得知家庭的不幸和父亲的死讯后依然如此。但在他成为投机商人发财回来后，"一天到晚为利益打算的结果，心变冷了，收缩了，干枯了"②，出现在银幕上的查理无论是傲慢地拒绝格拉桑的提议，还是懊悔于克罗旭告知的真相，他的面色始终给人以阴冷的感觉。影片通过这种冷暖对比来表现人物性格和社会地位的变化，呈现出查理已经"变得狠心刻薄，贪婪到了极点"③。

忠实性改编并不要求将原著内容事无巨细地搬上银幕，对于长篇小说来说更是如此。在《欧也妮·葛朗台》中，有关格拉桑夫妇之间名存实亡

---

　　① 苏联科学院艺术史研究所. 苏联电影史纲（第3卷）[M]. 北京：中国电影出版社，1992：310.

　　② 巴尔扎克. 人间喜剧（第六卷）[M]. 傅雷，译. 北京：人民文学出版社，1994：189.

　　③ 巴尔扎克. 欧也妮·葛朗台 [M]. 傅雷，译. 人间喜剧（第六卷）. 北京：人民文学出版社，1994：189.

的婚姻、拿侬在拿到丰厚年金之后的婚姻，这些内容存在与否并不影响故事的进程，与此相反，影片也增加了一些原著小说中所没有的情节，如葛朗台得知女儿失去金币之后气急败坏去欧也妮房间找寻的片段、查理知道事情真相后被克罗旭院长取笑后摔相框的内容，非常准确地捕捉到了葛朗台的贪婪本质和查理的懊悔心理，对人物刻画来说，既顺理成章又鲜明生动。电影中葛朗台家的故事似乎永远发生在寒冷的季节，生日聚会从秋天开始，整个故事在秋天的阴冷中结束。其间不是冬天就是秋天，非常符合小说中所描写的，"索漠的屋子，没有阳光，没有暖气，老是阴森森的，凄凉的屋子，便是她一生的小影"①。事实上，电影是原作的一个极为忠实的节本，导演以巧妙的手法保留了许多小说的细节，尽量让影片在观众看来与原著保持了一致。

---

① 巴尔扎克. 欧也妮·葛朗台［M］. 傅雷，译. 人间喜剧（第六卷）. 北京：人民文学出版社，1994：208.

第三节　《别碰斧子》：用戏剧性画面靠近巴尔扎克

《朗热公爵夫人》是巴尔扎克《人间喜剧》中的系列作品《十三人故事》中的一部。《十三人故事》是《人间喜剧》中《风俗研究·巴黎生活场景》的第一部作品。除《朗热公爵夫人》外，还包括《行会头子费拉居斯》和《金眼女郎》两部中篇小说。在这一系列故事中，除死亡和上帝这两种自然界永恒地与人类意志相抗衡的障碍以外，这个神秘的十三人的强大力量，没有遇到任何阻挡。[①] 但和《行会头子费拉居斯》不同的是，后两部作品不约而同地遇到了狂暴的激情。作为巴尔扎克"一部以自传体的动力写成的充满激情的小说"[②]，《朗热公爵夫人》先后 9 次被改编成电影电视，其中比较具有代表性的有雅克-德·巴隆塞利导演的 1941 年版电影、1995 年由让-丹尼尔·韦哈格（Jean-Daniel Verhaeghe）执导的电视电影，还有那部未能拍摄成功的原计划由葛丽泰·嘉宝（Greta Garbo）主演的 1949 年版电影，而最为世人所熟知的是 2007 年由雅克·里维特导演，巴斯可·波尼茨、克里斯蒂娜·劳伦斯联袂雅克·里维特编剧，珍妮·巴利巴尔与吉约姆·德帕迪约主演的 137 分钟版《别碰斧子》。

一

巴尔扎克的小说手法的特点在于：情节酝酿阶段缓缓推进、展开，主题一步一步扣紧，然后闪电般收拢结束，同样还有时间的穿插，很像是不

---

① 巴尔扎克. 第二部《切莫触摸刀斧》(《朗热公爵夫人》) 第一版出版说明 [M]. 袁树仁，译. 人间喜剧 (第二十四卷). 北京：人民文学出版社，1994：242.

② 卡尔维诺. 巴尔扎克：城市作为小说 [M]. 为什么读经典. 黄灿然，李桂蜜，译. 南京：译林出版社，2012：165.

同时期的熔岩混结在地层之中。① 他的小说《朗热公爵夫人》虽然篇幅不长，但却充分体现出巴尔扎克小说创作的特点。小说的开头与结尾都在地中海岛屿上的加尔默罗会修道院，修道院就像一段不平凡经历的终点，在《朗热公爵夫人》文本内外都可察觉法国和拿破仑的影子。在这座修建在岛屿的尽头、山岩的最高点上的修道院里，巴黎生活曾经的激情在这里都只是过眼云烟，就像回忆中的激情一样。出于对贵族男女和法国民众的同情，巴尔扎克在原著中通过人物的言行将人生的种种隐情写得很有深度，而且引人入胜，这种伏笔写法引起一种十分独特的心理效应，一种难以言传的微妙的心理作用。

巴尔扎克这位曾经的浪漫主义者将情爱与暴力的美学在小说《朗热公爵夫人》中加以发扬。电影《别碰斧子》准确把握住了小说的这一特点，一开篇就用画面仿写了巴尔扎克笔下处于遥远角落的加尔默罗会修道院，那似乎是朗热公爵夫人最后的退路。在电影中，蒙特里沃将军为了找寻朗热公爵夫人来到这里，仿佛是寻找到了天涯海角。巴尔扎克笔下无法透露出来的冷酷与讽刺，里维特特意安排了字幕来加以简单说明。

1833 年，巴尔扎克与德·卡斯特里侯爵夫人在经历了日内瓦之行后，炽热的友谊从此结束。关于友谊结束的原因，后人没有找到明确的答案。但巴尔扎克显然受到了严重的创伤，他写道：

> 我憎恨德·卡夫人，她没有给我另一个生命，反而扼杀了我的生命，——我不是说她没有给我与她类似的生活，而是她没有给我她所允诺的东西．受了伤的虚荣心连影子也没有了，啊！只有憎恶和蔑视……②

---

① 普鲁斯特．驳圣伯夫［M］．王道乾，译．上海：上海译文出版社，2007：155.

② 朱妮塔·H．弗洛伊德．女性与创作——巴尔扎克生活中的一个侧面［M］．何勇，王海龙，译．上海：学林出版社，1988：164-165.

为了报复和消除心灵的沮丧，巴尔扎克创作并发表了他最具影响力的小说之一《朗热公爵夫人》，借书中的朗热公爵夫人影射卡斯特里侯爵夫人。在这部小说里，巴尔扎克借主人公德阿尔芒·德·蒙特里沃侯爵来讲述自己这一段痛苦而难忘的经历，他在这部书里描绘了巴黎圣日尔曼区贵族生活的情景，德·朗热公爵夫人则被刻画成他心目中没心肠的巴黎女人形象：一个从"真正的公爵夫人""梦寐以求的女人"① 跌落为"受到虚假诡诈教育的女人"，"酷爱奢华的生活和欢乐，从不反省"②，她喜欢"置身于豪华的社交场合之中，常常无法只在一颗心中成为幸福的主人，于是她希望统治每一颗心"③。《别碰斧子》是小说《朗热公爵夫人》最初的标题，源于英国的一则典故，也就是小说中蒙特里沃侯爵一面用戏剧性的表情看着戏弄他的朗热公爵夫人的脖子，一面跟陌生人讲述旅行中"最使我震惊"的事："切勿触摸刀斧"是威斯敏斯特教堂的看守将一把斧头指给人看时说的那句话。在电影中，里维特同样让蒙特里沃侯爵对着朗热公爵夫人和她的女伴讲述了这则故事：据说，一个蒙面人正是用这把斧子砍下了查理一世的头颅。看守记起这位国王曾向一个看热闹的人说过这句话。④ 在《朗热公爵夫人》中，"别碰斧子"这一典故的用意在于提醒朗热公爵夫人不要去伤害男子的情感。但是在小说中，情感的伤害是相互的：蒙特里沃侯爵在感情的游戏中得到了复仇的灵感，他在把朗热公爵夫人迷得神魂颠倒之后一走了之。公爵夫人在苦苦等待公爵未果的情况下，无奈离开法国到西班牙修道院里成为修女。五年后，得知朗热公爵夫人下落的蒙特里沃前去探望并企图夺回公爵夫人，最终得到的却是一具面孔"放射出极为美丽的光辉"的尸体。巴尔扎克在小说中不失时机地表现了他对上流贵族的嘲讽。恩格斯提到过："当他让他所深切同情的那些贵族男女行动的时候，

①   朱妮塔·H. 弗洛伊德. 女性与创作——巴尔扎克生活中的一个侧面 [M]. 何勇，王海龙，译. 上海：学林出版社，1988：159.

②   同上，1988：165－166.

③④   巴尔扎克. 朗热公爵夫人 [M]. 人间喜剧. 袁树仁，译. 北京：人民文学出版社，1994.

他的嘲笑是空前尖锐的，他的讽刺是空前辛辣的。"①　而里维特想要表述的除了嘲讽，还包括巴尔扎克对于爱情的描述方式与态度。

二

20 世纪 60 年代，"新浪潮"的导演们继续喜欢在经典小说中选取题材，并从在雷内·克莱芒的《洗衣女的一生》或伊夫·阿勒格莱特的电影中占主导地位的自然主义模式过渡到了巴尔扎克模式，②　但明显已经不再具有忠实于原著的意味。其中，作为法国新浪潮的代表人物之一，雅克·里维特是行动决心最强烈的一个。他当初从外省来到巴黎——这是他和巴尔扎克的一个共同点③。在创作方面，虽然里维特强调"巴尔扎克对我来说一直是很重要的"④，但实际上，他很晚才真正接触巴尔扎克的作品，里维特后来回忆道："至于巴尔扎克，一天晚上，我在一场失眠症中'发现'了他，当时我正跌跌撞撞地遇到了一本名为《一桩神秘案件》的书。这本小说改变了我的看法，为我提供了阅读他全部作品的钥匙。"⑤　在电影史上，里维特通过《出局：禁止接触》《不羁的美女》和《别碰斧子》等三部作品表达了对巴尔扎克的热爱。其中，《别碰斧子》是最晚的，也是受到关注最多的一部。

和当年那部实验性质的电影《出局：禁止接触》一样，《别碰斧子》改编自巴尔扎克的系列小说《十三人故事》。巴尔扎克的《十三人故事》

---

①　恩格斯. 致玛·哈克奈斯［M］. 中共中央马克思、恩格斯、列宁、斯大林著作编译局编译. 马克思恩格斯选集（第四卷）. 北京：人民出版社，1972：463.

②　米歇尔·玛丽. 新浪潮（第 3 版）［M］. 王梅，译. 北京：中国电影出版社，2014：89.

③　弗朗索瓦·特吕弗. 我生命中的电影［M］. 黄渊，译. 上海：上海译文出版社，2008：304.

④　Jacques Rivette：Comments at the 2007 Berlinale［EB/OL］. http：//www. dvdbeaver. com/rivette/OK/axecomments. html.

⑤　Andrew Watts. *Adapting Balzac in Jacques Rivette'sNe Touchez pas la hache（Don't Touch the Axe）：Violence and the Post-Heritage Aesthetic*. *Screening European Heritage：Creating and Consuming History on Film*［M］. London：Macmillan Publishers Ltd. 2016：148.

并不是这位作家创作中最显眼的故事，然而故事中的神秘感以及对巴黎底层生活的见解，更能深刻表现出巴尔扎克潜意识中所压抑的情感，也使它备受读者喜欢，常常成为影视改编的素材。继影片《出局：禁止接触》和《不羁的美女》的改编尝试之后，雅克·里维特的影片《别碰斧子》被看成是"又一部由一系列戏剧性画面构成的巴尔扎克改编作品"①。

与里维特以往文学作品改编电影不同的是，影片《别碰斧子》充分保留了原著的主要内容与情节，并恢复了小说最初的标题《别碰斧子》，甚至动用多重手段让电影回到小说的戏剧性场景中，刻画有关欲望与占有的主题。② 影片以 18 世纪早期拿破仑流放和波旁王朝复辟为背景，以缓慢的节奏来讲述巴黎圣日尔曼区穷奢极欲的贵族生活。朗热公爵夫人与德·蒙特里沃将军的相遇原本只是她众多游戏中的一出，她看中的只是他身世的与众不同、他辉煌经历的炫耀价值，像极了小说创作前后阶段德·卡斯特里夫人对巴尔扎克的态度。但正像电影标题所暗示的，一时任性的激情，却触碰到了让人痛苦甚至取人性命的刀斧。在巴尔扎克笔下，蒙特里沃将军身上带有这个时代所特有的"雄狮"意象。雄狮难以驯化的特征，也出现在德阿尔芒·德·蒙特里沃这个巴尔扎克式的人物身上③。这位拿破仑的旧日军官，"身材矮小，宽阔的胸膛，像雄狮一样肌肉发达"，没有一点向女人献殷勤的年轻人的特征，但他"是一个充满激情的男子，其生活几乎就是一整套叙事诗；其行为就构成了小说而不是从事小说创作；更何况，这是一位实干家"。④ 因此，在影片中，当朗热公爵夫人在德·封丹纳子爵夫人家看到他时，马上就意识到他与贵族青年的根本区别，蒙特里沃

① Mary M. Wiles：*Jacques Rivette* [M]. Urbana, Chicago, and Springfield：University of Illinois Press，2012：30.

② 同上，2012：127-128.

③ 让·克罗德·布洛涅. 男人美学 [M]. 上海：上海文艺出版社，2016：302-303.

④ 巴尔扎克. 朗热公爵夫人 [M]. 袁树仁，译. 人间喜剧（第十卷）. 北京：人民文学出版社，1994：165-166.

侯爵有着一种想让自己像旅游珍品一样受人欣赏的意愿，他没有做作的姿势，没有傲慢的举止，甚至"有时是个非常简单的人，没有丝毫可笑之处，而是大家都想了解的人，因为巨大的声望使他吸引了普遍注意"①。在与朗热公爵夫人交往的过程中，一方面蒙特里沃将军对上流贵族的所谓爱情追逐和诱惑游戏不感兴趣，在他看来这一切既不纯洁又虚伪轻浮；另一方面他又不可避免地陷入其中，因而不得不做出一些妥协。结果他在与朗热公爵夫人交往的过程中深受其苦，而后一边忍耐，一边报复。直到最后朗热公爵夫人最终爱上他，她的感觉是自己"扑倒在雄狮的脚下"。

在影片的情节设置上，里维特和他的团队"尽可能停留在与巴尔扎克故事最近的位置上，同时还有他讲故事的手法"②；对比小说和电影可以发现，《别碰斧子》只虚构了两个在小说中没有的场景。在第一个镜头中，公爵夫人的仆人在厨房里嬉戏，他们的笑声与主人在沙龙里跟蒙特里沃之间严肃的谈话形成鲜明对比。在第二个增加的场景中，正当安东奈特等待着看他是否会对她痛苦的爱情决定做出回应的时候，将军被两个朋友给耽搁了。这一拖延——尤其是蒙特里沃将军慢了的钟——导致了这个悲剧结局，当这位军人从公寓里出来时，公爵夫人已经离开了这座城市。③ 影片在表现朗热公爵夫人内心时，并没有像小说那样进行细腻刻画，而是借助电影语言，运用色彩、场景、灯光的变换和主人公的表演重现原著的魅力。地板火光蜡烛等微不足道的道具在里维特的演绎下都成了这则关于等待的难以忘怀的故事的必要注脚。饰演朗热公爵夫人的珍妮·巴利巴尔以其卷曲的头发和奢华性感的服装给观众留下深刻的印象，而吉约姆·德帕

---

① 让·克罗德·布洛涅. 男人美学 [M]. 上海：上海文艺出版社，2016：305.

② Jacques Rivette: Comments at the 2007 Berlinale [EB/OL]. http://www. dvdbeaver. com/rivette/OK/axecomments. html

③ Andrew Watts. *Adapting Balzac in Jacques Rivette's Ne Touchez pas la hache（Don't Touch the Axe）: Violence and the Post-Heritage Aesthetic. Screening European Heritage: Creating and Consuming History on Film.* London: Macmillan Publishers Ltd，2016：149.

迪约饰演的德·蒙特里沃将军通过粗鲁的举止和他那条在战争中受伤的腿，增添了小说中所未能提及的独特魅力。

三

尽管巴尔扎克笔下有着各式各样的人物，每个人物又各有其鲜明的特点，但人物形象较多取材于小说家身边熟悉的人物，甚至读者们会在某些人物的面貌中认出巴尔扎克自身的特点，就像在蒙特里沃将军身上所看到的那样。小说《朗热公爵夫人》讲关于爱情的追逐，与巴尔扎克所描写的时代息息相关，不仅是对时代风貌的记录，还是对风貌掩盖下的社会现实的敏锐判断。他在开篇提到那个时代的"各层民众，如同女人一样，喜欢任何统治他们的人强有力，如果没有几分敬畏，他们的爱情便无法维持。谁不令他们肃然起敬，他们是不会对他服服帖帖的"。[①] 因此，这则小说不仅有它描摹人类最原始情感与欲望的真实性，而且有其作为对社会生活进行影射的趣味性。在巴尔扎克看来，爱情不只是一种感情，它同样是一种艺术。在他的众多作品中，情感或者爱情往往是小说家讽刺、描述那个时代对于金钱欲望的附属物或者承载物，但在这部小说中，巴尔扎克不仅描述这种欲望，而且通过情爱的追逐、征服和暴力给予读者前所未有的满足。

在巴尔扎克的笔下，《朗热公爵夫人》这则故事起源于一场上流社会的社交舞会，读者们在作品开头能体验到身临其境的世俗的满足感。在小说中，朗热公爵夫人主动调情以引起对方在爱情中的沉醉，她自以为知道如何引起恋人的激情和思念，同时又不会过于焦虑和不安，她认为要想

---

① 巴尔扎克. 朗热公爵夫人 [M]. 袁树仁，译. 人间喜剧（第十卷）. 北京：人民文学出版社，1994：190.

"征服她们，比起征服整个欧洲来，还要难上加难"。① 但实际上，这种放肆无礼再加上百般娇媚的惯用手段在蒙特里沃将军心中激起的除了爱情，还有复仇的愿望：她真不知道她是多么卑鄙无耻；她肯定要过不少男人了；应该有人对此类罪行进行惩罚。所以，回到作品的标题上来，可以理解其现实意义：《朗热公爵夫人》或者《别碰斧子》，两个标题或多或少都带有象征意味，必须要放在一个更广阔的层面去理解，而不仅仅是对于书中内容的预示。《朗热公爵夫人》书名所代表的是这种荒唐爱情行为的普遍性，也意味着女性是这场悲剧的主人公；《别碰斧子》预示的则正是朗热公爵夫人在这段爱情经历中遇到的一系列状况以及由此所遭受的惩罚。

在小说家看来，爱情有其社会构建的复杂性，巴尔扎克借这部作品来探讨爱情、征服、占有、复仇等话题。按照卢梭的观点，男女双方在爱情到来时会处于不同的地位，在选择和主动的过程中会出现不平等，"他对她之所以那样凶猛，正是由于她有动人的魅力；她应当利用她的魅力迫使他发现和运用他的力量。刺激这种力量的最可靠的办法是对他采取抵抗，使他不能不使用他的力量。当自尊心和欲望一结合起来的时候，就可使双方互相在对方的胜利中取得自己的成功"。② 但在《朗热公爵夫人》中，蒙特里沃将军身上那些残酷而又奇妙的经历吸引了朗热公爵夫人，这个傲气的女人为了得到面前的男子，通过一切方式来表现自己的自尊心，她会想方设法让对方觉得她是高贵不可及的。③ 于是，这段爱情没有获得共赢而成了一种占有，蒙特里沃将军和朗热公爵夫人一样，在陷入热恋时希望让自己与爱恋的对象走到一起，"我们将永远结合在一起！"④ 正如人们对待

---

① 巴尔扎克. 朗热公爵夫人 [M]. 袁树仁，译. 人间喜剧（第十卷）. 北京：人民文学出版社，1994：269.

② 让-雅克·卢梭. 爱弥儿 论教育（上下册）[M]. 李平沤，译. 北京：商务印书馆，1978：528.

③ 司汤达. 爱情论 [M]. 罗国祥，杨海燕，等，译. 长沙：湖南人民出版社，1988：72.

④ 巴尔扎克. 朗热公爵夫人 [M]. 袁树仁，译. 人间喜剧（第十卷）. 北京：人民文学出版社，1994：262.

自己的私有财产一样。但朗热公爵夫人有意疏远了这种关系，很显然，这样的行为不是爱情的表现，反倒是自尊心过强和自私的体现，并且最终导致暴力。蒙特里沃将军对朗热公爵夫人的绑架就是一种暴力的象征化体现，也是对之前诸多行为做法的讽刺。结果，从最初的诱惑到最后的征服，爱情变成了一种竞争与征服的关系。"攻者要取得胜利，被攻者就要允许或指挥他进行进攻，有那么多巧妙的办法刺激进攻者拼命进攻啊！最自由和最温柔的动作是决不容许真正的暴力的，大自然和人的理性都是反对使用暴力的。大自然之反对使用暴力，表现在它使较弱的一方具有足够的力量，想抵抗就能够抵抗；理性之反对暴力，在于真正的暴力不仅是最粗野的兽行，而且是违反性行为的目的的。"① 很显然，在这里爱情属于一种占有自己喜爱的人的欲望，它里面所包含的诸多行为和偶然实际上是过分的体现，并通过暴行或类似暴行最终导致朗热公爵夫人的离去和最终的死亡；也导致了蒙特里沃将军对夫人旷日持久的寻找和最终的劫持。"从今以后，你尽可以有激情；但是爱情，必须学会将它放在合适的地方。只有一个女人最后的爱情才能满足一个男人的初恋。"② 从这个角度来看，从卢梭到司汤达再到巴尔扎克，对于爱的复杂性，甚至包括爱情的微妙，都是一脉相承的。

小说故事的结尾是一种无可奈何的处理，也让《十三人故事》的主人公——德·蒙特里沃先生的伙伴们再次出场。"无畏的干将""十三个人妖""忠心耿耿的战友"，巴尔扎克在描绘他们时的每一组言辞都仿佛是曾经的浪漫主义故事的复活；这些情节，甚至与他在1820—1825年间创作的某些难登大雅之堂的"黑小说"有相似之处。在《别碰斧子》中，里维特选择了巴尔扎克小说中经典的情节，即两个根本对立的人之间的爱情故

---

① 让-雅克·卢梭. 爱弥儿 论教育（上下册）［M］. 李平沤，译. 北京：商务印书馆，1978：530.

② 巴尔扎克. 朗热公爵夫人［M］. 袁树仁，译. 人间喜剧（第十卷）. 北京：人民文学出版社，1994：338.

事，显示其对古典文学传统的明确忠诚，并使观众质疑他与 20 世纪 60 年代末以来现代主义思潮和艺术实践的关系①。因此，不妨把小说和电影两部作品看作是一个单独的爱情观念或一种生活状态的两面。巴尔扎克借生活中的爱情曲折来刻画《人间喜剧》的阴暗面，仿佛那块接受咆哮的大西洋卷起的巨浪的巨大的花岗岩。里维特看到的则是像戏剧舞台上表演的两幕——与世隔绝的乐园和平庸的巴黎生活，就像影片开头蒙特里沃将军与朗热公爵夫人在修道院里的会面，当公爵夫人忍不住道出实情时，会面的帷幕被迅速拉上，而当帷幕再一次被拉开时，则成了巴黎上流社会的沙龙。当故事发生在法国以外时，总是带有浓郁的神秘色彩，而当回忆回到法国时，则依然是读者们最熟悉的巴尔扎克笔下巴黎上流社会的生活。或许这种两面性正是电影《别碰斧子》产生艺术效果的出发点，其中的神秘色彩和爱情的多重理解正是它成为里维特挑选这部巴尔扎克小说的奥妙所在。

---

① Zahra Tavassoli Zea. *Balzac Reframed：The Classical and Modern Faces of Éric Rohmer and Jacques Rivette* [M]. Allschwil：Palgrave Macmillan, 2019：207.

第三章　狄更斯文学作品的影像阐释

第一节　狄更斯文学作品影像改编史综述

如果不是大卫·格里菲斯谈及他的创作方法与狄更斯的联系，如果没有爱森斯坦在《狄更斯、格里菲斯和我们》一文中详细分析了狄更斯小说创作手法与现代电影之间的关系、视觉形象与听觉形象的不可分割，让我们理解到，"在方法和风格上，在观察与叙述的特点上，狄更斯与电影的接近确实是惊人的"①，今天人们对狄更斯小说的理解仍可能是片面的。一方面，仔细阅读狄更斯的小说，会发现蕴藏其中的无数出人意料的电影特征；另一方面，自电影诞生以来，狄更斯的小说启发了许多电影导演和编剧的创作灵感，受益者至今绵绵不绝。对狄更斯小说影像改编发展历程的梳理，从一个侧面反映了电影史上电影与经典作家作品之间的密切联系和相互影响。

根据资料记载，最早以狄更斯小说为电影拍摄素材的例子出现在1897—1898年，但当时的两部根据小说《奥利弗·退斯特》改编的电影短片《南茜·塞克斯之死》和《教区执事班布尔先生》都未能保留下来。现存最早的根据狄更斯小说改编的电影是1901年3月制作完成的根据长篇小说《荒凉山庄》片段拍摄的《可怜的乔之死》（*The Death of Poor Joe*），这部短片是在狄更斯200周年诞辰之际由英国电影协会（BFI）档案人员

---

① 爱森斯坦. 狄更斯、格里菲斯和我们 [M]. 魏边实，伍菡卿，黄定语，译. 爱森斯坦论文选集. 北京：中国电影出版社，1962：209.

在整理资料时发现。该片导演是电影先驱乔治·阿尔波特·史密斯
(George Albert Smith)，这部影片片长 1 分钟，描述了主人公乔在大雪纷
飞的日子里扫地，因无法抵御严寒，靠在教堂的墙上慢慢滑倒，在冰冻的
雪地里奄奄一息，一名巡夜人试图救他，但乔最终在他怀中死去。另一部
较早的狄更斯小说改编电影是 1901 年 11 月的《斯克鲁奇，或马利的鬼魂》
(Scrooge or Marley's Ghost)，根据短篇小说《圣诞颂歌》（或译为《圣诞
欢歌》）改编，仅存 6 分钟。此外，在 1909 年至 1912 年间，比较具有代表
性的改编电影还有 1909 年由大卫·格里菲斯导演的《炉边蟋蟀》、1911 年
威廉·哈姆福瑞（William Humphrey）导演的《双城记》(A Tale of Two
Cities)、1912 年 J. 塞尔·道利（J. Searle Dawley）执导的《匹克威克先
生的窘境》 (Mr. Pickwick's Predicament) 和几个不同版本的《雾都孤
儿》 （即《奥利弗·退斯特》，1909，美国；1910，法国；1912，美国；
1912，英国）等。由于受到拍摄条件的限制，早期根据狄更斯小说改编的
电影大都篇幅有限，以长篇小说中的片段或者短篇小说故事为主轴，忽略
小说的主题人物等诸多要素。其中，《圣诞颂歌》比较具有代表性，电影
一方面能通过短短数分钟的时间将这则短篇小说故事交代清楚，另一方面
也能通过电影技术展现有关鬼魂精灵等故事情节，同时强调这部作品作为
圣诞节赞美诗的主题。作为狄更斯小说中最受改编者青睐的作品，《圣诞
颂歌》多次被改编成电影，除了 1901 年沃尔特·R. 布斯制作的短片外，
还有 1908 年汤姆·里基茨（Tom Ricketts）参与演出的 15 分钟同名短片，
1910 年由 J. 塞尔. 道利执导的《圣诞欢歌》(A Christmas Carol) 片长
11 分钟，讲述了比较完整的《圣诞欢歌》故事。

在无声电影时代的后半段，也就是 1913 年之后，在电影制作中出现了
许多充满活力、清晰而富于想象力与影响力的狄更斯小说改编电影。其中
具有代表性的是 1916 年詹姆士·杨（James Young）导演的《奥利弗·退
斯特》(Oliver Twist)，1917 年由美国福克斯公司 (Fox Film Corporation) 制

作、好莱坞导演弗兰克·洛伊德（Frank Lloyd）导演的《双城记》（*A Tale of Two Cities*）和 1922 年由杰基·库根制作公司（Jackie Coogan Productions）制作的《苦海孤雏》（*Oliver twist*）。

1916 年的影片《奥利弗·退斯特》由拉斯基正片娱乐公司（Jesse L. Lasky Feature Play Company）制作，美国派拉蒙公司（Paramount Pictures）发行，影片中演员的服装基于乔治·克鲁克申克（George Cruikshank）的原创插图。实际上，在整个维多利亚统治期间，狄更斯作品中的插图作为"活人造型"（电影的另一祖先之一）的蓝图而变得家喻户晓，并因此成了明显的电影源头。① 美国无声电影时代的早期女演员玛丽·多罗（Marie Doro）扮演了年少的奥利弗·退斯特，充分表现了奥利弗身上的孩子气以及纯真的品质。1917 年的电影《双城记》因其"出色的表演和感人的反省"② 而成为福克斯公司早期根据文学作品改编电影风潮中的重要作品之一，威廉姆·法纳姆（William Farnum）在影片中同时饰演查尔斯·达内和西德尼·卡尔顿两个角色。在这部将近 70 分钟的电影中，备受尊敬的导演弗兰克·洛伊德把小说中的多条线索与对法国大革命的复杂看法进行了简单化处理。影片的改编过程显示出这部伟大作品在早期好莱坞的吸引力，也显露出狄更斯小说中有关历史题材改编的多角度阐释可能性。1922 年的《苦海孤雏》（*Oliver Twist*）是小说《奥利弗·退斯特》的最后一个无声电影版本，这部电影的拷贝于 20 世纪 70 年代初在南斯拉夫被发现。弗兰克·洛伊德执导的这部电影集中叙述《奥利弗·退斯特》故事里的冒险和流浪经历，著名童星杰基·库根（Jackie Coogan）与朗·钱尼（Lon Chaney）分别饰演了无辜的奥利弗和更趋向于善良的费金角色。

---

① 乔斯·马什. 狄更斯与电影［M］. 狄更斯研究文集. 南京：译林出版社，2014：307.

② Deborah Cartmell. A Companion toLiterature, Film, and Adaptation ［M］. Chichester：Blackwell Publishing Ltd，2012：30.

　　华尔街的经济支持及政府的经济复苏计划使 20 世纪 30 年代的好莱坞电影业渡过了经济大萧条的难关，并逐渐迎来了好莱坞的经典时期。与此同时，通过制定大量法规和规范以及顶级故事片的制作与放映，巩固了主要片厂对电影业内几乎每个生产阶段的控制。① 因此在 20 世纪 30 年代，根据狄更斯小说改编的电影数量虽然逐渐减少，但影片质量明显提升。这一时期的代表性电影作品几乎全部来自几家主要的好莱坞综合片厂，如 1931 年派拉蒙公司出品的影片《富人愚事》（*Rich Man's Folly*）、1934 年环球电影公司（Universal Pictures）出品的《远大前程》（*Great Expectations*）、1935 年米高梅电影公司（Metro-Goldwyn-Mayer，MGM）出品的《大卫·科波菲尔》（*The Personal History*，*Adventures*，*Experience*，*& Observation of David Copperfield the Younger*）、1935 年环球电影公司出品的《德鲁德迷案》（*Mystery of Edwin Drood*）、1935 年米高梅电影公司出品的《双城记》（*A Tale of Two Cities*）和 1938 年米高梅电影公司出品的《圣诞颂歌》（*A Christmas Carol*）等，其他公司的影片有 1933 年美国查德威克制作公司（I. E. Chadwick Productions）出品的《奥利弗·退斯特》、1934 年英国国际电影公司（British International Pictures，BIP）出品的《老古玩店》（*The Old Curiosity Shop*）、1935 年英国裘力斯·哈根制作公司（Julius Hagen Productions）出品的《守财奴》（*Scrooge*）等几部作品。

　　1933 年的《奥利弗·退斯特》是无声电影与有声电影过渡时期的产物。这部电影使用了一位具有天使般面孔的男孩迪基·摩尔（Dickie Moore）来饰演奥利弗，他的可爱多于他身上应该有的可怜与无辜。作为较为成熟的黑白电影，这部作品有效地利用了阴影和光线，也引发了接下来在好莱坞电影公司的狄更斯改编的热潮。

　　1849 年至 1850 年间连载出版的小说《大卫·科波菲尔》被狄更斯视

---

① 杰弗里·诺维尔-史密斯. 世界电影史（第 2 卷）［M］. 杨击，译. 上海：复旦大学出版社，2015：30.

为"在我所有的书中最喜欢的一部"，小说有一定的自传色彩，但以更为现实主义的笔法讲述了核心人物的成长故事。1935年，改编自这部小说的同名电影在美国上映并受到欢迎，被评价为"太棒了……因其忠实于狄更斯的精神与面貌而在文学改编中具有里程碑式的意义"[①]。导演乔治·库克（George Cukor）在这部影片中对小说情节内容进行了多方面的精简，讲述了主人公大卫·科波菲尔成长的两个主要环节，即童年和青年时期，在电影的后半部分则以几则关联的故事构成故事框架，即大卫与朵拉、艾妮斯之间的恋情与婚姻、威克菲尔先生与欧莱尔·西普的争斗，还有艾米丽与斯提福斯之间的私奔事件等。这部由大卫·塞尔兹尼克（David V. Selznick）担任制片的早期狄更斯电影有完美的演员阵营和杰出的导演，其视觉风格还多了一个狄更斯特色的来源：整部电影中，威克菲尔像米考伯一样趾高气扬地走着，身上的裤子尺寸太小，很有喜剧性，因为决定所有的服装设计都必须以菲兹为小说所做的原来的插图为基础。[②] 影片中的某些片段如在伦敦剧院那一精巧紧凑的场景无论是在技术上还是在象征意味方面，都显示出导演不同凡响之处，而影片以威克菲尔先生与欧莱尔·西普的争斗最终获得胜利、大卫与艾妮斯的结合作为完美的皆大欢喜的结局顺应了那个时代观众的观影要求。同年，另一部由大卫·塞尔兹尼克担任制片的《双城记》没有《大卫·科波菲尔》那么引人注目。虽然这部影片演员阵容更为庞大，制作费用高昂，无论是奥利弗·T. 马什（Oliver T. Marsh）的黑白摄影，还是塞德里克·吉本森（Cedric Gibbons）的美术指导和赫伯特·斯托哈特（Herbert Stothart）的配乐都可圈可点，但大卫·塞尔兹尼克的一番苦心最终却在奥斯卡铩羽而归。这部以法国大革命为背景的小说意在表达对道德的呼吁和对社会不公正的抗议，展现一幅人

①　John Bowen. *David Copperfield's home movies* [M]. Dickens on Screen. Cambridge：Cambridge University Press，2003：35.

②　乔斯·马什. 狄更斯与电影 [M]. 狄更斯研究文集. 南京：译林出版社，2014：307.

类友谊和博爱的图画。影片突破小说与旧有改编文本的固有框架，以西德尼·卡尔顿（Sidney Carton）面对断头台开篇，用倒叙的方式讲述了这则关于正邪与善恶的故事。罗纳德·科尔曼（Ronald Colman）饰演的西德尼·卡尔顿以其出色的明星形象和精彩的演绎成为这部悲剧的核心人物。在影片中，卡尔顿的愤世嫉俗、自怜与高贵，与狄更斯笔下的人物别无二致，这位一度沉溺于酒精的律师视自我牺牲为表达对于无法拥有的女人的爱的唯一方式，这也使《双城记》成为一部结构严密且高度浓缩的惊心动魄的影片，也是一切好莱坞历史剧的样板①。《双城记》是罗纳德·科尔曼与导演杰克·康威（Jack Conway）②漫长职业生涯中的最高成就，同时也是塞尔兹尼克在 20 世纪 30 年代最好的作品之一。其中，城市的背景设定逐渐成为当时几大流行的电影类型的主要题材，相应的，这些电影也把城市生活的景象融为公众喜闻乐见的一部分。③除了之前的几部影片，无论是借好莱坞基调引人入胜的《远大前程》，还是因忠于狄更斯创作初衷而得到近乎一致认可的《德鲁德谜案》，都从各自不同的角度描绘了维多利亚时代以来的城市风貌。

　　与 20 世纪 30 年代不同的是，20 世纪 40 年代的一批狄更斯作品改编电影是在"二战"后文学作品改编电影高潮这一背景下拍摄的，这一高潮是在战时人们贪婪地阅读经典尤其是阅读狄更斯作品的刺激下形成的④，这些电影无一例外地揭示了与战后生活密切相关的黑暗与愤世嫉俗⑤。其中包括卡瓦尔康蒂（Cavalcanti）的《尼古拉斯·尼克尔贝》（*The Life*

①　乔斯·马什. 狄更斯与电影［M］. 狄更斯研究文集. 南京：译林出版社，2014：307.

②　影片部分内容由导演罗伯特·Z. 伦纳德（Robert Z. Leonard）完成。

③　霍华德·丘达柯夫，朱迪丝·史密斯，彼得·鲍德温. 美国城市社会的演变（第 7 版）［M］. 熊茜超，郭旻天，译. 上海：上海社会科学院出版社，2016：222.

④　乔斯·马什. 狄更斯与电影［M］. 狄更斯研究文集. 南京：译林出版社，2014：308—309.

⑤　Michael W. Boyce. *The Lasting Influence of the War on Postwar British Film*［M］. New York：Palgrave Macmillan，2012：5.

and Adventures of Nicholas Nickleby，1947）、尼尔·郎格兰（Noel Langley）的《匹克威克先生外传》（*Pickwick Papers*，1952）和布赖恩·德斯蒙德·赫斯特（Brian Desmond Hurst）的《圣诞颂歌》（*Scrooge*，1951），这一股热潮一直延续到 20 世纪 50 年代初。文学改编电影是英国电影的传统习惯，谈到与狄更斯小说有关的电影对电影史的影响，以及对狄更斯在大众及批评界的声誉的重要性，莫过于 20 世纪 40 年代大卫·里恩（David Lean）拍摄的两部影片《孤星血泪》（*Great Expectations*，1946）与《雾都孤儿》（*Oliver Twist*，1948）。20 世纪 40 年代末，狄更斯笔下的匹普和奥利弗是选择恰当的人物形象：他们在贫困、饥饿、远离家庭中挣扎，就像战争期间千千万万的英国儿童，他们渴望一个成功的未来，就像正在为之建设一个崭新的社会的英国儿童①。

　　1947 年的《尼古拉斯·尼克尔贝》是阿尔贝托·卡瓦尔康蒂在英国伊林工作室（Ealing Studios）拍摄的最后一部电影。这部电影在当时很少获得好评，导演因此备受煎熬。"也许《尼古拉斯·尼克尔贝》的最大不幸……就是它紧跟在我们今年早些时候看到的《远大前程》精彩的电影版之后，而（我们对于《远大前程》）记忆犹新。"② 平心而论，《尼古拉斯·尼克尔贝》篇幅远超《远大前程》，对导演和编剧来说都是艰难的挑战。在影片建立起同名主人公人生经历基本线索的过程中，过快的叙事节奏让影片缺乏明确的道德主题，原本表现狄更斯故事中残忍的目的实际上并没有达到。但影片中一些带有现实主义手法的场景的展现，如在影片前半部分中对杜德波伊斯寄宿学校的描绘，完全可以与大卫·里恩展现的济贫院或是伦敦贼窟相提并论。至于小说中狄更斯最喜欢的诸多意象如恶毒的高利贷商人或吝啬鬼、好心的酒鬼、街头顽童、野蛮的济贫院管理者，以及善

---

① 乔斯·马什. 狄更斯与电影［M］. 狄更斯研究文集. 南京：译林出版社，2014：309.

② Michael W. Boyce. *The Lasting Influence of the War on Postwar British Film*［M］. New York：Palgrave Macmillan，2012：165.

良可怜的弱者等，都或多或少地在影片中得以呈现。影片中的尼古拉斯·尼克尔贝凭借他的平凡，为战后英国树立了关于狄更斯的世俗的人道主义中所宣扬的伦理与正义的典范。①

1952 年首映的电影《匹克威克外传》在开头之处借鉴了 1912 年 J. 塞尔·道利执导的影片《匹克威克先生的窘境》，内容以一群中产阶级绅士组成的俱乐部——包括匹克威克先生和他的同伴们——在英格兰各地探险旅途中所发生的误会与种种有趣的事情为主。与小说那种漫画喜剧故事风格不同的是，郎格兰力图再现狄更斯心目中理想化的现代生活。为此，影片的导演和编剧通过有意识地缩减故事内容来改变小说原有的流浪汉小说风格类型，尤其是在文克尔与金格尔交恶的情节开始和会员们第二次出发的旅程中，被删减的内容大大增加，最后除了故事主线部分，电影与小说相比实际上差别很大。但在删减过程中，郎格兰的构思和改造却越来越接近小说家最初的想法，即以简短的方式、幽默的笔调描写灰色视阈，表达对社会问题的关注，这使他的作品更趋近于维多利亚风格的现实主义。

稍早时候，《匹克威克外传》的出品方英国乔治·明特制作公司（George Minter Productions）还推出了由布赖恩·德斯蒙德·赫斯特执导的《圣诞颂歌》（1951），同样获得了巨大成功。相比 1935 年亨利·爱德华兹（Henry Edwards）导演的英国电影《守财奴》（*Scrooge*）和 1938 年米高梅出品、由埃德温·L. 马林（Edwin L. Marin）执导的《圣诞颂歌》，这部战后电影与战前的电影相比更为奢华，视觉上更令人兴奋，色调更暗②，因此也更受观众喜爱。在摄影技术方面，这部英国影片借鉴了来自大卫·里恩影片的技巧，依靠对比鲜明的光线和阴影来营造气氛。但却没有吸收大卫·里恩电影中对于孤儿的那种怜悯心，因而在影片中有一种不

① Michael W. Boyce. The Lasting Influence of the War on Postwar British Film ［M］. New York: Palgrave Macmillan, 2012: 169.

② 同上，2012: 144.

寻常的黑暗，无论是在情绪上还是在灯光上。在赫斯特的执导下，伦敦这座城市和史克鲁奇一样冷酷无情，成为一种黑暗而不适宜居住的环境。正是在这种异乎寻常的黑暗与充满恐惧的世界里，电影暗示了人们对战后局势的这种犹豫不决的希望，即为了向前迈进，成人和儿童都必须试图相互理解和相互联系。①

从 20 世纪 50 年代到 60 年代，根据狄更斯小说改编电影的主导地位逐渐被电视剧取而代之。电视电影、电视系列片、电视连续剧，各种形式逐渐开始丰富起来，较早的有英国广播公司（BBC）1952—1953 年拍摄的 7 集电视连续剧《匹克威克外传》（*The Pickwick Papers*），1953 年约翰·鲁斯特制作公司（John Rust Productions）制作、美国广播公司（ABC）发行的"ABC 专辑"（ABC Album）中的电视剧《双城记》（上下集），1953 年美国全国广播公司（NBC）卡夫电视剧场（Kraft Television Theatre）第一季中的《圣诞颂歌》（*A Christmas Carol*），1954 年美国海王星制作公司（Neptune Productions）"罗伯特·蒙哥马利出品"（Robert Montgomery Presents）中的《远大前程》（上下集）和《大卫·科波菲尔》（上下集）等作品。此后英国广播公司（BBC）在 1956—1969 年间先后拍摄了数量众多、令人眼花缭乱的狄更斯小说改编的电视连续剧，包括《大卫·科波菲尔》（13 集，1956）、《双城记》（8 集，1957）、《尼古拉斯·尼克尔贝》（10 集，1957）、《我们共同的朋友》（*Our Mutual Friend*，12 集，1958—1959）、《远大前程》（13 集，1959）、《荒凉山庄》（*Bleak House*，11 集，1959）、《巴纳比·鲁奇》（*Barnaby Rudge*，13 集，1960）、《奥利弗·退斯特》（*Oliver Twist*，13 集，1962）、《老古玩店》（*The Old Curiosity Shop*，13 集，1962—1963）、《马丁·朱述尔维特》（*Martin Chuzzlewit*，13 集，1964）、《双城记》（10 集，1965）、《大卫·科波菲尔》（13 集，

---

① Michael W. Boyce. *The Lasting Influence of the War on Postwar British Film* [M]. New York：Palgrave Macmillan，2012：174.

1965—1966）、《远大前程》（10 集，1967）、《尼古拉斯·尼克尔贝》（13
集，1968）、《董贝父子》（*Dombey and Son*，13 集，1969）等作品。此外，
意大利广播公司（RAI）先后在 1959 年和 1965—1966 年拍摄了 6 集电视
连续剧《尼古拉斯·尼克尔贝》（*Le avventure di Nicola Nickleby*）和 8
集电视连续剧《大卫·科波菲尔》（*David Copperfield*）。

　　在 20 世纪 50 年代中后期到 60 年代的电影创作中，1958 年拉尔夫·
托马斯（Ralph Thomas）导演的《双城记》、1958 年香港中联电影企业有
限公司根据小说《远大前程》改编摄制的电影《孤星血泪》和 1968 年卡罗
尔·里德（Carol Reed）的影片《奥利弗》（*Oliver*！）等作品都各具特色，
其中《奥利弗》获得了第 41 届奥斯卡最佳影片、最佳导演、最佳艺术指导
—布景、最佳音响、最佳配乐（音乐类）5 项大奖。

　　由罗慕路斯电影公司（Romulus Films）和英国华威电影制片公司
（Warwick Film Productions）联合出品的《奥利弗》是对"英国现代音乐
剧之父"莱昂内尔·巴特（Lionel Bart）同名音乐剧的电影改编，也是根
据狄更斯小说《奥利弗·退斯特》改编的第一部彩色影片，它与其他各种
版本的《奥利弗·退斯特》改编电影相比，由于经过了音乐剧这一特殊艺
术形式的过滤，影片呈现出与众不同的欣赏效果。拥有"无可挑剔的音
乐"① 是这部音乐电影最大的亮点，为了确保影片中这些歌曲的好莱坞风
格，编剧约翰尼·格林（Johnny Green）被聘为音乐导演。在他的帮助下，
里德能够将这些歌曲包装得最具戏剧性效果②，在电影前半部分的《食物，
绝妙的食物》（*Food，Glorious Food*）、《想想你自己》（*Consider Yourself*）
等音乐插曲中，里德融合了歌曲和故事，将小说中的情节对话转变为舞蹈
与音乐，极为流畅。而其他歌曲如《谁会来买》（*Who Will Buy*？）、《这就

　　① Robert F. Moss. *The Films of Carolrrrd*［M］. Houndmills ： The Macmillan Press ltd，
1987：250.

　　② 同上，1987：251.

是生活》(*It's a Fine Life*)、《谁来爱我》(*Where Is Love*)、《扒一两个口袋》(*Pick a Pocket or Two*)、《我能做任何事》(*I'd Do Anything*)、《平安回家》(*Be Back Soon*)、《认真考虑我的处境》(*Reviewing the Situation*)等，有的是狄更斯经典文字的转换，有的唤起人们对贫富良知的关注，有的则流露出独特的幽默感。在人物塑造方面，马克·莱斯特（Mark Lester）饰演的奥利弗天真无邪的气质与自始至终未被犯罪行为沾染的形象相得益彰，在地牢中，他以孤独恐惧的情感演唱思念母亲的歌曲，深深打动了观众的心；朗·穆迪（Ron Moody）饰演的费金在保留邪恶、狡猾和能干的性格特点之外增添了各种流氓特质。卡罗尔·里德为了弥补音乐剧中舞蹈内容偏少的现象，在影片中增加了大量舞蹈内容，呈现给观众的是一出情节跌宕起伏、激动人心的歌舞片。凭借着《奥利弗》这部影片，卡罗尔·里德似乎重新获得了在电影界的地位，但实际上这种印象是错误的——正如他后来的电影所展示的那样。① 但不可否认的是，《奥利弗》这部电影的成功让好莱坞重新认识了卡罗尔·里德的影响力和价值。

　　20 世纪 60 年代之后，对狄更斯小说的影视改编越来越多呈现出现代化的倾向，首先是根据狄更斯小说改编的动画电影大量出现。最早的由狄更斯小说改编的动画电影是 1971 年理查德·威廉姆斯拍摄的时长 25 分钟的短片《圣诞颂歌》，它最初是一部电视电影，后来进入院线放映，并获得了 1972 年奥斯卡最佳动画短片奖。影片由迈克尔·霍登（Michael Hordern）给鬼魂配音，阿拉斯特·西姆（Alastair Sim）给斯克鲁奇配音，迈克尔·雷德格雷夫（Michael Redgrave）担任旁白，再现了他们在 1951 年真人版电影《圣诞颂歌》及 1967 年电视电影《狄更斯先生的伦敦》(*Mr. Dickens of London*)中的经典表演。影片充分运用了平移定场镜头和桥接技术，黑暗基调与阴森的画面赋予影片更为逼真的 19 世纪背景。导

---

① Robert F. Moss. The Films of Carol Reed [M]. Houndmills：The Macmillan Press Ltd, 1987：253.

演威廉姆斯（Richard Williams）在背景设计上受到狄更斯原作中约翰·里奇绘制的插图以及 20 世纪 30 年代的米罗·温特的插图风格影响；在部分人物设计上受到 1970 年罗纳德·尼姆（Ronald Neame）执导的歌舞片《小气财神》（Scrooge）的影响，粗糙而悲观的色调充分展示威廉姆斯拍摄一个"圣诞节的鬼故事"的初衷。这一部动画短片在所有狄更斯作品改编的动画作品中是最具有影响力的一部，对 2009 年由罗伯特·泽米吉斯（Robert Zemeckis）执导的《圣诞颂歌》（A Christmas Carol）影响极大。

　　在 20 世纪最后 30 年的世界影坛，根据狄更斯作品改编的电影数量并不多，但依然出现了《信号员》（The Signalman，1976）、《小杜丽》（Little Dorrit，英国，1987）、《回到过去》（scrooged，或译为《孤寒财主》，美国，1988）、《艰难时世》（Tempos Difíceis，葡萄牙/英国，1988）、《烈爱风云》（Great Expectations，美国，1998）等精彩作品。动画电影则有 1984 年华威·吉尔伯特（Warwick Gilbert）拍摄的《天涯稚情》（The Old Curiosity Shop）、1984 年澳大利亚动画片《老古玩店》（The Old Curiosity Shop）、1988 年罗德·斯克莱纳（Rod Scribner）拍摄的由迪士尼公司出品的《奥丽华历险记》（Oliver & Company）、1992 年由布赖恩·汉森（Brian Henson）执导的《圣诞颂歌》（The Muppet Christmas Carol）、1998 年由保罗·萨伯拉（Paul Sabella）拍摄的《狗的圣诞颂歌》（An All Dogs Christmas Carol）等。而在电视剧方面，从 20 世纪 80 年代后期开始，由澳大利亚广播公司（Australian Broadcasting Corporation，ABC）和英国赫姆达尔电影公司（Hemdale）合拍的电视电影《远大前程：还没有说完的故事》（Great Expectations：The Untold Story，1987），由英国广播公司出品的 6 集电视连续剧《马丁·朱述尔维特》（1994）、4 集电视连续剧《我们共同的朋友》（1998）、电视电影《远大前程》（1999），外交官电影公司（Diplomat Films）和英国 HTV 出品的 4 集电视连续剧《雾都孤儿》（1999）都给观众留下了深刻印象。

1976 年，英国广播公司拍摄了一部根据查尔斯·狄更斯同名短篇小说改编的短片《信号员》，讲述一个孤独的信号员被出现在铁路隧道口的"鬼影"所困扰，但"鬼影"的出现是对即将发生的灾难的警告。作为"圣诞鬼魂故事"系列中最好的作品之一，影片传递了主人公精神状态的恍惚与孤独感。

电影《回到过去》是小说《圣诞颂歌》最好的现代改编版本之一，编剧米奇·格雷泽（Mitch Glazer）将斯克鲁奇故事搬到了当代美国社会，加上了电视台演出《圣诞颂歌》的背景和热闹非凡的特技镜头，使之成为一部忠实于原著又具有现代效果的喜剧作品。比尔·默瑞（Bill Murray）在片中饰演冷酷无情的 IBC 电视网总裁弗兰克·克洛斯，斯克鲁奇人物形象也被赋予更新的含义：圣诞节对弗兰克而言只是提高节目收视率的手段，他对下属冷酷无情，对周围需要帮助的人漠不关心。而他自己，也存在着工作上的麻烦。在影片中，弗兰克·克洛斯的心理探索源于狄更斯小说中的自我孤立和精神疏离。但这个斯克鲁奇并不像原著中那样显得孤僻和吝啬，而是更加愤怒和暴力。在将克罗斯的愤怒和暴力突出强化之后，《回到过去》以一个引人注目的当代道德寓言重构了狄更斯的故事。[①] 导演理查德·唐纳（Richard Donner）的演绎手法虽然夸张，但高超的特技和男主角的精彩演出仍然吸引了大批观众。比尔·默瑞在影片中诠释了弗兰克这个悲惨的可怜虫形象，借助于他所擅长的夸张喜剧表演，弗兰克成为完美的 20 世纪守财奴形象。

《烈爱风云》（*Great Expectations*，1998）由阿特·林森制作公司（Art Linson Productions）和 20 世纪福克斯公司（Twentieth Century Fox）联合出品，是编剧米奇·格雷泽继《回到过去》之后又一次把狄更斯小说改编成现代风格影片的尝试。与大卫·里恩在 1946 年的电影相比，

---

① Murray Baumgarten. Dickens on Screen [M]. Cambridge: Cambridge University Press, 2003. 62.

这部由阿方索·卡隆（Alfonso Cuarón）执导的电影作品难免会让喜欢读原著的观众失望，但《烈爱风云》提供了更为真实有趣的现代经典版本，在影片中，狄更斯小说的故事和主题依然存在，但对于那些不熟悉原文的观众来说，这部讲述现代寓言的电影所呈现的现代爱情故事类型，已经摆脱了原著的束缚，成为彻头彻尾的两个小时现代版《远大前程》。在更真实的生活场景中，电影《烈爱风云》似乎暗示着一个很特别的主题：即一个属于年轻人的时代的到来。

在狄更斯的小说中，《奥利弗·退斯特》这部小说似乎有一种魔力，吸引着一代又一代的导演对它进行影视改编，即使在出现了大卫·里恩、卡罗尔·里德的伟大改编版本之后依然如此。只不过越来越多的导演会将小说故事移植到现代社会中来，强调这种灾难与不幸的普遍性，如 1996 年塞思·迈克尔·唐星（Seth Michael Donsky）的处女作《迷途》（*Twisted*）、2003 年明显受《迷途》影响的由加拿大导演雅各布·提尔尼（Jacob Tierney）执导的《多伦多街童》（*Twist*）和 2004 年南非导演蒂莫西·格林（Timothy Greene）的《名为退斯特的男孩》（*Boy called Twist*），就分别选择现代的纽约、多伦多和开普敦三座城市作为故事发生的地点，展现这些现代都市的地下生活状态。2005 年，72 岁的罗曼·波兰斯基（Roman Polanski）基于"想为他的孩子们拍一部电影"的想法选择了《雾都孤儿》来进行电影改编。在他看来，《雾都孤儿》这一类 19 世纪英国文学作品就像《德伯家的苔丝》一样"充满了改变角色们命运的平常事件"，这些也是跟他个人经历有所共鸣的情节。[1] 通过这部影片的准备和拍摄，波兰斯基深入研究这个孤儿的故事，仿佛又回到了童年时代，与他之前的电影不同的是，《雾都孤儿》增添了多愁善感、赚人眼泪或是"逃避现

---

① 克里斯托弗·桑德福. 波兰斯基传 [M]. 晏向阳，译. 南京：南京大学出版社，2012：423.

实"① 的成分。《雾都孤儿》中奥利弗生活的许多元素都与波兰斯基的童年有关。就像奥利弗在济贫院里工作一样，波兰斯基也在一家工厂工作。在战争期间和战争结束后的几年里，波兰斯基一直过着孤儿般的生活，他确信自己能理解奥利弗的性格，②"你记得奥利弗曾长途跋涉到伦敦去吗？我在他那么大的时候也曾经这么走过长长的距离"，他说，还接着补充说他永远也不会忘记"走得血淋淋的"双脚，还有那饥肠辘辘的感觉。这个 10 岁的战争幸存者靠着"煮野菜，偶尔几滴牛奶活了下来"。③ 编剧罗纳德·哈伍德（Ronald Harwood）对小说《雾都孤儿》剧本进行重构，进行了情节的增删和改动，为了使情节叙述结构完整，情节更连贯，电影还借鉴了以往《奥利弗·退斯特》电影各版本（譬如大卫·里恩的版本）的某些场景或情节设计。影片准确再现了维多利亚时代伦敦这座城市以及城市中居民们的生活，阴暗的后巷和城市的主干道一样拥挤，城市生活的大部分活动就在这里悄悄发生。在制作《雾都孤儿》这部作品的同时，波兰斯基重温了自己的童年，用影片中费金饰演者本·金斯利（Ben Kingsley）的话来说，就是希望能够"用他可怕的痛苦来治愈他人"④。

　　在 21 世纪初期，除了《雾都孤儿》与《圣诞颂歌》，《尼古拉斯·尼克尔贝》也在 2002 年迎来了由道格拉斯·麦克格兰斯（Douglas McGrath）导演的英美合拍全新电影版本。相比之下，最受改编者青睐的无疑是《远大前程》，至少出现了五个不同的电影电视版本，包括当代观众最熟悉的由英国导演迈克·内威尔（Mike Newell）于 2012 年拍摄的《远大前程》，

---

①　克里斯托弗·桑德福. 波兰斯基传 ［M］. 晏向阳，译. 南京：南京大学出版社，2012：8.

②　Julia Ain-Krupa. *Roman Polanski：a life in exile* ［M］. California. ABC-CLIO, LLC. 2010：153.

③　克里斯托弗·桑德福. 波兰斯基传 ［M］. 晏向阳，译. 南京：南京大学出版社，2012：423.

④　Julia Ain-Krupa. *Roman Polanski：a life in exile* ［M］. California：ABC-CLIO, LLC. 2010：155.

根据在西区沃德维尔剧院演出内容拍摄的戏剧电影《远大前程》（2013）和印度导演阿皮谢克·卡普尔（Abhishek Kapoor）的现代改编版本《远大前程》（*Fitoor*，2016）等。在动画电影方面，由罗伯特·泽米吉斯执导，金·凯瑞（Jim Carrey）在影片中一人分饰四角的《圣诞颂歌》是2009年圣诞节电影的一大亮点，影片通过表情捕捉技术模糊了真人秀与动画之间的界限，同时出色地渲染了故事的诡异气氛。

近年来，根据狄更斯作品改编的电影数量有增无减，比较具有代表性的作品包括2017年由爱尔兰与加拿大合拍、根据《圣诞颂歌》改编创作而成的传记影片《圣诞发明家》（*The Man Who Invented Christmas*），2018年的英国电影《圣诞颂歌》（*A Christmas Carol*），2019年由英美合拍的《大卫·科波菲尔的个人史》（*The Personal History of David Copperfiel*）等。相比之下，以英国为代表的电视剧制作方面的精品则有约克郡电视台（Yorkshire Television，YTV）2001年根据《大卫·科波菲尔》改编的4集电视连续剧《密考博一家》（*Micawber*），由英国广播公司出品的15集电视连续剧《荒凉山庄》（2005—2006）、14集电视连续剧《小杜丽》（2008—2009）、3集电视连续剧《远大前程》（2011）等，均收获了不少好评。2012年，为纪念狄更斯200周年诞辰，英国广播公司于当年1月推出2集电视剧《德鲁德疑案》、11月推出5集电视连续剧《尼古拉斯·尼克尔贝》，为系列纪念活动增色不少。值得一提的是，英国广播公司长期翻拍各种欧洲文学名著，有关狄更斯的电视剧大多出自这家经典制作公司。近年来，英国广播公司在电视剧改编方面创新不断，故事情节越来越不拘泥于原作的设定，而往往会进行大刀阔斧的改编。2015年12月开始，英国广播公司的20集电视连续剧《狄更斯时代》（*Dickensian*）以全新的"拼凑"方式将狄更斯《老古玩店》《远大前程》《圣诞颂歌》《雾都孤儿》《荒凉山庄》等作品中的人物聚集在19世纪的伦敦，选取了他们可能产生交汇的时间和事件，既不完全脱离原著，又仿佛重新虚构了狄更斯笔下维多利亚时代的社会生活，是狄更斯文学作品影视改编过程中极具里程碑意义的尝试。2019 年圣诞节前夕，由英国广播公司电视一台官方网站（Official BBC One Website）和美国 FX 电视台官方电视网（Official FX TV Website）合作拍摄的电视连续剧《圣诞颂歌》（*A Christmas Carol*，3 集）开始首播，继续着这部狄更斯小说在影视方面长盛不衰的辉煌。

　　作为 19 世纪现实主义文学史上最伟大的小说家之一，狄更斯的作品和根据作品改编的影视文本深受人们喜爱。

　　　　正像电影那样，这些小说也促使读者在生活中充满如此强烈的热情，也号召读者要从善如流，富于同情心，疾恶如仇，也号召人们摆脱枯燥乏味而庸碌平凡的生活，转入不平凡的、富于幻想色彩的境界，同时这种不平凡的事物看来又是蕴含在平凡生活中的。

　　　　平淡无奇的日常生活在小说篇页的映照下，开始显出浪漫主义的色彩，而在日常生活中感到枯燥乏味的人们也就对作者感激备至，因为他把他们描绘成为带有浪漫主义色彩的人物了。

　　　　由此产生了对狄更斯小说的迷恋，正如人们今天对电影的迷恋那样。由此获得了他的小说的家喻户晓的成就。①

---

　　① 爱森斯坦. 狄更斯、格里菲斯和我们［M］. 魏边实，伍菡卿，黄定语，译. 爱森斯坦论文选集. 北京：中国电影出版社，1962：220-221.

第二节　《远大前程》：伟大的期望伟大的改编

　　尽管狄更斯在创作的晚期力图改变自己的行文风格，但他在小说《远大前程》（*Great Expectations*，1861）中似乎没有能够做到。与《双城记》（*A Tale of Two Cities*，1859）相比，小说《远大前程》突然从恢宏的历史画面跌落，给人一种回归到早期作品的感觉，作品中自传体与浪漫传奇相结合的手法上是对《大卫·科波菲尔》（*David Copperfield*，1850）的延续，当然也迎合了那些习惯狄更斯小说的读者的感受。但是，狄更斯在模仿自身早期作品的同时，给作品增添了阴郁的色彩，并尝试着将这一点与他对维多利亚时代的看法联系起来。这部作品独特的情节与深刻的主题会给读者留下深刻印象，也使得解读呈现出多种可能性。1946 年，年轻的英国导演大卫·里恩与狄更斯这部作品相遇，他在将这部作品搬上银幕时，刻意回退到对于一种旧有形式的更为复杂和精致的看法之中，把对维多利亚时代的怀旧看成是自己的主题，并开启了这一艺术风潮。《孤星血泪》（*Great Expectations*，1946）至今仍被看成是英国电影史上的最佳影片之一，也为所有文学作品改编电影树立了一个难于逾越的范本。

　　小说《远大前程》的标题可以理解为"伟大的期望"，"前程"这个词既意味着遗产也意味着期待，它所隐含的反讽意味凸显出狄更斯对时代的深刻认识——矛盾、渺茫和毫无意义，作品本身则充满了诸多在维多利亚时代无法实现的愿望和无法得到预期财产的失望情绪。在表达方式上，小说《远大前程》不像《双城记》"那样缺乏幽默"，而是变得"诙谐可笑"①，这一手法在这部小说中成了感悟社会的特殊形式，也成了缓和人生

————————

　　① 埃德加·约翰逊. 狄更斯——他的悲剧与胜利 [M]. 林筠因，石幼珊，译. 天津：天津人民出版社，1992：642.

困境的武器。

　　狄更斯作品"不可抗拒的魅力不仅在于主人公童年时代所经历的种种凄恻动人的波折，而且在于叙述手法上的天真的孩子气"①。与《大卫·科波菲尔》一样，《远大前程》这部小说自始至终用第一人称叙述，开头几章讲的是主人公匹普的童年经历，这种技巧使狄更斯可以自由地借助回忆的方式来进行创作。因此，电影《孤星血泪》一开始就借鉴了狄更斯原著：叙述者自觉地开始了对往事的回忆，通过匹普这个角色允许他以画外音形式来进行表达，而不是戏剧化地去叙述②。小说《远大前程》虽然是用自传体写的，主人公匹普却不是惟妙惟肖的狄更斯画像，如大卫那样。③在小说的前半部分，狄更斯借助童年匹普的视角，将他的不幸遭遇和成人世界的荒唐滑稽加以刻画，部分情节的编造是狄更斯对幼年时代的耻辱和悲哀的挖掘。在文学史上，像狄更斯那样在创作心理上如此依恋童年的情感与经历的作家是少有的④，但与《大卫·科波菲尔》不一样的是，这部小说在揭示维多利亚时代英国社会方面比狄更斯之前的作品更具深度和超越性。大卫·里恩谈到自己的影片时，说他的目的是要创造出一幅富于狄更斯特色的带有夸张色彩的图画⑤。可以说，影片《孤星血泪》不仅记录着真实的维多利亚时代，而且也把小说《远大前程》变成了一个独特而丰富的影像文本。

　　小说《远大前程》结构相对简单，主要情节和次要情节交织在一起，

　　① 爱森斯坦. 狄更斯、格里菲斯和我们［M］. 爱森斯坦论文选集. 魏边实，伍菡卿，黄定语，译. 北京：中国电影出版社，1962：216.

　　② Gene D. Phillips. *Beyond The Epic The Life & Films of David Lean*［M］. Lexington：The University Press of Kentucky，2006：105-106.

　　③ 埃德加·约翰逊. 狄更斯——他的悲剧与胜利［M］. 林筠因，石幼珊，译. 天津：天津人民出版社，1992：642.

　　④ 蒋承勇. 十九世纪现实主义文学的现代阐释［M］. 北京：中国社会科学出版社，2010：225.

　　⑤ A. R. 富尔顿. 从《伟大的期望》到《孤星血泪》［M］. 电影改编理论问题. 沈善，译. 北京：中国电影出版社，1988：489.

形成一个相对紧凑的整体。作者在情节和出场人物的安排上比较多地利用了戏剧性效果，这在一定程度上也缩减了小说的长度。相对于小说，电影《孤星血泪》的情节更为简单，以一种更为精巧的方式再现了原著的主题和人物性格。大卫·里恩在电影中保留了匹普活动的主线：这个父母双亡的孩子与姐姐及姐夫铁匠乔·葛吉瑞之间的微妙关系、他与郝薇香小姐及其养女艾丝黛拉之间的最初接触、匿名恩人的出现改变了匹普的命运、在伦敦匹普的蜕变、马格威契的归来与真相大白、艾丝黛拉的再次出现及其与匹普和蛛穆尔之间的联系、马格威契与康佩生的恩怨了断、匹普的最终命运等。在电影改编的过程中，小说的主要和次要情节得到了很好的协调，在大卫·里恩看来，把小说改编成电影时，"不要试图把书中的每一个场景都涉及上一星半点"，而应该"从小说中选出你想表现出来的东西，并使之增色。如有必要的话，删去不必要的角色；不要每一个角色都保留，又在每一个角色的塑造上都是浅尝辄止"[1]。电影《孤星血泪》是大卫·里恩改编理论的最佳实践，既然关于中心人物匹普和他的"远大前程"是作品的主线，那么其余的复杂情节和人物也就没有必要在电影中出现，于是原著小说中的胡波夫妇、朴凯特一家、克拉辣小姐、史琪芬小姐、奥立克等人在电影情节编排中被删去，而像潘波趣先生、文米克、卡米拉夫妇等人包括匹普姐姐、毕蒂及其活动则被大量缩减。通过对小说大幅度而不失智慧的删减，里恩一劳永逸地证明了，一部内容芜杂的名作的精髓能够为电影改编而提炼出来[2]。

除了对情节和人物进行删减，努力构建紧凑的情节，大卫·里恩在电影中还会通过一些微妙的变化来体现小说氛围。《远大前程》在技巧上的创新之处是将一些次要情节构成一系列相对分离但又极为精巧的片段或插

---

① Gene D. Phillips. *Beyond The Epic The Life & Films of David Lean* [M]. Lexington：The University Press of Kentucky, 2006：105.

② 同上，2006：107.

曲，每个插曲的组成都围绕着一个家庭，而主要情节则围绕着一个主题，即匹普的成长过程，这一主题在大卫·里恩的影片也是最关键的内容。匹普的活动区域主要是在乡村——姐姐和姐夫乔的家、镇上——沙提斯庄屋、城市——伦敦三个地方。其中，城市是悲剧的背景，当匹普涉足伦敦，"他必须改变自己，以服从一种新的个人命运"①，于是堕落、失望接踵而至；而在乡村，乔和毕蒂的家成了他的港湾。因此，城市对匹普的召唤所引发的一系列事件，导致了他对生活的不满足感，并激发了匹普对那些有悖他道德天性的东西的欲望。得意的匹普回乡时，怀着愧疚的心情走进蓝野猪酒店，而不是乔的家，这一行为暗示了匹普的最终悲剧。基于狄更斯小说里有关城市世界与乡村世界的对比，在大卫·里恩的电影中则呈现出一个容易被人忽视的"中心人物"的转变，那就是从贾格斯律师向郝薇香小姐的过渡。贾格斯律师是狄更斯小说中典型的精明律师形象，与《荒凉山庄》（*Bleak House*，1852）中的图金霍恩一样，这个必不可少的人物"往往占据舞台的中心位置"②，他以他的律师身份行走于城市和乡村之间，沙提斯庄屋、三船仙酒家、匹普家、伦敦律师事务所，他似乎无处不在，是连接故事人物的桥梁。值得一提的是，他还是艾丝黛拉身世的重要知情人和蛛穆尔性格特点的代言人。因此，小说在刻画这一人物形象时入木三分。当匹普第一次见到贾格斯时，他觉得"这人身材魁梧，肤色黑得出奇，头又大得出奇，手也大的可观"，"显得那么多疑，叫人看了很不惬意"③。体型上的滑稽感和精明世故的严肃感形成了矛盾的对立。而在匹普的伦敦生活中，他的助手文米克的意义显而易见，文米克实际上是贾格斯的影子，对文米克工作和家庭生活两个截然不同的世界的描述，既是小说中最具喜剧性的夸张内容，也是小说中对于伦敦生活的象征性表达。在

① 理查德·利罕. 文学中的城市——知识与文化的历史［M］. 吴子枫，译. 上海：上海人民出版社，2009：55.

② 同上，2009：50.

③ 狄更斯. 远大前程［M］. 王科一，译. 上海：上海译文出版社，1998：98.

《孤星血泪》中，贾格斯律师和文米克的形象变得相对模糊，只是在故事情节编排中起必要的承接作用。与此同时，大卫·里恩有意加强郝薇香小姐在整部影片中的意义，他让观众退回到沙提斯庄屋，关注这个女子曾经的不幸以及由此衍生出的卑劣的复仇行为。郝薇香小姐在儿童匹普眼中的形象是非常神秘的，"镇上的郝薇香小姐是一位家财豪富、性格冷酷的小姐，独自住一幢阴暗的大房子，窗封门锁，严防盗贼，过着一种与世隔绝的生活"。① 早年在婚恋时的受骗使她将自己封闭在幽暗的房间中，不能见到白昼的阳光，身上穿着婚纱礼服，庄园里的钟表都停留在她得知消息的那一刻，婚宴上陈设的一切，包括结婚蛋糕，从那时起一直摆在桌上发霉，成为老鼠和蜘蛛的美餐。在痛苦的寂寞生活中，郝薇香小姐收养了一个名叫艾丝黛拉的弃儿，并把她培养成自己的复仇工具。郝薇香小姐叫艾丝黛拉充分利用她的天生美貌，让所有为她的美貌神魂颠倒的男人伤心断肠。在小说中，狄更斯有意将庄屋里的荒芜花园描写成连接匹普的乡村生活和伦敦城市生活的重要纽带，郝薇香小姐也成了连接匹普和艾丝黛拉这段恋情的纽带。在大卫·里恩的电影里，贾格斯的作用和地位被弱化时，郝薇香小姐则显得尤为重要，由此所带来的重大改变就是小说和电影在结局上的差异性。

小说《远大前程》的结尾处，狄更斯曾经做过一次重大的改动。按他原来的设想，"故事收尾时匹普将失去了艾丝黛拉"②，虽然艾丝黛拉婚后生活不幸并且失去了自己的丈夫，但之后她选择了再婚，匹普由此"认识到他对她的情爱从来就是狂妄的、没有希望的，他们即使结合也不能一起过幸福的生活"③，当遗产继承、财产获赠都落空了之后，"匹普生命中的

①　狄更斯. 远大前程 [M]. 王科一，译. 上海：上海译文出版社，1998：60.

②③　埃德加·约翰逊. 狄更斯——他的悲剧与胜利 [M]. 林筠因，石幼珊，译. 天津：天津人民出版社，1992：645.

情爱也必然要烟消云散，他所有的'远大前程'也必然成为泡影"①。狄更斯的用意在于抛弃传统小说结尾处的结婚庆典，取而代之以失败和灰色的幻灭的基调。后来，狄更斯在布威尔·利顿（Edward Bulwer-Lytton）的劝说下改写了结尾，"反映出狄更斯内心始终不能放弃的一个难以实现的希望"②。虽然匹普关于他的"远大前程"的幻想最终还是以失望而告终，他失去了将要继承的财产，也险些失去了真正的恩人姐夫乔；在爱情上他遭受了重大挫折，他自以为艾丝黛拉将属于他，因此没有注意到毕蒂的良好品质和对他的感情，结果毕蒂与姐夫乔走到了一起。在小说结尾处，主人公匹普在国外谋生多年后回到英国，偶然来到沙提斯庄屋，这所房屋及其附属建筑在郝薇香小姐死后已经卖掉并已拆除，只留下了花园。意想不到的是，匹普在花园中与艾丝黛拉重逢。原来她之前嫁给了粗暴蛮横的蛛穆尔，但现在已成为寡妇。这一次重逢，匹普"再也看不见憧憧幽影，似乎预示着，我们再也不会分离了"③。改写后，《远大前程》的结尾颇具开放性，虽然不是明确的大团圆结局，但"无疑这样的结局要比他原来所设想的那种阴沉忧郁的收场更为许多读者所接受"④。狄更斯认为这是"极为精彩的一段，深信这故事经过修改将更容易被人接受"⑤。但电影《孤星血泪》的结尾却超越了狄更斯的所有设想，而且表达更为明确，当经历了变故后的匹普再次来到沙提斯庄屋，他发现房屋正在出售，走进花园，耳际回响着当年艾丝黛拉的声音。在郝薇香小姐幽暗的房间中，他惊讶地发现艾丝黛拉呆坐在郝薇香小姐的椅子上，正在重复着她的悲剧。原来蛛穆尔得知艾丝黛拉的身世后，在婚礼即将举行时抛弃了她，艾丝黛拉于是身着结婚礼服把自己幽闭在了这里。匹普在结尾这一幕中成为一名英雄，在大卫·里恩的剧

① 埃德加·约翰逊. 狄更斯——他的悲剧与胜利 [M]. 林筠因，石幼珊，译. 天津：天津人民出版社，1992：645.

②④⑤ 同上，1992：646.

③ 狄更斯. 远大前程 [M]. 王科一，译. 上海：上海译文出版社，1998：587.

本里，他扯下窗幔，让阳光照进阴暗的屋子，拯救了艾丝黛拉①。可以把这一结尾看成是大卫·里恩对狄更斯晚期创作的一种象征性表达：狄更斯以这一部自传体小说延续了自己的早期作品风格，就像艾丝黛拉坐在郝薇香小姐当年的房间椅子上重复着她的悲剧一样，但蛛穆尔已经死去，匹普的出现则不同于当年的康佩生，于是全新的面貌呈现在观众的眼前。从最初小说结尾设想中的失去艾丝黛拉，到充满机会的重逢，再到电影中的牵手，大卫·里恩借助银幕完成了狄更斯在小说中寄寓的所有"期望"。

　　狄更斯是一位具有强烈的社会责任感的作家，他的小说追求一种社会批判与道德教化的效果与作用。② 表面上升平、井然有序的维多利亚时代实际上是"一个充满矛盾的解说和理论的时代，一个充满科学自信心和经济自信心的时代，一个充满社会悲观主义和宗教悲观主义的时代，一个深刻认识到进步的不可避免性并对当代的特性深感忧虑的时代"③。对维多利亚时代的人们来说，出身下层或中下层阶级的人要想能够跨越阶层，只能寄希望于死前馈赠或遗产继承。《远大前程》深入探讨了借他人财富向上爬所带来的伦理和心理上的可怕后果。维多利亚时代的所谓乐观主义时期及其一切"远大前程"中，这些虚幻乐境只会带来灾难，而生活在其中的人们的愚蠢和鲁莽正是冲向灾难的动因。大卫·里恩用电影为《远大前程》增加了浪漫主义的评注，还有强烈的对虚幻色彩的"期望"的关注，非常符合狄更斯小说"既适应生气勃勃和丰富多彩的日常生活的精神，又和英国气质中最平常、最持久的类型协调一致"④ 的特点。

────────────

　　①　Regina Barreca. *David Lean's Great Expectations* [M]. Dickens on Screen. Cambridge：Cambridge University Press，2003：44.

　　②　蒋承勇. 十九世纪现实主义文学的现代阐释 [M]. 北京：中国社会科学出版社，2010：166.

　　③　安德鲁·桑德斯. 牛津简明英国文学史 [M]. 谷启楠，韩加明，高万隆，译. 北京：人民文学出版社，2000：410.

　　④　卡扎明. 理想主义的反应 [C]. 狄更斯评论集. 罗经国，译. 上海：上海译文出版社，1981：109.

狄更斯的小说深受诸如《汤姆·琼斯》（*Tom Jones*，1749）一类英国传统小说的影响，《远大前程》就是以一种轻松诙谐的、容易为读者所接受同时又不失悬念的方式呈现出来的。匹普的一系列遭遇，以及小说在时间中的向后延伸，给人的印象就像是饱经沧桑的老人在讲述时光的流逝一样。在小说中，狄更斯突出了匹普这一人物的浪漫色彩，他是一个真实的人，是那个时代的普通人，拥有"和蔼友好的人性的种种特征"①；影片突出了这一点，更多地赋予他有关责任感与社会道德的内容。观众不仅看到沼泽地里以及在郝薇香小姐庄屋中的大量主观镜头，也能注意到匹普在爱恋场景间的忧心忡忡的面孔、乔来访时匹普的内心挣扎、马格威契出现时的镜头切换，从而真正深入内心理解他的痛苦。

没有一部狄更斯小说改编电影能超过《孤星血泪》与《雾都孤儿》（*Oliver Twist*，1948）这两部 20 世纪 40 年代的电影在电影史上的影响，也无法撼动它们在有关狄更斯小说衍生文本的畅销和好评程度中的重要性②。其中，《孤星血泪》与狄更斯作品的联系造就了里恩导演生涯最辉煌的成就。大卫·里恩掌握了小说的意识核心，使电影具有令人惊异的细致的室内和室外场景，虽然没有完全达到狄更斯小说的高度，也不可能再创造出狄更斯所提供的那些人物和环境的细节，但全都是真实可信的。狄更斯笔下的维多利亚时代的历史，成为英国电影在 20 世纪 40 年代后期的主要题材，其中一个重要原因就是它承载的历史与时代本身有关。在观众们看来，狄更斯笔下的匹普和奥利弗都是为 20 世纪 40 年代末精心挑选的人物：就像战争中数以百万计的英国孩子，他们挣扎于艰难困苦、忍饥挨饿、与家人失散的境地之中；和那些孩子一样，对他们来说，一个全新的

---

① 卡扎明. 理想主义的反应 [C]. 狄更斯评论集. 罗经国，译. 上海：上海译文出版社，1981：109.

② Joss Marsh. *Dickens and film* [C]. The Cambridge Companion to Charles Dickens. Cambridge：Cambridge University Press，2001：211.

世界正在建设之中，他们渴望更繁荣的未来①。这一具有"转变中时代的种种特征"②的共同之处是大卫·里恩走近狄更斯小说的动机之一。显然，电影和小说这两部作品并不是让我们去认同那个时代，而是由敏锐反思的小说与创造性改编的影片以自身的方式将读者与观众凝聚在了一起。

和狄更斯的其他作品一样，《远大前程》多次被改编成电影，《孤星血泪》是继1909年和1917年之后的第三部改编作品，也是大卫·里恩第一次改编狄更斯的小说。当影片于1948年在美国上映时，著名电影评论家詹姆斯·阿吉用"绝对的优美、雅致和智慧，其中某些地方更甚"③这样的言辞给予肯定。《孤星血泪》的制作团队也是近乎完美的，约翰·布莱恩的布景设计和居伊·格林的摄影巧妙地捕捉到了狄更斯笔下伦敦的幽暗恐惧，而里恩则将它们流畅地加以表达④，再加上编剧罗纳德·尼姆的创作，他们在总结狄更斯小说、插图、根据小说改编的舞台剧等一系列素材之后，逐渐形成了电影独特乃至阴郁的风格。大卫·里恩生于1906年，他属于乔治·奥威尔、格雷厄姆·格林、威廉·戈尔丁的那个时代，与狄更斯令人难忘的描绘过的那个世界有一定的距离；大卫·里恩通过富有特色的影片表现的大众社会的历史，在很大程度上与狄更斯所讲述的故事背景并不一致。如果说狄更斯的世界是一个曾经在政治上和经济上逐渐繁荣的昨日世界的话，那么大卫·里恩的世界则更接近于今天的世界。两个不同世界的叠影使得大卫·里恩的这部电影在美学上产生一种突破：从《远大前程》开始，他在自己的一系列文学作品改编电影中追求"既令文学纯粹主

①　Joss Marsh. *Dickens and film* ［C］. The Cambridge Companion to Charles Dickens. Cambridge：Cambridge University Press，2001：211.

②　卡扎明. 理想主义的反应 ［M］. 狄更斯评论集. 罗经国，译. 上海：上海译文出版社，1981：109.

③　Gene D. Phillips. *Beyond The Epic The Life & Films of David Lean* ［M］. Lexington：The University Press of Kentucky，2006：121.

④　Robert Shail. *British Film Directors：A Critical Guide* ［M］. Edinburgh：Edinburgh University Press，2007：130.

义者们满意，又令广大观众满意"①，这与他的早期创作形成明显反差。《孤星血泪》是在当时英国文学作品改编电影繁荣的背景中制作出来的，这一时期的年轻一代导演趋向于一种明显地带有本国性的不排斥社会问题的电影，大卫·里恩在文学名著改编电影的浪潮之中感受到了电影创作的意义，之后延续了这一种方式。

在小说《远大前程》和电影《孤星血泪》中，两位伟大的艺术家通过各自的方式重建了那个过去的世界，它是幻想与历史的巧妙结合，并由具有浪漫色彩的人物支配着整个文本。"狄更斯的世界是一个巨大的世界。他像一个孩子观察一个陌生城市那样地观察着这一个巨大的世界，但他用的是成人的智慧与洞察力"②，从渊源上来说，大卫·里恩的世界是狄更斯世界的变体，由于其出色的团队和丰富的创造力，在电影中再现了19世纪英国社会的风貌，《孤星血泪》最终并不只是一部成功的商业影片，而成了大卫·里恩在黑白影片时代的代表作品。因此，从小说到电影的改编过程，是这两位极富观众读者缘的天才的完美融合，也是一个世纪后的英国人对维多利亚时代的电影想象。

---

① Joss Marsh. *Dickens and film* [M]. The Cambridge Companion to Charles Dickens. Cambridge：Cambridge University Press，2001：211.

② 雷克斯·华纳. 谈狄更斯 [M]. 狄更斯评论集. 罗经国，译. 上海：上海译文出版社，1981：168.

第三节　《雾都孤儿》：感伤传奇与都市主义的银幕再现

　　《奥利弗·退斯特》是年轻小说家狄更斯首次通过小说对社会问题做出探讨，在创作上实现了从滑稽故事到感伤传奇的风格转变，并获得了巨大成功。当小说单行本正式出版的时候，第一次署上了"查尔斯·狄更斯"的名字，标志着他真正"成名"。从价格低廉、页码单薄的期刊到装帧精美、卷册厚重的单行本或是作品集，狄更斯完成了从畅销小说家到经典文学家的转变，他的作品则逐渐深入人心，成为经典。

　　狄更斯的小说富于想象力，许多创作手法走在了时代前列。自1895年电影诞生以来，狄更斯的小说激发了电影导演和编剧的创作灵感，由它所衍生出的影视作品层出不穷。通过改编电影来重温狄更斯作品，或者深入感受长篇小说的魅力，是今天人们重读经典的习见做法。在狄更斯众多作品中，像《奥利弗·退斯特》《圣诞颂歌》等都因其反映了维多利亚时代英国城市生活一些重要方面的特质而备受电影厂商青睐，均先后20多次被改编成各类电影电视剧。其中，英国导演大卫·里恩在20世纪40年代摄制完成的《雾都孤儿》（即《奥利弗·退斯特》，1948）在狄更斯小说改编电影史上意义重大，这部影片虽然因犹太人问题被看成是"一部有争议的电影杰作"①，但却以"尊重狄更斯文本固有的电影特性"②的经典形式再现了狄更斯小说创作给予电影的启示。

一

　　从18世纪60年代开始到19世纪中期的英国工业革命带来的是巨大的

---

①②　乔斯·马什. 狄更斯与电影［M］. 狄更斯研究文集. 南京：译林出版社，2014：303-318.

社会变革，作为小说家和维多利亚时代都市文化的核心人物，狄更斯通过自己的创作把英国历史上最辉煌的一段时期记录了下来："工业革命"之后的社会进程、自由资本主义时代的到来、贪婪和野心的萌发、道德与爱、忠诚以及自我牺牲精神与时代发展的矛盾冲突、穷人们在社会中遭受的欺凌和压迫等。

　　因《博兹特写集》和《匹克威克外传》在伦敦广受欢迎，狄更斯尝试在1837年初为《本特利杂录》创作连载小说《奥利弗·退斯特》。"在这本书里，他大胆地舍弃了那种欢快的笔调，不再用那种保险使整个英国在他幽默而快乐的故事中发出一阵阵大笑声的写法，转而对新的济贫法做出严厉的谴责，把伦敦的罪恶渊薮黑暗凄惨、阴森可怕的贫民窟活生生地描画了出来。"① 这部作品在连载之初呈现出多种不确定性，但很快便有了一大批喜爱它的读者，尤其是奥利弗在饥饿的绝望中，走到济贫院里身穿厨师制服的大师傅面前，说出那句"对不起，先生，我还要一点儿"② 时。在狄更斯看来，1834年的济贫法对穷人限制条件之苛刻，无异于把贫穷和乞讨当作犯罪，其结果必然产生真正的犯罪与更加糟糕的社会现象。小说中的主人公被牧师助理邦布尔先生依字母顺序命名为"退斯特"，实际上包含了"食量、胃口之大"和"被处以吊刑"两个较为晦暗的含义③，正是对狄更斯小说主题的高度浓缩。

　　小说《奥利弗·退斯特》是关于同名主人公年轻时不幸遭遇和他的身世之谜被解开的感伤传奇。作为狄更斯笔下最早的儿童，也是经历最曲折的人物形象，小说用了七章来展现孤儿奥利弗的早期经历，之后伦敦社会

---

　　① 埃德加·约翰逊. 狄更斯——他的悲剧与胜利 [M]. 林筠因，石幼珊，译. 天津：天津人民出版社，1992：157.

　　② 查尔斯·狄更斯. 奥利弗·特威斯特（《狄更斯全集》第2卷）[M]. 黄水乞，译. 杭州：浙江工商大学出版社，2012：11.

　　③ 罗勃·道格拉斯-菲尔赫斯特. 青年狄更斯——伟大小说家的诞生 [M]. 林婉婷，麦慧芬，陈逸轩，译. 台北：商周出版社，2014：321.

成了主人公活动的背景，小说创作直接唤起了狄更斯的自我意识和对往事的感触，从而能将自己想象世界中的所有资源倾注其中①。通过奥利弗飘忽不定的"家"（济贫院、索尔贝里家、费金贼窝等）的感觉，狄更斯以一种同情者的辞藻传达出一种关于堕落和衰败的生命感觉，从而迫使读者去关注那些在当时社会中缺乏能力保护自身的人正面临的威胁和不公正。

《雾都孤儿》这部电影如同小说一样，其巨大成就在于富于说服力地把狄更斯时代英国社会的不平等现象形象化了，② 影片于 1948 年首次上映，之前，大卫·里恩刚刚完成了根据狄更斯小说改编的作品《孤星血泪》。这两部影片是在"二战"后文学作品改编电影高潮这一背景下拍摄的，这一高潮是在战时人们贪婪地阅读经典尤其是阅读狄更斯作品的刺激下形成的③，以这两部狄更斯小说改编电影为代表，大卫·里恩的前期创作集中在一种属于伦敦社会生活的怀旧，以及有关年轻人在此环境中成长这样的主题之上，这也是英国电影在 20 世纪 40 年代后期的主要题材，其中一个重要原因就是它承载的历史与时代本身有关。在观众们看来，狄更斯笔下的匹普和奥利弗是为 20 世纪 40 年代末精心挑选的人物：他们在贫困、饥饿、远离家庭中挣扎，就像战争期间千千万万的英国儿童，他们渴望一个成功的未来，就像正为之建设一个崭新的社会的英国儿童④。大卫·里恩这两部电影以其阴郁的风格及带有表现主义倾向的布景，开创了其导演事业的第一个辉煌阶段，充分展示其作为新一代导演的才华，是关于那个时代何为贫穷的冷酷现实研究。与《孤星血泪》相比，《雾都孤儿》更黑暗也更悲观，它展现了一个关于社会丑恶的肮脏的故事，包括贫困的

①　彼得·阿克罗伊德. 狄更斯传 [M]. 包雨苗，译. 北京：北京师范大学出版社，2015：85.

②　A. L. 扎姆布兰诺. 狄更斯和电影 [J]. 世界电影. 1982（2）：45-70.

③④　乔斯·马什. 狄更斯与电影 [M]. 狄更斯研究文集. 南京：译林出版社，2014：303-318.

孩子们、肮脏的济贫院，还有猖獗的犯罪。① 狄更斯风格的紧张情节最终在里恩手中转变为令人震悚的灾难和不幸，② 阴郁的情调不可避免地弥漫于电影中，绞刑架的阴影似乎无处不在。

二

因为小说《奥利弗·退斯特》最初是以连载小说的形式登载在期刊上的，因此章节的转换都是情节紧张之时，但奥利弗的经历不再是一系列小故事的串联，而是一个完整集中的人生经历的描述。③ 在大卫·里恩构思《雾都孤儿》这部电影时，他首先以场景接场景的方式来对狄更斯小说进行初步改编。他准确找到他想放在剧本里的关键情节，对每一部分都做简要概括并确定其核心。④ 例如小说开头描写了奥利弗的出世，让读者进入一个被不幸笼罩的阴暗世界中。电影在改编时利用光影手段，直到奥利弗母亲去世为止，都是阴暗色调的呈现，随着窗帘拉开，阳光照射进屋，奥利弗的"光明"人生才真正拉开帷幕。"奥利弗一个劲儿地哭着。倘若他知道自己是个孤儿，将任凭教会执事和济贫助理摆布，也许会哭得更起劲。"⑤ 大卫·里恩甚至借用狄更斯小说原话对这一场景及其相关的济贫院进行讽刺和无情揭露，画外音的讲述在此产生了令人满意的效果。而对于这部小说，至少是前半部分最著名的、最难以忘怀的片段，即奥利弗要求再来一点稀粥的一幕处理上，影片《雾都孤儿》利用摄影机从下方拍摄主

---

① Gene D. Phillips. *Beyond The Epic The Life & Films of David Lean* [M]. Lexington: The University Press of Kentucky, 2006: 123-140.

② 米西尔·斯特莱格. 大卫·里恩的成功之路 [M]. 风格的影像世界: 欧美现代电影作者研究. 北京: 中国电影出版社, 2006: 3-16.

③ 蒋承勇. 十九世纪现实主义文学的现代阐释 [M]. 北京: 中国社会科学出版社, 2010: 163.

④ Gene D. Phillips. *Beyond The Epic The Life & Films of David Lean* [M]. Lexington: The University Press of Kentucky, 2006: 123-140.

⑤ 查尔斯·狄更斯. 奥利弗·特威斯特（《狄更斯全集》第2卷）[M]. 黄水乞, 译. 杭州: 浙江工商大学出版社, 2012: 3.

管，使得他看起来是高高地站立在奥利弗面前的。"对不起，先生，我还要一点儿"，在奥利弗铤而走险的请求声中，里恩巧妙地剪接了大师傅、曼太太、牧师助理、董事会成员这四个人物的快速镜头，"什么?!"每个人都以惊愕的脸庞表达了态度。里恩采用这种简短的剪辑来暗示奥利弗希望添加食物的请求使济贫院及教区职员所产生的反应，表现出他尽量采用电影化的语言来对狄更斯原著做出合理阐释的种种尝试。至于那些本身就带有电影化倾向的场景，则尽量给予保留，如布朗洛先生与格里姆威格先生等待奥利弗归来的那一场景，体现出复杂的蒙太奇结构，本身就成了几乎不需要任何改编的电影剧本。

狄更斯的小说情节带有维多利亚时代创作的印记，往往包含离奇、浪漫和巧合等元素，在《奥利弗·退斯特》中可以看到，正是因为两次犯罪活动的巧合，使得奥利弗得以进出布朗洛先生和梅利太太的住宅。这时，小说中那个贫困、污秽和死亡的阴暗世界会被善良、慈祥的环境取而代之。因此，小说模式到这里就成了两个世界的对比关系——济贫院、棺材铺送葬、贼窝里的厨房的下层社会和布朗洛、梅利两家那个舒适的世界。①在影片中，伦敦的大街小巷弯弯曲曲，阴森潮湿，蛛网般地伸展在高耸的危墙之间。与之相对照，布朗洛先生的宅子却是又洁白、又宽敞，几乎是按照18世纪的方式装饰起来的，给人一种生活秩序井然的印象②，这种不安全感与舒适感之间的对比，表现出狄更斯所谓"肥瘦相间的咸肉"的效果。在电影中还出现一个明显的变化，就是布朗洛先生和梅利夫人的重叠，在原著中，奥利弗被叫去参加的仅有两次抢劫都碰巧发生在他父亲的挚友和他姨妈的保护人身上，但在电影中，布朗洛先生承担了部分梅利夫人及其养女罗斯的角色，例如与南希在伦敦桥的会面。这种重叠

---

①　阿诺德·凯特尔. 狄更斯：奥列弗·退斯特［M］. 狄更斯评论集. 上海：上海译文出版社，1981：182-198.

②　A. L. 扎姆布兰诺. 狄更斯和电影［J］. 世界电影，1982（2）：45-70.

的技巧为大卫·里恩的电影提供了一种缩减情节的必要手段，把注意力集中在那些最有意义的人物身上①，使这部小说能以一种最为流畅的方式表达出来。

在有关济贫院和贫民窟的内容方面，电影中人物重叠的现象则更加频繁。在狄更斯看来，贫穷是使人们普遍堕落的万恶之源，在《奥利弗·退斯特》这本书中，普遍贫穷的结果被作者以惊人冷峻的笔触描写了出来。无论是无家可归者的饥饿绝望，还是济贫院对儿童"饲养"方式，或者是无辜者的受难、罪犯的逍遥法外、法官的糊涂与自以为是，等等。人物塑造作为狄更斯呈现作品主题的重要手段，除了主人公奥利弗和他身边善良的人们，与济贫院和贫民窟生活相关的角色也是小说中的亮点。"我觉得，刻画这样一群真实存在的犯罪，不折不扣地描绘他们的缺陷、他们的不幸，以及他们肮脏悲惨的生活，如实地反映他们的真实情况：老是提心吊胆、偷偷摸摸地在人生的小径上穿行，无论他们可能转向哪个方向，那些庞大的、恐怖的黑色绞刑架总是堵住了他们的视野。我以为我这样做，是一件必要的、对社会有益的事。"② 卑劣滑稽的费金、冷酷无情的赛克斯、兼具堕落与善良两面的南希等人，构成了贼窟中的芸芸众生，扮演着伦敦贫民窟中必不可少的角色。除此之外，还有一些配角如邦布尔夫妇、索尔贝里夫妇、那些穿白背心的胖胖的"董事会"绅士，他们的职业或者身份都与平民有着联系，但却毫无同情心，有的甚至心肠歹毒。在改编过程中，大卫·里恩削减了多余的章节并舍弃了一些次要的角色，并将很多身份特征相似的人物重叠在了一起，与之相对应的故事情节也随之大幅度缩减。例如在贼窟中查利·贝茨、杰克·道金斯（"蒙骗者"）、托比·克雷基特、奇特林先生等人身份的重叠，在南希与贝特两个女子身上对后一个

---

①　A. L. 扎姆布兰诺. 狄更斯和电影 [J]. 世界电影，1982（2）：45-70.

②　查尔斯·狄更斯. 奥利弗·特威斯特（《狄更斯全集》第 2 卷）[M]. 黄水乞，译. 杭州：浙江工商大学出版社，2012：1.

人物的舍弃和在济贫院里对迪克形象的舍弃等。

　　大卫·里恩说过，改编的艺术在于导演能在电影中包容所有主要情节，以至于观众觉得没有遗漏掉任何重要的部分。[①] 他在影片中将情节线索处理得极为简练，在有限的电影时间内完成故事的讲述，并展开在《孤星血泪》中未能发挥的对社会的抨击。于是，影片在删去梅利太太和罗斯一家人的相关线索后，奥利弗·退斯特的身世之谜变得简单化，至于像邦布尔夫妇的结合、诺亚·克莱波尔在伦敦的活动、蒙克斯与费金的结局等，都在舍弃和重叠之中被有意无意地缩减了。

<h2 style="text-align:center">三</h2>

　　狄更斯创作《奥利弗·特威斯特》这部小说时年仅25岁，与同时期作家创作不同的是，狄更斯毫无顾忌地让伦敦这座城市及其社会下层生活进入读者的视野，揭示了城市及其某些角落——如贫民窟——的意义。"使狄更斯接近于电影的，首先是他那些小说的惊人的造型性，是那些小说的惊人的视觉性、可见性"[②]，影片《雾都孤儿》不仅记录了一个狄更斯眼中的真实的伦敦社会，而且把小说中的一些富于动态的场景视为一种独特的文本对象加以呈现。在小说中，杰克·道金斯和查利·贝茨带着奥利弗第一次行窃，被发现后马上逃跑，这时，"捉小偷！"的喊声得到百来人的响应，人们愈聚愈多。"他们狂奔着，溅起泥浆，咚咚咚沿着人行道疾飞。一扇扇窗户打开了，人们涌向街头。他们飞奔着、呼喊着、尖叫着，拐弯时撞倒了行人，惊得鸡飞狗跳。街道上、广场上和院子里都回响着这一叫

────────────────────

　　① Gene D. Phillips. *Beyond The Epic The Life & Films of David Lean* [M]. Lexington: The University Press of Kentucky, 2006: 126.

　　② 谢尔盖·米哈依洛维奇·爱森斯坦. 狄更斯、格里菲斯和我们 [M]. 爱森斯坦论文选集. 北京: 中国电影出版社, 1962: 209-281.

声。"① 很明显，狄更斯刻意通过这样的细节表现维多利亚时代民众的社会习性。电影几乎原封不动地复制了狄更斯小说中的相同场景，也使观众能身临其境般感受到狄更斯作品中的"都市主义"特征，追与逃的整个过程全景式地展现了商业化的伦敦的街头生活，这种方式被称为跟踪摄影，只有在城市混乱的情况下才能取得应有的效果。② 一方面，里恩利用摄像机的放置在不需要移动固定机位的情况下就能让观众感觉到奥利弗筋疲力尽的奔跑；另一方面，借助摄像机代为奥利弗的视角；同时还以跟踪的方式拍摄奔跑中的男孩，形成追捕者的视角。其中最引人关注的就是在这一段经历中，有意识地加入伦敦民众这一群体角色。追捕过程的紧张刺激，在影片里几乎取代了追捕本身的意义，实际上也埋下伏笔，以便在精彩的结局中结合对赛克斯的抓捕在实质上加以描绘。

在小说结尾处天黑之后抓捕赛克斯的行动中，狄更斯描写了众多伦敦平民的参与以及他们溢丁言表的愤怒，给读者以更为真切的感受。"房子正面的人群不断地向前推进——推进，推进，推进。一张张愤怒的面孔汇成了一股强大的斗志昂扬的潮流，处处有耀眼的火把为他们照明……每个窗口都露出层层重叠的面孔，每个屋顶都站满了一群群的人，每座小桥都被站在上面的人群的重量压弯。然而，潮水般的人群依然继续涌来。"③ 在实施抓捕时，因为有个老先生悬赏活捉凶手，于是，"人们彼此互相挤压争斗，气喘吁吁、迫不及待地要靠近门口，以便警官把罪犯带出来时能够先睹为快。被挤得几乎透不过气来的或在混乱中被踩倒或遭践踏的人们的喊叫声和尖叫声太可怕

---

① 查尔斯·狄更斯. 奥利弗·特威斯特 (《狄更斯全集》第 2 卷) [M]. 黄水乞，译. 杭州：浙江工商大学出版社，2012：63.

② Garrett Stewart. *Dickens*, *Eisenstein*, *film*. *John Glavin* [M]. Dickens on Screen. Cambridge：Cambridge University Press，2003：122-144.

③ 查尔斯·狄更斯. 奥利弗·特威斯特 (《狄更斯全集》第 2 卷) [M]. 黄水乞，译. 杭州：浙江工商大学出版社，2012：360.

了；狭窄的小巷已完全被堵死"。① 而在影片里伦敦东区所展开的搜捕行动
中，大卫·里恩从狄更斯那里吸收了浓郁的维多利亚时代元素，呈现出伦敦
的穷街陋巷：搜捕者们跟着赛克斯那条疯狂寻找自己主人的狗行进在黑暗的
鹅卵石街道上，民众们高举的燃烧的火把反映出那些普通民众被点燃的愤
怒。② 这两段场景在电影中持续了相当长的时间，也获得了一种真实效果，
正如克劳瑟在《纽约时报》周刊上指出的："当费根对着那些向他包围过来
的人群大声喊出'你们有什么权利杀我'这句话时，故事的道德寓意昭然若
揭。因为正是这个被揭露的社会才是《雾都孤儿》中真正的罪犯。"③ 值得一
提的是，这种利用群体来进行电影主题处理的方式后来成为大卫·里恩电影
阐述观点、推动情节发展的标志性手法。

　　大卫·里恩通过电影《雾都孤儿》建立起与原著对等的关系，通过突
出主题和尽量压缩对话的办法，把象征手法和写实主义结合在一起，从而
创作出了一个具有辛辣社会批判意味的故事④。和《孤星血泪》一样，大
卫·里恩的《雾都孤儿》真实地再现了狄更斯的作品，并将其转化为银幕
经典。难怪里恩对两部电影十分自豪："由我制作完成的这两部狄更斯电
影，就好比是他写的那些伟大小说的铅笔素描；但我觉得他们是忠实（于
原著）的。即使是在狄更斯面前展现这两部电影作品，我也是问心无
愧的。"⑤

---

　　① 查尔斯·狄更斯. 奥利弗·特威斯特（《狄更斯全集》第 2 卷）[M]. 黄水乞，译. 杭州：
浙江工商大学出版社，2012：361.

　　② Gene D. Phillips. *Beyond The Epic The Life & Films of David Lean* [M]. Lexington：The
University Press of Kentucky，2006：134-135.

　　③④ A. L. 扎姆布兰诺. 狄更斯和电影 [J]. 世界电影，1982（2）：45-70.

　　⑤ Gene D. Phillips. *Beyond The Epic The Life & Films of David Lean* [M]. Lexington：
The University Press of Kentucky，2006：140.

第四章　屠格涅夫文学作品的影像阐释

第一节　屠格涅夫文学作品影像改编史综述

屠格涅夫去世于 1884 年 8 月，在之前写给列夫·托尔斯泰的信中，他提到：

> 我现在给您写信，是要告诉您，能成为您的同时代人，我感到多么高兴；是要向您表达我真诚的最后的请求：我的朋友，请回到文学事业上来吧！因为您的才能是上天赋予的。啊，要是我能想到，我的请求能真正对您起作用的话，我该多么幸福呀！①

作为同时代人，屠格涅夫跟列夫·托尔斯泰一样创造出了属于自己的文学世界；与托尔斯泰不同的是，屠格涅夫没能看到电影的诞生，但在文学创作手法上，屠格涅夫的小说与电影保持着某种联系。在临终前请求维亚尔多夫人为他笔录的最后一部短篇小说《下场》中，他接连用了三个场景来刻画没落贵族后代塔拉加耶夫的整个人生：从放纵到因胡闹被殴再到惨死。在欣赏电影时，银幕上的人物总是会以令人难忘的容貌和动作触动观众的视觉，包括一些恶棍也以其丑恶的嘴脸让观众过目不忘，《下场》中塑造的塔拉加耶夫正是如此。病榻上的屠格涅夫在脑海里将这个人物处

---

① 屠格涅夫. 屠格涅夫全集（第 12 卷）［M］. 张金长，等，译. 石家庄：河北教育出版社，2000：634-635.

理得简洁而轮廓分明，至于其他的人物，像邻居玛尔蒂内奇和他不幸的女儿娜斯佳、集市上那位黑发翘胡子的小老头，还有最后那个被吓坏了的车夫，每一个都形象鲜明、栩栩如生。由此可以推断，屠格涅夫在写作时能够历历在目地想象出自己所写的东西，能够从周围听见自己所描写的各种声音，甚至连那匹受惊的马在雪中不停地前进后退喷鼻的声音都仿佛就是从身边发出的。由此可见，在屠格涅夫的小说中，视觉形象与听觉形象往往不可分割，这种"电影式"地看见自己所描写的东西的才能，不仅使屠格涅夫的创作达到了细节上的真实，而且拉近了 19 世纪现实主义小说与电影的距离。

　　屠格涅夫的文学作品最初被搬上银幕始于 1910 年法国与俄国合拍的短片《叶尔古诺夫中尉》，短片根据他的小说《叶尔古诺夫中尉的故事》改编而成。到了 1913 年，意大利导演乌巴尔多·玛丽亚·科尔（Ubaldo Maria Del Colle）拍摄的影片《别人的面包》（*Il pane altrui*）故事来源是屠格涅夫的两幕喜剧《食客》（1857），同时与意大利作曲家奥瑞费契（Giacomo Orefice）根据《食客》改编的歌剧《别人的面包》（*Il pane altrui*）也有关联。此后，越来越多的电影导演陆续将屠格涅夫的作品搬上银幕，并将其作品中的抒情风格和人物内心变化通过电影技术或画面加以呈现，其中俄国电影与俄国导演的努力功不可没。

　　叶甫盖尼·鲍艾尔（Евге́ний Фра́нцевич Ба́уэр）是俄国无声电影时代的大师级人物，在电影发展史上有着举足轻重的地位。正如许多俄国电影评论家所指出的那样，使用 19 世纪俄罗斯文学经典作为电影情节来源是十月革命前俄国导演的常见手段，他们常常以此来寻求增加他们在新的艺术类型中的文化性和社会"声望"。在这方面，叶甫盖尼·鲍艾尔是一个另类。虽然他将几部俄国和欧洲文学作品搬上了银幕，但他没有选择任何一部 19 世纪的俄国经典文本，而是更喜欢那些不太知名的作家或一般不被认为是文学经典的作品。① 现存唯一根据 19 世纪文学作品改编的鲍艾尔电影是 1915 年的《死后》（*После смерти*），这部电影改编自屠格涅夫 1882 年的小说《死后》（或译为《克拉拉·米里奇》），并不是作者最著名的作品。《死后》充分体现了鲍艾尔导演的电影独特风格，他以精致的设计为背景，再加上别出心裁的灯光运用，将原著中的悲剧性和病态色调风格转变为他最拿手的表现人物心理的精制情节剧。影片将 19 世纪俄国现实主义文学的语境通过诗意的电影图像展现出来，摄影机多次通过半开的狭窄的门来展示年轻人雅科夫孤独的生活状态——他正在自己的书房中看书，或者巧妙地利用光线的明暗来构图，有意识地照亮演员的面孔，暗示人物的室内状态。鲍艾尔的电影以华丽的装饰、服装、照明和明暗对比，甚至是"颓废"风格为特色，在人物心理刻画方面则独树一帜，在包括蒙太奇、场面调度、色调运用、灯光和框架组成等电影手段的影响力为后人所称道。鲍艾尔在改编过程中常常会对文学作品中的人物或主题进行颠覆性的改编，这似乎是他有意的策略，在《死后》中也是如此。影片后半部分，鲍艾尔采用了倒叙手法展现卓娅死在舞台上的整个过程；同时，通过梦想的原野的设计，制造出屠格涅夫小说中特意渲染的那种扑朔迷离的意境。1915 年，由叶甫盖尼·鲍艾尔执导的另一部影片《爱的凯歌》（*Песнь торжествующей любви*）是根据屠格涅夫晚期同名短篇小说改编的另一个不同凡响的电影版本。这部电影几年后被流亡国外的俄国导演维克多·图尔贾斯基（Вячесла́в Константи́нович Туржа́нский）重拍，即 1923 年信天翁电影公司（Films Albatros）出品的 72 分钟长度的《爱的凯歌》（*Le chant de l'amour triomphant*）。但是这部屠格涅夫的作品在电影中没有被完整改编，它在一种欢快的基调之上中断了，迎合西方观众对 happy-ending 的喜好，同时却

① Stephen Hutchings, Anat Vernitski. *Russian and Soviet Film Adaptations of Literature*, 1900—2001: *Screening the word* [M]. Abingdon: Routledge Curzon, 2005: 3.

可以把俄国观众引向他们的文学源头的神秘悲剧结局。① 应该说，屠格涅夫晚期作品中的颓废风格与俄国十月革命前后知识分子在生活与思想中微弱音符不谋而合，组成了这一时期电影艺术创作中俄国移民电影的独特旋律，这种感伤而柔和的诗意是不愿放弃十月革命前俄国电影精神的一种表达，但最终还是被欧洲电影和好莱坞电影同化。这一时期将屠格涅夫作品搬上银幕的俄罗斯导演还包括弗拉迪米尔·加丁（Влади́мир Ростисла́вович Га́рдин）、亚历山大·伊凡诺夫斯基（Александр Ивановский）和谢尔盖·爱森斯坦（Серге́й Миха́йлович Эйзенште́йн）。加丁于 1915 年改编了《贵族之家》（Дворянское гнездо），热衷于名著改编的伊凡诺夫斯基把小说《普宁与巴布林》（Пунин и Бабурин）搬上了银幕，爱森斯坦则在回到俄国之后发誓要摄制一部有助于社会主义建设的影片，就是后来未完成的有声电影《白静草原》（Бежин луг）。

在世界电影发展史上有着举足轻重地位的谢尔盖·爱森斯坦跟屠格涅夫结缘是因为电影《白静草原》。1937 年，当这部电影被搁置时，一度成为电影界内外广泛讨论的话题。实际上，爱森斯坦专注制作的电影，最终被发现是苏联观众无法接受的作品。从这个意义上说，爱森斯坦的惨败没有什么特别之处②。1935 年 5 月，爱森斯坦在莫斯科郊外的一个阳光斑驳的苹果园拍摄了他的第一张剧照，他成功地捕捉到了自己在影片开场白中表现的光线质量，意味着对屠格涅夫散文诗意的召唤③。电影剧本作者拉热谢夫斯基（Александр Георгиевич Ржешевский）当时受共青团委托，以少先队员和他们对苏联农业集体化的贡献为主题编写一部电影剧本。他想

①   杰弗里·诺维尔-史密斯. 世界电影史（第 1 卷）［M］. 杨击，译. 上海：复旦大学出版社，2015：339.

②   Katherine Bliss Eaton. *Enemies of the People：The Destruction of Soviet Literary，Theater，and Film Aets in The* 1930S［M］. Evanston：Northwestern University Press，2002：113.

③   Ian Christie，Richard Taylor. *Eisenstein Rediscovered*［M］. London：Routledge Press，1993：48.

到了屠格涅夫写过的叫作《白静草原》的故事，其中一群牧马人把他们经历的故事告诉了屠格涅夫——显示了19世纪50年代俄国儿童的心理状态。① 在爱森斯坦与巴别尔（Исаа́к Эммануи́лович Ба́бель）、拉热谢夫斯基等人编写的剧本中，屠格涅夫的故事其实已经所剩无几，作品的主人公是以少先队员巴甫立克·莫洛佐夫的真人真事塑造的新时代儿童史坦波克，他是一个富农的儿子，他组织同伴捍卫集体农庄收获的庄稼，因此触怒了策划破坏行动的父亲，最终父亲杀死了儿子，巴甫立克则成为全苏联的英雄人物。因为屠格涅夫从（画家）经过提炼的强调轮廓线条的画法中又提炼出运用于文学方面的要素——即用孤立一点的手法，把信手拈来的部分描绘得尽善尽美——所以从屠格涅夫的手法和氛围中，应该提炼出处理电影的手法。② 这正是爱森斯坦梦寐以求和经常谈论的将影片这种媒介工具变成动力化的艺术的综合。《白静草原》本可能是使爱森斯坦电影走向诗意的形象刻画的转折点③，在影片摄制过程中，为了获得自然的拍摄效果，爱森斯坦始终采用一种极为独特的方法，他对艺术精益求精的态度在诸多方面表现出来：史坦波克演员的挑选、白静草原村庄拍摄场所的选择，甚至是因为道路上的电话线影响了美观而要求改变哈尔科夫那边的道路等。从1935年到1937年，电影经过多次的改写、批评、讨论之后，最终被苏联中央电影事业管理局命令停止摄制工作。《真理报》上的文章指责爱森斯坦误用他的创作机会和供他使用的大量资金，不向生活学习，却过分相信他自己的"学术深邃性"，摄制了一部"有害的形式主义的"影片④，影片无法反映出集体化年代里苏维埃农村社会改革和生活重建的真实过程，对革命力量的表现没有为观众显示出这个时期的特征，也没有对新社会的建设显示出透彻的理解。这一事件在爱森斯坦发表了承认自己

---

① 玛丽·塞顿. 爱森斯坦评传 [M]. 史敏徒，译. 北京：中国电影出版社，1983：409-410.

② 同上，1983：411-412.

③ 同上，1983：409.

④ 同上，1983：428.

"意识形态错误"的正式声明《〈白静草原〉的错误》后宣告结束。这一电影拍摄的失败再次证实了文学与电影之间"契约"的易变性①，在将这部屠格涅夫小说以电影形式改编成当代作品的过程中，乡村田园诗、现代主义美学与集体主义之间产生了不可调和的矛盾，这也是被禁拍的主要原因。这部未完成的电影的胶片在 1941 年秋天德军的轰炸中损毁。到了1964—1965 年，电影导演谢尔盖·尤特凯维奇（Сергей Юткевич）和爱森斯坦研究者纳姆·克莱曼（Наум Ихильевич Клейман）重新创作了一部15 分钟长的电影，由爱森斯坦档案馆提供的图片材料中的照片组合而成，他们从谢尔盖·普罗科菲耶夫（Сергей Сергеевич Прокофьев）的音乐中添加了一个配乐，创建了观众们今天能看到的《白静草原》。

20 世纪二三十年代的屠格涅夫作品改编电影还包括尼古拉·马利科夫（Николай Петрович Маликов）导演的德国影片《春天》（Frühlingsfluten）、日本导演伊藤大辅的《烟》和 1933 年的中国影片《春潮》。作为中国第一部用国产录音设备制作的片上发声的有声电影，《春潮》改编自屠格涅夫同名中篇小说，由上海亨生影片公司拍摄，郑应时导演，蔡楚生编剧。这部在中国有声电影发展上具有民族化重要特征的影片由高占非和王人美主演，通过狱中囚犯国华的回忆讲述他与表妹玉瑛、情人媚梨之间的爱恋故事，作品在结尾处以媚梨抛弃国华、国华刺杀媚梨被判无期徒刑、玉瑛受到刺激病逝等一系列悲剧性情节置换了屠格涅夫小说中的淡淡哀愁。

20 世纪 40 年代的屠格涅夫作品改编电影作品包括西班牙导演克劳迪奥·德·拉托雷（Claudio de la Torre）的《初恋》（Primer amor，1942）、法国影片《秘密》（Le fol été，根据戏剧《村居一月》改编，1943）、1947年由上海电影公司中企影艺社拍摄的《春残梦断》（根据《贵族之家》改编）和墨西哥埃米利奥·费尔南德斯（Emilio Fernández）执导的影片《上

一张照片》（*Duelo en las montañas*，1950）等，还有几部名不见经传的早期电视电影。

相比之下，20世纪50年代似乎是屠格涅夫及其作品最受欢迎的一个时代，不仅被改编的电影作品数量多，而且涉及电影、电视系列剧、电视连续剧、电视电影等多个种类。在美国哥伦比亚广播公司电视台（CBS）"第一演播室"（Studio One）系列剧集第一季和第二季中，先后出现了根据屠格涅夫同名长篇小说改编的《烟》（*Smoke*，1949）和《春潮》（*Torrents of Spring*，1950）。随后，英国广播公司在"BBC周日晚剧场"（BBC Sunday-Night Theatre）第二季中推出了根据屠格涅夫剧本《单身汉》改编的同名电视剧（*The Bachelor*，1951）。根据屠格涅夫作品改编的电视剧还包括1951年BBC电视台根据《父与子》改编的电视电影《马里诺的春天》（*Spring at Marino*）、1954年小道格拉斯·范朋克制作公司（Douglas Fairbanks Jr. Productions）与NBC合作的电视剧场"小道格拉斯·范朋克系列作品"第二季中的《外省女人》、1956年哈尔·罗奇工作室（Hal Roach Studios）拍摄的电视剧集"导演剧场"（Screen Directors Playhouse）第一季中根据屠格涅夫小说改编的《梦》、1959年BBC电视台根据屠格涅夫小说改编的电视电影《春潮》、1959年天才联盟有限公司（Talent Associates）制作的电视系列剧"每月一戏"（Play of the Week）第一季中的《乡间一月》（*A Month in the Country*，情节取材于屠格涅夫戏剧剧本《村居一月》）。到了20世纪60年代，更多的欧洲国家开始拍摄以屠格涅夫作品为素材的电视剧，如联邦德国、法国、葡萄牙、芬兰、南斯拉夫、民主德国、奥地利、西班牙、荷兰、波兰等。在电影方面，苏联电影界先是将目光投向屠格涅夫的戏剧作品，先后有弗拉基米尔·巴索夫（Владимир Басов）导演的《食客》（*Нахлебник*，1953）和阿纳托利·雷巴科夫（Анатолий Рыбаков）导演的《首席贵族的早餐》（*Завтрак у предводителя*，1953），然后又回归屠格涅夫的经典小说，拍摄了《父与子》（*Отцы и дети*，1959)、《木木》(*Муму*，1959)、《前夜》(*Накану́не*，1959)等电影作品。此外，1957年（1957年在台湾地区上映，1960年在香港地区上映）由中国香港国际电影懋业有限公司出品的《春潮》改编自屠格涅夫同名小说，与1933年拍摄于上海的同名影片相比，这部影片给观众们带来更多怀旧追忆的迷离之感。影片上半部分以澳门为背景，讲述苏尔宁途经澳门与潘梅娘偶遇并订下婚约的故事，后半部分则是苏尔宁筹措结婚费用到香港求见陆太太，结果受她引诱后又遭抛弃的经过。这部由陶秦导演，林翠、田青、李湄等主演的电影是早期"电懋"比较具有代表性的作品。

　　1959年的影片《父与子》根据屠格涅夫同名长篇小说改编，影片导演是别尔坤盖尔（Адольф Бергункер）和娜塔莉亚·拉舍斯卡娅（Наталья Рашевская），后者还是影片的编剧，主演则包括维克多·阿夫久什科（Виктор Антонович Авдю́шко）、尼古拉·谢尔盖耶夫（Никола́й Васи́льевич Серге́ев）等。小说《父与子》布局严密周详，语言考究精致，技巧娴熟，是一部把俄罗斯两代人之间的冲突和差异戏剧化的小说。但同名电影只是扼要地交代了原著的核心故事情节，没有延续小说的明快风格和深刻内容，对于19世纪中叶俄国实行变革的力量的考察也相当薄弱；在人物刻画方面，没有突出巴扎罗夫的中心位置。平铺直叙的电影情节将原著中对各种感觉印象的描绘，演变成为新老两代人关于思想意识和政治的激烈辩论及冲突，尤其是在巴扎罗夫与巴威尔之间的针锋相对。在巴威尔·基尔沙诺夫身上，电影显现出他所具有的优雅情趣和强烈荣誉感，例如他的穿着打扮以及在公爵夫人的画像前所表露出来的浪漫激情。而在父亲尼古拉·彼得罗维奇·基尔沙诺夫和瓦西里·伊凡诺维奇·巴扎罗夫这一代人物身上，电影重点刻画他们依然死气沉沉地将子女的幸福视为人生终极目标的想法。像小说一样，电影中的父亲们在世代与"家"的延续中找到了真正的价值，这样就在结构上让19世纪小说与人物成长联系起来，与家庭传统中找寻个人成就感联系起来。

1959 年由莫斯科电影制片厂拍摄的影片《木木》根据屠格涅夫同名短篇小说改编而成，被看成是苏联 20 世纪 50 年代为数不多的成功的文学名著改编电影之一。《木木》的电影改编版本最早可以追溯到国内战争期间拍摄的儿童艺术片《格拉辛和木木》，属于俄国革命后第一批专为儿童观众改编的古典作品。① 而由勃布洛夫斯基（Анатолий Алексеевич Бобровский）和捷捷林（Евгений Ефимович Тетерин）共同执导的 1959 年版《木木》不再是"图解式"改编，影片不仅表达了古典作品的情节内容，而且表达了原作的思想、形象体系的丰富性和风格的特征。②

1959 年，由苏联莫斯科电影制片厂和保加利亚索菲亚电影制片厂联合摄制的影片《前夜》根据屠格涅夫同名长篇小说改编而成，导演和编剧是曾经执导《大雷雨》（*Гроза*）的弗拉基米尔·彼得罗夫（Владимир Петров）。这部"远比《贵族之家》要好"③ 的小说塑造了平民知识分子英沙罗夫的斗士品质，但列夫·托尔斯泰认为屠格涅夫为那些郁郁寡欢、自己也并不十分清楚他们对生活到底有何所求的人去写这种小说，则尤其是枉费了心机④。时过境迁，在苏联时代重新刻画这部作品，英沙罗夫自然而然成为为人民福祉而献身于斗争的革命者形象，而女主人公叶琳娜同样以其对幸福的渴望和向目的锐进的精神，与周围人们的格格不入，衬托出她独特的性格和追求。

相比电影在 20 世纪 50 年代的辉煌和电视剧在 20 世纪 60 年代的继续发展，根据屠格涅夫作品改编的电影在 20 世纪 60 年代突然停滞不前，只出现了 1968 年捷克斯洛伐克巴兰道夫电影制片厂（Filmové studio Barrandov）出品、由瓦茨拉夫·克瑞斯卡（Václav Krska）执导的《春

---

① 苏联科学院艺术史研究所. 苏联电影史纲（第 2 卷）[M]. 龚逸霄，译. 北京：中国电影出版社，1983：525.

② 同上，1992：598.

③④ 苏·阿·罗扎诺娃. 思想通信——列·尼·托尔斯泰与俄罗斯作家（上下册）[M]. 马肇元，冯明霞，译. 北京：文化艺术出版社，1997：354.

潮》（*Jarni vody*），苏联电视电影《初恋》（*Первая любовь*，1968），苏联电影《贵族之家》（1969），联邦德国与瑞士、匈牙利合拍影片《初恋》（*Erste Liebe*）（1970）等作品。对屠格涅夫小说《贵族之家》的改编，可以追溯到1915年由苏联著名导演弗拉迪米尔·加丁拍摄的无声电影版本，但1969年莫斯科电影制片厂出品、由安德烈·康查洛夫斯基导演（Андрей Сергеевич Михалков-Кончаловский）的《贵族之家》则被认为是最佳改编版本。

　　发表于1860年的中篇小说《初恋》是屠格涅夫"幻想故事"中的一部，带有自传性质，小说家写出了他对父母家庭生活的回忆。虽然这段经历曾经让他的童年记忆蒙上了阴影，但是这些回忆已经非常自然地融合成一件艺术品。故事中那种令人神往的内容吸引了当代诸多导演将这部作品改编成同名的影视文本，如1941年的西班牙电影、1963年的法国电视剧、1964年的英国BBC电视剧、1965年的西班牙电视剧、1968年的苏联电视电影、1974年的墨西哥电影、1975年的日本电影和1995年的俄罗斯电影等，另外还有像1984年的英国和爱尔兰合拍电影《夏日闪电》（*Summer Lightning*）也是根据这部小说改编而成的。1970年的联邦德国电影《初恋》由马克西米连·谢尔（Maximilian Schell）执导，他也是影片编剧和主要演员之一，在影片中扮演刚愎自用、独断专行的父亲一角。这部作品集结了20世纪70年代欧洲电影的两位偶像，即约翰·梅尔德-布朗（John Moulder-Brown）和多米尼克·桑达（Dominique Sanda），影片摄影是斯文·奈奎斯特（Sven Nyquist）。在这部关于青春、爱情和失去纯真的电影中，谢尔将原著故事情节切割成短片和主人公亚历山大心情的碎片，同时在影片中刻意保留原著的抒情风格，并使之在镜头前隐晦地展示，却能够因此形成令人难忘的场景。

　　和《初恋》一样，《阿霞》是屠格涅夫同时期爱情题材中篇小说中最受欢迎的作品，是他"怀着极大的热情，几乎是含着眼泪写的"①。小说真实而富有诗意，具有独特的艺术感染力。1978 年由苏联与民主德国合拍的电影《阿霞》由约瑟夫·赫依费茨（Иосиф Ефи́мович Хе́йфиц）担任导演和编剧，影片男女主角分别是叶泽波夫（Вячеслав Иванович Езепов）与耶乐娜·科若那娃（Еле́на Алексе́евна Ко́ренева）。叶泽波夫饰演的尼尼细腻地表现出男主人公的无能为力，他的言谈跟行动、崇高的理想跟软弱的意志性格之间的矛盾明显地体现在他与阿霞的关系上，体现在阿霞的爱情悲剧上。《阿霞》的创作时间与《罗亭》接近，两部小说在主题思想上互有关联，屠格涅夫关注的是在困难面前退却的"多余人"，电影结尾处，尼尼先生和加京寻找阿霞以及尼尼与阿霞的交谈将贵族知识分子经不起生活实践考验的"多余人"形象刻画得栩栩如生，暗示着自由主义的贵族知识分子的时代已经过去。在赫依费茨看来，"电影在很大程度上是一种即兴的艺术，但这种性质恰恰要求事先做有目的的、周密的准备工作，要求熟练地掌握技巧"。② 他在电影中添加的几段场景——如尼尼先生在山中旅行的三日、尼尼先生与阿霞在街头偶遇手摇风琴艺人——确实有效地用电影语言表达了原著小说中的情感，与屠格涅夫刻意将人物内心世界的倾诉和直观的景物描写交相辉映感染读者的手段较为吻合。当然，即使是最忠实的古典文学作品改编也无法避免在意识形态问题上的对立，例如在对屠格涅夫小说《阿霞》进行忠实改编的过程中，会让观众意识到屠格涅夫时代的欧洲旅行自由与当时苏联缺乏这种自由之间的差异③。

　　1976 年，导演康斯坦丁·沃伊诺夫（Константин Наумович Во́инов）改编了屠格涅夫的小说《罗亭》，电影剧本由沃伊诺夫本人与尼古拉·费

---

　　① 屠格涅夫. 屠格涅夫全集（第 12 卷）[M]. 张金长，等，译，石家庄：河北教育出版社，2000：322.

　　② и. 赫依费茨. 论创作组织 [J]. 电影艺术译丛，1957（1）：98—99.

　　③ Stephen Hutchings, Anat Vernitski. *Russian and Soviet Film Adaptations of Literature*, 1900—2001: *Screening the word* [M]. Abingdon: RoutledgeCurzon, 2005.

格洛夫斯基（Николай Фигуровский）共同完成。屠格涅夫在《罗亭》这部长篇小说中描述了 19 世纪三四十年代俄国社会发展的整个历史时代，刻画了罗亭这个聪明、高尚而有才华的知识分子，同时罗亭又是贵族社会的否定者形象。在影片开头，观众们看到的是精神贫乏的外省贵族们眼中的罗亭，通过庞达列夫斯基、毕加索夫、达里雅·米哈伊洛夫娜·拉松斯卡雅等人对罗亭的评价，可以发现他身上与世俗生活格格不入的地方。和小说一样，电影不遗余力地通过罗亭的长篇大论突出他的性格特点，他在一系列问题的争论中击败了毕加索夫，并以他的雄辩口才吸引周围人们的注意。在影片结尾处，保留了旅店里列兹涅夫与罗亭偶遇的场景和屠格涅夫刻意添加的巴黎战斗内容，尤其是最后停留在罗亭巴黎街垒战斗中牺牲的画面上，给先前屠格涅夫对罗亭的消极、对生活的过多幻想和夸夸其谈等的责备画上了句号。

1977 年，苏联导演罗曼·巴拉扬（Рома́н Гурге́нович Балая́н）将屠格涅夫的《孤狼》搬上了银幕。《孤狼》创作于 1848 年，是小说集《猎人笔记》中发表较早的作品之一。这部小说作品令读者感到震撼的地方在于主人公孤狼福玛·库兹米奇固执的性格和他贫困而不幸的家庭。这部由罗曼·巴拉扬亲自参与编剧的电影充满人道主义情怀，形象地展现了剧中小人物的悲惨生活境遇，并借此控诉造成这一悲剧的社会，塑造了一个阴冷的世界。巴拉扬的影片中充满了无法控制的情感，但同时又愤恨于那种无动于衷的冷漠。在影片的后半部分，巴拉扬通过对屠格涅夫的小说故事自然流畅的续写，与屠格涅夫《猎人笔记》的基调相契合。20 世纪 70 年代根据《猎人笔记》改编的还有苏联导演维克多·图罗夫（Виктор Туров）导演的电视电影《贵族契尔托普哈诺夫的生与死》（*Жизнь и смерть дворянина Чертопханова*），情节改编自《猎人笔记》中《契尔托普哈诺夫和聂道漂斯金》《契尔托普哈诺夫的末路》和《歌手》三部作品。

20 世纪末以来，根据屠格涅夫作品改编的电影数量始终处于平稳发展的状态，改编的文本依然比较集中于《初恋》《春潮》等作品。如 1989 年苏联、奥地利、捷克斯洛伐克联合摄制的影片《威斯巴登之旅》（*Поездка в Висбаден*），1989 年由波兰电影导演杰兹·斯科利莫夫斯基（Jerzy Skolimowski）执导的《急流的春天》（*Torrents of Spring*），1995 年罗曼·巴拉扬再次与屠格涅夫作品相遇的《初恋》（*Первая любовь*），1997 年西班牙导演泽维尔·伯尔穆德兹（Xavier Bermúdez）的影片《宝贝》（*Nena*），1998 年由尤里·吉拉莫夫（Ю́рий Вячесла́вович Гры́мов）导演的俄罗斯影片《木木》和 2001 年雷文吉·安塞莫（Reverge Anselmo）导演的《恶意的诱惑》（*Lover's Prayer*，又名 *All Forgotten*），2013 年日本导演鹤冈慧子（Keiko Tsuruoka）的《初恋》（はつ恋，2013），2013 年加拿大导演纪尧姆·西尔维斯特（Guillaume Sylvestre）的《初恋》（1er amour，2013），2014 年俄国导演薇拉·格拉戈列娃（Ве́ра Вита́льевна Глаго́лева）根据屠格涅夫戏剧《村居一月》改编的影片《两个女人》（*Две женщины*）等作品。在电视剧集创作拍摄方面则有 1992 年俄国与德国合拍的电视连续剧《烟》（*Дым*，2 集）和 2008 年的《父与子》（*Отцы и дети*）等作品。此外，1987 年的苏联动画短片《木木》和 2008 年的德国动画短片《闭上双眼，屏住呼吸》（*Schließ die Augen und atme nicht*，根据《幻影》改编）也是不可多得的改编杰作。

与列夫·托尔斯泰、陀思妥耶夫斯基和契诃夫等 19 世纪俄国现实主义作家相比，屠格涅夫作品的影视改编数量并不算多，关注性也不够明显。但屠格涅夫创作中的很多内容，尤其是对于人的命运和围绕着人类的大自然的关注，"对我们的文学产生了最为良好而有益的影响。他生活，他探索，并且在自己作品中写出了他寻求到的一切"。①屠格涅夫在 1859 年 10 月 14 日给拉姆伯特伯爵夫人的信中写道：

---

①③ 列夫·托尔斯泰. 托尔斯泰文集（第十六卷）[M]. 周圣，单继达，等，译，北京：人民文学出版社，1986：183.

几乎在每一个人的命运里，都有一种悲剧性的东西，只是这
种悲剧性的东西往往为庸俗的生活表面所掩盖，本人看不到它。
停留在生活表面上的人（这种人很多），往往并不怀疑他自己是
个悲剧人物……我的周围全是和平安静的生活，可是仔细瞧瞧
——在每个人身上都能看到悲剧性的东西，或者是每个人自己的
悲剧，或者是民族的历史和发展所加于他的。①

作为现实主义文学家，屠格涅夫创作的伟大之处在于他永远善于识别
和展现初现的、稚嫩的、在成长和发展中的社会现象与新生力量。他描写
"悲剧性的东西"，同时又通过文学创作来反映这种"悲剧性的东西"背后
的"必然性"。"他不把才华（描写的技巧）用来掩饰自己的心灵，如同过
去和现在有些人所做的那样，而是用它来袒露整个心灵。他无所畏惧。"③
这种艺术上的现实主义，保证了屠格涅夫文学创作恒久的生命力。

---

① Г. А. 比亚雷，М. К. 克列曼. 屠格涅夫论 [M]. 冒效鲁，译. 上海：上海文艺出版
社，1962：156-157.

第二节　《木木》：无声的主人公与电影语言

屠格涅夫的中篇小说《木木》在 1852 年 5 月写成，两年之后首次发表于《现代人》杂志 1854 年第 3 期。这部中篇小说以屠格涅夫特有的笔法将视角伸向聋哑农奴格拉西姆，以他的悲剧人生来抨击农奴制度的罪恶。1959 年由莫斯科电影制片厂拍摄的影片《木木》（Муму）根据屠格涅夫同名短篇小说改编而成，被看成是苏联 20 世纪 50 年代成功的文学名著改编电影之一。由阿纳托利·勃布洛夫斯基和叶维热尼·捷捷林共同执导的《木木》不是简单的"图解式"改编，影片不仅表达了古典作品的情节内容，而且表达了原作的思想、形象体系的丰富性和风格的特征。① 影片通过农奴格拉西姆在精神上所遭受的来自地主的压迫和凌辱，直面 19 世纪俄国农奴制的腐朽和农奴主的罪恶行径。故事结尾时，格拉西姆决定离开女主人出走，透露出腐朽制度必将瓦解的历史必然性。

一

在中篇小说《木木》中，格拉西姆因其力大无比、敦厚老实而又忠于职守，成为寡妇女主人所有奴仆中最出色的一个。格拉西姆喜欢洗衣妇塔季扬娜，但是太太却乱点鸳鸯谱，让总管加夫里拉撮合塔季扬娜与鞋匠卡皮通。加夫里拉略施小计，让格拉西姆失去了对洗衣妇的好感。一年之后，格拉西姆在送别了被遣送的塔季扬娜与卡皮通夫妇后，从河岸边救起一条白毛小狗带回家中，并叫它"木木"，这是他唯一能发出的含糊不清的声音。格拉西姆照料着自己的"养女"，宅子里的人都喜欢这条小狗。

① 苏联科学院艺术史研究所. 苏联电影史纲（第 3 卷）［M］. 张开，等，译. 北京：中国电影出版社，1992：598.

太太看到了这条可爱的狗，便命人带来想抚摩它，但瑟瑟发抖的小狗不知所措，甚至龇牙咧嘴。此后，心情很不好的太太便以"它吵得我不能睡觉"为理由让加夫里拉把它弄走。加夫里拉叫人把那条狗偷走卖掉，不料木木第二天又跑了回来。听到狗叫声后变得失眠而唉声叹气的太太发动所有的仆人来讨伐木木，最终逼迫格拉西姆到河里淹死了可怜的木木。在失去了自己唯一的伴侣之后，格拉西姆不辞而别，回到了自己的家乡。评论家认为"格拉西姆的形象是俄国人民的象征，体现了俄国人民惊人的力量和不可思议的温顺，他对故土的眷恋和返璞归真，他对自己在精神上的觉醒和七情六欲的淡漠"。① 屠格涅夫这部小说给人印象最深的是人物刻画中反讽与对比手法的运用，在小说中的旁观者——"大家"的眼中，格拉西姆始终是"树妖""草原来的丑八怪"，他的遭遇似乎并不值得同情，实际上他的沉默和冷峻正是俄国农奴悲惨境遇的表现，他所有正当的生活需求——包括爱情与对一条狗的爱意——都被剥夺，根本没有自由与尊严可言，最后，格拉西姆怀着愤恨的心情离开了主人的家。《木木》这部作品是屠格涅夫根据母亲家中一名哑巴农奴安德烈的真实故事写成的，小说的结尾是格拉西姆从太太家中逃回自己家乡，而实际上安德烈始终忠心耿耿地为他的女主人效劳。由于屠格涅夫对结尾的这种处理，格拉西姆的形象获得巨大的完整性和高度的艺术概括。② 屠格涅夫在文章中这样处理，深入开掘了作品的现实主义主题，格拉西姆的出走反映了19世纪中叶俄国农奴们内心深处蕴藏着的不满与反抗，更为深刻地反映了俄国农奴制社会的本质。而格拉西姆周围人们的冷嘲热讽，充分揭露了农奴们的麻木。女主人在木木事件中处处显现出受苦受难、胆小怕事又无依无靠的样子，实际上却暴露其冷酷与残暴的本性。

电影《木木》在故事讲述上严格遵循原著内容，并借用了一些小说中

_____

①② 屠格涅夫. 屠格涅夫全集（第5卷）[M]. 张金长，等，译. 石家庄：河北教育出版社，2000：272.

的话语，以画外音的形式将故事更加紧密地连接在一起，同时刻意展现人物的内心世界。影片还特意安排了几处小说中没有的场景来交代故事情节，刻画人物形象：影片开头，太太的马车在乡间陷在泥中，大家都无计可施的时候，格拉西姆将马车推了出来，因此得到太太的"赏识"来到莫斯科作庄园守门人；格拉西姆来到太太房里送木柴，看到镜子觉得很新鲜，他呆头呆脑的样子让太太和她的女食客们哈哈大笑。在刻画太太和加夫利罗、专管衣服的女人等形象时，小说大多采用讽刺性语言，影片则借助太太的生活琐事、加夫利罗的谄媚无奈、专管衣服的女人对主人的诚惶诚恐和对达尼亚的专横几个细节加以表现，影片中对太太的形象刻画加强了她任性冷酷的地主形象。在木木逃回来之后的某个晚上，太太一边弹琴，一边叫那群寄食女人跳舞，还要把人都叫来，让她们在她的琴声中跳得高兴点，不一会儿又阴沉着脸叫大家"都给我滚开"。这一部分内容在原著中是这样描写的：

> 宅子里的人并不喜欢太太快活，因为首先，她快活的时候总要求大家立刻跟她一样快活，谁要是面无喜色，她就要发脾气；其次，她这种心血来潮似的兴致是长不了的，往往不久便一落千丈，变得闷闷不乐。[①]

影片通过一个简单的插曲，将女主人让宅子里的所有人都供其消遣、让其摆布、任其侮辱的现象呈现出来。

因为《木木》这部影片的题材带有一定的特殊性——主角格拉西姆是一个聋哑人，这种生理上的缺陷使得这部有声电影的主人公只能是一个从始至终保持沉默不说话的哑巴，除了运用最简单的声音"木木"。自有声

---

① 屠格涅夫. 屠格涅夫全集（第5卷）[M]. 张金长，等，译. 石家庄：河北教育出版社，2000：288.

电影时代开始后，很少有这样一部影片会进行这样的尝试，即作为一部影片的主角，却失去了对白和语言这一表达思想感情的重要手段，毕竟这是电影重要的组成部分，或者说，只能通过其他人的对白，再加上电影的视觉语言，来塑造和刻画一名性格特点都很鲜明的旧俄时代农民形象。

二

电影这种艺术形式从诞生之初就与科学技术的发展紧密联系在一起，电影的每一步发展都得益于科学的进步，无论是色彩的丰富还是声音语言的多样化。从无声电影到有声电影，电影发展史上最重要的技术革命就是20世纪20年代末期声音的出现。1929年，出现了一个闻所未闻的东西，震动了整个电影业，这就是有声电影。① 当电影开口讲话后，电影艺术本身就发生了巨大的变化，电影制作过程中的各个环节，如剧本、摄影、音乐、剪辑等为了适应声音的变化相应进行调整。语言作为电影艺术表现的重要手段，在表达人物思想情感的准确性和完美性方面，起到了艺术手段不可替代的作用。任何艺术创作不就是为了了解人吗？而人的声音不正是人的个性最直接的表现吗？② 但有时我们被怂恿去依赖演讲和对白来创造作品的意义，却忘记了整合对画面进行视觉处理的力量。③ 在《木木》这部影片中，格拉西姆几乎没有说过一句完整的话，但是这一人物的内心世界却被刻画得非常丰富而细腻，比如说表现他对洗衣妇塔季扬娜的喜欢，就是完全通过电影中的一系列画面来讲述的：格拉西姆拉着马车与塔季扬娜从河边回来，这时载着一对新婚夫妇的马车从身旁驰过，幸福的场景让他沉醉，以至于被另一辆马车撞倒；他饱含深情地赠送给塔季扬娜小礼物，

---

① ② 雷诺阿. 我的生平和我的影片 [M]. 王坚良，等，译. 北京：中国电影出版社，1986：67.

③ 约翰·S. 道格拉斯，格林·P. 哈登. 技术的艺术：影视制作的美学途径 [M]. 蒲剑，等，译. 北京：北京广播学院出版社，2004：288.

满怀不安地注视她流泪歌唱，愤怒地看着那些企图破坏他俩关系的人；当洗衣妇随着醉鬼丈夫离开莫斯科时，他在送别时把那块曾被拒绝的头巾赠给了她，并陪伴着她走到了很远的地方，直到目送她的马车消失为止。此外，格拉西姆对于小狗木木的深厚感情，也是通过人物的动作和脸上的表情来加以说明的。在影片的最后，格拉西姆被迫亲手将自己心爱的小狗淹死在河中，木木落水后荡起的波澜让小船上格拉西姆的倒影变得模糊扭曲。在这些段落中，观众们更多的是通过沉默、面部表情、动作和反应而非话语来进行交流。[①] 一连串的电影画面反映出格拉西姆内心的痛苦、愤懑。他后来的出走——同时也是沉默有力的抗争，显示了这名特殊的农奴的觉醒。画面本身通常像象形文字一样清晰地通过语气或构图来表达意义。[②]观众会感觉看完《木木》后并没有因为主角不能讲话而感到有什么缺陷，这是因为电影充分运用视觉语言手段来刻画人物，使得影片的主题表达得十分完美，这种处理给后来的电影发展提供了很多值得借鉴之处。

　　文学史上但凡以动物为重要角色的作品，往往是为了表现一种深刻的社会内涵，以拟人化的方式揭示某种时代氛围以及人生的哲理。因此，这一类作品常以动物暗指人类及人性自身，从而借动物来映照自己，增强对人性的理解，小说《木木》就属于这一类。格拉西姆偶然救下木木是在送别塔季扬娜之后，木木实际上成了对塔季扬娜那份情感的寄托物，同时，木木作为动物在性格特征上与格拉西姆有很多相似的地方，这是格拉西姆把它当"养女"照料的主要原因。一般来说，人的身上有很多动物的特性，但人也区别于动物，其中人性是很重要的一方面。然而，影片《木木》所展现的围绕着女主人的爱憎而展开的那场抛弃与谋杀的骚乱中，几乎所有人都表现出疯狂的兽性，而木木身上反而表现出了人性。在溺死木

---

　　①②　约翰·S. 道格拉斯，格林·P. 哈登. 技术的艺术：影视制作的美学途径 [M]. 蒲剑，等，译. 北京：北京广播学院出版社，2004：289.

木之后，格拉西姆意识到在主人家这个畸形的环境里再停留下去，身上的人性会一点点丧失殆尽，于是选择了离开。从这一点出发，影片《木木》所包含的社会意义实际上是把围绕着木木所呈现的扭曲的社会现象，提高到人性的领域，在悲剧故事中唤起被压迫的愤怒和反抗，从而得到了一种情感上的宣泄。

摄影技术与镜头的使用在影片《木木》中的作用显得独具匠心：影片开头格拉西姆在农村生活时，镜头几乎都用"仰摄"的方式，尽量显现出大自然的广阔无垠以及自由生活的天地。但自从他得到主人赏识从农村来到莫斯科家中，影片镜头大量采用"俯拍"，原先自由广袤的天地被压抑烦闷的感觉取而代之，格拉西姆仿佛生活在牢笼之中。小说中关于格拉西姆"很不喜欢他的新生活"的大段描写在影片中通过镜头得到了生动的表现，对于后来所发生的关于塔季扬娜以及木木的故事的讲述，起到了烘托和铺垫的作用。

第三节　《贵族之家》：痛苦的生活的真理

1859 年 1 月由《现代人》杂志发表的《贵族之家》是屠格涅夫的第二部长篇小说，是他最严谨而完美的作品，作者自己也称之为"所曾经获得的最大的一次成功"[①]。表面上来看，《贵族之家》的创作意图在于感叹现实生活中真正的个人幸福的不可能，或是在政治思想上的分歧所导致的悲哀的抒情的转向，但实际上，屠格涅夫借助这部简朴有力同时极具浪漫色彩的小说倾诉了自己对于俄国现实的态度，作品的主人公——拉夫列茨基和丽莎不幸的命运在某种程度上就是俄国的象征。同时，屠格涅夫借助于拉夫列茨基的言谈，表现了自己支持斯拉夫文化优越论的倾向。

对屠格涅夫小说《贵族之家》的电影改编，可以追溯到 1915 年由俄国导演弗拉迪米尔·加丁拍摄的无声电影版本。1969 年由苏联莫斯科电影制片厂出品，安德烈·康查洛夫斯基与瓦伦丁·叶若夫编剧，伊琳娜·库普琴科、列昂尼德·库拉金、贝娅塔·蒂希基维茨等人主演的《贵族之家》则是之后为数不多的重拍版本之一，这部影片被视为导演兼编剧安德烈·康查洛夫斯基对屠格涅夫原著"愤怒地怀旧改编"[②]，还曾因不够"忠实"于原著而在苏联公映时备受指责。今天，这部片长为 111 分钟的影片被认为是小说《贵族之家》的最佳改编版本，也是 20 世纪 60 年代末 70 年代初苏联文学名著改编电影中的佼佼者。

---

①　高文风. 屠格涅夫论 [M]. 沈阳：辽宁人民出版社，1986：187.

②　Stephen Hutchings，Anat Vernitski. *Russian and Soviet Film Adaptations of Literature*，1900—2001：*Screening the word*. Abingdon：RoutledgeCurzon，2005.

一

　　小说《贵族之家》的故事发生在 19 世纪 40 年代，男主人公拉夫列茨基是一名有钱的地主同农奴所生的儿子，父亲从小就对他施行斯巴达式的教育，然而，在他强悍的外表下掩盖着的却是羞怯脆弱的心灵。父亲死后，他继承了大笔遗产，之后去莫斯科大学读书深造，可是爱情和婚姻使他的学业半途而废。与美貌的瓦尔瓦拉·巴甫洛芙娜结婚后，遭遇妻子的背叛，瓦尔瓦拉的不贞使他极为痛苦。在国外游历若干年后，拉夫列茨基回到俄国准备重整家业。这时，他遇到了纯洁善良、虔敬上帝的丽莎，再一次体验到爱情的美好。此时报上误传他妻子在国外病故的消息，更增强了他对可能实现的个人幸福的向往。正当他们真诚相爱准备结婚时，瓦尔瓦拉突然回到了家乡，她的到来打乱了农庄里的一切，拉夫列茨基最终与妻子和解，他的幸福美梦也化为泡影，丽莎则进了遥远边区的一家修道院。8 年之后，当拉夫列茨基重回故地时，只留下怅然之情。小说通过拉夫列茨基和瓦尔瓦拉的纷争、拉夫列茨基与丽莎的相识和相恋，还有玛丽娅·德米特里耶芙娜、玛尔法·季莫菲耶夫娜、潘申、莱姆等人物形象来展开故事情节，阐述了个人幸福同义务相冲突的伦理问题，特别是通过拉夫列茨基形象来表明贵族地主阶级的没落，这个饱经沧桑、备尝甘苦的男子，对自己和对人的关系都加以深思，并养成了一桩本领——控制自己的内心世界，抑制情感的冲动，和生活和解。拉夫列茨基尽管品格优秀，但却软弱、无能、一事无成，他在小说事件中的全部活动就是一连串的不应得的苦痛，但他却没有变得冷漠，没有失掉对大自然和人身上的一切美好事物的生动的敏感。拉夫列茨基的许多特点后来成为列夫·托尔斯泰笔下的彼埃尔·别祖霍夫形象（《战争与和平》中的主人公）的基础，这些特点是：半农民出身，情操高尚，忠于祖国，天性与人民接近，以及异乎寻常的体魄等。贵族知识分子同人民在道义上相结合的思想，从 19 世纪 60 年代起才成为托尔斯泰创作中的一个中心思想，而屠格涅夫却比他早得多。①

小说中，当主人公拉夫列茨基重归故里瓦西里耶夫斯科耶时，留下了他回到祖国后所产生的特别熟悉的感觉，这一描写也体现屠格涅夫在长期定居国外之后重返俄国的情怀，字里行间自然流露出对祖国炽热的爱。

空气中弥漫着乳白色的轻雾，笼罩了远处的森林。雾气中有一股焦味。许多边沿模糊不清、晦暗的云团在淡蓝色的天空徐徐飘移。相当强劲的风宛如一股持续不断的水流急剧地刮着，却未能驱散暑热。拉夫列茨基把头枕在靠垫上，两臂交叠放在胸前，望着一片片田野如扇形般掠过，望着爆竹柳丛缓缓地闪过，望着蠢笨的乌鸦和白嘴鸦迟钝而疑虑重重地斜视着从前面驶过的马车，望着田间长满艾蒿，苦艾和艾菊的长长的叶陌。他望着……这清新、广袤、野草丛生的大地和荒僻去处，这一片翠绿的景色，这蜿蜒起伏的冈峦和布满矮小结实的橡树丛的沟壑，这一个个灰白的村庄、一株株纤弱的白桦树，——他久未谋面的这一整幅俄罗斯风景画在他心里勾起丝丝甜蜜而又哀愁的情感，以某种欣慰的压力挤压着他的胸膛。他的思绪在慢慢地徘徊；这些思绪的轮廓也是模糊不清的，犹如那些似乎也在高处徘徊的云团的轮廓一样。②

拉夫列茨基在文中热爱俄罗斯、思念他度过童年和少年时代的故里的情思，和屠格涅夫本人的思考是相通的。在屠格涅夫当时的书信中，可以清楚地感受到小说《贵族之家》故事形成的那种俄罗斯氛围，只不过在

---

① 涅·纳·纳乌莫娃. 屠格涅夫传［M］. 刘石丘，史宪忠，译. 天津：天津人民出版社，1982：143-144.

② 屠格涅夫. 屠格涅夫全集（第2卷）［M］. 林纳，译. 石家庄：河北教育出版社，2000：210.

《贵族之家》中加入了主人公婚姻生活失落时惆怅的心情。

> 最好是坐在敞开的窗前，看着静止的花园，慢慢地把个人幻想的形象和对远地的朋友和遥远祖国的回忆编织在一起。房间里明亮而寂静，走廊里听得见孩子们的喧闹声，楼上传来格鲁克的乐曲……还能再有什么呢？①

在这些书信中，屠格涅夫时常提到孤独和漂泊的处境，也有对俄罗斯的思考，这些思考充分展现了拉夫列茨基的心理全貌。在经历了失败的婚姻之后，他变得更为冷漠。因为他的妻子瓦尔瓦拉·巴甫洛芙娜不仅迫使他离开课业，离开工作，而且拖累他在西欧各国游逛，忘却自己对农民、对人民大众承担的义务，从而使他脱离了祖国。况且从童年起，他没有培养起持之以恒的劳动习惯，因而他有时处于无所事事的状态中②。"我不再指望自己的幸福了，也就是说，不再指望那种为年轻的心所接受的、仍然具有忧虑意义的幸福了。"屠格涅夫在 1865 年给拉姆伯特伯爵夫人的信中写道。这句话听来很像拉夫列茨基的自白。③

事实上，屠格涅夫的任何小说都没有像《贵族之家》这样带有如此明显的自传性：小说中描写得如此富有诗意的瓦西里耶夫斯科耶以屠格涅夫在奥廖尔省的庄园托普基为原型；老仆安东确有其人，小说保留了他的原名，甚至连他的穿着习惯都没有更改；在拉夫列茨基身上，除了自传性的情节，还加入了赫尔岑的朋友尼·普·奥加廖夫的形象和生活经历。此外，小说在细致剖析人物性格的同时，对俄国乡村生活的诗意描写，以及

---

①　屠格涅夫. 屠格涅夫全集（第 12 卷）　[M]. 林纳，译. 石家庄：河北教育出版社，2000：332.

②　高文风. 屠格涅夫论 [M]. 沈阳：辽宁人民出版社，1986：193.

③　Г. А. 比亚雷，М. К. 克列曼. 屠格涅夫论 [M]. 冒效鲁，译. 上海：上海文艺出版社，1962：82.

带有忧郁色调的戏剧冲突让读者沉浸其中。

在影片《贵族之家》的开头，导演康查洛夫斯基先是借用一系列有关欧洲城市的地图和蚀刻版画来暗指主人公拉夫列茨基国外旅行的历史，最后以彼得堡和莫斯科的蚀刻版画来说明他返回俄罗斯。然后通过水彩画提供了乡村的艺术视野，再逐渐融入自然的镜头。[①] 康查洛夫斯基在这里活跃了对空间的艺术描绘，他将俄罗斯的绘画带到生活中，使它们变成对人物产生直接影响的事物。不仅如此，当拉夫列茨基第一次出现在镜头前时，也就是他在国外长期漂泊后回到庄园，镜头在庄园住宅内的豪华与庄园住宅外杂草丛生的荒废状态之间不停地切换。拉夫列茨基凝视着房间里的肖像和旧物件，在老仆人的讲述中回想起自己的早年经历。在这里拉夫列茨基经历了两次闪回。一次回忆起他在巴黎的生活（无论是黑白还是彩色），因不忠而离开的妻子，但他显然爱着她（否则他就不会记得了）；另一次是他母亲的画像和旧书触发了他对那个乡间小女孩的幻想。这两次幻觉的产生都跟拉夫列茨基对母亲的回忆有关，这种幻觉将自己的女儿投射在拉夫列茨基想象他母亲的方式上：一个农家女孩，与大自然融为一体，带着一束花在田野里奔跑。[②] 电影刻意强调了拉夫列茨基作为贵族和农奴儿子的独特身世。至于他的婚姻，则通过他回想自己与浅薄的妻子瓦尔瓦拉巴黎生活的画面加以表现。画面中刻意强调法国颓废、矫揉造作的舞会场景，与美丽纯净的夏日俄罗斯乡村场景形成鲜明对比。和屠格涅夫的某些小说一样，《贵族之家》运用人物的谈情说爱来考验男女主人公的力量和价值，电影却有意识地为作者对俄罗斯的爱赋予了更为重大的意义。就像瓦尔瓦拉对拉夫列茨基所说的："你甚至臆想出你的俄罗斯，实际上它并非如此。"

---

① Stephen Hutchings, Anat Vernitski. *Russian and Soviet Film Adaptations of Literature*, 1900—2001: *Screening the word* [M]. Abingdon: RoutledgeCurzon, 2005: 105.

② 同上，2005: 106.

二

　　小说《贵族之家》与屠格涅夫另外两部小说《浮士德》和《阿霞》有很多异曲同工之处。其实，要从社会历史和艺术这两个角度来鉴赏屠格涅夫的小说《贵族之家》，就必然会涉及作品中突出表现的所谓“西欧主义者”与斯拉夫派之间的那场文化论争。《贵族之家》清楚地表达了屠格涅夫在这场论争中的洞察力和自由精神，小说中的男主人公拉夫列茨基体现了斯拉夫文化优越论在感情上和心理上的丰富性，同时又避免了它的僵化和偏颇，他与女主角丽莎一样，尽管命途多舛，却显示了英雄气概。然而，这一点也是小说改编成电影的最大问题所在，拉夫列茨基引用斯拉夫派的论点，主张俄罗斯的生活和精神取决于普通平民，并且把浅薄自私的官僚潘申那一套陈词滥调一一驳倒，这一画面很难像《罗亭》里的争论那样直接表现在银幕上。因此，在 1969 年版影片《贵族之家》中，这方面的内容被大大压缩，影片中拉夫列茨基甚至在与潘申的争论中处于下风。导演安德烈·康查洛夫斯基在电影中对拉夫列茨基的观点表达和价值评判进行归纳的形式，就像屠格涅夫在小说中对丽萨形象的刻画一样，不是直接把他的内心世界展现给读者，而是通过他的一举一动来让观众全面把握。

　　丽莎是屠格涅夫所创造过的最优美的女性之一，她禀赋聪颖，感情纯洁，善于深思，关怀他人，身上有着许多清新的生命力，内心的一切都是诚挚和真实的，在小说的结尾处，她跟拉夫列茨基一样默默地忍受痛苦，令人唏嘘。影片的女主角丽莎在原著中被赋予那一代俄国妇女的特征，她的性格诚挚、忠实、善良、正派，正是影片结尾处潘申与拉夫列茨基交谈中体现出的永恒而普遍的优良品质的形象。作为一名笃信宗教的姑娘，她最为动人之处是她道德上的力量和纯洁，而不是她外表的魅力。在影片中，具备这些优秀品质的丽莎本来应该能给周围的人们带来益处，并获得个人幸福。然而她的优秀天赋和品质在专制农奴制时代“贵族之家”的条件下埋没了，枯萎了。① 由年仅 19 岁的伊琳娜·库普琴科饰演的丽莎，通过眼神、步态、言谈、微笑，把纯洁深沉的女主人公刻画得栩栩如生，特别是在处理面对悲剧性的爱情结局时，她把女主人公万念俱灰的内心痛苦表现得淋漓尽致，显露出她惊人的艺术才华。

在俄罗斯乡间生活中，拉夫列茨基的自由和个性，以及他对土地的爱得以充分展示。通过大量的俄罗斯乡村景色描绘，小说《贵族之家》所围绕的那个核心的爱情故事在电影中变得较为松散；夏天环境的内容，在影片中时常打断故事的讲述，让观众陶醉其中。整个故事中夏日美景跟男女主人公的感情和谐一致。例如，丽莎与妹妹连诺奇卡在夏日的阳光下愉快追逐的场景以及后来她躲避潘申寻找时偶遇拉夫列茨基时的顽皮与羞涩，丽莎的甜美笑容与乡村小路上漏下的阳光交织在一起，或是拉夫列茨基与丽莎荡舟湖面，丽莎的华丽装束及慵懒的举动都弥漫着难以言喻的美丽，充溢着夏天的气氛。夏日景色和乡村风光似乎是电影不可缺少的一个组成部分，它们在人物上场之前早就为爱情故事布置好了舞台。同样，小说中的次要角色，例如令人厌恶的潘申、热情的德国老头莱姆、丽莎的母亲玛丽娅·德米特里耶芙娜，以及她古怪而又精明的姑妈玛尔法·季莫菲耶夫娜、拉夫列茨基卑鄙而又恶毒的妻子瓦尔瓦拉，所有这些令人难忘的人物都有助于衬托和反映那两个中心人物。影片通过寥寥数笔，使他们的性格和形象特征极为鲜明。

影片《贵族之家》中还以浓郁的抒情笔调延续了屠格涅夫原著中一个重要的题材，那就是音乐艺术在这一部充满抒情气息的影片中的运用，尤其是故事中还有一个被命运欺凌、失意落魄的音乐家莱姆。对于拉夫列茨基和丽莎来说，音乐艺术在拉夫列茨基和丽莎等人的生活与爱情中有着相当的意义，他们珍视真正崇高的艺术，而影片中音乐的旋律吟唱着幸福，他们两人之间的情投意合，置身于庄园的美景之中，能够体味出艺术中所

---

① 高文风，编译. 屠格涅夫论 [M]. 沈阳：辽宁人民出版社，1986：201.

蕴含的神圣而庄严的意义。大自然的愉悦与爱情的美好交织在一起，纯朴的俄罗斯大自然显得丰富多彩，在他们的眼前闪现出生活在一起的美好憧憬。但音乐在"万能才子"潘申身上显得那样肤浅和索然无味，对瓦尔瓦拉·巴芙洛芙娜来说，不过是炫耀个人才华和享乐的工具，没有内在感情的表现。借助于这种手法，背景音乐、环境以及对次要人物的塑造等，都有机地结合起来，从而使爱情故事产生了独特的效果，也使小说的结构显得非常紧凑、协调，向观众显示了人所具有的超越痛苦和在磨难中成长的内在力量。

　　小说里表现出来的，与其说是各种各样的人和事，以及情节内容，不如说是一些抒情的题材，是《贵族之家》的作者的感受，是他的爱和憎，是他的幻想和失望。但是屠格涅夫并没有局限在狭小的个人感受的范畴之内。小说浸透着对祖国的深情，对深刻而完美的内心世界的追求，充满了对伟大的人类之爱的幻想，并尖锐地批判了一切金玉其外、败絮其中的虚伪自私的东西。① 康查洛夫斯基对影片《贵族之家》进行的删改则是显而易见的：一些次要的人物和情节被删去，甚至连丽莎最终的结局也没有交代；同时，添加了一些小说里所没有的情节，譬如买马的片段，还有在影片开头和结尾处的乡间小女孩的场景。那个小姑娘在广袤的田野里漫步，采集着花朵。尽管她的面貌有点模糊，但其中却有某种无限亲切、柔美和温存的东西，这就是在拉夫列茨基的意识里产生的俄罗斯的富于诗意的体现，对他来说，它是与对母亲——普通的俄罗斯农奴——的回忆联系在一起的。直到影片的最后一帧，拉夫列茨基终于实现了自己的梦想：他与女孩一起出现在一片田野里，把对俄罗斯的希望与自己的孩子结合在一起，协调了自己的幻觉时空。②

---

　　① 涅·纳·纳乌莫娃. 屠格涅夫传［M］. 刘石丘，史宪忠，译. 天津：天津人民出版社，1982：148.

　　② Stephen Hutchings, Anat Vernitski. *Russian and Soviet Film Adaptations of Literature*, 1900—2001: *Screening the word*［M］. Abingdon：RoutledgeCurzon，2005：106.

在小说《贵族之家》的结尾，屠格涅夫描述了丽莎在修道院里的痛苦，但也仅仅是通过拉夫列茨基的视角，通过人物的肖像与细节来描写和表现的：

> 据说拉夫列茨基造访了丽莎隐身的那座僻远的修道院，——也见到了她。她在他身边很近的地方经过，从一个唱诗班的席位走向另一个席位，迈着一个修女均匀、急促而安详的步伐——也没有看他一眼。只是向着他一边的那只眼睛的睫毛微微地抖动了一下，只是更低地垂下她瘦削的面孔——而那双缠着念珠的紧握着的手的指头，彼此握得更紧了。他们两个人想到了什么？有什么感受？有谁知道呢？有谁说得出呢？生活中存在那样的瞬间，那样的情感……对此只能指点一下——就从旁边走过。①

这段文字对今天的读者来说，会产生一种强烈的视觉效果，拉夫列茨基和丽莎在小说结尾的再次见面让人不但感叹宗教对婚姻的束缚，也能从主人公的动作中体会到时代所遵循的许多观念所带来的痛苦。小说在描写人物内心活动方面有很强的表现力，但电影可以通过细微的动作或简洁的语言让观众通过人物的表情感受到这个人物的内心活动。所以说，电影在这方面有它的独特之处，"微微地抖动""更低地垂下""手指头握得更紧了"，这些细节动作可以代替一切语言，甚至比更多的文字表达都显得有力量。

---

① 屠格涅夫. 屠格涅夫全集（第 2 卷）［M］. 林纳，译. 石家庄：河北教育出版社，2000：328.

第五章　陀思妥耶夫斯基文学作品的影像阐释

第一节　陀思妥耶夫斯基文学作品影像改编史综述

作为一名作家和知识分子，陀思妥耶夫斯基在自己的创作中极其坦诚地告诉读者他对俄国的所有担心和关切，并以真诚的态度对待那个时代所发生的很多问题，他那"尖锐的思想"往往反对每一个人，但也吸引了每一个人，包括那些不同意他观点的人。陀思妥耶夫斯基这种特殊的受欢迎程度从他小说的发行量就可以看出来，即使在他去世后，他的小说在文学作品改编电影领域同样获得青睐，许多伟大的俄国电影人如谢尔盖·爱森斯坦、弗雷德里希·埃姆勒（Фридрих Маркович Эрмлер）、格里高利·柯静采夫（Григорий Козинцев）和维克多·什克洛夫斯基（Ви́ктор Бори́сович Шкло́вский）都把陀思妥耶夫斯基视为精神导师和艺术的引路人。他们对陀思妥耶夫斯基有着深刻的想象，但更多是在他们的电影著作而不是在他们能够制作的电影中①。正是通过他们，陀思妥耶夫斯基继续成为今天俄罗斯文学与艺术传统的一部分；也正是通过他们，陀思妥耶夫斯基的天才超越了文学创作被更多地揭示出来，进入了视觉想象的空间。

从现有资料来看，根据陀思妥耶夫斯基作品改编的最早的电影是1909年的德国电影短片《罪与罚》（*Schuld und Sühne*）和1910年的俄国电影短片《白痴》（*Идиот*）。其中，由彼得·伊万诺维奇·查迪宁（Пётр Иванович

---

① N. M. Lary. *Dostoevsky and Soviet Film: visions of demonic realisn* [M]. Ithaca & London: Cornell University Press, 1986: 235.

Чардынин）执导的《白痴》时长仅 15 分钟，以故事片段的形式展开讲述，传达了沙皇俄国的颓废感①。影片包含了一些在小说中极为有名的场景，如"梅什金公爵与罗戈任在火车车厢里的相遇""娜斯塔西娅将整包钱扔到壁炉中并跟随罗戈任离开""罗戈任试图杀死梅什金公爵""罗戈任找到在大街上的梅什金公爵并告诉他自己杀死娜斯塔西娅的真相"等内容。俄国导演查迪宁擅长将文学作品改编成电影，在拍摄《白痴》的同时，他还尝试着对普希金的《黑桃王后》和莱蒙托夫的《瓦吉姆》进行改编，他1915 年根据托尔斯泰《战争与和平》部分内容改编的《娜塔莎·罗斯托娃》（Наташа Ростова）曾经轰动一时。此后，在俄国出现的类似短片还有沃隆斯基（Иван Вронски）导演的《罪与罚》（1913），雅柯夫·普罗塔扎诺夫（Я́ков Алекса́ндрович Протаза́нов）根据《群魔》改编、深受丹钦科舞台改编影响的《尼古拉·斯塔夫罗金》（Николай Ставрогин，1915）和维克多·图尔金斯基（Вячеслав Туржанский）自编自导的《卡拉马佐夫兄弟》（1915）等。俄国以外也陆续出现根据陀思妥耶夫斯基作品改编的电影，如 1919 年德国导演鲁道夫·比布拉赫（Rudolf Biebrach）的影片《滚动的球》（Die rollende Kugel，根据《赌徒》改编）、1919 年塞尔瓦托·阿瓦萨诺（Salvatore Aversano）执导的意大利影片《白痴》（L'idiota）、1921 年欧亨尼奥·佩雷戈（Eugenio Perego）的意大利影片《白痴公爵》（Il principe idiota）、德国导演卡尔·弗洛里希（Carl Froelich）1921 年先后拍摄的影片《犯错的灵魂》（Irrende Seelen，根据《白痴》改编）和《卡拉马佐夫兄弟》（Die Brüder Karamasoff）等。

陀思妥耶夫斯基的文学创作风格通过一些德国作家如古·迈林克的创作对 20 世纪 20 年代初德国电影艺术中的一整套以电影导演 P. 维内和弗·朗格、演员 B. 克劳斯和 K. 弗洛伊德等人的名字为代表的方针产生

---

① N. M. Lary. *Dostoevsky and Soviet Film: visions of demonic realism* [M]. Ithaca & London: Cornell University Press，1986: 19.

了影响。① 1923 年由德国电影奠基人罗伯特·维内（Robert Wiene）导演的《拉斯柯尔尼科夫》（*Raskolnikow*）堪称无声电影时代根据陀思妥耶夫斯基作品改编的最重要的电影，也是德国表现主义电影的代表作。在维内的电影中，事物那使人着了魔的面部表情，其变化之剧烈使其索然无味的、无生命的特点都变成了某种独具特色、人格化的、活生生的性格。② 这部由德国列奥纳多电影公司（Leonardo-Film）和诺依曼电影制作公司（Neumann-Filmproduktion）联合出品的影片延续了维内带有悲观主义色彩的作品风格，并有意呈现出俄罗斯特质。因此，他以莫斯科艺术剧院的演员为班底，塑造与他思路相一致的病态心理或与世隔绝的人物，通过表演和空间变形来呈现人物心理的图像。还通过布光与照明，借助视角调度和来自俄国的布景师安德烈耶夫为影片制作的绘画风格的布景，形成假定性的虚幻情境。尤其是在安德烈耶夫的帮助下，这部电影包含了一些镜头，其中的场景和角色通过一种相互的幻觉作用（给观众一种感觉）似乎真的源于陀思妥耶夫斯基的宇宙。楼梯上那种凹凸不平的板条和固定物、布满鬼魂的台阶，预示着锯齿状的阴影。③

20 世纪 30 年代，虽然改编自陀思妥耶夫斯基作品的电影数量并不多，但质量较之前有明显提升。代表性作品有德国影片《杀人犯德米特里·卡拉玛佐夫》（*Der Mörder Dimitri Karamasoff*，1931）、苏联影片《死屋》（*Мертвый дом*，1932）、《彼得堡之夜》（*Петербургская ночь*，1934），还有 1935 年分别来自法国和美国的两部《罪与罚》电影。

得益于德国和苏联之间的密切关系，20 世纪二三十年代有许多俄国人

---

① 格·米·弗里德连杰尔. 陀思妥耶夫斯基与世界文学［M］. 施元，译. 上海：上海译文出版社，1997：332.

② 巴拉兹·贝拉. 物体的面孔（1924）［M］. 安利，译. 电影的透明性：欧洲思想家论电影. 开封：河南大学出版社，2017：56.

③ Lotte H. Eisner. *The Haunted Screen: Expressionism in the German Cinemaand the Influence of Max Reinhardt*［M］. London：Thames and Hudson，1969：27.

来到柏林工作，其中包括导演费奥多尔·奥采普（Фёдор Александрович Оцеп）。《杀人犯德米特里·卡拉玛佐夫》就是他与德国导演埃里克·恩格斯（Erich Engels）共同执导的作品，是一次并不成功的对小说《卡拉马佐夫兄弟》的改编尝试。利用德国人对俄国文化社会历史的迷恋，在德国拍摄电影的俄国导演将目光投向文学经典，探讨农民生活，探索"俄罗斯灵魂"的深处。《杀人犯德米特里·卡拉玛佐夫》这部影片更侧重于围绕德米特里与父亲的冲突这一条主线展开，围绕德米特里与格鲁申卡的故事进行讲述，既缩减了故事情节，又削弱了原著中的主题思想及内涵。与表现主义时代的德国电影相比，《杀人犯德米特里·卡拉玛佐夫》回避了德国电影中明显的和现实的错误——阴郁的象征、同义反复或者类似形象的徒劳重复、猥亵、对畸形的爱好、邪恶①，而作曲家卡洛尔·拉特豪斯（Karol Rathaus）的配乐中包括了心理描写、表现主义的咖啡馆音乐和突然插入的音响效果②，提升了影片的艺术特色。在演员的表现方面，弗里茨·科特讷（Fritz Kortner）的表演拘束而且带有不合时宜的夸张，但导演利用科特讷富于表现力的相貌来确认图像对于音轨来说的首要性③。影片女主角史丹·安娜（Sten Anna）的演技则更胜一筹。

随着苏联电影艺术的发展，陀思妥耶夫斯基文学创作的力量渐渐开始与电影结合。作为新时期的主导艺术，根据陀思妥耶夫斯基作品改编的电影在艺术和政治上都面临着双重挑战。电影艺术家们知道陀思妥耶夫斯基的作品中有许多需要探索的景象④，但如何把握文学作品与电影之间的关系还有很长的路要走。1932年，围绕（苏联时代）陀思妥耶夫斯基第一部

①　博尔赫斯. 电影 [M]. 王永年，等，译. 博尔赫斯散文. 杭州：浙江文艺出版社，2001：23.
②　克利斯多夫·帕尔默，约翰·吉勒特. 电影音乐（续）[M]. 尚家骧，译. 当代外国艺术（第10辑）. 北京：文化艺术出版社，1989：136—144.
③　Sabine Hake. *German National Cinema* [M]. London & New York：Routledge，2008：49.
④　N. M. Lary. *Dostoevsky and Soviet Film：visions of demonic realisn*. Ithaca & London：Cornell University Press，1986：9.

改编电影《死屋》的争论表明，想象力探索的可能性受到了限制。① 这部影片是导演瓦西里·费多罗夫（Василий Фёдоров）在苏联第一个五年计划的背景下、根据维克多·什克洛夫斯基（Ви́ктор Бори́сович Шкло́вский）改编创作的剧本拍摄而成，剧本来源主要是长篇小说《死屋手记》和作家本人的传记材料，影片试图表现出陀思妥耶夫斯基在 19 世纪 40 年代的生活片段（那时他参加了彼得拉舍夫斯基小组）；表现出后来他的世界观如何发生变化；他如何拒绝了空想社会主义的进步思想，而陷入宗教的神秘论。② 但是这部影片并没有获得好评，什克洛夫斯基集中讨论的作为"人民的监狱"的沙皇俄国主题和费多罗夫导演寻求陀思妥耶夫斯基作品"复杂性和主题的多样性"未能得到很好的协调，结果影片因"过分热衷于揭露沙皇时代彼得堡的阴暗气氛和苦役犯所处的艰苦环境，却一点也没有正确阐明《死屋手记》中所提出的复杂问题"③，被看成"毫无成果的形式主义实验"。唯有美工师弗拉基米尔·叶果洛夫和陀思妥耶夫斯基一角的扮演者——卓越的演员尼古拉·巴甫洛维奇·赫米辽夫（Никола́й Па́влович Хмелёв）的工作至今仍值得重视，仍保有自己的价值。④

　　1934 年上映的《彼得堡之夜》由格利高里·罗沙里（Григо́рий Льво́вич Роша́ль）和薇拉·斯特洛耶娃（Ве́ра Па́вловна Стро́ева）共同执导完成。作为电影剧本基础的是陀思妥耶夫斯基早期的短篇小说《白夜》和未完成的《涅托茨卡·涅兹万诺娃》的部分情节，讲述革命前一个天才的孤独的人的命运。这部早期的社会主义现实主义电影将年轻的陀思妥耶夫斯基的乌托邦梦想与他在《群魔》中预见到的革命变革的愿景结合起来（但

　　① N. M. Lary. *Dostoevsky and Soviet Film*：*visions of demonic realisn*. Ithaca & London：Cornell University Press，1986：9.

　　② 苏联科学院艺术史研究所. 苏联电影史纲（第一卷）［M］. 龚逸霄，译. 北京：中国电影出版社，1983：397-398.

　　③ 同上，1983：398.

　　④ Л. 波高热娃. 论改编的艺术（一）——陀思妥耶夫斯基小说的改编［J］. 俞虹，译. 世界电影，1983（1）：100-126.

他曾拼命试图反击)①。影片以一场暴风雪开场，把音乐家叶菲莫夫——由于贫困和非正义而在寒冷、室闷、被暴风雪肆虐的彼得堡死去的农奴百姓的天才代表人物的形象放到了影片的中心。新颖独特的影片开头会让观众想起陀思妥耶夫斯基早期短篇小说的特殊风格，尽管影片并没有极力准确地再现它们的情节。导演竭力通过电影艺术的表现手段强调在真正人民的天才和包围着他的残酷世界之间的悲剧冲突，竭力通过主人公的命运反映和概括许多天才俄国人的典型命运。② 年轻的音乐家卡巴列夫斯基为这部关于音乐家的影片创作了十分严整且首尾一贯的音乐，并使之立刻成为影片的剧作构成的主要成分之一，而开始为影片的情节服务。③ 这部电影在国内外广受欢迎，被认为是新的社会主义现实主义美学的一种表现④，并且代表苏联影片参加了第二届威尼斯国际电影节。

　　1935 年出现了两部受到表现主义影响的电影《罪与罚》，分别为皮埃尔·谢纳尔（Pierre Chenal）执导的法国版《罪与罚》（*Crime et châtiment*）和冯·斯登堡（Josef von Sternberg）执导的美国版《罪与罚》（*Crime and Punishment*）。在由谢纳尔执导的影片中，长篇小说主人公的精神悲剧和他的复杂的内心生活，在影片中仿佛都退居到后景。导演把犯罪的情节推到前景上来。⑤ 在场景布置上，拉斯柯尔尼科夫房间外的走道带着些许表现主义风格。除此之外，这部影片中充斥着大量的所谓"俄罗斯式的"细节（圣像、茶炊、伏特加酒瓶），但是却没有表现出作品的俄罗斯特

---

　　① N. M. Lary. *Dostoevsky and Soviet Film*：*visions of demonic realism*［M］. Ithaca & London：Cornell University Press，1986：21.

　　②⑤ Л. 波高热娃. 论改编的艺术（一）——陀思妥耶夫斯基小说的改编［J］. 俞虹，译. 世界电影. 1983（1）：100-126.

　　③ 切列姆兴. 有声影片中的音乐［M］. 钟宁，译. 北京：中国电影出版社，1958：76.

　　④ N. M. Lary. *Dostoevsky and Soviet Film*：*visions of demonic realism*［M］. Ithaca & London：Cornell University Press，1986：47.

色①。美国版《罪与罚》是传奇导演斯登堡从派拉蒙转投哥伦比亚电影公司后的第一部影片，遗憾的是，同样是根据文学作品改编电影，《罪与罚》未能延续《美国的悲剧》（*An American Tragedy*，1931）的辉煌，影片平庸而毫无出色之处②。

　　受到"二战"影响，20世纪40年代改编陀思妥耶夫斯基作品的电影的高潮出现在战后阶段，从1945年由福斯德曼（Hampe Faustman）编导的《罪与罚》（*Brott och straff*，1945）这部"颇有问题的影片"③开始，包括阿尔弗雷德·蔡斯勒（Alfred Zeisler）的美国黑色电影《恐惧》（*Fear*，1946）、乔治·兰平（Georges Lampin）的《白痴》（1946）、皮埃尔·皮隆（Pierre Billon）的《戴礼帽的男人》（*L'homme au chapeau rond*，根据《永远的丈夫》改编，1946），以及罗伯特·西奥德梅克（Robert Siodmak）执导的《赌徒》（又名《绝代艳姬》，*The Great Sinner*，1949）。

　　与无声电影时代片相比，有声时代的改编影片《白痴》从一开始就试图抓住原著的主题。1946年由萨沙·戈尔迪纳电影公司（Films Sacha Gordine）拍摄的《白痴》是早期比较受关注的改编版本之一，这部影片强调改革的背景，从而创造了一种流动的现实感④。作为乔治·兰平正式导演的第一部作品，在编剧查尔斯·斯帕克（Charles Spaak）以及两位伟大演员杰拉·菲利浦（Gérard Philipe）和艾薇琪·弗伊勒（Edwige Feuillère）的共同努力下，《白痴》被视为那个时代法国电影中难得一见的从伟大小说到伟大电影的代表作之一，尤其是艾薇琪·弗伊勒的表演，远

---

　　①　Л. 波高热娃. 论改编的艺术（一）——陀思妥耶夫斯基小说的改编 [J]. 俞虹，译. 世界电影，1983（1）：100—126.

　　②　乔治·萨杜尔. 世界电影史 [M]. 徐昭，胡承伟，译. 北京：中国电影出版社，1982：288.

　　③　乔治·萨杜尔. 电影艺术史 [M]. 徐昭，等，译. 北京：中国电影出版社，1957：316.

　　④　N. M. Lary. *Dostoevsky and Soviet Film：visions of demonic realism* [M]. Ithaca & London：Cornell University Press，1986：115.

远超越了原节子在黑泽明版本中的表现。①

　　电影《赌徒》集结了导演罗伯特·西奥德梅克、影星格利高利·派克（Gregory Peck）与艾娃·加德纳（Ava Gardner）等各路明星，还有来自米高梅公司的200万美元投资，宏伟的场景与绚丽的服饰让人回想起19世纪豪华典雅的欧洲胜地。②但影片在纽约首映后被称为"枯燥乏味的片子""虽然是精英荟萃，但冗长累赘的故事单调而做作，与自称的娱乐片或是正统戏都搭不上边"。配角们的表演总体得到好评，而对派克与加德纳却少有褒奖。③

　　20世纪50年代的根据陀思妥耶夫斯基作品改编的电影更加异彩纷呈，比较具有代表性的影片包括黑泽明的《白痴》（1951），费尔南多·德·富恩特斯（Fernando de Fuentes）执导的墨西哥影片《罪与罚》（1951），乔治·兰平导演的法国影片《罪与罚》（1956），卢奇诺·维斯康蒂（Luchino Visconti）的《白夜》（*Le notti bianche*，1957），理查德·布鲁克斯（Richard Brooks）执导的美国影片《卡拉马佐夫兄弟》（1958），法国导演布列松（Robert Bresson）的《扒手》（*Pickpocket*，1959），伊万·培利耶夫（Иван Пырьев）导演的影片《白痴》（1958）、《白夜》（1960），克劳德·奥当-拉哈（Claude Autant-Lara）执导的法国影片《赌徒》（*Le joueur*，1959），丹尼斯·森达斯（Denis Sanders）执导的第一部剧情片《美国罪与罚》（*Crime & Punishment*，USA，1959），亚历山大·鲍里索夫（Александра Борисова）那部"讲述了一个只看重地位和财富的社会中人性的缺乏"④的影片《顺从的人》（*Кроткая*，1960）等。与此同时，根据

---

① Dan Callahan: *The Idiot at FIAF*［EB/OL］. http://www. slantmagazine. com/house/article/the-idiot-at-fiaf.

② 格利·弗斯格尔. 格里高利·派克［M］. 董广才，胡小倩，马雅莉，译. 北京：昆仑出版社，2010：115.

③ 同上，2010：116.

④ N. M. Lary. *Dostoevsky and Soviet Film: visions of demonic realism*［M］. Ithaca & London: Cornell University Press，1986：159.

陀思妥耶夫斯基作品改编的电视电影和电视系列剧开始出现，联邦德国导演柯特·戈茨-普弗拉格（Curt Goetz-Pflug）与弗兰克·洛塔尔（Frank Lothar）共同执导的根据《罪与罚》改编的《拉斯柯尔尼科夫》（*Raskolnikow*，1953）是最早的电视电影作品。同年，美国齐夫电视节目制作公司（Ziv Television Programs）推出的电视系列剧集《你最爱的故事》（*Your Favorite Story*）中，包括根据陀思妥耶夫斯基作品改编的《赌徒》，美国哥伦比亚广播公司（CBS Television Network）的专题电视剧集《菲利普·莫里斯剧场》（*The Philip Morris Playhouse*）包含《罪与罚》一集，英国广播公司推出的电视系列剧集《BBC 周日剧场》（*BBC Sunday-Night Theatre*）包括《罪与罚》一集。到了 1959 年，意大利广播公司拍摄了最早的电视连续剧《白痴》（6 集）。

日本导演黑泽明"最喜欢陀思妥耶夫斯基，而且老是以为这本书（《白痴》）能拍一部很棒的影片。直到今天，他仍然是我最热爱的作家，而且他是——我还是这样认为——最诚实地书写人类生存的一个人"。① 由于《罗生门》在国际上赢得的成功，之后，在 1951 年黑泽明拍摄了《白痴》这部日本战后人道主义电影的巅峰作品。黑泽明认为小说《白痴》的最后是一篇电影式的文章。这一幕堪称文学历史上最美丽、最痛苦并且最能够令人产生幻觉的一幕。② 但是如何去解读这篇小说，实际上每个评论家和艺术家都会有他自己的方式。在黑泽明看来，没有必要在东京的电影制片厂摄影棚里搭置彼得堡的布景，只要能着力表现出小说的特点和对主要人物的性格刻画就可以了，于是他把故事的发生地搬到了日本札幌，电影中也具有一些令人难以忘怀的美丽场景，如在日本最北方岛屿北海道拍摄的美丽的落雪场景。③ 不少评论家提到，这是一部晦涩沉重的影片，原著中

① 唐纳德·里奇. 黑泽明的电影 [M]. 万传法，译. 海口：海南出版社，2010：126.
② 卡杜罗. 世界导演对话录 [M]. 龚心怡，译. 北京：世界图书出版公司，2015：166.
③ 奥帝·波克. 日本电影大师 [M]. 张汉辉，译. 上海：复旦大学出版社，2014：230.

所有的主要人物都处于歇斯底里的边缘，倒是陀思妥耶夫斯基世界的混乱感和陌生感在战后日本得到了极好的展现①。在黑泽明看来，他这部电影给出了自己对陀思妥耶夫斯基小说的解读方式，即通过将最打动他的事实转化成影像的这种方式。虽然在他看来，只是把一些简单的事实用电影的语言表达出来而已②。应该说《白痴》是一部令人难忘的杰出作品，在忠于陀思妥耶夫斯基的原作方面要胜过俄国之外任何一部根据该小说改编的影片。③

在经历了意大利新现实主义的纷争之后回过头去重新审视影片《白夜》，会觉得这部影片是鲁奇诺·维斯康蒂职业生涯中一段优美的插曲，令人着迷却微不足道。这部拍摄于 1957 年的影片借鉴了陀思妥耶夫斯基中篇小说中的主要情节，并把故事背景改在现代的意大利。在拍摄手法上，维斯康蒂的《白夜》以一种刻意的非现实主义，结束了在拍摄《大地在波动》(1948)、《情感》(1954) 等影片时那种稳定的发展状态。同时，影片拍摄从自然环境转移到人工环境，《白夜》完全是在摄影棚里拍摄的，因此并没有特别的城市风光的展现。这一系列改变使人感到惊讶，甚至"颇有争议"④，这种环境与照明产生了一种出人意料的梦幻般的效果，那种柔和的色彩让人浮想联翩，暗示其对现实主义的某种背离。《白夜》是安德烈·巴赞一句名言的经典例证，他说的是，在电影中"所有现实都在同一平面上"。⑤ 到了 1960 年，当维斯康蒂拍摄《罗科和他的兄弟们》时，他似乎重新回归到通过电影作品展现浓郁时代气息和真实再现意大利尖锐社会矛盾的创作道路上来。从风格上讲，维斯康蒂在这部影片里，发展了他

————————

①　N. M. Lary. *Dostoevsky and Soviet Film: visions of demonic realism* [M]. Ithaca & London: Cornell University Press, 1986: 115.

②　卡杜罗. 世界导演对话录 [M]. 龚心怡，译. 北京: 世界图书出版公司，2015: 166.

③　乔治·萨杜尔. 世界电影史（第二版）[M]. 徐昭，胡承伟，译. 北京: 中国电影出版社，1995: 552.

④　同上，1995: 402.

⑤　Geoffrey Nowell-Smith. *Luchino Visconti*. London: British Film Institute, 2003: 96.

曾在《情感》《白夜》等影片里试图创立的风格：一种现实主义的、近似小说的叙事风格。《罗科和他的兄弟们》很容易使人联想到《白痴》，因为两者的关系是显而易见的。他是带着批判的观点在重提陀思妥耶夫斯基的；尽管他的影片是心理片，但并不局限于心理范畴。罗科犹如《白夜》中的马里奥，是维斯康蒂所有作品中最陀思妥耶夫斯基式的人物：他的思想基础是乌托邦，代表性格孤僻、思想颓废的人。①

　　1958 年，小说家出身的美国导演理查德·布鲁克斯（Richard Brooks）把长篇小说《卡拉马佐夫兄弟》搬上了银幕。布鲁克斯认为，"百分之九十九要改编成电影的小说，必须要经过大的删削和改动才能成为好电影"，②编剧爱泼斯坦兄弟（Julius J. Epstein & Philip G. Epstein）因此将原著小说中的大部分次要情节和人物全部删去，电影情节围绕着核心内容展开，包括人物心理的冒险和浪漫的一面，但关于宗教的探讨分析和哲学心理学方面的思考都没有涉及，德米特里被处理成影片绝对的主角，伊万和阿列克谢则退后为配角。《卡拉马佐夫兄弟》可以是一个犯罪故事、一个爱情故事，或者一部情节完整的惊悚片，但这部规模宏伟、耗资巨大却不够深刻的影片，引起了舆论界的批评③。乔治·萨杜尔认为与同样改编自文学作品的《灵与欲》（*Elmer Gantry*，1960）相比，《卡拉马佐夫兄弟》"较为一般"④。这部具有明显好莱坞特色的影片根本没有表现出陀思妥耶夫斯基的哲理和诗意、他对社会的不公正所给予的严峻而炽烈的批评、他的人道主义、他对不幸的"社会底层"的同情，以及他在描述他所

　　①　阿里斯塔尔科. 维斯康蒂的"小说电影"［M］. 艾敏，何振淦，译. 当代外国艺术（第 4 辑）. 北京：文化艺术出版社，1987：87-95.

　　②　布鲁克斯. 小说不是电影［M］. 石明，译. 电影改编理论问题. 北京：中国电影出版社，1988：355.

　　③　Л. 波高热娃. 论改编的艺术（一）——陀思妥耶夫斯基小说的改编［J］. 俞虹，译. 世界电影. 1983（1）：100-126.

　　④　乔治·萨杜尔. 世界电影史（第二版）［M］. 徐昭，胡承伟，译. 北京：中国电影出版社，1995：440.

处的那个世界的残酷无情时所体验到的那种痛苦的矛盾心情。①

　　法国导演布列松（Robert Bresson）拍摄于 20 世纪 50 年代的电影《死囚越狱》（1956）和《扒手》（1959）是其导演生涯中为数不多的两部既没有悲剧也没有死亡的影片。两者的结局都是胜利，既是世俗的也是精神上的②。其中，1959 年的《扒手》（*Pickpocket*）在某种程度上受到了陀思妥耶夫斯基《罪与罚》的影响，影片中，主人公米歇尔在第一次偷窃之后相信自己是"世界的主人公"。正如他的原型，陀思妥耶夫斯基《罪与罚》中的主人公拉斯科尔尼科夫，他认为自己可以凌驾于道德和法律之上，因为他们对社会来说是不可缺少。③ 而实际上，真正的自由是在他被监禁之后，他尝试着去接受他的人性，从而发现了爱的价值。影片中的隐喻性镜头与极简主义美学表现刻画出导演对于社会的态度和在人物塑造上的自传色彩和个性化力量，甚至影片本身也是对于战后法国电影发展巅峰状态的一种象征性的否认，就像影片中的米歇尔一样，这种否认反映了布列松的抱负。对陀思妥耶夫斯基作品背后的人类心理的洞察，是布列松美学的关键，布列松对陀思妥耶夫斯基的解读，本身就是要触及核心，达到能改变一切的超凡的灵魂转化④。除了《扒手》，布列松对陀思妥耶夫斯基的关注还体现在他后来的两部影片《温柔女子》　（*Une femme douce*，1969）和《梦想者四夜》（*Quatre nuits d'un rêveur*，1971）中，只不过话题转向了婚姻与浪漫。影片《温柔女子》的素材取自陀思妥耶夫斯基的《温顺的女性》，小说揭示出 19 世纪身患"当代的俄国病"——即灵魂中缺

　　① Л. 波高热娃. 论改编的艺术（一）——陀思妥耶夫斯基小说的改编 [J]. 俞虹，译. 世界电影. 1983（1）：100-126.

　　② Tony Pipolo. *Robert Bresson：A Passion for Film* [M] New York：Oxford University Press，Inc. 2010：98.

　　③ 保罗·施拉德. 论《扒手》[M]. 黄渊，译. 外国电影批评文选. 北京：世界图书出版公司公司，2014：80.

　　④ Tony Pipolo. *Robert Bresson：A Passion for Film* [M] New York：Oxford University Press，Inc. 2010：234.

乏关于生存的崇高信念的俄国男人将女性推向直接或间接的自杀的境地，布列松让这则故事发生在 20 世纪 60 年代末的浪漫城市巴黎，同样反映了贫困和女性受到压迫的问题。影片令人惊艳的开头是迄今为止最能代表布列松风格的段落。这一部分由四个镜头组成，它"描绘"了影片标题上提到的那个年轻女性的自杀，但既没有模特的设定，也没有动作本身的表现，而是用纯粹的电影摄影技术和隐晦的表现手法，充分利用了声音和银幕外的空间，这两个特征后来在布列松电影美学中表现得更为突出。①1971 年的电影《梦想者四夜》根据中篇小说《白夜》创作拍摄，真实地再现了陀思妥耶夫斯基早期小说中年轻的、充满了春天般气息的意境。影片始终保持着一种悠闲的节奏，以一种无拘无束的状态来拍摄抒情之美。②这部影片以 20 世纪 60 年代末 70 年代初的巴黎青年生活为背景，四个晚上的故事发生地点位于巴黎左岸中心地带，影片中叙述人称的转换、雅克的轻松慵懒、随处可见的耀眼色彩与灯光、温暖柔和的色调变化等，都显示出布列松在影片中与众不同的心理构成，甚至消除了陀思妥耶夫斯基小说中的孤独和寂寞。

　　在陀思妥耶夫斯基小说改编史上，苏联导演伊万·培利耶夫是最有影响力的一位。他从 20 世纪 50 年代后期开始从事陀思妥耶夫斯基文学作品的改编工作，导演编剧的影片有《白痴》（上集《娜斯达西娅·菲里波夫娜》，1958）、《白夜》（1960）、《卡拉马佐夫兄弟》（1969，共三集）三部。培利耶夫之所以在 1960 年拍摄《白夜》，也许是因为他在续拍《白痴》时遇到的困难，也许是他不愿向陀思妥耶夫斯基承认失败的愿望，也许仅仅是对年轻女演员柳德米拉·马尔琴柯的迷恋。③ 在培利耶夫看来，《白夜》

---

　　① Tony Pipolo. *Robert Bresson：A Passion for Film*［M］New York：Oxford University Press, Inc. 2010：236.

　　② 同上，2010：260.

　　③ N. M. Lary. Dostoevsky and Soviet Film：visions of demonic realism［M］. Ithaca & London：Cornell University Press, 1986：126.

是一部刻画细腻、抒情、令人感动的作品。它的字里行间饱含着获得爱情的欢乐、理想不能实现而产生的痛苦、普希金式的淡淡忧伤，以及默默无闻、谦卑的自我牺牲精神。培利耶夫在叙述方法上沿用了小说的基本结构，将情节按照夜的顺序依次展开，同时又通过序幕、尾声，以及时常出现的叙述人使整个故事形成框架结构。但这部由莫斯科电影制片厂出品的《白夜》没有获得成功，陀思妥耶夫斯基的小说被简化为一种最糟糕的戏剧感伤[①]。

其实，从20世纪60年代前后开始，除伊万·培利耶夫的创作之外，很少再有忠实于陀思妥耶夫斯基原著小说的改编影片出现，无论是1965年的南斯拉夫导演日沃因·帕夫洛维奇（Živojin Pavlovi）的电影《双重人格》（Neprijatelj）、1966年康斯坦丁·沃伊诺夫（Константин Наумович Во́инов）执导的《舅舅的梦》（Дядюшкин сон）和同年完成摄制却遭到禁映的阿洛夫（Александр Александрович Алов）和纳乌莫夫（Влади́мир Нау́мович Нау́мов）联合执导的《倒胃口的笑话》（或译为《一件糟心的事》，Скверный анекдот）、1968年贝纳尔多·贝托鲁奇（Bernardo Bertolucci）从《双重人格》中获得启发而拍摄的《搭档》（Partner）、阿列克谢·巴塔洛夫（Алексе́й Влади́мирович Бата́лов）执导的《赌徒》（Игрок，1972）、伯努瓦·雅克（Benoît Jacquot）执导的《音乐家杀手》（L'assassin musicien，1976），还是1983年由芬兰导演阿基·考里斯马基（Aki Kaurismaki）执导的处女作《罪与罚》（Rikos ja rangaistus），波兰导演皮奥特·杜马拉（Piotr Dumala）复杂而富有挑战性的动画短片《芳魂》（Tagodna）（改编自《温顺的女性》，1985），雅克·杜瓦隆（Jacques Doillon）根据《永恒的丈夫》改编的《一个女人的报复》（La Vengeance d'une femme，1990），苏联、瑞士、意大利三国合拍、由安德烈·艾沙帕金

---

① N. M. Lary. *Dostoevsky and Soviet Film*: *visions of demonic realism* [M]. Ithaca & London: Cornell University Press, 1986: 117.

（Андрей Эшпай）执导的《被侮辱与被损害的》（Униженные и оскорблённые，1991），迪米特里·塔拉克（Дмитрий Таланкин）与伊戈尔·塔拉克（Игорь Таланкин）合拍的《群魔》（1992），李奥尼德·克维尼希泽（Леонид Квинихидзе）执导的《白夜》（Белые ночи，1992），帕夫洛维奇（Zivojin Pavlovic）根据《永恒的丈夫》改编的《逃兵》（Dezerter，1992），秘鲁导演弗朗西斯科·J. 隆巴蒂（Francisco J. Lombardi）根据《罪与罚》改编的《无情》（Sin compasión，1994），美国导演加里·沃尔克（Gary Walkow）的《地下室手记》（Notes from Underground，1995），荷匈英三国合拍的《赌徒》（The Gambler，1997）等都难免不尽如人意。例如苏联导演巴塔洛夫根据陀思妥耶夫斯基同名小说改编的《赌徒》就未能直接呈现主人公阿历克赛的生活经历，而更关注于激烈的赌博场面，或是在镜头中对位于捷克斯洛伐克的赌场外景地旧建筑和城镇美丽风景流连；而在导演克维尼希泽（Леонид Квинихидзе）拍摄的《白夜》（1992）中，将陀思妥耶大斯基的原著故事改造成现代生活中的经历，幻想者在影片中成了分送面包的卡车司机，神秘的房客则成了以诱惑者形象出现的"新俄罗斯人"，而纳斯琴卡依旧是痴心的恋人形象。导演似乎在通过不同人物夜间生活方式的对比凸显俄罗斯社会的变革，但把这一思路依附于陀思妥耶夫斯基的作品之上，不能不说是一次失败的尝试。

　　在 20 世纪 60 年代，19 世纪现实主义文学家的代表性"史诗"作品在苏联都被加以奢华的银幕处理，电影版本通常长达几个小时，陀思妥耶夫斯基的作品除了培利耶夫的《卡拉马佐夫兄弟》（1968），1970 年公映的《罪与罚》可以被看成 20 世纪陀思妥耶夫斯基作品"忠实性"电影改编的最后一部作品。这部刻意制作成黑白电影的《罪与罚》是导演列夫·库利扎诺夫（Лев Алекса́ндрович Кулиджа́нов）和编剧尼古拉·菲戈夫斯基（Николай Николаевич Фигуровский）在了解 19 世纪的知识分子和关注陀思妥耶夫斯基思想的基础上，选择信赖小说的原文，没有再臆造或添加什么东西。① 在导演的特写镜头下，电影人物的内心世界得到了很好的展现，这既符合陀思妥耶夫斯基的心理描写，也符合几乎是作为主人公的内心独白建构起来的小说的风格。特写镜头同主人公大量的过场戏配合在一起，这时，他仿佛也被嵌进彼得堡的风景中去了。② 总而言之，因为花费在这部电影上的智慧、才华和关注，它为我们审视苏联电影改编的原则及其局限性提供了一个很好的机会③。

　　1981 年，为了纪念陀思妥耶夫斯基逝世 100 周年和诞辰 160 周年，莫斯科电影制片厂出品拍摄了由亚历山大·扎尔赫依（Александр Григорьевич Зархи）导演的《陀思妥耶夫斯基一生中的 26 天》（Двадцать шесть дней из жизни Достоевского），这部影片是关于这位作家生平与创作描写得最好的传记影片，讲述了在 1866 年 10 月紧张的日子里，作家同纪录《赌徒》的年轻女速记员二十六天的罗曼史，电影的世界充满了陀思妥耶夫斯基式的人物，"所选择的陀思妥耶夫斯基生活中的这一真实片段，本身的情节性和戏剧性很强，简直就像编写的"④。之后，对陀思妥耶夫斯基作品的电影改编逐渐陷入一种难以自拔的癫狂状态之中。以《白痴》的电影改编为例，1985 年安德烈·祖拉斯基（Andrzej Zulawski）拍摄了影片《狂野的爱》（L'Amour braque），这是这位波兰籍导演继 1984 年《没有私生活的女人》（La femme publique）之后再次对陀思妥耶夫斯基的小说进行了一种极为松散的阐释。影片结尾处写道"电影的灵感来自陀思妥耶夫斯基的小说《白痴》，这也代表着对这位伟大作家的致敬"。祖拉斯基的大多数电影是在一个充满艺术家、模特、贵族和杀人犯的时代里发生的，

　　①② Л. 波高热娃. 论改编的艺术（二）——陀思妥耶夫斯基小说的改编 [J]. 俞虹，译. 世界电影，1983（2）：184-203.

　　③ N. M. Lary. Dostoevsky and Soviet Film: visions of demonic realism [M]. Ithaca & London: Cornell University Press, 1986: 179.

　　④ 巴维尔·费恩. 陀思妥耶夫斯基的二十六天·后记 [J]. 孟大器，译. 电影创作，1982（3）：85.

在这个时代，爱情就像是一个充满痛苦的误解、血腥的背叛和受挫的奉献的辐射坑。[①] 在电影的开头部分，祖拉斯基用了一种近乎癫狂的状态来描绘这个发生在现代法国社会的边缘人故事，他们在抢劫银行时歇斯底里的动作、夸张的面具与行为、怪诞风格的笑声，再加上语言上的有意混乱和伴随着暴行的古怪配音，将一个地狱般的世界中的暴力与罪行展现出来。影片本身探讨的主题是暴力邪恶与纯洁善良的两面，法国女演员苏菲·玛索为了出演片中的女主角，尝试这部与她之前风格截然不同的电影作品，不惜与高蒙电影公司解约，并在片中展现其成长与叛逆的一面。

另一位对陀思妥耶夫斯基情有独钟的波兰导演是安杰依·瓦伊达（Andrzej Wajda）。早在 1956 年，瓦伊达就开始对陀思妥耶夫斯基的小说《群魔》产生兴趣，"这本书中蕴含的巨大力量让每个人都深受震撼。它对我们所要求的真实和诚实，我们从来没有经历过，也没想过如何去适应"[②]。1972 年在伦敦戏剧节上，由瓦伊达根据加缪的改编剧本导演的、波兰克拉科夫剧团演出的《群魔》一经推出，英国所有的报纸都对导演水平、剧情效果、舞台装饰、演职团队和主要演员给予了高度评价[③]，在这一次成功演出的基础上瓦伊达于 1988 年拍摄了电影《群魔》（Les-possédés），后又在舞台演出的基础上拍摄了影片《娜斯塔西娅》（Nastazja）。这部电影是 1994 年瓦伊达通过与日本歌舞伎大师、现役女形最具代表性人物坂东玉三郎的合作，成就了《白痴》电影改编史上的惊人之作。坂东玉三郎在剧中以"一人分饰二角"的方式同时扮演梅什金公爵和娜斯塔西娅两人，这也是他首次在舞台上以男性角色出现，永岛敏行饰演罗戈任。故事以娜斯塔西娅在婚礼上的逃脱以及小说的结局部分，也就是罗戈任在杀死娜斯

---

① Michael Atkinson. *Exile Cinema*：*Filmmakers at Work beyond Hollywood* ［M］. Albany：State University of New York Press，2008：81.

② 安杰伊·瓦伊达. 剩下的世界：瓦伊达电影自传［M］. 乌兰，李佳，译. 上海：上海三联书店，2019：151.

③ 同上，2019：158.

塔西娅后请梅什金公爵来到他家，并告诉他真相为起点，通过罗戈任与梅什金公爵回忆起他们之间的恩怨往事。影片借助耳环、披肩等道具，提醒观众故事发展的变化。在瓦伊达看来，坂东玉三郎在影片中的反串角色简直完美极了……他用每一个手势、动作、步法、笑容乃至嗔怒，塑造出了这个女性异常丰满的人物性格和特征。①

　　《白痴》的随意性改编在 2000 年前后达到了高潮，先是 1999 年由捷克和德国合拍的电影《愚人的回归》（*Návrat idiota*），之后的俄国电影《道恩豪斯》（又译为《倾覆的房子》，*Даун Хаус*，2001）则是一种"流氓式的喜剧改写"。随着电视连续剧《白痴》（*идиотъ*，2003）的走红，这种随意性改编的风潮戛然而止。10 集电视连续剧《白痴》没有像原著一样以梅什金返回彼得堡的三等车厢为起点，而是虚构了一段托茨基、叶潘钦将军两人与娜斯塔西娅就婚约问题摊牌的场景，而梅什金与罗戈任的相识与攀谈被放置在了公爵拜访叶潘钦将军时等待见面的回忆之中，黑白的回忆画面将两个主要人物——梅什金与罗戈任——的不同性格和深刻含义独特地呈现在观众面前。导演弗拉基米尔·博尔特科之前曾以极高的艺术水准把俄国文学经典如《狗心》（1988）、《大师与玛格丽特》（2005）搬上电视荧屏，还拍摄了《塔拉斯·布尔巴》（2009）等受人欢迎的名著改编电影。《白痴》播出后获得了观众和评论家的一致赞誉，导演博尔特科和饰演梅什金公爵的演员叶甫盖尼·米罗诺夫（Евгений Миронов）因在电视剧《白痴》中精湛的导演与表演艺术而获得俄罗斯 2004 年度索尔仁尼琴文学奖。

　　此后，"国产影片和电视连续剧在我国电视节目中已占据主要地位。这在 2004 年更是特别明显。远非所有连续剧的质量都很高，但许多都受到

---

　　①　安杰伊·瓦伊达. 剩下的世界：瓦伊达电影自传［M］. 乌兰，李佳，译. 上海：上海三联书店，2019：166.

批评家和电视观众十分热烈的欢迎"。① 根据陀思妥耶夫斯基作品改编的电视连续剧此后在俄罗斯保持了长盛不衰的势头，如 2006 年《群魔》（*Бесы*，4 集）、2007 年的《罪与罚》（*Преступление и наказание*，8 集）、2009 年的《卡拉马佐夫兄弟》（*Братья Карамазовы*，12 集），还有 2011 年由导演弗拉基米尔·霍京年科（Влади́мир Ива́нович Хотине́нко）执导、讲述这位俄国伟大作家生活与创作的 11 集电视连续剧《陀思妥耶夫斯基》（*Достоевский*）和霍京年科于 2014 年重新拍摄的 4 集电视连续剧《群魔》（*Бесы*）等。

进入 21 世纪之后，根据陀思妥耶夫斯基作品改编的电影电视数量明显增加，比较有代表性的作品包括以色列导演米纳罕·戈兰（Menahem Golan）的《罪与罚》（2002），巴西导演埃托尔·达利亚（Heitor Dhalia）改编自《罪与罚》的《黑眼圈》（*Nina*，2004）、乌里·巴尔巴什（Uri Barbash）导演的改编自《卡拉马佐夫兄弟》的以色列影片《四兄弟》（*Salt of the Earth*，2006），灵感来自《白夜》的印度影片《爱人》（*Saawariya*，2007），捷克导演佩特·泽伦卡（Petr Zelenka）的《卡拉马佐夫兄弟》（*Karamazovi*，2008），意大利导演吉奥里亚诺·蒙塔尔多（Giuliano Montaldo）讲述陀思妥耶夫斯基生平的影片《圣彼得堡的邪魔》（*I demoni di San Pietroburgo*，2008），法国导演帕特里斯·夏侯（Patrice Chéreau）执导的音乐剧电影《死屋手记》（*De la maison des morts*，2008），泽基·德米尔库布兹（Zeki Demirkubuz）执导的土耳其影片《地下室手记》（*Yeraltı*，2012），达赫让·奥米尔巴耶夫（Дарежан Оми́рбаев）拍摄的哈萨克斯坦影片《罪与罚》（*Студент*，2012），2013 年英国导演理查德·艾欧阿德（Richard Ayoade）执导的电影《双重人格》（*The Double*），2013 年阿曼籍导演阿敏·马塔广（Amin Matalqa）拍摄的现代版《白夜》

---

① 罗伊·麦德维杰夫. 普京总统的第二任期 [M]. 王尊贤，译. 北京：社会科学文献出版社，2007：169.

故事《奇怪的爱》（*Strangely in Love*），2015 年由美国、比利时和荷兰三国合拍的《尊尼获加》（*Johnny Walker*，改编自《地下室手记》），俄国电影《笼》（*Клетка*，改编自《温顺的女性》），美国与匈牙利合拍的、由索博尔奇·豪伊杜（Szabolcs Hajdu）执导的《东欧赌徒》（*The Gambler*，2012），澳大利亚电影《罪与罚》（*Crime & Punishment*）和 2016 年伊朗电影《睡眠之桥》（*Pole Khaab*）、《萨伊赫·莫瓦兹》（*Sayehay movazi*），阿根廷电影《玩家》（*El jugador*）等。在电视剧方面，除前面提到的俄国电视连续剧之外，还有日本电视连续剧《罪与罚》（罪と罰，6 集，2012）、日本电视连续剧《卡拉马佐夫兄弟》（カラマーゾフの兄弟，11 集，2013）等精彩作品。

陀思妥耶夫斯基作品的影响力极为深远，直到今天依然如此。他的作品改编影视剧数量在 21 世纪，尤其是近 10 年的增多，与今天人们对陀思妥耶夫斯基作品的关注有密切关系。陀思妥耶夫斯基是一名预言家，但他又不仅是一名预言家，他通过自己的创作预示了现代社会走向文明和进步时人的困惑与迷茫，并且尝试着以自己的宗教理念来解决这些问题。

> "人不是单靠面包而活着的"，换句话说，他道出了一条有关人的精神来源的公理。魔鬼的观念只能适用于人——兽。基督则知道，光靠面包是不能使人振奋的。况且如果没有精神生活，没有美的理想，那么人就会忧伤，会死去，会发疯，会自杀或者会开始沉湎于多神教的幻想之中。而由于基督在自身和他的语言中蕴含有美的理想，所以他得出结论：最好还是先将美的理想灌输到人的心灵。当心灵中有了美的理想，所有的人准会互为兄弟，那时他们当然会相互帮助，也就都会成为富有的人。①

---

① 陀思妥耶夫斯基. 费·陀思妥耶夫斯基全集（第 22 卷·书信集下）[M]. 郑文樾，朱逸森，译. 石家庄：河北教育出版社，2010：966.

在作家看来，社会的这种状态与精神生活的匮乏有直接关系。而今天，随着物质生活的丰富，精神生活、道德生活本身都发生了动摇与匮乏，并且改变了今天人们对于恶、罪、堕落的看法，在应付这种让人感到无能为力的状态时，陀思妥耶夫斯基的作品及其改编电影解答的不仅是忧伤和痛苦的问题，还有从人类堕落、痛苦与悔恨的曲折道路上找寻答案的可能。

第二节 从《白痴》到《卡拉马佐夫兄弟》：伊万·培利耶夫的陀思妥耶夫斯基情结

1872 年 1 月，得知瓦·德·奥博连斯卡娅有意根据长篇小说《罪与罚》编一个剧本，陀思妥耶夫斯基表示完全同意，并且阐述了他对于改编的看法：

> 有某种艺术秘密，由于它的叙事形式永远不能在戏剧形式中找到与自己相适应的东西。我甚至相信，对艺术的各种形式而言存在着与其相适应的一系列艺术思维，因此一种思维任何时候也不可能通过与它不相适应的另一种形式来表现。
>
> 如果您对长篇小说做尽量多的改动，只保留它的某一个情节线索，以改编成戏剧，或者是采取它的原有思想而对情节做完全的改动，那就是另一回事了……①

奥博连斯卡娅的剧本有没有改编成功，我们不得而知。但在之后从戏剧到电影电视的漫长的陀思妥耶夫斯基小说改编史上，无数俄国或苏联编剧、导演参与其中，在各自的艺术形式中寻找与陀思妥耶夫斯基小说"相适应的东西"，伊万·培利耶夫是最具有代表性的一位。根据他本人的描述，他对陀思妥耶夫斯基这位艺术魅力和悲惨遭遇都与众不同的作家怀有一种由来已久、不可动摇的偏爱。"阅读他的作品时，我永远被他作品中

---

① 陀思妥耶夫斯基. 费·陀思妥耶夫斯基全集（第 22 卷·书信集下）[M]. 郑文樾，朱逸森，译. 石家庄：河北教育出版社，2010：856.

蕴含的感人肺腑、惊心动魄的东西所感染。"① 从 20 世纪 50 年代后期开始，这位曾经的音乐喜剧导演主要从事陀思妥耶夫斯基文学作品的改编工作，导演编剧的影片有《白痴》（上集《娜斯达西娅·菲里波夫娜》，1958）、《白夜》（1960）、《卡拉马佐夫兄弟》（1969，共三集）等三部。在拍摄《白痴》之前，他的创作生涯中共拍摄了 16 部反映现代人的影片，影片主人公有集体农庄庄员、拖拉机手、工人、共青团员、党的干部、苏军士兵和军官等。但在培利耶夫看来，只拍现代题材影片，不将经典著作搬上银幕（我根据托尔斯泰、果戈理、陀思妥耶夫斯基的小说写了许多电影剧本），那么这种学习是不完全的。但是，就像陀思妥耶夫斯基所说的，"真正艺术的特征在于它永远合乎时代要求，为时代所迫切需要，于时代有益的……而与时代不相适应、不符合时代要求的艺术是根本不可能存在的"②。因此，"在改编陀思妥耶夫斯基长篇小说时，摈弃了我所有驾轻就熟的手法，似乎进入了一个我从未涉足过的天地"，培利耶大"力求慎重地、富于逻辑顺序地揭示小说的内容，详尽地表述它的情节并富于创造性地再现小说的内在艺术形象"。③ 当然，对于培利耶夫的改编方式在苏联国内也有不少争议，认为他"在银幕上对小说进行了本质上的自然主义处理……而牺牲了陀思妥耶夫斯基所看到的新的、特殊的、奇妙的、正在出现的现实。培利耶夫和他的追随者们把陀思妥耶夫斯基的颠覆性归结为对他所处时代和地点的弊病的批评"④。

一

小说《白痴》的创作始于 1867 年陀思妥耶夫斯基旅居西欧期间，完成

---

① 　培利耶夫. 我和我的创作 [M]. 丁昕，译. 北京：中国电影出版社，1989：173.

② 　同上，1989：164-165.

③ 　同上，1989：165.

④ 　N. M. Lary. *Dostoevsky and Soviet Film：visions of demonic realism* [M]. Ithaca & London：Cornell University Press，1986：10.

后陆续发表在 1868—1869 年的《俄国导报》杂志上。和其他几部伟大的长篇小说《罪与罚》《群魔》《卡拉马佐夫兄弟》相比，《白痴》拥有几乎和它们一样的戏剧化的结构、悲剧感的情节和哲理性的情节。在小说的第一部中，因患有癫痫病长期在瑞士治疗的梅什金公爵乘火车返回彼得堡，在车上结识了富商之子帕尔芬·罗戈任。火车到站后，梅什金公爵先去拜访叶潘钦将军，因为将军夫人是他的远房亲戚。在将军家中，梅什金公爵见到了将军和他秘书加尼亚，并与将军夫人及她的三个女儿言谈甚欢，将军安排公爵在加尼亚母亲那里租下房子暂住。梅什金公爵待人真诚，不谙世事，他的很多所作所为让人发笑，他的善良又让人信任他，愿意和他交往。一个偶然的机会，梅什金公爵被卷入一桩婚事之中：地主和大资本家托茨基为了娶叶潘钦将军家的女儿，缔结上流社会的美满姻缘，企图用七万五千卢布的嫁妆安排曾被他蹂躏的美貌女子纳斯塔西娅·菲利波夫娜嫁给叶潘钦将军的秘书加尼亚；利欲熏心的加尼亚保持着与叶潘钦将军家的女儿阿拉格娅的交往，也"十分热烈"地爱纳斯塔西娅，还有那一笔不菲的嫁妆；而叶潘钦将军也对她想入非非。纳斯塔西娅看穿了这一群人的卑鄙伎俩，在自己的命名日聚会上彻底撕下了这群上流社会伪君子装腔作势的假面孔。了解事情真相的梅什金出于同情和怜悯，想让纳斯塔西娅摆脱这种受人摆布的困境，提出愿意娶她为妻。但纳斯塔西娅拒绝了他的好意，"怕害了他"，怕他"以后会责备"。最后，她跟着拿了十万卢布来争夺纳斯塔西娅所有权的罗戈任一伙扬长而去。从第二部开始，小说讲述的是纳斯塔西娅在罗戈任和梅什金公爵之间的游移不定。同时，在与公爵交往的过程中，阿格莱娅爱上了梅什金，两人的恋情得到了叶潘钦夫人的同意，但梅什金公爵在阿格莱娅和纳斯塔西娅之间同样无力做出选择，癫痫病的发作则让婚事告吹。最终，罗戈任找到梅什金公爵，告诉他自己杀死了纳斯塔西娅，两人在罗戈任家中纳斯塔西娅尸体旁最后待了一个晚上。小说的结局是罗戈任被流放西伯利亚，病情加重的公爵被送回瑞士的疗养院，叶潘钦一家和其他一些朋友常去瑞士探望。

　　在小说中，陀思妥耶夫斯基基于塑造所谓"十分完美的人"形象的想法描绘了主人公梅什金公爵。首先，梅什金公爵身上明显带有作者的一些经历或特征，癫痫发作的症状、关于死刑的讲述，都是作家自己的感受。其次，梅什金公爵来自瑞士，一回到俄国，他马上被卷入一场又一场的风暴之中：叶潘钦将军家的、加尼亚家的、纳斯塔西娅身边的，甚至还有罗戈任，"人一进入生活，必然要承担生活之过的重责"，作品的结尾处，病重的梅什金公爵回归了瑞士这个"虚无之境"。其实，梅什金公爵是一个理想化的人物，他被看成是"白痴"，跟他的善良真诚光明磊落是分不开的。陀思妥耶夫斯基在写作笔记里把他设想为"基督公爵"，带有明显的宗教情怀，尤其是通过人物的顺从忍让，以及他所认为的"美能拯救世界"的想法，但梅什金公爵的悲剧恰好说明了这条路是行不通的。

　　小说也通过梅什金公爵——一个重新踏上俄国国土的"白痴"的视角，展现了俄国1861年农奴制改革后的社会生活，在《白痴》中，因纳斯塔西娅而聚拢在一起的人们，有古老的显贵、官僚地主和资本家相结合的城市新贵、商人、小公务员、"偶合家庭"成员等，他们不约而同地追逐金钱，因为金钱在这个时代起着极为重要的作用，除此之外，人们身上普遍的鄙俗气同样暴露了这个时代最真实的一面。

　　早在1947年，培利耶夫就写好了《白痴》的电影剧本，而开始构思的时间还要早些。"我很喜欢这部小说，主人公给我留下了清晰的印象，上边我谈及的主人公的那些特点使我心驰神往。"[1] 在写《白痴》电影剧本过程中，培利耶夫反复阅读陀思妥耶夫斯基的原著，同时还写出了根据中篇小说《白夜》改编的电影剧本。之后，因为忙于拍其他影片和担任莫斯科电影制片厂厂长的缘故，拍摄计划一再往后拖延，另外一个重要的原因是找不到扮演主角的演员。其间，培利耶夫还把剧本先后交给 C. 尤特凯维

---

[1]　培利耶夫. 我和我的创作 [M]. 丁昕，译. 北京：中国电影出版社，1989：160-161.

奇和托夫斯托诺戈夫拍摄，但都因为找不到扮演梅什金这一角色的演员而未能如愿。后来，在导演丘赫莱依试拍影片《第四十一个》（1956）的过程中，未被选上的演员雅科夫列夫进入了他的视野，"他朴实、和善、谈吐亲切。他浑身洋溢着一种难以名状、能立刻使你倾倒的魅力。我越来越觉得他能演好梅什金"。① 饰演纳斯塔西娅·菲里波夫娜角色的女演员则选择了当时莫斯科最有才华的话剧女演员之一尤利娅·鲍里索娃。

1958年5月上映的影片《白痴》以124分钟的时长再现了陀思妥耶夫斯基小说《白痴》的第一部，由伊万·培利耶夫编剧并导演的这部电影准确地追随着长篇小说第一部分的那些事件。影片是根据小说的第一部分由四个大场面组成的：在车厢里（在这里发生了梅什金、罗戈任、列别杰夫的相遇）；在叶潘钦将军府邸（在这里展开了对所有那一群人物的性格刻画）；在伊沃尔金宅第的那场戏，这是由好几个片段组成的；还有在纳斯塔西娅·菲里波芙娜房间里那一最富有戏剧性的以"虚伪的结局"收尾的高潮场面。关于梅什金的人物命运，在小说的第一部分和在影片中都只提到了一部分，其他都没有被拍摄出来。培利耶夫使影片只局限于小说第一部分的材料，不但减轻了自己的任务，同时使影片结构更加明晰完整。在培利耶夫看来，《白痴》通过梅什金这个正面主人公形象表现了力求寻找解决生活重大问题的答案的趋向。这位道德净化的人从瑞士的雪山之巅堕入艰难、昏暗、令人忧心忡忡的资本主义生活的深渊。然而，离开人屈服于金钱势力这个主题统一起来的整个形象体系，不论梅什金的形象多么重要，多么富有魅力，也不会得到正确的处理。在拍摄过程中，导演努力将这个主题贯穿整部影片，乃至每一个场面。影片布景师沃尔科夫得知"导演和电影剧本作者是伊凡·亚历山大罗维奇·培利耶夫……这就意味着，

---

① 培利耶夫. 我和我的创作 [M]. 丁昕，译. 北京：中国电影出版社，1989：161.

主题的处理将会是鲜明突出，充满激情而别具一格的"。①　培利耶夫在思考如何最富有成效地表达出陀思妥耶夫斯基长篇小说的特点，如何揭示最复杂的潜台词，如何表现主人公们的内心世界时，没有放弃电影表现手段武库中的任何一种手段，不过他却把自己的注意力集中放到了演员身上。②在影片中，尤利娅·鲍里索娃饰演的菲里波夫娜仿佛是故事冲突的中心，但梅什金更像是道德的、思想的中心。他有自己的痛苦和欢乐，时而情绪昂扬，时而意气消沉，既有毫无私念的爱心，也有使心灵显得空虚的贪欲。此外，影片在很多细节方面都精益求精，包括场景色调音乐的处理。出于对小说实质的现实主义解释的需要，影片呈现出深沉含蓄的色调。这样，在所有的场面中，包括外景场面在内，深褐色的、黑的、黄的色调就占据了优势。这使各个场面取得了仿佛是素描的格调，而且无论如何都是深沉含蓄的，也就使这些场面的彩色处理具有简洁的特点。影片保留了一个背着手摇风琴的流浪乐师和一个用纤细的童声卖唱的女孩形象，除了创造必要的时代气氛外，楼下院子里纤弱的童声卖唱及其"不幸的浪漫曲"的内容，恰如其分地烘托出瓦里娅·伊沃尔根娜把梅什金引进昏暗房间的气氛。影片《白痴》的成功是不容置疑的。批评界是有争议，尤其是围绕着影片改编时体现出来的特点，即日常的历史现实、戏剧模式和字面上的忠诚，但影院里观众却场场座无虚席。那些悲剧性的场面，特别是讨价还价和焚烧钞票的场面非常逼真，用陀思妥耶夫斯基的话说，"令人羞愧得无地自容"，富有令人痛心的人性。尽管这些行为和激情令人难以置信，却显得非常真实。这是一个很长的场景，出场人物众多，对白冗长，又只用一个布景加以处理，但却丝毫没有话剧的痕迹，足以见导演对蒙太奇、景别的交替、照明、彩色的把握是多么得心应手，信心十足。但是，影片

---

①　C. 沃尔科夫. 小说——改编——造型处理［M］. 戴光晰，译. 论电影美术. 南昌：江西人民出版社，1983：198.

②　Л. 波高热娃. 论改编的艺术（二）——陀思妥耶夫斯基小说的改编［J］. 俞虹，译. 世界电影. 1983（2）：463.

最终是以人性战胜金钱、功名、私利、自私和卑鄙而告终。这样的结局有悖于陀思妥耶夫斯基的原意，从另一方面来讲，这种改编尝试为揭示文学形象的社会实质和永不枯竭的生命力，表达出当时那一时代的色彩，找到了言简意赅而富有表现力的形式。①

今天看来，培利耶夫对陀思妥耶夫斯基创作的理解仍有不少偏差，他坚持认为陀思妥耶夫斯基是一个自然主义文学家，这使得他在改编拍摄的过程中强调环境的真实。在改编拍摄《白痴》这部作品时，他让他的电影团队从老照片中研究19世纪60年代的普通生活，特别关注房屋的布局、人们的服饰发型以及日常使用的物品。② 对他来说这就是著名的"更高意义上的现实主义"的含义，尽管他的这一理解与陀思妥耶夫斯基的初衷有很多不同之处。

在成功地将《白痴》的上集《纳斯塔西娅·菲里波芙娜》搬上银幕之后，培利耶夫最终没有拍出《白痴》的下集，这大概是他电影拍摄生涯中的一次遗憾。虽然如此，培利耶夫并没有放弃与陀思妥耶夫斯基的小说进行新的碰撞，这就是根据中篇小说改编的由莫斯科电影制片厂拍摄的《白夜》和培利耶夫导演生涯的绝唱《卡拉马佐夫兄弟》。

二

《卡拉马佐夫兄弟》是培利耶夫导演继《白痴》与《白夜》之后第三次改编陀思妥耶夫斯基的小说。众所周知，培利耶夫在他导演生涯的晚期不断选中陀思妥耶夫斯基的小说绝非偶然。他既不是为了学究式冷静地改编，更不是为了图解他的作品，而是为了有幸沉浸到他那复杂的、矛盾

---

① 苏联科学院艺术史研究所. 苏联电影史纲（第三卷）[M]. 张开，等，译. 北京：中国电影出版社，1992：551.

② N. M. Lary. *Dostoevsky and Soviet Film: visions of demonic realism* [M]. Ithaca & London: Cornell University Press, 1986: 112.

的、艺术的、道德的和哲学的世界中去，为了能够同某个问题展开激烈的争论，但更多的是为了在小说中找到与自己相符合的内心体验和观点，是为了赞美这位热爱俄罗斯的艺术家和社会和谐的痛苦探索者的洞察力。而最后，则是为了避开对卡拉马佐夫兄弟的形象，对他们的命运、苦难和悲剧冲突上所做的大量设注、解释和处理，他要重新发掘他们。① 与《白痴》《白夜》相比，《卡拉马佐夫兄弟》更像是一部巨著，也带有更为丰富的社会心理和哲理，在这部总结性的长篇小说中结构复杂、各种矛盾尖锐对立，这给改编带来了不少难题，而小说中非常浓郁的俄罗斯风格和深刻的民族性也让诸多改编者知难而退。培利耶夫在改编过程中遵循了"取其原意，彻底改变情节"② 的办法，首先对原著内容进行大量压缩，因此故事情节在改编中有所变化，次要线索被大量删去，同时还有次要的人物。小说的许多复杂线索在影片中仿佛被拉直了，简单化了。小说中借以展开迅猛发展的动作的历史背景——正在经历着俄国贵族阶级的危机，新力量和新思想风起云涌，西欧派和斯拉夫派持续进行斗争的 19 世纪 70 年代末期的俄罗斯也消失不见了，说得更准确些，也被人给抹掉了。③ 以至于在当时的电影评论家看来，这部电影把小说中的一切都简化为光秃秃的情节，结果搞出来的几乎是描写在莫克洛叶发生的一桩公案的侦探片。④ 但实际上，就像培利耶夫所推崇的那样，"要设法在可靠的历史材料中挑选最富于表现力的东西。从那里面把对于小说中的规定情景最有表征意义的东西找出来"⑤。譬如在影片的开头，观众首先看到的是教堂内的蜡烛照耀下圣像与神龛的画面，然后镜头转向教堂外部金色的圆顶，这时钟声敲响，镜头展现的是教堂门口拥挤的礼拜的人们；仪式结束后人群散去。第一个出现的

---

①③④　Jl. 波高热娃. 论改编的艺术（二）——陀思妥耶夫斯基小说的改编 [J]. 俞虹，译. 世界电影. 1983（2）：184-203.

②　培利耶夫. 我和我的创作 [M]. 丁昕，译. 北京：中国电影出版社，1989：174.

⑤　沃尔科夫. 小说——改编——造型处理 [M]. 戴光晰，译. 论电影美术. 南昌：江西人民出版社，1983：200.

主要人物德米特里·卡拉马佐夫与众多礼拜的人擦肩而过匆匆忙忙地往教堂里面走。接下来，卡拉玛佐夫一家在最受尊敬的佐西马长老的小修道室会聚并接受长老的调解时，整部影片中的所有主要人物均出场并毫无保留地呈现在观众面前：卑鄙丑恶的老卡拉玛佐夫、纯洁善良的阿辽沙、性情暴躁的德米特里、阴郁内向的伊凡，充分体现了陀思妥耶夫斯基人生探索的精神以及在原著小说中让卡拉玛佐夫一家灵魂骚动不安的痼疾。于是，在父亲和儿子之间的悲剧以及在家族中那种与普通人的道德准则相冲突的道德世界逐渐呈现在画面中，同时包含了从培利耶夫阐释角度出发的基于原著的对生活意义和宗教道德的探索。影片一下子就广泛而全面地刻画出了卑微渺小和令人嫌恶的费多尔·巴夫洛维奇的性格，然后，又仿佛令人不知不觉地把他的形象挤到后景上去，而把注意力集中到伊凡·卡拉马佐夫身上。① 饰演伊凡·卡拉马佐夫的演员基里尔·拉夫洛夫（Кири́лл Ю́рьевич Лавро́в）在第一场戏中通过"苍白的脸，轻蔑的佯笑，藏在圆镜框玻璃后边的那双眼睛"② 等提供了充满深刻含义的人物内心世界。除此之外，还有安德烈·米亚科夫（Андрей Мягков）扮演阿辽沙一角，与小说比较起来，尽管有所删节和疏漏，但创造的绝不是主人公们单线条的性格，而是突出表现了最使他们痛苦的东西：渴求和谐的生活、对生活中充满着的残忍和不公正现象的痛心疾首和愤怒。最后是由米哈伊尔·乌里扬诺夫（Михаил Ульянов）扮演的德米特里·卡拉马佐夫，对他来说最主要的是能表达米佳（即德米特里）的精神形成过程，乌利扬诺夫成功地扮演了这一角色。他认为重要的是通过米佳来表现一个理解别人的痛苦，也希望被人所理解的人的故事。尽管米佳性情狂暴，但他却有着孩子般的性格。正是孩子的性格：他心灵温柔，不能屈从这种生活的规矩，因此他要

①② Л. 波高热娃. 论改编的艺术（二）——陀思妥耶夫斯基小说的改编 [J]. 俞虹，译. 世界电影. 1983（2）：184-203.

造反，要呐喊。① 格鲁申卡无疑是陀思妥耶夫斯基最喜爱的女主人公之一，她善良、可爱、美丽，具有独特的俄罗斯式的美，但女演员培利耶娃（Лионелла Пырьева）却在银幕上创造了一个更具有独特风格的、多面的形象。格鲁申卡在影片中更像是一个被自己的堕落所损害、要向周围的人进行报复，而本质上却富于爱心的女人。其中，在莫克洛叶的那场戏是培利耶娃表演得最好的一场戏，格鲁申卡露出她的本色——善良的、热爱人的、准备自我牺牲的女人。总的来说，《卡拉马佐夫兄弟》既是一部演员电影，也依赖整个电影改编团队的合作。在影片中，导演、摄影师和演员以真正的热情，通过逐渐加强的节奏，通过与陀思妥耶夫斯基的风格相一致的对比色调表现了这一切。难怪评论家说，当你看完三集片《卡拉马佐夫兄弟》以后走出来的时候，就会怀着一种复杂的感情、一颗被扰乱了的心灵和一种极欲弄清种种矛盾感觉的愿望。你会迫切地需要重读一遍小说，你会再一次惊讶地感到它是何等深邃。② 不幸的是，导演培利耶夫在拍完影片第二部后突然去世，使他未能完成这部影片，米哈依尔·乌利扬诺夫同演员基里尔·拉夫罗夫代替导演完成了这项工作。这一意外的尝试显示了米哈依尔·乌利扬诺夫在这一方面的才华。

今天，培利耶夫被看成是电影史上改编陀思妥耶夫斯基作品最成功的导演与编剧之一。在影片拍摄过程中，培利耶夫一直担心影片能否达到与原著相称的水平，他的目的在于像原著作者用文学手法那样用电影艺术手段深刻地揭示人的思想、人的心理。正如他本人所说，在接触了对经典著作的改编以后，他逐渐明白了许多现代题材的剧本和影片所缺少的是什么东西，首先是真正的艺术作品应该具备的深度和高度的艺术真实。③

---

①　乌里扬诺夫. 把技巧放在一边 [M]. 伍菡卿，译. 当代外国艺术（第15辑）. 北京：文化艺术出版社，1990：4-12.

②　Л. 波高热娃. 论改编的艺术（二）——陀思妥耶夫斯基小说的改编 [J]. 俞虹，译. 世界电影，1983（2）：184-203.

③　培利耶夫. 我和我的创作 [M]. 丁昕，译. 北京：中国电影出版社，1989：166.

第三节　从《爱人》到《双重人格》：生活的困境与怪诞想象

从《穷人》开始，陀思妥耶夫斯基在他的作品中深刻而生动地描述了在颠倒、荒谬、充满危机的社会现实中"小人物"生活的悲惨。此时，在年轻小说家的中篇小说里还活跃着现实的另一种形式——幻想，周遭生活的贫乏无趣使得陀思妥耶夫斯基一头扎进想象的世界，《双重人格》《女房东》《白夜》《涅朵奇卡·涅兹瓦诺娃》等都属于这一范畴。在小说家看来，幻想可以使人们通过日常生活来看清某些共同的东西①，而这个幻想世界一旦遇到现实就必然整个崩溃。在这些小说充满神幻而感伤的世界里，陀思妥耶夫斯基的主人公们孤独、苦闷、变幻不定、难以捉摸，他们的悲剧性是在感到与周围社会无法妥协、激烈地否定其不公正与罪恶的同时，内心承载着因周围社会所产生的错误思想和妄想的重负，从某种意义上来说，他们自己就是本人最可怕的敌人。在根据陀思妥耶夫斯基小说改编的影视作品中，对这一类文本的阐释比较多地集中在《双重人格》与《白夜》两部小说身上。《双重人格》运用幻想手法表现出冷酷无情的社会中个人可能出现的病态心理与性格分裂；《白夜》这部中篇小说的主人公是一个只生活在幻想中的浪漫主义者。主人公的幻想具有最平常的性质，符合那个时代的典型精神。他在试着走进生活，可还是不能进入，仍然停留在自己的幻想中。② 在所有这些方面，苏联电影都为陀思妥耶夫斯基作

---

① 尤·谢列兹涅夫. 陀思妥耶夫斯基传［M］. 徐昌翰，译. 哈尔滨：黑龙江人民出版社，1992：79.

② 巴赫金. 巴赫金全集（第7卷）［M］. 钱中文，译. 石家庄：河北教育出版社，2009：94-95.

品的改编奠定了基础，这些改编都符合巴赫金对此的彻底阐释。① 进入 21 世纪之后，对这一类文本的影像阐释实际上已经不再拘泥于陀思妥耶夫斯基对于幻想和现实的最初定义，而是在书写人生遭遇的基础上，填充了更多的有关神秘世界的构建或者揭示怪诞生活状态的内容。

一

《白夜》在陀思妥耶夫斯基所著小说中被看成是表达"感伤的罗曼史"的一部作品，小说写幻想者回忆自己青年时代爱上少女娜斯琴卡的故事，他们偶然相遇，度过了在彼得堡的五个白夜，最后娜斯琴卡终于等到了自己的恋人，留给幻想者的是忧郁与孤独。2007 年 11 月上映的印度电影《爱人》就取材于这部小说，由桑杰·里拉·布汗萨里导演，兰比·卡普尔、萨尔曼·汗、拉妮·玛克赫吉、索娜姆·卡普尔等主演。作为第一部由好莱坞片场制作和发行的宝莱坞电影，极具印度特色。《爱人》得到了美国索尼影业公司（Sony Pictures）的巨额预算，打造出影片中带有神秘色彩的美妙世界，色调以蓝、绿和黑为主，营造了梦幻般的气氛。这部音乐罗曼史就像一则缥缈的童话故事。这部电影的元素可能相当神奇，但这部电影却奢华到了颓废的地步。② 影片讲述的是两位主人公在小镇相遇的浪漫爱情故事：拉杰是一位名不见经传的歌手，每天在小酒馆里卖唱维持生计。他偶然遇见了一位名叫萨吉娜的女子，萨吉娜的美丽和神秘立刻吸引了拉杰的目光，他对萨吉娜展开了热烈的追求。让拉杰感到失望的是，在萨吉娜的心里，早就有了一位名叫伊曼的男子，尽管伊曼违背了自己曾经许下的誓言，但萨吉娜依然对他念念不忘。随着时间的推移，拉杰甚至

①　N. M. Lary. *Dostoevsky and Soviet Film*：*visions of demonic realism* ［M］. Ithaca & London：Cornell University Press，1986：154.

②　Manish Mathur. *The Films of Sanjay Leela Bhansali*：*Saawariya* (2007) ［EB/OL］. https：//talkfilmsociety. com/articles/the-films-of-sanjay-leela-bhansali-saawariya-2007.

开始怀疑，这个素未谋面的伊曼，也许根本就不存在。然而，让拉杰没有想到的是，正当萨吉娜慢慢淡忘伊曼之时，这个谜一样的男人竟然出现在了他们面前。导演布汗萨里在电影的叙述方法上沿用了小说的基本结构，将情节按照五夜的顺序依次展开，同时通过序幕、尾声，以及时常出现的叙述人使整个故事形成框架结构，其中改动最大的就是将拉杰的生活经历借助于妓女姑拉的叙述进行串联讲述出来，而娜斯金卡的生活经历则包含了一些幻想的场面，显得有诗意和丰富的想象力。在影片中，前半部分是拉杰的故事，他以乐天浪漫的流浪歌手形象出现，他与姑拉、房东之间的故事有明显的跳跃性，利用讲述人的画面来进行转换过渡。后半部分则是萨吉娜与伊曼的恋爱故事。两个故事恰好是生活的两面：拉杰的生活更真实，萨吉娜的故事更具有幻想色彩。在前者的处理上，影片利用了印度歌舞的特点，达到了渲染气氛的目的。在布汗萨里看来，《爱人》是一部刻画细腻、抒情、令人感觉浪漫的作品，它的主题应该包括获得爱情的欢乐、理想不能实现而产生的痛苦、淡淡的忧伤以及默默无闻的自我牺牲。

在《爱人》中，影片设置了梦幻世界的效果，与《白夜》的自然环境形成了鲜明的反差。白夜本来是彼得堡夏季特有的自然现象，夜晚天空呈现出亮色，但不是白天的那种明亮，整夜都是灰蒙蒙的色彩。陀思妥耶夫斯基小说开篇的第一句话"一个充满幻觉的夜晚"，《白夜》中的城市彼得堡也因此显得安静而萧条。与之前众多《白夜》改编版本不同的是，影片《爱人》的世界被月光染成了蓝色。对布汗萨里导演来说，蓝色是渴望和悲伤的颜色。《爱人》的本意是要有一种超凡脱俗的氛围，它的背景是一个不受时间影响的小镇。这座城市看起来像是阿姆斯特丹、圣彼得堡和独立前加尔各答的交会处。① 同时，影片还改变了陀思妥耶夫斯基原著中悲

---

① Manish Mathur. *The Films of Sanjay Leela Bhansali: Saawariya* (2007) [EB/OL]. https://talkfilmsociety.com/articles/the-films-of-sanjay-leela-bhansali-saawariya-2007.

观绝望的笔调，布汗萨里没有去表现空旷的彼得堡夜色令人迷惘的魔力，也没有描绘因理想破灭渺茫而产生的痛苦感觉。总的来说，在改编《白夜》时，布汗萨里完全没有领会或者根本不想去领会陀思妥耶夫斯基原著的主题，他所需要的只是那个略带忧伤的朦胧的爱情故事，配上华丽的歌舞呈现出耳目一新的感觉。因此，影片在某些情节手段的处理上与陀思妥耶夫斯基的小说格格不入，在观影时甚至很难将它与陀思妥耶夫斯基的原著联系起来。影片标题 Saawariya 是"爱人"的意思，专门指的是能够经得起时间考验，能克服一切障碍，并且在心中坚持着那份感情的人，电影中的男主角拉杰，夜晚冒着危险去桥头等待的萨吉娜，在拉杰失落时鼓励他、堕落时拒绝他的妓女姑拉也是，甚至那位苦苦等待儿子归来，将对儿子的爱倾注到拉杰身上的房东太太也是这样的人。

　　《爱人》还改变了男主人公的性格特点。在陀思妥耶夫斯基的小说中，男主人公是一名孤独的幻想者，实际生活对他来说非常遥远，书中的"我"无处可去，只能梦游一般地走在空荡荡的涅瓦大街。他的世界里既有"纯属幻想，炽烈理想化的东西，也有相当平庸的东西"，他一无所求，但却算得上十分满足。与平常人向往的生活不同，他用幻想重塑现实中的生活。小说以第一人称"我"来叙述，这种概括性的"我"与"你"（娜斯琴卡）的关系，使得二者的情感更加突出。小说中的"我"经历了三个心理阶段，陌生人、兄长、追求者，他真心安慰脆弱的娜斯琴卡，就算最后失去了娜斯琴卡，也能发自内心的感叹："但愿你永远幸福，因为你曾让另一颗孤独而高尚的心灵获得过一分钟的快乐和幸福！"正是在这样的结局中，更能体会到这座城市的"白夜"特点，同时使故事充满了抒情气氛和近乎绝望的感伤。但在影片《爱人》中，当拉杰第一次遇到萨吉娜，心中的情感迅速冲破了陌生人之间的樊篱，他追随着美丽的姑娘，并且表达了他的爱意。他们倾诉、相爱，最后分开。影片中的主人公，没有在涅瓦河畔整夜徘徊的惆怅，没有对美丽夜晚的印象，他凭空出现，以一个陌生人的姿态。"那是一个奇妙的夜晚，亲爱的读者，只有当我们年轻的时候，才能有这样的夜晚。"他遇到了，最终又失去了自己爱恋的人。"我的上帝！那是足足一分钟的欣悦啊！这难道还不够一个人受用整整一辈子吗？……"反倒是少女萨吉娜与《白夜》中的娜斯琴卡一样，始终处于昔日与现时爱情的边缘，处于一种难以抉择的困境之中。

二

　　认同危机一般指的是人的自我身份感的丧失，或者是一种自我价值感或意义的丧失，是处于位置危机与精神危机中的个体对于价值建构体系基点的探求。一个最需要得到解释的问题就是：我是谁？有意思的是，陀思妥耶夫斯基小说《双重人格》就刻画了一个独特的具有双重人格的人物戈里亚德金形象。在心理学和医学上，双重人格指的是人的一种精神病态或心理病态，这种患者往往分裂成两个自我，从而丧失自我调节、自我控制的能力。当然，陀思妥耶夫斯基小说中的双重人格更多是对畸形社会和混乱时代的反映，反映的是社会导致的人物心理病态和人性扭曲。而2013年英国导演理查德·艾欧阿德（Richard Ayoade）执导、根据同名小说改编的电影《双重人格》（*The Double*）恰恰是在对陀思妥耶夫斯基小说《双重人格》进行现代风格改编之后，借助于这个具有认同危机的主人公，达到了从电影角度对原著小说以及陀思妥耶夫斯基思想观点的文化认同。

　　电影《双重人格》的故事来自陀思妥耶夫斯基同名小说，这部作品于1846年2月在《祖国纪事》杂志上发表，是这位伟大小说家继《穷人》之后发表的第二部重要作品。小说副标题为"彼得堡长诗"，从某个侧面反映双重人格的发生是与都市文明畸形发展相关联的。故事中的主人公戈里亚德金是政府机关的小官员，一名孤独卑微的小人物。他整天战战兢兢地过日子，生怕因为做错了某件事而遭到上司的斥责，更怕被上司解雇。但他也有野心，尽管自己地位低下，可戈里亚德金还是想通过自己的努力往上爬来证明自己。正是因为他有很高的天赋和领悟能力，所以常常有怀才不遇的心态。他发现那些向上爬并与高官显贵打得火热的人，都不是靠真才实干和成绩，而是靠腐败、耍手段、巴结献媚得到好处，他出于良心不愿做那种卑鄙无耻的勾当，也自感缺乏讨好上司的本领与手段。耳光和挫折迫使他在对"自我"的自我满足意识中寻求慰藉。① 在这样的状态中，他产生了一系列幻觉，想象出一个与他长相完全一样的小戈里亚德金，这个想象出来的人物像那些向上爬的恶人一样卑鄙、圆滑狡诈、厚颜无耻，善耍手段，精于阿谀逢迎。读者们会认为小戈里亚德金的所作所为实际上是戈里亚德金的一部分自我，即在现实生活中无法做到而又非常向往的人性的一部分。小说着重刻画了戈里亚德金对待小戈里亚德金的矛盾心理。一方面小戈里亚德金是他的理想，另一方面他感到小戈里亚德金所作所为的卑劣和可怕，最终陷入精神分裂和无法克服的矛盾之中，导致精神失常。戈里亚德金的双重人格实际上是在弱肉强食的社会中随着竞争的加剧和外在社会压力的加强，人们心理出现的错位与失调的一种反映。这部小说在发表之后并没有获得好评，别林斯基甚至对这部小说极度失望，他抱怨说，这部作品是怪诞的，而怪诞的东西"只能出现在疯人院中，而不是文学中。处理怪诞是医生的事，不是诗人的事"②。这也难怪，在陀思妥耶夫斯基最早的小说《穷人》中，主人公杰符什金是一个生活在平淡无奇之中的小人物，悲剧事件与浪漫爱情融合在一起，作品中的人物善恶分明；而在《双重人格》中，善与恶却体现在一个人身上，而且是体现在主人公戈里亚德金性格分裂的两面。显然，陀思妥耶夫斯基开始关心人物内心的矛盾、纠缠和对立，或人物心理的变态。双重性格、性格分裂，这是陀思妥耶夫斯基对俄国文学乃至对世界文学的独特的突出的贡献。之后，在

---

① 巴赫金. 巴赫金全集（第 7 卷）［M］. 钱中文，译. 石家庄：河北教育出版社，2009：92.

② 勒内·韦勒克. 辨异：续《批评的诸种概念》［M］. 刘象愚，杨德友，译. 上海：上海人民出版社，2015：271.

1872 年至 1875 年的日记里，陀思妥耶夫斯基称"双重人格"是他的"典型的地下人类型"，并希望人们鉴于他已明白了自己在小说艺术方面的失败，能原谅他的此番狂言。后来，他在 1877 年的《作家日记》里写道："我的故事的确是失败了，但故事中的思想却是很好的、明了的，它是我创作出的最严肃的文学主题。遗憾的是故事在形式上彻底失败了，如果让我现在再次对它做出考虑和重写的话，我一定会采取不同的形式。"① 陀思妥耶夫斯基对这部作品持久不衰的兴趣，不禁令人深思。巴赫金提到过，理解双重人的关键在于，"它讲述的是戈里亚德金那种要甩开别人注意和认同进行生存的欲望，和逃避他人、坚持自我的欲望，以及由此而出现的故事"。② 结果是，当第二个声音发现自己无法与戈里亚德金融为一体，并越来越成为一种邪恶、嘲弄的口气时，它便最终扔掉了假面具。随着双重人小戈里亚德金的出现，内在矛盾被凸现出来。起初，双重人用的是戈里亚德金畏缩的声音，而戈里亚德金则装出一种独立、自信的声音；但突然，角色被颠倒了过来。这是一个典型的陀思妥耶夫斯基式的手法：他将话语从一个人的口中转到了另一个人那里，从而迫使主人公通过另一个人的眼睛来看清自己；不过，这里用的是"模仿"和"嘲讽"的语气。但是，一旦他唯一的依靠即对自己的信赖被破坏后，他作为一个个体也就消失了，生活中再也没有他的位置，他彻底失去了自己。③ 因此，可以把陀思妥耶夫斯基的《双重人格》看成是一种"自白"，也就是说，是对一个发生在自我意识范畴里的事件的再现。《双重人格》于是便成了陀思妥耶夫斯基作品中第一个戏剧性的自白，与后来的《地下室手记》遥相呼应。

　　电影《双重人格》被设置在一个特定的世界里。"因为有一些关于分身神话的东西，他觉得它不应该存在于现实世界中，而应该是梦幻的。所

　　①② 马尔科姆·琼斯. 巴赫金之后的陀思妥耶夫斯基：陀思妥耶夫斯基幻想现实主义解读 [M]. 赵亚莉，陈红薇，魏玉杰，译. 长春：吉林人民出版社，2004：46-48.
　　③ 巴赫金. 巴赫金全集.（第 7 卷）[M]. 钱中文，译. 石家庄：河北教育出版社，2009：93.

以影片都是在晚上，是黑色的。"① 陀思妥耶夫斯基的彼得堡故事被搬到 20 世纪 50 年代战后的英国现代都市，并在摄影师埃里克·威尔逊的镜头中进行了超现实主义风格的改造，阴暗压抑的都市生活与充满官僚气息的公司相得益彰，呈现在主人公西蒙·詹姆斯周边的世界充满了迷雾、阴影和黑夜，无论是街道公寓还是酒吧地铁。在小说《双重人格》的开头，主人公戈里亚德金醒来后，离开他那残破的、黑暗的、狭窄的小房间，乘上一辆豪华的马车，命令驾车人沿涅夫斯基大街送他到自己的办公室。路途上，他发现办公室的两位年轻职员认出了他，老板的马车与他的马车并排行驶，他"意识到费利波维奇认出了他"，戈里亚德金在上司盯视的中低声说道："实际上，那不是我……是的，事情就是这样的。"② 小说中所有超现实的无情扭曲都直接来源于这一自我否定。而在电影的第一个场景中，他在空荡的仅有两人的地铁车厢中被迫离开自己的位置，正是西蒙生活场景的象征性表达，也休现了《双重人格》作为一则寓言的作用和地位。在地铁上失去自己的公文包之后，他没有证件能够进入办公大楼，警卫为他填写的临时通行证上填写错误的詹姆斯·西蒙虽然不是自我否定，但却为后面的故事做了必要的铺垫。小说《双重人格》中的两位戈里亚德金被看成是现实生活中的"我"和近乎普遍的幻想的另一个"我"，在影片中幻化成为西蒙·詹姆斯和詹姆斯·西蒙两个迥然不同的人物。陀思妥耶夫斯基笔下相对模糊的情节在电影中被爱情主线串联起来形成整体，而相对纷乱的故事线索和荒谬的情节提供了这个毁灭性的悲观的世界的全部：地铁、公司、餐馆、医院，还有上校的广告、养老院的无奈、警察的询问、蓝色的液体等。总之，就像理查德·艾欧阿德理解的那样，"最简单的答

---

① Yasmeen Khan. *It Takes Two: Richard Ayoade Discusses The Double* [EB/OL]. [2014-04-06]. https://thequietus. com/articles/14915-richard-ayoade-interview.

② 陀思妥耶夫斯基. 费·陀思妥耶夫斯基全集（第 1 卷）[M]. 磊然，郭家申，译. 石家庄：河北教育出版社，2010：21.

案就是，我可以看到陀思妥耶夫斯基的意象无处不在而不仅仅是二元状态”。①

陀思妥耶夫斯基描绘双重人格和内心分裂是同作家对人性的认识和分析相联系的。在他看来，人生来就有良心．就有善与恶的概念。同时，他又把人的性格看成是环境的产物。在电影中，双重人格和内心分裂的状态按照陀思妥耶夫斯基的思路，被整理成为畸形社会和混乱时代的反映：金钱使人性中的善变成恶，人自身也就异化为非人，对人性对人的内心世界的“残酷”剖析，乃是对社会的无情批判。因此，在超现实主义的表现形式中，这不是幻想，而是陀思妥耶夫斯基真正的现实主义的呈现。此外，影片还增添了带有“主人公的危机”这一英国电影特色的“可以接受的或讽刺的文化”②。在电影结尾处，西蒙·詹姆斯通过自杀毁灭了自己，也彻底摧毁了詹姆斯·西蒙这个双重人。作为一个在孤寂状态中受折磨的、孤僻的人，西蒙·詹姆斯就像戈里亚德金这个彼得堡普通职员一样，在一个否认其尊严的城市和社会中，最终被逼得精神失常乃至丧命。在这部小说被改编成电影的过程中，印证了别林斯基对《双重人格》这部小说的评价，即这个时候的陀思妥耶夫斯基不再是被欺凌、被侮辱的人们充满同情心的朋友，而是做怪诞梦的幻想家、病态灵魂的解剖家。

① Tim Lewis：Richard Ayoade："Making films is exhilarating - and terrifying"［EB/OL］. http：//www. theguardian. com/culture/2014/mar/23/richard-ayoade-making-films-exhilarating-terrifying-submarine.

② Ryan Lambie. Richard Ayoade interview：The Double and social awkwardness［EB/OL］. ［2014-03-27］. https：//www. denofgeek. com/movies/richard-ayoade-interview-the-double-and-social-awkwardness/.

第六章　列夫·托尔斯泰文学作品的影像阐释

第一节　列夫·托尔斯泰文学作品影像改编史综述

在托尔斯泰的晚年，新兴的科学技术或多或少影响到了这位伟大小说家的生活和创作。1908 年，发明家爱迪生将一架机械录声机寄往雅斯纳雅·波良纳庄园，作为礼品赠给列夫·托尔斯泰，这是托尔斯泰在被梅烈日柯夫斯基称为"俄国革命的庆典"的托尔斯泰贺寿庆典上收到的第一份生日礼物。之后，托尔斯泰在录声机上口授了多部作品。而对于电影这样一种新事物，托尔斯泰也留下了不少珍贵的资料。1908 年 8 月，在他八十岁寿辰时，伊·铁涅罗莫录制了托尔斯泰有关电影的一段谈话。在日常生活中，托尔斯泰晚年也与电影有诸多接触。1909 年 9 月，在一家人的莫斯科之行中，托尔斯泰曾与家人一起看电影，而他离开谢基诺火车站的场景被拍摄下来并于 9 月 24 日在波良纳庄园放映。而当 1910 年 10 月底托尔斯泰从雅斯纳雅·波良纳出走，因患肺炎于 11 月 20 日在阿斯塔波沃车站去世的时候，世界上除了有关他生平片段的纪录电影，已经出现了多部根据他的文学作品改编的电影。巧合的是，不同国家的导演们不约而同地选择了托尔斯泰最后一部长篇小说《复活》作为影像改编的素材，其中，既有来自俄国本土的改编作品（1909），也有丹麦（维果·拉尔森导演，1907）、美国（格里菲斯导演，1909）、法国（1909）、日本（1910）等国的作品，这些电影短片大多表现了小说《复活》中的某个片段，其中不乏精彩之作，如在大卫·格里菲斯导演"松散改编"版《复活》中，长篇小说的情节被彻底压缩在了 10 多分钟的短片中，以适应电影还未成为艺术的时代里商业放映的需要。但早期电影的规范以及大众文化消费的要求在这部 1909 年的美国改编电影中得到了突出的展示，同时展示了在新兴的大众文化时代以消费形式呈现高水平文化艺术的动机。① 格里菲斯于 1909 年 3 月底在比奥格拉夫电影公司的纽约总部拍摄了这部电影，其中那些西伯利亚的场景都是用彩绘的布景完成的。影片抓住小说中的几个关键情节与场景：庄园中的相见与恋情、玛丝洛娃的堕落与被捕、法庭上的再次相遇、探监、在西伯利亚，其中后两个场景占去了影片的一半篇幅，虽然故事比较简短，但像布鲁斯东所概括的，电影从活动的照片发展为述说一个故事的那一天，便是小说不可避免地变成原料或由故事部门大批制造出来的开始。② 和托尔斯泰的原著一样，影片体现了一种基于基督教教义的道德立场，女主角紧握在手中的《圣经》便是影片"强烈的道德性"的明证；而正是在《圣经》言语的启发下，玛丝洛娃获得了新生，并且安慰同被流放的囚徒们。在影片中，格里菲斯运用了具有戏剧舞台特色的空间结构来讲故事，在讲述的过程中，通过花、《圣经》等象征物的设置、重复构图模式的对比展示，以体现故事情节的发展和人物性格前后的反差，极大地丰富了电影语言。以法庭审判为例，在这个极为简短的片段中，审判本身被安置在一个拥挤的舞台上，身着白色制服的聂赫留道夫站在画面右侧的位置上，与其他身穿深色服装且心不在焉的法官及陪审员形成鲜明的对立，也暗示了他的意见在陪审团中的无足轻重；而被审判的玛丝洛娃则被放置在画面上方最不显眼的地方，只有在判决之后伸出双手表示抗议时，观众才能留意到她的存在。在这样一个镜头中，格里菲斯的电影不但完成了对影片中一个重要场景的描述，也提出了对俄国司法系统和法律道德尊严的

————————

　① Lorna Fitzsimmons ， Michael A. Denner . *Tolstoy on Screen* [M]. evanston：Northwestern University Press，2015：46.

　② 乔治·布鲁斯东. 从小说到电影 [M]. 高骏千，译. 北京：中国电影出版社，1981：2.

严厉批评。电影史上最早的明星之一弗洛伦丝·劳伦斯（Florence Lawrence）在影片中扮演了玛丝洛娃一角，另一位演员亚瑟·V. 约翰逊（Arthur V. Johnson）扮演了聂赫留道夫。

20世纪第二个十年，根据列夫·托尔斯泰文学作品改编的电影出现了近30部，是托尔斯泰作品改编史上罕见的盛况。涉及的作品更为丰富，小说《安娜·卡列尼娜》《谢尔盖神父》《克莱采奏鸣曲》和戏剧《活尸》等纷纷被搬上银幕。

最早的电影《安娜·卡列尼娜》是百代电影公司（Pathé）1911年由导演莫里斯·马特（Maurice Maître）拍摄的作品，此后，导演艾伯特·卡佩拉尼（Albert Capellani，法国，1912）、弗拉迪米尔·加丁（俄国，1914）、戈登·爱德华兹（J. Gordon Edwards，美国，1915）、乌戈·法伦纳（Ugo Falena，意大利，1917）、玛顿·加拉斯（Márton Garas，匈牙利，1918）、弗雷德里克·泽尼克（Frederic Zelnik，德国，1920）等人先后改编拍摄过《安娜·卡列尼娜》。以匈牙利无声电影时期的重要人物玛顿·加拉斯导演的《安娜·卡列尼娜》为例，这部由匈牙利电影公司（Hungária Filmgyár）出品的52分钟电影作品深受德国电影现实主义风格影响，以安娜故事为唯一线索，从她接到奥勃朗斯基来信后启程去莫斯科开始讲起，在舍弃其他次要情节的同时，中规中矩地表现了托尔斯泰这部小说的核心内容，无论是车站场景还是贵族舞会都安排得非常成熟，表达出在内容上尽力与原著吻合的创作意图。

《谢尔盖神父》是托尔斯泰的晚期作品，对这部作品进行影像改编，首先要对托尔斯泰这一时期在创作中所表露出来的道德和哲学思想进行全面了解，要通过视觉画面表现出托尔斯泰苦苦思索的包括"人应该怎样活着"在内的一系列问题。托尔斯泰在日记里（1890年6月2日）指出：《谢尔盖神父》的"全部意义在于他所经历的各个心理阶段"。因此，影像改编首先要表现出他所经历的五个心理阶段。1918年雅可夫·普罗塔扎诺夫与亚历山大·沃尔科夫（Александр Александрович Волков）合作导演拍摄的俄国影片《谢尔盖神父》是 20 世纪早期俄国电影植根于民族文学和现实主义的经典之作。得益于 1917 年资产阶级革命的爆发，导演普罗塔扎诺夫有机会在 1917 年下半年开始制作这部涉及宗教及神职人员的电影，并于 1918 年初完成拍摄。雅可夫·普罗塔扎诺夫于 1907 年在电影界开始他的职业生涯，在拍摄《谢尔盖神父》之前曾经成功地拍摄了托尔斯泰的两部作品，包括 1915 年与弗拉迪米尔·加丁完成的《战争与和平》，另外他还在 1912 年制作了纪录片《伟大老人的离去》（Уход великого старца），讲述了托尔斯泰生命中最后几年的故事。影片《谢尔盖神父》开头部分强调了卡萨茨基公爵的成长以及他对沙皇尼古拉一世的幻灭，无论是在欢快的舞会还是在幽会场景，沙皇始终以冷酷的独裁者形象出现。但细心的观众很容易发现，编剧与导演通过精心设计的细节将沙皇的不可一世以一种极具反讽意味的形态呈现出来，比如在幽会场景中出现的大小瓷瓶之间的对比所具有的象征意义。这一阶段卡萨茨基公爵的所作所为代表了人们对于世俗权力的渴望，而代表着权力顶峰的沙皇则是外表光鲜亮丽、对他人漠视以及丑闻缠身的综合体。除了揭露独裁者，电影改编还与小说中神父与肉体诱惑之间的斗争有着紧密的联系。从故事情节上来看，电影《谢尔盖神父》省略了小说的最后一部分，也就是他去拜访帕申卡并从她朴素的生活中看到得救之路的内容，所以影片实际上简化了原著小说中的几次转变，重点讲述了三个过程，即卡萨茨基从英雄到骄傲再到谦卑的过程，同时也是三个重要探索阶段的体现，即最初对于权力与荣耀的渴望，然后是对宗教信仰的追寻，最后则是人的肉体及自身罪恶与伟大精神之间的冲突。俄国早期电影史上最知名的演员伊万·莫兹尤辛（Иван Ильич Мозжухин）在影片中饰演主人公卡萨茨基公爵，这位先后成功饰演过《克莱采奏鸣曲》（1911）中的特鲁哈切夫斯基和《塞瓦斯托波尔保卫战》（1911）中的海军将官科尔尼洛夫等重要角色的演员在影片开头通过舞会一幕，将踌躇满志的卡萨茨基公爵身上的自负与功利心表现得淋漓尽致；当他心灰意冷进入修道院成为谢尔盖神父之后，在黑色外衣的包裹之下，原先的功利心已经荡然无存；成为隐士之后，莫兹尤辛通过长长的灰白头发和胡须的遮盖，准确地完成了人物的又一次蜕变；在逃离修道院之后，莫兹尤辛饰演的谢尔盖神父则成了一名失魂落魄的流浪者，以一种极为谦卑的姿态靠他人施舍为生，最后被流放西伯利亚。这部经典影片在俄国电影史上以现实主义的导演风格、演员真实生动的演绎、摄影师高超的艺术手法以及对托尔斯泰原著小说的准确把握而占据重要地位，对早期欧洲电影艺术影响深远。

小说《克莱采奏鸣曲》以贝多芬 1803 年创作的小提琴奏鸣曲来命名，在音乐与文学之间搭建了独特的桥梁：以《克莱采奏鸣曲》为题的作品在音乐领域还包括奥什·雅纳切克（Leoš Janáček）受托尔斯泰小说启发于 1923 年创作的作品第一号弦乐四重奏；在舞台艺术领域还包括出生于俄国的美国剧作家雅各布·戈尔丁（Jacob Gordin）1902 年根据托尔斯泰小说改编的同名舞台剧；而在电影领域，《克莱采奏鸣曲》的电影改编最早可以追溯到 1911 年由多产的无声电影导演彼得·查迪宁拍摄的短片，此后还有 1914 年俄国导演弗拉迪米尔·加丁拍摄的 27 分钟短片和 1915 年美国导演赫伯特·布雷农（Herbert Brenon）拍摄的 50 分钟电影。在 1914 年加丁导演的短片《克莱采奏鸣曲》中，影片运用"淡入淡出""闪回"等技巧有条不紊地讲述了小说的主要情节，并且形象地反映了在这一俄国贵族地主家中的婚姻生活及夫妻隔阂和冲突，其中既有浪漫温情的幸福瞬间，也有倦怠争吵的冷酷画面，应该说，电影出色地发挥了分镜头和剪辑的独特表现力。在故事编排上，影片让托尔斯泰本人成为故事的听众，也就是小说中的"我"；片尾在波兹内舍夫收到妻子的信件充满怀疑启程回家之时戛然而止，留给观众对这桩案件的无穷遐想。1915 年版《克莱采奏鸣曲》则从戏剧家雅各布·戈尔丁（Jacob Gordin）1902 年改编的同名舞台剧中获取了更多情节，与托尔斯泰的原著在故事情节上出现了明显差异，影星南斯·奥尼尔（Nance O'Neil）和蒂达·巴拉（Theda Bara）在片中的表演均十分出色。

由于受到国外电影和舞台剧的影响，日本在1914年出现了以托尔斯泰的《复活》为原作的电影《喀秋莎》这样一部卖座片，这是日活向岛摄影所在松井须磨子主演的舞台剧《复活》基础之上进行大胆的全面通俗化的结果，影片剧本由桝本清完成，导演是细山喜代松，主演包括关根达发和立花贞二郎。尽管跟托尔斯泰的原作相当不同，但故事一方面讲述了一个玩弄身份低微的女人又抛弃她的男人，醒悟过来发现了自己对这个女子的真实的爱而悔恨于自己的封建性贵贱意识的故事，另一方面，也讲述了被男人抛弃的女人知道了真实的爱之后，由此成为超越了贵贱意识、坚定决然的人的过程。至少在关于恋爱方面，该片加入了反封建主张的内容。①基于商业目的，《喀秋莎》之后还通过胡编乱造拍摄了第二部和第三部。

到了20世纪20年代，根据托尔斯泰作品改编的电影数量明显减少，但是出现了一些改编史上的精品，其中以1922年公映的《波利库什卡》（Поликушка）、1927年米高梅电影公司出品的《爱情》（Love，根据《安娜·卡列尼娜》改编）和1929年德国与苏联合拍的《活尸》（Живой труп）最具有代表性。此外，捷克导演古斯塔夫·马哈蒂（Gustav Machatý）以带有浓烈表现主义的艺术手法将小说《克莱采奏鸣曲》再次搬上了银幕。在中国，由明星电影公司出品，包天笑编剧、卜万苍导演的影片《良心复活》（根据《复活》改编）于1926年12月在上海公映，在商业上获得巨大成功。

《波利库什卡》改编自托尔斯泰1863年的同名小说，屠格涅夫称之为

---

① 佐藤忠男. 日本电影史（上）[M]. 应雄，靳丽芳，刘洋，等，译. 上海：复旦大学出版社，2016：161-162.

"让你脊梁骨上一阵阵发冷"①的天才作品，小说题材来自真实故事。影片由苏联国际工人救济电影工作室（Межрабпомфильм）制作，斯坦尼斯拉夫斯基（Константи́н Серге́евич Станисла́вский）的学生、戏剧演员和导演亚历山大·萨宁（Алекса́ндр Аки́мович Санин）于1919年摄制完成，后来因国内革命战争推迟到1922年正式公映。影片的编剧为费奥多尔·奥采普和尼古拉·埃弗罗斯（Никола́й Ефи́мович Эфрос）。托尔斯泰的中篇小说《波利库什卡》发表于1863年，此时距离农奴制改革已经两年。小说描写了废除农奴制之后农民波利库什卡的悲惨命运，也提出了金钱万恶的问题。因为女主人的仁慈和怜悯，农民波利库什卡被安排去完成一桩能证明其为人可信的差事，但恰恰就是这一桩差事要了他的命。小说的动人之处在于它不但准确地描绘出这个不幸的、受尽屈辱的农奴波利库什卡身处的那种可怕的环境，还展现了农奴生活的全部细节。对于小说的主人公，托尔斯泰无情地揭露了他身上那些令人嫌弃的弱点，也从他身上看到了心灵的单纯。在影片中，饰演波利库什卡的是莫斯科艺术剧院的演员伊万·莫斯科夫（Ива́н Миха́йлович Москви́н），首次出现在银幕上的伊万·莫斯科夫在演绎这一角色的过程中，通过人物的细节动作再现了托尔斯泰在描写农民的作品中深入接触到农奴灵魂的过人之处。银幕上的农民波利库什卡以"一个微不足道的人"的形象出现，他身上表现出强烈的奴性以及在生活压力下痛苦挣扎的无奈，用酒精来麻醉自己实际上是他生活的常态。电影充分显示了他被社会道德和个性弱点所困扰的窘境，由于无能与平庸，在一场意外中他失去了可以让自己获得尊严的机会，自杀成为唯一可以抵抗绝望的表达形式。这部电影充满了对波利库什卡这一小人物的同情，也丝毫没有掩饰他的缺点和对俄国社会现实的失望与批判。与小说不同的是，影片对故事结尾部分进行了调整，杜特洛夫一家在赎回当兵的侄

---

① 苏·阿·罗扎诺娃. 思想通信——列·尼·托尔斯泰与俄罗斯作家（上下册）[M]. 马肇元，冯明霞，译. 北京：文化艺术出版社，1997：147.

子后，在回家的途中"两辆愉快的大车"遇到的不是"快活的驿车"，而是波利库什卡一家送葬的队伍，这一改变无疑渲染了故事结局悲凉的气氛：农民的所谓"幸福"只不过是暂时的，等待他们更多的是不幸而可怕的命运。这部影片在当时苏联国内并没有引起太多反响，在国外却因其暴露沙皇俄国社会黑暗和直指人类灵魂的思想性而广受好评。遗憾的是，在之后的类似影片中，这种带有历史视角的对于社会问题的关注和描写"小人物"在社会中窘境及其不幸遭遇的作品风格始终没有被发扬光大。

电影《爱情》是葛丽泰·嘉宝（Greta Garbo）和约翰·吉尔伯特（John Gilbert）两位明星继《灵与肉》（*Flesh and the Devil*，1926①）获得高票房之后的再次合作，银幕外传得沸沸扬扬的有关这两位明星的浪漫史使得米高梅公司不失时机地安排他俩作为新片的男女主角，影片原名为《安娜·卡列尼娜》，但上映时片头直接以"约翰·吉尔伯特和葛丽泰·嘉宝在热恋中"（JOHN GILBERT And GRETA GARBO IN LOVE）作为标题，以获取轰动效应。当时正值米高梅公司的发展上升期，公司资金实力雄厚，在掌门人路易斯·B·迈耶（Louis B. Mayer）的管理下逐渐成为好莱坞最大、最多产的制片厂，文学改编电影是其最擅长制作的电影类型之一。爱德芒德·古尔丁（Edmund Goulding）担任这部影片的导演，编剧包括弗朗西丝·玛丽恩（Frances Marion）、玛丽安·安斯利（Marian Ainslee）和露丝·卡明斯（Ruth Cummings）等。影片对托尔斯泰的小说进行了幅度较大的改动，安娜与沃隆斯基相识于去圣彼得堡的马车上和客栈里，再次相见则在圣彼得堡大教堂，最大的改变来自影片的结尾：当安娜与沃隆斯基断绝关系后生活在绝望中时，沃隆斯基再次出现，原来他在

---

① 也有资料认为是在 1927 年 1 月。

报纸上得知卡列宁去世的消息，他们之间的爱情再也没有任何障碍①。影片制作缘由、形式和改编思路充分体现出这一时期米高梅电影的特点：虽然是无声电影，但通过强光照明和大手笔制作水准，再加上明星荟萃，整部作品显得既光彩照人，又富有乐观精神。在影片中，约翰·吉尔伯特的表演明显缺乏感染力，某些动作与行为极不真实；相比之下，葛丽泰·嘉宝在影片中可谓容光焕发，特写镜头的精彩程度也是空前绝后的。② 影片这一特色应该归功于摄影师威廉·丹尼尔斯，如在乡村客栈里的调情逗趣、安娜思念沃隆斯基时在儿子床前的爱抚亲吻等场景都让人记忆犹新。

托尔斯泰去世之后才正式出版的剧本《活尸》不但是 20 世纪以来戏剧舞台上极受欢迎的作品，也是 20 世纪早期电影改编的重要素材之一，其源头可以追溯到 1911 年由俄国导演鲍里斯·柴可夫斯基（Бори́с Чайко́вский）和库兹涅佐夫（В. Кузнецов）合拍的短片作品和 1914 年在意大利公映的同名电影。受艺术性戏剧演出和电影《喀秋莎》高票房的影响，1918 年，日本日活向岛摄影所由田中荣三导演在桝本清改编剧本基础上重拍了此片，由山本嘉一、立花贞二郎主演，影片的题材选择和拍摄中长镜头的特殊运用方式有力地推动了当时日本的电影革新运动，显示出日本电影文化的独特魅力，这标志着日本电影一个新纪元的开端。③

1929 年由俄国导演费奥多尔·奥采普拍摄的影片《活尸》是他流亡国

---

① 资料显示，导演曾为影片设计了两种结局：一种是与托尔斯泰的小说相一致的悲剧性的结局，另一种是米高梅公司的大团圆，制片厂所必须遵循的结局。美国的多数观众当时所看见并且一直延续到今日的正是后一种幸福美满的结局。［罗纳德·赫洛威. 托尔斯泰在美国电影中［M］. 谭得伶，译. 世界艺术与美学（第九辑）. 北京：文化艺术出版社，1988：379-382.］

② 罗伯特·佩恩. 伟大的嘉宝［M］. 蔚云，霍勇，浣倩，等，译. 北京：中国电影出版社，1987：67.

③ 乔治·萨杜尔. 电影通史（第 3 卷）电影成为一种艺术（下）第一次世界大战时期 1914—1920［M］. 文华，译. 北京：中国电影出版社，1982：240.

有关 1918 年日本影片《活尸》的材料，可以参看山本喜久男《日美欧比较电影史——外国电影对日本电影的影响》（山本喜久男. 日美欧比较电影史——外国电影对日本电影的影响［M］. 郭二民，等，译. 北京：中国电影出版社，1991：18.）、侯克明主编《多维视野——当代日本电影研究》（侯克明. 多维视野——当代日本电影研究［M］. 北京：中国电影出版社，2007：33.）

外之前在柏林导演的一部极具代表性的作品，影片制作方包括苏联国际工人救济电影工作室（Межрабпомфильм）和德国普罗米修斯电影有限公司（Prometheus-Film-Verleih und Vertriebs-GmbH），结合了德国对社会环境的处理方式和苏联式的剪辑①，由苏联电影史上最伟大的导演之一弗谢沃罗德·普多夫金担任主演，被视为20世纪20年代无声电影晚期的杰作。戏剧《活尸》表露出托尔斯泰晚年对于现实问题，尤其是对于爱情婚姻与宗教道德之间矛盾的关注，同时他也在寻求一种逃避现实生活中的矛盾和困难的可能性。剧本《活尸》的情节来源是现实生活中发生在根梅尔夫妇身上的一桩案件，表现的是生活中的实际问题与抽象的、形式主义的法典之间发生的矛盾。托尔斯泰把真实生活中所提供的素材运用到他所熟悉的、接近的环境中来，从而创作了这一剧本，这是他对法庭、"合法的"婚姻、教堂、警察制国家的农奴制以及整个资产阶级贵族社会的起诉书。剧本的主题是逃避人间罪恶，是从生活中的令人难耐的矛盾中寻求出路。这是一些真正善良的人与那些貌似有道德而实际上并不善良也没有真正的人道主义的人发生冲突的主题。② 这部剧本不但提出了道德精神方面的问题，并且提出了当时最尖锐的社会政治问题。这样一来，既要在电影中明确反映出反对资产阶级贵族社会的虚伪和欺骗的内容，又要将费佳·普洛塔索夫塑造为勿抗恶主义者。他剧本中有这样一句话："我该怎么办？我怎么办？请设身处地替我想想吧。我不想上进。我是个坏蛋。可是有些我不能冷静地做的事。我不能冷静地撒谎。"一方面明确地暴露了官僚机构的国家机关的横行不法及法庭和警局的伪善行为，另一方面又借费佳·普洛塔索夫之口表达了善良、宽厚和饶恕一切的内容。作家把费佳写成一个自愿逃避现实以求与卡列宁和丽萨和解的人，而这两个人都是直接或间接

---

① Sabine Hake. *German National Cinema* [M]. London & New York，Routledge，2008：49.

② 洛姆诺夫. 托尔斯泰剧作研究 [M]. 徐宗义，译. 西宁：青海人民出版社，1983：357.

毁灭他的人。和剧中普洛塔索夫在第二场才露面不同的是，影片中的丽莎及其家人一直在等待共进晚餐，可是等他很晚才回到家中时，马上就遭到丽萨的母亲的责骂。观众在影片中看到的是普洛塔索夫在家庭处境的尴尬，但造成这种尴尬和他们离婚的原因是什么，电影并没有像剧本中写得那么详细。之后与吉卜赛人在一起的普洛塔索夫似乎解释了他离开家的原因，即他在吉卜赛女郎那里得到了同情，并且写信给自己的妻子准备结束两人之间的婚姻。影片用大量的镜头来表现餐厅里人们的暴饮暴食、音乐转筒里持续不断的乐队音乐、吉卜赛人演唱的歌曲。"这一切越是令人销魂，过后就越觉得可耻。"① 影片透过对普洛塔索夫这个"放荡的人"的描画写出了整个俄国社会的放荡生活，透过普洛塔索夫这个"可耻"的人写出了俄国社会上到贵族法官，下到警察流氓的可耻。"就是当了贵族代表，或是在银行里有了一个位置，我觉得可耻极了，可耻极了……只有喝酒的时候，才不觉得可耻。"② 影片最有价值的一幕来自普洛塔索夫在法庭上为自己的辩护，他当着法官和那群带着猎奇眼光来看这场审判的观众的面所讲的那些激烈的话无情地撕去了旧俄时代法律的假面具，痛斥了法庭的虚伪。这些衣冠楚楚的官僚和上流贵族，他们控告、审判和判决人都是为了钱，实际上和先前那一批制造通奸离婚假象的团伙没有什么两样。影片《活尸》不但继承了原著小说中对法庭、教堂、国家、法律的批判，同时还将矛头指向反对虚伪的道德、伪善和利己主义，以及资产阶级贵族社会的非人道主义。影片在表演方面有些许不足之处，普多夫金对角色费佳的杰出塑造被玛利亚·雅可比尼失败的表现遮蔽了，后者像是一只从工厂烟囱里掉下来的兔子，她的角色在情节中随波逐流，表演很不成功。③

　　20 世纪 30 年代根据托尔斯泰作品改编的电影始于 1930 年的《白魔

---

①② 列夫·托尔斯泰. 列夫·托尔斯泰文集（第十三卷·戏剧）［M］. 芳信，白嗣宏，译. 北京：人民文学出版社，1992：438.

　　③ 鲁道夫·爱因汉姆. 专业电影批评（1929）［M］. 刘小奇，译. 电影的透明性：欧洲思想家论电影. 郑州：河南大学出版社，2017：151.

鬼》（*Der weiße Teufel*）和弗雷德·尼勃罗（Fred Niblo）为米高梅公司拍摄的影片《救赎》（*Redemption*，根据《活尸》改编），在后一部影片中，约翰·吉尔伯特（John Gilbert）、康拉德·纳格尔（Conrad Nagel）和蕾妮·阿多莉（Renée Adorée）等明星参与了演出。之后陆续出现了美国电影《复活》（*We Live Again*，1934）、与小说《弗朗索瓦丝》（托尔斯泰根据莫泊桑小说《港口》改编）相关联的墨西哥影片《港口的女人》（*La mujer del puerto*，1934）、美国导演克拉伦斯·布朗（Clarence Brown）拍摄的《安娜·卡列尼娜》（或译为《春残梦断》，1935）、马塞尔·莱比埃（Marcel L'Herbier）执导的根据《活尸》改编的《火之夜》（*Nuits de feu*，1937）等作品。这一时期，根据小说《克莱采奏鸣曲》改编的影片有1937年法伊特·哈尔兰（Veit Harlan）导演的同名德国版电影和1938年让·德雷维尔（Jean Dréville）的法国电影《圣彼得堡的白夜》（*Les nuits blanches de Saint-Pétersbourg*）。最早根据托尔斯泰作品改编的电视短片也在这一时期出现，即英国于1937年拍摄的20分钟短片《死刑》（*Capital Punishment*）。

1930年，由德国乌发电影公司（Universum Film，UFA）拍摄的、根据托尔斯泰最后完成的中篇小说《哈吉·穆拉特》改编的电影《白魔鬼》在欧洲公映，这部影片被视为德国无声电影时代的最后一部经典，是流亡海外的俄国导演亚历山大·沃尔科夫（Александр Александрович Волков）与俄国无声时代著名演员伊万·莫兹尤辛再度合作的结晶。影片编剧除了沃尔科夫，还包括米歇尔·林斯基（Michel Linsky），主要演员包括丽尔·达戈沃（Lil Dagover）、贝蒂·亚曼（Betty Amann）等人。这一时期，无声电影作为一种艺术已经在美国逐渐消亡，而在德国，它以带有同步音效和音乐的形式继续存在，《白魔鬼》就是其中一例。在托尔斯泰人生的晚期，他又一次将视角转向青年时代曾经生活过的高加索地区，关注的是高加索山区的勇士们试图与入侵的俄罗斯军队谈判时发生的文化冲突。高加索地区长期以来一直是充满冲突的地区，达吉斯坦、车臣尼亚和俄罗斯人、哥萨克人之间有着充满暴力、悲剧的历史。至少在过去的两个世纪里，俄罗斯与其"南方腹地"的混乱关系为各种文化表达方式提供了素材。正如朱利安·格拉菲（Julian Graffy）所指出的："高加索地区长期以来一直吸引着俄罗斯人，因为它是神秘的东方的最近的表现形式，19世纪的俄罗斯文学中充斥着沙皇俄国的年轻俄罗斯人（通常是军官）与穆斯林的相遇。"① 在华丽的改编电影中，导演和编剧有意将小说中的矛盾冲突集中，沙米尔侄女萨拉这一人物的设置使电影出现了一条在小说中被隐藏的爱情主线，并促成一场发生在圣彼得堡的爱情纠葛，而小说中强调的军官布特勒与哈吉·穆拉特之间的友谊则被删去。在人物塑造上，莫兹尤辛饰演的哈吉·穆拉特在银幕上充分展示了他作为一名逃亡者和投降者的悲剧英雄形象，并将他最后战斗和牺牲的场面呈现在银幕上；电影也试图说明沙米尔和尼古拉斯代表了两种不同的专制与极权，正是这种矛盾造就了哈吉·穆拉特的两难困境。

　　1934年由塞缪戈温电影公司（The Samuel Goldwyn Company）出品，美国电影与戏剧导演鲁本·马莫利安（Rouben Mamoulian）拍摄的《复活》（We Live Again）是一部篇幅不长的改编电影（85分钟）。尽管不是一部成功的作品，但对后来的电影《复活》改编版本或多或少地产生了影响，尤其是在摄影方面，凭借《呼啸山庄》获得奥斯卡最佳摄影荣誉的格雷格·托兰德（Gregg Toland）给影片某些段落赋予罕见的写意特征，如在那场东正教教堂里庄严壮观的宗教仪式后，男女主人公表露爱意的部分，镜头巧妙捕捉到了这一系列场景中的气氛以及微妙的情感。影片按照时间顺序，从半是婢女半是养女的玛丝洛娃与军官聂赫留道夫在庄园里的相遇开始讲起，编剧在重新编排托尔斯泰小说故事情节的同时有意增加了

---

　　① Stephen Hutchings. *Anat Vernitski*. *Russian and Soviet Film Adaptations of Literature*, 1900—2001. *Screening the word* [M]. RoutledgeCurzon. Abingdon. 2005：144.

一些轻松幽默的细节。在法庭的再次相见之后影片节奏变得明快，并直接引向与托尔斯泰原著截然不同的结尾：好莱坞影星弗雷德里克·马奇（Fredric March）饰演的聂赫留道夫通过放弃其贵族生活和土地，并且陪伴玛丝洛娃在西伯利亚度过她的流放生涯来实现真正的复活。导演和编剧在颂扬土地改革和阶级平等方面的做法在当时具有很强烈的倾向性，在好莱坞大制作中并不多见。俄国女演员安娜·斯坦（Anna Sten）在影片中担任女主角，成就了银幕上最靓丽和爽朗的玛丝洛娃形象。小说《复活》对日本导演沟口健二 1937 年的影片《爱怨峡》产生了明显影响，影片书写了少爷谦吉与女佣阿文爱情悲剧中社会地位的差异、阿文参加流浪剧团巡回演出时的悲惨际遇，洋溢着浓郁的现实主义色彩。

从无声电影到有声电影，并没有对葛丽泰·嘉宝的演艺生涯产生严重影响。当有声电影时代到来之时，嘉宝除了继续拍摄无声影片，还从 20 世纪 30 年代开始慢慢转向有声电影的演出，《安娜·卡列尼娜》就是其中之一。这部由大卫·赛尔茨尼克（David O. Selznick）担任制片人、克拉伦斯·布朗导演的影片向编剧克莱门丝·戴恩（Clemence Dane）、莎尔卡·菲尔特尔（Salka Viertel）和塞缪尔·N. 贝尔曼（S. N. Behrman）提出了很高的要求，力求在尽可能忠实于托尔斯泰原著的基础上表现出更多小说家想要表达的思想。影片在沃隆斯基与军官们的宴饮与醉酒后的胡闹中开场，让沃隆斯基与陷入家庭纷争的奥勃朗斯基在酒店相遇，并安排了刚好谈到了去车站接人的巧合。在影片中，安娜与沃隆斯基第一次见面时，铁路与火车镜头、气雾笼罩的画面，预示故事特有的悲剧色彩。影片尽量用摄影机镜头去捕捉安娜·卡列尼娜的内心思绪而不是通过嘉宝的表演，把一个处于对爱情充满憧憬以及随后迷惘的女性的命运的变化刻画出来。小说中有关列文与吉蒂的故事被彻底忽略。遗憾的是，严格推敲精心制作的仿 19 世纪 70 年代圣彼得堡的布景和服饰却不断由于配角演员们的装腔作

势而受到破坏，他们对于丑闻的反应活像粗俗的乡下人。① 在影片中饰演
沃隆斯基的弗雷德里克·马奇（Fredric March）和饰演卡列宁的巴兹尔·
拉思伯恩（Basil Rathbone），他们的表演都乏善可陈，嘉宝就是这样在不
称职的配角演员中间孤军奋战的，所以她必须在她个人的表演中既演出丈
夫，又演出情人来……她唤起我们对她的配角演员所代表的实际人物的想
象。② 嘉宝不同幅度的情感正是这部影片远远超越其他的、最优美的因
素。③ 虽然有种种不足，《安娜·卡列尼娜》仍不失为一部杰作。因为尽管
有着种种缺欠，但嘉宝仍成功地扮演了一位十分真实可信、美丽又可爱的
安娜·卡列尼娜。④

　　接下来的战争中断了电影业在 20 世纪 30 年代末 40 年代初的发展，这
一时期的电影作品很少。1941 年在上海租界区，大成影片公司曾经将《复
活》改编为电影《肉》，由朱石麟导演，桑弧编剧；同年，艺华公司也将
《复活》改编成同名时装文艺片，由魏如晦（阿英）编剧，梅阡导演，李
丽华、郑重主演。"二战"之后，随着战后复苏的开始，根据托尔斯泰作
品改编的电影开始增多，首先是充满反思主题的作品。其中，有 1945 年由
法国导演吕西安·加尼耶-雷蒙德（Lucien Ganier-Raymond）执导、皮埃
尔·拉罗什（Pierre Laroche）编剧的影片《谢尔盖神父》（Le père Serge），
1946 年阿根廷导演马里奥·索菲奇（Mario Soffici）根据《克莱采奏鸣曲》
改编了电影《忌妒》（Celos），1948 年意大利导演吉安尼·弗兰西奥里尼
（Gianni Franciolini）则将《克莱采奏鸣曲》改编为《没有爱的情人》

---

① 亚历山大·沃尔克. 葛丽泰·嘉宝传［M］. 谢榕津，译. 北京：中国戏剧出版社，
1984：104.
② 罗伯特·佩恩. 伟大的嘉宝［M］. 蔚云，霍勇，浣倩，等，译. 北京：中国电影出版
社，1987：139.
③ 亚历山大·沃尔克. 葛丽泰·嘉宝传［M］. 谢榕津，译. 北京：中国戏剧出版社，
1984：104.
④ 罗伯特·佩恩. 伟大的嘉宝［M］. 蔚云，霍勇，浣倩，等，译. 北京：中国电影出版
社，1987：144.

（*Amanti senza amore*）。1947 年，失去在其丈夫劳伦斯·奥利弗（Laurence Olivier）导演的《哈姆雷特》中饰演奥菲利娅一角的机会之后，费雯·丽受亚历山大·柯达（Alexander Korda）之邀，在即将开拍的电影《安娜·卡列尼娜》（或译为《春残梦断》，*Anna Karenina*，1948）中扮演安娜。该片由伦敦电影制作公司（London Film Productions）出品、法国导演朱利安·杜维威尔（Julien Duvivier）执导，剧本由法国作家让·阿努依（Jean Anouilh）、杜维威尔和青年作家盖伊·摩根（Guy Morgan）合作完成，参演的还有英国影星拉尔夫·理查德森（Ralph Richardson）和基隆·摩尔（Kieron Moore）。在影片中，费雯·丽准确地诠释了安娜这一人物的处境，把她塑造成一位不屈服于虚伪和所谓社会道德的叛逆的女性，她在表演的过程中强调角色感情的精神方面，所以在表达上显得有些低落，以致有些评论家认为电影的画面很美，是一部精心制作的黑白片，但是却没有生气。①

　　到了 20 世纪 40 年代末 50 年代初，电视剧集也开始登场亮相，比较有名的如美国哥伦比亚广播公司电视台（CBS）《第一演播室》（*Studio One*）系列剧集中的《赎罪》（*Redemption*，1949，改编自剧本《活尸》）、英国广播公司（BBC）《献给孩子们》（*For the Children*）系列剧集中的《爱在哪里》（*Where Love Is*，1951，改编自托尔斯泰改编的民间故事《爱之所在即有上帝》）、美国 ZIV 电视节目制作有限公司（ZIV Television Programs）《你最喜欢的故事》系列剧集中的《上帝知道真相》（*God Sees the Truth*，1953）和《一个人究竟需要多少土地》（*How Much Land Does a Man Need?*，1953）等。20 世纪 50 年代根据托尔斯泰作品改编的具有影响的电影作品还包括 1952 年苏联导演弗拉基米尔·文格洛夫执导的电影《活尸》（*Живой труп*）、1953 年苏联女导演塔季扬娜·卢卡舍维奇（Татьяна Лукашевич）记录莫斯科艺术剧院演员舞台表演的《安娜·卡列

①　安妮·爱德华兹. 费雯·丽传 [M]. 张菁，译. 北京：中国戏剧出版社，1983：177.

尼娜》、1956 年意美合拍的电影《战争与和平》、1956 年的墨西哥影片
《激情的疯狂》（*Locura pasional*，根据《克莱采奏鸣曲》改编）、1956 年
法国导演埃里克·侯麦（Eric Rohmer）拍摄的短片《克莱采奏鸣曲》（*La
sonate à Kreutzer*）、1958 年阿根廷影片《禁爱》（*Amor prohibido*，根据
《安娜·卡列尼娜》改编）、1959 年意大利南斯拉夫合拍的《白衣战士》
（*Agi Murad il diavolo bianco*，直译为《白魔鬼哈吉·穆拉特》）等。

　　1956 年在意大利，导演金·维多（King Vidor）拍摄了由托尔斯泰小
说改编的《战争与和平》，这部影片作为金·维多在"二战"后重整旗鼓
的史诗巨作，制作费用之高史无前例；在票房收入方面，《战争与和平》
同以往根据托尔斯泰作品改编的影片相比也是最高的，至少在美国和不少
欧洲观众（例如法国）看来，这部意美合拍的影片表现了真正的托尔斯泰
作品的风格。关于金·维多《战争与和平》的优缺点至今众说纷纭，是否
完全符合托尔斯泰本人的思想，到现在也依然有争论，至少对俄罗斯生活
感受并不十分准确①。这部影片的成功取决于精美的造型处理，协调的剪
辑，独具一格的造型处理。② 在艺术手段方面，它采用了最新的宽银幕技
术，再加上意大利导演马里奥·索尔达蒂指导的雄伟战争场景和英国摄影
师杰克·卡迪夫的技巧，极大地发挥宽银幕产品的美学潜能，给观众呈现
出一个宏伟的战争画面。这部超级制作将托尔斯泰的小说压缩在 200 分钟
左右，以娜塔莎的成熟为故事的主线，大量删减了原著的内容，因此对原
著不是很熟悉的观众会感觉影片在开头跳跃性太强，很难跟上叙事节奏。
为了展现托尔斯泰笔下的皮埃尔作为一个旁观者到波罗金诺去，以便研究
在战争压力和死亡威胁下的人，金·维多让饰演皮埃尔的亨利·方达在战
场上看见一枝孤零零的花，而他正在摘这朵花时，他听到了第一声大炮的

---

　　① 谢·邦达尔丘克. 在读不朽的长篇史诗的时候 [M]. 张汉熙，译. 电影艺术译丛，1981
(2)：23-49.

　　② 罗纳德·赫洛威. 托尔斯泰在美国电影中 [M]. 谭得伶，译. 世界艺术与美学（第九
辑）. 北京：文化艺术出版社，1988：379-382.

轰鸣①。从皮埃尔的视角突然展现的战争的这个部分，是金·维多在拍摄《战争与和平》镜头时最有特色的做法之一。著名演员奥黛丽·赫本（Audrey Hepburn）在影片中展现了她最可爱的一面，基本上体现了金·维多所期望的"她是故事的生命或灵魂，在故事中永远鲜活、不朽"。② 当1966年苏联导演谢尔盖·邦达尔丘克开始拍摄《战争与和平》，金·维多还感叹道："他们的女主角（柳德米拉·萨维里耶娃）和奥黛丽完全是同一类型的演员。"③ 在影片中，亨利·方达、梅尔·费勒、赫伯特·罗姆等演员都有不俗的表演。

在1956年根据《克莱采奏鸣曲》改编的墨西哥影片《激情的疯狂》（*Locura pasional*）中，一个杀妻者以闪回形式讲述了他如何因极度嫉妒而导致这场悲剧的痛苦回忆。导演图里奥·德米切利（Tulio Demicheli）虽然在影片中增添了多处似无必要的歌舞片段，但片中对于嫉妒者丈夫内心细腻的刻画依然可圈可点。同一年，法国导演、后来的新浪潮主将之一的埃里克·侯麦（Eric Rohmer）尝试着将这部伟大的小说拍摄成为一部短片，在戈达尔、雅克·里维特等人的倾力合作之下，这部长度仅为40多分钟的影片成为侯麦电影导演生涯早期标志性的短片作品之一，侯麦还在影片中饰演妒火中烧的男主角"丈夫"。这部影片以原著男主人公的内心思绪为基础，将小说中人物在火车上的讲述以一种带有悔意的对整桩爱恋婚姻以及冲突事件的回忆贯穿其中。因此，全片没有人物对白，除音乐之外，只有男主人公的"画外音"，这种表面上看起来带有无声电影效果的形式在当时显得与众不同，实际上，侯麦运用画外音的目的在于使人物的

---

① 金·维多. 我怎样拍摄《战争与和平》[M]. 伍菡卿，译. 电影艺术译丛, 1981 (2): 5-22.

② 亚历山大·沃克. 奥黛丽·赫本传 [M]. 曾桂娥，译. 武汉：长江文艺出版社, 2017: 132.

③ 同上，2017: 135.

两重职能（叙事者职能和角色职能）叠加在一起，而不单单是交替出现。①
同时，电影还表现出对托尔斯泰小说艺术形式的某种契合，他从小说的嫉
妒主题中找到了标志某种谎言的符号②。在影片中，小说中的故事被放置
在当代法国，男主人公则由贵族地主改成了事业有成的建筑公司老板。作
为叙述者，"丈夫"一角在影片中表现得更为生活化，他对于爱情和婚姻
的态度让人捉摸不透，他和妻子之间的隔阂包括在后来的冲突中所表现出
的"无知"状态，实际上反映出侯麦在叙事风格上对于不幸、背叛、嫉妒
等内容的把握，而小说《克莱采奏鸣曲》的内容恰好符合这一要求。在他
后来的作品如《六个道德故事》之一的《慕德家的一夜》中，观众还可以
看到类似的人物模式，即不确定的、模棱两可的、虚伪的叙述者。③ 经过
这一时期的短片实践，侯麦已经渐渐树立起他作品的主题，他显然在一些
伟大的文学家如巴尔扎克、托尔斯泰以及普鲁斯特的创作中找到了适合自
己的电影元素。

　　1959 年，意大利庄严电影公司和南斯拉夫洛夫琴电影公司合拍的《白
衣战士》（*Agi Murad il diavolo bianco*，直译为《白魔鬼哈吉·穆拉特》）
是对 1930 年版德国同名电影的翻拍，影片由意大利导演里卡尔多·弗里达
（Riccardo Freda）执导，美国健美明星和演员史蒂夫·李维斯（Steve
Reeves）饰演哈吉·穆拉特一角。在人物塑造上，该片的编剧朱塞佩·德·桑
蒂斯（Giuseppe De Santis）和阿科斯·托尔奈（Ákos Tolnay）完全背离
了托尔斯泰小说的主题，把哈吉·穆拉特塑造成为正直忠诚、与部族中的
不义之徒以及俄罗斯侵略者抗争到底的车臣英雄形象。但作为一部以冒险
题材为主的商业电影，《白衣战士》制作豪华，浪漫、邪恶以及英雄主义

---

　　① 米歇尔·塞尔索. 埃里克·侯麦：爱情、偶然性和表述的游戏［M］. 李声凤，译. 南
京：江苏教育出版社，2006：41.

　　② 帕斯卡尔·博尼策. 也许并没有故事：埃里克·侯麦和他的电影［M］. 何家炜，译. 上
海：上海人民出版社，2008：13.

　　③ 同上，2008：16.

等元素充斥了整部作品，出现在银幕上的舞会场景和骑兵作战的场面都令人难忘。

20 世纪 40 年代末到 60 年代初在中国香港地区，出现了从外国文学名著中改编电影的高潮，其中包括托尔斯泰的作品。最早的影片是 1949 年由长城影业公司出品、岳枫导演、白光主演的根据《复活》改编的《荡妇心》，后来陆续出现中联电影企业有限公司出品、李晨风导演的《春残梦断》（1955，根据《安娜·卡列尼娜》改编），邵氏父子公司出品、卜万苍导演的《一夜风流》（1958，根据《复活》改编），邵氏兄弟（香港）有限公司出品、何梦华导演的《蕉风椰雨》（1965）等一系列作品。这一类影片不约而同地对托尔斯泰原著进行本土化处理，使之更适应中国社会文化的实际以及伦理道德观念。

"不谈改编电影，对 60 年代苏联电影艺术状况的评价是不全面的。……60 年代非常显著的特点是电影工作者多次把列夫·托尔斯泰的作品改编成电影。"① 在这一时期的苏联影坛，除邦达尔丘克的史诗电影《战争与和平》之外，还出现了《复活》（*Воскресение*，1960）、《哥萨克》（*Казаки*，1961）、《安娜·卡列尼娜》（*Анна Каренина*，1967）、《活尸》（*Живой труп*，1969）等杰作。20 世纪 60 年代把列夫·托尔斯泰作品多次改编成电影，这证明这个伟大小说家的创作已经成了现代电影认识俄国民族文化、伦理、哲理传统的一个学派。② 这一时期比较具有影响力的作品还包括埃及电影《爱之河》（*Nahr el hub*，1961，根据《安娜·卡列尼娜》改编）和联邦德国影片《斯卡拉贝——一个人究竟需要多少土地?》（*Scarabea-wieviel Erde braucht der Mensch?*，1969，根据《一个人究竟需要多少土地》改编）等。《斯卡拉贝——一个人究竟需要多少土地?》出

---

① 苏联科学院艺术史研究所. 苏联电影史纲（第 3 卷）[M]. 张开，等，译. 北京: 中国电影出版社，1992: 652-653.

② 同上，1992: 656.

自德国导演汉斯-于尔根·西贝尔伯格（Hans-Jürgen Syberberg）之手，影片是对托尔斯泰讲述的一个古老民间故事的重述，但将这则土地寓言安排在意大利撒丁岛上，讲述了一个德国人巴赫先生在度假过程中与一些当地农民打赌，希望以此获得足够广阔的土地。在旅途中，与一个电影摄制组的相遇尤其是与美貌记者斯卡拉贝的邂逅让他放慢了脚步。由于个人的贪欲，他虽然赢得了赌约，却丧失了性命。影片中带有纪录片风格的片段与超现实画面交织在一起，形成重叠，加上摄制组戏里戏外拍摄内容与真实场景的混剪，赋予这部影片浓郁的前卫色彩。20 世纪 60 年代中期，以意大利广播电视公司（RAI）出品、电视导演弗兰科·恩里克斯（Franco Enriquez）执导的《复活》（6 集，1965）为代表，根据托尔斯泰作品改编的电视连续剧开始陆续出现。这一时期的电视作品包括 1967 年委内瑞拉电视剧《安娜·卡列尼娜》、1968 年英国广播公司的 4 集电视连续剧《复活》、西班牙电视台（Televisión Española，TVE）1963—1978 年间推出的剧集系列 "小说"（Novela）中的《复活》（5 集，1966）、西班牙电视系列片《11 小时》（Hora once）中收录的改编自托尔斯泰作品的两部电视剧《可怜的波利卡》（根据《波利库什卡》改编，1969）和《伊凡·伊里奇之死》（1970）等。

　　1960 年，由莫斯科电影制片厂出品，米哈伊尔·施维泽尔（Михаил Швейцер）导演的《复活》明显淡化了福音书真理在小说中所传达的意义与作用，集中力量对《复活》中沙俄时代的社会形态进行了描绘和批判，尤其揭露了俄国现实中法庭和监狱的残酷、愚蠢腐败官僚的形象以及上流社会的道德空虚，表现出对利己主义、个人主义的全面否定，从托尔斯泰的小说中找到了对苏联观众来说在道德上最重要的内容①。与原著一样，影片是从两位主人公——玛丝洛娃和聂赫留道夫的日常生活开始的，先是

---

　　① 苏联科学院艺术史研究所. 苏联电影史纲（第 3 卷）［M］. 张开，等，译. 北京：中国电影出版社，1992：653.

监狱中的玛丝洛娃被提堂的整个过程，然后是聂赫留道夫慵懒的起床。视托尔斯泰为"导演的优秀指导"的苏联导演施维泽尔坚信电影的结构应该严格地真实，接近现实生活，对于改编经典，他认为："当你将一部作品改编为电影，你应当非常珍惜你所选择的作品，珍惜其中的一切——从思想到人物，甚至次要人物，以及这些人物的生存手段、他们的语言，应该这样地让他们的存在能在生活的某种新性质、新方式中继续下去，以便使观众确信无疑地感受到人物的存在感。"① 所以影片在忠实于原著基本情节的同时，通过个人生活与诉讼案件渐渐发展成为那个时代社会的历史以及人在这样的社会中的遭遇。这种个体到社会生活的综合，既是托尔斯泰文学创作的发现，也是电影拍摄过程中一直遵循的规律。影片主线是主人公之一玛丝洛娃精神复活的过程，她的命运和内心世界的改变反映了个人生活与俄国社会现实之间的联系。以影片开头玛丝洛娃穿过街道疲惫不堪地来到地方法院为例，镜头从看守长走在长长的监狱内阶梯上为开端，从监狱中昏暗而恶臭的长廊延伸到街道上人们对女犯人的注视和避让，慢慢开始翻腾出更为广阔的社会生活场景，一切就像生活中的场景一样。在这段画面中，电影并没有像小说那样叙述她本人、她过去的生活，而是通过她的神情、她与其他女犯人的不同，凸显出她所受到的折磨和她那饱经风霜的命运。所以，当观众随同玛斯洛娃往前走的时候，会像她一样，对眼前的事感到惶恐。影片在玛丝洛娃行进的途中插入了聂赫留道夫的早晨，与玛丝洛娃形成鲜明对比，他起床抽烟，对着镜子梳洗，显然，他的生活空虚，无所事事。在男女主人公还没有见面时，在电影画面上已经发生了某种冲突，让观众对即将到来的复杂而痛苦的会面有了心理预期。对于导演来说，需要把这种冲突用电影手段表现出来，在整体上力求保持情节的忠实、情感的逼真和造型的严谨性。对于监狱与囚犯形象，除了在电影中频

---

① 米哈依尔·施维泽. 导演艺术的学校［M］. 张耳，译. 世界艺术与美学（第九辑）. 1988：333-357.

繁出现栅栏、窗格、铁丝网等意象来表现俄国社会的牢笼感，施维泽尔在电影《复活》中还有一些创造性发挥，他认为玛丝洛娃身上所背负的罪行和判决实际上体现了俄国社会中百姓的冤屈，"所以在莫斯科对一批受苦役的人的押送，在我看来不只是普通的押送，而是沙皇专制俄国对犯人的押送。他们都是无辜的，像喀秋莎一样，而她，也像他们所有人一样，只是某种整体中的一分子……影片中押送犯人的场面我觉得是至今仍令我激动的成功场面之一"①。导演施维泽尔所认为，摄制托尔斯泰的作品，最要紧的是使影片具有现代意义。这种做法使得影片的外部情节压倒了内部情节，托尔斯泰"以最强大的艺术力量"表现出来的那些东西被推到远景中去，而聂赫留道夫的"功勋"则被放大了②。苏联青年演员塔玛拉·肖明娜（Тамара Петровна Сёмина）在这部影片中饰演的玛丝洛娃形象揭示了一个女人心灵的辩证法，她是在她身上重新激起的对善的信心，以及在为人民服务愿望的影响下，在与俄国革命者接近的影响下，从"死尸中复活的"。③

1961 年，苏联导演瓦西里·普罗宁（Василий Пронин）将托尔斯泰带有青春记忆的抒情小说之一《哥萨克》搬上银幕，虽然此苏联导演弗拉基米尔·巴斯基（Владимир Григорьевич Барский）和美国导演乔治·W. 希尔（George W. Hill）④ 先后对这部作品进行过改编尝试，但影响力毕竟有限，尤其是乔治·W. 希尔 1928 年执导的无声电影，将托尔斯泰小说的情节改造成了关于哥萨克骑手卢卡什卡的成长经历，与托尔斯泰的小说主题相去甚远。这部电影的编剧是伟大的文艺理论家维克多·什克洛夫斯

---

① 米哈依尔·施维泽. 导演艺术的学校［M］. 张耳，译. 世界艺术与美学（第九辑）. 1988：333-357.

② 瓦依斯菲尔德. 运动中的艺术［M］. 刘小中，译. 北京：中国电影出版社，1990：133.

③ 苏联科学院艺术史研究所. 苏联电影史纲（第 3 卷）［M］. 张开，等，译. 北京：中国电影出版社，1992：653.

④ 该影片后期由克拉伦斯·布朗（Clarence Brown）执导完成。

基，他在理解托尔斯泰小说的过程中，巧妙地将作品中人物的日记与独白结合起来，将爱情作为一条贯穿始终的主线，串联起主人公奥列宁的冒险经历、爱情挫折以及与哥萨克人度过的难忘岁月。众所周知，在奥列宁身上有很明显的托尔斯泰自身的影子，"《哥萨克》里边的贵族青年军官奥列宁，为逃离莫斯科的忧郁苦闷和无所事事，进入职业和大自然中去寻求自我，他与青年炮兵上尉托尔斯泰直到衣服上的每根丝线和脸上的每条皱纹都完全相符"①。影片与小说一样将奥列宁离开莫斯科到高加索来寻求奇险生活的原因归之于对生活与爱情的失望，但影片没有用太多的笔墨来描写其中的因果关系，而是强调了奥列宁处于一种从未爱过并且不知道什么是爱的状态之中，为接下来与高加索哥萨克人的爱情故事埋下了伏笔。此外，《哥萨克》作为一部上乘之作，它的一切皆符合人性，清楚、明朗、鲜艳，总之，是强有力的。② 作为高加索的颂诗，影片《哥萨克》非常自然地通过奥列宁的视角展现了薄暮中绵延不断奔向远方的群山、宽阔而平静的捷列克河、茂密山林间漏下的阳光、骤变的天气以及族群之间的纷争与仇恨。奥列宁迷恋上房东的女儿——美丽的哥萨克少女玛丽亚娜，经历了与哥萨克骑手卢卡什卡、老猎人叶罗什卡之间短暂的友谊，也因此沉浸入种种矛盾的希望中。在经历了一场与车臣人之间的遭遇战后，奥列宁不无悲伤地离开了这个哥萨克村落。显然，奥列宁在高加索经历的这一段"新生活"让他真正体会到了生命的意义和爱的狂热。对自然与人之间矛盾关系的书写是该作品的主题，也是对托尔斯泰一生思想中最喜爱主题之一的电影化的理解。小说中始终强调的奥列宁对于幸福、爱、快乐的思考在影片中被处理得相对简单，但影片几乎原封不动地保留了叶罗什卡大叔的一番话："看看漂亮的姑娘就算罪过？和她玩玩就算罪过？难道爱她也

① 斯蒂芬·茨威格. 精神世界的缔造者：九作家评传 [M]. 申文林，高中甫，等，译. 北京：新星出版社，2017：519.

② 苏·阿·罗扎诺娃. 思想通信——列·尼·托尔斯泰与俄罗斯作家 [M]. 马肇元，冯明霞，译. 北京：文化艺术出版社，1997：384.

算罪过吗？你们那里都是这样的吧？不，老弟，这不算罪过，这是超度灵魂。上帝造了你，上帝也造了姑娘。老弟，他造了一切。所以看看漂亮的姑娘不算罪过。造出她来，就是让人爱她，让人从她身上得到欢乐。"① 影片通过奥列宁对于爱情的追逐渐渐延伸到了更为广泛的对于爱的理解上，托尔斯泰在小说中所主张的爱，也就是自我牺牲的爱，爱一切人和一切物，在影片中通过更加鲜明的几个片段被加以书写，除了前面提到的爱情与友谊之外，还有很多片段如带有哥萨克风情的聚会舞蹈，以及对于残酷战争的描画。

1967 年底上映了由亚历山大·扎尔赫依（Александр Григорьевич Зархи）执导的影片《安娜·卡列尼娜》。与 20 世纪 60 年代改编的《复活》和《战争与和平》相比，这部影片在风格与艺术构想方面都与它们有所不同。扎尔赫依的影片遵从小说，以奥勃朗斯基在办公桌旁的沙发上醒来开始讲述，凭借独具匠心的镜头，将托尔斯泰的几条线索切割成紧密联结的一个个场景，这种明显带有创新性的艺术手段会让托尔斯泰小说的读者眼前一亮，而在其他一些场景的细节处理上，如舞会上吉蒂绝望与惊奇时镜头的晃动，列文第一次向吉蒂求婚被拒不是在吉蒂家的客厅而是在滑冰场上等。此外，服装布景上的追求也让影片始终保持应有的俄国风格。在列文的故事里，影片只是将其作为一条并不主要的线索加以表达，没有和小说中那样，表达出与托尔斯泰的社会哲理观点的发展，与小说艺术构想的复杂运动相联系的内容。② 当然，影片在导演素养、摄影水准和造型处理以及主要演员如塔吉娅娜·萨莫依洛娃（Татьяна Самойлова）的表现技巧方面均表现出胜人一筹的优势，影片明显缺乏的是托尔斯泰评价的那种

① 列夫·托尔斯泰. 列夫·托尔斯泰文集（第三卷）［M］. 刘辽逸，译. 北京：人民文学出版社，1986：228-229.

② 苏联科学院艺术史研究所. 苏联电影史纲（第 3 卷）［M］. 张开，等，译. 北京：中国电影出版社，1992：656.

"刚性"。①

1968 年，苏联列宁格勒电影制片厂（Ленинградская киностудия）重拍了电影《活尸》，由弗拉基米尔·彼得罗夫（Владимир Петров）担任导演和编剧。这部时长为 143 分钟的黑白电影几乎将托尔斯泰戏剧的全貌呈现在观众面前，包括原著中的大部分台词。影片通过阿列克谢·巴塔洛夫饰演的费奥尔多·瓦西里耶维奇·普罗塔索夫的困境讲出了他婚姻生活中的种种矛盾，但这些矛盾无法在道德和法律层面上得到合理的解释，情节中所具有的这种暴露性对当时俄国社会进行了无情的批判。在这场悲剧中，影片延续了托尔斯泰作品中明确的社会性和深刻的人物心理描写，影片中最吸引人的场面出现在费佳面对法院侦查员所讲的那一番话。在影片中一个又一个场景转换的过程中，主人公普罗塔索夫实际上一直处于一种被人评判的状态之中，从安娜·帕夫洛芙娜一直到最后法庭上的人们，正是在事件逐渐发展和拼合的过程中，主人公的心理状态、性格、处境充分说明他的无罪，也充分说明普洛塔索夫一切言行的来由与必然性。在这部一丝不苟的影片中出现了不少亮点：多处出现的镜子显示了人物的内心挣扎；如幽灵一般出现的伊万·彼得洛维奇仿佛不是一个实际存在的人，而是普罗塔索夫内心的另一种声音；将普罗塔索夫的自杀安排在法庭之外，枪声淹没在行进队伍的乐声之中，这一处理带有明显的象征意味。影片中饰演维克托·米哈伊洛维奇·卡列宁的演员奥列格·巴希拉什维利（Олег Валерианович Басилашвили）在诠释过程中有意将这一人物与《安娜·卡列尼娜》中的同姓者联系起来，两者之间出现了某种相似之处。相比小说，出现在银幕上的卡列宁显得更加迟钝和保守，他很不幸地陷入这场复杂、矛盾、沉重和令人迷惑不解的困境之中。其他演员如饰演伊万·彼得洛维奇的因诺肯季·斯莫克图诺夫斯基、饰演司法调查员的奥列格·鲍里

---

① 苏联科学院艺术史研究所. 苏联电影史纲（第 3 卷）[M]. 张开，等，译. 北京：中国电影出版社，1992：656.

索夫（Олег Борисов）等在片中均有不俗的演出。

20 世纪 70 年代，根据托尔斯泰作品改编的电视连续剧明显增加，其中比较具有代表性的作品包括 1972—1973 年间英国广播公司拍摄完成的《战争与和平》（20 集）、1974 年意大利广播公司（Radiotelevisione Italiana，RAI）拍摄的《安娜·卡列尼娜》（6 集）、1977 年英国广播公司拍摄的《安娜·卡列尼娜》（10 集）、1977 年委内瑞拉加拉加斯广播电视台（Radio Caracas Televisión，RCTV）拍摄的《复活》（3 集）等。继 1966 年的《复活》之后，西班牙电视台（TVE）在 1975 年和 1978 年的系列剧集"小说"（Novela）中先后推出了《安娜·卡列尼娜》（20 集）和《复活》（1 集）两部作品。西班牙电视台（TVE）还在系列剧集"第一演播室"（Estudio 1）中拍摄了《幸福的婚姻》（*Felicidad conyugal*，1972）和《黑暗的力量》（*El poder de las tinieblas*，1980）两部作品。

在电视剧繁荣的同时，20 世纪 70 年代的国际影坛也出现了一批令人刮目相看的改编作品。从塔维亚尼兄弟的《圣米歇尔有只公鸡》（*San Michele aveva un gallo*，1972）开始，1975 年的芭蕾舞剧版苏联电影《安娜·卡列尼娜》，由格鲁吉亚电影制片厂与苏联国家电视台合拍、乔治·卡拉托兹什维利（Георгий Калатозишвили）执导的《高加索的俘虏》（1975）和《高加索往事》（*Кавказская повесть*，根据《哥萨克》改编，1977—1978），1979 年苏联导演伊戈尔·塔兰金（И́горь Васи́льевич Тала́нкин）的《谢尔盖神父》，波兰电影《野兽》（*Bestia*），英国导演柯林·尼尔斯（Colin Nears）的电影《信仰之问》（*A Question of Faith*，根据《伊凡·伊里奇之死》改编）等影片都各具特色，令观众目不暇接。

意大利影片《圣米歇尔有只公鸡》改编自托尔斯泰小说《神意与人意》，塔维亚尼兄弟在改编过程中对小说中前后两则故事即有关同情革命的就义者安纳托利·斯维特洛古勃的内容和恐怖党革命领袖麦热涅茨基在狱中的煎熬进行了合并，同时将故事安排在 19 世纪末的意大利农村。影片的名字来自主人公年幼时为了排遣寂寞孤独时吟唱的儿歌，后来也成为他在狱中抵抗孤独的武器。激进的无政府主义者在朱利奥·马尼埃里的领导下组织了一次起义，希望通过暴力革命来改变现状，革命没有得到农民的支持，马尼埃里被捕入狱，在国王赦免了他的死罪后他开始了漫长而孤独的牢狱生活。十年之后他在被转移到其他监狱的途中遇到了一群年轻的政治犯，通过交谈，他发现在十年间已经发生了很多变化，他当年的革命理念如今已经被年轻人摒弃，他发现自己已经成为时代的落伍者，这位孤独的革命者选择以死来告别这个让他倍感孤独的世界。塔维亚尼兄弟所钟爱的意大利演员朱利奥·布洛吉（Giulio Brogi）饰演了影片中的主人公——有些神经质的朱利奥·马尼埃里，这个疯狂而意志力强大的理想主义者身着与众不同的驼黄色大衣，抛弃了自己富裕的家庭，幻想通过革命与本地区的农民并肩作战，为他们争取正义与改革，最终却落了个悲剧性的结局。影片以审视历史和反思革命的严肃性，真实再现了无政府主义革命的局限性，因此，影片有意识地过滤了几乎所有的托尔斯泰小说中的宗教元素，如《新约全书》、"烟草强国"、启示等，只是将目光投向理想的破灭、幼稚的革命左派、19 世纪末革命思潮的风起云涌，就像马尼埃里被转移到另一个监狱的途中，与那群年轻政治犯所搭乘的两艘挂着红帆的小船那样，一前一后，虽然目的地相同，但似乎永远无法靠在一起。

　　《高加索的俘虏》是托尔斯泰 1870 年在编写《启蒙课本》同时创作的篇幅较长的故事，其创作主题来源于普希金的同名长诗，这部小说的特点是罕见的朴素、简洁、清晰和流畅。小说里没有一句多余的话，人人都看得懂。托尔斯泰认为，《高加索的俘虏》的语言应当成为给普通老百姓写作的语言的典范。① 《高加索的俘虏》也是被托尔斯泰在《艺术是什么?》这篇论文中视为真正够格的艺术的两篇小说之一（另一部为《上帝了解真

---

　　① 亚·波波夫金. 列夫·托尔斯泰传［M］. 李未青，辛守魁，译. 哈尔滨：黑龙江人民出版社，1987：202.

相，但在等待》），对于小说家来说，高加索美丽的自然风光、自由自在生活的人们，还有部落民族之间的纷争与冲突，为他的创作提供了取之不尽的素材。因此，1975 年，卡拉托兹什维利导演电影《高加索的俘虏》时，就很好地继承了托尔斯泰小说中的特色，用摄影机的镜头去捕捉小说家最擅长描写的风景，用主人公军官齐林的视角去展现战争的场面和山村的生活，还有质朴的鞑靼村民，通过与鞑靼小姑娘的交往刻画出女孩身上的善良与同情心。整部电影对白很少，语言简明精练，符合托尔斯泰所期望的那样，无论是高加索山区牧民的生活，还是吉娜这样可爱的姑娘，一切都那么美丽、那么朴素且主题鲜明。

　　1918 年之后，出现了苏联电影史上另一部极具代表性的《谢尔盖神父》，它是 1979 年由苏联莫斯科电影制片厂制作、由伊戈尔·塔兰金在纪念俄罗斯作家列夫·托尔斯泰诞辰 150 周年时改编拍摄的同名电影。影片的编剧和导演伊戈尔·塔兰金说过，《谢尔盖神父》是"托尔斯泰作品中特别令我激动的作品之一……托尔斯泰就像主人公斯捷潘·卡萨茨基（即谢尔盖）那样，在痛苦地探索人生真谛的征途中，悲惨地经历着来自各个方面的——私人的、社会的、道德的、历史的矛盾与抵触的包围和阻碍"。① 在他看来，托尔斯泰小说的情节与内在实质之间的反差表现了小说家对人生与社会的思考：活着是为了什么？什么才是德行完善的人？上帝又是什么样的呢？因此，在改编的过程中要极力保持托尔斯泰提出的这些问题的尖锐性和无法解决的矛盾。为了能够把托尔斯泰文句的含义表达出来，在银幕上找到与之完全相适应的表现形式，塔兰金在改编过程中尽量不改动（压缩或删改）托尔斯泰的原文，只有在一些能表现主人公深刻的内心生活方面，才会增补某些场面，极力将托尔斯泰本人所启示的东西在影片中表达出来。电影不是文学。它要求遵守自己的规则，符合自己的艺

---

　　① 伊·塔兰金. 我们活着是为了什么——谈谈《谢尔盖神父》的改编 [J]. 冯志刚，译. 世界电影，1982（3）：71-87.

术表现逻辑。① 影片被有意识地分成了五个章节，来表现主人公一生中的五个部分，或者是五种求索的活动。与小说不同的是，影片开始的镜头里就点出了作品的主题，在教堂的钟声响过之后，几位老者在渡口谈论关于上帝的话题，其核心就是多年来折磨谢尔盖神父的困惑，他的沉默说明他从来不敢直面这些问题。在电影艺术手段上，《谢尔盖神父》进行了一些有益的尝试，例如在玛科夫吉娜诱惑谢尔盖神父那场戏中，谢肉节的狂欢、隔着玻璃的对话，尤其是后来部分画面被特殊处理成单独从谢尔盖神父的视角去直面所受到的诱惑，都完全有别于托尔斯泰原著。在这里，影片最重要的特点在于充分表现了谢尔盖神父在这场戏里所经历的内心冲突。谢尔盖神父之所以在这一幕中接受了考验，并不仅仅是因为他摧残了肉体，也不仅仅是因为他克制了本能，而是他内心深处的善与正义所形成的不愿伤害两个心灵的想法。影片获得成功的另一个重要原因在于著名演员邦达尔丘克出色地扮演了谢尔盖神父这一复杂角色，他准确地表达出了托尔斯泰笔下主人公的矛盾性：既有主人公精神方面的发展，也有内心生活的运动，甚至包括他的内心独白和人物形象深刻的哲理内容。"对我来说重要的是揭示谢尔盖神父的行动的不可逆转性，揭示他和那个他多年来企图相信，而又未能相信的不现实的虚假的世界的决裂是必然的，是符合规律性的。"② 从刚开始时主人公以武备学校学生和贵族禁卫团军官的面貌出现，到他在修道院中过着遁世生活的时候，托尔斯泰前后表现主人公活动的岁月长达六十余年。邦达尔丘克在演绎这一人物的过程中，不但利用现有的外部条件去塑造人物，而且在个人成熟的生活经验基础上，通过表现在谢尔盖神父身上所发生的精神上的危机和崩溃，挖掘到托尔斯泰原著中除了生活经历以外的深刻内容，对宗教和世俗的"上流社会最高层"提

---

① 伊·塔兰金. 我们活着是为了什么——谈谈《谢尔盖神父》的改编 [J]. 冯志刚，译. 世界电影，1982（3）：71-87.

② 邦达尔丘克. 渴望奇迹 [M]. 刘小中，黄其才，译. 北京：中国电影出版社，1988：198.

出了无情的批判①。在影片的结尾处，他剪去自己的胡子和头发，背着包，拄着棍，沿着河岸向前走去，就像小说中所描写的：

> 清晨，离日出大约还有半小时。一切都是灰蒙蒙、阴沉沉的，从西边吹来一阵阵拂晓前的寒风。"是啊，应当结束了。没有上帝。怎么结束呢？跳河吗？我会游泳，淹不死。上吊吗？对，有腰带，挂在树上。"这好像是可行的，而且很近便，这使他感到一阵恐怖。他想照往常绝望的时候那样进行祷告。但是向谁祷告呀。没有上帝。②

在影片中，阿拉·吉米托娃饰演的芭申卡、格·布尔科夫饰演的商人都准确地把握住了自己在整部影片中的角色意义，并做出了精彩的演绎。

进入 20 世纪 80 年代之后，根据托尔斯泰作品改编的影视作品数量有所减少，但依然出现了一批影视精品，其中既有像罗莎莉亚·泽尔玛（Розалия Зельм）导演的《小菲利普》（Филипок，1982）这一类手绘动画短片，或者像维亚切斯拉夫·克里斯多夫（Вячеслав Криштофович）执导的《两个傻瓜》（Два гусара，1984）这种在电影史上很少获得关注的作品，也有像布列松的《钱》（L'argent，1983）、亚历山大·凯伊达诺夫斯基（Александр Кайдановский）的《伊凡·伊里奇之死》（1985）、索菲亚·米尔金娜（Софья Милькина）和米哈伊尔·施维泽尔联合导演的《克莱采奏鸣曲》（1987）、意大利塔维亚尼兄弟导演的《子夜的太阳》（Il sole anche di notte，1990）等这样堪称里程碑的杰作。

---

① 邦达尔丘克. 渴望奇迹［M］. 刘小中，黄其才，译. 北京：中国电影出版社，1988：199.

② 列夫·托尔斯泰. 托尔斯泰文集（第四卷）［M］. 臧仲伦，译. 北京：人民文学出版社，1986：366.

　　布列松《钱》的故事来自托尔斯泰小说创作中代表"一种新的形式"[①]的《假息票》，这部小说创作完成于1904年，是小说家后期创作的、在风格类型上富于戏剧性的、人物外在行动与心理活动紧密结合的类型作品。小说借一张假息票的诉讼案件来讲偶然的"恶"所引发的连锁反应，诉讼案件似乎只是事情的表面，"真正发生的情况谁也没看到，这可比人们看到的要重要得多"[②]。托尔斯泰讲的就是这些"谁也没看到"的事情。不过，小说情节在发展到马利亚·谢苗诺夫娜出场后便充满了《福音书》气息和说教的语气，托尔斯泰觉得人的内心深处充满着善与恶的交锋，而且这种交锋最终会以基督教真理占上风的形式告终。布列松在对小说进行现代改编和处理时，首先删去了作品后半部分延伸出来的多条情节线，使小说本身带有电影镜头转换特点的内容意味荡然无存，然后让故事情节与人物变得舒缓，让宗教以对信仰、孤独、困境的书写表露出来，从而慢慢进入布列松最熟悉的轨道之中。电影中的主人公工人伊冯来自社会底层，是他电影中最常见的受到迫害、孤独绝望的人物类型。这部电影还体现了布列松电影理论的核心，即对于"真实"的追求。他所谓"真实"不是因时代因素而变化的某一个社会真实，而是一种抽象的真实，这个真实是可以追溯到现实世界的。[③]《金钱》舍弃了托尔斯泰烦琐的情节，排斥影片中"表演"的成分，使用非职业演员，几乎所有角色在片中都没有表情，语气单调。影片画面既有写实手法，但也不乏精挑细选的细节刻画，以假钞的流通过程为例，诺伯和马夏尔作为中学生，照相店老板夫妇作为奸诈精明而贪利的商人，诺伯的父母亲作为竭力维护自己体面的中产阶级，吕西安作为照相店的伙计和证人，伊冯作为工人和受害者，各自的身份特征、

---

　　① 列夫·托尔斯泰. 托尔斯泰日记（下）［M］. 雷成德，等，译. 西安：陕西人民出版社，1998：209.

　　② 列夫·托尔斯泰. 哈吉·穆拉特（列夫·托尔斯泰小说全集）［M］. 草婴，译. 北京：现代出版社，2012：147.

　　③ 雅克·奥蒙. 电影导演论电影［M］. 车琳，译. 上海：上海人民出版社，2008：15.

立场和内心想法在镜头下一览无余。这种与众不同的极简主义风格还能营造出足够广阔的想象思考空间。"你的才华不在于赝造自然（演员、布景），而在于如何以你自己的方式选择和协调机器直接摄录自然的片段。"①在《金钱》的末尾处，主人公伊冯毫无理性的杀戮，既是他对于金钱追逐的异化产物，也是一种万念俱灰情况下无奈的抗争。布列松以节制的风格传达了托尔斯泰的小说主题，同样达到了他分析现实的目的。

　　20 世纪 60 年代以后，小说《克莱采奏鸣曲》的改编版本只出现了一部 1969 年由伊万·库约维奇（Jovan Konjovič）为贝尔格莱德广播电台（Radiotelevizija Beograd，即后来的塞尔维亚广播电视台）导演的电视电影。到了 1987 年，由索菲亚·米尔金娜和米哈伊尔·施维采尔联合导演的苏联影片《克莱采奏鸣曲》是苏联解体前最具有影响力和时代感的作品之一。在米哈伊尔·施维采尔漫长的导演生涯中，曾经改编过《复活》(1962)、《可笑的人们》（根据契诃夫小说改编，1970）、《小悲剧》（根据普希金《四小悲剧》改编，1980）、《死魂灵》（1982）等俄国经典作家作品，他与精通音乐的导演索菲亚·米尔金娜的合作始于 20 世纪 60 年代。这部由莫斯科电影制片厂出品的影片不但真实还原了小说情节中的诸多细节，还在理解原文主题的基础上对托尔斯泰寄托在文本中的诸多哲学问题进行了探讨。影片中刻意强调火车在故事中的意义和作用，不但适当延伸了"我"与波兹内舍夫在车厢内的交谈，而且在故事讲述的过程中，火车的意象几乎无处不在——无论是新婚蜜月，还是对妻子开始怀疑和嫉妒心高涨之时，同时还在年轻时的放荡经历中和新婚之时，突出火车本身所带有的隐晦的色情含义，印证了小说《克莱采奏鸣曲》近乎自然主义的创作特点。同时，这部影片是饰演波兹内舍夫的著名演员奥列格·伊万诺维奇·扬科夫斯基（Оле́г Ива́нович Янко́вский）演艺生涯中具有里程碑意

---

① 侯克明，杜庆春. 想象与艺术精神：欧洲电影导演研究［M］. 北京：中国电影出版社，2004：8.

义的一部作品，他在影片中成功地创造了一个男人的复杂形象，他陷入婚姻、爱情和道德的旋涡之中：从影片开始时出现在旅客们面前的曾经的罪犯，到叙述开始时幸福的丈夫，最后是陷入极度嫉妒的丈夫。他在叙述过程中所思考的问题也是托尔斯泰的问题，同样也会让观众扪心自问：在合法婚姻中是否有可能一直爱一个人？爱能持续多久？爱是什么？片中的波兹内舍夫几乎以独白形式来讲述他青年时代的放荡、婚姻以及家庭生活的不幸。影片所采用的色彩与灯光造就了一种带有怀旧色彩的画面，尤其是在火车车厢中拍摄的情节，光与影的对照显现出人物内心的不同感受及挣扎。戈尔巴乔夫执政时期，由于放宽了文化领域创作的限制，电影拍摄发生巨大变化，影片数量开始逐渐增加，并且包括部分描写社会阴暗面并充斥暴力或含有色情意味的作品。《克莱采奏鸣曲》这一题材的选择以及拍摄的过程就是其中很有代表性的例子。这部电影在1989年瓦西里耶夫兄弟国家奖中获得多个奖项。除了将托尔斯泰作品所涉及话题与苏联当下社会现象挂钩，《克莱采奏鸣曲》这部电影也从一个侧面反映出解体前夕俄国社会思想的混乱状态与民众的躁动不安。值得一提的是，在新媒体艺术领域，根据《克莱采奏鸣曲》改编的影像作品还有一部互动式电影《奏鸣曲》（1991—1993），由美国艺术家格雷厄姆·威布伦创作完成。《奏鸣曲》这部作品实际上是一个复杂的实验，让观众通过触摸显示器上的红外传感器来探究摄自托尔斯泰的短篇故事《克莱采奏鸣曲》的图像里的交织图层和弗洛伊德的心理学分析案例《狼人》，以及从15世纪至今还在用绘画来描述的《圣经》故事《朱迪斯与赫罗弗尼斯》。观众可以循环回看任何其他的故事，就和看正在发挥和构建的故事一样，坐在带单一显示器和一个大型的托着机械的钢容器的开口式钢管里，用威布伦的话，参与"在与电影制片人的每时每刻的合作中……使人们能从不同的角度对待同一事件"。①

---

① 迈克尔·拉什. 新媒体艺术［M］. 俞青，译. 上海：上海人民美术出版社，2015：232.

　　托尔斯泰作品影像改编的 20 世纪 90 年代以来，英国广播公司（BBC）的一部长达 4 小时的《战争与和平》拉开帷幕，但接下来因为苏联解体等因素影响，在改编史上迎来了长达 3 年的空档期（1992—1994），以后虽然出现了诸如意大利提坦公司（Titanus）出品的电视连续剧《安娜·卡列尼娜》（*Il grande fuoco*，4 集，1995）、俄罗斯与哈萨克斯坦合拍的影片《高加索的俘虏》（*Кавказский пленник*，1996）、俄罗斯与波兰合拍的影片《为什么？》（*За что?*，1996）、斯里兰卡电影《黑夜中的灵魂》（*Anantha Rathriya*，根据《复活》改编，1996）、伯纳德·罗斯（Bernard Rose）执导的影片《安娜·卡列尼娜》（1997）和《伊万的生活》（*Ivansxtc*，2000）、英国电视第四频道（Channel 4 ）和美国哥伦比亚广播公司（CBS）联合制作的《安娜·卡列尼娜》（4 集，2000）等一系列作品，但总体水准由于俄国影视界的参与度有限，明显大不如前。

　　谢尔盖·波德罗夫（Сергей Бодров）1996 年的影片《高加索的俘虏》在今天被看成是苏联解体之后俄国电影的代表作品之一。这部由俄罗斯大篷车公司（Karavan）出品的电影作品并没有专门标明与托尔斯泰同名小说之间的联系，但影片沿用了小说中部分人物的名字和情节。影片的片名不仅表明了影片中作为俘虏和人质的俄军士兵伊凡·齐林的处境，同时也表达了 19 世纪以来俄罗斯难以征服车臣，只能与之缠斗的困境，也是暗示其无法获释或得到解脱的寓言。影片和托尔斯泰的小说一样，强调空间在某种意义上是双重封闭的，因为它们不仅被带进村庄，而且这个定居点被雄伟但令人望而生畏的群山包围，这使逃离变得困难。在很多方面，作为媒介的电影让观众看到了这一元素的重要性，而群山不仅仅是一个背景。正如吉列斯皮和扎拉维纳所指出的："高加索山脉不仅提供了一个宏伟的背景，而且拍摄的方式使它们具有了戏剧人物的地位。"① 影片将观众从平

---

　　① Stephen Hutchings. *Anat Vernitski*. *Russian and Soviet Film Adaptations of Literature*, 1900—2001. *Screening the word* [M]. RoutledgeCurzon. Abingdon, 2005：149.

时电视上听到的关于战争的新闻拉入到活生生的车臣战争中，但在这则故事中切实感受到的却是战争给亲人们带来的创伤。从影片的第一个画面开始，波德罗夫就巧妙地将政治讽刺与对军队做法还算含蓄的、基于性别的批评交织在一起。① 例如开场时近乎羞辱的征兵体检。在影片中，车臣村民阿卜杜拉和齐林虽然站在监禁者和俘虏的对立面，但他们渴望获释的想法却是一致的，阿卜杜拉的目的是用这名俄罗斯人质交换他被俄军俘虏的儿子。伊凡作为一名第一次参加战斗连一枪都还没放就被抓的俘虏，在影片中唯一一次开枪是在拿到牧羊人的枪之后的走火，而这一枪不但让他与同伴再次被抓，科斯狄林还因此被割喉而死，这种极具反讽性质的处理对俄军在此地进行的军事行动及其有效性提出了质疑。《高加索的俘虏》的故事不同于你死我活的战争，但与战争有着千丝万缕的联系。两名俘虏与看守哈桑之间平时有着比较友好的关系，但当哈桑阻止两人逃跑在悬崖旁搏斗时，就成了生死较量。战争撕裂了那种正常的人际关系，而伊凡与阿卜杜拉女儿迪娜之间产生的好感、阿卜杜拉最终放走伊凡都只是一种理想化的处理方式。影片从人性的角度来梳理战争中截然对立的两面，一面是不同阵营之间的仇视与憎恨，表现出人性中最丑恶的一面，而另一面则是理想化的彼此和平相处。影片洋溢着人道主义的精神，也因此获得了广泛的认可。

英国导演伯纳德·罗斯（Bernard Rose）执导的影片《安娜·卡列尼娜》（1997）是这部最受电影人青睐的伟大小说在 20 世纪最后一次电影改编，华纳公司还专门邀请法国女星苏菲·玛索（Sophie Marceau）在影片中饰演安娜一角，但这部投资额高达 3500 万美元的电影最终遭遇惨败，仅获得 80 多万美元的票房收入。这次惨痛的经历让伯纳德·罗斯深刻体会到

————————

① Stephen Hutchings. *Anat Vernitski. Russian and Soviet Film Adaptations of Literature*, 1900—2001. *Screening the word*［M］. RoutledgeCurzon. Abingdon，2005：146.

"反对电影只能根据娱乐价值来评判的专制"① 的重要性。之后，他依然热衷于根据托尔斯泰小说改编电影，尤其是在当代社会环境中去讲述托尔斯泰故事。由他执导的电影《伊万的生活》改编自小说《伊凡·伊里奇之死》，是西方最早的独立数字电影作品之一。在这部电影中，托尔斯泰小说中的伊凡·伊里奇化身为好莱坞左右逢源的天才经纪人伊万·贝克曼（Ivan Beckman）。不仅如此，他还从好莱坞传奇经纪人杰伊·莫洛尼（Jay Moloney）的生活经历中借鉴了不少素材，共同编织了《伊万的生活》的故事情节。在影片中，导演伯纳德·罗斯沿用了小说中的叙事结构，从他的同事们得知他的死讯、参加他的葬礼开始讲起，并且用伊万的视角回忆了他的最后一段人生：正值事业鼎盛时期却得知自己得了不治之症，他随即陷入一种以毒品、酒精、性来麻醉自己的疯狂境地之中，在他因病住院后，那种梦幻而空虚的生活也随之终结。在对托尔斯泰原著小说进行松散改编的基础上，《伊万的生活》一方面谴责了好莱坞电影业的虚伪、冷酷和颓废，另一方面则描述了人在面对自己即将死亡时的绝望与崩溃。应该说，伯纳德·罗斯的这部影片是托尔斯泰原著小说一个很不错的现代前卫版本。

进入 21 世纪之后，根据托尔斯泰作品改编的电影、电视剧再一次呈现出繁荣景象。普京第一次执政时期，俄国逐步调整文化政策，有效地发挥出托尔斯泰这一类经典作家作品在文化振兴方面的重要作用，代表性作品包括意大利、法国、德国、俄罗斯、波兰等国合拍的电视剧《战争与和平》（4 集，2007）、俄国索尔维斯公司（Solivs）和乌格拉电影制作公司（Ugra-Film Film Company）联合制作的《安娜·卡列尼娜》（4 集，2009）和由卡连·沙赫纳扎罗夫（Карен Шахназаров）执导的《安娜·卡列尼娜》

---

① Ryan Lattanzio. Bernard Rose on Directing： "Your Life Will Be Sucked into an Awful Black Hole" [EB/OL]. [2015-08-13]. https：//www. indiewire. com/2015/08/bernard-rose-on-directing-your-life-will-be-sucked-into-an-awful-black-hole-184717/.

（8 集，2017）等。相比之下，其他国家的电视剧作品也毫不逊色，颇受好评的作品有 2013 年意大利、法国、西班牙、立陶宛等国合拍的《安娜·卡列尼娜》（2 集），英国广播公司威尔士分部（BBC Cymru Wales）和英国广播公司商业分支有限公司（BBC Worldwide）等合作拍摄的电视剧《战争与和平》（6 集，2016）等。

各国对托尔斯泰作品进行电影改编的热度在 21 世纪丝毫未减，2001 年，塔维亚尼兄弟以其对托尔斯泰一贯的热情执导了长达 187 分钟的电视电影《复活》。接着，印度科拉特电影公司（Kolath Films）拍摄了电视剧《安娜》（2004），芬兰导演阿库·卢希米斯（Aku Louhimies）拍摄了极具特色的《冰冻之地》（*Paha maa*，2005），美国导演亚当·托马斯·安德雷格（Adam Thomas Anderegg）以一部《解冻》（*Winter Thaw*，改编自《哪里有爱，哪里就有上帝》，2016）彰显出青年一代导演对于托尔斯泰及其作品的态度。而在东方，哈萨克斯坦与法国合作，由达赫让·奥米尔巴耶夫（Дарежан Омірбаев）执导了《舒迦》（Shuga，2007），菲律宾导演拉夫·达兹执导的黑白电影《离开的女人》（2016）从托尔斯泰的短篇小说《上帝了解真相，但在等待》获得了灵感。在欧洲导演中，伯纳德·罗斯继续改编托尔斯泰作品的不懈步伐，先后拍摄了《克莱采奏鸣曲》（2008）、《两个杰克》（2 *Jacks*，2012）和《节礼日》（*Boxing Day*，2012）等三部作品。2012 年英国新锐导演乔·赖特（Joe Wright）拍摄的《安娜·卡列尼娜》是这部小说现代改编的最新尝试。显然，《安娜·卡列尼娜》永远是最受青睐的托尔斯泰作品，距离我们最近的两部改编自托尔斯泰的作品都与它相关，那就是来自挪威导演托马索·莫托拉（Tommaso Mottola）导演的带有纪录片风格的《安娜与我》（*Karenina & I*，2017）和卡连·沙赫纳扎罗夫（Карен Шахназаров）在电视连续剧基础上剪辑而成的电影《安娜·卡列尼娜与她的情人》（*Анна Каренина. История Вронского*，2017）。

电影《安娜·卡列尼娜》（2012）由因《傲慢与偏见》而声名鹊起的英国导演乔·赖特执导，凭《莎翁情史》获得奥斯卡最佳原创剧本奖的汤姆·斯托帕德改编，凯拉·奈特莉、裘德·洛、亚伦·约翰逊等主演，制片方起用强大的奥斯卡阵容，目的显然在于再次超越经典。导演乔·怀特的电影承袭了原著的基本框架，将影片分为安娜与列文两条基本故事线，奥布朗斯基的线索只是作为一个引子，故事紧紧围绕两条线的婚恋关系与家庭生活展开。影片没有过多涉及对卡列宁政治生活的描述，也删去了小说中有关宗教与社会问题的陈述，目的显然在于通过人物本身来诠释独特的人性，从而描摹沙皇俄国时期俄罗斯社会生活的图景。《安娜·卡列尼娜》之所以未能获得成功，很大程度上跟影片未能找到合适的方法来表现托尔斯泰原著的意图有关。导演乔·赖特与编剧汤姆·斯托帕德在创作这部作品时曾反复阅读原著，对托尔斯泰所要表达的思想了然于胸，但实际上观众很难从寥寥几句台词和极具象征意味的场景中解读出丰富的意蕴来。因此，影片的情节结构尽管继承了原著内容，却未能将其中的意味传达给观众。以"宽恕"为例，《安娜·卡列尼娜》虽然主要讲的是三个家庭的故事，但也是一个关于宽恕的故事：安娜劝说多丽宽恕出轨的奥布朗斯基；安娜在爱上沃伦斯基后请求卡列宁宽恕自己；卡列宁在安娜病床旁宽恕安娜甚至一并宽恕沃伦斯基；多丽在宽恕了奥布朗斯基之后又劝说仍处于愤怒之中的卡列宁宽恕安娜。在影片结尾，安娜卧轨身亡后多年，卡列宁坐在风光如画的田园中，望着他与安娜的儿子，以及安娜与沃伦斯基的女儿。观众们可以从卡列宁温柔的眼神中感受到他发自心底的父爱，这时他的"宽恕"，是一种真正的宽恕，彻底忘却了仇恨的宽恕。影片《安娜·卡列尼娜》的失败，很大程度上还与凯拉·奈特莉的表演有关，尽管她"反复啃读托尔斯泰的原著不下几十遍，还做了大量调研并做笔记，拍摄现场我也随身带着自己的笔记本"。① 过高的期望值最终导致了失望，该片是凯拉·奈特莉与导演乔·赖特的第三次合作，在《傲慢与偏见》和《赎罪》先后获得票房成功之后，《安娜·卡列尼娜》很容易成为观众的期盼对象，结果却令人失望。

　　拿到第 73 届威尼斯电影节主竞赛单元金狮奖的菲律宾影片《离开的女人》由菲律宾导演拉夫·达兹执导，切洛·桑托斯-孔奇奥、约翰·洛伊·克鲁兹、迈克尔·德·梅萨等主演。这部总长 226 分钟的电影讲述的是曾经的教师奥拉西奥在坐了三十年冤狱之后终于被证实清白，而冤枉她的竟是狱中好友佩特拉，她也由此发觉冤情的幕后主使正是她的前男友——上流社会的显贵罗德里格·特里尼达。出狱后的奥拉西奥回到社会，而她的生活已经在这三十年中发生了太多的悲剧性变化：丈夫去世，女儿弥涅尔瓦在另一个城市开始了新生活，儿子在马尼拉失踪。奥拉西奥开始策划复仇，她搬到罗德里格居住地附近，伺机了解罗德里格的生活和他的日常活动。在此期间，她结识了鸭蛋小贩、露宿街头的流浪女玛明、同性恋赫兰达，还有许多生活在社会最底层的人。被她搭救的同性恋赫兰达在了解奥拉西奥留在此地的真实目的后，为了感恩，帮她杀死了仇人罗德里格。之后，奥拉西奥离开这个小岛，开始在马尼拉寻找自己失踪的儿子。这部电影的灵感来自托尔斯泰的短篇小说《上帝了解真相，但在等待》，同时也是《战争与和平》第四部中智者卡拉塔耶夫对皮埃尔·别祖霍夫讲述的那则故事。书中主人公伊万·德米特里奇·阿克萧诺夫就是影片中女主人公奥拉西奥的原型，他受人陷害被控谋杀，被流放到西伯利亚度过了26 年的囚犯生活，直到有一天新囚犯马卡尔·谢苗尼奇的到来。在与谢苗尼奇的交谈中，他意识到谢苗尼奇才是栽赃陷害他的真正的凶手。谢苗尼奇企图挖地道逃跑，在地道被卫兵发现时，了解真相的阿克萧诺夫选择了

---

① Keira Knightley Talks ANNA KARENINA [EB/OL]. http://collider.com/keira-knightley-anna-karenina-interview/.

沉默。谢苗尼奇最终坦白了自己杀人栽赃的罪行，而当释放出狱的命令传到的时候，阿克萧诺夫已经咽了气。

在 19 世纪的文学家中，托尔斯泰是除契诃夫之外最受电影改编者欢迎的一位。从《复活》开始，到今天的《安娜·卡列尼娜》，他的多部不朽名作，包括《战争与和平》《谢尔盖神父》《克莱采奏鸣曲》《活尸》等，自电影诞生以来都经历了多次改编，每一次不同形式和风格的影像阐释都让这几部现实主义文学经典历久而弥新。尤其是深受读者喜爱的《安娜·卡列尼娜》，几乎每隔十年就会有新的版本出现，代表了托尔斯泰小说恒久的生命力以及他的作品在世界范围内得到的广泛认可。如今，人们在阅读托尔斯泰作品的同时，往往会不由自主地选择其改编影像作品加以欣赏。这些风格各异的影像作品不仅成为接近与传播托尔斯泰作品的一种现代方式，也是透过托尔斯泰一百多年前给我们讲的故事来思考今天社会生活价值的最直接表现形式。

第二节　《战争与和平》："高度真实性是电影艺术的
最伟大、最有魔力的品质"

　　小说《战争与和平》是托尔斯泰在 1863—1869 年间通过"连续不断而又异常艰巨的劳动"① 写成的，全书分四卷，最后有一个尾声。小说时间跨度为 15 年，从 1805 年 7 月写到 1820 年 12 月，以恢宏的构思和卓越的艺术描写展示了 19 世纪最初阶段的俄国历史，居于叙事中心的是 1812 年拿破仑入侵俄国的卫国战争。从奥斯特里茨战役到博罗季诺会战，以瓦西里·库拉金、博尔孔斯基、罗斯托夫、别祖霍夫四家贵族的生活为线索，从战争、人性等方面抒发一位俄国知识分子对历史的追忆和情怀，故事撼动人心。

　　由于卷帙浩繁、人物众多，《战争与和平》在影视改编方面数量并不多，但都出手不凡。自 1912 年出现由俄国导演彼得·查迪宁导演的第一部改编版本之后，1915 年弗拉迪米尔·加丁和雅科夫·普罗塔扎诺夫联合执导了电影《战争与和平》（Война и мир），同年，彼得·查迪宁再次尝试改编拍摄了《娜塔莎·罗斯托娃》（Наташа Ростова）。41 年之后，金·维多那部采用宽银幕技术的《战争与和平》（1956）在世界各地广受观众欢迎。1962 年，在拿破仑入侵俄国 150 周年之际，作为对金·维多好莱坞版本《战争与和平》的回应，邦达尔丘克的电影可以说是苏联与美国之间在冷战时期文化领域进行较量的重要产物。② 1964—1967 年，由苏联莫斯科电影制片厂出品的电影《战争与和平》共分 4 集［《安德烈·博尔孔斯基》

---

　　① 列夫·托尔斯泰. 关于《战争与和平》的几句话［M］. 雷成德，译. 《战争与和平》创作过程概要. 西安：西北大学出版社，1987：176.

　　② Denise J. Youngblood. *Bondarchuk's War and peace：literary classic to Soviet cinematic epic*［M］. Lawrence：the University Press of Kansas，2014：10.

（上、下，140 分钟）、《娜塔莎·罗斯托娃》（93 分钟）、《1812 年》（78 分钟）、《皮埃尔·别祖霍夫》（92 分钟）]，是从国家声誉和民族文化的高度对这部小说进行改编的尝试，被设计成苏联时代最重要的标志性文化产品，展示苏联电影的优越性①，同时打击了美国在电影业的统治地位。这部耗资巨大的影片在克服了来自剧本、演员、摄影、音乐等多方面的困难之后最终获得了多方面的成功，它把握住《战争与和平》这部宏伟的长篇小说的情节，出色地继承了托尔斯泰小说中气势如虹的场面和细腻的心理刻画，运用电影手法再现小说中托尔斯泰的主题与思索，也展示了在历史潮流中人的命运与生命的意义，把原著中道德的、心理的和思想的巨大力量传达给观众。"毫无疑问，影片《战争与和平》不仅是我国电影拍摄的一个伟大事件，也是对俄罗斯经典最成功的改编电影之一。"②

一

在小说《战争与和平》的尾声部分，托尔斯泰先是给读者们讲述了小说主人公接下来的命运，皮埃尔、尼古拉等人的婚姻与新的生活，时间一直延续到1820 年，而在第二部中则展开了关于历史问题、关于权力与群众意志、关于理性与意识的哲学思考。其中，他对历史的演进与推动各民族前进的力量有个人的理解，在他看来，历史的主题是各民族和人类的生活。③ 推动历史演进的力量并非几位历史上的大人物或英雄所决定，历史每走一步，都令人觉得有不言而喻的人类意识自由问题的存在。④ 富裕和贫穷、荣誉和默默无闻、权力和屈服、力量和软弱、健康和疾病、教养和

---

① Denise J. Youngblood. *Bondarchuk's War and peace: literary classic to Soviet cinematic epic* [M]. Lawrence: the University Press of Kansas, 2014: 26.

② 同上，2014: 40.

③ 列夫·托尔斯泰. 战争与和平（上下册）[M]. 刘辽逸，译. 北京: 人民文学出版社，1989: 1547.

④ 同上，1989: 1575.

无知、工作和闲暇、饱食和饥饿、道德和罪恶，都不过是较大或较小程度的自由罢了。① 托尔斯泰在思考的过程中体会到理性支配所带来的难以想象的后果，甚至连现实生活存在的可能性也被取消了，他因此提倡在对历史科学的思辨中不断获得自我认识和提高。这一部分因此成为《战争与和平》中"真正重要的东西"。但在邦达尔丘克的影片《战争与和平》中，尾声这一部分并不存在，情节发展到战争末期，当劫后余生的皮埃尔回到莫斯科，再一次见到玛丽亚公爵小姐和娜塔莎时就戛然而止。这种处理方式并不意味着邦达尔丘克对托尔斯泰原著的背叛。相反，在这位杰出的导演看来，把《战争与和平》搬上银幕，主要的和唯一的任务是尽可能接近托尔斯泰，传达他的感情，并通过感情来传达他的思想、哲理，因此不必"深化"托尔斯泰的作品（它本身已经深不见底），不必"扩展"他的作品（它本身已经像一个海洋），不必把它"现代化"（它本身就永远是现代的，与现实相联系的）而是要用今天电影艺术的手段传达托尔斯泰写在纸上的东西。②

影片和小说一样，开始于皇后女官和亲信安娜·帕夫洛芙娜家中的晚会，作品中的主要人物如安德烈公爵、皮埃尔、瓦西里公爵、海伦等人在晚会上纷纷亮相，还有那些权势显赫的人物。在谈到时局政治和贵族婚姻时，晚会成员们时而激昂，时而沉默，言谈中时不时夹杂的法语显示出这个民族在文化上崇拜法国，甚至运用法国式的思维方式的尴尬境况，因为两国之间的战争一触即发。在场几乎所有人都众口一词地谴责拿破仑，把他视为混世魔王，只有安德烈公爵和皮埃尔两人发表了与宫廷正统观点背道而驰的看法，其中皮埃尔的意见尤其尖锐。显然，小说主要人物的立场观点还有创作者对他们的态度从一开始就表露出来了。通过这个美妙的开

---

① 列夫·托尔斯泰. 战争与和平（上下册）[M]. 刘辽逸，译. 北京：人民文学出版社，1989：1577-1578.

② 邦达尔丘克. 渴望奇迹 [M]. 刘小中，黄其才，译. 北京：中国电影出版社，1988：194.

端，伴随着战争，托尔斯泰唤起读者对俄国的同情，对他描写的人物的同情，同时还隐晦地说明俄国社会同样经历着潜移默化的变革，包括民族主义的崛起和欧洲版图的重新划分。但对于电影来说，需要补充的内容还有很多。这部名为《安德烈·博尔孔斯基》（影片《战争与和平》第一部）的电影是透过安德烈·博尔孔斯基极其复杂的世界观的角度来展现的。这位主人公经受了严峻的考验：他在战场上遭遇惨痛，而恰恰在此时他的妻子丽莎难产去世，在安德烈前面还有更为严重的悲伤、不幸与痛苦在等待着他……正如托尔斯泰所构想的，这才是真正的生活。

在电影中，从上一次贵族晚会到下一次命名日晚宴，中间只间隔了有限的内容：安德烈与皮埃尔之间的谈话、皮埃尔与多洛霍夫等军官的胡闹、罗斯托夫家中年轻人们的悲欢等，其中有关婚姻、青春、爱情的刻画将会在之后的岁月中得以验证。而在命名日晚宴的当天，也正是老别祖霍夫公爵的弥留之际。电影适时切换了命名日晚宴那种热闹和高谈阔论与别祖霍夫公爵府中静谧而可怖的气氛，将生与死的意义以一种带有宿命与轮回的方式表露出来，影片最终没有向观众交代热情好客开朗大方的罗斯托夫伯爵最后的人生，但在经历了战争与时间的磨砺之后，这些曾经带来错觉的浮华生活只不过是人生的表面而已。这种错觉还表现在娜塔莎的爱情、皮埃尔的婚姻、行进中士气高昂的军队、豪华至极的皇家舞会等几乎所有的生活片段里。因此，在小说中唯一能展现真实的就是年轻的娜塔莎，她带着富于生活气息的笑声进入小说的虚拟世界，让所有在场的人都快乐起来。在电影中也是如此，当萨韦利耶娃（Людмила Михайловна Савельева）饰演的娜塔莎出场时，她以孩子般的天真烂漫让全场的目光都投射在她身上，她用自己的魅力、自己的情绪影响了周围的人们，所有这些品质都是托尔斯泰笔下的娜塔莎的特点。随着时间的推进，她通过化妆、改变发型、更换服装这些手段在自己身上创造出越来越多的变化，对于她的成长起到了细致入微的作用。

在之后的情节中，舞会晚餐这些宫廷社交文化手段继续成为彼得堡和莫斯科贵族生活描写的重点，也成为电影情节连缀的关键，只不过托尔斯泰常常会压缩或减弱对代表宫廷世界的人物表现得过于鲜明而尖锐的批评态度，这在电影中同样表露并不明显，尤其是沙皇出现在皇家舞会上的那一幕场景。其实在影片《战争与和平》中，除有关战争的描写之外，跟贵族生活相关联的热闹场景在小说中比比皆是。宴会、舞会、沙龙，这些内容充分表现了 19 世纪初俄国上流社会的风尚、观念和社交文化，虽然某些场景和人物会给人以浮光掠影的感觉，却给他们所属的整个阶层增添了不少光彩。因此，这一部分构成了影片中无形的框架，所有关于贵族生活的描写在这一框架之内开展得十分广阔和舒展。观众们在欣赏影片的过程中，仿佛置身于文雅精致的环境，看到听到的都是贵族小姐们的风度与舞姿。托尔斯泰笔下不厌其烦的分析和讲解，在影片中以人物的动作言辞甚至是服饰的颜色体现出来。这种特殊场合下，人们用不可捉摸的表象、暗示、种种无谓动作所表现的精神的内容较之普通人的语言、行为或者面部表情要丰富得多。托尔斯泰熟悉这些场景，甚至通晓其中的语言知识，并且在形形色色的上流社会风度的掩盖下发现不可胜数的轻佻、鄙劣、奸诈，乃至疯狂的行径。

随着战前准备和奥斯特里茨战役的开始，小说和电影进入了军事主题，托尔斯泰的创作意图在于说明和法国的战争中俄国胜利之前，在失败和溃散中如何表现"俄国人民和军队的性质特征"。[①] 影片里真正宏伟壮观的当然是战争场面，但托尔斯泰在小说里就战争表达的那些观点在电影中基本上被忽略了，取而代之的是一个简单的印象：俄罗斯士兵的勇敢与善良。从小说的第二部开始，有很多描写军队的篇章：等候检阅的步兵团、司令部里的军官们对战事的漠不关心、库图佐夫和所指挥的军队的不利局

面、尼古拉挥舞制帽用德语高喊的"全世界万岁",一切都显示出俄国军队的特质。托尔斯泰将这些场景提到前景来进行描写,电影基本上沿袭了这种思路,邦达尔丘克把决心在奥斯特里茨战场建立功勋的安德烈公爵引向对人民的信念和力量的信仰,让安德烈和各种人物发生冲突,把他带入这样一种环境,以便适合于促使他转向对战争和人民在战争中的作用的观点。在影片中炮击申格拉本村颇为壮观的战斗场面里,图申和他的炮兵连发挥重要作用,阻止了法军的进攻,给了俄军以撤退的时间,"把含蓄的爱国主义热情传达给观众,送入他们的心田。这种爱国主义热情无论对炮兵上尉图申来说,还是对总司令库图佐夫来说,都是固有的品质。……"①

高度真实性是电影艺术的最伟大、最有魔力的品质。这就是邦达尔丘克迄今为止评价一部作品的主要标准。② 在影片创作过程中,邦达尔丘克及其团队力求在各方面都达到准确真实,不仅要求像拿破仑这样的历史人物形象的准确可信,而且要求布景、服装、道具等细节的真实还原。但是当需要更充分地集中表达某些内涵时,影片在有些地方和托尔斯泰一样并没有拘泥于历史真实,譬如在刻画库图佐夫形象时,努力塑造他身上的俄罗斯民族特征的体现,这些特征就是智慧、善良、忠诚……一些不能结合的东西在库图佐夫身上结合了——智慧、质朴、敏锐和深厚的文化修养。要知道,库图佐夫是那个时代极有教养的人物之一。③ 在表现 1812 年卫国战争的内容里,影片描写法军溃败的过程中用了一个"胜利篝火"的镜头来作为这场战争独特结尾的一部分,在这个镜头中,画面中央是一个巨大的篝火堆,周围是俄国军队或游击队,也有法国士兵,他们为了取暖,从四面八方向篝火围拢过来,他们慢慢地走向温暖的中心,走向人群。胜利

---

① 邦达尔丘克. 渴望奇迹 [M]. 刘小中,黄其才,译. 北京:中国电影出版社,1988:186.

② 同上,1988:19.

③ 困难探索的总结——苏联创作人员谈《战争与和平》[M]. 胡榕,译. 电影艺术译丛,1981 (2):50-64.

者和战败者都围在篝火旁，摄影机开始慢慢地从高处推向人群，推向篝火的火焰再回到高处。紧接着的是法军的投降仪式和库图佐夫的说话场景，就像托尔斯泰在小说中所写的："在老年人宽容大度的咒骂中所表现的那种对敌人的怜悯和对我们事业正义性认识的伟大庄严的感情深藏在了每个士兵的心里，并且用兴高采烈的、经久不息的欢呼声表达出来。"① 在表现战争场面的过程中影片多次使用了空中摄影，不是为了拍出富于效果的壮丽场景，而是要从托尔斯泰哲学概括的高度去看世界，力图表达出他的思想的广阔博大。②

按照邦达尔丘克的描述，他和另一位编剧瓦西里·索洛维约夫（Василий Соловьев）实际上处于改编者而不是编剧的位置上，他们的意志只反映在对事件、事实、一定的情节线索的选择上。"我们主要关心的是保留小说的精神，同时用现代的眼光去看待它。我们自己约定，小说《战争与和平》就是电影的文学剧本。所以在电影剧本的扉页上和影片开头的字幕中列夫·托尔斯泰被列为编剧。"③ 实际上，他们没有把自己局限于小说的这或那一部分，局限于小说的这条或那条情节线，而是力图理解作品的艺术结构，遵循原作的规律。他们选择素材不是要再现某些人物历史或某些事件发展的高度完整性，但是一定要遵循托尔斯泰制定的连接规律，通过蒙太奇对比小说的场面和情节，寻找用电影手法表达出原著的哲理观念。④ 总的来说，影片《战争与和平》至少在两个方面处理好了托尔斯泰小说中的核心内容。首先是把握了原著的史诗风格。托尔斯泰的小说是从

① 列夫·托尔斯泰. 战争与和平（上下册）［M］. 刘辽逸，译. 北京：人民文学出版社. 1989：1428.

② 困难探索的总结——苏联创作人员谈《战争与和平》［M］. 胡榕，译. 电影艺术译丛，1981（2）：50-64.

③ 邦达尔丘克. 渴望奇迹［M］. 刘小中，黄其才，译. 北京：中国电影出版社，1988：209-210.

④ 苏联科学院艺术史研究所. 苏联电影史纲（第3卷）［M］. 张开，等，译. 北京：中国电影出版社，1992：654.

所有角度和在所有层面来进行展示的：从皇室的宫廷直到最无权但最有生命力的下层民众，正是这最下层的民众，以自己的生命赋予所有这些"阶层"以生命的①。影片从小说众多的人物中选择了最具有代表性的几十个人物，在十年的时间跨度里交错叙述了俄国重大历史事件和围绕着四个不同贵族家庭发生的故事。然后是在细节方面对生活的描摹，导演从未忽视一些精彩的细节，例如宫廷舞会、狩猎、决斗以及人们眼中看到的俄国大地，就像托尔斯泰在小说中所做的那样。即使如此，导演邦达尔丘克却依然认为："宏伟场面和导演效果就其本身来说，是我们最不关心的问题。我们想上升到托尔斯泰的高度，也就是力求达到他的天才的高度，并使观众体会到他的天才。"② 当然还有对托尔斯泰人道精神的继承与弘扬：生命的力量终将会战胜死亡，善良的力量终将征服邪恶，对和平的渴望终将会消灭战争的疯狂，而善良的人们会永远保留人生乐观的微笑。

二

小说《战争与和平》书写历史，但它并不是历史小说，托尔斯泰甚至说它不是长篇小说，也不是长诗，更不是历史年鉴。《战争与和平》是一部作者想要从中表达，而且能够表达所要表达的内容的那样一种形式③。虽然拿破仑、亚历山大一世以及库图佐夫等历史上赫赫有名的人物在书中出现，甚至还占了不少篇幅，但他们显然不是小说的主角。那么，小说的主角应该就是皮埃尔·别祖霍夫、安德烈·博尔孔斯基和娜塔莎、尼古拉、玛丽亚公爵小姐等年轻人，或者说是那一群在历史的风云变幻中成长

---

① 谢·邦达尔丘克. 在读不朽的长篇史诗的时候 [J]. 张汉熙，译. 电影艺术译丛，1981（2）：23-49.

② 邦达尔丘克. 渴望奇迹 [M]. 刘小中，黄其才，译. 北京：中国电影出版社，1988：194-195.

③ 列夫·托尔斯泰. 关于《战争与和平》的几句话 [M]. 雷成德，译.《战争与和平》创作过程概要. 西安：西北大学出版社，1987：176.

起来的年轻人。他们绝非完人，小说刚拉开帷幕的时候他们初出茅庐，甚至还是孩子：皮埃尔的荒唐、安德烈的功利心、娜塔莎的过于天真。但在十年之中，他们的生活互相交错，在惨痛的经验中，随着老一代贵族退出历史舞台，新一代的年轻人成长与发展起来：皮埃尔身上的诚实正直和人道主义激情；娜塔莎对现实的富有诗意的感受；博尔孔斯基一家所特有的对上流社会孤傲和疏远的坚决态度……带着这样的情怀去感受影片的魅力，观众会对皮埃尔、安德烈、娜塔莎了解更多。影片第 1 集和第 4 集的开头，都引用了托尔斯泰的名言，也是小说中尾声部分皮埃尔对娜塔莎说的一句话："我只是想说，凡具有伟大影响的思想总是很简单的。我认为如果坏人能集合在一起形成一种势力，那么好人也同样应该那样做。如此而已。"① 皮埃尔·别祖霍夫和安德烈公爵是小说中的关键人物，也是电影其中两部的标题，研究者们把这两人看成是托尔斯泰反映自己性格的两方面，但他们两人又是挚友，在作品开始时都是拿破仑的崇拜者。皮埃尔是别祖霍夫公爵的私生子，从小在国外受教育，是个天真的理想主义者，他善良、朴实、优柔寡断而且谦虚，托尔斯泰在他身上投注了太多俄罗斯性格特征和文化元素。他在小说中刚出现的时候，糊里糊涂地生活着、行动着，热衷于那种在精神上与他的本性格格不入的上流社会的奢华追求，但他后来的所作所为，都是在努力寻求生活的崇高意义。尤其是在经历战争与被俘的过程中，皮埃尔发生了很多变化，他日益紧密地与人民接近，在成长与进步中认识现实和自我。

　　安德烈·博尔孔斯基同样是整部小说的重要人物。作为那个时代的先进人物，在小说的开篇他雄心勃勃地把战争看作扬名的途径，就像拿破仑所做的那样。他在本质上与其他青年贵族不同，既有由优越感产生的对社会下层的人道的、高贵的态度，也有善于清除那个时代一切真实的、但枯

　　① 列夫·托尔斯泰. 战争与和平（上下册）［M］. 刘辽逸，译. 北京：人民文学出版社，1989：1544.

燥乏味而令人不愉快的特征。他离开家人和怀孕的妻子，冒着生命危险去赢得他人的敬仰，本身也是极为矛盾的做法。而在生活中，他同样不相信自己的内心，并以近乎荒唐的方式隐藏自己的情感。托尔斯泰视之为高贵性格、内心思索与悲剧人生的综合体。电影的第一部以他的名字来命名，在这部作品中他的人生发生了很大变化：这位功利心很重的公爵收敛了自己对于荣誉的渴望，从那种庸俗的、盲目的和自私的贵族的对立面走到了一个更高、更具有洞察力的位置上，托尔斯泰甚至把他看成是拯救俄国社会的重要力量所在。影片着重刻画他性格的高贵之处、内心思考的深度和生活中的悲剧性。当安德烈在奥斯特里茨受了重伤躺在地上的时候，他忽然瞥见眼前的战争与"无边无际的天空"，这种景象使他由衷地发出了"以前我怎么没有见过这样广阔的天空，现在，我终于看见它了。多么幸福，多么寂静"的慨叹。这种内在的幸福与寂静的感觉就像透过云层射出的阳光，正是托尔斯泰急于要传达给世人的内容。

影片的第二部《娜塔莎·罗斯托娃》讲的是这位被皮埃尔视为"珍奇的瑰宝"的敏感女子成长的经历。在影片的第一部中，娜塔莎第一次出场穿着黄色的裙子，邦达尔丘克说这种颜色"象征着光明"[1]。与小说相比，由萨维蒂耶娃饰演的娜塔莎首先给人一种"清风徐来"[2] 的感觉，真挚自然是我塑造这一形象最主要的素质。[3] 小说在这一部分表现的是托尔斯泰对爱情的讴歌，他把爱情视为善、美和生活完满的凯歌，爱情本身就是生活、知识、美和人的最高幸福。在娜塔莎与安德烈相爱的过程中，他们体验到爱情这种崇高的感受、这种令人陶醉的激动、这种宗教般的神秘奇迹

①　邦达尔丘克. 渴望奇迹 [M]. 刘小中，黄其才，译. 北京：中国电影出版社，1988：11.

②　Denise J. Youngblood. *Bondarchuk's War and peace : literary classic to Soviet cinematic epic* [M]. Lawrence：the University Press of Kansas，2014：41.

③　困难探索的总结——苏联创作人员谈《战争与和平》[M]. 胡榕，译. 电影艺术译丛，1981（2）：50-64.

如何改变了他们的生活。但是，这一段爱情因为丑闻而中断。在这一幕中，美丽的、已经引起我们好感的娜塔莎变得令人讨厌。她和阿纳托利私奔的事败露了，她冲玛丽亚·德米特里耶夫娜大喊大叫，在这段情节中，娜塔莎甚至在外表上也使人反感[①]，但这件事最终由于皮埃尔的介入而不了了之。幸运的是，娜塔莎最后在 1812 年的莫斯科遇到了重伤的安德烈，并且得到了他的谅解，她陪伴在他的身边，一直到他生命的最后一刻。安德烈在身负重伤临终之前，怀着快乐而又痛苦的心情倾诉道："除了您，还有谁给我这么轻柔的宁静……"[②] 所以说，娜塔莎是一股自然的力量，或者说就是生命本身。在幸福目标的忙碌进程中，无论她凭自己的感觉选择了什么，都会全心全意地去追求。

托尔斯泰伯爵在所有只要可能的地方，都提醒我们，对于 1812 年的优秀人物来说俄罗斯的不幸要比他们个人的痛苦小得多。然而，从表面上来看，他说这些话时，善于保留不平常的心灵的明晰性，就像什么事也没发生那样，就像确实理智和良心能够平静地看待这种骇人听闻的利己主义的表现那样。[③] 因此，在《战争与和平》中托尔斯泰通过拿破仑侵略俄国的故事，描写了人类心灵的斗争，这是野蛮到文明的斗争，流血到和睦的斗争，仇恨到博爱的斗争。个人问题的解决远远不够，必须解决全人类的问题，《战争与和平》这部改编电影和托尔斯泰的契合之处便是融合了所谓集体力量与最真实的个人欲望之间的关系。

长篇小说开篇时出场的很多人物，作者对他们道德的评价是极为严苛的。尤其是那些过着虚幻、不切实际的生活的野心家、守财奴以及坐享其

① 邦达尔丘克. 渴望奇迹 [M]. 刘小中，黄其才，译. 北京：中国电影出版社，1988：134.

② 列夫·托尔斯泰. 战争与和平（上下册）[M]. 刘辽逸，译. 北京：人民文学出版社，1989：1292.

③ 舍斯托夫. 悲剧的哲学——陀思妥耶夫斯基与尼采 [M]. 张杰，译. 桂林：漓江出版社，1992：56.

成的官员在和平时期还能够站在前台，能够对单纯高尚的人们施加影响的人，年轻人中也不乏像阿纳托利·库拉金那样迷惑和欺骗轻信的女人的人。但当整个国家和民族面临真正考验的时候，像瓦西里公爵或者鲍里斯那样的政客或野心家就渐渐变得模糊，悄无声息地退出情节之外，叙述者显然不需要他们，就像俄国在危急关头并不需要他们一样。

托尔斯泰在塞瓦斯托波尔服役期间形成的战争观通过《战争与和平》在广阔无垠的历史画卷上展开。对于作家来说，战争是与人类理智和所有人类天性相违背的事件。但在特定的历史条件下，为了保卫祖国，战争却成为冷酷的必需，而且能够激发人类身上固有的崇高品质。事实的确如此，其貌不扬的图申上尉以自己的勇敢决定了重要战役的结果，温柔迷人、心地善良的娜塔莎在法军兵临城下时同样表现出真正的爱国举动。

但在描写残酷战争的过程中，托尔斯泰并没有详细准确地再现前线生活和人在战斗中的经历，而是表达了普通人和道德因素在战争中的重要性。俄国在博罗季诺战役中获胜的原因在于拿破仑的大军第一次被精神力量强大的对手压倒。作为将军，库图佐夫的力量在善于把握军队的士气，并且配合它采取行动，库图佐夫以深刻的、天生的民主意识与半外围的朝臣集团形成对立。正是与人民、与广大士兵心心相连的感受决定了他的行动方式。在两次战争的描写中，作为重要主人公的俄国士兵、俄国人民出现在读者或观众的视野中，表现了作者的一个最主要的信念，"战争成功的问题"不是由"一些军事天才"的伟大来决定的，"与其说是由全部可能想象到的预见性和力量，还不如说是由在最需要的时刻，善于留意士气，把士气提高到应有的高度的艺术来决定的"。①

正是因为战争，小说中出现了多次突然接近死亡的场景，如安德烈、彼佳还有皮埃尔的遭遇，这一切导致善于思考的人物，尤其是皮埃尔和安

---

① 厄·耶·扎伊坚什努尔.《战争与和平》写作和出版过程（节译）[M]. 雷成德，译. 《战争与和平》创作过程概要. 西安：西北大学出版社，1987：196.

德烈得以窥见在他们虚伪和自欺的贵族生活背后的一个更大的现实世界：他们不知道这究竟是什么，是大自然、上帝还是一个生命力量？但他们竭尽全力，如托尔斯泰本人毕生所做的那样，去感知这个能够给予人类生命和死亡意义的"大画面"。通过对电影的拍摄技巧，这种带有"成长因素"的场景很适合去表现人物内心世界。就像邦达尔丘克所做的，即通过人物的主观视角，借助画外音去表达不同人的想法，或者当一个人物深受感动时，以模糊画面暗示其激动的泪水。

三

邦达尔丘克的电影《战争与和平》艺术价值很高，片中具有许多引人入胜的、鲜明而独特的、能丰富电影创作的表现手法，这些都是毋庸置疑的。电影的诸多情节，以其情感深刻的真实性、内在的热烈抒情和感人的真挚以及电影艺术的表现力量打动人心。在《战争与和平》里充分显示出邦达尔丘克及其团队精确而敏锐的才能，只须稍用简练的几个镜头或画面，即可如实地描绘出电影情节的发展状态，选择适当的动作与言辞，即可刻画出完整的、打动人心的、意想不到的形象。为了用电影手法去再现小说中的哲理性插话以及人物性格象征意义等方面，电影还通过博尔孔斯基家那棵老橡树或是一望无际的俄罗斯土地等全景场面加以展示。在邦达尔丘克的《战争与和平》中，对娜塔莎这一形象的描摹是影片中最精彩的地方之一。影片的第二部以《娜塔莎·罗斯托夫》来命名，观众可以感觉到，导演对娜塔莎这一形象特别亲近，他用极大的爱来表现这个形象。在第二部中，娜塔莎一直都是故事情节的中心，从宫廷舞会到安德烈的求婚，前半部分按照小说情节流畅地进行着。但是在影片的后半部分，也就是被托尔斯泰称之为"整部长篇小说的纽结"[①] 处，以娜塔莎对阿纳托利

① 谢·邦达尔丘克. 在读不朽的长篇史诗的时候 [M]. 张汉熙，译. 电影艺术译丛，1981 (2)：23-49.

的迷恋以至于私奔为核心的个人悲剧，电影使用了高速摄影，还运用了各种颜色的散光的滤色镜以及造成虚幻画面的长焦距镜头……这时银幕上的一切都像幻觉似的，流水般的，忽隐忽现。① 事实证明，这样的构思和手法是成功的。情节的整个布局围绕着娜塔莎情绪的跌落展开，安德烈在爱情确认之后的狂喜和紧接着回归宁静和克制，年轻的娜塔莎对安德烈的思念，她美妙的舞姿和那个难以让人忘怀的夜晚，再加上老博尔孔斯基公爵的傲慢和死板，对阿纳托利・库拉根的迷恋，让娜塔莎的生活从一种兴奋的、富于诗意的气氛跌落下来，陷入痛苦的悔恨之中。影片非常真实而确切地表达了托尔斯泰小说中相应部分的内容，而且让观众去体会娜塔莎在性格深化之后产生的新的特征：从在博尔孔斯基公爵家里受到不公平的责难和侮辱开始到娜塔莎与阿纳托利故事的终结，一切都是由她的天性、纯真和少女的敏感性、纯洁本性所产生，表现出一种生活本身的力量。影片把这一系列事件在娜塔莎心中引起的震动表现得如此有力，这是一位多愁善感的少女在经受生活悲剧后心灵里所产生的复杂情绪，既有悲观与失望，甚至起了自杀的念头，也有意识到自己有罪和后悔的痛苦情感。应该说，邦达尔丘克的理解与演绎丰富了观众对娜塔莎・罗斯托娃这个形象的看法并塑造了她的全貌，这一过程虽然不幸，但也是她生命中的一段插曲。

此外，导演邦达尔丘克在彼佳之死这一段落也适当地采用了一些电影技巧，他用一些黑白电影的片段来拍摄这一部分的镜头显然是有意为之。这样的选择不仅使观众产生对作为年轻一代俄罗斯贵族的彼佳英勇战死的悲壮印象，还制造了与前后段落完全不同的氛围。当观众看到彼佳热情高涨地回到团队参加游击，就会意识到那种生命即将逝去的遗憾和无奈。在他战死前夜在树林里的梦境中，就开始有黑白影像的介入制造出一种梦幻

① 困难探索的总结——苏联创作人员谈《战争与和平》[M]. 胡榕，译. 电影艺术译丛，1981（2）：50-64.

感，与之相对应的就是当他梦醒时所生活的充满颜色的世界。同时，在这一系列画面中，天地的神奇和战争中生命的意义得到了很好的阐释。最后，当田野上天大亮，杰尼索夫率领游击队发动攻击、皮埃尔等战俘获救、彼佳战死。彼佳战死的消息给罗斯托夫家族带来了无尽的痛苦，罗斯托娃伯爵夫人闻讯后陷入无法遏制的悲伤之中，而在她痛不欲生的哭声中，拿破仑黯然退兵，整个连续性画面一气呵成。尽管大部分的镜头都是彩色的，但黑白片段却以一种特殊的强度、更接近于观众的心理和自然的真实，起到了讲述生命、绝望、爱等内容的意想不到的效果。

影片在其他人物的塑造上，也都鲜明而有特色。尼古拉·罗斯托夫与皮埃尔在生活中就走着完全不同的道路，虽然风华正茂的尼古拉形象在电影中被刻意缩减，但仍在战争和狩猎等细节上表现出他的热情；老博尔孔斯基公爵和玛丽亚公爵小姐则过着一种自我约束的、几乎与世隔绝的精神生活；在库拉金家族的形象中，展示的又是另外一种独立的和令人厌恶的、不诚实、缺乏人性的寄生虫式的生活。所有这一切都是由作品的整个道德精神所产生的。托尔斯泰在小说中清楚而又带有个人倾向性地描写了他用以反衬自己所喜爱的主人公的那些人的渺小与内心的空虚。在电影中则可以通过人物的言行举止，甚至是出场时间上的多少看出导演和编剧对他们的爱憎。

通过战争，电影还以高超的、具有开创性的艺术技巧塑造了军队形象，尤其是在前线生活的场景中，通过人物的行为和对话渲染了士兵身上的俄罗斯民族特性。其中包括图申大尉、普拉东·卡拉塔耶夫等人。在小说中，皮埃尔认为卡拉塔耶夫是"一切俄罗斯的、善良的、圆满的东西的化身"①，在与他一起待在战俘的棚子里时，皮埃尔对他的印象是——一个不可思议的、圆满的、永恒的朴素和真理的精神化身，他重新认识了俄罗

① 列夫·托尔斯泰. 战争与和平（上下册）[M]. 刘辽逸，译. 北京：人民文学出版社，1989：1276.

斯农民的智慧和爱。卡拉塔耶夫的形象在某种程度上是虚构的，但影片在刻画卡拉塔耶夫品质的时候，仍然保留了他身上屈从于命运和爱所有的人的特质。这段经历对于皮埃尔的成长来说，跟他经历博罗季诺会战的残酷、经历莫斯科大火时的艰难困苦和经历死刑的恐怖一样，具有特殊的作用，最终达到一种宁静和内心的和谐。

按照托尔斯泰的理解，真正的艺术作品首先应包含有意义的、对人们生活有重要性的内容。《战争与和平》这部长篇小说的哲学意义并不局限在某个时间或空间之中。战争与和平的概念始终是人类历史发展过程中的核心话题。对于作为思想家和小说家的托尔斯泰来说，"和平"这个词语不仅站在战争的对立面，还表达了一种人与人之间对平静和谐生活的向往和追求。这一层面的含义很难通过文字或者电影画面表现出来，而应在阅读或欣赏之后通过思考和分析渐渐感受到。从这个意义上来说，邦达尔丘克的影片"包含了许多人类悲剧和战争场面。一种永恒和自然的和谐感，它弥漫着微妙的抒情感觉和深刻的哲学理念……在同时代人中一种关爱、情绪和气氛的微妙的感觉，即时代的呼唤"[1]。对于观众来说已经达到了"感染他的心灵，深深地打动他的感情"[2] 的意义和价值。

① Denise J. Youngblood. *Bondarchuk's War and peace ： literary classic to Soviet cinematic epic* ［M］. Lawrence：the University Press of Kansas，2014：43.

② 邦达尔丘克. 渴望奇迹 ［M］. 刘小中，黄其才，译. 北京：中国电影出版社，1988：10.

第三节 《伊凡·伊里奇之死》：平庸生活与"向死而生"

在安德烈·塔可夫斯基（Андрей Арсеньевич Тарковский）的日记和书信中可以看到，把列夫·托尔斯泰晚年创作的小说《伊凡·伊里奇之死》改编成电影是这位伟大导演拍摄计划的一部分。此后因为各种原因，这部影片的拍摄计划始终未能付诸实施。作为塔科夫斯基最好的追随者和合作者，亚历山大·凯伊达诺夫斯基（Александр Кайдановский）在1985年将《伊凡·伊里奇之死》改编为同名电影作品（或译为《死如寻常》，*Простая смерть*），这部影片是凯伊达诺夫斯基参加谢尔盖·索洛维约夫工作室举办的研修班的毕业作品，在当时被认为描述了"过多的生理现象"[①] 而没有受到应有的重视，但在国外却获得了包括西班牙在马拉加国际电影节大力神奖等一系列荣誉。凯伊达诺夫斯基在电影拍摄理念上是塔可夫斯基的学生，并且对文学作品改编电影情有独钟。在他今天仅存的三部电影长片和三部短片中，有四部改编自加缪、博尔赫斯和托尔斯泰的文学经典，两部基于他自己编剧的作品。他和老师塔科夫斯基一样，擅长通过他的作品中的人物详尽地阐述哲学和伦理问题，表达方式既有电影画面也有画外音。

除了这一改编版本的《伊凡·伊里奇之死》，这部小说还曾经出现过几个风格各异的改编版本。在凯伊达诺夫斯基之前，对这部小说进行改编的影视剧作品包括匈牙利导演伊姆雷·迈克尔（Imre Mihályfi）1965年拍摄的同名电视电影、1970年西班牙电视系列片《11小时》（*Hora once*）中的同名电视剧集、1974年法国导演纳特·利林施泰因（Nat Lilienstein）

---

① Adelaida. Александр Кайдановский [DE/OL]. https://litobozrenie.com/2018/11/aleksandr-kajdanovskij/.

的同名电影、1979 年英国导演柯林·尼尔斯（Colin Nears）的电影《信仰之问》（*A Question of Faith*）和 2000 年伯纳德·罗斯的电影《伊万的生活》。

一

在托尔斯泰的后期艺术作品中，他做了一些有人称为"心理学测验"的工作。① 小说《伊凡·伊里奇之死》便是其中一例。在这部完成于 1886 年的作品中，小说家深入到一名司法机关官员伊凡·伊里奇的心灵深处。在小说中，虚构的伊凡·伊里奇是沙皇俄国晚期复杂的公务员制度中一位不屈不挠往上攀爬的官员形象，他的人生就是不惜一切代价让自己的职位和薪水更进一步，为此，他抛弃了生活中所有温暖、忠诚和爱的理念，这个有节制的人几乎没有性情可言，但他的人生却一直都很顺利：仕途得意，同僚们都很爱他；他和他的妻子生活在一起，而且情投意合；结交的朋友都是最优秀的人物，达官显要和一些年轻人也是座上客。② 但当他发现自己濒临死亡的时候，他突然意识到在自己的生命之中没有任何值得夸耀的东西，因此也没有任何在病痛中可以安慰他的东西，他周围的人们，包括他的亲人们，都在用虚假的言辞掩盖自身的自私和冷漠，"他就这样生活在死亡的边缘上，而且孤孤单单，没有一个人了解他，没有一个人可怜他"。③ 尽管他曾经认为他的一生是正大光明的，但无论是体制本身还是任何人都不会真正想念他，直到临终时，他才恍然大悟，他的一生都错了，他突然明白了，从而真正脱离了他过去对于死的习惯的恐惧。

---

① 阿尔麦·莫德. 托尔斯泰传（第三部）[M]. 徐迟，译. 北京：生活·读书·新知三联书店，2014：644.

② 列夫·托尔斯泰. 托尔斯泰文集（第四卷）[M]. 臧仲伦，译. 北京：人民文学出版社，1986：74.

③ 同上，1986：82.

　　小说重点写出了主人公伊凡·伊里奇濒死的绝望：他绝望的不仅是自己的生命，他也看透了他所生活的那个环境中被大家默认的虚伪。对于小说中所塑造的这位高等审判庭委员来说，他毕生信奉所谓"体面"，"伊万·伊利奇的生活还是按照他的信仰，就像生活理应如此的那样度过的：轻松、愉快而且体面"。① 在法院处理公事，凭着长期的实践和独到的才干，他对此早已驾轻就熟，游刃有余，并因此受到上司的器重和身居高位的人的赞许。但是，突然的疾病降临到伊凡·伊里奇身上，而且情况越来越糟。在他患病到去世的过程中出现了这样一种状况：无论是他的妻子、儿女，还是他的佣人、朋友、医生，而主要是他自己，大家都知道，别人对他的最大兴趣仅仅在于他是否能很快地、最终地出缺让位，使活着的人摆脱因他的存在而产生的麻烦，而他自己也可以从自己的痛苦中解脱出来。只有仆人格拉西姆了解他的处境，而且像他所希望的那样可怜他，使他得到安慰。伊凡·伊里伊奇现在才觉得生活在有些地方不对头，他一生循规蹈矩、兢兢业业实际上不过如此，"你过去和现在赖以生存的一切，不过是向你掩盖了生与死的一片虚伪和一场骗局罢了"。②

　　与小说《伊凡·伊里奇之死》花了大量篇幅去讲述伊凡·伊里奇人生经历不同的是，电影《伊凡·伊里奇之死》只截取了他人生的最后片段，没有给观众交代更多的有关伊凡·伊里奇升迁、人事更迭、婚姻家庭等过去的生活经历，因此，躺在病床上的伊凡·伊里奇几乎没有什么回忆。凯伊达诺夫斯基似乎对托尔斯泰所讲述的主人公伊凡·伊里奇人生故事不感兴趣，仿佛只有当他奄奄一息躺在病床上面对死亡的时候，才是影片需要表达的真正内容。这部时长只有64分钟的电影聚焦于伊凡·伊里奇濒死的全过程，也就是原著小说后半部分的内容，影片的故事情节完全围绕着

　　① 列夫·托尔斯泰. 托尔斯泰文集（第四卷）［M］. 臧仲伦，译. 北京：人民文学出版社，1986：72.

　　② 同上，1986：113.

"死亡"这一主题来整理并展开，人物的言语也只是出于某些情节的必需，就像塔科夫斯基在《雕刻时光》中所说："一部电影的形式组合主要是靠角色在特定环境下的特定心理状态……一场戏的意义无法完全集中于人物的对话。'语言、语言、语言'——在现实生活中，语言常常是掺了水的；只有在少数时刻我们才能在语言和手势、语言和行为、语言和意义之间发现完美的协调。"① "因为一个人的语言、内心和肢体动作经常各自在不同的基础上发展，他们也许会互补，或者有时候会某种程度地互相呼应，但是大半时候他们却是互为矛盾，偶尔，也会激烈冲突、互揭疮疤。唯有准确了解同一时刻他们的发展状况，才能表达我所说的事实之独特与真实的力量。至于场面调度，当它与语言准确配合，产生互动，并有了交集点时，我所称的绝对而且具体的观察影像便诞生了。这就是为什么编剧必须是一个不折不扣的作家。"②

亚历山大·凯伊达诺夫斯基在这部电影作品的序幕中引用了托尔斯泰的一则故事《狼》，在这则 1908 年 7 月托尔斯泰以录音形式口授的故事中，导演兼编剧凯伊达诺夫斯基用寓言的方式表达了他对托尔斯泰创作中有关生命与死亡的理解，同时梳理出一条托尔斯泰对于这一类主题的思考途径来。影片将以"阿尔扎马斯的恐惧"（Crisis in Arzamas）为核心的故事讲述作为开头，以此引出伊凡·伊里奇处于"轻松、愉快而且体面"的生活之中对于死亡的逃避。这样一来，不仅可以将伊凡·伊里奇得病前后的生活状态进行对比，而且串联起了托尔斯泰自 1869 年在阿尔扎马斯过夜精神困乱以来，在给妻子的信③、《疯人日记》（1883 年）、《伊凡·伊里奇之死》、《狼》、《我不能沉默》（1908 年）等作品所表达的诸多观点。显然，凯伊达诺夫斯基的创作目的并不是简单地在银幕上再现《伊凡·伊里奇之

---

①② 安德烈·塔可夫斯基. 雕刻时光［M］. 陈丽贵，李泳泉，译. 北京：人民文学出版社，2003：77.

③ 亚·托尔斯泰娅. 天地有正义：列夫·托尔斯泰的生平（上）［M］. 启篁，贾明，锷权，译. 长沙：湖南文艺出版社，1992：321.

死》的原貌，而是要深入托尔斯泰后期创作与哲学思考的深处，挖掘他内心对于这个世界巨大的荒谬的讽刺和走向真理、获得内心平安的探索。这部影片因此也很好地证明了凯伊达诺夫斯基本人的改编理念以及哲学思想。这部颇具个人气质的作品，在不少方面甚至达到了托尔斯泰原著悲怆的境界。

二

《疯人日记》可以被看作托尔斯泰五十岁以后所写的全部东西的总标题。① 从 1869 年的"阿尔扎马斯的恐惧"开始，托尔斯泰的思想探索开始进入一个新的阶段，舍斯托夫将它视为托尔斯泰从平常生活的"共同世界"落入"个人世界"的强烈证据。在这一转变过程中，"面临死亡的感受"以一种独特的意象出现，托尔斯泰借此开始了后半生对生命意义的求索。应该说，托尔斯泰对于死亡的执着痴迷（在《伊凡·伊里奇之死》和他的小说的其他地方表现得如此尖锐）是他离经叛道思想的基础，或者说是相当离经叛道，因为诸如此类的思想还有很多。死亡意识支配着托尔斯泰的思想，只给他的生活留下了一点空间。②

小说《伊凡·伊里奇之死》的创作始于 1882 年，原名为《法官之死》，这个题目来源于已故图拉区法院的法官之死。根据托尔斯泰 1884 年 4 月 27 日的日记可以知道，托尔斯泰创作完成《伊凡·伊里奇之死》和完成《疯人笔记》的想法一度是交织在一起的，"我想开始并完成一部新作品。或者是《法官之死》，或者是《疯人笔记》"。③ 遗憾的是，《疯人笔记》没

---

　　① 列夫·舍斯托夫. 在约伯的天平上（灵魂中漫游）[M]. 董友，徐荣庆，刘继岳，译. 北京：生活·读书·新知三联书店，1988：105.

　　② Alexander Boot. *God and Man According to Tolstoy* [M]. New York：Palgrave Macmillan，2009：70.

　　③ 亚·托尔斯泰娅. 天地有正义：列夫·托尔斯泰的生平（上）[M]. 启篁，贾明，锷权，译. 长沙：湖南文艺出版社，1992：462.

有写完，而《伊凡·伊里奇之死》几经间隔和重新拾起，最终于 1886 年 3 月完成。

《伊凡·伊里奇之死》是列夫·托尔斯泰晚年思考寻求出路的一部重要作品。小说极具开创意义地再现了一个濒临死亡的病人在精神与肉体上的痛苦过程，并通过他的回忆与反思探讨了带来痛苦的根源。因为生病，他看待周围人们所作所为的视角和心态发生了很大变化，他觉得家人、同事和医生在他周围筑起一道伪善的墙。他发现病床边上的人，不是只关心自己，就是惺惺作态。苦痛使他慢慢认识了自身，不论从哪个角度来看，他都已经濒死。起初，他不相信医生，希望重返以前正常的生活；到了医治无效的时候，他知道自己在劫难逃，痛苦地尖叫"我不要死！"伊凡·伊里奇在死亡面前通过自我反思，最后领悟到个人生活的渺小与庸俗，看透了这个社会中人与人之间的虚伪和残酷，他的反思与这一形象本身都具有永恒的意义，即追名逐利生活毫无意义。总的来说，当读者在列夫·托尔斯泰的这部小说作品中读到主人公伊凡·伊里奇濒临死亡的全过程时，要想体会到这段过程描写的审美意义，就必须看到这一过程中一个人死去的事实，而且还能体会到小说家在创作这部作品时所描述的有关死亡的哲学观念。由此可见，伊凡·伊里奇弥留之际不是内容而是形象，即可以被直接感受的各种事件的轮廓。这个形象的意义方面，它的艺术价值，它的理想性——这是死亡的哲学概念。① 就像托尔斯泰在经历了"阿尔扎马斯的恐惧"后所感受到的那样，由于某种不明的原因突然间失去了他对自己行为的自信心，这对于重新理解生活具有重要影响。在不存在其他目的的情况下，死亡成为生活的必然目的或终点。对托尔斯泰来说，真正的问题是作为一名斗士，他直接面对的或者挑战的不是身体意义上的死

---

① A. Г. 斯比尔金. 哲学原理 [M]. 徐小英，等，译. 北京：求实出版社，1990：511.

亡，而是那种毫无意义的感觉。①

可怕的孤单感是小说《伊凡·伊里奇之死》中的主题。托尔斯泰通过伊里奇的感觉提醒人们，掩盖住死亡的真相，只能产生可怕的孤单，"近来，他一直处在孤独之中，他孤独地脸朝着沙发背躺着。身居人口稠密的城市之中，熟人无数，家属众多，可是他却感到一种在任何地方，无论在海底还是地下，都不可能有的深深的孤独——伊凡·伊利奇在这可怕的孤独中，只靠回忆往事过日子"。② 显然，正是因为在他身上所发生的一切造成了现在的他，伊凡根本无法同他人分担对于死亡恐惧的感觉，他希望在这个时候得到怜悯，而实际上他得到的是妻子的蒙蔽以及他人的谎言。在濒临死亡的过程中，他渴望活下去，继续自己"轻松、愉快和体面的生活"，在他回忆自己的人生时，他发现自己迷失了方向，忘记了人生"为上帝"的目的。为了"轻松、愉快和体面地生活"，伊凡·伊里奇为自己定出了一套对待夫妇生活的一定之规。由于"有公务在身，他的全部生活乐趣都集中在官场之中，于是这种兴趣便吸引了他的全部注意力"。③ 小说《伊凡·伊里奇之死》揭示了"最平凡"现象中"最可怕的"情景，暴露了"轻松、愉快和体面地生活"吞噬人的正常生活的本质。小说的主人公伊凡·伊里奇之所以感到孤单，并不是因为死亡的临近，而是通过死亡这一过程清楚地看到了周围人们的虚伪和冷漠。存在于他周围以及存在于他自身之中的虚伪，极大地毒化了伊凡·伊里奇生命的最后几天。这时，一个名叫格拉西姆的打杂的农民出现并拯救了他，他是唯一同情怜悯而不欺骗他的人。这个永远乐呵呵的、性格开朗的农民毫无怨言地伺候着伊凡，

---

① Donna Tussing Orwin. *Tolstoy's art and thought*, 1847—1880 [M]. Princeton：Princeton University Press, 1993：155.

② 列夫·托尔斯泰. 托尔斯泰文集（第四卷）[M]. 臧仲伦，译. 北京：人民文学出版社，1986：108.

③ 同上，1986：66.

"为什么不伺候您呢？您有病嘛"。① "我们大家都要死的。为什么不伺候您呢？"② 他轻快、乐意、淳朴而且善良地做着这事，使伊凡·伊里奇得到安慰，最终也克服了对死亡的恐惧。

在影片中，凯伊达诺夫斯基激起了观众对于生命与死亡的共鸣感。这部风格独特的影片借助于对于死亡来临时的独特的联想，对托尔斯泰原文内容进行重新阐释，并将独特风格建立在画面和手法的阴郁笔调上，光与影所表现的精神状态、梦幻般的意境以及死神来临的感官体验似乎处在一种让人惊恐的状态中，与主人公伊凡·伊里奇的内心世界相适应。这部天才的影片在后半部分所呈现出的多处晦涩难懂的部分实际上是一种在风格艺术方面所做的大胆而前卫的尝试，导演试图努力驯服观众的内心，使他们习惯于他那种趋于生理现象的对于死亡和生命的理解。

在影片中呈现出一种展现死亡过程的可能性，在具体的叙述方法上既有对于托尔斯泰原著内容的引用，也有基于病理学与死亡观而提供的客观看法，因此这部影片的改编值得细细品味。通过影片的画面所展示的与其说是改编者与小说家各自表达立场的主观表现，毋宁说是凯伊达诺夫斯基在叙述过程中极力跟上托尔斯泰的观念与节奏，即使在表现手法上有很多带有神秘主义的地方。总的来说，凯伊达诺夫斯基虽然能深入浅出地生动再现人类个性深处精神与世俗生活的戏剧性冲突，但他的导演手法有时看上去过于现代主义和意象化，似乎比塔可夫斯基走得更为遥远，除《伊凡·伊里奇之死》外，《客人》（*Гость*，1985）、《煤油工的妻子》（*Жена керосинщика*，1988）等影片都足以证明这一点。

---

① 列夫·托尔斯泰. 托尔斯泰文集（第四卷）[M]. 臧仲伦，译北京：人民文学出版社，1986：93.

② 同上，1986：96.

三

托尔斯泰的晚期作品在艺术上以挖掘人物心理的深刻和暴露虚伪腐朽的政治制度的独特艺术视角而闻名于世。作品《伊凡·伊里奇之死》着重描述主人公意识的内容和转变，而意识的流动又是通过突然的变故开始的，以此推动主人公自我反省并导致他在模糊的感觉中觉醒起来。在叙事上，小说没有遵循惯常的方式，而把描写的重点落实在伊凡·伊里奇这一人物的典型性上。小说家虽然也专门拿出几个章节来写主人公的人生经历和命运，但关键点还是在于伊凡·伊里奇在死亡临近之时的自我知觉所引发的人生改变。

因为患病，从他诞生起一向维护着他，而且他诚心诚意地为之服务的那个永恒秩序，突然起来反对他，而对于这种卑鄙的背叛行为，它毫不感到羞耻，甚至认为不需要做任何解释来为自己辩护。"过去如此，现在也如此"——任何哀求和规劝都无济于事。伊凡·伊里奇从"人们的共同世界"中、从他所喜爱和信赖的天然环境中被逐出来。[①] 小说一开始就强调了伊凡·伊里奇性格的典型性，看起来他是因为偶然原因才得了绝症，因此，疼痛一直折磨着他。但当死亡临近时，他才意识到自己将全部人生都用来追求名誉、声望和金钱，似乎是借此在逃避死亡必将到来这个不争的事实，因此，他开始对那些毫无根据地说他会康复的人充满愤怒，因为在他看来他们要让这个错误延续下去。在与自己内心交谈之后，他清醒地意识到，他死得如此糟糕，是因为他活得如此糟糕。

纳博科夫提到：这个故事实际上并不是关于伊凡之死，而恰恰是关于伊凡之生。故事中所描绘的身体的死亡是凡人生命的一部分，它只是人生的最后一页。托尔斯泰的公式如下：伊凡的一生是糟糕的，而既然糟糕的人生不

---

① 列夫·舍斯托夫. 在约伯的天平上（灵魂中漫游）[M]. 董友，徐荣庆，刘继岳，译. 北京：生活·读书·新知三联书店，1988：134.

过意味着灵魂的死亡，那么伊凡生时便犹如行尸走肉；又既然死亡之外是上帝的生命之光，那么伊凡倒从死里得了新生——一个大写的"生"字。① 所以这部小说的开头以《新闻》报上伊凡的死作为开端，围绕着他的死讯，周围的人们开始考虑一些与他的死有关的问题：职务的空缺、坟地的价格、抚恤金的多寡等。当然，在小说家看来，同事也好，亲人也好，他们和伊凡一样都是行尸走肉。在接下来的章节中，托尔斯泰回忆了伊凡·伊里奇的人生，就像后来在描述伊凡濒死状态时他在病床上所做的那样。在这一过程中，托尔斯泰的小说除了描述人在想到自己死亡时的终极恐惧，还梳理了两条核心主题：一是人们无法真正地想象自己的死亡，人总是认为死亡是发生在别人身上的事。"一个经常见面的熟人的死这一事实本身，还使所有闻讯的人产生一种庆幸感：死的是他，而不是我。'怎么，他死了；可是你瞧，我没有死'，每个人都这么想或者这么感觉。"② 托尔斯泰指责平常人总是习惯逃避死亡，而对于死亡的逃避、否认，会让人暂时忘记死亡的威胁，这种"醉生梦死"的生活状态实际上就是对自己的生死没有终极关怀。《伊凡·伊里奇之死》让"向死存在"的人们可以尝试着去探索死亡的真相与意义，而不必像伊凡·伊里奇一样要等到最后关头，才在痛苦中去探索，在日常生活中就应该找到一种精神性或宗教性的归宿，并同时建立属于自己的人生信念与生死态度。另一主题就是对世俗的生活模式的批判，尤其是中产阶级生活中那种无动于衷的庸俗。伊凡·伊里奇是俄罗斯官僚社会的一名官吏，他虽然在学生时代感受过欢乐、友情和希望，但这一切都被随之而来的事业和生活取而代之。表面上看来，他遵循着上等社会正常人的生活准则，可就在他人生似乎一帆风顺的时候，他却得了不治之症。临死前他才豁然醒悟，自己的一生都是在官场视为理所当然的虚伪、冷漠和自私自利中度过的，他从未

———————————

①　纳博科夫. 俄罗斯文学讲稿 [M]. 上海：上海三联书店，2015：242.

②　列夫·托尔斯泰. 托尔斯泰文集（第四卷）[M]. 臧仲伦，译. 北京：人民文学出版社，1986：49.

带着人的感情给过别人一点温暖和抚慰。虽然他有着轻松愉快和体面的生活哲学，而实际上却是亦步亦趋地仿效上司，讨好权势。因此，在《伊凡·伊里奇之死》里讽刺了常态生活的无用与做作。人类和死亡搏斗时感受到的疏离异化，以及为求最后复活油然生起的希望，也以强而有力的象征手法呈现出来。托尔斯泰想借这篇小说探讨社会上的具体问题，不仅如此，他还想让现实主义的美学方法和象征艺术的力量合为一体。此外，托尔斯泰的小说在论及死亡时带有某种自然主义的笔调，他书写死亡，甚至细致地描写人在濒死的状态：口中的怪味、腹部左侧的疼痛、不停地喊叫，无一不足。即便是最后的弥留之际，小说家把伊凡在那只漆黑的口袋中的挣扎同样写得具体真切。

　　《伊凡·伊里奇之死》这部影片既然取名为《死如寻常》，首先考虑的就是伊凡·伊里奇这一人物既是中产阶级的代表性人物，又是芸芸众生中的一个普通人，得面对死亡的他的结局与旁人无异。这种"寻常"既非人格高尚，又非十恶不赦，对事业、对婚姻、对生活均是如此。影片重点讲述了主人公伊凡·伊里奇的最后一段人生经历：伊凡生病之后渐渐发现了周围所发生的变化。他感到最受不了的是虚伪，那种不知为什么被大家默认的虚伪，说什么他只是有病，而不是快要死了，只要他安心治病，就会取得某种很好的效果。可是他心里明白，不管他们做什么，除更加折磨人的痛苦和死以外，什么效果也不会有。这种虚伪使他感到受不了。他感到受不了的是，大家都知道而且他也知道的事，他们就是不肯承认，而是想就他的险恶的病情对他说谎，而且还想迫使他本人也参加到这个骗局中来。[1]"除了这种虚伪以外，或者说正是由于这种虚伪，伊凡·伊里奇感到最痛苦的是，没有一个人像他所希望的那样来可怜他：有时候，在经过长久的痛苦之后，他真希望（尽管他不好意思承认这一点）能有人像可怜一

① 列夫·托尔斯泰. 托尔斯泰文集（第四卷）[M]. 臧仲伦，译. 北京：人民文学出版社，1986：94-95.

个有病的孩子那样来可怜可怜他。他真希望人们能像爱抚和安慰孩子们那样来爱抚他，吻他，为他而哭泣。"①

　　很多作家和哲学家都坚持认为死亡有重要意义，而通过观察海德格尔的结论，对这一点就能完全理解。海德格尔在其《存在与时间》中把《伊凡·伊里奇之死》看作死亡的现象学问题的艺术表现。这就是，在所有人类活动和经验中，死亡是独一无二的。当我们想到有人正进行某种活动如写一本书或正在度假时，死亡却只与正在死去的那个人有关。托尔斯泰的《伊凡·伊里奇之死》对这一观念给予了文学上的表现。由于不断面对死亡而不是设法忘记其存在，主人公便得以保持其诚实。② 海德格尔借此所提到的"向死而生"就是要看到生命和死亡的本真状态，就是说生命原本就是朝向死亡而存在的，这也意味着死亡本身就是生命不可缺少的部分。在小说中，尤其是随着死亡的逐渐临近，伊凡·伊里奇试着去宽恕和理解身边的亲人，尤其是当仆人格拉西姆照料他时使他得到的安慰，当儿子吻他手的时候，甚至对他一直憎恨的妻子，伊凡也可怜起她来了，最终他摆脱了那些痛苦，在一种充满快乐的光明中结束了自己的生命。就像伊凡·伊里奇一样，一个人只有在面对死亡威胁的时候，其自我意识才会真正诞生。在小说中，伊凡·伊里奇以第三人称的面目出现，读者通过他的视角看到了他所生活的那个世界，主人公的内心意识活动则在他去世之时得到了极为细腻的描写。从小说后半部分开始，伊凡在病中独自思索，无法驱散那纷至沓来而他不愿去想的事：童年、婚姻、职务等。他真心思索的是对内心的无声对话，但常被他不欢迎的思潮打断。托尔斯泰真实地写它们，用他感到的真正的思维形象去表现它们。但小说中的这种写法很难在电影中加以具象化，因此，影片《伊凡·伊里奇之死》就增添了很多幻想

---

　　① 列夫·托尔斯泰. 托尔斯泰文集（第四卷）[M]. 臧仲伦，译. 北京：人民文学出版社，1986：96.

　　② 阿诺德·欣奇利夫. 荒诞说——从存在主义到荒诞派 [M]. 刘国彬，译. 北京：中国戏剧出版社，1992：32.

性质和神秘主义的场景。

影片采用了最具有死亡文化特征的黑白画面，并通过沉稳和冷静的摄影表现出来。在他的影片中，开篇通过所谓朋友的讲述再现"阿尔扎马斯的恐惧"，仿佛是托尔斯泰对在那个有着红色窗帘的方形房间里面对死神的独白，影片中的这一片段像是一种预言。到了后半部分，凯伊达诺夫斯基捕捉到了托尔斯泰小说中主人公伊凡·伊里奇那种浑浑噩噩、不知所措的精神状态，并通过影片的黑白画面表现出特别的阴沉和凝重。围绕着伊凡，似乎所有的努力都是徒劳的，无论是家人们忙乱的照顾，还是医生们的争论或喧嚣，而伊凡本人所有的活动，无论是试穿燕尾服、吃梅干，还是躺在床上疯狂的目光、绝望的哀号，或者无奈的请求或者祈祷，都强化了小说中的悲剧因素。影片添加了他对于童年生活的回忆，因此他在病榻之上感兴趣的是观察穿过玻璃球的光线，就像是对于童年的回应。与托尔斯泰小说不同的是，影片除了有限的几个画面，没有刻意去描绘格拉西姆的形象；在描写医生时也没有采用小说中的主观描摹，而是通过夸张手法展现那些装模作样的医生，他们对他的疾病和痛苦表现出的冷漠，偶尔的关心也只是出于礼节。在影片中，当伊凡去世时，医生们之间的对话让观众觉得异常冷酷，对医生们来说，不过是一个病例的完结，这种讽刺已经达到了托尔斯泰在小说中含蓄而尖刻的效果。

在影片的结尾处，当伊凡·伊里奇终于摆脱了死亡的痛苦与绝望，最后经历了解脱和安慰而离开这个世界的时候，"不能这样生活，至少是我不能这样生活，我不能，也不会再这样生活了"。[①] 托尔斯泰1908年那段《我不能沉默》的录音以画外音的形式仿佛说出了伊凡·伊里奇临死前对生活的冀望，也记录了这位伟大的小说家对这部小说寄予的厚望。

---

① 列夫·托尔斯泰. 托尔斯泰文集（第十五卷）［M］. 张孟恢，译. 北京：人民文学出版社，1986：605.

第七章 马克·吐温文学作品的影像阐释

第一节 马克·吐温文学作品影像改编史综述

作为他所归纳的"镀金时代"最受欢迎的美国小说家，马克·吐温的作品很早就出现了改编版本。美国小说家和文学批评家豪威尔斯在回忆录里写道：

> 有一天，克列门斯突然给我来了一份电报，把我从波士顿召去帮助他写《赛勒斯上校》。这一根据《镀金时代》改编的剧本首演时，我曾目睹克列门斯为它的成功所经受的巨大激动。《镀金时代》是他和华纳合作的长篇小说，这出戏是被犹他州的一个人根据《镀金时代》改编后搬上舞台的。克列门斯向法庭申诉了这位改编者未经允许破坏版权的行为，使自己的改写权获得了保障。由名演员约翰·雷蒙主演的这出戏的基本结构出自这位无名剧作家的手笔，克列门斯从未向我假装他曾经插手过这一改编本的写作，他坦率地承认，他对写戏不在行。然而这个剧本的核心部分无疑是来自他的小说，剧中的人物也是取自他的小说，因此，它获得的成功也理应是他的，他和演员们一起分享了它带来的成功和果实……①

---

① 威廉·狄恩·豪威尔斯. 我的马克·吐温 [C]. 刘象愚，译. 马克·吐温画像. 上海：上海文艺出版社，1991：62-63.

不仅如此，在所有 19 世纪现实主义作家中，马克·吐温很可能是最早接触电影的一位。早在 1899 年 7 月，马克·吐温就在《水牛城快报》（*Buffalo Express*）的访谈"对话马克·吐温"（"Mark Twain Talks"）中提到了"我所写的东西与普通传记之间的区别就像普通照片和所谓的电影放映机胶片之间的区别一样明显"①。马克·吐温文学创作的鼎盛时期，正是美国电影发展从"耸动视听新闻、滑稽幽默和每日生活"走向道德正剧、早年西部掠影、美国历史和文学改编②的时候，文学作品逐渐成为电影市场中故事材料的来源，也成为电影艺术逐渐形成的重要标志。马克·吐温的一系列作品，尤其是几部具有代表性的长篇小说和某些趣味盎然的短篇小说成为美国新兴的电影公司改编的对象。1907 年的影片《奇异的梦境》和《汤姆·索亚》（*Tom Sawyer*）是最早的根据马克·吐温作品改编的电影。其中，《汤姆·索亚》由卡莱姆电影公司（Kalem Company）出品，拉开了这一部广受欢迎的小说数量众多改编文本的序幕。此后，另外几部在马克·吐温作品改编电影中占据重要位置的作品也开始出现最早的改编版本，包括 1909 年爱迪生制造公司（Edison Manufacturing Company）出品、由赛尔·道利执导的短片《王子与贫儿》③（*The Prince and the Pauper*），1915 年由名角电影公司（Famous Players Film Company）出品、休·福特（Hugh Ford）和埃德温·鲍特（Edwin S. Porter）共同执导的 50 分钟《王子与贫儿》（*The Prince and the Pauper*），1916 年杰西·拉斯基电影公司（Jesse L. Laskey Feature Play Company）推出的、根据马克·吐温后期代表作《傻瓜威尔逊》 （*Pudd'nhead*

---

① GARY SCHARNHORST. *Mark Twain: The Complete Interviews* [M]. The University of Alabama Press. Tuscaloosa, 2006: 343.

② 刘易斯·雅各布斯. 美国电影的兴起 [M]. 刘宗锟，王华，邢祖文，等，译. 北京：中国电影出版社，1991：84.

③ 爱迪生公司的《王子与贫儿》是世界上最早出现演员名字的两部电影之一，另一部是比奥格拉夫电影公司的《雾都孤儿》（1909）。

Wilson）改编的同名电影，1918 年出现的最早的根据小说《汤姆·索亚历险记》与《哈克贝利·费恩历险记》两部作品改编的《汤姆与哈克》（*Huck and Tom*），1920 年由派拉蒙影业公司出品的《哈克贝利·费恩》（*Huckleberry Finn*），1921 年由福克斯电影公司出品的《亚瑟王朝的康涅狄格州美国佬》（*A Connecticut Yankee in King Arthur's Court*）等。不仅如此，马克·吐温还在电影《奇异的梦境》和 1909 年版的《王子与贫儿》中分别出镜，扮演了作者自己。此外，保留至今的由爱迪生制造公司拍摄的关于马克·吐温生活的短片，可以让读者目睹这位伟大小说家的银幕形象。

在早期根据马克·吐温小说改编的电影中，1920 年派拉蒙影业公司出品的《哈克贝利·费恩》（*Huckleberry Finn*）是比较具有代表性的一部作品，它是第一部根据小说《哈克贝利·费恩历险记》改编的电影，被视为无声电影时代根据美国文学名著改编的杰作之一。路易斯·萨金特（Lewis Sargent）饰演的那个满脸雀斑、顽皮机灵的费恩不堪忍受父亲对他的暴行、机智逃离小屋的段落，无论是特写镜头还是蒙太奇的运用都给观众留下了难忘的印象。

马克·吐温的《亚瑟王朝中的康涅狄格美国人》想象奇特而妙趣横生，同时流露出较多个人想法，其中既有他对过去和中世纪传奇的厌恶，也有对美国人的机敏与实用的颂扬。20 世纪以来，这个著名的故事多次被搬上舞台，拍摄成电影或是动画片。其中最早的电影版本是 1921 年拍摄的无声电影《误闯亚瑟王宫》（*A Connecticut Yankee in King Arthur's Court*），由哈里·C. 迈尔斯（Harry C. Myers）主演。这部部分内容佚失的电影在改编时与马克·吐温的原著小说保持了一种特殊的关系。小说主人公汉克·摩根的亚瑟王朝之行，不仅揭示了马克·吐温对贵族统治和英国国教贪婪迷信的讽刺，也暴露了人类自身的某些弱点。迈尔斯饰演的不是小说中工匠英雄汉克·摩根，而是马丁·卡文迪什（Martin Cavendish），一名生活在 1921 年爵士时代的单身汉，在被窃贼击中头部之前，他刚好读过马克·吐温的小说《亚瑟王朝中的康涅狄格美国人》。和汉克·摩根一样，当他醒来已经处在亚瑟王时代。由于卡文迪什读过马克·吐温的书，他知道自己接下来应该做什么。这部无声电影展示了亚瑟王时代华丽的布景和服装，并且通过在亚瑟王朝的冒险表达了民主与自由主义的思想。

　　20 世纪 30 年代，随着有声电影的出现，根据马克·吐温作品改编的有声电影也逐渐与观众见面。其中，1930 年派拉蒙电影公司拍摄完成的《汤姆·索亚》(Tom Sawyer) 由童星杰基·库根与初登银幕的朱尼尔·德金 (Junior Durkin) 合作参演，影片充满了怀旧色彩。随着低成本的《汤姆·索亚》获得不错的收益，派拉蒙电影公司马上集结原班人马，在 1931 年拍摄了续集《哈克贝利·费恩》(Huckleberry Finn)，影片被认为"成功地找回青春和白日梦的幻觉"①。1931 年由福克斯电影公司出品的有声电影《康涅狄格州美国人》(A Connecticut Yankee) 在故事情节上呈现出更多的创新；1937 年，华纳兄弟公司 (Warner Bros.) 和第一国家电影公司 (First National Pictures) 推出早期最有影响力的一部《王子与贫儿》；1938 年由大卫·塞尔兹尼克任制片人《汤姆·索亚历险记》是这部小说改编史上最受欢迎的一部电影；1938 年由派拉蒙电影公司出品的《汤姆·索亚当侦探》是根据《汤姆·索亚历险记》同一系列故事改编而成的影片；1939 年由米高梅公司出品、理查德·索普 (Richard Thorpe) 导演的《哈克贝利·费恩历险记》(The Adventures of Huckleberry Finn) 有意将哈克作为一名男子的成长经历视为重点，使得电影更像道德故事而不仅仅是冒险故事，应该从文化、伦理和种族等主题来理解②。

————————

　　①　RobertI rwin. *The Failure of Tom Sawyer and Huckleberry Finn on Film* [J]. Mark Twain Journal, Vol. 13, No. 4 (Summer, 1967), pp. 9-11.

　　②　Ian Wojcik-Andrews. *Children films: history, ideology, pedagogy, theory* [M]. New York: Garland Publishing, Inc. 2000: 31.

也许是因为在小说《亚瑟王朝中的康涅狄格美国人》中，马克·吐温以一种轻松的姿态和怡然自得的视角替代了怀旧的情感，因此在小说家看来，汉克这个19世纪普通美国人远比亚瑟王朝的任何骑士都更有能力、更值得敬佩。1931年的美国电影《康涅狄格州美国人》由大卫·巴特勒（David Butler）执导，剧本则由威廉·康塞尔曼（William M. Conselman）、欧文·戴维斯（Owen Davis）和杰克·莫菲特（Jack Moffitt）合作完成。影星威尔·罗杰斯（Will Rogers）在影片中饰演主人公汉克·马丁（Hank Martin），一个无线电修理工。他在某个风雨交加的夜晚到一所豪宅去修复一台机器，在这所古怪的房子里他遇到了一个疯狂的科学家，科学家发明了一台机器，尝试利用无线电波调频听到过去一段时间的声音，结果，汉克·马丁在房间里发生了一次意外撞击，使他置身于亚瑟王时代，开始了独特的时间旅行。他在亚瑟王朝廷上利用打火机和日全食与梅林周旋，并且得到亚瑟王的信任，利用现代技术知识创造各种电气化设备，以帮助亚瑟王和他的国家。影片开头沿用了恐怖和科幻影片的套路，并保留了原著的幻想性质，具有趣味性和闹剧效果。这个带有梦幻性质的时间旅行使得影片被分成两个部分——即现实世界与梦幻世界，影片中很多演员都在两个部分同时出现，扮演不同的角色。影片的主角威尔·罗杰斯是很有天赋的演员，身上带有"美国佬"的诸多特点：可爱幽默，平易近人而充满魅力。

小说《王子与贫儿》既是虚构故事，也和《亚瑟王朝中的康涅狄格美国人》一样属于历史讽刺小说。在序言中马克·吐温就提醒读者："也许古代的聪明人和博学者相信它；也许只有不学无术和头脑单纯的人喜欢它，信以为真。"[①]《王子与贫儿》这部作品通过离奇的互换身份事件来揭示社会的贫困、不平等和宫廷之中的尔虞我诈，是对早期英国社会缺乏民

---

① 马克·吐温. 王子和乞丐 [M]. 马克·吐温十九卷集（第8卷）. 石家庄：河北教育出版社，2001：331.

主和黑暗的悲叹，故事的传奇性使它成为马克·吐温作品中受欢迎的改编题材。早期改编影片包括 1920 年由奥地利萨沙电影公司（Sascha-Film）出品、亚历山大·柯达（Alexander Korda）执导的 75 分钟版本《王子与贫儿》（*Prinz und Bettelknabe*）。1937 年的影片《王子与贫儿》（*The Prince and the Pauper*）由威廉·凯利（William Keighley）执导。这位技巧纯熟、平易近人且风格鲜明的美国导演通过对原著的有效把握赢得了很多观众的赞许。在构建故事情节的过程中，角色和情节的有限性促使威廉·凯利和编剧莱尔德·多伊尔（Laird Doyle）解开电影与原著小说之间的束缚，让核心故事与华丽的演员阵容和谐地紧密联系。当时，埃罗尔·弗林（Errol Flynn）作为华纳的后起之秀在多部影片中崭露头角，逐渐成为继范朋克（Douglas Fairbanks）之后最伟大的动作明星，他俊朗的外表和潇洒的动作使电影中迈尔斯·亨顿（Miles Hendon）的戏份大量增加，这也对整部作品的改编风格产生了影响。但这部电影的主角并不是他，而是发挥更加出色的比利和波比双胞胎两兄弟（the Mauch twins, Billy and Bobby），由他们饰演的爱德华王子和流浪儿汤姆的表演极为精彩。在故事情节的选择上，原著小说中有关爱德华王子流浪的冒险经历和迈尔斯·亨顿的家族恩怨被全部删去，只留下承接故事发展的几条线索，因此，在电影中故事发展异常紧凑，剧中角色不停地转换在各个场景之中，戏剧效果显得尤为强烈。影片中的叙事节奏、人物刻画、对白甚至是埃里希·沃尔夫冈·科恩戈尔德（Erich Wolfgang Korngold）创作的电影音乐都给人一气呵成的感觉。

在写小说《汤姆·索亚历险记》时，马克·吐温还只是一个写小说的新手，但他找到了非常适合他的素材。①《汤姆·索亚历险记》写一个男孩单纯快乐的往事，利用了自己的回忆，因此充满对逝去的童年的留恋，里

---

① 华尔特·布莱尔. 论汤姆·索亚 [C]. 王逢振，译. 马克·吐温画像. 上海：上海文艺出版社，1991：222.

面的故事情节对富于幻想的儿童和擅于怀旧的成人来说都是真实可信的。1938 年诺曼·陶洛格（Norman Taurog）执导的电影《汤姆·索亚历险记》（*The Adventures of Tom Sawyer*）极其精确地描绘出了小说中密西西比河畔小镇生活的情调。在这部总长 91 分钟的电影中，小演员们的表演几乎完美，尤其是 12 岁的汤米·凯利（Tommy Kelly）饰演的汤姆·索亚获得了所有观众的认可，他的谎话、淘气、恶作剧，还有他可爱的笑容、脸上的雀斑和悲伤的眼睛，对同时代的观众来说，汤米·凯利就是汤姆·索亚的化身。虽然是一部以儿童为主角的家庭电影，影片的配角也是群星闪耀，一批老牌演员如饰演波莉姨妈的梅·罗宾逊（May Robson）、饰演穆夫·波特的沃尔特·布伦南（Walter Brennan）、饰演印江·乔的维克托·乔里（Victor Jory）、饰演校监的唐纳德·米克（Donald Meek）等。

受"二战"影响，20 世纪 40 年代根据马克·吐温作品改编的电影电视一度中断。战后，1948 年首映的音乐喜剧电影《误闯阿瑟士宫》（*A Connecticut Yankee In King Arthur's Court*）改编自小说《亚瑟王朝中的康涅狄格美国人》，导演加内特（Tay Garnett）在影片中恰到好处地融合了幽默、动作、阴谋、音乐、幻想和魅力，使之成为一部杰作。这部轻松愉快的影片由埃德蒙·伯洛伊特（Edmund Beloin）编剧，他将所有表现主人公机械师汉克·马丁荒诞离奇故事的滑稽冲突有条不紊地呈现在观众的眼前，包括他与萨格拉默的友谊、与兰斯洛特的决斗、与阿丽桑德小姐的爱恋等。作为一部音乐片，电影由吉米·范·赫森（Jimmy Van Heusen）和维克多·杨（Victor Young）制作音乐，其中的神来之笔是汉克·马丁在宫廷舞会上教宫廷音乐家如何改中世纪音乐为爵士乐。派拉蒙电影公司在这部电影中采用了特艺彩色技术（Technicolor），布景和服装丰富多彩，成功地唤起了观众对亚瑟王时代的好感。

在电视剧制作方面，1949 年，时长仅为 30 分钟的《百万英镑》（*The Million Pound Bank Note*）作为《你的表演时刻》（*Your Show Time*）第

一季共 18 集在美国全国广播公司（NBC）电视台播出，这是一个根据著名小说作家如莫泊桑、罗伯特·路易斯·史蒂文森、亨利·詹姆斯、柯南·道尔爵士等人作品摄制的电视短剧集。此后，根据马克·吐温作品改编的电视剧层出不穷，其中大部分作品来源都是像《汤姆·索亚历险记》《哈克贝利·费恩历险记》《王子与贫儿》《亚瑟王朝中的康涅狄格美国人》《傻瓜威尔逊》这样的代表性题材。1952 年美国哥伦比亚广播公司（CBS）推出了根据《汤姆·索亚历险记》第二章改编的《最佳粉刷匠汤姆·索亚》（*Tom Sawyer, the Glorious Whitewasher*），这部时长也是 30 分钟的电视短剧是美国哥伦比亚广播公司电视台（CBS）《电视工坊》（*Television Workshop*）第一季共 5 集的作品。同年，在美国哥伦比亚广播公司电视台（CBS）《第一演播室》（*Studio One*）系列剧集中，还出现了根据马克·吐温同名长篇小说改编的 60 分钟的《亚瑟王朝中的康涅狄格美国人》。其他值得关注的电视剧作品还包括 1954 年美国全国广播公司（NBC）电视剧集《坎贝尔剧场》（*Campbell Playhouse*）第二季中根据《汤姆·索亚历险记》片段改编的《一个小男孩会带着他们》（*A Little Child Shall Lead Them*）、1954 年美国全国广播公司（NBC）卡夫电视剧场（Kraft Television Theatre）第一季中的《亚瑟王朝中的康涅狄格美国人》、1955 年德国电视系列剧《伟大的侦探画廊》（*Die Galerie der großen Detektive*）第一季中根据《傻瓜威尔逊》片段改编的《大卫·威尔逊搜集的痕迹》（*David Wilson sammelt Spuren*）、1955 年美国哥伦比亚广播公司（CBS）电视剧集《高潮》（*Climax!*）第二季中的《哈克贝利·费恩历险记》、1957 年美国哥伦比亚广播公司（CBS）电视系列剧《杜邦每月秀》（*The DuPont Show of the Month*）第一季中的《王子与贫儿》、1956—1957 年美国哥伦比亚广播公司（CBS）电视系列剧《美国钢铁时间》（*The United States Steel Hour*）中的《汤姆·索亚历险记》和《哈克贝利·费恩历险记》、1960 年 Mel-O-Toons 动画系列中的《汤姆·索亚历险记》、1960 年

美国全国广播公司（NBC）电视系列剧《秀兰·邓波儿的故事书》
（*Shirley Temple's Storybook*）的《王子与贫儿》和《汤姆与哈克》等。
1960 年美国全国广播公司（NBC）电视系列剧《星时间》（Startime）第一
季中将小说《亚瑟王朝中的康涅狄格美国人》改编为《田纳西的厄尼·福
特遇见亚瑟王》（*Tennessee Ernie Ford Meets King Arthur*），这一系列剧
也是美国最早播出的彩色电视剧集。1960 年，英国广播公司（BBC）推出
了最早的根据马克·吐温改编的电视连续剧《汤姆·索亚历险记》（7 集）。

在电影改编方面，除美国之外，越来越多的欧洲国家开始制作与马克
·吐温作品相关的电影电视剧。在此期间，除 1960 年版的美国电影《哈克
贝利·费恩历险记》（*The Adventures of Huckleberry Finn*）外，1968 年
罗马尼亚、法国、联邦德国合作拍摄的《印第安人乔的冒险》（*Moartea
lui Joe Indianul*）是在 4 集电视连续剧《汤姆·索亚历险记》的基础上剪
辑而成，影片选取小说《哈克贝利·费恩历险记》中舍伯恩上校残杀老博
格斯的段落和小说《汤姆·索亚历险记》中汤姆与印江·乔之间的恩怨，
围绕着汤姆指证印江·乔谋杀、汤姆和哈克发现了印江·乔的宝藏、汤姆
与贝基在山洞冒险时遭遇印江·乔并最终脱险的情节展开。这一时期的重
要电影作品还包括 1969 年墨西哥导演阿尔贝托·马里斯卡尔（Alberto
Mariscal）根据《汤姆·索亚历险记》改编的《朱利安的冒险》
（*Aventuras de Juliancito*）。1972 年苏联版本的《哈克贝利·费恩历险记》
（*Приключения Гекльберри Финна*，英译为 *Hopelessly Lost*）也显示出与之
前美国诸版本截然不同的风格。

到了 20 世纪 70 年代，马克·吐温小说作品改编进入一个辉煌时期，
许多代表性作品都迎来了在电影史上的经典之作。1973 年由阿雅克电影公
司（Apjac International）制作的音乐片《汤姆·索亚》（*Tom Sawyer*）由
唐·泰勒（Don Taylor）执导，音乐监制是约翰·威廉姆斯（John
Williams）。这部电影选在密苏里州马克·吐温故事的发生地汉尼拔及其周

边地区拍摄，有一种很美好的年代感，看起来就像在书中想象的那样：密西西比河又宽又安逸，杰克逊岛是绿色的，只不过占满了电线杆和野餐区……在这样的背景下，导演唐·泰勒和作家理查德、罗伯特·谢尔曼（Richard M. Sherman & Robert B. Sherman）将一部朴实无华、令人愉悦的电影放在了这里，这部电影很好地运用了它的音乐。[①] 作为音乐片，影片选取一些兴高采烈的欢乐场景配以音乐，如刷栅栏、野餐等，一些音乐曲目会给观众留下深刻的印象，像《男人的爱》（Man's Gotta Be）和《海盗生涯》（Freebootin）等。主人公汤姆由童星约翰尼·惠特克（Johnny Whitaker）出演，当时他和汤姆一样，只有 12 岁，银幕上的顽童汤姆头发卷曲、满脸雀斑，脸上常常会呈现出顽皮的笑容。汤姆热衷于冒险，影片中对他冒险活动的处理是非常出色的。而饰演哈克·芬则是杰夫·伊斯特（Jeff East），虽然戏份不多，但他牢牢把握住了哈克性格中的闲散特点。沃伦·奥茨（Warren Oates）饰演穆夫·波特，流浪汉与醉鬼角色在他身上被刻画得淋漓尽致，他与孩童之间的友谊，他隐藏酒瓶的小伎俩，还有他被陷害时候的无助，都为故事增添了不少有分量的情节。

1974 年的音乐片《哈克贝利·费恩历险记》（*Huckleberry Finn*）由阿雅克电影公司制作、J. 李·汤普森（J. Lee Thompson）执导，是谢尔曼兄弟在创作改编音乐片《汤姆历险记》剧本和曲目成功之后又一次对马克·吐温作品的音乐改编尝试。

1976 年捷克斯洛伐克拍摄的《绅士男孩》（*Páni kluci*）是对《汤姆·索亚历险记》的又一次完美阐释，马克·吐温笔下密西西比河上行进的邮轮被途经捷克小镇的火车取代。影片主人公汤马斯是一名顽皮的似乎永远在追逐火车的男孩，他住在阿波利娜姨妈家中，姨妈老是想管教汤马斯，但却总是无能为力，瓦茨拉夫姨夫是小镇火车站上的值班人员，他和

---

① Roger Ebert Reviews: TOM SAWYER［EB/OL］. https://www. rogerebert. com/reviews/tom-sawyer-1973.

汤马斯关系不错，休伯特、瓦格纳两人是汤马斯最好的朋友，他们捉弄老师、欺负同学，过着无忧无虑的生活。影片保留了马克·吐温原著中的诸多浪漫情节，如刷栅栏、汤马斯与女孩之间的爱恋故事、督学的到来、男孩们的失踪以及在葬礼上的现身、发现财富等。尽管影片中围绕小镇平静生活而展开的描述与汤马斯三人喧闹的活动形成了鲜明的对比，但编剧还是像马克·吐温原著一样将汤马斯的经历巧妙地镶嵌在故事中，看似复杂但却让故事本身波澜起伏，演员们夸张而不失荒诞的表演则加强了影片的喜剧效果。

对许多观众而言，1937 年版《王子与贫儿》已经是不错的改编文本。但之后关于这一小说的电影改编仍然层出不穷，如 1943 年的苏联喜剧电影和 1963 年的土耳其影片，1968 年由艾利奥特·杰辛格（Elliot Geisinger）执导的《新乞丐王子》（*The Adventures of the Prince and the Pauper*）则受到了音乐剧风格的影响。到了 1977 年，国际电影制作公司（International Film Production）又把这部作品搬上了银幕，给观众展现了全新的《王子与乞丐》（*Crossed Swords*）。电影制片人伊尔亚·萨尔金德（Ilya Salkind）和皮埃尔·斯彭格勒（Pierre Spengler）在 1973 年《豪情三剑客》（*The Three Musketeers*）获得极大成功之后，就致力于挖掘类似的古典题材。不仅如此，剧组成员包括奥利弗·里德（Oliver Reed）、拉蔻儿·薇芝（Raquel Welch）、查尔顿·赫斯顿（Charlton Heston），还有编剧乔治·麦克唐纳·弗雷泽（George Macdonald Fraser），都是《豪情三剑客》的原班人马。这部明星云集的电影由理查德·弗莱彻（Richard Fleischer）执导，在情节上削弱了马克·吐温故事的讽刺和机智，选取并改编了原著中几处关键情节，来展现爱德华王子与汤姆两人因为互换身份而造成的命运的转折，加上影片制作风格奢华，服装道具华丽，摄影技术精湛，达到了令人满意的效果。编剧在人物设置上将两个角色加以区分：汤姆的角色从一开始就被设定为具有玲珑狡黠但不失诚实的气质，而爱德华王子则表现出高贵气质和在逆境中顽强生存的品质。这部长达两小时的电影在不断的打斗中显得异常紧凑，故事情节中儿童的游戏、无奈的屈从、宫廷的反叛等此起彼伏。演员们通过更具有娱乐性的技巧，为观众带来耳目一新的表演，其中，在1968年的影片《奥利弗》中饰演奥利弗的马克·莱斯特在影片中一人饰演两个主要角色，在饰演爱德华王子时他的遭遇令人怜悯，饰演汤姆的时候他的胆怯与诚实同样具有迷人的魅力，这是他作为演员的最后一部影片。

在1970年，《亚瑟王朝中的康涅狄格美国人》这部小说被改编成一部74分钟的动画电视电影，导演是佐兰·雅季奇（Zoran Janjic）。1978年"曾经经典"（"Once Upon a Classic"）剧集中，《亚瑟王朝中的康涅狄格美国人》是其中的一部。1979年迪士尼公司拍摄的《不明飞行物》（*UFO/ The Spaceman and King Arthur*）在情节构思场景道具上受到了1977年《星球大战》的影响，这部迪士尼喜剧电影曾经使用过的海报副标题为"一次6世纪的太空冒险"，电影对马克·吐温原著小说改动较大，在娱乐方面的想象力也超越了以往版本。这部电影被看成是一次充满乐趣的冒险和富有想象力的作品。对于小说《亚瑟王朝中的康涅狄格美国人》来说，汉克·摩根神奇地穿越回到公元6世纪，他的经历与沃尔特·司各特爵士的浪漫主义想象完全不同，马克·吐温的中世纪主义一直被指责鼓励南方人发动内战。[①] 马克·吐温把主人公汉克·摩根看出是一位平民代表，一个典型的美国人，有着镀金时代的实干精神，在特殊的时间和空间中，他开始把他的民主价值观转移到中世纪的欧洲封建社会中来。但从1978年的兔八哥特别版本《康涅狄格兔在亚瑟王朝廷》（*A Connecticut Rabbit in King Arthur's Court*）开始，电影改编一步步将汉克·摩根推向旁观者的境地，他的"文明化"举措则弱化为浪漫主义喜剧或闹剧。如1989年《误

---

① Morris, Roy, Jr. *American vandal*：*Mark Twain abroad*［M］. the belknap press ofharvard university press. Cambridge, Massachusetts, London, England. 2015：108.

闯亚瑟王宫》（*A Connecticut Yankee in King Arthur's Court*）中的黑人小女孩卡伦、1995 年的《神气威龙》（*A Kid in King Arthur's Court*）中的棒球小子卡尔文、1996 年的《在亚瑟王朝廷里的康涅狄格州美国年轻人》（*A Young Connecticut Yankee in King Arthur's Court*）喜欢弹吉他的 17 岁男孩汉克、1998 年电视电影《凯姆洛的武士》（*A Knight in Camelot*）中由乌比·戈德堡（Whoopi Goldberg）饰演的摩根博士。虽然《亚瑟王朝中的康涅狄格美国人》改编的电影依然层出不穷，但故事主角都发生了更具有时代性的改变，影片的娱乐性变得更强。此外，1999 年的电视电影《王子之剑》（*Arthur's Quest*）和 2001 年的《黑骑士》（*Black Knight*）也明显受到这一部小说的影响。

　　同样的情况也出现在《王子与贫儿》的改编方面，在小说里，马克·吐温强调了他所处时代的社会弊端和不公正，并通过对英国都铎王朝的社会和法律习俗的讽刺来加以表达。汤姆和爱德华同样都是聪明、善良的孩子，但机遇和环境决定了他们的行为和外表。《王子与贫儿》的现代影像阐释慢慢偏离了马克·吐温所设定的年代，如在 1990 年、2004 年先后拍摄的两个动画片版本，即"米老鼠系列"的《王子与贫儿》和"芭比系列"的《芭比之真假公主》（*Barbie as the Princess and the Pauper*），还有 1999 年和 2007 年出现的两个现代版本，即《王子与滑板少年》（*The Prince and the Surfer*）和《王子与贫儿》（*A Modern Twain Story：The Prince and the Pauper*）。相比之下，在 1976 年和 1996 年英国广播公司先后两次推出忠实改编于马克·吐温原著的 6 集电视连续剧《王子与贫儿》，均获得好评。

　　20 世纪 60 年代之后，苏联及东欧很多国家开始大量拍摄根据马克·吐温作品改编的电视剧，比较具有代表性的作品包括 1967 年波兰拍摄的电视短剧《败坏了赫德莱堡的人》（*The Man that Corrupted Hadleyburg*），1968 年罗马尼亚、法国、联邦德国合拍的 4 集电视连续剧《汤姆·索亚历险记》，1971 年和 1972 年捷克斯洛伐克与苏联先后拍摄的电视电影《王子与贫儿》、1981 年苏联的电视电影《汤姆·索亚历险记》。与此同时，欧洲其他一些国家也推出相关的电视剧集，如西班牙电视台（Televisión Española，TVE）1963—1978 年间推出的剧集系列"小说"（Novela）包括 6 部根据马克·吐温改编的电视剧和芬兰广播公司（Yleisradio，YLE）1976 年拍摄的电视短剧《神秘的陌生人》（Sala peräinen vieras）。

20 世纪 80 年代之后，根据马克·吐温作品改编的电视剧数量有所减少，比较具有代表性的作品包括日本动画公司（Nippon Animation Co. Ltd.）1980 年推出的 49 集电视动画片《汤姆历险记》和 1980 年瓦格纳-海灵电影公司（Wagner-Hallig Film）推出的 29 集电视系列片《哈克贝利·费恩和他的朋友们》（Huckleberry Finn and His Friends）。在《迪士尼乐园》（Disneyland，1954—1992）系列电视剧中有两部作品跟马克·吐温有关，分别是 1962 年的《王子与贫儿》和 1982 年根据《亚瑟王朝中的康涅狄格美国人》改编的《太空人与亚瑟王》（The Spaceman and King Arthur）。1981 年和 1985 年先后在《ABC 周末特别节目》（ABC Weekend Specials）中亮相的《卡拉威拉县臭名远扬的跳蛙》（The Notorious Jumping Frog of Calaveras County）和《康·索亚和哈克贝利·费恩历险记》（The Adventures of Con Sawyer and Hucklemary Finn）两部作品则是对马克·吐温原著小说的戏仿。此外，1984 年至 1989 年间美国公共电视网（Public Broadcasting Service）陆续播出的电视系列片《美国剧场》（American Playhouse）中包括《哈克贝利·费恩历险记》《傻瓜威尔逊》等四部作品。

到了 1993 年，沃尔特·迪士尼影片公司（Walt Disney Pictures）让年轻的斯蒂芬·索莫斯（Stephen Sommers）担纲《哈克贝利·费恩历险记》（The Adventures of Huck Finn）的导演时，索莫斯身为一名导演与编剧的天赋才开始为观众所熟悉，这一版《哈克贝利·费恩历险记》最为突出的便是雅致与趣味性兼而有之的特点①。

《新汤姆历险记》（*Tom and Huck*）于 1995 年底在美国上映，这部由沃尔特·迪士尼公司（The Walt Disney Company）出品的电影是对马克·吐温原著充满创意和想象力的演出。由乔纳森·泰勒·托马斯（Jonathan Taylor Thomas）饰演汤姆·索亚，自作聪明的感性和漫不经心的态度涵盖了他的孩子气魅力，英年早逝的好莱坞演员布拉德·兰弗洛（Brad Renfro）在片中饰演哈克，他们帅气的外形以及在影片中表露出来的友谊使这部家喻户晓的儿童读物焕发出新的生机。就像影片的标题那样，汤姆与哈克的友谊才是影片的亮点。导演彼得·休伊特（Peter Hewitt）将自己对小说的一种个性化的解读和敏锐感受融入影片之中，并充分挖掘了小说的魅力。

在 20 世纪末 21 世纪初，与马克·吐温有关的改编影视作品还包括续写马克·吐温故事、反映汤姆和哈克生活的 1990 年的电视电影《回到汉尼拔》（*Back to Hannibal*：*The Return of Tom Sawyer and Huckleberry Finn*），1998 年根据中篇小说《亚当和夏娃日记》改编的《夏娃的神奇冒险》（*Ava's Magical Adventure*），2000 年根据中篇小说《三万美元遗产》改编的《江湖正将》（*The Million Dollar Kid*）和 2002 年根据长篇小说《风雨征程》改编的电视电影《淘金岁月》（*Roughing It*）等。

20 世纪 90 年代初开始，儿童电影作为一种有效的商业投资在德国复苏。在市场规律作用下，儿童电影作为一种具有高娱乐价值的艺术类型获得了认可和肯定。② 其中，文学来源仍然是儿童电影的主要灵感来源：今天一本书的成功常常被视为票房利润的保证。因此，马克·吐温的作品，尤其是以儿童为主角的经典作品开始频繁被搬上银幕，在德国出现了一个

①　Roger Ebert Reviews: The Adventures of Huck Finn [EB/OL]. http://www.rogerebert.com/reviews/the-adventures-of-huck-finn-1993.

②　Alexandra Lloyd & Ute Wölfel. *INTRODUCTION* [J]. Oxford German Studies 2015/09 Vol. 44: Iss. 3. 227-235.

改编的高潮。导演赫敏·亨特格博斯（Hermine Huntgeburth）与编剧萨沙·阿朗戈（Sascha Arango）于 2011 年合作的全新版本《汤姆·索亚》（*Tom Sawyer*）由德国新顺豪森电影公司（Neue Schönhauser Filmproduktion）和尊贵电影公司（Majestic Filmproduktion）推出。由路易斯·霍夫曼（Louis Hofmann）饰演的汤姆和莱昂·塞德尔（Leon Seidel）饰演的哈克延续了马克·吐温小说中的人物风格；而海克·玛卡琪（Heike Makatsch）饰演的波莉姨妈一改以往影视作品中的常见形象，取而代之的是一位略显古板的有爱心的阿姨；但电影最具有原创性的内容出现在本诺·福尔曼（Benno Fuehrmann）饰演的印江·乔身上，影片通过适当的服装和化妆刻画了一个仇视白人、冷血但又捍卫尊严的人物形象。他似乎游移于英雄和恶棍之间，在与波莉姨妈以及汤姆的晚宴上，演员通过面部表情的变化在同一个时间点内呈现出杀气腾腾的凶手和乐于助人彬彬有礼的客人两个截然不同的形象。由此可见，影片试图从印江·乔作为种族歧视的受害者的角度讲述他的故事，这也是医生被谋杀的真正原因和他犯罪的唯一原因。与原著小说有意忽略生活的阴暗面不同的是，医生被杀和孩子们与印江·乔之间的恩怨这一类情节成为这部电影的主线，他的故事及其人物刻画贯穿始终。同时，影片中呈现的墓地复活、种族纷争、绞刑架、酒鬼等内容已经颠覆了原著作为儿童读物的意义。这种改编的取材与手法可以理解为并不是想通过这类电影试图去接触国外观众，而是对德国儿童在这些故事的电影和文学版本中成长这一事实的认可，以及由此来看一个好的冒险故事应该期望什么，他们在银幕上发现了什么令人兴奋的东西。① 2012 年，以凯文·李电影公司（Kevin Lee Filmgesellschaft）为首的德国电影公司联合摄制的《汤姆与哈克》（*Tom und Hacke*）将故事搬到了"二战"之后的德国巴伐利亚州，利用观

　　①　Alexandra Lloyd & Ute Wölfel. *INTRODUCTION* [J]. Oxford German Studies2015 / 09 Vol. 44；Iss. 3. 227-235.

众的期望去讲一个历史上非常特殊的童年故事，并探索常规艺术类型之外的儿童的观点。① 在 2012 年由赫敏·亨特格博斯导演的德国影片《哈克贝利·费恩历险记》(*Die Abenteuer des Huck Finn*) 中，导演试图借助具有现代化风格的摄制技术来真实呈现密西西比河乡村生活并对马克·吐温原著做全新阐释，这种综合性改编技巧的运用似乎意在突破马克·吐温这部小说的范围，进入马克·吐温本人生活的时代和真实世界。此外，近期的作品还包括 2014 年美国与德国合拍的《汤姆·索亚与哈克贝利·费恩》(*Tom Sawyer & Huckleberry Finn*)、2015 年半传记片风格的《在主矿脉的 88 天》(*88 Days in the Mother Lode：Mark Twain Finds His Voice*，美国)、2015 年关于汤姆·索亚与哈克贝利·费恩故事的当代喜剧改编版《劫匪帮》(*Band of Robbers*，美国) 和 2019 年的英国影片《陌生人的一天》(*Day of the Stranger*，改编自《神秘的陌生人》)。

关于马克·吐温传记类型的电影中，比较有名的如 1944 年根据哈罗德·M. 舍曼 (Harold M. Sherman) 剧本《马克·吐温》改编的电影《马克·吐温的冒险旅程》(*The Adventures of Mark Twain*)。1985 年的黏土动画电影《马克·吐温的冒险旅程》(*The Adventures of Mark Twain*) 以马克吐温与哈雷彗星的故事为出发点，讲述马克·吐温与汤姆·索亚、哈克贝利·费恩、贝蒂·撒切尔等人乘坐热气球近距离观看哈雷彗星的经历，影片中穿插了马克·吐温的一系列作品，如包括《卡拉威拉县驰名的跳蛙》(*The Celebrated Jumping Frog of Calaveras County*)、《亚当和夏娃日记》(*The Diary of Adam and Eve*)、《神秘的外来者》(*The Mysterious Stranger*)、《斯多姆菲尔德船长天堂之游摘录》(*Captain Stormfield's Visit to Heaven*) 等，这些作品反映了马克·吐温不同时期的创作，同时加入了马克·吐温本人生活经历和人生态度，整部电影是在轻松幽默的冒

---

① Alexandra Lloyd & Ute Wölfel. *Introduction* [J]. Oxford German Studies 2015 / 09 Vol. 44；Iss. 3. 227-235.

险旅程中对马克·吐温文学创作的总览。

美国小说家库尔特·冯尼格后来在一次演讲中谈到马克·吐温最荒唐的历险故事《亚瑟王朝中的康涅狄格美国人》，他认为这本书是荒诞到神圣高度的纪念碑——如同《汤姆·索亚历险记》《国外流浪记》《王子与贫儿》《密西西比河上》，还有世界文学名著《哈克贝利·费恩》。他还提到：

> 马克·吐温终年七十五岁，死于1910年，即第一次世界大战爆发前四年。我听有人说过，马克·吐温在《康涅狄格州美国人》中预见到那场战争和此后的一切战争。这不是马克·吐温的预见。这是他前提的预见。

> 他对技术与迷信开天真无邪的玩笑，却无情地导致如此可怕的结果，这位逗趣家当时一定感到害怕。全书似乎清楚的东西突然之间令人可怕地变得一点儿也不清楚了——谁好，谁坏，谁聪明，谁愚蠢。我问你们："究竟谁迷信与嗜杀到疯狂的程度？是拿剑的人，还是持机枪的人？"

> 我向你们提出一个看法，《康涅狄格州美国人》中那个至关重要的前提仍然是西方文明的一个主要前提，也越来越成为世界文明的一个主要前提，即最清醒、最可爱的人运用高级技术能迫使全世界清醒起来。①

曾经神气活现的汉克·摩根最终被默林施展法术而沉睡，一觉睡了十三个世纪之后醒来，但已经精神错乱并最终奄奄一息。不同的是，马克·吐温的作品并没有因为他的去世而沉睡，在20世纪借助于电影技术始终焕发出强劲的生命力，并进一步达到了使全世界清醒起来的目的。

---

① 库尔特·冯尼格. 必需的奇迹 [C]. 董衡巽，译. 马克·吐温画像. 上海：上海文艺出版社，1991：303.

第二节　《哈克贝利·费恩历险记》："重复形式"与流浪题材

　　《哈克贝利·费恩历险记》是美国文学史上被人讨论最多的作品之一，也是被改编成电影次数最多的美国小说。如果说《汤姆·索亚历险记》这部小说表达的是马克·吐温对自己童年生活的眷恋，那么在《哈克贝利·费恩历险记》中则更多表达了哈克视野中的儿童天真善良的本性与专制社会之间的冲突。相比之下，《哈克贝利·费恩历险记》中的主题、寓意，包括对社会的讽刺与嘲弄都要比《汤姆·索亚历险记》更复杂，在电影改编过程中也会面临更多的难题。

　　《哈克贝利·费恩历险记》先后9次被改编成电影（不包括电视电影），另有4次与《汤姆·索亚历险记》一起被改编成关于哈克和汤姆冒险故事的电影。① 在纯粹以《哈克贝利·费恩历险记》小说为题材的9个改编电影版本中，除1994年电影《小鬼真难缠》（*Huck and the King of Hearts*）为随意性改编的现代版本外，1920年、1931年、1939年、1960年、1972年、1974年、1993年、2012年这8个电影版本均属于忠实性改编。遗憾的是，在这一批电影中，显然缺乏真正成功的作品。而人们之所以会关注其中某一部影片，往往是因为它在创作意图、手法或某些演员在表演方面有过人之处，就影片整体而言，能被看成是经典的作品始终没有出现，这也许就是《哈克贝利·费恩历险记》这部小说每隔10年左右就会被重新翻拍的原因。

---

　　① 《哈克贝利·费恩历险记》改编成电影的时间和次数统计以互联网电影资料库（Internet Movie Database，简称 IMDb）网站数据为主，可参看该网站马克·吐温条目（http://www.imdb.com/name/nm0878494/）。

一

　　《哈克贝利·费恩历险记》就像是一面镜子，对这部经典名著的改编，在电影艺术尤其是美国电影艺术发展的不同阶段，折射出的是 20 世纪以来电影发展进步的趋势以及经典小说改编的完善和成熟度。1920 年派拉蒙影业公司出品的《哈克贝利·费恩》（*Huckleberry Finn*）是第一部根据小说《哈克贝利·费恩历险记》改编的电影，这一类影片在电影史上的重要性在于它们改编自名著，而这些文学作品似乎预见电影会比较多地使用视觉隐喻和戏剧性时刻。① 这部由威廉·德斯蒙德·泰勒（William Desmond Taylor）执导的无声电影在处理原著时选取主要情节来展开讲述，使电影成为小说很有说服力的图解。这种将马克·吐温小说电影化的尝试不但相对完整地概括了整个故事，而且也给了观众很大的自由去理解原著。但这种自由一旦淹没在编剧及电影制作公司的戏剧性框架之中，就会使得影片本身对马克·吐温及其小说的理解变得片面和狭隘。1931 年派拉蒙电影公司拍摄完成的第一部有声电影版《哈克贝利·费恩》（*Huckleberry Finn*）就是其中的典型，这部电影讲述的是哈克贝利·费恩、汤姆·索亚和吉姆三个人在密西西比河上的漂流和冒险经历。与马克·吐温原著不同的是，影片从汤姆·索亚和吉姆解救被关在父亲小屋中的哈克贝利·费恩开始就将汤姆这一角色纳入历险的任务，这个三人团队削弱了小说中的主题，取而代之的是《汤姆·索亚历险记》类型的轻松浪漫历险故事。1939 年由米高梅公司出品、理查德·索普（Richard Thorpe）导演的《哈克贝利·费恩历险记》（*The Adventures of Huckleberry Finn*）选用当年票房冠军米基·鲁尼（Mickey Rooney）饰演全新的哈克形象，观众在银幕上看到的是个悠闲地叼着烟斗赤脚走路的男孩子，他调皮捣蛋的方式，甚至眨眼睛

---

　　① Paula Marantz Cohen. *Silent Film and the Triumph of the American Myth*［M］. New York：Oxford University Press，2001：40.

的动作都会给人留下深刻印象。同时，从这部作品开始，《哈克贝利·费恩历险记》的电影改编文本更注重文化、伦理和种族的主题①。当时的电影更多是以一种谦恭的态度去对待马克·吐温以及他的小说《哈克贝利·费恩历险记》，并且尽可能地在银幕上使小说的内容以电影的方式再现，甚至努力达到一种对小说的模仿。之后，许多电影导演和编剧逐渐意识到小说《哈克贝利·费恩历险记》有着丰富的主题，将它改编成电影也应该呈现出不同的手法，于是开始探讨改编《哈克贝利·费恩历险记》的主题选择和倾向性问题。1960 年版的电影《哈克贝利·费恩历险记》(*The Adventures of Huckleberry Finn*) 将马克·吐温对奴隶的态度和原著中曲折的情节主线加以消解，导演迈克尔·柯蒂斯 (Michael Curtiz) 和编剧詹姆斯·李 (James Lee) 依据马克·吐温的原著在电影中设置的闹剧情节虽然毫无新意，但却令人愉快，是马克·吐温经典小说一个不无遗憾和制作过于仓促的电影版本②。到了 20 世纪 50 年代与 60 年代，根据马克·吐温作品《汤姆·索亚历险记》或《哈克贝利·费恩历险记》改编的电视剧层出不穷。60 年代之后，这股风潮波及苏联及一些东欧国家，根据马克·吐温作品改编的电影电视剧制作迎来了一个新的高潮。其中，1972 年由格鲁吉亚籍导演格奥尔基·达涅利亚 (Georgi Daneliya) 执导的苏联电影《哈克贝利·费恩历险记》(*Приключения Гекльберри Финна*，英译为 *Hopelessly Lost*) 显示出对这部伟大小说的全新态度，电影中俗套的笑料和冷峻的写实交相融合，在许多段落的处理上丝毫不亚于美国版本，而且在探索电影改编新的形式和深入挖掘原著精神方面都提供了一些思路。在电影改编《哈克贝利·费恩历险记》这部作品要采取什么形式的问题上，1974 年的音乐片《哈克贝利·费恩历险记》(*Huckleberry Finn*) 更具有特殊性。这

①　Ian Wojcik-Andrews. *Children's Films*: *History*, *Ideology*, *Pedagogy*, *Theory* [M]. New York: Garland Publishing, Inc, 2000: 31.

②　*The Adventures of Huckle-Berry Finn* [J]. Film Quarterly, Vol. 13, No. 4 (Summer, 1960), 60.

部影片在故事情节遵循原著的同时沿用了原著作品的部分主题，吉姆作为黑人奴隶对自由的追求以及在漂流途中哈克与吉姆之间的友谊促使哈克对奴隶、奴隶制度、自由的了解过程贯穿了整部作品。显然，只有理解马克·吐温小说在主题上的丰富性和故事情节的复杂性，才能在改编过程中正确处理马克·吐温的小说，音乐化的改编尝试并不一定就能赋予这部小说新的生命，但在改编过程中的主动性却逐渐进入电影。此外，1993年由斯蒂芬·索莫斯（Stephen Sommers）执导的《哈克贝利·费恩历险记》（*The Adventures of Huck Finn*）和2012年由赫敏·亨特格博斯（Hermine Huntgeburth）导演的德国影片《哈克贝利·费恩历险记》（*Die Abenteuer des Huck Finn*）都在当代收获了一大批喜爱它们的观众。

显然，《哈克贝利·费恩历险记》始终没能找到与这部伟大作品相对应的电影风格。在电影中，当这部长篇小说的故事内容无法铺陈，它最受推崇的叙事风格、讽刺以及对美国社会文化的犀利见解无法展现的时候，导演和编剧往往会面临结构和主题上取舍的困境：是图解原著，还是发挥改编的自由度，或者像马克·吐温研究学者克莱德·V. 豪普特（Clyde V. Haupt）所说的那样实施"适应性变形"① 的改编手法。在过去的90多年时间里，每一次改编都是一次新的探索和尝试，也给长篇小说改编电影提出了很多难题——包括风格、形式以及经典原著的阐释和取舍等。

二

在《哈克贝利·费恩历险记》这部小说改编成电影的过程中，首先考虑的是结构框架上的取舍问题。因为篇幅的原因，小说引言部分关于哈克

① "适应性变形"（adaptive distortion），是马克·吐温研究学者克莱德·V. 豪普特（Clyde V. Haupt）提出的关于《哈克贝利·费恩历险记》从小说到电影过程中所发生现象的术语。（Clyde V. Haupt. *Huckleberry Finn on Film: Film and Television Adaptations of Mark Twain's Novel*, 1920—1993 [M]. McFarland & Company, 1994.）

与汤姆在圣彼得堡镇的活动和小说后半部分菲尔普斯农庄"解放"吉姆的惊险壮举往往在电影改编中被省略或舍弃。小说的第一部分作为故事的引言，提供的是关于小说故事发生的乡村生活背景。随着哈克父亲的出现，无忧无虑的气氛中开始插入暴力事件。经历了短暂的与父亲相处的时间之后，哈克制造了假凶杀现场并轻松逃离，从此进入小说的第二部分。从在杰克逊岛上的生活开始小说的历险阶段，之后是在木筏上的历险过程，小说第二部分与第三部分由木筏与密西西比河这一条河流所构成的世界是《哈克贝利·费恩历险记》的核心内容，而第四和第五部分则是故事的回落和尾声。在形式上，这部小说是以最简单的一种小说形式（即所谓流浪汉小说或行路小说）为基础的。也就是以主人公的旅行为线索，将一系列事件串联起来。① 各个独立的场景或情节片段都随着哈克和吉姆从圣彼得堡镇顺密西西比河漂流而下的经历松散地串联在一起，而这条河就像公路电影中某条贯穿美国边远地区的宽阔公路。各段情节里新出现的人物，一般在哈克离开后就不再出现了。背景总是新的，场景也总是新的。因此，读者所能见到的是肯尼斯·伯克所说的"重复形式"——"在新的伪装下始终坚持同一原则……用不同的方式重述同一事物……"② 密西西比河在小说中的重要意义因此凸显出来，主人公的历险故事也因为离开河流（木筏）和回到河流（木筏）构成了两个截然不同的世界，即木筏世界与岸上世界。在小说中，前三个部分是历险活动的核心组成部分，也是电影改编时不可或缺的内容。从第四部分开始，哈克为解救吉姆，离开了河流（木筏）的世界进入菲尔普斯农场，并且在汤姆的帮助之下成功救出吉姆。这一部分内容只在1920年版改编电影中出现，其余各个版本均予以省略。

　　电影《哈克贝利·费恩历险记》不仅在基本结构框架上有所取舍，具

---

　　① 　莱昂奈尔·特里林. 论《哈克贝利·费恩》[C]. 董衡巽. 马克·吐温画像. 上海：上海文艺出版社，1991：233.

　　② 　威尔弗雷德·L. 古尔灵，厄尔·雷伯尔，李·莫根，约翰·R. 威灵厄姆. 文学批评方法手册 [M]. 沈阳：春风文艺出版社，1988：141.

体故事情节在电影改编中同样会面临取舍问题，尤其是在处理故事情节中有关河流（木筏）与岸上世界关系的部分内容上。在小说中，木筏是避难所，河流（木筏）世界在情节上主要包括哈克与吉姆漂流过程中遭遇的恶劣天气、翻船事故以及在其他船上目睹到的杀戮事件，还有哈克与吉姆在旅途中的交谈等。显然，河流（木筏）的构成本身并不具体，但木筏上的生活远离文明世界的罪恶又可以隐匿过错，因此，不愿受管教的哈克、逃跑的吉姆和慌不择路的"公爵"和"国王"先后上了这一条木筏，而岸上的那个世界，有文明、制度和法律的约束，但这些所谓文明、制度和法律并不合理。而吉姆因为逃亡奴隶的身份，为避免他被抓住，他们只能在夜晚前进，在太阳升起时必须躲起来，因此在大部分时间里被迫待在木筏上甚至是窝棚里面。小说从第 7 章开始，长达 25 章的内容描写的是哈克和吉姆寻找真正的自由的过程，其中"公爵"和"国王"的出现提供了更多的岸上情节。这一部分主要有八段经历，包括吉姆和哈克遇上"河上凶宅"（第 9 章）、在眼光敏锐的朱迪丝·洛夫特斯太太面前先佯装女孩儿又谎称自己是受虐待的学徒（第 11 章）、"沃尔特·司各特号"船上的恐怖事件（第 12—13 章）、哈克和格朗吉福一家人的生活（第 17—18 章）、"公爵"和"皇太子"在帕克维尔的表演（第 20 章）、莎士比亚戏剧在阿肯色的首场演出和谢尔本上校枪杀波格斯事件（第 21—22 章）以及最后较长的涉及威尔克斯一家的故事（第 24—29 章）。各段经历尽管背景人物有所变化，情节却起到一个共同的作用：使哈克逐渐认识到"岸上世界"各段经历里隐藏在体面、尊严和虔诚仁义背后的丑恶与堕落。在小说中，所有这些篇幅或长或短的经历成为一个又一个冒险故事，小说阅读的自由性可以让读者自己掌握选择阅读速度和阅读内容，因此原著情节上的"重复形式"不会在读者阅读过程中产生厌倦感。但对于一部不超过 120 分钟的电影来说，罗列所有的故事难免会产生雷同感，而电影相对不自由的观看方式要求故事情节必须精炼，这种谨严简洁的特点使得电影习惯从原著故事中挑选或者改编一些场景，并按照电影的意图将它们重新编排。因此，1931 年版和 2013 年版电影在增加参与历险人物的同时重新编排了故事情节，只在其中选取了一段和两段经历，1920 年版选取了三段经历，1974 年版选取了五段经历，其余四部作品都选取了四段经历。在所有八段经历中，"佯装女孩""阿肯色的演出"和"威尔克斯一家"是最受欢迎的，而"沃尔特·司各特船"和"帕克维尔的表演"往往被省略。当然，无论怎样取舍，重要的都是展现"岸上世界"与"河流（木筏）世界"的对比，同时各个版本的改编电影在阐释过程中呈现出逐渐"远离木筏"的倾向。

三

　　马克·吐温在《哈克贝利·费恩历险记》这部小说中，通过逃跑的奴隶和离家出走的孩子这两个社会底层与愚昧的代表的冒险经历，综合了各种要素，并围绕着好几个主题，如自由与奴隶、道德与习俗、个人与社会，以及贯穿全书的友谊、善恶等。一些历史性的变化还影响到了现代读者对比喻语言的反应。许多 19 世纪的读者对马克·吐温针对乡村风景和恶劣天气的长篇大论做出了非常愉快的回应，他们重视乡村风景和恶劣天气的生动性与画质感。但现在，摄影、电影和电视的普及为现代读者提供了毫不费力的视觉细节和视域。因此，现代读者可能需要一些耐心和历史想象力来品味早期读者所看重的那些东西。① 通过这些主题和比喻语言，马克·吐温很可能是想提醒我们：我们在长大成人的过程中往往越来越看重社会习俗和社会的赞许与否，越来越丧失我们对个人自由的热爱。② 哈克的性格反映了马克·吐温思想发展的某个阶段，他认为人性是善良的，但

---

　　① 　Victor A. Doyno. *Writing Huck Finn：Mark Twain's Creative Process* [M]. University of PennsylvaniaPress. Philadelphia, 2001：80.

　　② 　约翰·C. 葛伯. 附录本书编者前言 [M]. 汤姆·索亚历险记 哈克贝利·费恩历险记. 北京：人民文学出版社，1998：232.

教会和社会对奴隶制的概念影响了人（包括哈克）对善与恶的本能的判断，这个主题通过哈克是否把吉姆当逃跑奴隶交出去的良心上的斗争得到了明确、生动的表现：他宁愿"进地狱"也不愿出卖吉姆。当然，小说的讽刺意味是，哈克对社会习俗的冒犯恰恰证明了一个人所具有的最好品质。问题是随着奴隶制的废除和社会进步，要在电影中展现这一主题非常困难，因此没有一部电影尝试过对这一主题加以表现，即使是表现哈克在出走过程中对吉姆问题的犹豫，也只在1972年版中相对简略地出现。就像布鲁斯东所说的，当他们着手把一部小说忠实地改编成电影时，他们经常注意的是忠实于原小说的情节、人物、故事发生的地点，有时还包括情绪；而对小说的内在节奏（即从逻辑中产生出来的一部小说的动力）就很少考虑了。[①]《哈克贝利·费恩历险记》这部小说的主题被镶嵌在故事情节中，和大量描写密西西比河漂流的场景、旅途中哈克与吉姆的谈话掺杂在一起。这就是根据这部小说改编的电影都没有能使小说真正电影化的主要原因，影片力求真实再现小说中的冒险过程和哈克感受"人类登峰造极"暴行之后的成长经历，但这些过程和经历所构成的世界很难转化为一种电影化的连贯性呈现。导演们无法把它们整个地搬上银幕，在处理时，他们抓住的全部东西往往只是它的框架，也就是故事中关于冒险的线索，而且只能抓住其中一部分内容。

　　除了核心主题，电影在改编过程中还丧失了小说中原有的视角。在 T. S. 艾略特看来，与汤姆·索亚的历险故事不同，在《哈克贝利·费恩历险记》中要求我们通过这个孩子的眼睛看到这条河，由此终于理解了这条河；但是这个孩子也是这条河的精神。[②] 在小说中，哈克是个长在南方的单纯直率的男孩，他既聪明又幼稚，还天真无邪，有一套自己的道德标

　　① D. G. 温斯顿. 作为文学的电影剧本［M］. 北京：中国电影出版社，1983：33.

　　② 托·斯·艾略特. 序《哈克贝利·费恩历险记》［C］. 董衡巽. 马克·吐温画像. 上海：上海文艺出版社，1991：243.

准。电影在改编小说的过程中，可以塑造哈克作为美国人叛逆幽默的形象，但却很难深入把握他在密西西比河沿岸每一个故事中对人性的尖锐深刻评论。首先，在《哈克贝利·费恩历险记》中，马克·吐温是以主人公哈克第一人称叙事视角来讲述历险的过程，这一点与《汤姆·索亚历险记》的全知视角是完全不同的。T. S. 艾略特认为这是两部小说之间质的不同。但在电影中，没有一部作品采用第一人称叙事视角，而是全部采用全知视角。其次，在《哈克贝利·费恩历险记》的电影改编史上，至少有5部影片（1920年、1931年、1939年、1974年、2012年）与同一家制作公司之前的影片《汤姆·索亚历险记》（1917年、1930年、1938年、1973年、2011年）有着紧密联系，它们在导演或者演员使用方面全都有重复。这种做法在某种程度上使得电影《哈克贝利·费恩历险记》与《汤姆·索亚历险记》保持在同一水平线上，很难像小说那样呈现出更深刻的主题。虽然观众无法在电影《哈克贝利·费恩历险记》中看到哈克作为一名客观叙述者的出场，也无法根据一个13岁男孩讲的幼稚故事里带有谴责意味的线索来判断那个社会，但通过影片的画面的连续性情节仍然可以为观众提供历险事件的基本进程，能判断出吉姆与哈克之间的情谊、道格拉斯寡妇与华岑小姐的死板态度，认识到哈克与汤姆·索亚之间的区别，最终对密西西比河一带整个社会做出判断或评价。

当一部文学作品被转变成电影，它不仅是通过摄影机、剪辑、表演、布景和音乐把原作做相应的变形，而且是根据独特的电影法则和惯例、文化的表意元素，以及根据制片人和导演的理解做相对应的转化。① 当无法通过完整情节和原有视角表现原著主题时，借用其他艺术手段就显得十分必要。例如1972年版影片中，为恢复环境在小说中的原有作用，摄影师尤索夫采用了大量反差强烈的场景来获得鲜明的镜头效果，邮轮缓缓驶过密西西比河的

---

① 克莱·派克. 电影和文学［C］. 陈犀禾. 电影改编理论问题. 北京：中国电影出版社，1988：160-161.

镜头通过哈克的视角或画面频频出现时，这些背景和细节在电影中的意义既易于理解又独树一帜。影片以哈克父亲下船回到圣·彼得堡镇为开端，以狼狈不堪的"公爵"和"国王"回到木筏上为影片结尾。与原著小说一样，电影中诸多流浪历险经历和故事整体节奏建立在一系列岸上情节的基础之上，上下船的行动和呈现出的喜剧主题引领着故事情节的发展：在每一次岸上情节之后，哈克与吉姆都回到木筏这个避难所，它与岸上那个限制重重、到处是压迫的世界形成鲜明对比。在"公爵"和"国王"登上木筏之后，哈克形象具有小说中的自我隐退效果，两名骗子的夸张演出也很符合影片的喜剧主题，他们的出现让电影充斥俗套的搞笑片段，平静的画面因此变得异常嘈杂。同时，作为唯一选取"谢尔本枪杀博格斯"场景的改编影片，这一场景散文式地插入南方小镇生活之中，成为揭露社会束缚和残忍岸上世界的有力脚注。影片中的音乐部分层次鲜明，和谐悦耳，衬托出带有些许感伤的密西西比河的冒险经历。与之相对应的是1974年版影片中，强烈音乐化风格的改编使原著故事焕发出全新的生命力。马克·吐温的密西西比河乡村是一个田园般的地方，然而他又把这个地方作为反对奴隶制的据点。[1] 在影片开头部分，早晨黑人奴隶们在太阳升起时出门劳作的静默画面，既暗指了吉姆小女儿聋哑的不幸，同时电影开头处出现的主打歌"自由"（Freedom）还明确展示了电影的主题。与音乐相得益彰的还包括摄影手法，电影开头与结尾处出现的哈克背着钓鱼竿在坡地和堤岸悠闲行走的画面与劳作的黑奴、野外树荫下休息的白人形成了对照。在长镜头中，哈克的身影被高处投下的强烈阳光造成剪影的效果和天然的光圈，哈克就在这光圈内外活动着。影片是浪漫主义化的和高度画面化的，利用了密西西比河边壮丽景色的一切有利条件。而在影片中，吉姆作为黑人奴隶对自由的追求以及在漂流途中哈克与吉姆之间的友谊促使哈克对奴隶、奴隶制度、自由的了解过程贯穿了整部作品，因此，影片在故事情节遵循原著的同时，对原著作品的这一主题有所提升，导

---

① 萨克文·伯科维奇. 剑桥美国文学史（第3卷）[M]. 北京：中央编译出版社，2010：48.

演还有意使音乐的功效与故事能够融为一体。

除此之外，几乎所有的改编电影都弱化了马克·吐温在小说中对"文明"世界的抨击：企图对哈克灌输宗教说教同时又坚持保留奴隶的道格拉斯太太往往被塑造成为宽容的人道主义者形象；格朗吉福与谢尔逊世族间长期不和与仇杀在电影中甚至被改编成颇具南方的浪漫传统的场景（1974年版）或是滑稽片段（1960年版），远不如小格朗吉福之死那一声枪响来得干脆（1972年版），而被看成是象征南方浪漫主义衰落的"沃尔特·司各特"号的沉没在电影改编中几乎没有机会出现，更谈不上展现其象征意义。总之，只有部分的小说情节成为电影的主要内容，使马克·吐温原著的生命力逐渐丧失。

四

许多批评家认为马克·吐温把《哈克贝利·费恩历险记》最后四分之一写成了闹剧，这无疑是小说的美中不足；另一些人却认为小说结尾与马克·吐温的小说主题完全吻合。马克·吐温从1876年开始创作《哈克贝利·费恩历险记》，中间时断时续，一直到1883年夏完成全书。从小说第32章开始，随着哈克开始寻找被抓的吉姆，之后小说就被偶遇和汤姆·索亚为"拯救"吉姆而制造出来的那些恶作剧所充斥，仿佛是《汤姆·索亚历险记》题材的一种冗长乏味的发展。1920年版影片是所有《哈克贝利·费恩历险记》电影改编版本中唯一有菲尔普斯庄园里哈克在汤姆帮助之下救出吉姆情节的影片。这一种结尾方式在之后的电影改编中都没有被采用，在影片结构上的要求可能是无法做出这种忠实改编举动的主要原因。那么，如果不选取菲尔普斯庄园所发生的故事作为历险记结尾的话，故事应该在哪里结束或者中止呢？《哈克贝利·费恩历险记》和流浪汉小说或很多冒险小说一样，以哈克和吉姆的历险作为线索，将他们沿着密西西比河漂流而下的经历以及在漂流过程中的所见所闻一一呈现在读者面前。结束流浪或者继续流浪成为作品结尾处的两种可能。对于哈克来说，结束流浪意味着他回到从前的生活状态中去，那么他先前流浪的意义也就化为乌有，因此，选择继续流浪更符合哈克的性格特点。在 8 部电影作品中，有 3 部明确选择了回家（1920，1931，1939），1 部在选择回家之后因为惧怕管教生活而选择逃离（1993），另外 4 部选择了继续流浪（1960，1972，1974，2012）。显然，电影在对《哈克贝利·费恩历险记》这部小说进行改编拍摄的同时，电影文本中对结尾的处理，从一个更具现代意味的角度对马克·吐温的原著进行了阐释。

问题是，1920 年版在保留马克·吐温小说结尾时，显然是为了让故事显得更完整，电影更像是对马克·吐温原著的影像说明而不是阐释。1931 年版的后半部分在威尔克斯一家故事结束之后戛然而止，玛丽·简的亲吻让哈克对爱情亲情有了更深的体会。1939 年版在结尾处做了比较大的改动，在两个骗子被揭穿身份并遭到应有惩罚之后，影片重点放了关于如何营救作为逃犯和杀人犯的吉姆并给他以自由这一内容上。影片结尾处，哈克答应了沃特森小姐的要求，好好上学、改正抽烟光脚的坏习惯以换来吉姆的自由，但实际上他依然如故，这正是小说中哈克不喜欢"文明生活"的各种束缚向往自由的一种象征化表现，而自由就在那木筏与河流构成的理想田园世界里。1960 年版电影打乱了马克·吐温作品中情节的顺序，威尔克斯一家故事在叙述上被前移，影片结尾处变成了国王与公爵抓捕吉姆领取赏金的计划，哈克扮演女孩的一幕也出现在这一过程中，结果哈克凭借智慧让吉姆获得了自由。1972 年版以"国王"与"公爵"在被涂满柏油粘上羽毛游行之后逃回到木筏上为结尾，喜剧色彩浓郁。1974 年版影片在故事情节遵循原著的同时对原著作品的这一主题有所提升，在结尾处，哈克冒死解救吉姆并且帮助他脱险的举动会给观众留下深刻的印象。1993 年版故事结局与威尔克斯一家故事紧密联系，在骗子"国王"与"公爵"两人得到应有惩罚的同时拯救了吉姆的性命，结尾部分的急转直下充分抵消了影片情节讲述的僵硬感，给观众"一种关于逃离、行进和走向自由的强烈的喜悦感"①。2012 年版电影故事仿佛兜了一个大圈子，随着结尾处马克·吐温本人梦幻般地出现，吉姆被救并获得了自由，哈克则回到小镇，回到了汤姆身边，等于回到了作品的开头，留下一个表面上看起来具有喜剧性的结尾。

在小说《哈克贝利·费恩历险记》的结尾处，马克·吐温借哈克的口吻写道：

> 可是我估摸我得赶在他们俩之前，先溜到印第安人保留地去，因为莎莉阿姨打算收我做干儿子，来管教管教我，那个我可受不了。我早就领教过了。②

哈克不能忍受重复过原来的管教生活，即将重新开始自己新的历险。他的自我隐退在作品结尾处使他回归到一种逐渐销声匿迹的地位，不再扮演主角，而是进入他喜欢的那种生活背景中去，不再会受到注意与赞赏。也许，类似于 1939 年版和 1993 年版电影中的妥协和隐遁才是故事应有的结局。对电影中的哈克贝利·费恩来说，结尾无论悲喜都不适合，他应该是那种独立无羁的人，不知道他从哪里来，也不知道他最终会怎样，销声匿迹是他最好的结局；而他的隐退并不一定需要伴随着另一个表演者如汤姆·索亚的登场，因为在故事中还有一个更好的表演者，那就是密西西比河。

---

① Desson Howe. The Adventures of Huck Finn [EB/OL]. http: //www. washingtonpost. com/wp-srv/style/longterm/movies/videos/theadventuresofhuckfinnpghowe _ a0afaa. htm.

② 马克·吐温. 哈克贝利·费恩历险记 [M]. 马克·吐温十九卷集 (10). 石家庄：河北教育出版社，2001：402.

第三节　《百万英镑》：拜金主义与讽刺喜剧

　　和马克·吐温的很多小说一样，《百万英镑》始终给读者一种轻松诙谐的趣味。这是一则由于突然获得财富而实现人生愿望的幻想故事，与小说《败坏了赫德莱堡的人》（1899）和《三万美元的遗产》（1904）有着一种镜像关系。① 小说故事总体上是善意的，马克·吐温生动的语言风格让这则并没有太多喜剧元素的故事增添了幽默感与可笑的内容。尤其是通过那张一百万英镑的钞票出现的前后对比，凸显出在金钱面前人的困惑与荒诞。主人公亨利·亚当在饭店与服装店的遭遇就是最具有代表性的例子。相比马克·吐温其他作品，《百万英镑》很少被改编成影视作品，早期比较有代表性的有 1917 年的匈牙利影片《百万英镑》（*Az egymillió fontos bankó*）、英国广播公司在 "BBC 周日晚剧场" （BBC Sunday-Night Theatre）第一季中推出的同名电视剧（*The Million Pound Note*，1950）和 1954 年由英国导演罗纳德·尼姆（Ronald Neame）执导的电影《百万英镑》（*The Million Pound Note*）。其中，1954 年的电影以其 "通过创作出关于财富的精巧而有趣的故事很好地扩充了马克·吐温的原著"② 而成为改编经典。

一

　　19 世纪八九十年代，是欧美国家经济危机的频发期。1893 年，工农业经济危机导致美国金融市场恶化，银行大量破产，交易所陷入混乱之

---

　　①　R. Kent Rasmussen. *Critical Companion to Mark Twain：A Literary Referenceto His Life and Work* [M]. Facts On File. New York. 2007：339.

　　②　https：//www. themoviescene. co. uk/reviews/the-million-pound-note/the-million-pound-note. html [EB/OL].

中。正是在这一年，马克·吐温发表了他的短篇小说《百万英镑》。在小说中，主人公亨利·亚当——一个美国旧金山矿产经纪人手下的办事员——因偶然事件离开美国搭船来到伦敦。这个身无分文、衣衫褴褛且无处容身的倒霉者却幸运地被选中成为一对富翁兄弟实施赌约的最合适的人，他们为了要看一张百万英镑面额的钞票会对一个聪明而又品德高尚的外地人的命运产生怎样的影响，选中了这个初来乍到的落难者，并以三十天为期限。在得到这张面额为一百万英镑的钞票后，亨利·亚当身上顿时出现了一些意想不到的情况：饭馆老板对他恭恭敬敬，服装店老板张罗着要给他定制各种服装，他所需要的日常用品和各种奢侈品一应俱全，并住到了一家高档酒店里。闹剧的背后则是亨利·亚当对三十天后未来的生活的恐惧，让他没有想到的是，他由口袋里的那张一百万英镑的钞票而提升的知名度，帮助另一个投资商人黑斯廷斯在投资市场上赚到了大钱，亨利·亚当也因此发财，并且赢得了年轻漂亮的兰厄姆小姐的芳心。作为一部小说，《百万英镑》涉及资本主义、金钱、赌约、投资、期货交易、一见钟情等各种主题。马克·吐温以其惊人的想象力让这张面额为一百万英镑的钞票成为故事的核心，有了这张钞票，人就能成为人们瞩目的焦点，它简直是通向一切可能的通行证，吃饭不用付钱，买衣服可以"无期限"赊账，受邀参加上流社会的聚会，处处得到殷勤的招待，小说充分展示了那张钞票的魔力。小说中这个生活在金钱至上世界里的和人类始祖同名的亨利·亚当，就像一个初生的孩子带着他的善良、智慧和贫穷从天而降，出现在一个物欲横流的社会中，他的所作所为与拜金主义习俗格格不入，其纯朴天真的性格愈加折射出这个金钱社会的败坏。

1954 年，这部短篇小说被集团电影制作有限公司（Group Film Productions Limited）搬上银幕，导演是罗纳德·尼姆，编剧是吉尔·克雷吉（Jill Craigie），美国影星格利高里·派克在影片扮演了故事的男主角美国人亨利·亚当。影片以马克·吐温小说为主要内容，讲述了亨利·亚当在伦敦的遭遇，他因为身上那张偶然得来的面值为 100 万英镑的钞票成为伦敦最受关注的人，影片描写了这个人的种种荒唐经历，尤其是增加了那张百万英镑的钞票失而复得的内容。影片的结局基本上遵从了马克·吐温的原著，这个曾经一文不名的穷小子因为这段荒诞离奇的经历名利双收，还赢得了一份难能可贵的爱情。在罗纳德·尼姆的执导下，这部影片忠于原作①，它保留了小说中的悬念手法以及幽默滑稽、讽刺的语言。马克·吐温的意图是想用他的故事说明人对金钱的反应，因此在书中运用略微夸张又强烈的对比讽刺了资本主义社会"金钱至上"的丑恶观念，而电影在创作主题上沿袭了这一特点。

在最初阶段，货币的存在促进了生产力的蓬勃发展，但是很快就出现了贪赃受贿现象，然后是用货币思维，接着是拜金主义，在其发展的最后阶段，不仅商品，就连任何人都具有货币的等价物作用。② 无论是小说还是电影，《百万英镑》都深刻地揭露了西方社会一个极为普遍的现象——拜金主义。这种金钱拜物教把金钱视为具有魔力或法力无边的神，认为金钱货币不仅万能，而且是衡量一切善恶是非的标准。金钱是当时社会衡量一个人的标准，势利的人们对待穷人充满鄙夷，对待富翁恭敬而谄媚。影片中当亨利穿着一身破旧衣服走进饭馆时，老板一脸嫌弃地将他打发到不起眼的角落里，而当他拿出那张是一百万镑的钞票时，老板连忙笑脸相迎，不仅免了亨利的账单，还对这位他们认为"行为怪僻的百万富翁"毕恭毕敬地鞠躬。由此可见，一张看起来无足轻重的钞票可以将人们眼中卑贱的东西变得尊贵，钞票本身似乎已经成为人类劳动的直接化身，具有可以购买一切商品并决定商品生产者命运的神秘力量，于是人类对金钱顶礼膜拜，视金钱为无所不能的上帝。在马克·吐温的小说里，对人的评判标

---

① 托尼·托马斯. 格利高里·派克 [M]. 鲁人，余玉熙，译. 北京：中国电影出版社，1987：52-53.

② 斯宾格勒. 西方的没落：斯宾格勒精粹 [M]. 南京：译林出版社，2015：148.

准就是金钱。在影片中更是如此，一个人无论如何能干、如何善良，如果身无分文，便一钱不值；反之，如果你拿着那张百万英镑的钞票，他们立即对你百般巴结，处处殷勤，你也会格外受到人们的尊敬。影片中的亨利·亚当、弗罗格纳尔公爵（Duke of Frognal）以及洛克（Rock）等人的遭遇均说明了这一点，如发生在美国大使馆的不同境遇是对此的小小讽刺。特别需要说明的是，当亨利·亚当拿到这张面值一百万英镑的钞票并读到富翁兄弟写给他的那封信，了解事情真相时，影片设置了一段百万英镑纸钞被风吹走，惊慌失措的亨利·亚当满大街追逐纸钞的荒诞场景，是对整部作品主题最形象的阐释。在小说中，富翁兄弟打赌一事同样引人深思：在他们看来，以一场赌约给生活中增添一点乐趣，是一件多么微不足道的事情，穷人只不过是他们赌约里的一个道具罢了。在这个认为金钱是社会生活的轴心的世界里，有了金钱似乎就可以占有、支配一切，任何力量都得甘拜下风。但影片中的亨利却在没有钱的窘境中得到了真挚的爱情，富有漂亮的年轻姑娘不改初衷地继续爱他，由此可见，这部影片的主题，恰恰是在证明金钱不是万能的。

二

尽管《百万英镑》这部小说从提供给社会底层人员的巨额财富中获得了幽默感，但它实际上更像是刻画了一位正在往上走的中产阶级成员，因为他精明地利用了不寻常的运气①。但在电影中更注重的是幽默感而不是社会批评的内容。与马克·吐温原著小说的短小精悍不同的是，影片从宝博斯饭店，也就是原著中那个"昂贵而幽静的旅馆"开始，有意将故事拉长，呈现出故事的延展性，以符合电影所需要的长度。其中比较明显的改动包括鲍西亚·兰斯当恩（Portia Lansdowne）从打赌的富翁两兄弟其中

① R. Kent Rasmussen. *Critical Companion to Mark Twain: A Literary Reference to His Life and Work* [M]. Facts On File. New York, 2007: 342.

一位的女儿变成了公爵夫人的侄女，这一改动消除了原著中结尾的巧合，并以波西亚为中心，增加了亨利·亚当参加社交晚会、慈善捐款等活动的内容，对亨利·亚当与波西亚之间的恋情有了一个完整的交代。此外，还增加了弗罗格纳尔公爵（Duke of Frognal）以及洛克（Rock）两个在小说中没有的重要人物形象，让发生在宝博斯的故事变得更加曲折。

和小说中的单一主人公和简单双线索不同的是，电影《百万英镑》在人物关系和情节设置上下了不少功夫。在作品的后半部分，尤其是当亨利·亚当进入宝博斯饭店之后，巧遇遭到酒店经理冷遇的洛克，非常慷慨地邀请他一同入住，不但体现出亨利·亚当性格上的善良热情、慷慨宽容，而且在接下来的故事里，洛克不但承担了影片中的部分喜剧效果，还成为亨利·亚当的搭档兼保镖。这个不发一言的大力士与亨利·亚当在身份上有很大差别，但当他们在生活中都遭遇一些问题时，影片通过描述他们的冒险经历，不但能充分展现友谊、共渡难关，还能让各自的生活状态变得更好，形成一种互补关系。

如果说把洛克设置成为亨利·亚当的助手有助于丰富主人公形象的话，那么弗罗格纳尔公爵在饭店中的遭遇则更多是走到了亨利·亚当的对立面。亨利·亚当的出现让他很不甘心地从豪华房间里被换了出来，因为不满"美国人的金钱高于我们英国人的爵位"，弗罗格纳尔公爵串通饭店里的女服务员，把亨利·亚当的那张一百万镑的钞票偷了出来并偷偷地藏在了地毯下面。这个玩笑直接关系发生在劳埃德·赫思廷斯（Lloyd Hastings）身上的有关金矿投资事件的成败。而在饭店里，亨利·亚当也因为失去了这张神奇的钞票而名声一落千丈，由此在饭店中引发的骚乱与先前在饭店中的礼遇形成了鲜明对比。由此所产生的一系列轰动效应在交易所和宝博斯两个地方得到了形象化的展示。看到派克的这部影片，那是令人开心的。这部影片非常精致的布景与柔和的彩色摄影，给它带来了利润。①

《百万英镑》是一部精彩的以格利高里·派克为核心的电影。作为 20 世纪 50 年代中期以主角身份出现在英国影片里好莱坞影星第一人，格利高里·派克带来的不仅是票房价值，同时还有两部非常严肃，拍摄得也非常熟练的作品（另一部是 1955 年的《紫色的平原》)②。在影片中，派克非常自然地根据剧情内容来演绎亨利·亚当这一角色，无论是面对金钱还是面对爱情。影片中，当他在小饭馆里饱餐，那种等待的焦灼感、面对鄙夷态度的淡然和豁达、打开信封时的惊讶与无可奈何，每一个动作和神情都符合观众们的心理期待，同时让人物性格充分表现出来。影片的成功除了得益于派克精彩的演技，导演罗纳德·尼姆在电影理念中对演员的器重也尤为重要，他曾经说过："我觉得导演的主要职责是把这些难对付的然而天赋秉厚的人在表演上的最佳成绩呈现出来，一旦你深入角色的内心世界，那么对我来说，演员则成为最重要的因素，并且必须完全围着演员转。"③ 导演与演员的巧妙配合，造就了这部根据马克·吐温小说改编的电影名作。

《百万英镑》这部小说在 1954 年之后陆续出现了一些全新的改编版本，但都未能超越格利高里·派克的成就。其中，1983 年由约翰·兰迪斯（John Landis）执导的《运转乾坤》（*Trading Places*）明显受到马克·吐温小说《百万英镑》和《王子与贫儿》的影响，这部 80 年代的喜剧电影同样以打赌为故事核心，两位富豪拉尔夫·贝拉米和唐·阿米奇为了一美元的赌注故意将养尊处优的职业经理人艾克罗伊德与流浪汉比利·雷·瓦伦丁（Billy Ray Valentine）的身份互换，使艾克罗伊德无家可归。一次偶然的机会，瓦伦蒂诺了解到事件的真相，他联合艾克罗伊德在期货市场上成

---

① 托尼·托马斯. 格利高里·派克 [M]. 鲁人，余玉熙，译. 北京：中国电影出版社，1987：53.

② 同上，1987：52.

③ 西方电影导演谈表演 [J]. 孙雨，译. 世界电影，1982（6）：203.

功狙击，让拉尔夫·贝拉米和唐·阿米奇血本无归，以一种更残酷的赌约方式让他们两人以及身边帮助他们的人都过上了富裕生活。1994 年，《百万英镑》还被改编成一个现代题材的墨西哥移民的浪漫喜剧故事，那就是由保罗·罗德里奇斯（Paul Rodriguez）导演的电影《百万乡巴佬》（*A Million to Juan*）。

第八章　其他现实主义文学作品的影像阐释

19世纪的欧美文坛群星璀璨，具有代表性的现实主义文学家除了前面所提到的六位，还可以列出长长的名单，包括果戈理、萨克雷、勃朗特姐妹、福楼拜、易卜生、托马斯·哈代、契诃夫、柯南·道尔等。每一位现实主义文学家都把自己对生活与世界的感受通过文学文本传递给了读者：

> 那些杰出的19世纪现实主义作家从人类文化的角度批判现实，表达对人类共同命运与前途的关心与同情，他们关注的不仅仅是一个国家、一个民族和一个时代的人的生活。因此，他们的创作既具有社会批判的强度，又显示了文化批判的深度和广度，社会批判源于文化批判，并且是文化批判的副产品，他们的创作所反映的生活超越了社会——历史和时间——空间的限定，上升到了人类文化哲学的高度。①

不仅如此，还有许多被认为是浪漫主义或自然主义的文学家，在文学创作的生涯中也书写了不朽的现实主义文学篇章，如普希金、莱蒙托夫、雨果等。这类作品同样是19世纪欧美现实主义文学不可缺少的组成部分。这些19世纪伟大作家的很多经典文本在过去的100多年时间里常常被改编成电影或电视，以各种影像形式在全世界范围内广泛传播。在世界影视发展史上，除了莎士比亚，很少会有数量众多的改编影视文本与某一位文学家的创作相关联。而对于19世纪欧美现实主义文学来说，这样的文学家不是一位，也不仅是前面提到的六位，而是一个庞大的文学家群体。

---

① 蒋承勇. 十九世纪现实主义文学的现代阐释 [M]. 北京：中国社会科学出版社，2010：106.

第一节　《钦差大臣》：“一个地道的俄罗斯的笑话”

果戈理的《钦差大臣》是一部著名的五幕喜剧，该剧源于生活中的荒诞故事。1835 年 10 月，果戈理在征求普希金关于《婚事》的意见时，写信要求普希金给他一个情节，并要求是“一个地道的俄罗斯的笑话”①。于是，普希金就把自己也很感兴趣的一个情节告诉了果戈理：“克里斯平来到省里赶集，大家认为他是大人物……省长是一个诚实的傻瓜，省长太太同他胡闹。克里斯平向他的女儿求婚。”②普希金所提到的这个来自生活本身的情节为果戈理提供了一种思路，他结合平时所观察到的各种官员的形象，构思了这则有关官吏视察这一地方特有现象的现代喜剧故事，这就是1836 年 4 月 19 日在彼得堡亚历山大剧院首次上演的《钦差大臣》。当时，果戈理宣称，这部五幕喜剧“将比魔鬼还要滑稽可笑”③。

《钦差大臣》是果戈理所有作品中被改编成影视作品最多的一部。早在 1933 年，捷克斯洛伐克导演马丁·弗里茨（Martin Frič）就改编拍摄了电影《钦差大臣》（Revizor），同年，德国导演格林德根斯·古斯塔法（Gustaf Gründgens）将喜剧改编成为电影《发生剧变的城市》（Eine Stadt steht kopf）。此后，《钦差大臣》电影版本层出不穷，比较著名的有 1936 年史东山导演的《狂欢之夜》、1949 年美国导演亨利·科斯特（Henry Koster）拍摄的《钦差大臣》（The Inspector General）、1950 年印度导演切丹·阿南德（Chetan Anand）的《假钦差》（Afsar）、1952 年俄国导演弗拉基米尔·彼得罗夫（Владимир Петров）拍摄的《钦差大臣》（Ревизор）、1974 年的墨西哥影片《错误的巡视员》（Calzonzín inspector）、

---

①②③　米·赫拉普钦科. 尼古拉·果戈理［M］. 刘逢祺，张捷，译. 上海：上海译文出版社，2001：323.

1978 年苏联导演列昂尼德·盖代（Леонид Гайдай）拍摄的《来自彼得堡的匿名氏》（*Инкогнито из Петербурга*）、1982 年苏联拍摄的电视电影《钦差大臣》和 1996 年俄国导演谢尔盖·加扎罗夫重拍的《钦差大臣》（*Ревизор*）等。

一

《钦差大臣》这部讽刺喜剧发生在俄国外省某小城市，在当地无耻而愚蠢的官员的管理下该城市混乱不堪。市长得到钦差大臣微服察访的消息，便叫来官员商议，陷入恐慌之中的贪官污吏们误把途经此地的彼得堡十四品文官赫列斯塔科夫当成了钦差大臣，对他拼命巴结，阿谀奉承，甚至贿赂。赫列斯塔科夫是名年轻的浪荡公子，因为与人打牌输得精光正在一筹莫展之时，他也乐意接受这样的误会，官腔十足夸夸其谈的样子则让官员们深信不疑。于是，他被市长接到家中盛情款待，他同市长太太和女儿谈情说爱，并恶作剧地同市长的女儿订了婚。正当市长做着升官发财的美梦时，赫列斯塔科夫因害怕骗局被揭穿而找了借口匆忙溜走。当市长家里迎来一群群前来道喜的人，市长正得意扬扬时，邮局局长拿来年轻人写给彼得堡一位朋友的信，信里讲述了他在此地遇到的"千载难逢的奇事"，并大肆嘲笑那些把他当作钦差大臣的官员。市长一家与官员们看完信后大惊失色并相互埋怨，这时候，真的钦差大臣来了，在群丑呆若木鸡的"哑场"中，帷幕缓缓落下。

在《钦差大臣》剧本出版和首次上演之后，这部作品迅速受到了关注，有的评论家把它看成是"危险的"现象，但更多的批评家如赫尔岑、别林斯基、丹钦科则给予高度评价。喜剧《钦差大臣》表面上看起来只是个滑稽故事，但却仿佛是一面哈哈镜，在喜剧最后的定稿里，果戈里加了一句俗谚作为卷首题词："脸歪莫怪镜子"，在喜剧这面镜子里，"我们的时代如此庸俗"①，俄国社会中达官显贵们原形毕露，全剧没有一个正面人物，《钦差大臣》的内容也要比许多人所理解的更严肃、更深刻。对此，果戈理认为，"如果要嘲笑的话，那么最好狠狠地嘲笑应该受到嘲笑的一切东西，把在最要求人的公正的所有地方和所有场合所发生的所有不公正现象都收集到一起，一并加以嘲笑"。② 剧本将社会中的一整个集团——官僚群体——推到了前台，在故事的结尾处，来向市长祝贺的各类官员聚集在市长家中，借助于赫列斯塔科夫不加掩饰的信件，贪污成性的市长、以权谋私的法官、害人的慈善医院院长、偷拆别人信件的邮政局长、外省的官吏成了喜剧的主人公，真相大白的那一瞬间正表现了这个"整个由阴暗面组成的城市"③ 的缩影。当然，彼得堡小官吏赫列斯塔科夫也是喜剧的主要人物之一，他爱虚荣浅薄，喜欢吹嘘，厚颜无耻，"市长的恐惧"让他变成了钦差大臣，原因很简单，不仅仅是外表，赫列斯塔科夫的言行举止，尤其是那种"顶顶空虚浅薄"的特质和"无聊的轻佻作风"让他酷似来自彼得堡的钦差大臣，其中的讽刺意味不言而喻。但果戈理的意图不仅如此，他希望通过讽刺和批判来唤醒人们，因为我们从来没有像当今时代这样如此渴望那推动精神运动的热情，在当今时代，任性的欲望和享受的全部铅砂正攻击并压制着我们，这些任性的欲望和享受是我们 19 世纪正在绞尽脑汁地发明的。这一切构成了反对我们的阴谋；整个这一奢侈的、精致的新花样，其诱人的链条，越来越强烈地力图压制和麻痹我们的感受。④ 只有认识这一切，才能摆脱这一切，这也是果戈理在这一时期思想的重要转变。1836 年，由于《钦差大臣》的上演，果戈理在经历了沉重的失望和

———————

① B. B. 津科夫斯基. 俄国思想家与欧洲 [M]. 上海：上海三联书店，2016：57.

② 米·赫拉普钦科. 尼古拉·果戈理 [M]. 刘逢祺，张捷，译. 上海：上海译文出版社，2001：328.

③ 同上，2001：329.

④ B. B. 津科夫斯基. 俄国思想家与欧洲 [M]. 上海：上海三联书店，2016：58.

使其感到深刻不安的打击之后，他决定去国外"排解自己的忧郁"①，在此期间，他慢慢形成了对西方的最初的鲜活印象。

与电影相比，戏剧的表现手段是假定性较大的，戏剧家往往会通过人物的对话而向观众揭示出环境的真实性。在果戈理的《钦差大臣》中，正是从市长给官员们下达命令的台词中，了解到这个小城的市容的。因此，当这部作品被改编成电影时，所做的构思和准备需要十分细致和周到。电影《钦差大臣》（1952）根据果戈理同名喜剧改编而成，这部时长达132分钟的作品由莫斯科电影制片厂出品。影片在导演兼编剧弗拉基米尔·彼得罗夫的手中显现出与原著之间的微妙联系。影片的前半部分遵从原著，描写了从城市生活中选取的特别时刻，即等待和迎接钦差大臣，在此过程中，在戏剧中不会出现的"小城"可以通过一些外景场面展现出来，如泥泞的街道、肮脏不堪的旅店、楼梯底下阴暗的房间。而且，电影通过将剧本里的一些细节"移到了一系列另外的、相似的、在剧情上有依据的布景里去"②，极大地丰富了戏剧舞台上受到局限的表现内容，如"每人手里拿一把扫帚，把通往旅馆去的整条街打扫得干干净净""在那儿养了几只鹅，外带一群小鹅"，都在几次有限的外景场面中被加以填充。而其他一些场景，如赫列斯塔科夫辞别市长离开这座城市的场面处理也极其经典。这场戏紧接着订婚仪式，市长一家正因为顺利订婚而乐不可支的时候，仆人奥西普非常冷静地提醒赫列斯塔科夫马车来了。在赫列斯塔科夫准备动身的过程中，影片删去了赫列斯塔科夫再次向市长借钱以及市长殷勤地给赫列斯塔科夫的马车铺毯子的几个细节，让电影叙事更为流畅。观众看到的是仆人们提着赫列斯塔科夫的行李装车，其中包括两只鹅；看到的是赫列斯塔科夫告别市长一家后，市长太太和女儿、警察及仆人们、市长向他挥手

---

① B. B. 津科夫斯基. 俄国思想家与欧洲［M］. 上海：上海三联书店，2016：58.

② B. 彼得罗夫. 论古典戏剧的改编［A］. 论文学与电影［C］. 何力，译. 北京：中国电影出版社，第80页.

告别的一组镜头，还有疾驰远去的马车和路上的水坑，以及随处可见的寻觅食物的鹅。此外，影片还增加了一些场景来达到必要的喜剧效果，如陀布钦斯基急急忙忙走过市长家门前水坑时的狼狈等。

在台词方面，影片最大限度地保留了果戈理喜剧里的内容，同时在不破坏剧本风格的基础上删去了一些对话，如赫列斯塔科夫参观完慈善医院，并在市长和医院院长的陪同下用餐后回到马车上时，电影只保留了他和医院院长之间的谈话，而删去了后面与市长的谈话内容。赫列斯塔科夫醉醺醺的样子则使得这一部分的谈话显得更为真实。

二

赫列斯塔科夫这一人物被巴赫金誉为"果戈理创作的桂冠"，是果戈理塑造的最为出彩的人物。赫列斯塔科夫企图在他占有的位置与其沽名钓誉的奢望之间搭桥。达到这目标的手段，乃是撒谎。[①] 表现在作品中，赫列斯塔科夫在市长家自我吹嘘的场面是非常富于戏剧性的。在电影中，导演彼得罗夫对此进行了精彩的处理，让赫列斯塔科夫以醉醺醺的样子继续喝酒用餐，市长太太和女儿陪伴左右，官员们聚拢成一圈毕恭毕敬地伺候着他。当赫列斯塔科夫说到"我每天都参加舞会"，得意扬扬地离开座位讲述时，市长一家及官员们则退后在一起聆听，之后赫列斯塔科夫提到"有一回，我甚至还当上了局长"时，除了市长太太和女儿，全体官员又不由自主地恭恭敬敬地站着，最后当赫列斯塔科夫吹嘘到最精彩的地方"我走过办公厅，就跟地震一样，大伙儿吓得像树叶似的直打哆嗦"，全体官员十分整齐地排成一列，直打哆嗦。这一段完全属于赫列斯塔科夫的闹剧，由于官员们的配合，被看作全剧最具讽刺意味的场面，其内在目的是揭示赫列斯塔科夫的夸夸其谈和官员们人人自危的状态。

---

① 巴赫金全集（第7卷）[M]. 石家庄：河北教育出版社，2009：324.

影片最后的"哑场"处理是果戈理原著中的神来之笔。当赫列斯塔科夫留下的那封信被邮政局长拆开并由柯布罗金读完之后，当市长及官员互相埋怨时，宪兵突然出现，宣布"奉圣旨从彼得堡来的长官要你们立刻去参见"，舞台上的所有人都突然改变了姿势，呆若木鸡地站在舞台上。这时候，电影镜头缓缓升起，让观众从一个特殊的居高临下的视角来审视这一群丑陋的人。

在影片《钦差大臣》中，导演彼得罗夫采用了从环境中突出某一人物的类似手法，以便强调市长越出情节范围所说的那句尾白："你们笑谁？笑你们自己！……"在喜剧中，市长一角是个饱经世故的官僚，他将"委托"给他管辖的城市掐在自己的手心里。他精通官僚机构贪污盗窃、逢迎谄媚的复杂"学问"。这位愚蠢无知、专横跋扈的市长并不缺少见机行事的天赋，他很懂得该怎样处理自己的事务。果戈理在剧本中从头到尾都在揭露他的口是心非、官瘾十足和愚蠢贪婪。果戈理是这样来说明他所创造的这个形象的：

> 这位市长不是漫画式的人物，不是滑稽闹剧中的角色，不是被夸大了的现实，同时他一点也不是个蠢材，而是个有其独特性的极其聪明的人，他在自己的管辖范围内很有办事能力，善于灵活地处理问题——贪污盗窃而不留下丝毫痕迹，实行贿赂而又会向对他来说有危险的人讨好卖乖。①

果戈理创造的是有血有肉的活生生的人，并且表现出他们的典型特征，刻画他们的共同本质。在影片中，由托鲁别耶夫饰演的市长从一开场就给观众以深刻的印象。肥胖的身躯、花白的短发，粗暴而严厉的作风马

---

① 尼·斯捷潘诺夫. 果戈理传［M］. 张达三，刘健鸣，译. 哈尔滨：黑龙江人民出版社，1984：190.

上吸引了观众的注意力。他在研究钦差大臣到来消息时的精明、对待手下人的严厉，甚至很难让人把他跟后来那个受骗者联系起来，正因为忧心忡忡地思考着如何掩盖自己的罪行，当听到关于旅馆里住着一位彼得堡官员消息时，他马上就相信了。他的目的只有一个，就是赶快掌握主动，切断钦差大臣想要了解真相的一切道路。托鲁别耶夫非常真实地表现出了人物内心真实的想法，而当展现市长在影片结尾处的重要独白和那张震惊的、表露出一切内心活动几乎占据了整个镜头的面孔时，通过托鲁别耶夫的表演，观众可以清晰地看出戏剧家和电影导演所要表达的那些思想，这一切都通过市长的命运展示了出来。而市长个人的命运，最终却是众多与他相同的人的命运。①

相比之下，饰演赫列斯塔科夫的伊戈尔·高尔巴乔夫的表演毫不逊色。喜剧的中心人物是赫列斯达科夫。他本身是个无聊的家伙，果戈理提到，"一种普遍的恐惧的力量却将他造成了一个出色的喜剧人物。恐惧蒙蔽了大家的眼睛，给他提供了充当喜剧角色的活动场所"。赫列斯达科夫不单是个不伤害人的吹牛家和轻浮的"渺小人物"，他还是个来自京城的"酒馆里的花花公子"，既轻浮，又极其卑鄙庸俗。② 应当看到，高尔巴乔夫这位青年演员的全部表演非常自然轻松。他所饰演的赫列斯塔科夫并不是只是通俗滑稽剧里的吹牛大王，而是具有明确的性格与丰富的个性特征的人物，通过他的"坦率和单纯"③ 的表演，让观众意识到他是寄生社会中的一个典型代表。赫列斯达科夫的典型性不仅局限于果戈理那个时代，而是代表了许多人都具有的人的共同的庸俗特征，一种所谓"赫列斯塔科

①　H. 维列荷娃. 大胆讽刺的力量——评托鲁别耶夫扮演的市长·创造鲜明的典型性格. 李桥溪，译. 北京：中国电影出版社，1957：175.

②　尼·斯捷潘诺夫. 果戈理传 [M]. 张达三，刘健鸣，译. 哈尔滨：黑龙江人民出版社，1984：191.

③　罗斯托茨基. 揭穿赫列斯达可夫精神·创造鲜明的典型性格. 罗晓风，译. 北京：中国电影出版社，1957：196.

夫精神"。在艺术地诠释这一人物的过程中，高尔巴乔夫的表演重点在于用以赫列斯塔科夫的本色表演凸显出市长犯错的必然性。果戈理曾经对赫列斯塔科夫做过这样的分析："他说得热烈起来，他很高兴，他看见一切都很顺利，人家都听他的话，——就单因为这一点他说得也就更加流畅、更加随便，他由衷地说着，坦率地说着，他虽是在说谎，却在这谎言中表现出他本性。"① 使说谎的人表现出他原来的本性的谎言，这是对"赫列斯达可夫精种"这一概念的本质的最精确说明。

---

① 罗斯托茨基. 揭穿赫列斯达可夫精神·创造鲜明的典型性格. 罗晓风译. 北京：中国电影出版社，1957：195.

第二节　《当代英雄》：影像化的"孤独的帆"

小说《当代英雄》是莱蒙托夫的代表作，也是莱蒙托夫作品中被改编成影视作品最多的一部。从 1927 年苏联导演 B. 巴尔斯基执导的无声电影《梅丽小姐》《贝拉》和《马克西姆·马克西梅奇》等三部，到 1955 年 И. 安宁斯基的《梅丽小姐》① 再到 1965 年和 1966 年，斯坦尼斯拉夫·罗斯托茨基拍摄的由《贝拉》《马克西姆·马克西梅奇》和《塔曼》三部分构成的电影《当代英雄》，表现出每个时代对《当代英雄》这部经典作品的新的理解。此后的改编影视作品还包括 1975 年阿纳托利·叶夫罗斯导演的电视电影《毕巧林日记》、2006 年亚历山大·科特执导的 6 集电视连续剧《当代英雄》和 2011 年由罗曼·赫鲁晓夫执导的电影《毕巧林》。在所有根据《当代英雄》改编的作品中，安宁斯基的《梅丽小姐》标志着《当代英雄》的电影改编真正引起重视，一方面"莱蒙托夫小说的情节在影片中完全表达出来了"，甚至连"主人公的服饰，剧情的布景和道具，全都符合莱蒙托夫小说的文字"②；另一方面，影片因其在改编理念和手法上的"忠实性"在当时苏联文艺界引起争议，认为"它一点也没有表达出原著那种迷人的力量"，在电影中"小说的灵魂不见了"③。这场由电影改编所引起的争议对后来《当代英雄》的影视改编以及苏联古典名著电影改编均产生了深远影响。

---

① 在小说《当代英雄》（*Герой нашего времени*，英译 Hero of Our Time）中，《梅丽公爵小姐》（Княжна Мери，英译 Princess Mary）是第二部第三个篇章的常见译名（《当代英雄》，《莱蒙托夫全集 5》，力冈译，河北教育出版社 1996 年版。文中涉及小说《当代英雄》内容均参照此版本），也曾被翻译成《梅丽郡主》（《当代英雄》，《莱蒙托夫精选集》，吕绍宗译，山东文艺出版社 1998 年版）。电影《梅丽小姐》于 20 世纪 50 年代中后期在我国公映，文中涉及电影名均使用公映时片名《梅丽小姐》。

②③　苏联电影史纲（第三卷）[M]. 北京：中国电影出版社，1992：336.

一

　　在电影《梅丽小姐》中，安宁斯基没有尝试着去改编整部《当代英雄》，而是选了故事和情节内容最为丰富的一个篇章，"我选择了《梅丽公爵小姐》这个故事，因为我认为它是小说的思想核心"①。莱蒙托夫的《当代英雄》是一部具有独创性的文学作品，小说分为两部：第一部包括《贝拉》和《马克西姆·马克西梅奇》两个篇章；第二部为《毕巧林日记》，内容包括《序》《塔曼》《梅丽公爵小姐》和《宿命论者》四个篇章。除《毕巧林日记·序》这一篇章外，《贝拉》《马克西姆·马克西梅奇》《塔曼》《梅丽公爵小姐》和《宿命论者》五个篇章都相当精彩，统摄整部小说的主题隐藏在各个篇章中叙述人的故事里，隐藏在读者阅读所产生的思绪中。正是因为这部作品的特殊性，使人们对这部作品被搬上银幕后能否传达作者原意充满了怀疑："莱蒙托夫的作品还有待于拍成影片，因为在我们现有的'根据莱蒙托夫的作品'摄制的一些影片中，还没有一部——甚至在最低程度上——可以认为是配得上它的文学原著的。"② 既然改编整部《当代英雄》有可能会顾此失彼，选取《当代英雄》中最长的故事《梅丽公爵小姐》作为改编对象就能够保留故事的相对完整性，对原著文本的驾驭难度也会相应降低。

　　作为编剧和导演，安宁斯基曾经拍摄过《装在套子里的人》（1939）、《婚礼》（1944）、《脖子上的安娜》（1954）等一系列根据契诃夫小说改编的电影，在经典名著电影改编方面有丰富的经验，也曾经引起一些热烈的讨论。安宁斯基擅长从描写沙俄时代的文学名著中选取题材，在电影中

---

　　① Исидор Маркович Анненский. В театре и кино [DB/OL]. 1974 [2014-05-25]. http://www. ponyl. de/isidor/mary. html.

　　② B. 别加克，IO. 格罗莫夫. 献给儿童的伟大艺术·儿童艺术片的道路 [M]. 北京：中国电影出版社，1957：149-150.

"遵循原著精神去揭露那种卑鄙龌龊的生活"①，但却时常不自觉地跳出原著，用自己的"独立性"去诠释作品以及人物。因此，在当时苏联电影评论界看来，他的电影中"有些场面带有感伤的色彩，甚至庸俗的成分"②。由于受到1954年电影批评界讨论《脖子上的安娜》改编问题的影响，安宁斯基在筹拍电影《梅丽小姐》时尝试一种全新的改编方式。首先，"在漫长而又有趣的剧本创作中，我力求尽可能完整和准确转达作者的思想，使用电影语言把作者选择的叙述方式转达出来"。③ 安宁斯基的这种改编方式实际上就是运用电影手段，把原著尽量按照原样搬上银幕，接近于忠实性改编的范畴。出于对莱蒙托夫原著的敬意，安宁斯基尽可能多地保留了原著中的人物对话和一些抒情性语句，把改编任务定为最高程度地完整和逼真地接近原著。但是，要想"把古典作家的作品的真面目介绍给观众，把他当时所表达的和加以形象化的那一切丰富而复杂的社会矛盾表现出来"④，就显得异常困难。电影固然可以继承原著小说刻画入微的朴素风格，但当时苏联在处理古典小说题材时，遵循的是一种规范化的电影艺术形式：它要求不超出文学作品本身的范围，通过改编者自己的表现手段，用电影语言把它表达出来，同时还要尽可能深刻而富于诗意地把原著的激情和它的诗的实质展现在银幕上。而且，电影的表现方法终究不同于小说，根据安宁斯基的创作思路，在电影改编中，还要做到遵循"人的内心经历"，其他各部分都要服从这一经历，"力求揭露主人公的内心生活和他无情的自我分析"⑤。在忠实于原著的前提下，安宁斯基努力将作为电影表现手法的内心独白同作者的意图巧妙融合，因此在选材上尽量采用小说原

①② 苏联电影批评界讨论影片《挂在脖子上的安娜》的改编工作 [J]. 世界电影. 1954 (11)：91-92.

③⑤ Иси́дор Ма́ркович А́нненский. В театре и кино [DB/OL]. http：//www. pony1. de/ isidor/mary. html.

④ В. 别加克. IO. 格罗莫夫. 献给儿童的伟大艺术·儿童艺术片的道路 [M]. 北京：中国电影出版社，1957：149.

文，甚至照搬日记片段，使之在影片中起到连贯作用，并与小说原文形成一种契合。弗雷里赫曾经提到，在经历了《脖子上的安娜》的热烈讨论后，"安宁斯基便考虑到批评的意见，而严格遵循文学原著。但是他所严格遵循的只是原著的故事，而没有深入窥视情节及其潜在的发展过程"①，这种提法难免有些牵强。因为电影《梅丽小姐》无论是在片头以《当代英雄·序》和杜勃罗留波夫对"多余人"的评论片段阐明影片基调，还是通过要塞回忆的形式暗合《梅丽公爵小姐》篇章后半部分的叙述技巧，跳出了原著中第二部《毕巧林日记》的整体思路和框架，甚至包括整个回忆过程以高加索山脉中行进的马车在前后遥相呼应，都说明安宁斯基在情节及其发展上的构思相当到位。电影还特意安排莱蒙托夫《帆》这首诗以歌曲演唱的形式出现在电影中李戈甫斯科伊公爵夫人的晚宴前，以此形象地揭示出莱蒙托夫一个重要的创作主题——"帆"的主题。

二

电影《梅丽小姐》以贵族军官毕巧林因和格鲁什尼茨基决斗而被流放的要塞场景开场，摄影师着力刻画毕巧林要塞生活的灰暗色调，画面上是单调的军旅生活，随着镜头慢慢切近，歌谣声和旁白配合着画面渐次响起，对应的是小说《当代英雄》第二部《梅丽公爵小姐》这一篇章临近结尾的部分，也就是毕巧林在冷冷清清的要塞中继续写日记内容的开头：

> 我一个人在房里，坐在窗前。一片片灰云笼罩住群山，直到山脚；透过云雾望去，太阳好像一个黄色的斑点。天很冷，风呼啸着，吹得护窗板摇来摆去。很无聊。②

---

① 弗雷里赫. 银幕的剧作 [M]. 北京：中国电影出版社，1963：66-67.
② 莱蒙托夫全集（第5卷）[M]. 石家庄：河北教育出版社，1996：386.

实际上毕巧林在影片中初次亮相包括三组镜头：他在要塞续写日记时的惆然若失、坐着马车穿行于高加索山脉间的复杂思绪和在五峰城矿泉旁闲看达官贵人时的高傲。影片以这种方式交代了毕巧林故事的三个节点，不但呼应了整个《当代英雄》的故事主线和关键场景，也使莱蒙托夫创作中"帆"的主题中"孤独"的含义凸显出来。影片结尾处，在远山的积雪映衬中，依旧独坐在马车中的毕巧林神情黯然地离开了五峰城，最后一个镜头则回到要塞中毕巧林忧伤的脸上。尽管毕巧林的"忧伤"内容丰富，但影片最后借用小说《当代英雄》《梅丽公爵小姐》篇章的最后一段话指明了其中"孤独的帆"的内涵：

> 我就像一个生长在海盗船上的水手，他的心灵已经跟风暴与搏斗结下不解之缘。要是让他到了岸上，……他会整日里在海边沙滩上徘徊，倾听单调的拍岸浪涛声，眺望雾茫茫的远方：那令人望眼欲穿的白帆有没有在蔚蓝的大海与灰色的云层之间的白色水平线上闪现，……①

别林斯基认为：没有读过这部长篇小说中最长的故事——《梅丽公爵小姐》的人，就无法评判整部作品的概念和优点。② 在之前的故事如《贝拉》《马克西姆·马克西梅奇》和《序》中，读者们会好奇于主人公毕巧林深奥莫测的性格，但只有通过《梅丽公爵小姐》，我们才能够充分地认识他。③《梅丽公爵小姐》是莱蒙托夫 1837 年在五峰城和基斯洛沃茨克矿泉区疗养时创作的作品，因为故事的发生地也在五峰城和高加索矿泉区，所以很多读者和批评家把毕巧林看成了自传形象。而实际上，毕巧林是一

---

① 莱蒙托夫全集（第 5 卷）[M]. 石家庄：河北教育出版社，1996：405.
② 别林斯基选集（第 2 卷）[M]. 上海：上海译文出版社，1979：224.
③ 别林斯基选集（第二卷）[M]. 上海：上海译文出版社，1979：225.

个集合的、典型的形象。① 在塑造毕巧林这一人物时，安宁斯基的电影引用了小说家的原话来进行说明，就是莱蒙托夫在序言中所提到的，"'当代英雄'确实是肖像，但不是某一个人的肖像。这是整个我们一代人的缺陷充分发展而构成的肖像"②，这就暗示了通过影片重新理解毕巧林形象和莱蒙托夫创作的某种可能。

　　莱蒙托夫习惯在文学作品中以一种愤世嫉俗的心态看待俄国贵族阶层乃至整个俄国社会，这种创作中的个性化最终割断了他与贵族社会的关系，形成强烈的复杂的孤独感以及对自由的渴望，这些内容都在小说《当代英雄》中借助毕巧林得到了完美表达。在电影中，除了经由言语展现的毕巧林对时代现实的批判眼光，还包括他对贵族社会的怀疑态度，因此，"孤独的帆"在这里不再是海上的船帆，而是有着特殊命运和性格特点的人物活动以及他所生活的社会的象征。莱蒙托夫的抒情诗《帆》出现在一个弥漫着挫折和幻灭感的俄国社会环境之中，他是在与心爱的姑娘瓦利亚·拉普辛娜离别后，在圣彼得堡借大海上孤帆的意象表达自己在异乡感触的心境，这与小说中结束无望恋情充满失落的毕巧林的心境非常相似。影片一再出现由维尔比茨基饰演的毕巧林在桌前沉思的场景，并多次给予思考时的面部特写。在维尔比茨基的表演中，几乎没有任何变化的脸部表情成为影片中毕巧林形象塑造的特征：不管遭遇何等的失落或是收获喜悦，毕巧林都会以同一种神情对待，只有当他面对好友魏奈医生的时候，偶尔才会露出一丝笑容。

　　显然，毕巧林这个虽有教养但又懦弱、消沉的"多余人"形象是《当代英雄》的精华，他的形象是在《当代英雄》一个个篇章中累积而成的，在《梅丽公爵小姐》故事之前，毕巧林已经经历过许多其他事件。电影《梅丽小姐》从改编文本角度来说独立于小说《当代英雄》其他篇章，但

---

① 马努依洛夫. 莱蒙托夫［M］. 北京：北京出版社，1988：162.
② 莱蒙托夫全集（第5卷）［M］. 石家庄：河北教育出版社，1996：245.

不管是否从整部《当代英雄》来审视这部作品，至少通过电影，原著中《毕巧林日记》里毕巧林的单一视角已经被转换成以毕巧林为中心的一系列情节与场景。在影片中，镜头以全知视角替代了毕巧林在原著小说中的位置，同时借助几个关键人物、场景和冲突纠纷重建了莱蒙托夫笔下的文学世界，而且莱蒙托夫在原著中寄寓的真实描写俄国社会典型事件和环境的强烈愿望，都在电影中得到了充分展现。

<h1 style="text-align:center">三</h1>

　　既然《梅丽公爵小姐》这一篇章呈现的是"毕巧林在里面扮演着出于无事可做的诱惑者角色的那长期持续的阴谋"①，那么，他与梅丽小姐的恋爱故事必然成为原著中的主要情节。电影《梅丽小姐》把"恋爱故事"作为影片的主要线索，为了加强影片的故事性，安宁斯基对毕巧林的恋爱故事进行了重新梳理，这也是苏联评论家诟病最多的地方。但是，并非像 Л. 波高热娃所评论的，"观众在银幕上看到的，只是穿着十九世纪初的服装的主人公在矿泉疗养地所发生的一个平凡的恋爱故事"②。因为在格鲁什尼茨基与梅丽小姐、毕巧林与薇拉、毕巧林与梅丽小姐三段故事中，夹杂了毕巧林与格鲁什尼茨基从相识到交恶、梅丽小姐与薇拉的亲戚关系两段内容，使得恋爱故事在由喜转悲的过程中有了溢出恋爱主线的发挥空间。也许毕巧林和格鲁什尼茨基闹翻，在很大程度上跟梅丽小姐有关，但电影《梅丽小姐》中主要的冲突并不是毕巧林与梅丽公主或是薇拉的情感纠葛，而在于毕巧林与格鲁什尼茨基关系的逐渐恶化，在于他与龙骑兵军官们的矛盾，在于他与时代环境的格格不入……影片通过聪明而又善于观察的毕巧林的视角看到的矿泉边场景、两次偷听龙骑兵军官们的谈话以及决斗前

　　① 别林斯基选集（第二卷）[M]. 上海：上海译文出版社，1979：309.
　　② Л. 波高热娃. 对小说的新解释——评电影《保尔·柯察金》[M]. 苏联影片评论集（第二集）. 北京：中国电影出版社，1959：39.

的几场戏，以五峰城和矿泉区的有限视野来刻画那个时代，其中那些达官贵人和军官的言谈举止是对恋爱故事的有效补充，也是对毕巧林这一人物形象的衬托。如影片中对魏奈医生与格鲁什尼茨基的形象刻画、对梅丽小姐和薇拉在感情方面的关注又在各自层面上对毕巧林构成了补充，即使是像公爵夫人、龙骑兵大尉、薇拉丈夫这样的次要角色也都刻画得细致入微，构成这一时代贵族生活的群像。

　　当然，在展现五峰城和矿泉区贵族生活的画面中，在这个并不"平凡"的恋爱故事中，"舞会"与"晚宴"两个场景同样必不可少。小说的部分内容，尤其是日记中的毕巧林自述部分，在电影中通过画外音得以表现，而借助大量镜头来展现五峰城的两场舞会和晚宴，这也成了毕巧林与梅丽小姐感情发展的主要过程。舞会的意义不再仅仅是"在银幕上表现上流社会娱乐的可能性"①，而成了交代恋爱情节的主线。而在公爵夫人家晚宴一幕中，安宁斯基有意配上比原著更多的台词，并借镜头的转换既能展现晚宴上毕巧林与公爵一家的交谈，从中感受到薇拉对毕巧林言词的不安，也能通过镜头转换显现梅丽小姐和格鲁什尼茨基各自的关注重点。除了舞会和晚宴，影片还利用小说中的一些细节如偷听场景，简洁地串起故事，凝成"戏剧性的整体"。在这些场景中，观众们清晰感受到梅丽小姐对毕巧林态度的变化，也能看到薇拉对毕巧林难以割舍的爱意。当然，毕巧林未能体会到其中细腻琐碎的情感，虽然他在博得女子的欢心方面是一个专家，但事实上，他就像俄国文学史上的所有"多余人"一样根本不会恋爱……只要事情稍微发展得严重一点，只要他们稍微怀疑到在他们面前的，实在并不是什么玩偶，而是也可以向他们要求尊敬自己的权利的女人，——那么他们就立刻变而为可耻地逃跑了。② 通过"舞会""晚餐"和

---

　　①　苏联电影批评界讨论影片《挂在脖子上的安娜》的改编工作［J］. 世界电影. 1954(11)：91-92.

　　②　杜勃罗留波夫. 什么是奥勃洛摩夫性格？［M］. 杜勃罗留波夫选集（第一卷）. 上海：上海译文出版社，1983：210-211.

最后一次与梅丽小姐交谈等场景，影片以恋爱故事为线索表现了毕巧林身上那种过度的胆怯病，也通过他的经历，揭示了毕巧林作为莱蒙托夫笔下高度凝练的"当代英雄"和这一时代"多余人"的困境。

对于《当代英雄》这样的经典文本，在影像改编时无论采取何种方式，都会引起一些评论家、观众和读者的争议。对导演安宁斯基来说，把莱蒙托夫的小说《当代英雄》拍成电影是他长久以来的梦想，当这一梦想在 1955 年实现时，收获的喜悦溢于言表，"我总是带着温暖的心情回忆《梅丽小姐》这部片子及拍摄工作。接触莱蒙托夫的散文作品并沉浸于他创作的形象世界里是一种莫大的享受"。① 安宁斯基在电影拍摄过程中力图传达莱蒙托夫的原著精神，但却始终没有放弃对原著的"独立性"理解，包括对于"孤独的帆"的主题的把握，从而给苏联古典名著电影改编提供了一个特殊的范例。

---

① Исидор Маркович Анненский. В театре и кино [DB/OL]. 1974 [2014-05-25]. http：// www. pony1. de/isidor/mary. html.

第三节　《包法利夫人》：一个中产生活富有的故事

自小说《包法利夫人》出版以来，许多评论家都谈到福楼拜的创作是完美而成功的，但作品主题略显平凡。1857 年之后，许多艺术家都在尝试改编《包法利夫人》，使之更加完美，电影的诞生给这部小说的改编提供了全新的广阔背景。自 1932 年第一部根据小说《包法利夫人》改编的电影出现以来，已经有 11 部电影、6 部电视电影或电视剧集、4 部"近似式"电影改编作品先后重新阐释了《包法利夫人》，涉及美、法、德、阿根廷、意大利、俄罗斯、印度、阿根廷等多个国家。"判断一部影片对原著小说的改编是否成功，就看影片制作者是否善于表达近似的观念和找到近似的修辞技巧。"① 在一系列有关《包法利夫人》的电影改编文本中，《瑞恩的女儿》(*Ryan's Daughter*, 1970)、《亚伯拉罕山谷》(*Abraham's Valley*, 1993) 等作品以"近似式"改编重新阐释了《包法利夫人》，电影"只从它们的原始材料中吸收一些线索"②，但把时代背景推进到当代，对小说的主题或延伸主题进行了深层探讨。

一

《包法利夫人》最初的构思是"一个中产生活富有的故事"③。对于"一个属于虚伪的诗与虚伪情感的女人"④，福楼拜用一种自然的情调把小说写出来，形成一部"既非令人发笑或哭泣，也并非让人动情或发怒，而

①② 杰·瓦格纳. 改编的三种方式 [A]. 电影改编理论问题 [C]. 北京：中国电影出版社，1988：226.

③ 福楼拜文学书简 [M]. 福楼拜小说全集（下）. 北京：人民文学出版社，2002：42.

④ 同上，2002：71.

是像大自然那样行事，即引起思索"①的书。福楼拜指出任何主题，不管多小，都可以通过语言与形式将之提到一定的艺术高度，即使是日常琐事也可以写出深度。电影《瑞恩的女儿》的故事来自编剧罗伯特·鲍特（Robert Bolt）与女演员莎拉·米尔斯（Sarah Miles，电影《瑞恩的女儿》女主角饰演者）的婚姻，"事实上，他（罗伯特·鲍特）在第一次与我碰面后就开始写《包法利夫人》，他认为我就是包法利夫人，现在你可以用另一种方式理解，我当时认为那是一种侮辱"。②随后，罗伯特·鲍特给大卫·里恩（David Lean）送去一本《包法利夫人》的改编剧本，在剧本中，罗伯特·鲍特做了一件很聪明的事情，就是将原有的材料变换和改编成——以现在的角度看——是与欧洲历史有关的事件，也就是20世纪初期爱尔兰与他们的敌人（英国）斗争的史实。当他们策划将这部小说以一种特殊的形式搬上银幕时，《包法利夫人》的主题就明显烙上了大卫·里恩的印记。最初简单改编的《包法利夫人》的剧本在罗伯特·鲍特与大卫·里恩长时间的修改和讨论后，成为全新的《瑞恩的女儿》的故事，这部电影于1968年开机拍摄。

在福楼拜所生活的时代，曾经有许多评论家和读者因小说主人公的通奸行为而谴责这部作品庸俗粗鄙。福楼拜对此辩护说，这部小说的总体效果就是对不道德行为的控诉。但罗伯特·鲍特与大卫·里恩似乎并没有在道德与不道德之间纠缠过多，而是将大卫·里恩最感兴趣的爱尔兰政治骚乱主题纳入了电影叙事，在宏大背景中给观众展示了发生在爱尔兰偏远乡村里的平凡故事。也许这种发生在爱尔兰西南海岸的三角恋情，加上有关爱尔兰共和军的部分，很难配得上一种史诗化处理的效果，但大卫·里恩

---

① 李健吾. 福楼拜评传［M］. 桂林：广西师范大学出版社，2007：512.
② he Making of Ryan's Daughter. Ryan's Daughter（Disc Two）［DB/CD］. Turner Entertainment Co. and BBC and Warner Bros. Entertainment Inc. 2006.

的电影追求的就是"一种优美的风格"①，他在 20 世纪 60 年代以后的作品尤其喜欢表现"宏大的背景里发生的细腻的感情"②。他有着将故事和人物结合在一起的独特理念，并运用外景气氛，还有小说中的一些元素来象征电影里的人物，例如萝丝婚礼上的狂欢舞蹈，她与鲁道夫骑马幽会时的美丽画面等。

与《包法利夫人》极其相似的是，电影《瑞恩的女儿》的中心人物萝丝·瑞恩（Rosy Ryan）是个成长中的世俗幻想者，她的家庭在这个偏僻的爱尔兰乡村中算得上有钱有势，相对优越的家庭条件使她充满了对爱情和性的幻想，教区神父警告她："无所事事是一种危险的职业！"她试图通过与乡村教师查理·肖尼西（Charles Shaughnessy）的婚姻来改变自己的生活环境，但是婚姻的平淡无奇和查理·肖尼西的缺乏激情使她在对现状的极度厌倦和绝望中产生了一种莫可名状的愿望。英军少校鲁道夫（Randolph Doryan）的到来使她的愿望得以实现，她陷入与鲁道夫的恋情之中不能自拔，但随之而来的一系列事件毁灭了一切。大卫·里恩通过幕间休息把这部电影分成两个部分，每一部分中均有相对集中的情节与主导人物。在前半部分中，萝丝·瑞恩嫁给了查理·肖尼西，典型描写是他们的新婚之夜。婚姻曾经是她改变生活状态的幻想，但也成了她不满的中心事实。因为与鲁道夫的偶遇与热恋，她领略到了自己梦寐以求的激情，但也面临着查理·肖尼西的怀疑。在后半部分里，以爱尔兰共和军走私军火为主线，本来置身事外的萝丝·瑞恩因与鲁道夫的恋情被揭露而被视为卖国贼，夫妇二人遭到了村民们的围攻和侮辱，最终被迫离开了这座村庄。在风暴中抢运军火是这一部分着重描写的事件。

萝丝·瑞恩的浪漫幻想并不是小说的主题，而是人性愚蠢的某种表

① 乔治·萨杜尔. 电影通史（第六卷）第二次世界大战时期的电影（1939—1945）[M].北京：中国电影出版社，1958：76.

② The Making of Ryan's Daughter. Ryan's Daughter（Disc Two）[DB/CD]. Turner Entertainment Co. and BBC and Warner Bros. Entertainment Inc，2006.

现。但这种愚蠢并未像小说《包法利夫人》那样操纵着作品中的所有人物：鲁道夫并非不负责任的勾引者，而是陷入战争恐惧症的英国军官；查理·肖尼西作为偏远地区的乡村教师，学识眼界远高于周围那些愚钝的村民，查理·包法利身上的那种自我满足感在他身上表现并不明显；周围其他形形色色的人物，如粗鲁的牧师科林斯（Father Collins）、麦克卡德尔夫妇（McCardle & Mrs McCardle）、汤姆·瑞恩（Tom Ryan）、英军官兵们、爱尔兰共和军等，他们各具特色，是那个特定时代的普通人物。只是因为走私军火事件，才将萝丝·瑞恩与村民们之间的矛盾激化开来，最终促成了鲁道夫的自杀和萝丝·瑞恩夫妇的离开。汤姆·瑞恩是其中最为鲜明的角色之一，他是一个卖国贼，一个懦夫，一个在村庄有钱有势的人，一个有彪悍外表但缺失灵魂的人。酒店里摆设的与爱尔兰共和军首领蒂姆·奥莱利（Tim O'Leary）的合影照以及他与村民之间关于时局的言论，把这个角色的矛盾性与丰富性刻画得淋漓尽致。电影中，村民群体被设置成类似于古希腊合唱团的角色①，作用是不断告诉观众所发生的一切：他们要么一起拥到街上，要么都奔跑到海滩上，或者都躲进各自的家门，或者蜂拥而至迫害萝丝·瑞恩。

　　在小说《包法利夫人》中，爱玛最后选择了服毒自杀，但《瑞恩的女儿》里，自杀的人却是鲁道夫。尽管在萝丝看来"一切都结束了"，但也许他是真的生无可恋了。在这里，小说《包法利夫人》的"平庸"主题更多的被一段突如其来的畸形恋情取而代之，大卫·里恩的史诗风格似乎给了这段恋情神圣的地位，反倒没有挖掘其中的深刻主题。因此，就像电影中所展示的，当教区神父在与对婚姻状态不满的萝丝·瑞恩进行交流时，双方其实都不能说明其中的原因。假如真能说出的话，那也就没有萝丝·瑞恩的黯然离去和影片结尾神父的感慨了。

---

　　①　Roger Ebert. Ryan's daughter [N/OL]. 1970-12-20 [2011-12-02]. http：//rogerebert. suntimes. com/apps/pbcs. dll/article? AID＝/19701220/REVIEWS/12200301/1023.

值得一提的是，这部耗资四千万用史诗风格去刻画小事件的《瑞恩的女儿》正式上映后反响平平，使大卫·里恩因此大受打击，此后 14 年再无电影作品问世。但《瑞恩的女儿》这部作品展现了大卫·里恩在电影创作上的精巧构思和宏大画面，《包法利夫人》的悲剧意识虽然在电影中被弱化，但电影在完美捕捉美丽的爱尔兰海岸风光以及与世隔绝的乡村生活的同时，给观众以全新的对《包法利夫人》的解读。

二

《亚伯拉罕山谷》被看成是受"国家意识形态"[①] 影响的电影改编作品，虽然影片中的女主人公同小说中的爱玛一样"在纯粹个人问题的推动下打破了生活环境的规范"[②]，但导演奥利维拉（Manoel de Oliveira）的初衷却是真实再现《包法利夫人》，他甚至准备在法国取景。之后，这位"充满怀旧视角"的导演的思路逐渐被一系列新的想法所取代，最终这部电影改编自阿古斯蒂娜·贝萨·路易（Agustina Bessa-Luís）所写的同名小说。奥利维拉后来提到："为了《亚伯拉罕山谷》，我请阿古斯蒂娜·贝萨·路易写一本有关包法利夫人的书，故事要发生在今天的葡萄牙外省……她立刻就对这个建议产生了兴趣……这样，我就改编了一部改编作品。"[③] 从最初的改编想法到电影《亚伯拉罕山谷》，中间经历了《包法利夫人》这本书被一个女人以另外一种对妇女状况的观点的重写；而从福楼拜到奥利维拉，故事的编撰者从一个男人又再次回到一个男人身上。由此可见，《亚伯拉罕山谷》绝不是对福楼拜小说的简单复述，然而《包法利

---

① Mary Donaldson-Evans. *Madame Bovary at the Movies：Adaptation，Ideology，Context* [M]. Editions Rodopi B. V.，Amsterdam-New York，2009：39.

② 略萨. 无休止的纵欲 [M]. 略萨全集（44）. 长春：时代文艺出版社，2000：21.

③ 米歇尔·西蒙. 电影小星球：世界著名导演访谈录 [M]. 北京：北京大学出版社，2008：61.

夫人》在电影中却兼具潜台词和物质（读物）存在的意义。①

　　电影《亚伯拉罕山谷》在框架搭建上基本保留了小说《包法利夫人》的内容：年幼时失去母爱的爱玛、自私的父亲、丧偶的医生卡洛斯、丧偶前的相遇、缺乏足够了解的婚姻等。很显然，爱玛·卡德诺·派瓦（Ema Cardeano Paiva）跟爱玛·包法利（Emma Bovary）基本上是一致的，她性格微妙和谐，充满诗意，她喜欢读书，其中包括《包法利夫人》。这是一种理想化的人物，她对于浪漫的理解，实际上是"一种梦幻式的，富于想象力的心态，主要由于受到文学作品的影响，时常沉湎于美妙的幻想之中"。但是在庸俗的环境中，这种梦想和尝试未免过于孤独。纳博科夫说过，除了在法文中常见的"城镇居民"这个字面含义，福楼拜笔下的"布尔乔亚"这个词指的是"庸人"，就是只关心物质生活，只相信传统道德的那些人。福楼拜的"布尔乔亚"指的是人的心灵状态，而不是经济状况。在影片中，法国外省变成了葡萄牙北部杜罗河流域乡镇，时间也从 19 世纪中期挪到了 20 世纪中后期，随着时空差距的拉大，恋爱道德问题早已变得宽容，反过来，某些 19 世纪中期看似平常的东西也会在今天让人难以接受。与小说《包法利夫人》相比，电影《亚伯拉罕山谷》已经无关恋爱故事的丑闻，而只是尝试着把两种伦理立场平衡起来，在以人类祖先命名的山谷中，而爱玛的身边，仍然遍布道德和精神上的侏儒②，电影就是在这样的氛围中探讨欲望的主题，探讨性与婚姻的纠缠，以及时代的变迁。

　　电影《亚伯拉罕山谷》从多个侧面对小说《包法利夫人》进行了现代阐释。主人公爱玛从小她的美貌就已经受到众人瞩目，唯一的遗憾是她的左腿因病留下了残疾。同她生活在一起的姑妈奥古斯塔笃信天主教，对爱玛沉迷于爱情小说不无担心。爱玛长大后，由父亲做主嫁给了医生卡洛

---

①　Johnson, Randal. *Manoel de Oliveira* [M]. University of Illinois Press, 2007: 77.

②　Vincent Canby. Following Flaubert, An Eminent Director Finds a Fresh Ema [N/OL]. 1993-10-05 [2011-12-02]. http://movies. nytimes. com/movie/review? res＝9F0CE4D61F31F936A 35753C1A965958260.

斯，开始了在亚伯拉罕山谷中的生活。影片中，奥利维拉以独特的方式再现了福楼拜笔下的盛大舞会，它曾经激起包法利夫人的浪漫野心，《亚伯拉罕山谷》中的乡间中产阶级派对也让爱玛从平庸的婚姻生活上释放出来，面对更多的男子和全新的社交世界。"梦想、食欲、狂热追求，都只不过是一种想要成为另一个人的愿望，在这些身体的符号中，首先是性欲和目光最先犯错，因为这些器官在人的漫长而杂混的行为链条中是最早诱使人堕落的，这些行为……使得爱情带上了色欲之神所体验过的庸俗格调。"① 福楼拜所采用的"自由的间接叙述方式"② 在影片中被转化为画面、对白、音乐以及贯穿始终的画外音，同样使描写人物的内心现实、生动地表现人物的隐秘的心理活动成为可能。③ 奥利维拉提供了一种缓慢移动的诗意视觉画面，"如果艺术被看成是事物的折射和人类真实或虚构的行为和情感的呈现的话，那我们就可以将电影作为生活的一面镜子"④，影片中看似凌乱的故事就像一条支流众多的河流，从各个方面探讨不同的人物，以及关于婚姻道德的主题，同时让观众窥见葡萄牙中层阶级生活的伪善。但就像河流一样，导演以其宁静的风格，在时间的流逝中，创造浓郁的印象，冲淡了爱玛的行为的道德感，使得电影的中心主题朝着女性自我价值定义过程中的悲剧这一方向靠拢。而在无所不知的画外音中，观众体会到的更多是对爱玛的同情和感慨，她们与爱玛·包法利在生活的幻想上是一致的，也就是所谓"包法利主义"（bovarysme）的状态，她们都把自己想象成为罗曼史中的女主角，并且拒绝接受现实。

---

① Val Abraham［DB/CD］. Madragoa Films, Gemini Films. 1993. ARTE France Developpement. 2002.

② 略萨. 无休止的纵欲［M］. 略萨全集（44）. 长春：时代文艺出版社，2000：189.

③ 同上，2000：190.

④ Manoel de Oliveira . Religion and Art［EB/OL］. 2010-05-12［2011-12-02］. http：// bentoxviportugal. pt/ficheiros/file/Discurso_Maonel_Oliveira_ingles. Pdf.

三

评论家们把福楼拜看成第一位现代派小说家，很大程度上是因为他不愿意遵循传统的手法去揭示主题。他的小说摒弃了传统小说那种以叙述为主的创作方法，使作品超越了情节的局限，而进入一种色彩和细微差别的境地。例如，在小说中有一些细节反映了爱玛的内心世界，并通过一系列重复出现的小事件得以深化。"每次（睡在一个陌生的地方）都像在她生命中间开始一个新局面。她不相信事物在不同的地方，老是一个面目"①，这是爱玛·包法利的人生观，也是萝丝·瑞恩和爱玛·卡德诺的人生观。她们都以为只要常常变动，幸福——理想的实现——的机会一定自然而然就增多起来，从这个意义上来说，婚姻和偷情的性质是一样的。所以，爱玛·卡德诺最终选择了自杀，更多是因为她觉得再也感受不到这种变动的乐趣了。

《包法利夫人》中另一个关于细节的典型例子是当爱玛彷徨失意时，"戴三角帽的（石膏）堂长像掉了右脚"②，在爱玛迁居到永镇的路上"石膏堂长像，有一次车颠得太厉害，滚到大车底下，在甘冈普瓦的石路上摔碎了"③，从石膏堂长像的受损很容易联想到查理为取悦于爱玛而不幸造成伊玻立特的截肢。巧合的是，在《瑞恩的女儿》与《亚伯拉罕山谷》中都出现了跛足、畸形和截肢。《瑞恩的女儿》中的鲁道夫在战争中失去了一条腿，迈克尔则是畸形人，在电影中正是迈克尔惟妙惟肖地模仿鲁道夫才导致私情被泄露；爱玛·卡迪诺因为幼年时的疾病导致跛足。从残疾文学或文化的角度来看，跛足或瘸腿反映了社会意识形态上的缺陷，在《包法利夫人》及其改编文本中，类似的情况屡屡发生，正反映出所刻画的人们

---

① 福楼拜. 包法利夫人［M］. 福楼拜小说全集（上）. 北京：人民文学出版社，2002：79.
② 同上，2002：58.
③ 同上，2002：81.

的愚蠢及虚荣。

　　具有隐喻意味的还包括电影中主人公的姓名。《瑞恩的女儿》中保留了"Charles"及"Randolph"两个人，即丈夫和情人的名字；《亚伯拉罕山谷》则保留了"Ema"，即女主人公的名字，当然，还保留了丈夫的医生职业。两位导演都试图通过这些细小的手段提醒观众这部作品的文学来源，以获得与原小说的某种联系。《瑞恩的女儿》以查理与萝丝夫妇为核心展开，通过他们的结合、矛盾、困惑、并肩离开来突出导演的核心价值观念；《亚伯拉罕山谷》则自始至终以全知视角来展现和叙述任务的不幸命运，尽管导演没有让爱玛完全以第一人称的身份出现，但电影中不难发现爱玛的经历贯穿了整部电影，其他人物，包括她的丈夫和情人都是简单的零碎的形象，透过爱玛的主观感受与叙述者的冲突，可以体会出她的感受之丰富内涵，而不是简单地把那些感受认定为事实。就像《瑞恩的女儿》中离家出走穿着睡衣独自在海边沉思的查理·肖尼西那样，从小说中爱玛或者查理的角度来看，他们彼此都不能理解对方。但电影和小说相似的是，他们的这种感受通过表演呈现出来，让观众体会到小说主人公们未能感受到的事。而且，观众们在看到爱玛·卡德诺·派瓦或萝丝·瑞恩缺点的同时，能对她寄予同情，并且意识到她是被环境所迫，她的恶行实际上微不足道，她人性中的愚蠢只是相对而言的。

　　电影《瑞恩的女儿》中有一个特殊的角色，就是约翰·米尔斯（John Mills）所饰演的迈克尔（Michael）这个人物。迈克尔的形象也许来源于小说《包法利夫人》里的瞎子，蹒跚的步履跟小说里的伊玻立特也有所联系，但在电影剧本里则是个虚构的爱尔兰乡村里的傻瓜，具有讽刺意味的是，这个角色的旁观者意义又使他成为唯一真正知道那里发生了什么事的人，无论是通奸还是走私，他同时又偷偷爱着故事的女主人公——萝丝·

瑞恩。① 与之相对应的是《亚伯拉罕山谷》中的聋哑仆人，她同样是一个旁观者，看到一切，明白一切，但无法说话，正是这一种方式使她与女主人形成一种特殊的强大的联盟，她们之间的爱和相互理解是旁人无法感受到的，甚至可以把她看成是爱玛的另一面，她与爱玛两人的合体构成了完整的女人。

福楼拜没能用自己手头的那些素材写成一部大悲剧，但在《包法利夫人》中，他通过小人物，以宏大的规模描写出了对个人与社会的失望。《瑞恩的女儿》与《亚伯拉罕山谷》两部电影都借助于改编，对《包法利夫人》的事件和细节进行了筛选和重新编排，这些变化反映了导演和编剧们在努力揭示书中人物所没有领悟到的一切，关于爱玛的浪漫幻想就是其中一个最典型的例子。

---

① Roger Ebert. Ryan's daughter [N/OL]. (1970-12-20) [2011-12-02]. http: //rogerebert. suntimes. com/apps/pbcs. dll/article? AID=/19701220/REVIEWS/12200301/1023.

第四节　《一首未完成的机械钢琴曲》：可怕的生活中的鬼魂

契诃夫是 19 世纪现实主义作家中作品被改编为电影电视数量最多的一位，虽然在电影史上根据契诃夫作品改编的影视作品大多为短片，但超过 500 部的改编作品数量还是让其他作家望尘莫及。自从 1911 年俄国导演凯·汉森第一次把契诃夫的短篇小说《爱情的低音提琴》（*Роман с контрабасом*）改编成电影短片问世之后，契诃夫的文学作品逐渐成为 20 世纪文学作品电影改编者们最青睐的对象，在苏联时代尤其如此。进入 21 世纪之后，根据契诃夫作品改编的影视作品每一年都会推陈出新，可见今天影视导演与编剧对契诃夫的关注丝毫没有减退，契诃夫的文学创作也因为频繁的改编而焕发出新意来。

在根据契诃夫作品改编的电影电视作品中，苏联时代的电影导演始终占据着得天独厚的优势地位，作品也广受好评。其中，尼基塔·米哈尔科夫（Ники́та Серге́евич Михалко́в）就是最具有代表性的一位，这位享誉全球的电影导演先后于 1976 年和 1987 年两次改编契诃夫的作品，分别是《一首未完成的机械钢琴曲》（*Неоконченная пьеса для механического пианино*）和《黑眼睛》（*Oci ciornie*），1993 年他还拍摄了有关这位伟大作家的纪录片《回忆契诃夫》（*Вспоминая Чехова*），由此可见契诃夫在导演心目中的意义和价值。米哈尔科夫有一句话说得令人深思："契诃夫的一切对于我来说，就仿佛是一条在大风中不停摇摆的羊肠小道。"[①] 要了解和感受契诃夫作品的魅力，就必须要走上这条小道。《一首未完成的机械钢琴曲》这部影片中，米哈尔科夫在对契诃夫作品进行改编的过程中所使用的艺术手

---

① 尼基塔·米哈尔科夫. 爱之疆域·米哈尔科夫回忆录［M］. 李璇，译. 北京：文化艺术出版社，2017：194.

段与方法尤其具有代表性。

一

1879年8月，契诃夫在家乡完成了中学学业，前往莫斯科与家人团聚，在此之前，他已经完成剧本《没有父亲的人》。这部剧本是他三年乡间独居生活的结晶，也是他文学创作尤其是戏剧创作的开端。令人遗憾的是，这部作品最终并没有上演或出版。作为契诃夫最初创作的作品中留下来的唯一手稿，《没有父亲的人》是在契诃夫去世之后于1923年在俄罗斯——亚速协会银行莫斯科分行契诃夫妹妹玛丽雅·契诃娃的私人保险柜里被发现的，并在当年以《安·巴·契诃夫的未出版的剧本》为名第一次公开发表。后来认为这部作品就是契诃夫年轻时在书信中提到的《没有父亲的人》，因此这部作品今天演出或出版时以此作为标题。根据亚历山大·契诃夫和米哈伊尔·契诃夫的回忆，这部剧本创作时间大概在1878—1879年，是一部不成功但耗费了心灵的最佳激情和"十分多的精力、能量、爱心和痛苦"[①]的作品。《没有父亲的人》以乡村教师普拉东诺夫，一个三十岁左右的乡村教师的生活与命运为主线，提出了一些问题，勾勒出了一些戏剧冲突和特征，契诃夫在有生之年常常回过头去对之进行完善加工。现在这一剧本常以缩微版的形式出现，被称为《普拉东诺夫》，在世界多个国家的舞台上重获新生。[②]

表面上看来，剧本《没有父亲的人》有很多尚显稚嫩和不足的地方：剧本手稿长达226页，如果完整演出这部戏会长达八个小时以上；四幕剧、20个剧中人物，多条情节线索、命运与倾轧；剧本是话剧，同时还是喜剧

---

① 格罗莫夫. 契诃夫传 [M]. 郑文樾，朱逸森，译. 郑州：海燕出版社，2003：64.

② 高尔基世界文学研究所. 世界文学史（第8卷上）[M]. 上海：上海文艺出版社，2013：39.

和轻歌剧，或者确切地说，三者都不是①；作品涉及青年和老年两代人相互交替的主题，情节受传奇式谋杀事件和多角恋爱故事影响，等等。实际上《没有父亲的人》具有很高的艺术价值，作品中蕴藏着属于那个时代的俄国社会精神的复杂内涵。此剧不但是契诃夫戏剧创作的起点，他从中找到了自己的人物和题材，也是他诸多创作元素与格调的萌发点，"所有这些都被作者怀着青年人的热情慷慨集中在这第一次的实验之中……'普拉东诺夫'是一道幕，从这道幕后将走出契诃夫在《伊万诺夫》《三姊妹》《樱桃园》中创造的典型"。②

　　契诃夫的早期作品往往都具有对现实问题的暗示与嘲讽。契诃夫所生活的时代是俄国历史上大转变的时期，不仅有社会运动的大变革，也是旧的思想死去，新的理想诞生的时期。在四幕剧《没有父亲的人》中，契诃夫描写的世界是一个变化无常的、纷扰的世界，随着时代的发展变迁，包括贵族阶级在内很多旧的东西即将退出历史舞台，但社会基础更加动摇不定了，整个生活结构连同它的森严等级制度、清规戒律及不可逾越的社会隔阂更加摇摇欲坠了。③ 在剧本中，地主老格拉戈列耶夫在第一幕里曾经说过："在我们那个时候，有爱着的人和憎恨的人，因此，也有愤怒的人和蔑视的人……"但是"今天"现在没有了。④ 契诃夫的戏剧艺术要揭示的就是这样一种普遍性的社会发展状态，也是社会、生活和人性的某种变化。与19世纪其他俄国作家相比，年轻的契诃夫的超越性在于他的作品不是局限于某一时代、某一空间或某一个人身上。他在作品中展示了普拉东诺夫的性格、生活轨迹及起伏的状态，并以他为中心构建了没落贵族与知识分子生活中空虚、无聊的一面，读者与观众可以通过阅读欣赏感受到普

---

　　① 格罗莫夫. 契诃夫传 [M]. 郑文樾，朱逸森，译. 郑州：海燕出版社，2003：67.

　　② 同上，2003：99.

　　③ 帕佩尔内. 契诃夫怎样创作 [M]. 朱逸森，译. 上海：上海译文出版社，1991：355.

　　④ 安东·巴甫洛维奇·契诃夫. 没有父亲的人·林妖，契诃夫戏剧合集 [M]. 上海：上海译文出版社，2014：12.

拉东诺夫及其"朋友们"生活的时代的氛围，而这一氛围是契诃夫借用一种清新、优美和自然的表达方式呈现出来的。

　　《一首未完成的机械钢琴曲》完成于1976年，之前，米哈尔科夫在拍摄《爱情的奴隶》（1975）的过程中就已经在尝试寻求"契诃夫的独特风格"和"契诃夫式难以捉摸的人物关系"①。之所以选择《没有父亲的人》这部作品来进行改编，一方面是因为几乎契诃夫所有风格成熟的短篇小说和戏剧作品都已经被搬上了电影银幕，另一方面，相比其他作品来说，《没有父亲的人》有吸引力的地方在于，它是契诃夫17岁时的创作，写作风格还没有成型，而这也给了我们最大的空间去解读作品。②电影《一首未完成的机械钢琴曲》的剧本是混合改编的结果，导演兼编剧尼基塔·米哈尔科夫和编剧亚历山大·阿达巴什扬没有冒险去忠实改编契诃夫的原著，而是以《没有父亲的人》为核心，加入了契诃夫其他一些短篇小说的情节，如《在庄园里》（1895）、《文学教师》（1895）、《三年》（1895）、《我的一生——一个外地人的故事》（1986）等，"不过只是极少的部分"③。例如，小说《在庄园里》那位大谈贵族血统与出身问题的巴维尔·伊里奇·拉谢维奇以地主和邻居巴维尔·彼得洛维奇·谢尔博克的身份出现；而那位让他碰了钉子的梅耶尔则成了另一位地主和邻居、在影片中大部分时间都在看报的格拉辛姆·库兹米奇·彼特林；《文学教师》里"抽牌接吻"的小游戏被电影借鉴过来；还有《三年》中在不幸的婚姻和不感兴趣的行业中断送了自己生活的拉普捷夫；《我的一生——一个外地人的故事》中在"为自己工作"的理想破灭后离开了"我"的妻子玛丽雅·维克托罗芙娜。事实上，除了《在庄园里》，其余作品的内容在电影中都只是微不足道的一部分，甚至有的时候只是表达在相似的内容情节或人物身上，"借

---

　　①②　尼基塔·米哈尔科夫. 爱之疆域·米哈尔科夫回忆录［M］. 李璇，译. 北京：文化艺术出版社，2017：193.

　　③　同上，2017：194.

用的部分与其说是具体内容，不如说是契诃夫的内在情感"。米哈尔科夫
在借用这些创作于 1895 年左右的短篇小说故事情节的同时，从契诃夫后来
的剧本中提取了戏剧主题，并着眼于讽刺和怪诞①。总的来看，所选择的
几部作品之间具有一定的延续性——他笔下的人物不乐意履行自己的社会
使命。② 以此为核心，米哈尔科夫在混合改编的基础上，努力让契诃夫这
部青年时代的作品拍出其后期成熟作品的风格。③

二

生活在思想转型时期的契诃夫敏锐地注意到那个时代滋生出来的思想
和情绪，但他始终对他在当时时代的表面上所看到的那种政治生活抱着不
信任的、怀疑的态度。④ 家庭生活的困境培养了他的道德心与经受苦难的
能力，即便是困境，他也一样可以直面。写这部剧本的时候，契诃夫不到
20 岁，人在这种年龄对生活的意义、良心和责任的思考特别尖锐并充满矛
盾；这剧本也是在父亲破产和他的威信扫地之后写的，契诃夫不再有父亲
的家，没有生活资料，也没有道义上的依靠——他一无所有；从这个意义
上讲，剧本的题目《无父儿》具有明显的自传色彩。⑤ 此外，在契诃夫的
作品中，破产庄园的题材与作家对生活所做的总的思考和观察是分不开
的，这生活已经四分五裂，已经混乱不堪，正在走向自己的末日。⑥ 在契
诃夫的记忆中，卖房子是作家年轻时代经历过的苦难之一。之后，因债务
而卖掉庄园或房子的情节贯穿于契诃夫的全部创作之中，从剧本《没有父

①　Biirgiit Beumers. Nikita Mikhalkov: Between Nostalgia Andnationalism. I. B. Tauris &
Co. Ltd. London & New York. 2005: 43.

②　帕佩尔内. 契诃夫怎样创作 [M]. 朱逸森，译. 上海：上海译文出版社，1991: 354.

③　尼基塔·米哈尔科夫. 爱之疆域·米哈尔科夫回忆录 [M]. 李璇，译. 北京：文化艺术
出版社，2017: 194.

④　叶尔米洛夫. 论契诃夫的戏剧创作 [M]. 张守慎，译. 北京：中国戏剧出版社，1985: 23.

⑤　同上，1985: 68.

⑥　帕佩尔内. 契诃夫怎样创作 [M]. 朱逸森，译. 上海：上海译文出版社，1991: 356.

亲的人》开始，此后的《伊凡诺夫》《凡尼亚舅舅》《三姐妹》中都有类似情节，最有名的当然出现在《樱桃园》中。不仅如此，这一情节在契诃夫的小说中同样不断地出现。

剧本《没有父亲的人》以一个思想意识混沌的社会中一群以主人公普拉东诺夫为代表的无事可做、在忧郁烦闷中打发日子的知识分子为核心，作家将书写的笔触直接伸向他们生活的表面平静与内心的恐慌。当普拉东诺夫夫妇来到沃依尼采夫庄园，先是普拉东诺夫和年轻的格列科娃起了冲突，后来又遇到了多年前曾经与之热恋的索菲亚，也就是安娜前夫之子谢尔盖·沃依尼采夫的新婚妻子。这次突然的相遇让普拉东诺夫和索菲亚都不知所措，他禁不住开始重新追求起索菲亚来，同时他又要面对自己与格列科娃之间草率行为的后果，而女主人安娜也无时无刻不在暗示或明示自己对他的爱意。索菲亚最终决定抛弃一切与普拉东诺夫私奔，重新和他开始一段新的生活，可到了约定的时间，普拉东诺夫却退缩了。得知真相后，普拉东诺夫的妻子沙萨服毒自尽，险些丧命，由爱生恨的索菲亚在绝望中开枪打死了普拉东诺夫。

在契诃夫的戏剧创作中往往会有这样一类人，他们"这些人因空洞议论而痛苦着，议论他们怎样因生活提供给他们的安静和享受而惊恐不安，他们怎样做事无耐心、无恒心、多愁善感；然而生活本身呢，它以前是怎样，现在还是这样，它不变化，它遵循它本身的规律，仍然是过去那样"①。他们独来独往，并且成为"生活的奴隶"，其实也是一种社会生活中的"多余人"形象。虽然在契诃夫创作的时代，俄国文学传统中的"多余人"已经失去了他们原先生活的土壤而渐渐绝迹，但在《没有父亲的人》中，普拉东诺夫显示出与他的文学前辈人物之间的某种联系。按照青年契诃夫的构思，普拉东诺夫是当代哈姆雷特精神极富个性的化身，这种精神出现于思想危机的时代，并且导致了"多余人"这一19世纪四五十年

---

① 叶尔米洛夫. 论契诃夫的戏剧创作［M］. 上海：上海译文出版社，1991：383.

代传统俄罗斯文学形象的破产。① 在契诃夫的戏剧作品中，普拉东诺夫这样的"多余人"不在少数，他们愤世嫉俗、空虚无为。剧本中在聚会开始前，客人们在不经意间谈到了还没有到场的普拉东诺夫，老格拉戈列耶夫对他评价道："普拉东诺夫是现代不确定性的最好体现者……他是一部很好的但还没有写出来的现代小说的主人公……我理解的不确定性，就是我们社会的现代状态：他走进了死胡同，迷失了方向，不知道怎么立足，不明白……一切都是那样的混沌，混乱……照我看来，我们的绝顶聪明的普拉东诺夫，正是这种不确定性的体现者。"② 契诃夫写普拉东诺夫这一类人物，不是为了批判他们，而是为了展现他们人生的状态和周边的环境。于是，在这个剧本中，重点不再是关于生活一成不变的想法，而是人们的忧虑、享乐和无谓的忙碌与生活之间的矛盾。除了主人公普拉东诺夫，几乎没有什么清醒的人物形象，即使在伊萨克·阿勃拉莫维奇这样的大学生身上，也缺乏一种独立意志，或者通过与普拉东诺夫的对抗体现自我价值。

　　普拉东诺夫说："我是别人的不幸，别人是我的不幸。"在普拉东诺夫身上可以清楚地看出当时许多不安于现状的聪明人所具有的一些特点：在一定程度上他是个"多余的人"，是个忏悔的贵族，是彼佳·特罗菲莫夫式的永久的大学生，他是个民粹派。他身上也有唐璜的特点③。将这样一位契诃夫早期剧作中的主人公搬上银幕，首先不能丢弃普拉东诺夫在他人眼中那个口才好但胡言乱语、喜欢发表各类言论、挺有才能但放肆失礼的"坏蛋"形象。对于故事中所有爱他或者恨他的人来说，乡村教师普拉东诺夫是难以理解的。和他后来的作品一样，契诃夫并不把贵族及作品中的其他人物刻画得一无是处，而是从人物的生活背景、人生阅历、社会环境

---

① 高尔基世界文学研究所. 世界文学史（第8卷上）[M]. 上海：上海文艺出版社，2013：39.

② 安东·巴甫洛维奇·契诃夫. 没有父亲的人·林妖，契诃夫戏剧合集 [M]. 上海：上海译文出版社，2014：16.

③ 格罗莫夫. 契诃夫传 [M]. 郑文樾，朱逸森，译. 郑州：海燕出版社，2003：83.

等方面出发,分析其行为的原因,力求使其行动符合人物身份与生活原貌。他们愚蠢而沉思,无聊而迷人,肤浅而深刻——简而言之,那种矛盾性就像大多数人一样。如不安分的安娜、追逐爱情的老格拉戈列耶夫、终日在睡梦中的退休上校特里列茨基、谢尔博克等人都是作者着力描画的贵族地主典型,他们已经走到穷途末路,但仍自以为是,每天靠着自我麻醉虚度光阴,逐渐成为一个被时代抛弃的独特群体;而年轻的一代如意志薄弱而幼稚的沃依尼采夫、只对钱感兴趣的小格拉戈列耶夫、厌倦生活的医生特里列茨基则在时代的虚幻中度日,同样失去了作为人的意识,像行尸走肉一样活着,自私、目光短浅、无所事事,最终成为一个废物。契诃夫作品中一定社会阶层的代表人物既有代表性,同时又不类型化,他们既反映一般规则,又属于例外情况,这一切并不是偶然的。① 影片在刻画这一群无道德性②的人物时,将普拉东诺夫塑造得与众不同,他有理想、有学问,"曾经是'拜伦第二'或者'能当未来的部长或者哥伦布式的人物'",但最终他同样游移于生活之外,陷入婚姻又不甘于婚姻,施展不了宏图大志又不甘于脚踏实地。也许在导演和编剧看来,人首先必须活下去,接下来才能考虑生活的质量以及理想的实现与否。所以契诃夫会发问:哈姆雷特为什么要追寻鬼魂的幻影,生活中的鬼魂不是更可怕吗?③

电影中的普拉东诺夫就像延宕的哈姆雷特一样。在剧本中,普拉东诺夫面对几个女人的多重关系不知所措,安娜、格列科娃、索菲亚、沙萨,她们在普拉东诺夫身上看到了希望,由此可见年轻的契诃夫在他身上所展现的复杂的精神世界和身份特征,但在电影中,当格列科娃的角色被删去,安娜的感情表露得很隐晦,至于与他们有关联的几个人,如老格拉戈列耶夫、特里列茨基医生或谢尔盖·沃伊尼采夫都缺少与普拉东诺夫针锋

---

① 帕佩尔内. 契诃夫怎样创作 [M]. 朱逸森,译. 上海:上海译文出版社,1991:354.

② 同上,1991:358.

③ 契诃夫. 札记与书简 [M]. 童道明,译. 北京:线装书局,2014:5.

相对的勇气。影片仅以他与索菲亚之间的冲突，就足以证明他是"一块平放着的石头，天生要妨碍人"①。观众会觉得，普拉东诺夫是个与众不同的人，在乡村庄园之中尤其如此，这也是他既遭人恨又不可缺失的原因。他为什么"怕生活"呢？当周围的人们都满足于平庸的生活状态的时候，他敏感而独行的性格使他不甘于平庸，于是便毫无休止地发表意见、冷嘲热讽，折磨别人也折磨自己来发泄，但在发泄过后又无奈地接受平庸的生活。

在普拉东诺夫身上，米哈尔科夫延续了契诃夫所塑造的那个时代的"多余人"形象，但通过他要寻找的是一种能够从语言进入行动，能够变革和改造那种令人忍无可忍的普里希别叶夫式的现实，把祖国引向前进的英雄人物。② 契诃夫在之后的《伊凡诺夫》《万尼亚舅舅》等剧作中，或多或少地延续了这一想法，他将这种"多余人"形象创造性地融入自己的戏剧创作，实现了"多余人"形象的现代转型。这种现代转型不是简单地以"新人"取而代之，而是在理解人性基础之上的艺术加工，意味着在继承借鉴的基础之上，对原有俄国文学中这一类型人的重新审视，尤其是重视他与俄国社会环境发展变化之间的关系。按照契诃夫的想法，一个生气勃勃的人，不安于现状的人，不受套子约束的人，就是有记性和有信仰的人。要相信美好的未来，不要绝望，要探索通往未来的道路。③ 在契诃夫的创作生涯中，他自始至终强调传统与现代结合的重要性，强调人与社会环境之间的关联，并巧妙地将这种文学创作的永恒主题与创作、表演结合起来，而在米哈尔科夫对契诃夫作品改编的过程中，他将自己对于契诃夫小说世界的理解和评价投射到银幕上，显现出一种创造俄罗斯民族空间的

---

① 安东·巴甫洛维奇·契诃夫. 没有父亲的人·林妖，契诃夫戏剧合集［M］. 上海：上海译文出版社，2014：37.

② 叶尔米洛夫. 契诃夫的戏剧创作［M］. 张守慎，译. 北京：中国戏剧出版社，1985：23.

③ 帕佩尔内. 契诃夫怎样创作［M］. 朱逸森，译. 上海：上海译文出版社，1991：430.

尝试。① 不过，与康查洛夫斯基主要关注的是作为一个艺术背景的空间的创造不同的是，米哈尔科夫将俄罗斯描绘成一个可以在远处看到的象征性空间，从而强调了对一个精确的、历史性的过去的渴望。②

三

在此基础上，电影《一首未完成的机械钢琴曲》在人物上做了几处有意义的改动，米哈尔科夫及其编剧删去了原著中的几个次要人物，在增加短篇小说故事情节的同时增加了几个具有象征意味的人物。其中，少年彼捷奇卡的出现最具争议。按照米哈尔科夫的设想，少年形象出现的原因是"为了克服这些脆弱人物圈的局限性，为观众展示另一个世界、另外一种生活界限"，彼捷奇卡的出现给庄园聚会带来了一丝不和谐的基调，他不像普拉东诺夫那样站在人物圈之外或在对立面，而是成为一名旁观者与捣蛋者，而且是因为年龄的差距而不会受到指责的那种捣蛋者，跟剧本中的奥辛普、电影中的雅可夫都有明显的区别。彼捷奇卡因为好奇碰触所有觉得新奇的事物、在花园里无人看管的时候拿下帽子故意把头发弄乱、跟一片草地过不去而反复拍打它、在草地上打滚、在人们就餐高谈阔论的时候放响留声机、在庄园里闹得沸反盈天的时候在沙发上酣睡……在影片中，这个男孩不要大人的陪伴，也从不注意他们对他的行为的评价。他对成人世界中见怪不怪的担忧和怪异的行为毫无兴趣。③ 当他撑着雨伞在雨中的湖边呆呆地凝望时，他似乎已经与自然融为一体。这一人物的出现无疑让电影中想要展现的生活轨迹充满了不可预料性，其潜藏的暗流却永远给人

---

① Stephen Hutchings. *Anat Vernitski*. *Russian and Soviet Film Adaptations of Literature*, 1900—2001. *Screening the word* [M]. RoutledgeCurzon. Abingdon, 2005: 103.

② 同上，2005: 104.

③ Biirgiit Beumers . *Nikita Mikhalkov: Between Nostalgia and Nationalism* [M]. I. B. Tauris & Co. Ltd. London & New York, 2005: 43.

们留下希望①。既然契诃夫在创作这一部作品时感到理想的终结，那就必须有新的答案来回答这些"难以解决的问题"。②

　　除彼捷奇卡之外，在电影中，商人彼特林则被导演和编剧有意增加了复杂性。吃饭时他和谢尔博克的争论是突然爆发的，也让在场的所有贵族地主面对一个令他们难堪的事实，也就是他们习以为常的生活已经开始出现威胁，或者说也许将一去不复返了。与《樱桃园》中的罗巴辛一样，彼特林的社会本质具有双重性，甚至是三重性的：即普通工人的儿子、能干而富有商人和有见解的人。他在影片中始终沉默不语，坐在那里看报，反倒像个知识分子。契诃夫在谈到《樱桃园》中罗巴辛形象的时候多次强调剧本中商人角色的这种"移动性"："要知道这不是在庸俗意义上的商人，这一点必须理解"③、"罗巴辛是商人，然而在一切意义上都要算是正派人，他的举动应当十分有礼貌，文雅，不俗气，不滑头"④。米哈尔科夫在塑造和改编这一次要人物的时候显然关注到了契诃夫在这一类人物身上所表现出来的某种共同性。这共同性就是存在于契诃夫塑造的人物的感情和行动间的矛盾中，即存在于契诃夫作品的特殊情节中，这情节不是在"主人公之间"产生，而是产生于主人公与生活之间。⑤

　　契诃夫的戏剧作品常常以室内剧的形式，将冲突建立在有限空间内的人与人之间的关系上，以表现人物内心的复杂情感和浓郁的生活气息为特点。影片《一首未完成的机械钢琴曲》就以契诃夫剧作的特色为核心，但也不局限于室内——即沃伊尼采夫庄园的客厅，而是将庄园的外景如河流、树木草丛等都纳入故事发生发展的范畴，在重构剧本的同时不减少对

---

　　① 尼基塔·米哈尔科夫. 爱之疆域·米哈尔科夫回忆录 [M]. 李璇，译. 北京：文化艺术出版社，2017：197.

　　② 叶尔米洛夫. 论契诃夫的戏剧创作 [M]. 张守慎，译. 北京：中国戏剧出版社，1985：23.

　　③ 契诃夫论文学 [M]. 汝龙，译. 合肥：安徽文艺出版社，1997：329.

　　④ 同上，1997：330.

　　⑤ 帕佩尔内. 契诃夫怎样创作 [M]. 朱逸森，译. 上海：上海译文出版社，1991：383.

场景的各类描写，如阴暗的楼梯角落普拉东诺夫与索菲亚的窃窃细语、楼上餐厅旁闲坐着的无聊的特里列茨基，还有花园里的吊床、阳光下小桌上的茶饮棋盘、在小河中仆人清洗的椅子等，来产生一系列暗示与联想的效果。

除场景之外，导演米哈尔科夫还运用了天气的变化来产生暗示和象征。故事从慵懒的早上开始一直延续到第二天的黎明时分，从煦暖的阳光到突如其来的暴雨，然后又回到阴冷的夜晚，转瞬即逝的烟火，暗示了这一天时间的无情流逝，同时暗示了这一群人日常生活的全部，岁月就这样一天天消磨过去。

所有这些场景、人物、情节都是如此具有特色，但又不可捉摸地表现出与契诃夫创作艺术的相近之处。欣赏《一首未完成的机械钢琴曲》的时候，观众始终会感觉到：在你面前的并非真正的生气勃勃的生活，而是好像是某种类似于生活的东西，你亲眼看到了它逐渐消逝和衰败下去的状态，就像那架机械钢琴所演奏出来的某首曲目。

在电影《一首未完成的机械钢琴曲》的结尾处，与原剧本最大的不同就是普拉东诺夫的结局，他并没有像原著那样被绝望的索菲亚开枪杀死，他的妻子沙萨也没有自杀。契诃夫最终给了普拉东诺夫一个悲剧性的结尾，但却是一种有尊严的死法。因为契诃夫看到了他作为一个独立的"人"的躁动与不安，而非单纯指向他的知识分子形象或是听天由命。但米哈尔科夫给了观众一个意想不到的、"看起来有些反叛"① 的结局：备受指责没有勇气私奔的普拉东诺夫一面寻找自己的妻子一面大喊道："我已经35岁！一切都完了！我等于零！我渺小！零！35岁！莱蒙托夫在坟墓里已躺了8年！拿破仑曾是将军！而我在你们这该诅咒的生活中一事无成！"他在钢琴边叹息，机械钢琴却不合时宜地自动演奏起来。他的妻子

① 尼基塔·米哈尔科夫. 爱之疆域·米哈尔科夫回忆录 [M]. 李璇，译. 北京：文化艺术出版社，2017：194.

沙萨找到了他，激动的普拉东诺夫责骂埋怨沙萨并将她推开。最终，普拉东诺夫向闻讯赶来的众人大喊："渺小之徒！我和你们一样！"他一边叫着"没有我你们就可以休息啦！"，一边奔出屋去，从一个陡坡上跳下去投河自尽。沙萨疯狂地跑过去，却发现因为河水太浅，只淹没了普拉东诺夫的两只脚。沙萨跑过去抱住普拉东诺夫并安慰他"我们会重新快活起来的"，普拉东诺夫嘟哝着"我不知道这儿浅，以为是深的"，两人互相搀扶着往回走，庄园里的人们也都从屋子里跑出来。庄园里，索菲亚悄悄地回到熟睡的谢尔盖·沃伊尼采夫身边。影片的这一结局从视觉上凸显了故事中的人们无法采取有意义的行动：他们所能做的只是创造荒谬可笑的场景，扮演角色，却不采取行动。[①] 这一情节的处理实际上既符合契诃夫"导演"派戏剧风格的特点，也让原著的喜剧风格特点得以呈现。谢格洛夫在回忆中曾经专门提到契诃夫对通俗喜剧的偏爱，他说："他曾一再地对我和对别的人说：'要写出一部好的轻松喜剧是一件极难的事'，他所说的'好'是指引发人们发自内心的笑。"除了这个荒诞而不失滑稽的结尾处理，导演米哈尔科夫甚至认为，契诃夫在这里出现了一个与他后来的创作习性不同的错误，那就是契诃夫笔下的人物都无法真正杀人[②]。而同时，契诃夫小说中想要自杀的人物，都是在最后的关键时刻放弃了自杀行为。[③]在电影的结尾处，幻想破灭和失去青春之爱的普拉东诺夫内心幻想彻底崩塌，私奔对他来说毫无意义，而索菲亚已经不再是那个天真而充满幻想的少女，她对普拉东诺夫的态度，"不是对自我需求的清楚认识，而只是'雄性'群体在励志和力量上的显著的优越感"。

　　也正是结尾处出现的这种改变让观众有机会去回味这部作品的基调，米哈尔科夫极为准确地把握了对契诃夫通俗喜剧手法的理解尺度。在《没

---

　　① Biirgiit Beumers. *Nikita Mikhalkov：Between Nostalgia and Nationalism* [M]. I. B. Tauris & Co. Ltd. London & New York，2005：49.

　　②③ 尼基塔·米哈尔科夫. 爱之疆域·米哈尔科夫回忆录 [M]. 李璇，译. 北京：文化艺术出版社，2017：194.

有父亲的人》这个剧本中，一个贵族生活的小圈子和一个游移于这个圈子的人之间发生碰撞，其结果必然是矛盾对立的；而这种矛盾对立又似乎是这个百无聊赖的贵族小圈子所需要的，这种看上去很难得到合理解释的关系恰恰说明了生活中某些侧面的问题。在剧中，人们对于普拉东诺夫夫妇到来的欢迎是可笑的；当这种欢迎渐渐变成争执的时候，也是可笑的；在这场争执中，普拉东诺夫见到了自己已婚的前女友，尤其是他的前女友发现他一事无成的时候，也是可笑的；在两人再次见面后情感发生微妙变化的情况下，安娜的出现同样是可笑的。喜剧性带出了故事的节奏感和无聊生活中丰富多彩的内容，不断地将故事引入新的部分。安娜为了改善自己恶劣的经济状况而面对一个她不感兴趣的有钱地主的求婚；特里列茨基宁可在庄园里疯玩也不愿履行自己的职责去给病人看病；普拉东诺夫因为索菲亚的出现而点燃了内心深处熄灭了很久的激情。所有这些装腔作势的行为并不是什么严重的事情，所以戏剧中对它们的嘲笑也都是玩笑性质的。

剧本《没有父亲的人》本身就是把正剧因素和喜剧因素融合在一起的作品，而且是更接近于契诃夫所喜欢的那种"通俗喜剧"的格调。作品中主人公的面貌和典型性，通过旁人的描述以及极富表现力、个性化的语言，尤其是对话的形式表现出来；而发生在沃伊尼采夫庄园的那场闹剧也广泛地概括了生活本身的状态以及人与人之间关系的实质。剧中的人们，他们既不能采取任何严肃的正剧性的行动，也不能从事任何斗争，而是毫无反抗地沦为庸俗的俘虏。[1] 在契诃夫看来，一个缺乏诙谐感，不了解喜剧事物的人，也不能真正地体会悲剧和正剧，他在心灵上不够丰富。能够暴露生活中内在可笑性的幽默是正剧和悲剧的亲兄弟，它们出自一个来源——现实的矛盾。[2] 因此影片在表现出契诃夫后期成熟作品风格的过程中，

---

① 叶尔米洛夫. 论契诃夫的戏剧创作 [M]. 张守慎，译. 北京：中国戏剧出版社，1985：19.
② 叶尔米洛夫. 契诃夫的戏剧创作 [M]. 张守慎，译. 北京：中国戏剧出版社，1985：3.

对喜剧性和讽刺性要素的重视实际上才是最重要的落脚点。

　　电影《一首未完成的机械钢琴曲》的成功，同样离不开演员的出色演绎和摄影师的精巧设计。饰演普拉东诺夫的亚历山大·卡利亚金始终处于一种契诃夫风格的"害怕生活"的状态。片中的三位女主角分别由叶莲娜·索洛维、叶夫盖妮亚·格鲁申科、安东宁娜·舒拉诺娃三位杰出的苏联影星扮演。饰演谢尔盖·沃伊尼采夫的尤里·博加特廖夫、饰演特里列茨基的尼古拉·帕斯图霍夫和饰演彼特林的阿纳托利·罗马申是米哈尔科夫最喜欢也是合作最多的几位男演员。此外，由奥列格·塔巴科夫饰演的谢尔布克同样栩栩如生。摄影师帕维尔·列贝舍夫用他的摄像机仔细地探索了房子的每一个角落，在室内和室外产生了富有成效的对抗。通过故事发生的地点，也就是那位已经故去的将军留下来的庄园"遗产"，米哈尔科夫不再把过去当作一个时间，而是把过去当作一个地点，迈出了怀旧的第一步，怀旧的对象不是过程（时间），而是目的（空间）[①]。在影片拍摄的过程中，摄影机充分利用它的视野深度艺术，人物总是在广阔范围内精确地进入或移动，在户外，摄影机巧妙地捕捉到了大自然的运动，无论是温暖的阳光还是早晨露水的潮湿。

---

　　① Biirgiit Beumers. *Nikita Mikhalkov：Between Nostalgia and Nationalism* [M]. I. B. Tauris & Co. Ltd. London & New York. 2005：51-52.

第五节　《人民公敌》：最孤立的人与利益共同体

　　1911年，当易卜生已经去世五年之后，根据他的剧作改编的电影开始在欧美各国出现，最早的电影短片包括《社会支柱》（1911，美国）、《玩偶之家》（1911，美国）、《父亲之罪》（1911，美国，根据《群鬼》改编）、《海上夫人》（1911，美国）等。20世纪20年代之后，根据易卜生作品改编的电影数量逐渐增加，他的一些具有影响力的剧作纷纷成为电影改编者青睐的对象，其中像《玩偶之家》《培尔·金特》《群鬼》《社会支柱》等特别受到欢迎，并经历了多次改编。相比之下，易卜生的另一部伟大作品《人民公敌》直到1937年才出现了第一个来自德国导演汉斯·施泰因霍夫（Hans Steinhoff）的电影改编版本。接下来，在经历了1958年（两部）、1964年、1965年、1966年、1977年等多部来自捷克斯洛伐克、瑞典、联邦德国、美国等国家并不成功的电视电影改编版本之后，易卜生的这部剧作终于迎来了一部最有特色的电影改编版本。1978年由美国一流艺术家公司（First Artists）和太阳制作公司（Solar Productions）联合出品的影片不是简单以易卜生原著为基础，而是在1950年美国剧作家阿瑟·米勒（Arthur Miller）的戏剧改编版本基础上进行电影剧本的撰写和改编，并且邀请了当时的电影明星，也是好莱坞硬汉派影星史蒂夫·麦奎因（Steve McQueen）担任主角。这部由知名电视剧导演乔治·谢弗（George Schaefer）执导、亚历山大·雅各布斯（Alexander Jacobs）编剧的电影作品在当时并没有获得任何形式的成功，史蒂夫·麦奎因也没有因此证明自己作为一名演员的实力。但这部影片却是易卜生戏剧作品电影改编史上最具有雄心的一部作品，也为戏剧改编甚至是"二次改编"提供了一个极佳的范例。

值得一提的是，《人民公敌》在之后的影视改编过程中出现的各类版本都各具特色，除了 2005 年挪威导演埃里克·斯柯比约格（Erik Skjoldbjærg）执导的同名现代改编版本，1980 年由英国导演加雷斯·戴维斯（Gareth Davies）执导的《人民公敌》、1989 年由爱沙尼亚导演米克·米基维尔（Mikk Mikiver）执导的《斯多克芒医生》（*Doktor Stockmann*）和印度导演萨蒂亚吉特·雷伊（Satyajit Ray）执导的《人民公敌》（*Ganashatru*）都被看成是上乘佳作。以印度电影《人民公敌》为例，易卜生剧作吸引萨蒂亚吉特·雷伊导演的是作品中对政治生活与民主的看法，"民主原则上是令人钦佩的，但有时《人民公敌》中的处境确实发生在现实生活中"[①]。易卜生笔下发生在挪威南海岸小城市里的故事被导演移植到了数千里之外的印度昌迪普尔（Chandipur），离加尔各答不远的一座孟加拉小镇，时间也从 19 世纪 80 年代转换到了 1989 年，但在导演看来，他依然可以通过这部电影表现一种力量，"这种力量在于一个公正的、志同道合的群体的团结，即使它是一个处于困境之中的少数民族"[②]。此外，美国导演杰克·奥伯莱恩（Jack O'Brien）在 1990 年拍摄的同名电视电影在改编过程中也借鉴了阿瑟·米勒的舞台剧剧本。

一

在剧作《群鬼》引起"可怕的骚动"之后，易卜生在挪威国内成为不受欢迎的人。这种处境也让易卜生能够从一个更为客观的视角去看待政治生活中的某些问题，"我有越来越多的证据可以表明，参与政治、参加政党是败坏人心的"[③]。这种辛辣尖刻的态度，再加上对比昂松"多数派总是

① Andrew Robinson. *Satyajit Ray: The Inner Eye* [M]. I. B. Tauris & Co Ltd, New York, 2004: 342.

② 同上，2004: 343.

③ 易卜生. 易卜生书信演讲集 [M]. 汪余礼，戴丹妮，译. 北京：人民文学出版社，2012: 202.

正确的"① 言论的反驳，1892 年出版并大获成功的《人民公敌》成为这一时期易卜生处境的真实写照，也被视为他最成功的政论剧，剧作家称之为一个"特别的剧本——对于它我怀有一种特别的偏爱"。② 在这部五幕剧作品中，易卜生假借主人公——自由正直的医生斯多克芒一角写出了一位特立独行的人在社会中遭遇到的孤立。斯多克芒发现疗养区温泉中含有病菌，他不顾市长等人的威胁，坚持己见要求改建温泉浴场，并打算在当地报纸上披露事情的真相。但以市长为首的执政者却通过手段迫使报社拒绝刊登斯多克芒医生的文章，并在医生组织的公民大会上通过所谓民主程序混淆视听，最终宣布医生为"人民公敌"。斯多克芒医生一家人及其同情者在作品结尾处遭到了全面迫害。在《人民公敌》这部戏中有一个严肃的主题，它不但揭露了利己主义思想以及民主政治的虚伪，也通过斯多克芒医生这个孤军奋战的人物形象，宣扬"精神反叛"的个人主义思想。

美国当代戏剧家阿瑟·米勒于1950 年改编易卜生的这部戏剧作品，最初是受鲍比·刘易斯想法的影响。正当一股前法西斯风潮席卷美国之际，米勒确信自己能通过一种斗争形式抓住易卜生的精髓，当然，他也想通过这部作品来表达自己真正信仰的东西③。在改编的过程中，阿瑟·米勒非常认同易卜生剧作在今天"有用"而不过时的观点，同时，他认为易卜生所构建的戏剧舞台是进行思想探讨、哲学探讨，和最热烈地讨论人类命运的场所。④ 阿瑟·米勒的改编本三幕剧基本上没有对原著进行过多的改动，在改编本的前两幕里都分别包含了两个场景，分别对应易卜生剧作中的每一幕。"我在保持剧本的原样的同时，力求使《人民公敌》对于美国人如

---

① 易卜生. 易卜生书信演讲集 [M]. 汪余礼，戴丹妮，译. 北京：人民文学出版社，2012：203.

② 同上，2012：229.

③ 同上，2016：311.

④ 阿瑟·密勒. 易卜生《人民公敌》改编本序言 [M]. 阿瑟·密勒论戏剧. 赵澧，译. 北京：文化艺术出版社，1988：12.

同当时肯定会对挪威人一样充满活力。"① 阿瑟·米勒的剧本在创作过程中承载了来自多方的愿望，因此，简单地将《人民公敌》剧本归之为影射麦卡锡主义显然不够。对比两个文本，会发现改编剧本与原著之间的差异相当之多，在某些得以改进的地方，米勒确实成功地实现了"将语言转换成当代英语"的意图。② 留意米勒的改编剧本中对易卜生原著的删节与修改，就会感受到米勒创作中所宣扬的以"生活化"和"活力"适应本土化改编的需要。从第一幕开始，米勒就有意将人物出场次序作了一些微调，开场时毕凌是和基尔一起在餐桌上用餐，而基尔很快吃完离开，彼得和霍夫斯达则来得晚一些，最后才是汤莫斯·斯多克芒医生和霍斯特船长。而在电影中，先出场的不是霍夫斯达和毕凌，而是基尔和彼得。从易卜生原剧中斯多克芒医生家里一顿随意的晚餐到最后电影中精心准备的一场晚餐聚会，让整个故事紧紧围绕着发生在温泉浴场的事件展开，因为精心准备这场晚餐的一部分原因是斯多克芒医生向《人民先锋报》投出的那份稿件。作为与这次聚会无关的基尔，在电影中甚至都没有来到餐桌，在厨房就匆忙地吃完了牛排，然后就和米勒剧本中所描写的那样，通过拿苹果、塞烟叶，一个"邋遢"的、蹭吃蹭喝的老派商人形象让观众大跌眼镜；接下来出场的彼得和基尔一样也是自家人形象，虽然两人见了面并不愉快，但彼得实际上和基尔一样，对这个家有一种亲近感，他的亲近感并不是像基尔一样去占小便宜，米勒的改编本在他第一次出场时提到"他可能羡慕这所房子的家庭生活和温暖，但是当他来的时候，他从不想承认他来了，经常坐着穿着外套"。③ 当他怒气冲冲地离开时对凯德林说的那一句"嫁给你是

---

① 阿瑟·密勒. 易卜生《人民公敌》改编本序言 [M]. 阿瑟·密勒论戏剧. 赵澧，译. 北京：文化艺术出版社，1988：12.

② Martin Gottfried. *Arthur Miller：His Life and Work* [M]. Cambridge：Da Capo Press edition 2003：165.

③ Arthur Miller. Arthur Miller's Adaptation of An Enemy of the People（Penguin Plays）[M]. New York：Peuguin Books，1979：19.

他做过的最聪明的事”或许会让观众产生另一种理解的可能。

在市民大会的那一幕里，米勒在删去斯多克芒医生那一段有关某些人天生对真理有更高理解的言论①之后，有意渲染了彼得·斯多克芒这一角色作为地方行政长官的惯用伎俩，在电影中几乎原封不动地将这一改变保留了下来。彼得市长在市民大会上出现后，首先通过阿斯拉克森有效掌控了整个大会的话语权。相比易卜生的原著，彼得·斯多克芒在会上首先发表了一篇攻击斯多克芒医生的演讲，他不谈事实本身，直接定义他为“破坏者”“以纠缠、嘲笑、消灭权贵为乐的人”，同时大谈“如果我们不被诽谤和恶意攻击”的情况下小镇在未来的美好前景。当整个市民大会的基调已经被确定之后，处于明显弱势地位的医生甚至连发表讲话的机会都没有，直到大会最后阶段才勉强获得允许，而此时他的发言已经毫无意义，根本无力改变公众的想法和愿望。

从结构上看，米勒剧作对易卜生原著改编最多的地方是在第三幕，即易卜生原著中的第五幕。在原著中，真正的戏剧高潮出现在第三幕，也就是该剧的中段，当斯多克芒医生在《人民先锋报》报社失去那几位“坚定”的支持者之后，故事的结局已经不言而喻。电影则将重心更多放在了公民大会上，并且增加了很多原著中没有的内容，大会结束后斯多克芒医生一家离开时与居民们的对视、返家后遭到的破坏性袭击，剧作中没有直接展示出来的很多内容在影片中被加以突出。易卜生这部戏剧一直是传道之作，当年剧作家以此来反击媒体和社会对他另一部戏《群鬼》的诽谤。②事实证明，这种诽谤不是偶然事件，而是我们社会生活的重要主题之一。其中既有客观真理不容亵渎的问题、保护政治少数派民主权利的问题，也有一个人对真理的认识与社会利益之间的关系问题，等等。

---

①　阿瑟·密勒. 易卜生《人民公敌》改编本序言 [M]. 阿瑟·密勒论戏剧. 赵澧，译. 北京：文化艺术出版社，1988：13-14.

②　阿瑟·米勒. 阿瑟·米勒自传 [M]. 蓝玲，林贝加，梁彦，译. 上海：华东师范大学出版社，2016：312.

在易卜生看来，一个处在知识界前列的先锋战士是不大可能在身边聚集一大群人的。[①] 因此，斯多克芒医生客厅里的人物在第一幕中聚集实际上是个假象，而在第三幕中，斯多克芒医生客厅里的人物又一次重新出现，则是另一种虚假的"聚集"。当然，这一次大家更加开诚布公、直言不讳：市长带来的是董事会关于解聘医生的决定、基尔拿着收购的股票来威胁汤莫斯、阿斯拉克森和霍夫斯达依然觉得在医生身上有利可图。这种安排与易卜生的原著几乎保持了一致，也是剧作家明显具有倾向性的表述。除了公民大会一幕，米勒在改编剧本中直言不讳地批评了当代民主政治的弊病：来势汹汹的民众蜂拥而至斯多克芒医生家，其实绝大多数人都知道斯多克芒医生并没有错，但只要坚持不相信真理，就会有合法的利益可图，因此这一真理会损害几乎所有人的利益，在这种"真理"与利益发生抵触的时候，民众便要求他屈从于它。在这一要求得到拒绝之后，孤立、对抗甚至抹黑他就是正确的选择。因此，在易卜生看来，正是孤独才赋予人力量，孤独的人才是强有力的得势者。米勒笔下的斯多克芒医生的理解则是："你在为真理而战，这就是你孤独的原因。而且这让你变得更坚强。我们是世界上最有力量的人。"

二

在《人民公敌》一剧中，作品中的主要人物在第一幕就早早出现，观众或读者会惊讶于这部戏描写的竟然是两兄弟的相互争斗：斯多克芒医生代表了科学与正直，而他的哥哥彼得——这座城市的市长，出于经济收益的考虑想让产生污染的浴场继续开放，代表了官僚与利益集团。从最初的人物对话中可以知道，虽然汤莫斯·斯多克芒结束了自己"糊里糊涂混日子"的时光来到沿海小城，并在自己哥哥彼得市长的推荐下当上了温泉浴

① 易卜生. 易卜生书信演讲集［M］. 汪余礼，戴丹妮，译. 北京：人民文学出版社，2012：227.

场医官，过上了朝气蓬勃、新芽怒发的生活，但多年来兄弟之间的不和始终在影响着他们的关系，即使是在浴场问题上，彼得也始终认为他的这位医生弟弟一直给他这个当政者带来许多麻烦。

斯多克芒医生是《人民公敌》中最耀眼的主角，但他不同于易卜生之前塑造的大多数人物形象。剧作家首先强调了他与自己的关系，"斯多克芒医生和我相处得非常融洽，我们在许多地方都那么契合一致。不过这位医生比我笨拙多啦，而且他还有一些奇特的脾性，这使得他很自然地就说出一些人们闻所未闻的话；要是由我自己来说，肯定达不到那种效果"。①在斯多克芒这个人物形象身上，观众首先看到的是他严肃、高尚的一面。他信念坚定，一旦认准了是非曲直就坚持到底，绝不妥协，他这种行为使他成为矛盾冲突中代表正义的一方。在浴场污染问题得到证实之后，他与身为市长的哥哥彼得商量；在改造问题得不到落实之时，他决意在报纸上披露事情的真相；在霍夫斯达他们拒绝登载他的文章的关头，他决定在市民大会上公布他的观点。在他心中，在真相和正义面前，没有丝毫的犹豫与情面可讲，问题是，这种积极、健康的想法和那个"根子已经中毒的"社会之间产生了矛盾，在剧中形成典型的戏剧冲突。斯多克芒这个戏剧人物身上所体现出来的信念和意志都使他极具吸引力，仿佛是这个时代的先知。只不过与他在思想和意志上展开较量的是有相当社会地位的大人物像市长彼得、印刷厂老板阿斯拉克森、制革厂老板基尔等，以及社会阶层中的所谓"精英"，如报社的编辑霍夫斯达和毕凌等，他们到关键时刻就抛弃承诺，站到斯多克芒的对立面。这些人只关注眼前利益，缺乏基本的良知与道德观念，迁就和顺从公众的品位和思想。应该说，《人民公敌》提供了一种机会来探索在社会政治生活中各种类型人在社会中的角色地位问题。

---

① 易卜生. 易卜生书信演讲集 [M]. 汪余礼，戴丹妮，译. 北京：人民文学出版社，2012：217.

从剧中第一幕开始，医生就以纯洁善良、无私好客的形象出现，他和他的妻子凯德林都丝毫没有掩饰对美食、交际、美好生活的向往，但他身上也有短视与固执的一面，以致轻易受到哄骗。米勒改编本的开头增加了基尔在他家偷拿苹果和烟草的内容，在电影中尤其如此。这一细节增添的不仅是生活化场景，也是他们后来遭受攻击的象征化表现。斯多克芒医生长期以来对周围的事情视而不见，结果成了很容易上当的被"捉弄"者，利用他成了与他交往的人们的常态。霍夫斯塔德这类人身上就已经充分显示出这一问题，这位张口闭口都把"真理"和"自由"挂在嘴边的报社编辑，在现实中从不把这些话语当一回事。他因此成为易卜生笔下最善于见风使舵、唯利是图而又充满"公众意识"的那一帮人的代表人物。因此在剧作中，当这些人渐渐露出其真面目时，斯多克芒医生则完成了从正直正义到鲁莽冲动、不顾一切行事的转变。逃出会场的斯多克芒医生，被"面目模糊"的众人继续追赶攻击。不知名的市民用石头砸他家的窗户；政府免除他浴场医官的职务；本地商民发了传单，不许人请他看病；房东在业主联合会的胁迫下，只好请他赶快搬走；他的女儿在当地中学教书，也被校长"无奈"辞退。

可以说，当斯多克芒医生以他直率坦诚和朴素天真的心态直面这座城市，但后者的反应却异乎寻常的消极。他从来就不知道自己在发现这一科学依据的时候已经陷入一场地方权力斗争之中，而他自己从来都不觉得这一局面的复杂性，阿斯拉克森也好，基尔也好，对于有切身利益需要维护的人来说，这是个浑水摸鱼的好机会。在易卜生的原著中，基尔在市议会选举中落选，因此要想为选举失败复仇；在《人民先锋报》社里的人想的是如何利用这一机缘来破坏执政党在人民心中的信任，以求为自由党的选举胜出铺平道路；阿斯拉克森起初为了房东们的利益愿意代表市民们来支持斯多克芒医生；彼得市长则要说服斯多克芒医生把这桩案子压制下来使其无害化，以服务于董事会的利益以及作为全城无可争辩的领袖和权威的小城市长本人。小城中的这种社会状态用斯多克芒医师的话说："咱们精神生活的根源全都中了毒，咱们整个社会机构都建立在害人的虚伪基础上。"①

易卜生把他的主人公看作无畏的反叛者和傻瓜的综合体。但米勒忽略了这种矛盾的态度，他认为他本质上是前者，一个在困境中宣称自己不可侵犯的高尚的独立独行的人，并以他那毫不动摇的庄严的敬佩，使这出戏变成了对他心目中的英雄所坚持的一切的有力辩护。② 虽然斯多克芒医生为获得对社会诉之真相的绝对权力而斗争令人钦佩，但同时他的存在暗指存在着一个模糊的精英阶层，他们可以给人们开药方，告诉人们应该信仰什么。③ 一方面，斯多克芒医生是一位科学与民主的英雄，他想说出真理，在受阻的情况下提出了抗议并坚持到底，这位英雄不是政治家，也不是演说家，只是个有理想的、正直而真诚的人，每一位民主社会的公民都应该以他为楷模；而另一方面，他又是一个高傲孤僻且自行其道的学者。

斯多克芒医生在这场斗争中暴露的特立独行的性格，在市民大会上因为被孤立和排斥而变得异常狂躁。他在会上所说的言论已经无关科学与真理，而是以"精神贵族"自居，自以为是地认为只有自己才配拥有知识和真理，代表了"人民的声音"，而所有的市民都是无知和盲从的代言人，需要由他来启蒙。他天真地以为科学与真理只掌握在以他为中心的少数几个人手里，而其他人，即使是市长大人，都是不足以为民请命的人。但他没有想到他的过激言语让他更加孤立无助且遭受围攻。显然，一旦多数派拥有了决定权，就会导致所谓多数派的专制暴政。市民大会中把医生打上人民公敌的烙印的决议最终反而被毕凌称为"人民的声音"。这时斯多克

①　易卜生. 易卜生戏剧四种 [M]. 潘家洵，译. 北京：人民文学出版社，1958：379.

②　Martin Gottfried. Arthur Miller：*His Life and Work*. Cambridge：Da Capo Press edition 2003：165.

③　阿瑟·米勒. 阿瑟·米勒自传 [M]. 蓝玲，林贝加，梁彦，译. 上海：华东师范大学出版社，2016：311.

芒医生才意识到自己的问题所在，但他依然认为这只不过是那帮多数派实施专制暴政的明证，而且，这股力量极为强大，在影片中就真实地展现了在公民大会后斯多克芒医生家中所遭受的暴民行动。从米勒的改编剧本开始，《人民公敌》中易卜生所弘扬的一个话题慢慢消失了，这就是对于民众的教育问题，裴特拉说大概是学校和家里两者都出了毛病，社会发展的步伐反而使得真理在这些地方都处在尴尬的境地之中，因为它明显受到了充满谎言的教育、欺上瞒下和打击驱逐的影响。斯多克芒医生的说教实际上毫无意义，但却为他提供了人生的新的道路，即通过教育，社会逐渐消除虚伪、谎言和隐瞒真相，这才是易卜生剧本的希望所在。而在米勒的改编剧本中，斯多克芒医生在故事结尾处宣称的则是："我们将不再是纳税人和报纸订户，而是自由和独立的人们，我们渴望真理。"

剧中这座小城的社会生态基本上是透过这桩事件呈现出来的，作为市长的彼得昏聩糊涂、毫无活力，"感觉多迟钝，偏见多么深"，而且带有病态的保守主义的倾向。彼得·斯多克芒并不是坏人，但他已经分不清社会生活中的是非曲直，对于真理和自由的事业来说尤其如此。包括印刷厂老板阿斯拉克森在内的《人民先锋报》三位当事人，在这一事件中暴露出的是毫无立场的权威崇拜者形象，尽管他们喜欢张嘴闭嘴夸夸其谈，描摹想象中的自由和权力，到头来却不得不坦白说，"支配报纸的是订报的人""是舆论，是开明的多数派，是房主和其他的人"[①]，原来所谓自由派报纸是听命于订户和公众思维的，归属于斯托克芒医生所说的"那挂着自由思想幌子的该死的结实的多数派代表"。他们一方面在言论上大谈对自由、真理和民主的关心，而在行动上却是另外一套，连他们自己都明白他们的言论只是彻头彻尾的欺骗和谎言。

在作品中，女性处于一个容易被忽视的地位，但正是凯德林表示了她丈夫所没有考虑到的担忧，而且无论是凯德林还是裴特拉，都始终站在斯

---

① 易卜生. 易卜生戏剧四种 [M]. 潘家洵，译. 北京：人民文学出版社，1958：369.

多克芒医生这一边，担负起伦理道德的责任。从米勒的改编文本开始，剧作家和导演就努力为这位充满担心但又毫不犹豫地站在丈夫一边的妻子增添了一些亮色。当然，她们的作用及支持对于正在开始沸腾起来的公众和市政当局的政治对阵毫无影响力可言，但是她们的反应在即将进行较量的道义斗争中却成为一种标准尺度，然而事实显示，达到这一尺度的男人却并不是很多①，只有霍斯特船长而已。在易卜生的理解中，剧中的霍斯特船长是一个年轻人；他是斯多克芒医生想在他家里接见的年轻人中的一个。霍斯特必须——尤其是在第五幕他跟裴特拉（医生之女）的简短对话中——表现出他跟裴特拉之间初露端倪的亲密友谊关系。② 但是在米勒的改编剧本中，霍斯特船长与裴特拉之间的亲密关系已经变得可有可无，而到了电影中则有意夸大了报社编辑霍夫斯达在裴特拉面前的花颜巧语。

三

显而易见的是，《人民公敌》在被改编的过程中，随着情节与人物的增删，作品的主题也发生了相应的变化。在易卜生看来，《人民公敌》"描写的是我们国家的现代生活的一些不同的方面"③，其中他想要表达的重要观点之一就是对真理的坚持，在他看来，一个宣扬民主的现代社会应该把真理至上看成是社会准则之一。当社会中的民众了解了事实的真相，救回对公众事务的未来走向做出正确的判断。问题是，当人们听到对自己有利的消息时，这则消息当然受人欢迎；反之，当人们听到对自己不利的消息时，当这则消息与现状发生冲突或是影响到民众的利益时，真理的作用反而会引发危机。作为社会问题剧，《人民公敌》是易卜生展现民众对不

① 比约恩·海默尔. 易卜生——艺术家之路 [M]. 北京：商务印书馆，2007：271.

② 易卜生. 易卜生书信演讲集 [M]. 汪余礼，戴丹妮，译. 北京：人民文学出版社，2012：222.

③ 同上，2012：214.

利消息的复杂反应的描绘。它提出的社会问题看起来很简单：当人们发现温泉有污染会影响到人们的健康，而承认事实就意味着利益的侵削，这时，人们是否还会依然坚持真理？

在剧中，为了回答这个问题，易卜生在塑造人物时集中了这个社会中有待检验的整个精英阶层。市长彼得不愿意披露事情真相，因为真相意味着市政当局的失职，而作为市长的他首当其冲；口口声声"真理比什么都重要"的报社编辑了解到文章登出来后"全城都要遭殃"时，马上决定不干这个了；商人们把持的市议会则反对提高税率和因浴场关闭丧失经济收益。而斯多克芒医生以为的主要支持者——普通民众——在公民大会上对斯多克芒医生报以反对与嘘声。实际上，任何一个挑战群体观点的人都将遭到放逐，并且不准继续发言。而对持相反价值观主张的证人，其论据的有效性和价值将会因为人们对他本人的否定而大大削弱。① 在被改编的电影中，作为主人公的斯多克芒医生在处理整个温泉事件的过程中固然坚持了正义和真理，但他作为医生的执拗，与他作为市长的兄弟之间的隔阂与不满也在作品中暴露无遗。很显然，乔治·谢弗的电影中还透露了来自阿瑟·米勒的某些观点，在真理受到利益冲突的影响时，精英阶层绝非值得相信的人，他们要么倒戈转向另一边，要么孤立无援遭到攻击。

当然，从易卜生的剧本开始，他所刻画的人物就不是纯粹的邪恶形象，如报馆编辑、医生、政客和商人都不是绝对的恶人，但他们心胸狭隘、唯利是图、见风使舵并且不惜牺牲他人。因此，要解决易卜生所关切的问题极其困难，而且易卜生戏剧中所揭示的复杂生态社会的污染同生态环境的污染一样需要漫长的时间、精力与资金去处理与应对，但剧中所揭示出来的问题足以给后来人丰富的启示。所以，米勒的改编剧本就将矛头指向了更带有普遍性的官僚主义和权力政治。首当其冲的是彼得市长。身

----

① 爱德华·L. 伯内斯. 舆论的结晶 [M]. 胡百精，董晨宇，等，译. 北京：中国传媒大学出版社，2014：174.

为董事会主席和最主要的行政官吏，他对于这一事件显然难辞其咎。他担心这桩事件会动摇人民群众对他的看法，从而威胁到他的社会权力地位和权威声势，最终甚至可能导致整个群体分崩离析。因此，他利用他的干预和反驳声明，大谈"浴场已建立了完善的水质检验制度"。易卜生把这个满嘴浮夸吹嘘的角色刻画成每个社会里都存在的这一类型的骗子的一幅普遍性画像，这一类型也可以在我们的时代里很容易被识别出来。①

虽然这部舞台剧被誉为世界文学史上第一部涉足于污染问题的戏剧②，但易卜生提及的更多是如何在现实政治考虑的基础上，理智和理想主义是怎样被物质主义的动机所腐化侵蚀③的过程。斯多克芒医生重点考虑的是一个更大的污染问题——也就是科学的真理是否还是"真理"的问题。易卜生的主要使命在于把隐藏在社会成员之间浮夸的谈吐、豪言壮语背后的社会与"真理和自由"之间究竟是一种怎样的关系暴露于光天化日之下。

欣赏过易卜生《人民公敌》的人们往往能在作品中找到某些不尽如人意的地方，毕竟这部作品是剧作家在暴怒之下完成的，而且用时极短，并非易卜生惯常的风格。④ 从易卜生最初的版本到米勒的改写本再到乔治·谢弗的电影，它们之间的相通之处首先在于对真实性的传递。易卜生在写给克里斯钦尼亚剧院的信里所给予的舞台指示说道：这个戏剧传递"自然的真实性，即给人以所有一切都是现实的感觉，使人觉得坐在那里看到的是生活中发生的真事"。⑤ 因此，他所提倡的在舞台表演时防止采取夸张动作的意见在密勒这里变得更加符合生活的原貌，结果到了电影中，斯多克芒医生这一角色已经不再具有滑稽幽默的特点，而故事本身则渐渐脱离了通俗喜剧的特点，慢慢地滑向"正剧"的范畴。就像斯坦尼斯拉夫斯基在理解这部作品时所说的，当演员体现这些剧本时，应该尽可能不去考虑社会

---

　　①②③　比约恩·海默尔. 易卜生——艺术家之路 [M]. 北京：商务印书馆，2007：272.

　　④　阿瑟·米勒. 阿瑟·米勒自传 [M]. 蓝玲，林贝加，梁彦，译. 上海：华东师范大学出版社，2016：311.

　　⑤　比约恩·海默尔. 易卜生——艺术家之路 [M]. 北京：商务印书馆，2007：276.

和政治的问题，而只要十分真诚而忠实地生活在这些剧本中。① 另一个相通之处在于作品的主题：即多数人的观念的形成与社会息息相关，群体中任何一个挑战这一观念的人都将遭到放逐。"他心怀邪恶念头""他是有阴谋的""他是一个说谎者""他在私下有自己的经济利益"，人们往往会这样否定他而不是实事求是地去对待真正的问题，这样做实际上侵犯的正是个人的自由。一般人并没有看清其中的奥秘，但斯多克芒医生因为他的执着反倒觉察到了夸夸其谈与豪言壮语背后的社会与"真理和自由"之间究竟是一种怎样的关系，意识到这是对社会中人的基本权利的损害，并且实际上造成人人不自由的结局。他在合理诉求得不到满足的情况下孤军奋战，为他自己也为民众的权利而战。正因为易卜生的戏剧中蕴藏了这一普遍适用的道理，所以米勒及其后继者才有可能将这部戏剧改写为适合自己那个问题诸多而又恶念丛生的当代社会的剧本。

在原剧中的公民人会上，被逼得几乎走投无路的斯多克芒医生怒气冲冲陈述了他的一番理论，在这次演说中，他宣称少数"具有正在发芽的新真理的人。这些人站在社会的前哨——他们向前走得太远，结实的多数派来不及跟上他们"②。其实，易卜生在这里表达的是一种"性格、意志和精神上的高贵"③ 素质进入民族生命中的可能性。而在米勒的改编文本和电影中，这一部分内容实际上被明显压缩，米勒将这部戏移植到美国，更多还是出于因时制宜的目的和一种抵制随波逐流的压力的需要，"这是假借易卜生的名义吗——嘘！——我终于说出了我一个人不敢说的话"。④ 米勒甚至企图让这部戏本可通过民众的口碑载道，他们人数众多，可以集体抵

———————

　　① 斯坦尼斯拉夫斯基. 易卜生评论集·谈《人民公敌》[M]. 史徒敏，译. 北京：外语教学与研究出版社，1982：241.

　　② 易卜生. 易卜生戏剧四种 [M]. 潘家洵，译. 北京：人民文学出版社，1958：383.

　　③ 易卜生. 易卜生书信演讲集 [M]. 汪余礼，戴丹妮，译. 北京：人民文学出版社，2012：371.

　　④ Martin Gottfried. Arthur Miller：His Life and Work. Cambridge：Da Capo Press edition 2003：163.

制当时那种高压氛围。

　　著名导演大卫·萨克尔（David Thacker）认为《人民公敌》的改编就像是"易卜生和米勒之间的一段奇妙的婚姻，两位伟大的剧作家在 21 世纪握手言和……这次合作的结果是一部两位剧作家都不可能单独创作完成的作品。它开始时很像一部易卜生的戏剧，然后通过中间的情节发展，阿瑟·米勒重写了那段公开演讲的大部分内容后，然后它就变得更像是米勒的作品"。"多数派是绝不可能正确的，除非它确实是正确的。"这就是阿瑟·米勒的基本思想。① 乔治·谢弗的改编电影《人民公敌》，不但忠实于阿瑟·米勒的改编剧本，而且还传承了来自米勒的很多观点与想法。关于这部代表着史蒂夫·奎因职业生涯惨败②的电影，还得感谢这位伟大的好莱坞硬派影星对这一作品情有独钟。在此前的 1974 年，史蒂夫·奎因凭借电影《地狱》创造了惊人的票房纪录，但他却决定急流勇退并且投入到改编易卜生和米勒的电影《人民公敌》中来，这个令人费解的决定对于史蒂夫来说最重要的一点就是："在我生命的这个阶段，我不想再拍普通的电影了。如果我的电影质量不能超过平均水平，我宁愿去过轻松的日子。我想做一件我引以为豪的事。"③ 虽然后来华纳电影公司拒绝发行这部影片，使得这部电影的知名度远远比不上易卜生和米勒的剧本，但是在电影《人民公敌》中，史蒂夫·奎因留着蓬松的长发和浓密的大胡子、戴着眼镜所饰演的斯多克芒医生让他的粉丝和评论家感到震惊。此后，史蒂夫·奎因几乎就再也没出现在大银幕上，并彻底告别了好莱坞。

---

　　① Martin Gottfried. Arthur Miller: His Life and Work. Cambridge: Da Capo Press edition 2003: 166.

　　② Greg Laurie, Marshall Terrill. Steve McQueen: The Salvation of An American Icon. Austin: American Icon Press, 2017: 164.

　　③ Mare Eliot. Steve McQueen: a biography [M]. New York: Crown Archetype, 2011: 305.

第六节　《苔丝》：性格与环境电影

在电影银幕上再现小说《德伯家的苔丝》是一件极其困难的事情。因为除了还原故事情节，还要呈现小说的主题、维多利亚时代的乡村社会背景、小说中无处不在的自然环境与景物描写，以及原著中对主要人物的细腻的心理刻画，哈代在情节之外附加的每一部分内容对改编者来说都绝非易事。尽管如此，《德伯家的苔丝》这部小说仍然是哈代作品影视改编中最受关注的一部，导演和编剧们穷尽各种手段试图影像化再现哈代这部杰作，一百多年时间里各种电影电视改编版本让人目不暇接，但却鲜有令人满意的作品。

1913 年美国导演 J·塞尔·道利（J. Searle Dawley）将小说《德伯家的苔丝》搬上了银幕，这也是哈代文学作品中被改编成电影的第一部作品。1924 年，美国导演马歇尔·尼兰（Marshall Neilan）再次改编了这部作品，影片被认为是"对气氛、细节和原著神韵的忠实再现"[①]。之后，小说《德伯家的苔丝》开始出现风格各异的诸多改编版本，如 1944 年及1967 年的印度版、1952 年英国版及 1959 年法国版的同名电视电影、1970年的韩国版《青春无情》、1979 年英法合拍的《苔丝》等。1941 年，大成影片公司曾经将其改编为带有中国江南小镇风情的电影《洞房花烛夜》，由朱石麟导演、桑弧编剧。距离今天比较近的改编版本还有 1998 年英国导演伊恩·夏普（Ian Sharp）执导的电视电影版《德伯家的苔丝》、2008 年由英国广播公司（BBS）和美国公共电视网（PBS）联合制作的四集电视连续剧《德伯家的苔丝》和 2012 年由英国导演迈克尔·温特伯顿

---

① 威廉·科斯坦佐. 评波兰斯基的《苔丝》[M]. 外国电影批评文选. 北京：世界图书出版公司，2014：215.

(Michael Winterbottom) 执导的、以当代印度社会生活为背景的电影《特莉萨娜》（*Trishna*）。其中，罗曼·波兰斯基 1979 年导演的电影《苔丝》颇具经典意义，它也是 20 世纪七八十年代被讨论最多的文学作品改编电影之一，在票房和奖项等方面均取得不俗的成绩，也在之后将近 20 年时间里让其他改编文本望尘莫及。

一

站在一个多世纪之后的文明发展社会变革的视角去审视哈代小说《德伯家的苔丝》，会明显感受到小说中所描绘的那个时代与我们今天社会之间的差别，有关小说阅读的困惑——尤其是有关自然与农村的描绘、性与宗教的问题也由此而来。因此，把《德伯家的苔丝》的故事放到维多利亚时代的英国社会中去理解，很多困扰读者的难题就会迎刃而解。

人们普遍认为，维多利亚时代大约从 1870 年到 1900 年经历了重大转变，这些变化可以被视为最终颠覆了以前的价值观和信仰。维多利亚时代的许多作家意识到，自己正在步入新时代，他们不确定新时代会带来什么，却怀疑旧的思维方式已经过时。① 哈代作品中所描写的那个时代，也就是维多利亚晚期，是英国社会发展中变化开始加快、危机不断涌现的年代。随着工业化和城市化的进程，社会变革中暴露出很多问题。与此同时，英国社会结构开始发生潜移默化的变革，各种尖锐矛盾与危机不断显现出来。小说《德伯家的苔丝》反映出哈代对当时某些严峻的和他最感兴趣的问题的思考与关注，他在书中描写到新兴工业化与城市化给古老且相对封闭的威塞克斯地区带来的冲击，并且围绕着小说主人公苔丝的遭遇，对禁锢人们思想，强调忠贞、纯洁，压抑妇女社会地位的道德表达了不满与抗议。哈代发展了小说描写时代的悲剧故事的领域，他笔下的悲剧人物

---

① 阿里斯特·麦格拉斯. 基督教神学导论（第 5 版）［M］. 北京：北京联合出版公司，2017：76.

主要是英国乡村小城镇生活中的小商贩及普通劳动者。当然，小说中还有一个十分重要的主题，是当宗教失去了传统意义上的权威性的时候，人们该如何应对现实生活中的诸多困境。

从小说结构和故事情节来看，《德伯家的苔丝》共分七"期"，每一期又分成若干章，全书共有59章。哈代说，"这部书的本意，既不想教训人，也不想攻击人，而只想在描述的部分，简单朴素地把意思表达出来。在思考的部分，多写进去一些印象，少写进去一些主见"①。小说反映的是资本主义进入英国农村后所引起的社会经济、政治、道德等一系列连锁反应，对当时社会道德观念、法律制度都有一定的批判和揭露。哈代在这部作品中流露出浓厚的悲观色彩和特殊的神秘气氛，他的作品表现的是人的理智与情欲之间的矛盾冲突，并从人的自然感情的角度，尤其是通过爱情表现个人对抗社会习俗、宗教观念的悲剧性，以讽刺批判维多利亚时代臻于至善的提法。

小说《德伯家的苔丝》的女主角苔丝是哈代所有作品的女主角中最令人满意的一位。她一点儿也不像那种无知的人，但就像她的姐妹们一样，她是个挺不错的异教徒，充满了人性和想象力，而且和她们一样，文化程度不高，有缺乏意志方面的问题，以及在重要时刻的致命的犹豫不决……②苔丝一生向往真和善，却遭到社会中邪恶与伪善的接连打击。她先遭花花公子亚雷·德伯诱奸，因"失了身的女子"的身份遭受周围人的歧视和道德偏见的压力，后因坦白此事被丈夫安玑·克莱抛弃，在生活的困窘中受尽残酷剥削。苔丝在走投无路的境况下不得不成为亚雷·德伯的情妇。丈夫醒悟后回来寻找她，结果造成了她的犯罪，使她被处绞刑。哈代以一个被当时社会礼法所不容的失去了贞操的所谓不道德的女人作为小

---

① 哈代. 德伯家的苔丝——一个纯洁的女人（哈代文集）［M］. 北京：人民文学出版社，2003：3-4.

② R. G. Cox. *Thomas Hardy the Critical Heritage* ［M］. London & New York，Routledge，190.

说的主角，并在副标题里称之为"一个纯洁的女人"，向一个具有高度特色的时代①——维多利亚时代全部自我意识与自豪感发出了挑战，并因此遭到了攻击。哈代因此感叹道："世界实在太拥挤了，所以无论怎样挪动地位，即使是最有理由向前挪动的一步，都会碰着别人脚跟上的皲裂。这种挪动，往往始于感触，而这种感触，有时始于小说。"②

电影《苔丝》开始的一组镜头是在一个十字路口拍的。波兰斯基后来回忆道："人们也许会认为，这个十字路口出自作者托马斯·哈代的想象。很巧，我也有这样的想法。"③ 影片以带有古风的游行会形式开场，在悠扬的音乐声中，游行队伍沿着大路越走越近。哈代的小说中写道："所有结队的会员，都穿着白色的长衫——这种鲜明的服装，是旧历通行那时候的遗风；那时候，欢乐的心情和五月的时光，是分不开的；那时候，人们还没有深思远虑的习惯，把人类的情绪压低到单调一律的程度呢。她们那天最先出现的时候，是两个人一排，排着队在区上游行。"④ 电影基本遵从了原著的描写，让这场充满欢乐和奔放情感的活动成为影片的开头，也成为苔丝生活的象征。如果没有后来的一系列事件，苔丝也许就在这样的英国乡村度过一生。实际上，影片开头连续出现了两个发生在十字路口的情节，一个是约翰·德北在路口目睹了游行会之后与崇干牧师的相遇与交谈，一个是克莱兄弟三人在旅途中看到草场舞会后的不同反应，这也是苔丝第一次见到安玑·克莱。他们相遇时虽然没有交谈和跳舞，但苔丝身穿象征纯洁的白色衣裙凝视安玑·克莱这一镜头极具象征意味：安玑·克莱在舞会上挑选了其他舞伴而没有选择苔丝，他在临走时的回头似乎意味着

① 阿萨·布里格斯. 英国社会史 [M]. 北京：商务印书馆，2015：294.
② 哈代. 德伯家的苔丝——一个纯洁的女人（哈代文集）[M]. 北京：人民文学出版社，1984：7.
③ 罗曼·波兰斯基. 波兰斯基回忆录 [M]. 北京：新星出版社，2008：387.
④ 哈代. 德伯家的苔丝——一个纯洁的女人（哈代文集）[M]. 北京：人民文学出版社，1984：10.

他感到了什么，但他最终还是错过了苔丝，这同他在结婚后没有选择和苔丝在一起如出一辙。

二

作为威塞克斯小说中最具有影响的一部作品，性格与环境描写是小说《德伯家的苔丝》中最具有哈代创作特征的内容，无论是老马之死那个晚上旅途中看到的星星、斯托克—德伯家的旁边古老的树林，还是雾气很大的围场树林。哈代先生对自然的知识和同情当然是所有读者都一清二楚的①，他发现自然对人类的欲望漠不关心，对人类的苦难极端冷酷无情。在书中，这种自然与社会以及人类的关系时不时出现在读者面前，引发人们的思考。其中，人与自然的交往是以令人惊异的力量表现出来的②。例如在描写收庄稼的工人时，哈代写道，"地里的女工，却是田地的一部分；她们仿佛失去了自身的轮廓，吸收了四周景物的要素，与它融化而形成为一体"③；在描写竭力躲开"人类"和"世界"的苔丝时，"在这些矿山之上和空谷之中，她那悄悄冥冥的凌虚细步，和她所活动于其中的大气，成为一体"，其至"她周围自然界的消息盈虚"都"变得好像是她个人身世的一部分"④。在哈代看来，女人这种容易与自然融为一体的特性使她们更容易表现出"不是出于自己的本心"的行为来，苔丝命运遭遇的根源，在于现实的自然与人类的道德伦理之间的对立。宗教没能解决其中的困惑，它只能以刺眼的鲜红大字的形式来深入人心。这种对立似乎是宗法制农村与工业文明之间对立的象征性呈现，也是社会发展的某种反映，或者变化为理智与情感之间的对立，甚至与小说中白天与黑夜之间的对立也有着某

---

①　W. 弗尔普斯. 论托马斯·哈代［M］. 哈代创作论集. 中国社会科学出版社，1992：20.

②　同上，1992：21.

③　哈代. 德伯家的苔丝——一个纯洁的女人（哈代文集）［M］. 北京：人民文学出版社，1984：109.

④　同上，1984：106.

种默契的联系。

　　"要真实地叙述这个故事，就必须在 20 世纪的今天找到一个同 19 世纪的多塞特相似的环境。只有在影片中突出这个环境，才能恰如其分地表达出托马斯·哈代作品中史诗般的情节。"① 电影的绝大部分外景在法国北部的村庄和城镇中完成，摄影师杰弗里·昂斯沃思（Geoffrey Unsworth）（后期为吉兰·克洛凯，Ghislain Cloquet）在波兰斯基的配合下，以浪漫主义的格调展现出优雅的维多利亚时期英国乡村生活的画面：山峦、草地、森林、荒原，到处呈现出小说家哈代心目中美丽乡村的田园风貌，尤其吸引人的是乡村生活的种种惬意之处，无论是草场舞会的奔放、牛奶厂的质朴，还是打谷场的忙碌、暮色下农舍烟囱里冒出的一缕轻烟，都给观众留下极为深刻的印象，乡村生活的传统被影片以一种浪漫的笔调保留了下来。就像影片开头的草场舞会上，怅然若失的苔丝在天边红霞的映衬下，脸上展现出如玫瑰般的色彩，如画的风景衬托出少女的活泼、纯洁与真情。在电影中，除奶牛之外，还有不少镜头刻意展示苔丝与动物之间的亲近。她第一次与亚雷散步时庄园中随处可见的孔雀，还有她离开安玑之后在森林里露宿时出现的雄鹿，这些元素提醒观众，有时，没有谁的生活比农民们简单又认真的生活更甜蜜。苔丝遭遇的社会真相越多，她就会越受伤。② 尽管波兰斯基的影片非常出色地强调了农村生活的景象和节奏，但是他仍旧没有能建立起使哈代的苔丝牢固地在大地上扎根的那种关系。③

　　小说《德伯家的苔丝》中重要情节的转换都与季节变化有着密切的联系，不同的季节起着人类悲剧的合唱队的作用④。身穿白色连衣裙的苔丝

---

　　①　罗曼·波兰斯基. 波兰斯基回忆录［M］. 北京：新星出版社，2008：383.

　　②　Julia Ain-Krupa. *Roman Polanski：a life in exile*［M］. California. ABC-CLIO，LLC. 2010. p114.

　　③　威廉·科斯坦佐. 评波兰斯基的《苔丝》［M］. 外国电影批评文选. 北京：世界图书出版公司，2014：218.

　　④　W. 弗尔普斯. 论托马斯·哈代［M］. 哈代创作论集. 中国社会科学出版社，1992：21.

在春天的五朔节中出场，在夏天的围场树林中遭到亚雷·德伯的诱奸。随着季节变化，她的遭遇接踵而至。她在十月后半月返回家中，在霜晨雪夜里过着销声匿迹般的生活。直到第二年的八月，在收割季节中，苔丝又"几乎快火起来了"，但孩子的夭折又让她痛苦万分。"她拿哲学家冷静清醒的眼光，注意那些岁月循环中去而复来的日子"①，这种情形在之后的小说中多次见到。小说家似乎在用这一事实提醒读者苔丝命运的走向，她的生活似乎遵循着四季交替的规律，在春天时来运转，在秋天失意衰落。而当新的一年开始之际，苔丝的生活也将迎来新的转机。因此，电影《苔丝》在删去原著中多处无关紧要的情节之后，将重点放在几处重要的情节上，并通过每一个转折点的变化来凸显苔丝生活状态的变化以及她在不同阶段的遭遇。影片基本上遵循了原著的时间线，"通过一年四季明显而又能感觉得到的变化来突出苔丝本身的变化。一旦找到需要的乡村外景地，我们就立即开拍，从初春，经过盛夏，直到隆冬"。②

哈代在小说中有意将白天视为世俗道德观统治一切的阶段，而黑夜则是邪恶的、不顾社会礼法的。当苔丝离开亚雷·德伯回到家中销声匿迹的时候，她突然意识到在"黄昏时刻，有那么一刻工夫，亮光和黑暗，强弱均匀，恰恰平衡，把昼间的踢天踏地和夜间的意牵心悬，互相抵消，给人在心灵上留下绝对的自由"。在这一点上，电影的表现力就远不如小说那么显而易见。虽然电影中有意安排了几处比较浪漫化的场景，如苔丝被吹笛子的安玑所吸引、女工们因暗恋安玑在黄昏背景中的窗口张望等片段，但与原著不同的是，小说中多处刻意描画的夜晚生活场景在电影中被删去，只留下了对情节影响较大的几处，如围场树林的夜晚（也是狂欢歌舞的夜晚）、埋葬孩子的夜晚、苔丝的新婚之夜等几处最重要的部分。

---

① 哈代. 德伯家的苔丝——一个纯洁的女人（哈代文集）[M]. 北京：人民文学出版社，1984：123.

② 罗曼·波兰斯基. 波兰斯基回忆录 [M]. 北京：新星出版社，2008：383.

三

在小说中，当苔丝在棱窟槐农田为摆脱亚雷的无理纠缠而用皮手套朝他抡去之后，小说家将她比作一个让人捉住了的麻雀，并借苔丝的口强调："一次被害，永远被害——这是一定的道理！"① 这句话似乎是对苔丝命运的概括，也是哈代人物塑造的核心理念所在。一个纯洁的女人，是小说家哈代作为一个心地坦白的人对于女主角的品格所下的评判。② 但纯洁的苔丝在小说中犹如一名不断遭到惩罚的受害者，读者们不禁会问，她到底做错了什么，以致所有的不幸和痛苦都落到了她一个人的身上？偶然性与宿命感是哈代在这部小说中时常流露出来的内容。如果没有崇干牧师和约翰·德北的偶遇，如果崇干牧师没有说出那一番话，如果约翰·德北对有关家族渊源的内容不感兴趣，如果苔丝没有去亚雷·德伯家或是她在那个晚上没有上他的马，苔丝的人生就会完全不同。哈代强调德伯家族的历史渊源和曾经的辉煌在如今已经落魄的后代身上的沉重负担，尤其是成为某种报应的受害者：破产、失去土地和房产、遭受凌辱等。当她在新婚之夜坦白一切之后与安玑的交谈中，她强调自己地位和身份的辩解却遭到安玑一句讽刺："我本来还以为你是大自然的新生儿女哪，谁知道却是奄奄绝息的贵族留下来的一支日暮途穷的孽子儿孙呢。"③ 在电影中，这种在小说似乎刻意强调的偶然性和难以言传的报应说更多被一种宿命感和赎罪感取而代之。在波兰斯基的眼中，苔丝性格中最吸引他的是她的顺从和宿命论，而且她从不抱怨。所有这些不公平的事情都发生在她身上，直到最后她才抱怨。从故事情节上来说，宿命论还有另一层含义，那就是"折磨苔

---

① 哈代. 德伯家的苔丝——一个纯洁的女人（哈代文集）[M]. 北京：人民文学出版社，1984：420.

② 同上，1984：8.

③ 同上，1984：296.

丝一生的种种苦恼都来自一些小小的偶然事件"，"如果她父亲醉酒后没有
遇见那位牧师向他透露他的贵族出身，悲剧就不会发生，苔丝可以一辈子
过着无忧无虑的多塞特农民的生活，而不会遇上德伯家的公子亚历克，也
不会被人强奸，最后更不会死在绞刑架上"①。但《苔丝》这部影片意在
"描写在一个人类的行为被阶级差别和社会偏见所左右的世界上，单纯和
无知是如何被出卖的，并对其因果关系进行了探讨"。②因此，影片的节奏
感在于每到一个转折点，都有一种力量驱使苔丝走向不幸和悲剧，即来自
她家庭的压力，以及她内心的淳朴善良。

　　尽管波兰斯基很难通过影片建立起哈代笔下那种与大地融为一体的感
觉，但在导演看来，《苔丝》这部电影是关于"一个纯洁的农村姑娘，和
她在一个相当残酷而古板的社会里，所经历的非常普通的苦难遭遇的故
事"③，能够把苔丝与这个社会之间的对立表达出来，就是对哈代原著小说
的最真实解读。在影片中，德国影星娜塔莎·金斯基饰演了影片中的苔丝
一角，她美丽的容颜始终吸引着观众的注意，在很大程度上增添了观众对
她不幸遭遇的同情，也拉大了她与社会环境之间的冲突。在影片中，她始
终赋予苔丝这个角色以一种哈代小说中所特有的栩栩如生，同时兼具天真
与世故的独特个性。她不再是哈代笔下静谧脱俗的自然之女，而是洋溢着
青春气息的伤痕累累的女性形象。虽然金斯基的表演很精彩，她体现出了
苔丝的青春、清新和天真，还有偶尔害羞的尴尬，但她很自然的异国情调
和优雅让人很难相信她能成为一名英格兰玫瑰少女。④ 娜塔莎·金斯基为
了演好这个角色，曾在多尔塞特待了几个月，以熟悉那个地区的语言和农
庄的生活习惯，甚至成为一名令人信服的牛奶场女工。但当她站在亚雷·

　　①② 　罗曼·波兰斯基. 波兰斯基回忆录 [M]. 新星出版社，2008：383.
　　③ 　威廉·科斯坦佐. 评波兰斯基的《苔丝》[M]. 外国电影批评文选. 北京：世界图书出
版公司，2014：218.
　　④ 　Julia Ain-Krupa. *Roman Polanski：a life in exile* [M]. California. ABC-CLIO, LLC.
p116.

德伯的豪宅前说出那一句"都是新的"的时候,观众丝毫感觉不到哈代原
著中的讽刺意味,反而成了农村姑娘的一句感慨,也成为生活压力的某种
显现。这与波兰斯基在影片中所寻求的浪漫风格相契合,他想回到"叙述
某些特定事件的作家们的世界中去,回到人类最深邃的情感中去,回到最
重要的事物和那些一个时期以来我们引以为耻,担心似乎太简单的事物上
去"。① 除了苔丝,亚雷·德伯和安玑·克莱两个主要角色也较小说中有较
大改变。

　　小说中的两位男主角安玑·克莱和亚雷·德伯首先是同一类人,他们
都是这个时代接受了良好教育的年轻人,身上都有反传统的特质,但他们
也都不知道怎样开始属于自己一代人的新生活,因而成为他们所处社会中
离经叛道的一类人。哈代笔下的亚雷有一些粗野的神气,还有双滴溜溜转
的眼睛和两撇黑八字胡,他是富商之子,贪婪、轻狂是他的本性,他是现
代文明的产物,也是社会恶行的化身,他在苔丝身上看到自己无法控制的
欲望,他对于苔丝的多次追逐是一个胆大妄为的浪荡公子的行径。哈代还
有意将他虚假的高贵与苔丝真正崇高的心灵进行对比和嘲讽。亚雷从苔丝
身上感受到她强大的吸引力,不仅在于她美丽的容颜,还有某些更崇高和
纯洁的东西。在亚雷与苔丝交往的两个不同阶段,亚雷也发生了很大的变
化,甚至他对苔丝的感情也发生了变化,但他始终无法理解和适应苔丝这
样善良高尚的女人,跟她在一起,他除了毁掉她以外别无出路。影片中由
年轻的话剧演员雷·劳森饰演的亚雷并非简单的邪恶形象,而是在花花公
子形象背后表现出更多的对苔丝强烈的欲望,尤其是在导演和编剧舍弃了
那段他成为一名"杰出的热烈基督徒"的内容之后。影片在讲述他把草莓
和玫瑰献给苔丝时,逢场作戏的动作背后流露出对苔丝的占有欲;在围场
树林俯身吻苔丝时,语气中不乏对她的倾慕之情,即使是在他诱奸苔丝

---

　　① 威廉·科斯坦佐. 评波兰斯基的《苔丝》[M]. 外国电影批评文选. 北京: 世界图书出
版公司,2014: 140.

前，苔丝失手将他推下马导致他受伤也是一处非常重要的细节描写。与之相似的是，在打谷场苔丝再次打了他导致他流血，但影片的后半部分自始至终没有花太多笔墨去描画他对苔丝太多的渴望，甚至是婚姻的渴望。

　　"几乎总有一个女人'付出代价'，她发现自己成为命运的诡计或性格上的失败的牺牲品：毁了苔丝的与其说是亚雷·德伯对她的性剥削，还不如说是那位她将自己所有的爱和信任都毫无保留地奉献出去了的人对她的抛弃。"① 表面上看起来，安玑·克莱与亚雷刚好形成对比，他是牧师之子，是这个时代具有高尚思想的男子。但实际上，他们都在与苔丝交往的过程中暴露出自身的局限性。表面上看来，安玑理智而善于思考，但他在苔丝悲剧中实际上需要承担的责任远大于亚雷。尤其是当苔丝已经完全陷入对他的爱情之中，并且毫无保留地讲述她不幸的过去之后，他却选择了退出，做出离她远去这样残酷的决定。当安玑把苔丝视为一个堕落的女人时，他头脑里关于理智的思考和反传统的观念却被传统的和根深蒂固的关于"纯洁"的思想和价值观念所左右。值得回味的是他对苔丝的辱骂："不要说了，苔丝；不要辩了。身份不一样，道德的观念就不同，哪能一概而论？我听你说了这些话，我就只好说你是个不懂事儿的乡下女人，对世事人情的轻重缓急，从来就没入过门儿。"② 这段道貌岸然的言语所透露出来的冷漠与无情，才是对苔丝最致命的打击。在影片中，彼得·佛斯饰演的安玑中规中矩地表现出他身上的与众不同、郁郁寡欢、表里不一以及无能，也就是小说中作者所说的"眼神儿和举动，总带有一种模糊、散漫、含有心思的意态"③。波兰斯基将他手中的竖琴换成了短笛，将他与父亲以及两位哥哥的隔阂以及他与梅绥·翔特的交往都简单化处理之后，安

----

① Michael Millgate. *Thomashardy：A Biography Revisited* [M]. Oxford University Press Inc，New York. 273.

② 哈代. 德伯家的苔丝——一个纯洁的女人（哈代文集）[M]. 北京：人民文学出版社，1984：295-296.

③ 同上，1984：143.

玑·克莱的形象显得有点黯然失色。

作为犹太人，波兰斯基有过颠沛流离和惶恐不安的童年生活，早年惨痛经历深刻地影响着他的电影创作，他的作品或多或少表现出恐惧感以及特立独行的风格。选择哈代的《德伯家的苔丝》作为自己的改编拍摄对象，一方面是因为亡妻莎伦·塔特的喜爱，在最后完成的剧本上，波兰斯基加上了题词，"献给莎伦"①；另一方面，苔丝悲剧性的人生、身受苦难而无助的命运都让他感同身受，小说挑战了 19 世纪 90 年代的道德法则②，还有"对简朴的农民生活的精彩描绘"③，当然还有他在拍摄这部影片之前遭遇的性犯罪指控和逃离美国的做法。但在影片中，波兰斯基用一种显而易见的方式去表现他与过去，包括好莱坞生涯的决裂，他没有选择最得心应手的诸多电影表现手法，尤其那些与哈代小说中随处可见的阴森、不祥或带有神秘主义的片段相匹配的形式，取而代之的是现实主义手法和浪漫主义的笔调，原著小说中的诱奸、梦游、谋杀等一系列血腥暴力性场面和离奇情节几乎全被忽略或是以更为隐蔽的方式加以表现，尤其是暴力行为，包括亚雷的被杀和苔丝最后的绞刑，都发生在银幕之外。

影片在删掉小说某些情节的同时，还充分发挥电影艺术手段，对原著部分内容进行了加工，如苔丝来到德伯家"认本家"，当她来到德伯家府邸时，眼前的一切让她犹豫而不知所措之时，一句"我的美人儿，能为你效劳吗？"亚雷叼着烟卷从帐篷里走出来，一副玩世不恭的样子。而他招待苔丝品尝草莓、给她戴上玫瑰花等一些细节，传达出亚雷的欲望和苔丝的涉世未深，为后来的诱奸埋下了伏笔。苔丝被亚雷诱奸后，曾与之有过四个月的同居生活。影片通过几个镜头对原著中未能提及的内容进行了补充，也交代了苔丝离开亚雷的原因。其中有在帐篷里苔丝打开亚雷送她的礼物盒子，看到时髦漂亮的帽子而露出的一丝微笑，有苔丝与亚雷湖上泛

---

① 克里斯托弗·桑德福. 波兰斯基传 [M]. 南京：南京大学出版社，2012：327.
②③ 同上，2012：325.

舟，苔丝衣着华丽但郁郁寡欢的样子，还有雷电交加的夜晚在卧室中苔丝拒绝给敲门的亚雷开门的场景，都反映出苔丝对与亚雷在一起生活的厌弃，以及她内心的无奈、挣扎与倔强。亚雷在与苔丝告别时曾说过："只要你给我写一封信，我就会为你提供你需要的一切。"原著小说中并没有这一句话，但在电影中却是亚雷对两人关系的一种概括。对苔丝与安玑的新婚之夜，影片也采用了一些与小说不同的手法。苔丝讲述自己故事的长镜头，通过镜头的放大与缩小、噼啪作响的炉火以及时钟嘀嗒声来暗示这一段最残酷最紧张的过程，静默之后的安玑离开座位去拨弄壁炉的火，安玑的离席暗示着他对苔丝的抛弃。而当安玑出门去走一走回到寓所时，镜头将还未整理的箱子、刚刚熄灭的蜡烛、晚餐、首饰等一一呈现，实际上是两人内心激动而复杂的情感的外化。

影片后半部分出色而完美地描摹了苔丝与安玑相识相恋之后矛盾而复杂的心情。苔丝喜欢上安玑之后认为自己不纯洁而对安玑的爱始终保持一种犹豫不决的状态，在安玑向她表露爱意后陷入了矛盾与痛苦。她为了摆脱这种矛盾与痛苦，几次决心把往事告诉安玑，但始终未能说出口，塞进安玑门缝里的那封信，竟然也鬼使神差般地没被看到。在描述这些延宕场面和细节时，人物的不幸命运与宿命感油然而生，收到了与小说殊途同归的艺术效果。

在影片的结尾处，波兰斯基借用苔丝服饰的红色来对应开头草场舞会上纯洁的白色，两者形成了鲜明的反差。从夕阳西下的黄昏到穷途末路的黎明，依然是作品中无处不在的迷雾，在冰冷的石板上酣睡的苔丝身着红色外套，就像是献祭的牺牲品。当苔丝被警察带走时，早晨的太阳在巨石阵之上升起，似乎在提醒这座神圣的远古时代的象征物的意义：一切都将过去，生活还将继续。

参考文献

文学史类：

[1] 波斯彼洛夫，沙布略夫斯基．俄国文学史（上卷）［M］．蒋路，孙玮，译．北京：作家出版社，1954．

[2] 卡普斯金．十九世纪俄罗斯文学史（上下册）［M］．北京大学俄语系文学教研室，译．北京：高等教育出版社，1958．

[3] 桑普森．简明剑桥英国文学史（十九世纪部分）［M］．刘玉麟译．上海：上海外语教育出版社，1987．

[4] 皮埃尔·布吕奈尔，等．19世纪法国文学史［M］．郑克鲁，等，译．上海：上海人民出版社，1997．

[5] 勃兰兑斯．十九世纪文学主流（共6册）［M］．张道真，等，译．北京：人民文学出版社，1997．

[6] 安德鲁·桑德斯．牛津简明英国文学史［M］．谷启楠，韩加明，高万隆，译．北京：人民文学出版社，2000．

[7] 马克·斯洛宁．现代俄国文学史［M］．汤新楣，译．北京：人民文学出版社，2001．

[8] 雷纳·韦勒克．近代文学批评史（共8卷）［M］．杨自伍，译．上海：上海译文出版社，2009．

[9] 萨克文·伯科维奇．剑桥美国文学史第三卷 散文作品1860—1920［M］．蔡坚，张占军，鲁勤，译．北京：中央编译出版社，2010．

[10] 高尔基世界文学研究所编撰．世界文学史第6卷［M］．杜文娟，等，译．上海：上海文艺出版社，2013．

[11] 高尔基世界文学研究所编撰．世界文学史第7卷［M］．蔡捷，等，

译. 上海：上海文艺出版社，2013.

[12] 高尔基世界文学研究所编撰. 世界文学史第 8 卷，上册［M］. 白春仁，等，译. 上海：上海文艺出版社，2013.

[13] 德·斯·米尔斯基. 俄国文学史（上下册）［M］. 刘文飞，译. 北京：人民出版社，2013.

[14] 蒋承勇，等. 外国文学经典生成与传播研究（第 5 卷）近代卷（下）［M］. 北京：北京大学出版社，2019.

文学作品集与文学理论类：

[1] A．别尔金. 契诃夫的现实主义［M］. 徐亚倩，译. 上海：新文艺出版社，1954.

[2] 易卜生. 易卜生戏剧四种［M］. 潘家洵，译. 北京：人民文学出版社，1958.

[3] 耶里扎罗娃. 契诃夫的创作与十九世纪末期现实主义问题［M］. 杜殿坤，译. 上海：上海文艺出版社，1962.

[4] Г．A．比亚雷，M．K．克列曼. 屠格涅夫论［M］. 冒效鲁，译. 上海：上海文艺出版社，1962.

[5] 丽列叶娃. 巴尔扎克年谱（生平与创作）［M］. 王梁之，译. 北京：作家出版社，1962.

[6] B．别林斯基. 别林斯基选集第二卷［M］. 满涛，译. 上海：上海译文出版社，1979.

[7] 中国社会科学院外国文学研究所外国文学研究资料丛刊编辑委员会. 欧美古典作家论现实主义和浪漫主义（一）［M］. 北京：中国社会科学出版社，1980.

[8] 中国社会科学院外国文学研究所外国文学研究资料丛刊编辑委员会. 欧美古典作家论现实主义和浪漫主义（二）［M］. 北京：中国社会科

学出版社，1981.

[9] 罗经国. 狄更斯评论集 [M]. 罗经国，等，译. 上海：上海译文出版社，1981.

[10] 倪蕊琴. 俄国作家批评家论列夫·托尔斯泰 [M]. 倪蕊琴，等，译. 北京：中国社会科学出版社，1982.

[11] 高中甫. 易卜生评论集 [M]. 高中甫，等，译. 北京：外语教学与研究出版社，982.

[12] 陈燊. 欧美作家论列夫·托尔斯泰 [M]. 陈燊，等，译. 北京：中国社会科学出版社，1983.

[13] 杜勃罗留波夫. 杜勃罗留波夫选集（第一卷）[M]. 辛未艾，译. 上海：上海译文出版社，1983.

[14] 杜勃罗留波夫. 杜勃罗留波夫选集（第二卷）[M]. 辛未艾，译. 上海：上海译文出版社，1983.

[15] 洛姆诺夫. 托尔斯泰剧作研究 [M]. 徐宗义，译. 西宁：青海人民出版社，1983.

[16] 安·屠尔科夫. 安·巴·契诃夫和他的时代 [M]. 朱逸森，译. 北京：中国社会科学出版社，1984.

[17] 叶尔米洛夫. 论契诃夫的戏剧创作 [M]. 张守慎，译. 北京：中国戏剧出版社，1985.

[18] 高文风. 屠格涅夫论 [M]. 沈阳：辽宁人民出版社，1986.

[19] 古谢夫.《战争与和平》创作过程概要 [M]. 雷成德，译. 西安：西北大学出版社，1987.

[20] 阿瑟·密勒. 阿瑟·密勒论戏剧 [M]. 郭继德，等，译. 北京：文化艺术出版社，1988.

[21] 司汤达. 爱情论 [M]. 罗国祥，杨海燕，等，译. 长沙：湖南人民出版社，1988.

［22］克里斯托弗·考德威尔. 浪漫主义与现实主义对英国资产阶级文学的
　　　研究［M］. 薛鸿时，译. 北京：生活·读书·新知三联书店，1988.

［23］丹缅·格兰特，莉莲·弗斯特. 现实主义·浪漫主义——艺术历程的
　　　追踪［M］. 郑鸣放，邵小红，朱敬才，译. 西安：陕西人民出版
　　　社，1989.

［24］达米安·格兰特. 现实主义［M］. 周发祥，译. 北京：昆仑出版
　　　社，1989.

［25］李兆林，叶乃方编. 屠格涅夫研究［M］. 上海：上海译文出版
　　　社，1989.

［26］列夫·托尔斯泰. 战争与和平（上下册）［M］. 刘辽逸，译. 北京：
　　　人民文学出版社，1989.

［27］董衡巽. 马克·吐温画像［M］. 董衡巽，等，译. 上海：上海文艺
　　　出版社，1991.

［28］帕佩尔内. 契诃夫怎样创作［M］. 朱逸森，译. 上海：上海译文出
　　　版社，1991.

［29］舍斯托夫. 悲剧的哲学——陀思妥耶夫斯基与尼采［M］. 张杰，译.
　　　桂林：漓江出版社，1992.

［30］陈焘宇. 哈代创作论集［M］. 陈焘宇，等，译. 北京：中国社会科
　　　学出版社，1992.

［31］司汤达. 司汤达文学书简［M］. 许光华，译. 合肥：安徽文艺出版
　　　社，1993.

［32］巴尔扎克. 人间喜剧（共 24 卷）［M］. 郑永慧，等，译. 北京：人
　　　民文学出版社，1994.

［33］孟胜德，阿斯特里德·萨瑟. 易卜生研究论文集［M］. 北京：中国
　　　文学出版社，1995.

［34］莱蒙托夫. 莱蒙托夫全集（全 5 卷）［M］. 顾蕴璞，译. 石家庄：河

北教育出版社，1996.

[35] 苏·阿·罗扎诺娃. 思想通信——列·尼·托尔斯泰与俄罗斯作家（上下册）[M]. 马肇元，冯明霞，译. 北京：文化艺术出版社，1997.

[36] 格·米·弗里德连杰尔. 陀思妥耶夫斯基与世界文学 [M]. 施元，译. 上海：上海译文出版社，1997.

[37] 列夫·托尔斯泰. 托尔斯泰日记（上下册）[M]. 雷成德，等，译. 西安：陕西人民出版社，1998.

[38] 马克·吐温. 汤姆·索亚历险记 哈克贝利·费恩历险记 [M]. 成时，译. 北京：人民文学出版社，1998.

[39] 司汤达. 司汤达小说全集（共 4 册）[M]. 许渊冲，等，译. 长沙：湖南文艺出版社，1998.

[40] 查尔斯·狄更斯. 狄更斯文集（共 19 卷）[M]. 陈漪，等，译. 上海：上海译文出版社，1998.

[41] 屠格涅夫. 屠格涅夫全集（1—12 卷）[M]. 力冈，等，译. 石家庄：河北教育出版社，2000.

[42] 列夫·托尔斯泰. 列夫·托尔斯泰文集（全 17 卷）[M]. 汝龙，等译. 北京：人民文学出版社，2000.

[43] 马里奥·巴尔加斯·略萨. 无休止的纵欲 [M]. 略萨全集：第 44 卷. 朱景冬，施康强，译. 长春：时代文艺出版社，2000.

[44] 屠格涅夫. 屠格涅夫文集（1—6 卷）[M]. 丰子恺，等，译. 北京：人民文学出版社，2001.

[45] 马克·吐温. 马克·吐温十九卷集 [M]. 叶冬心，等，译. 石家庄：河北教育出版社，2001.

[46] 福楼拜. 福楼拜小说全集（上中下册）[M]. 李健吾，译. 北京：人民文学出版社，2002.

[47] 雨果. 雨果文集（全 12 卷）[M]. 程曾厚，等，译. 北京：人民文

学出版社，2002

[48] 司汤达. 司汤达文集（共 6 册）[M]. 郝运，等，译. 上海：上海译文出版社，2003.

[49] 巴尔扎克. 巴尔扎克论文艺 [M]. 袁树仁，译. 北京：人民文学出版社，2003.

[50] 弗兰克·埃夫拉尔. 杂闻与文学 [M]. 谈佳，译. 天津：天津人民出版社，2003.

[51] 马尔科姆·琼斯. 巴赫金之后的陀思妥耶夫斯基：陀思妥耶夫斯基幻想现实主义解读 [M]. 赵亚莉，陈红薇，魏玉杰，译. 长春：吉林人民出版社，2004.

[52] 弗拉基米尔·纳博科夫. 文学讲稿 [M]. 申慧辉，等，译. 上海：上海三联书店，2005.

[53] 易卜生. 易卜生戏剧选 [M]. 潘家洵，等，译. 北京：人民文学出版社，2006.

[54] 普鲁斯特. 驳圣伯夫 [M]. 王道乾，译. 上海：上海译文出版社，2007.

[55] 哈罗德·布鲁姆：误读图示 [M]. 天津：天津人民出版社，2008.

[56] 巴赫金. 巴赫金全集（7 卷）[M]. 钱中文，译. 石家庄：河北教育出版社，2009.

[57] 理查德·利罕. 文学中的城市——知识与文化的历史 [M]. 吴子枫，译. 上海：上海人民出版社，2009.

[58] 陀思妥耶夫斯基. 费·陀思妥耶夫斯基全集（全 22 卷）[M]. 磊然，等，译. 石家庄：河北教育出版社，2010.

[59] 中国社会科学院文学研究所. 文艺理论译丛（上下册）[M]. 杨一之，等，译. 北京：知识产权出版社，2010.

[60] 中国社会科学院文学研究所. 世界文学中的现实主义问题 [M]. 夏

森，等，译. 北京：知识产权出版社，2010.

[61] 蒋承勇. 十九世纪现实主义文学的现代阐释 [M]. 北京：中国社会科学出版社，2010.

[62] 斯坦纳. 托尔斯泰或陀思妥耶夫斯基 [M]. 严忠志，译. 杭州：浙江大学出版社，2011.

[63] 查尔斯·狄更斯. 狄更斯全集（共 24 卷）[M]. 莫雅平，等，译. 杭州：浙江工商大学出版社，2012.

[64] 列夫·托尔斯泰. 列夫·托尔斯泰小说全集（全 12 册）[M]. 草婴，译. 北京：现代出版社，2012.

[65] 易卜生. 易卜生书信演讲集 [M]. 汪余礼，戴丹妮，译. 北京：人民文学出版社，2012.

[66] 里克·麦克皮克，多纳·塔辛·奥文. 托尔斯泰论战争 [M]. 马特，译. 北京：经济科学出版社，2013.

[67] 赵炎秋. 狄更斯学术史研究 [M]. 南京：译林出版社，2014.

[68] 赵炎秋. 狄更斯研究文集 [M]. 蔡熙，刘白，赵炎秋，译. 南京：译林出版社，2014.

[69] 别尔德尼科夫. 安·巴·契诃夫思想和创作探索 [M]. 朱逸森，译. 上海：华东师范大学出版社，2015.

[70] 约翰·伯特·福斯特. 跨越国界的托尔斯泰 [M]. 赵砾坚，译. 哈尔滨：黑龙江教育出版社，2015.

[71] 安东·巴甫洛维奇·契诃夫. 契诃夫小说全集（全 10 卷）[M]. 汝龙，等，译. 北京：人民文学出版社，2016.

[72] 梅列日科夫斯基. 托尔斯泰与陀思妥耶夫斯基 [M]. 杨德友，译. 北京：华夏出版社，2016.

[73] B. B. 津科夫斯基. 俄国思想家与欧洲 [M]. 徐文静，译. 上海：上海三联书店，2016.

[74] 尼克利斯基. 俄罗斯文学的哲学阐释 ［M］. 张百春，译. 合肥：安徽大学出版社，2017.

[75] 陀思妥耶夫斯基. 陀思妥耶夫斯基文集（全 20 卷）［M］. 耿济之，译. 北京：人民文学出版社，2018.

[76] 哈代. 哈代文集（全 7 册）［M］. 张谷若，等，译. 北京：人民文学出版社，2018.

[77] 安东·巴甫洛维奇·契诃夫. 契诃夫戏剧全集（1—4）［M］. 童道明，等，译. 上海：上海译文出版社，2018.

[78] 安东·契诃夫. 契诃夫书信集 ［M］. 朱逸森，译. 上海：上海译文出版社，2018.

文学传记类：

[1] 安德朗尼科夫. 莱蒙托夫传 ［M］. 朱笄，译. 上海：时代出版社，1949.

[2] П. Г. 普斯托沃依特. 屠格涅夫评传 ［M］. 韩凌，译. 北京：人民文学出版社，1959.

[3] А. Х. 伊瓦青柯. 福楼拜 ［M］. 盛澄华，李宗杰，译. 上海：上海文艺出版社，1959.

[4] В. 叶米尔洛夫. 契诃夫传 ［M］. 张守慎，译. 北京：人民文学出版社，1960.

[5] 伊·佐洛图斯基. 果戈理传 ［M］. 刘伦振，等，译. 天津：天津人民出版社，1982.

[6] 涅·纳·纳乌莫娃. 屠格涅夫传 ［M］. 刘石丘，史宪忠，译. 天津：天津人民出版社，1982.

[7] 德·奥布洛米耶夫斯基. 巴尔扎克评传 ［M］. 刘伦振，杜嘉蓁，李忠玉，译. 北京：中国社会科学出版社，1983.

[8] H. 鲍戈洛夫斯基. 屠格涅夫传 [M]. 高文风, 王瑞仁, 译. 哈尔滨: 黑龙江人民出版社, 1984.

[9] 托尔斯泰娅. 同时代人回忆托尔斯泰（上下册）[M]. 冯连骈, 张韵婕, 裴兆顺, 译. 上海: 上海译文出版社, 1984.

[10] 尼·斯捷潘诺夫. 果戈理传 [M]. 张达三, 刘健鸣, 译. 哈尔滨: 黑龙江人民出版社, 1984.

[11] 阿·维诺格拉多夫. 红白黑——司汤达传 [M]. 曾正平, 等, 译. 天津: 天津人民出版社, 1987.

[12] 亚·波波夫金. 列夫·托尔斯泰传 [M]. 李未青, 辛守魁, 译. 哈尔滨: 黑龙江人民出版社, 1987.

[13] 马努依洛夫. 莱蒙托夫 [M]. 郭奇格, 译. 北京: 北京出版社, 1988.

[14] 别尔德尼科夫. 契诃夫传 [M]. 陈玉增, 邢淑华, 傅韵秋, 译. 哈尔滨: 黑龙江人民出版社, 1988.

[15] 朱妮塔·H. 弗洛伊德. 女性与创作——巴尔扎克生活中的一个侧面 [M]. 何勇, 王海龙译. 上海: 学林出版社, 1988.

[16] 马修·约瑟夫森. 司汤达传 [M]. 包承吉, 译. 南昌: 江西人民出版社, 1989.

[17] 伦纳德·莫斯. 阿瑟·米勒评传 [M]. 田路一, 王春丽, 译. 北京: 中国戏曲出版社, 1991.

[18] 让-皮埃尔·理查. 文学与感觉司汤达与福楼拜 [M]. 顾嘉琛, 译. 北京: 生活·读书·新知三联书店, 1992.

[19] 埃德加·约翰逊. 狄更斯——他的悲剧与胜利 [M]. 林筠因, 石幼珊, 译. 天津: 天津人民出版社, 1992.

[20] 尤·谢列兹涅夫. 陀思妥耶夫斯基传 [M]. 徐昌翰, 译. 哈尔滨: 黑龙江人民出版社, 1992.

[21] 托尔斯泰娅. 天地有正义——列夫·托尔斯泰传（上下册）［M］. 启
　　 篁，贾明，锷权，译. 长沙：湖南文艺出版社，1992.

[22] 尼科列娃. 决斗的流刑犯——莱蒙托夫传［M］. 刘伦振，译. 长沙：
　　 湖南文艺出版社，1993.

[23] 瓦·布尔加科夫. 列·托尔斯泰一生的最后一年［M］. 王庚年，等，
　　 译. 上海：上海译文出版社，1994.

[24] 米·赫拉普钦科. 尼古拉·果戈理［M］. 刘逢祺，张捷，译. 上海：
　　 上海译文出版社，2001.

[25] 斯蒂芬·茨威格. 精神世界的缔造者：九作家评传［M］. 申文林，
　　 高中甫，等，译. 北京：新星出版社，2017.

[26] 斯·茨威格. 三大师［M］. 申文林，译，北京：人民文学出版社，
　　 2001.

[27] 格罗莫夫. 契诃夫传［M］. 郑文樾，朱逸森，译. 郑州：海燕出版
　　 社，2003.

[28] 司汤达. 司汤达自传［M］. 王明元，高艳春，译. 郑州：海燕出版
　　 社，2004.

[29] 艾珉. 巴尔扎克：一个伟大的寻梦者［M］. 北京：人民文学出版
　　 社，2005.

[30] 谢列兹尼奥夫. 陀思妥耶夫斯基传［M］. 刘涛，张宏光，王钦仁，
　　 译. 郑州：海燕出版社，2005.

[31] 什克洛夫斯基. 列夫·托尔斯泰传（上下册）［M］. 安国梁，等，
　　 译. 郑州：海燕出版社，2005.

[32] 李健吾. 福楼拜评传［M］. 桂林：广西师范大学出版社，2007.

[33] 比约恩·海默尔. 易卜生——艺术家之路［M］. 石琴娥，译. 北京：
　　 商务印书馆，2007.

[34] Г. Б. 波诺马廖娃. 陀思妥耶夫斯基：我探索人生奥秘［M］. 张变

革，征钧，冯华英，译. 北京：商务印书馆，2011.

[35] 莫洛亚. 巴尔扎克传：普罗米修斯或巴尔扎克的一生 [M]. 艾珉，俞芷倩，译. 杭州：浙江大学出版社，2014.

[36] 罗勃·道格拉斯-菲尔赫斯特. 青年狄更斯——伟大小说家的诞生 [M]. 林婉婷，麦慧芬，陈逸轩，译. 台北：商周出版，2014.

[37] 阿谢多利宁. 同时代人回忆陀思妥耶夫斯基 [M]. 翁文达，译. 桂林：广西师范大学出版社，2014.

[38] 彼得·阿克罗伊德. 狄更斯传 [M]. 包雨苗，译，北京：北京师范大学出版社，2015.

[39] 约瑟夫·弗兰克. 陀思妥耶夫斯基：反叛的种子 1821—1849 [M]. 戴大洪，译. 桂林：广西师范大学出版社，2016.

[40] 约瑟夫·弗兰克. 陀思妥耶夫斯基：受难的年代 1850—1859 [M]. 刘佳林，译. 桂林：广西师范大学出版社，2016.

[41] 塔·库兹明斯卡娅. 托尔斯泰妻妹回忆录 [M]. 辛守魁，董玲，译. 北京大学出版社，2016.

[42] 伊·托尔斯泰. 托尔斯泰次子回忆录 [M]. 梁小楠，等，译. 北京大学出版社，2016.

[43] 弗拉季米尔·邦达连科. 天才的陨落：莱蒙托夫传 [M]. 王立业，译. 北京：新星出版社，2016.

[44] 阿瑟·米勒. 阿瑟·米勒自传 [M]. 蓝玲，林贝加，梁彦，译. 上海：华东师范大学出版社，2016.

[45] 谢·尼·戈鲁勃夫. 同时代人回忆契诃夫 [M]. 倪亮，等，译. 桂林：广西师范大学出版社，2016.

[46] 康·尼·洛穆诺夫. 列夫·托尔斯泰的一生 [M]. 赵先捷，译. 黑龙江大学出版社，2017.

[47] 埃德蒙·葛斯. 易卜生传 [M]. 王阅，译. 北京：中国人民大学出

版社，2018.

[48] 罗伯特·伯德. 文学的深度陀思妥耶夫斯基传 [M]. 王爱松，译.
哈尔滨：黑龙江教育出版社，2018.

[49] 约瑟夫·弗兰克. 陀思妥耶夫斯基：自由的苏醒 1860—1865 [M].
戴大洪，译. 桂林：广西师范大学出版社，2019.

电影史类：

[1] 乔治·萨杜尔. 电影艺术史 [M]. 徐昭，陈笃忱，译. 北京：中国电
影出版社，1957.

[2] 乔治·萨杜尔. 电影通史（第六卷）第二次世界大战时期的电影
[M]. 徐昭，何振淦，译. 北京：中国电影出版社，1958.

[3] 乔治·萨杜尔. 世界电影史 [M]. 徐昭，胡承伟，译. 北京：中国电
影出版社，1982.

[4] 乔治·萨杜尔. 电影通史第 2 卷电影的先驱者 [M]. 唐祖培，等，
译. 北京：中国电影出版社，1982.

[5] 乔治·萨杜尔. 电影通史第 3 卷电影成为一种艺术（上下）[M]. 徐
昭，吴玉麟，文华，胡望，张忠淦，译. 北京：中国电影出版
社，1982.

[6] 苏联科学院艺术史研究所. 苏联电影史纲（第二卷）[M]. 龚逸霄，
译. 北京：中国电影出版社，1983.

[7] 乔治·萨杜尔. 电影通史第 1 卷电影的发明 [M]. 忠培，译. 北京：
中国电影出版社，1983.

[8] 乌利希·格雷戈尔. 世界电影史（1960 年以来）第 3 卷（上下册）
[M]. 郑再新，译. 北京：中国电影出版社，1987.

[9] 乔治·萨杜尔. 法国电影（1890—1962）[M]. 徐昭，译. 北京：中
国电影出版社，1987.

［10］苏联科学院艺术史研究所. 苏联电影史纲（第一卷）［M］. 龚逸霄，译. 北京：中国电影出版社，198［8］

［11］刘易斯·雅各布斯. 美国电影的兴起［M］. 刘宗锟，王华，邢祖文，等，译. 北京：中国电影出版社，199［1］

［12］夏尔·福特. 法国当代电影史 1945—1977［M］. 朱延生，译. 北京：中国电影出版社，1991.

［13］山本喜久男. 日美欧比较电影史——外国电影对日本电影的影响［M］. 郭二民，等，译. 北京：中国电影出版社，1991.

［14］苏联科学院艺术史研究所. 苏联电影史纲（第三卷）［M］. 张开，等，译. 北京：中国电影出版社，1992.

［15］乔治·萨杜尔. 世界电影史（第二版）［M］. 徐昭，胡承伟，译. 北京：中国电影出版社，1995.

［16］路易斯·贾内梯. 认识电影［M］. 胡尧之，等，译. 北京：中国电影出版社，1997.

［17］克拉考尔. 从卡里加利到希特勒：德国电影心理史［M］. 黎静，译. 上海：上海人民出版社，2008.

［18］雷米·朗佐尼. 法国电影——从诞生到现在［M］. 王之光，译. 北京：商务出版馆，2009.

［19］路易斯·贾内梯，斯科特·艾曼. 闪回：电影简史［M］. 焦雄屏，译，北京：世界图书出版公司，2012.

［20］让皮埃尔·让科拉. 法国电影简史（第2版）［M］. 巫明明，译. 北京：中国电影出版社，2014.

［21］李清. 中国电影文学改编史［M］. 北京：中国电影出版社，2014.

［22］杰弗里·诺维尔-史密斯. 世界电影史（1—3卷）［M］. 杨击，焦晓菊，译. 上海：复旦大学出版社，2015.

［23］道格拉斯·戈梅里，克拉拉·帕福-奥维尔顿. 世界电影史（第2版）

　　　［M］．秦喜清，译．北京：中国电影出版社，2016.

［24］佐藤忠男．日本电影史（上）［M］．应雄，靳丽芳，刘洋，等，译.
　　　上海：复旦大学出版社，2016.

电影理论类：

［1］契尔卡索夫，等．创造鲜明的典型性格［M］．江韵辉，等，译．北
　　　京：中国电影出版社，1957.

［2］P. 尤列涅夫，等．苏联影片评论集［M］．慧源，等，译．北京：中
　　　国电影出版社，1957.

［3］M. 罗姆，等．论文学与电影［M］．何力，译．北京：中国电影出版
　　　社，1958.

［4］K. 巴拉蒙诺娃，等．苏联影片评论集（第二集）［M］．凌集，译．北
　　　京：中国电影出版社，1959.

［5］C. M. 爱森斯坦．爱森斯坦论文选集［M］．魏边实，伍菡卿，黄定
　　　语，译．北京：中国电影出版社，1962.

［6］Л. 波高热娃．从书到影片［M］．伍菡卿，俞虹，译．北京：中国电
　　　影出版社，1962.

［7］C. 弗雷里赫．银幕的剧作［M］．杨纳，译．北京：中国电影出版
　　　社，1963.

［8］欧纳斯特·林格伦．论电影艺术［M］．何力，李庄藩，刘芸，译．北
　　　京：中国电影出版社，1979.

［9］马赛尔·马尔丹．电影语言［M］．何振淦，译．北京：中国电影出版
　　　社，1980.

［10］乔治·布鲁斯东．从小说到电影［M］．高骏千，译．北京：中国电
　　　影出版社，1981.

［11］D. G. 温斯顿．作为文学的电影剧本［M］．周传基，梅文，译．北

京：中国电影出版社，1983.

[12] 陈犀禾. 电影改编理论问题 [M]. 陈犀禾，等，译. 北京：中国电影出版社，1988.

[13] 邦达尔丘克. 渴望奇迹 [M]. 刘小中，黄其才，译. 北京：中国电影出版社，1988.

[14] 特伦斯·圣约翰·马纳尔. 电影导演 [M]. 一匡，译. 北京：中国电影出版社，1991.

[15] 罗贝尔·布烈松. 电影书写札记 [M]. 谭家雄，徐昌明，译. 北京：生活·读书·新知三联书店，2001.

[16] 李芝芳. 当代俄罗斯电影 [M]. 北京：文化艺术出版社，2003.

[17] 巴拉兹·贝拉. 电影美学 [M]. 北京：中国电影出版社，2003.

[18] 巴拉兹·贝拉. 可见的人电影精神 [M]. 安利，译. 北京：中国电影出版社，2003.

[19] 侯克明，杜庆春. 想象与艺术精神：欧洲电影导演研究 [M]. 北京：中国电影出版社，2004.

[20] 理查德·麦特白. 好莱坞电影 [M]. 吴菁，何建平，刘辉，译. 北京：华夏出版社，2005.

[21] 安德烈·巴赞. 电影是什么？[M]. 崔君衍，译. 南京：江苏教育出版社，2005.

[22] 莫尼克·卡尔科-马赛尔，让娜-玛丽·克莱尔. 电影与文学改编 [M]. 刘芳，译. 北京：文化艺术出版社，2005.

[23] 彼得·考伊. 革命！：1960 年代世界电影大爆炸 [M]. 赵祥龄，金振达，译. 桂林：广西师范大学出版社，2006.

[24] 张会军. 风格的影像世界：欧美现代电影作者研究 [M]. 北京：中国电影出版社，2006.

[25] 杨远婴. 多维视野：当代欧美电影研究 [M]. 北京：中国电影出版

社，2007.

[26] 弗朗索瓦·特吕弗. 我生命中的电影 [M]. 黄渊，译. 上海：上海译文出版社，2008.

[27] 米歇尔·西蒙. 电影小星球：世界著名导演访谈录 [M]. 任友谅，译. 北京：北京大学出版社，2008.

[28] 大卫·波德维尔，克里斯汀·汤普森. 电影艺术：形式与风格（插图第 8 版）[M]. 曾伟祯，译，上海：世界图书出版公司，2008.

[29] 雅克·奥蒙. 电影导演论电影 [M]. 车琳，译. 上海：上海人民出版社，2008.

[30] 托马斯·沙茨. 好莱坞类型电影 [M]. 冯欣，译. 上海：上海人民出版社，2009.

[31] 弗朗索瓦·特吕弗. 眼之愉悦 [M]. 王竹雅，译. 南京：凤凰出版社，2010.

[32] 张晓凌，詹姆斯·季南. 好莱坞电影类型历史、经典与叙事（上下）[M]. 上海：复旦大学出版社，2012.

[33] 郑雪来. 世界电影鉴赏辞典（增订版·1—4 编）[M]. 福州：福建教育出版社，2013.

[34] 佐藤忠男. 日本电影大师们（贰）[M]. 王乃真，译. 北京：中国电影出版社，2013.

[35] 米歇尔·玛丽. 新浪潮（第 3 版）[M]. 王梅，译，北京：中国电影出版社，2014.

[36] 奥帝·波克. 日本电影大师 [M]. 张汉辉，译. 上海：复旦大学出版社，2014.

[37] 卡杜罗. 世界导演对话录 [M]. 龚心怡，译. 北京：世界图书出版公司，2015.

[38] 约翰·M. 德斯蒙德，彼得·霍克斯. 改编的艺术：从文学到电影

[M]. 李升升，译. 北京：世界图书出版公司，2016.

[39] 安德烈·塔可夫斯基. 雕刻时光 [M]. 张晓东译. 海口：南海出版公司，2016.

[40] 西奥多·阿多诺，等. 电影的透明性：欧洲思想家论电影 [M]. 谷壮，等，译. 郑州：河南大学出版社，2017.

[41] 克劳德·夏布罗尔，弗朗索瓦·盖里夫. 如何拍电影：夏布罗尔导演札记 [M]. 陶然，译. 北京：北京联合出版公司，2017.

[42] 罗伯特·伯德. 安德烈·塔可夫斯基电影的元素 [M]. 金晓宇，译. 南京：南京大学出版社，2018.

[43] 琳达·哈琴. 西沃恩·奥弗林. 改编理论 [M]. 任传霞，译. 北京：清华大学出版社，2019.

电影传记类：

[1] 玛丽·塞顿. 爱森斯坦评传 [M]. 史敏徒，译. 北京：中国电影出版社，1983.

[2] 安妮·爱德华兹. 费雯·丽传 [M]. 张茁，译. 北京：中国戏剧出版社，1983.

[3] 莫里斯·佩里塞. 钱拉·菲立浦传 [M]. 戴明沛，译. 北京：中国戏剧出版社，1984.

[4] 亚历山大·沃尔克. 葛丽泰·嘉宝传 [M]. 谢榕津，译. 北京：中国戏剧出版社，1984.

[5] 乔治·萨杜尔. 杰拉·菲利普传 [M]. 朱延生，译. 北京：中国电影出版社，1985.

[6] 雷诺阿. 我的生平和我的影片 [M]. 王坚良，等，译. 北京：中国电影出版社，1986.

[7] 罗伯特·佩恩. 伟大的嘉宝 [M]. 蔚云，霍勇，浣情，等，译. 北

京：中国电影出版社，1987.

[8] 托尼·托马斯. 格利高里·派克 [M]. 鲁人，余玉熙，译. 北京：中国电影出版社，1987.

[9] 培利耶夫. 我和我的创作 [M]. 丁昕，译，北京：中国电影出版社，1989.

[10] 罗杰·瓦迪姆. 我的三个明星妻子 [M]. 杨钟、郭建华. 译. 南京：译林出版社，1990.

[11] 米歇尔·塞尔索. 埃里克·侯麦：爱情、偶然性和表述的游戏 [M]. 李声凤，译. 南京：江苏教育出版社，2006.

[12] 帕斯卡尔·博尼策. 也许并没有故事：埃里克·侯麦和他的电影 [M]. 何家炜，译. 上海：上海人民出版社，2008.

[13] 罗曼·波兰斯基. 波兰斯基回忆录 [M]. 北京：新星出版社，2008.

[14] 格利·弗斯格尔. 格里高利·派克 [M]. 董广才，胡小倩，马雅莉，译. 北京：昆仑出版社，2010.

[15] 克里斯托弗·桑德福. 波兰斯基传 [M]. 晏向阳，译. 南京：南京大学出版社，2012.

[16] 亚历山大·沃克. 奥黛丽·赫本传 [M]. 曾桂娥，译. 武汉：长江文艺出版社，2017.

[17] 尼基塔·米哈尔科夫. 爱之疆域·米哈尔科夫回忆录 [M]. 李璇，译. 北京：文化艺术出版社，2017.

[18] 安杰伊·瓦伊达. 剩下的世界瓦伊达电影自传 [M]. 乌兰，李佳，译. 上海：上海三联书店，2019.

其他类：

[1] 卡尔·马克思，恩格斯. 马克思恩格斯选集（第一卷）[M]. 中共中央马克思恩格斯列宁斯大林著作编译局，译. 北京：人民出版

社，1972．

[2]卡尔·马克思，恩格斯．马克思恩格斯选集（第四卷）［M］．中共中央马克思恩格斯列宁斯大林著作编译局，译．北京：人民出版社，1972．

[3]让-雅克·卢梭．爱弥儿论教育（上下册）［M］．李平沤，译．北京：商务印书馆，1978．

[4]列夫·舍斯托夫．在约伯的天平上灵魂中漫游［M］．董友，徐荣庆，刘继岳，译．北京：生活·读书·新知三联书店，1989．

[5]汉斯-格奥尔格·加达默尔．真理与方法——哲学解释学的基本特征（上卷）［M］．洪汉鼎，译．上海：上海译文出版社，1999．

[6]汉斯-格奥尔格·加达默尔．哲学解释学［M］．夏镇平，宋建平，译．上海：上海译文出版社，2004．

[7]贝内德托·克罗齐．十九世纪欧洲史［M］．田时纲，译．北京：中国社会科学出版社，2005．

[8]爱德华·希尔斯．论传统［M］．傅铿，吕乐，译．上海：上海人民出版社，2014．

[9]阿诺尔德·豪泽尔．艺术社会史［M］．黄燎宇，译．北京：商务印书馆，2015．

[10]阿萨·布里格斯．英国社会史［M］．陈叔平，陈小惠，刘幼勤等译．北京：商务印书馆，2015．

[11]卢梭．论人与人之间不平等的起因和基础［M］．李平沤，译．北京：商务印书馆，2015．

[12]阿里斯特·麦格拉斯．基督教神学导论（第5版）［M］．赵城艺，石衡潭，译．北京：北京联合出版公司，2017．

中文期刊及辑刊类：

[1] 电影艺术译丛编辑部. 罗西里尼论电影 [A]. 胡承伟，译. 电影艺术译丛. 北京：中国电影出版社，1979.

[2] 困难探索的总结——苏联创作人员谈《战争与和平》[J]. 胡榕，译. 电影艺术译丛，1981（2）.

[3] 谢·邦达尔丘克. 在读不朽的长篇史诗的时候 [J]. 张汉熙，译. 电影艺术译丛，1981（2）.

[4] 谢·邦达尔丘克. 在读不朽的长篇史诗的时候 [J]. 张汉熙，译. 电影艺术译丛，1981（2）.

[5] 金·维多. 我怎样拍摄《战争与和平》[J]. 伍菡卿，译. 电影艺术译丛，1981（2）.

[6] A. L. 扎姆布兰诺. 狄更斯和电影 [J]. 世界电影. 1982（2）.

[7] 巴维尔·费恩. 陀思妥耶夫斯基的二十六天·后记 [J]. 孟大器，译. 电影创作，1982（3）.

[8] 伊·塔兰金. 我们活着是为了什么——谈谈《谢尔盖神父》的改编 [J]. 冯志刚，译. 世界电影，1982（3）.

[9] 西方电影导演谈表演 [J]. 孙雨，译. 世界电影，1982（6）.

[10] Л. 波高热娃. 论改编的艺术（一）——陀思妥耶夫斯基小说的改编 [J]. 俞虹，译. 世界电影，1983（1）.

[11] Л. 波高热娃. 论改编的艺术（二）——陀思妥耶夫斯基小说的改编 [J]. 俞虹，译. 世界电影，1983（2）.

[12] 米哈依尔·施维泽. 导演艺术的学校 [A]. 张耳，译. 世界艺术与美学（第九辑）. 北京：文化艺术出版社，1988.

[13] 伍菡卿. 关于外国电影改编的若干理论问题 [J]. 当代外国艺术（第七辑）. 北京：文化艺术出版社，1988.

[14] 罗纳德·赫洛威. 托尔斯泰在美国电影中 [A]. 谭得伶，译. 世界

艺术与美学（第九辑）．北京：文化艺术出版社，1988．

[15] A. 马契列特．导演的著作权和影片的"语文学"［A］．世界艺术与美学（第九辑）．伍蓝卿，译．北京：文化艺术出版社，1988．

[16] 乌里扬诺夫．把技巧放在一边［A］．伍蓝卿，译．当代外国艺术（第15辑）．北京：文化艺术出版社，1990．

[17] 凯瑟琳·塞尔莫·涅波姆尼亚奇．昨日重现：电影中的俄国名著［A］．当代世界文学中国版（第五辑）［C］．北京：中国社会科学出版社，2014．

外文著作及期刊类：

[1] The Adventures of HuckleBerry Finn ［J］. Film Quarterly, SUM Vol. 13; Iss. 4 . 1960.

[2] Richard Abel. Louis delluc: The critic as cineaste. Quarterly Review of Film Studies. 1976 / 05 Vol. 1; Iss. 2.

[3] Jonathan Rosenbaum. Rivette: Texts and interviews ［M］. British Film Institute. London. 1977.

[4] R. G. Cox. Thomas Hardy The Critical Heritage ［M］. London & New York, Routledge. 1979.

[5] Anthony Slide, Edward Wagenknecht. Fifty Great American Silent Films 1912—1920: A Pictorial Survey ［M］. New York: Dover Publications, inc. 1980.

[6] N. M. Lary. Dostoevsky and Soviet Film: visions of demonic realisn. Cornell University Press. Ithaca & London. 1986.

[7] Kline, T. Jefferson. Bertolucci's Dream Loom: A Psychoanalytic Study of Cinema, University of Massachusetts Press. 1987.

[8] Robert F. Moss. The Films of Carol Reed ［M］. Houndmills : The

Macmillan Press Ltd, 1987.

[9] Ian Christie, Richard Taylor. Eisenstein Rediscovered. Routledge. London, 1993.

[10] Peter Brunette. Roberto Rossellini. University of California Press. Berkeley · Los Angeles · Oxford, 1996.

[11] Ian Wojcik-Andrews . Children's Films: History, Ideology, Pedagogy, Theory [M]. New York: Garland Publishing, Inc, 2000.

[12] Paul Thorn. Making Sense: A TheoryofInterpretation. New York: Roman&·Littlefield. 2000.

[13] The Cambridge Companion to Charles Dickens. Cambridge: Cambridge University Press, 2001.

[14] Paula Marantz Cohen. Silent Film and the Triumph of the American Myth [M]. New York: Oxford University Press, 2001.

[15] Victor A. Doyno. Writing Huck Finn: Mark Twain's Creative Process [M]. University of Pennsylvania Press. Philadelphia. 2001.

[16] TIM FARRANT. Balzac's Shorter Fictions: Genesis and Genre [M]. Oxford University Press. New York. 2002.

[17] Katherine Bliss Eaton. Enemies of the People: The Destruction of Soviet Literary, Theater, and Film Arts in The 1930S [M]. NORTHWESTERN University Press. Evanston, 2002.

[18] Richard Neupert . A Historyofthe French New Wave Cinema [M]. Madison: The University of Wisconsin Press, 2002.

[19] Martin Gottfried. Arthur Miller: His Life and Work [M]. Cambridge: Da Capo Press edition , 2003.

[20] Anne-Marie Scholz. From Fidelity to History: Film Adaptations as Cultural Events in the Twentieth Century . Berghahn Books. New

York & Oxford, 2003.

[21] John Glavin . Dickens on Screen [M]. Cambridge: Cambridge University Press, 2003.

[22] John Glavin . After Dickens Reading: Adaptation and Performance [M]. Cambridge : Cambridge University Press, 2004.

[23] Stephen Hutchings. Anat Vernitski. Russian and Soviet Film Adaptations of Literature, 1900—2001 Screening the word. RoutledgeCurzon. Abingdon, 2005.

[24] Stephen Hutchings. Anat Vernitski. Russian and Soviet Film Adaptations of Literature, 1900—2001 Screening the word. RoutledgeCurzon. Abingdon. 2005.

[25] Henrik Ibsen: The Complete Major Prose Plays [M]. New York: Plume book. 1978 HENRIK IBSEN: An Enemy of the People. Los Angeles: DODO PRESS. 2005.

[26] Gene D. Phillips. Beyond The Epic The Life & Films of David Lean [M]. Lexington: The University Press of Kentucky, 2006.

[27] Michael Millgate. Thomas Hardy: A Biography Revisited [M]. Oxford University Press Inc. , New York, 2006.

[28] Robert Shail. British Film Directors: A Critical Guide [M]. Edinburgh: Edinburgh University Press, 2007.

[29] Donaldson-evans M. Madame Bovary at the movie: adaptatio, ideology, context [M]. Amsterdam-New York: Editions Rodopi B. V. 2009.

[30] Julia Ain-Krupa. Roman Polanski: a life in exile [M]. California. Abc-clio, LLC. 2010.

[31] Wiles M M. Jacques Rivette [M]. Champaign: University of

Illinois Press, 2012.

[32] Deborah Cartmell. A Companion to Literature, Film, and Adaptation. Blackwell Publishing Ltd. Chichester, 2012.

[33] Michael W. Boyce. The Lasting Influence of the War on Postwar British Film [M]. New York: Palgrave Macmillan, 2012.

[34] Mary M. Wiles: Jacques Rivette [M]. Urbana, Chicago, and Springfield: University of Illinois Press, 2012.

[35] Deborah Cartmell. A companion to literature, film, and adaptation [M]. Malden: Blackwell Publishing Ltd. , 2012.

[36] Stephen Gundle. Alida Valli IN Hollywood: From Star of Fascist Cinema TO 'Selznick Siren' Historical Journal of Film, Radio and Television. Vol. 32, No. 4, December 2012.

[37] David Gillespie. The Art of Literary Adaptation and English-Language FilmInterpretations of Russian Literature (' Anna Karenina') [J]. Procedia-Social and Behavioral Sciences. 2014 / 10 Vol.

[38] Denise J. Youngblood. Bondarchuk's War and peace : literary classic to Soviet cinematic epic [M]. Lawrence: the University Press of Kansas, 2014.

[39] Arthur Miller. Arthur Miller's Adaptation of An Enemy of the People (Penguin Plays) [M]. New York: Peuguin Books, 1979: 19.

[40] Andrew Watts. Adapting Balzac in Jacques Rivette's Ne Touchez pas la hache (Don ' t Touch the Axe): Violence and the Post-Heritage Aesthetic . Screening European Heritage: Creating and Consuming History on Film [M]. Macmillan Publishers Ltd. London. 2016.

[41] Paula Baldwin Lind. Telling and Re-Telling Stories: Studies on

Literary Adaptation to Film [M]. Cambridge Scholars Publishing, 2016.

[42] Elisabeth Gerwin. Adapting Balzac: Realism and Memory on Screen. Romance Studies. 2017 / 10 Vol. 35; Iss. 4.

[43] Zahra Tavassoli Zea. Balzac Reframed: The Classical and Modern Faces of Éric Rohmer and Jacques Rivette [M]. Palgrave Macmillan. Gewerbestrasse, 2019.

后　记

近年来，有关文学经典改编电影的理论及实践探讨，以其涉及"经典传播"和"跨学科"等内容逐渐成为国内学术关注的热点。而作为经典的19世纪欧美现实主义文学作家作品，则是自电影诞生以来最受欢迎的改编剧本来源之一。欣赏这些跨越了时空距离的改编影视文本，会真切感受到今天人们对19世纪文学经典的敬仰之情，也会发现这些经典作品中的很多主题与思考在20、21世纪依然适用，从而具有一种恒久的价值。因此，我想通过这本书把它们之间的渊源与异同展示出来，试着把后来的电影人对于一部伟大经典作品的理解与阅读方式讲述出来。我把这本书命名为《19世纪欧美现实主义文学的影像阐释》。在19世纪现实主义文学史上具有代表性的作家如司汤达、巴尔扎克、狄更斯、屠格涅夫、陀思妥耶夫斯基、马克·吐温、列夫·托尔斯泰的作品影像阐释的内容都在书中有专门章节的介绍，而其他一些伟大作家如哈代、果戈理、易卜生、契诃夫，包括带有现实主义创作倾向的作家如福楼拜、莱蒙托夫等，则针对他们的一些代表性作品的影像阐释问题进行了专门性的探讨分析。

当然，在这本书的撰写告一段落的时候，依然会有很多遗憾：一是在数量上，19世纪的现实主义作家和作品之多，远远超出我的撰写计划与构思的框架；二是在质量上，毕竟术业有专攻，我对这本书中所涉及的诸多作家作品，不够熟悉，欠缺了解的太多，写出来的文字很多都是片面之词，尤其是对于电影，我还有很多书籍要读，很多知识和技巧要去补充与掌握。而在电视方面，只是在综述中笼统提及，缺乏有针对性的分析探讨。所以，写作这本书的过程，实际上是我不断学习、不断提升自己眼界和能力水平的过程。一遍又一遍地去阅读原著，一遍又一遍地去看那些根据19世纪现实主义经典作家作品改编的电影作品，每次都会有新的感受和体会。回过头来常常会想，我的选题范围及所写的内容还有很多不够完善的地方。在这些方面，暴露出来的问题不止一星半点。当然，留点遗憾也好，毕竟电影改编是一项永远正在进行中的艺术表现形式，今后我还可以不断寻找值得关注和探讨的内容，进行更为扎实与全面的探究。

在这里，要特别感谢蒋承勇老师对我的关心与指导，我从2010年开始先后参与他的"19世纪现实主义部分"（国家社科基金重大招标项目子课题之一）和"19世纪西方文学思潮研究"（国家社科基金重大项目）两大课题，让我获益匪浅，尤其是前者对我的影响最大。"19世纪现实主义部分"这一项目从最初立项、撰写任务落实到论文撰写以及最后专著的出版，时间跨度大，涉及作家多，这次项目的参与让我从之前对文学名著改编电影的散兵游勇式的分析探讨和论文撰写慢慢过渡到对某一时期某种文学思潮、文学现象与文学流派的关注与研究，也让我慢慢凝练出自己的研究方向与关注点。蒋老师在这一方面对我的带动和影响是巨大的。

需要说明的是，我在2018年初曾以《19世纪现实主义文学作品在21世纪的影像阐释》为题构思了一篇论文，专门针对近20年来19世纪俄国现实主义文学作品在电影电视中的出现频率、意义与价值进行探讨，但终究概括性不够、实际意义有限，最终未能如期完成。但我觉得对于本书来说，确实是一种有益的补充。因此，我把经过修改的论文部分内容放在导言中，以供参考。

本书收尾的时候，正是年初疫情的高发期。隔离的时间给了我和家人更多相处的机会，虽然我更多还是选择了躲在书房一角，重温名篇名作，整理书稿，但是我很喜欢这种温馨的感觉，加上可口的饭菜，都是对我无尽的支持。

还有太多需要感谢的老师和朋友：感谢台州学院人文学院对本书出版的支持！感谢王正老师、罗华老师！感谢刘富丽老师提供的哈代资料！感谢国辉的支持！任晓燕主任和张晶晶编辑自始至终关心这本书的进度，给了我很多有益的建议和无私的帮助！虞志坚、樊佳奇老师及其小伙伴们在我最忙乱的这段时间里，为我提供资料，并陪我度过了很多欢乐的时光，给了我很多意想不到的收获！

　　终于到了告一段落的时候，用无声电影时代伟大的电影导演大卫·格里菲斯的那句名言作为本书的结尾："我千方百计想要做的工作，首先就是要让你看得满意。"

2020 年 1 月 31 日于余姚中山家园